普通高等教育"十二五"规划教材

Access 数据库技术与应用

（第二版）

聂玉峰　陈东方　田萍芳　主编

科学出版社

北　京

内 容 简 介

本书从当代大学生应掌握的数据库基本概念和数据库工具及应用出发,以 Access 2003 关系数据库管理系统为蓝本,系统地介绍了数据库的基本概念、Access 2003 的主要功能和使用方法、数据库及表的基本操作、数据查询、窗体设计、报表制作、数据访问页、宏的创建和使用、模块和 VBA 编程以及综合实例等内容。本书内容由浅入深、通俗易懂,图文并茂,实用性强。为了便于复习、测试和实验教学,同时出版与本书配套的《Access 数据库技术与应用实验指导》。

本书面向非计算机专业的学生,可作为其学习数据库课程的教材,也可作为全国计算机等级考试的培训教材。

图书在版编目(CIP)数据

Access 数据库技术与应用/聂玉峰,陈东方,田萍芳主编. —2 版. —北京:科学出版社,2011.6

普通高等教育"十二五"规划教材

ISBN 978-7-03-031193-1

Ⅰ. A… Ⅱ. ①聂…②陈…③田… Ⅲ. 关系数据库-数据库管理系统,Access-高等学校-教材 Ⅳ. TP311.138

中国版本图书馆 CIP 数据核字(2011)第 098275 号

责任编辑:张颖兵/责任校对:梅 莹
责任印制:彭 超/封面设计:苏 波

科 学 出 版 社 出版

北京东黄城根北街 16 号
邮政编码:100717
http://www.sciencep.com

武汉市新华印刷有限责任公司印刷
科学出版社发行 各地新华书店经销

*

2009 年 6 月第 一 版
2011 年 7 月第 二 版　　开本:787×1000　1/16
2011 年 7 月第三次印刷　　印张:22 1/4
印数:7 301—12 300　　字数:477 000

定价:39.80 元
(如有印装质量问题,我社负责调换)

《Access 数据库技术与应用》编委会

前　言

社会的信息化要求每一名大学生都必须具备较高的信息素养，即吸收、处理、创造信息和组织、利用、规划信息资源的能力与素质。数据库技术是数据管理的专用技术，是计算机信息系统的基础和主要组成部分。因此，能够利用数据库工具对数据进行基本的管理、分析、加工和利用，对于大学生是非常必要的。

Access 是 Microsoft Office 系列应用软件的一个重要组成部分，是基于 Windows 平台的关系数据库管理系统，它界面友好、操作简单、功能全面、使用方便，自从发布以来，已逐步成为桌面数据库领域的佼佼者，深受广大用户的欢迎。和其他 Office 系列应用软件一样，Access 的最大特点是易用性，用户可以在很短的时间内掌握利用 Access 进行开发的方法，并利用它的向导方便、快捷、简单地设计出一个数据库系统。利用导入、导出和连接数据的功能，可以方便地实现 Access 数据文件和 Word、Excel、文本文件及其他支持 OLE 的数据文件之间的互相转换，实现数据共享，从而大大提高工作效率。Access 还可以利用宏和 Visual Basic for Application 编写出具有强大功能的数据库应用程序，创建超级链接和数据访问页实现网上访问。可见，Access 的功能及适用性都十分强大，适合于一般用户特别是非计算机专业人员进行数据库管理。

本书以 Access 2003 版本为基础，由浅入深、循序渐近地详细讲解了 Access 数据库管理系统的各项功能和操作的基本应用，并遵循《全国计算机等级考试二级考试大纲（Access 数据库程序设计）》的要求，编写上力求做到内容既不超纲，又不降低水平。在每一章的后面均附有练习题，供读者复习参考。

全书共 12 章，第 1 章介绍数据库基础理论、关系数据库系统的基本概念；第 2 章主要介绍 Access 系统的特点和安装使用的基本要领；第 3 章介绍数据库设计和数据库的基本操作；第 4 章内容主要是表的创建及对表的操作；第 5 章介绍了查询的创建和使用，包括各种查询的创建及查询的编辑和运行等；第 6 章介绍了窗体的设计，包括各种窗体的创建及窗体常用控件的使用等；第 7 章介绍了报表的制作、修改和打印等；第 8 章介绍了数据访问页的创建和编辑等；第 9 章介绍了宏的创建、操作和运行等；第 10 章主要介绍了关系数据库标准语言 SQL，包括数据定义、数据操作和数据查询等；第 11 章主要介绍了模块和 Access 环境下的编程语言 VBA，以及如何使用 VBA 访问数据库等；第 12 章以"学生成绩管理系统"为例介绍了开发设计数据库应用系统的一般流程。

本书由聂玉峰、陈东方、田萍芳任主编，廖建平、张铭晖、李红斌、吴志祥、余志兵、何亨任副主编。在教材编写和试用过程中，边小勇、廖雪超、刘俊、刘琼、王晓峰、涂新辉、刘芳、朱倩、李雪燕、曾志华、黄丽等老师提出了许多宝贵意见,在此表示衷心感谢。

　　为了方便教学,我们还制作了与教材配套的电子教案、教材实例、习题解答等,读者可以从网站下载,网址:http://www.cs.wust.edu.cn

　　由于编写时间仓促以及作者水平有限,书中疏漏之处在所难免,恳请同行及读者批评指正。

编　者

2011 年 4 月

目　录

第1章 数据库基础

数据库技术是计算机科学的一个重要分支。数据库管理系统作为数据管理最有效的手段之一广泛应用于各行各业,成为存储、使用、处理信息资源的主要手段,是任何一个行业信息化运作的基石。本章介绍了数据库管理系统、数据库系统、数据模型、关系数据库及其基本运算等知识。

1.1 数据库管理系统

信息在现代社会中起着越来越重要的作用,信息资源已成为社会发展的重要基础和财富,信息资源的开发和利用水平也成为衡量一个国家综合国力的重要标志。随着计算机技术的发展,计算机的主要应用已从科学计算逐渐转变为事务处理。据统计,目前全世界80%以上的计算机主要从事事务处理。在进行事务处理时,并不需要进行复杂的科学计算,而主要从事大量数据的存储、查找、统计等工作。为了有效地使用保存在计算机系统中的大量数据,必须采用一整套严密合理的数据处理方法,即数据管理。数据管理是指对数据的收集、整理、组织、存储、查询、维护、传送和使用等工作,数据库技术就是作为数据管理中的一门技术而发展起来的。

数据库技术所研究的问题就是如何科学地组织和存储数据,如何高效地获取和处理数据。而今,各种数据库系统不仅已成为办公自动化系统(OAS)、管理信息系统(MIS)和决策支持系统(DSS)的核心,并且正与计算机网络技术紧密地结合起来,成为电子商务、电子政务及其他各种现代化信息处理系统的核心,得到了越来越广泛的应用。

1.1.1 信息、数据、数据库

信息是客观世界在人们头脑中的反映,是客观事物的表征,是可以传播和加以利用的一种知识。数据(data)则是信息的载体,是对客观存在实体的一种记载和描述。

数据是存储在某种媒体上能够识别的物理符号。数据的概念包括两个方面:其一是描述事物特征的数据内容;其二是存储在某种媒体上的数据形式。在我们的日常生活中数据无所不在,数字、文字、图形、图像、动画、影像、声音等都是数据,人们通过数据来认识世界、交流信息。也就是说,对信息的记载和描述产生了数据;反之,对众多相关的数据加以分析和处理又将产生新的信息。

尽管信息与数据两个术语严格地讲是有区别的,但在很多场合下,不严谨地区分它们也不致引发误解。因此,使用中很多时候都不严格区分这两个术语。

　　数据库(database,DB)是指数据存放的地方,它保存的是某个企业、组织或部门的有关数据。比如一个学校可以将全部学生的情况存入数据库进行管理。在数据库系统尚未开发以前,人们往往采用表格、卡片或档案来进行人事管理、图书管理以及各种档案资料的管理。数据库的作用就在于把这些数据有组织地存储到计算机中去,减少数据的冗余,使人们能快速方便地对数据进行查询、修改,并按照一定的格式输出,从而达到管理和使用这些数据的目的。因此,我们对数据库可以作如下的定义:数据库是以一定的数据模型组织和存储的、能为多个用户共享的、独立于应用程序的、相互关联的数据集合。

　　数据库有如下的几个特点:

　　(1) 数据的共享性　数据库中的数据能为多个用户服务。

　　(2) 数据的独立性　用户的应用程序与数据的逻辑组织和物理存储方式无关。

　　(3) 数据的完整性　数据库中的数据在操作和维护过程中可以保证正确无误。

　　(4) 数据的简洁性　数据库中的冗余数据少,尽可能避免数据的重复。

1.1.2　数据管理技术的发展

　　数据处理是计算机应用的一个主要领域,其面临着如何管理大量复杂数据,即计算机数据管理的技术问题,它是伴随着计算机软、硬件技术与数据管理手段的不断发展而发展的,计算机数据管理技术主要经历了三个阶段。

1. 人工管理阶段

　　人工管理阶段约在 20 世纪 50 年代中期以前,那时计算机刚诞生不久,主要用于科学与工程计算。从当时的硬件看,外存储器只有卡片、纸带、磁带,没有像磁盘这样的可以随机访问、直接存取的外部存储设备;从软件看,没有操作系统以及专门管理数据的软件;从数据看,处理的数据量小,由用户直接管理,数据之间缺乏逻辑组织,数据依赖于特定的应用程序,缺乏独立性,如图 1.1 所示。

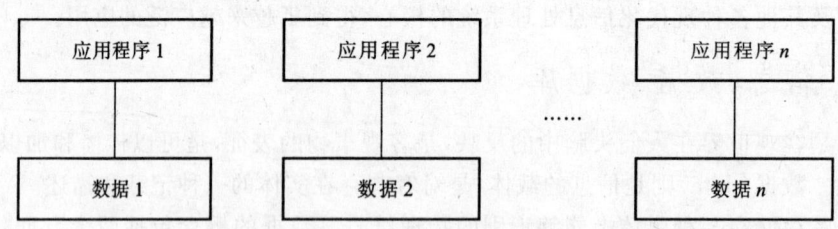

图 1.1　人工管理阶段

　　这一时期计算机数据管理的主要特点如下:

　　(1) 数据不保存　应用程序在执行时输入数据,程序结束时输出结果,随着计算过程的完成,数据与程序所占用的空间也被释放,这样,一个应用程序中的数据无法被其他程序重复使用,不能实现数据共享。

　　(2) 数据与程序不可分割　没有专门的软件进行数据管理,数据的存储结构、存取方法和输入输出方式完全由程序设计人员自行完成。

（3）数据冗余　各程序所用的数据彼此独立，数据之间没有联系，因此程序与程序之间存在大量的重复数据，称为数据冗余。

图 1.2 是两个 C 语言程序，分别求 10 个数据之和及最大值。它们把程序和数据放在一起，虽然是处理同一批数据，但是程序之间没有共享数据，这是人工管理阶段处理数据的方式。

```
/*程序 1:求 10 个数之和*/
#include<stdio.h>
main()
{
 int i,sum=0;
 int a[10]={78,65,92,53,87,69,76,82,90,86};
 for(i=0,i<10,i++)
   sum=sum+a[i];
 printf("%d",sum);
}
```

```
/*程序 2:求 10 个数中的最大值*/
#include<stdio.h>
main()
{
 int i,max;
 int a[10]={78,65,92,53,87,69,76,82,90,86};
 max=a[0]
 for(i=1,i<10,i++)
   if(max<a[i]) max=a[i];
 printf("%d",max);
}
```

图 1.2　人工管理阶段应用程序处理数据示例

2. 文件管理阶段

文件管理阶段约为 20 世纪 50 年代后期至 60 年代中后期，由于计算机软、硬件技术的发展，可直接存取的磁盘成为主要外存，出现了操作系统和各种高级程序设计语言，操作系统中有了文件管理系统专门负责数据和文件的管理，计算机的应用领域也扩大到了数据处理。

操作系统中的文件系统把计算机中的数据组织成相互独立的数据文件，系统可以按照文件的名称对文件中的记录进行存取，并可以实现对文件的修改、插入和删除。文件系统实现了记录内的结构化，即给出了记录内各种数据间的关系。但是，从整体来看文件却是无结构的，如图 1.3 所示。

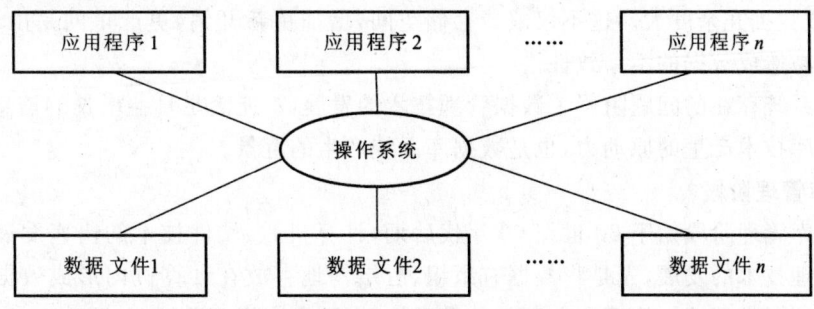

图 1.3　文件系统中应用程序与数据的关系

文件系统时期的主要优点如下：

（1）程序和数据分开存储　　数据以文件的形式长期保存在外存储器上，程序和数据有了一定的独立性。

（2）通过文件名访问数据文件　　数据文件的存取由操作系统通过文件名来实现，程序员可以集中精力在数据处理的算法上，而不必关心记录在存储器上的地址以及在内、外存之间交换数据的具体过程。

（3）数据共享　　一个应用程序可以使用多个数据文件，而一个数据文件也可以被多个应用程序所使用，实现了数据的共享。

图 1.4 所示的两个 C 语言程序仍然是求 10 个数据之和及最大值，但是数据来自同一个文件 E:\data.dat，这是文件管理阶段处理数据的方式。

```
/*程序3:求10个数之和*/
#include<stdio.h>
main( )
{
int i,sum=0,a[10];
FILE * fp;
fp=fopen("E:\data.dat","rb");/*打开文件*/
fread(a,2,10,fp);/* 文件中读数据*/
for(i=0,i<10,i++)
    sum=sum+a[i];
printf("%d",sum);
fclose(fp);/*关闭文件*/
}
```

```
/*程序 4:求 10 个数中的最大值*/
#include<stdio.h>
main( )
{
int i,max=a[0],a[10];
FILE * fp;
fp=fopen("E:\data.dat","rb");/*打开文件*/
read(a,2,10,fp);/* 文件中读数据*/
max=a[0];
for(i=0,i<10,i++)
    if(max<a[i]) max=a[i];
printf("%d",max);
fclose(fp);/*关闭文件*/
}
```

图 1.4　文件系统中应用程序处理数据示例

但是，文件系统中的数据文件是为了满足特定业务领域，或某部门的专门需要而设计的，服务于某一特定应用程序，数据和程序相互依赖。同一数据项可能重复出现在多个文件中，导致数据冗余度大。这不仅浪费存储空间，增加更新开销，更严重的是由于不能统一修改容易造成数据的不一致性。

文件系统存在的问题阻碍了数据管理技术的发展，不能满足日益增长的信息需求，这正是数据库技术产生的原动力，也是数据库系统产生的背景。

3. 数据库管理阶段

数据库管理阶段始于 20 世纪 60 年代后期，计算机软、硬件技术的快速发展，促进了计算机管理技术的发展，先是将数据有组织、有结构地存放在计算机内形成数据库，然后是有了对数据进行统一管理和控制的软件系统，即数据库管理系统，如图 1.5 所示。

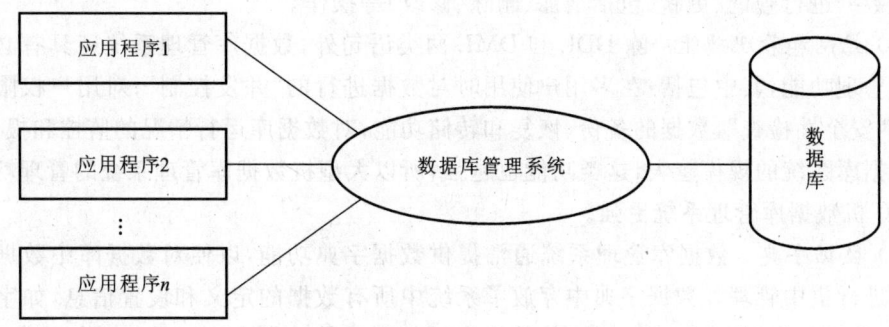

图 1.5　数据库系统中应用程序与数据的关系

这一时期计算机数据管理的主要特点如下：

（1）以数据库的形式保存数据　在建立数据库时，以全局的观点组织数据库中的数据，这样，可以最大限度地减少数据的冗余。

（2）数据和程序之间彼此独立　数据具有较高的独立性。数据不再面向某个特定的应用程序，而是面向整个系统，从而实现了数据的共享，数据成为多个用户或程序共享的资源，并且避免了数据的不一致性。

（3）按一定的数据模型组织数据　在数据库中，数据按一定的数据模型进行组织。这样，数据库系统不仅可以表示事物内部数据项之间的关系，也可以表示事物与事物之间的联系，从而反映出现实世界事物之间的联系。

（4）使用数据库管理系统　由数据库管理系统对数据资源进行统一的、集中的管理，使数据具有相当好的易维护性和易扩充性，极大地提高了程序运行和数据利用的效率。数据库技术效用凸现出来了。

1.1.3　数据库管理系统

数据库的建立、使用和维护都是通过特定的数据库语言进行的。正如使用高级语言需要解释/编译程序的支持一样，使用数据库语言也需要一个特定的支持软件，这就是"数据库管理系统"（database management system，DBMS）。数据库管理系统是位于用户与操作系统之间的一层数据管理软件，它建立在操作系统的基础上，对数据库进行统一的管理。用户利用数据库管理系统提供的一整套命令，可以对数据进行各种操作，从而实现用户的数据处理要求。通常，数据库管理系统应该具有下列功能：

（1）数据定义功能　数据库管理系统能向用户提供"数据定义语言"（data definition language，DDL），用户通过它可以方便地对数据库中的数据对象进行定义，如建立或删除数据库、基本表和视图等。

（2）数据操作功能　对数据进行检索和查询，是数据库的主要应用。为此，数据库管理系统向用户提供"数据操作语言"（data manipulation language，DML），支持用户对数据库中的数据进行查询、更新(包括增加、删除、修改)等操作。

（3）控制和管理功能　除 DDL 和 DML 两类语句外,数据库管理系统还具有必要的控制和管理功能,其中包括:在多用户使用时对数据进行的"并发控制";对用户权限实施监督的"安全性检查",数据的备份、恢复和转储功能;对数据库运行情况的监控和报告等。通常数据库系统的规模越大,这类功能也越强,所以大型机数据库管理系统的管理功能一般比 PC 机数据库管理系统更强。

（4）数据字典　数据库管理系统通常提供数据字典功能,以便对数据库中数据的各种描述进行集中管理。数据字典中存放了系统中所有数据的定义和设置信息,如字段的属性、字段间的规则和记录间的规则、数据表间的联系等。用户可以利用数据字典功能,为数据表的字段设置默认值、创建表之间的永久关系等。

总之,数据库管理系统是用户和数据库之间的交互界面,在各种计算机软件中,数据库管理系统软件占有极为重要的位置。用户只需通过它就能实现对数据库的各种操作与管理。在其控制之下,用户在对数据库进行操作时可以不必关心数据的具体存储位置、存入方式以及命令代码执行的细节等问题,就能完成对各种相关数据的处理任务,而且可以保证这些数据的安全性、可靠性与一致性。

目前,有许多数据库管理系统产品,它们以自己特有的功能,在数据库市场上占有一席之地。下面简要介绍几种常用的数据库管理系统。

1. Microsoft Access

作为 Microsoft Office 组件之一的 Microsoft Access 是在 Windows 环境下非常流行的桌面型数据库管理系统。使用 Microsoft Access 无需编写任何代码,只需通过直观的可视化操作就可以完成大部分数据管理任务。

在 Microsoft Access 数据库中,包括许多组成数据库的基本要素。这些要素是存储信息的表、显示人机交互界面的窗体、有效检索数据的查询、信息输出载体的报表、提高应用效率的宏、功能强大的模块工具等。Access 不仅可以与 Word 和 Excel 等办公软件进行数据交换和共享,并且通过对象链接与嵌入技术可在数据库中嵌入和链接声音、图像等多媒体数据,还可以通过 ODBC 与其它数据库相连,作为后台数据库提供给其他开发工具如 PB、VB、Delphi 等,实现数据交换和共享。

2. Visual FoxPro

Visual FoxPro 是 Microsoft 公司从 dBase,FoxBase,FoxPro for DOS 演化过来的一个相对简单的数据库管理系统。它的主要特点是自带编程工具,即在 Visual FoxPro 中可以编写应用程序,这是迄今为止仍然有许多用户的原因之一。

3. Microsoft SQL Server

Microsoft SQL Server 是一种典型的关系型数据库管理系统,可以在许多操作系统上运行,使用 Transact-SQL 语言完成数据操作。由于 Microsoft SQL Server 是开放式的系统,其他系统可以与它进行完好的交互操作,最具代表性的产品为 SQL Server 2000 和

SQL Server 2005。其主要特点是：只能在 Windows 平台上运行，SQL Server 因为与 Windows 紧密集成，所以许多性能依赖于 Windows；SQL Server 简单易学，操作简便，且 具有很高的性价比和最高的市场占有率。但在高端企业级功能上尚存在不足。

4. Oracle

Oracle 公司是全球最大的数据库软件公司。Oracle 是一个最早商品化的关系型数 据库管理系统，也是应用广泛、功能强大的数据库管理系统。Oracle 作为一个通用的数 据库管理系统，不仅具有完整的数据管理功能，还是一个分布式数据库系统，支持各种分 布式功能，特别是支持 Internet 应用。作为一个应用开发环境，Oracle 提供了一套界面友 好、功能齐全的数据库开发工具。Oracle 使用 PL/SQL 语言执行各种操作，具有可开放 性、可移植性、可伸缩性等功能。特别是针对网格计算的 Oracle 10g，可用于快速开发使 用 Java 和 XML 语言的互联网应用和 Web 服务，支持任何语言、任何操作系统、任何开发 风格、开发生命周期的任何阶段，以及所有最新的互联网标准，其功能和稳定性都达到了 一个新的水平。Oracle 主要用于高端企业级。

5. DB2

DB2 是 IBM 公司研制的关系型数据库管理系统，它能在所有主流的操作系统平台上 运行，如 UNIX，Linux，Windows，OS/400，VM/VSE 等。DB2 具有与 Oracle 相同级别的 高安全性，并行性能佳、操作比较简单。DB2 最适于海量数据，它在企业的应用最为广 泛，在全球 500 家最大的企业中，约 85% 以上使用 DB2 数据库服务器。

1.2 数据库系统

数据库系统(database system，DBS)是指在计算机系统中引入数据库技术后的系统， 狭义地讲，是由数据库、数据库管理系统构成；广义而言，是由计算机系统、数据库管理系 统、数据库管理员、应用程序、维护人员和用户组成。

1.2.1 数据库系统的组成

人们利用数据库可以实现有组织地、动态地存储大量的相关数据，并提供数据处理和 共享的便利手段，为用户提供数据访问和所需的数据查询服务。一个数据库系统通常由 5 部分组成，包括计算机硬件、数据库集合、数据库管理系统、相关软件和人员。

(1) 计算机硬件　任何一个计算机系统都需要有存储器、处理器和输入输出设备等 硬件平台，一个数据库系统更需要有足够容量的内存与外存来存储大量的数据，同时需要 有足够快的处理器来处理这些数据，以便快速响应用户的数据处理和数据检索请求。对 于网络数据库系统，还需要有网络通信设备的支持。

(2) 数据库集合　数据库是指存储在计算机外部存储器上的结构化的相关数据集 合。数据库不仅包含数据本身，而且还包括数据间的联系。数据库中的数据通常可被多个用户或多个应用程序所共享。在一个数据库系统中，常常可以根据实际应用的需要创建多个数据库。

（3）数据库管理系统　数据库管理系统是用来对数据库进行集中统一管理、帮助用户创建、维护和使用数据库的软件系统。数据库管理系统是整个数据库系统的核心。

（4）相关软件　除了数据库管理系统软件之外，一个数据库系统还必须有其他软件的支持。这些软件包括：操作系统、与数据库接口的高级语言及其编译系统、应用软件开发工具等。对于大型的多用户数据库系统和网络数据库系统，则还需要多用户系统软件和网络系统软件的支持。

（5）人员　数据库系统的人员包括数据库管理员和用户。在大型的数据库系统中，需要有专门的数据库管理员来负责系统的日常管理和维护工作。数据库系统的用户则可以根据应用程序的不同，分为专业用户和最终用户。

在数据库系统中，各层次之间的相互关系如图 1.6 所示。

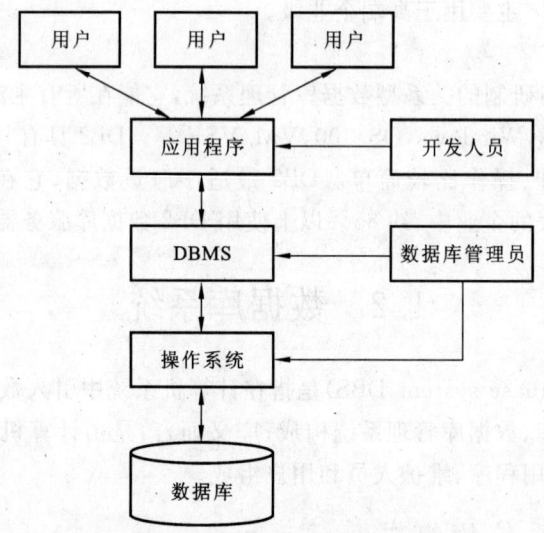

图 1.6　数据库系统层次示意图

1.2.2　数据库系统的特点

数据库系统的主要特点包括：数据结构化、数据共享、数据的冗余度、数据独立性以及统一的数据控制功能。

1. 数据结构化

数据库中的数据是以一定的逻辑结构存放的，这种结构是由数据库管理系统所支持的数据模型决定的。数据库系统不仅可以表示事物内部各数据项之间的联系，而且还可以表示事物和事物之间的联系。只有按一定结构组织和存放的数据，才便于对它们实现有效的管理。实现整体数据的结构化,是数据库的主要特征之一,也是数据库系统与文件系统的本质区别。

2. 数据共享

数据共享是数据库系统最重要的特点。数据库中的数据能够被多个用户、多个应用程序所共享。此外,由于数据库中的数据被集中管理、统一组织,因而避免了不必要的数据冗余。与此同时,还带来了数据应用的灵活性。

3. 最低的冗余度

在文件系统中,数据不能共享,当不同的应用程序所需要使用的数据有许多是相同时,也必须建立各自的文件,这就造成了数据的重复,浪费了大量的存储空间,这也使得数据的修改变得困难,因为同一个数据会存储于多个文件之中,修改时稍有疏漏,就会造成数据的不一致。而数据库具有最低的冗余度,尽量地减少系统中的不必要的重复数据,在有限的存储空间内存放更多的数据,也提高了数据的正确性。

4. 数据独立性

在数据库系统中,数据与程序基本上是相互独立的,其相互依赖的程度已大大减小。对数据结构的修改将不会对程序产生影响或者没有大的影响。反过来,对程序的修改也不会对数据产生影响或者没有大的影响。

5. 统一的数据控制

数据库系统必须提供必要的数据安全保护措施。进行统一的数据控制,简要如下:

(1) 安全性控制　数据库系统提供了安全措施,使得只有合法的用户才能进行其权限范围内的操作,以防止非法操作造成数据的破坏或泄密。

(2) 完整性控制　数据的完整性包括数据的正确性、有效性和相容性。数据库系统提供了必要的手段来保证数据库中的数据在处理过程中始终符合其事先规定的完整性要求。

(3) 并发操作控制　对数据的共享将不可避免地出现对数据的并发操作,即多个用户或多个应用程序同时使用同一个数据库、同一个数据表或同一条记录。不加控制的并发操作将导致相互干扰而出现错误的结果,并使数据的完整性遭到破坏,,因此必须对并发操作进行控制和协调。通常采用数据锁定的方法来处理并发操作,如当某个用户访问并修改数据时,先将该数据锁定,只有当这个用户完成对此数据的写操作之后才消除锁定,才允许其他的用户访问此数据。

(4) 故障发现和恢复控制　在数据库系统运行中,由于用户操作失误和硬件及软件的故障,可能使数据库遭到局部性或全局性损坏,但系统能进行应急性处理,把数据库恢复到正确状态。

一般而言,数据库关注的是数据,数据库管理系统强调的是系统软件,数据库系统则侧重的是数据库的整个运行系统。

1.2.3 数据库的体系结构

为了实现和保持数据库在数据管理中的优势,特别是实现数据的独立性,应对数据库的结构进行有效设计。现有的大多数数据库管理系统在总体上都保持了三级模式的结构特征,这种三级结构的组织形式称为数据库的体系结构或数据抽象的三个级别。

1. 三级数据视图

数据抽象的三个级别又称为三级数据视图,即外部视图、全局视图和存储视图。它们是不同层次用户从不同角度所看到的数据组织形式。

(1)外部视图:第一层的数据组织形式是面向应用的,是应用程序员开发应用程序时所使用的数据组织形式,是人们所看到的数据的逻辑结构,是用户数据视图,并称为外部视图。外部视图可有多个。这一层的最大特点是以各类用户的需求为出发点,构造出满足其需求的最佳逻辑结构。

(2)全局视图:第二层的数据组织形式是面向全局应用的,是全局数据的组织形式,是数据库管理人员所看到的全体数据的逻辑组织形式,并称为全局视图,全局视图仅有一个。这一层的特点是构造出对全局应用最佳的逻辑结构形式。

(3)存储视图:第三层的数据组织形式是面向存储的,是按照物理存储最优的策略所组织的形式,是系统维护人员所看到的数据结构,并称为存储视图。存储视图只有一个。这一层的特点是构造出物理存储最佳的结构形式。

外部视图是全局视图的逻辑子集,全局视图是外部视图的逻辑汇总和综合,存储视图是全局视图的具体实现。三级视图之间的联系由二级映射实现。其中,外部视图和全局视图之间的映射称为逻辑映射,全局视图和存储视图之间的映射称为物理映射。

2. 三级模式结构

三级视图是用图、表等形式描述的,具有简单、直观的优点。但是,这种形式目前还不能被计算机直接识别。为了在计算机系统中实现数据的三级组织形式,必须用计算机可以识别的语言对其进行描述。DBMS 提供了这种数据描述语言 DDL(data description language),并称用 DDL 精确定义数据视图的程序为模式。与三级视图对应的是三级模式,即:

(1)外模式 定义外部视图的模式称外模式,也称子模式。外模式是数据的局部逻辑结构描述,也是数据库用户看到和使用的数据视图。一个子模式可以由多个用户共享,而一个用户只能使用一个子模式。

(2)模式 模式又称逻辑模式或概念模式。它是数据库中全体数据的全局逻辑结构和特征的描述。其中,逻辑结构的描述包括记录的类型(组成记录的数据项名、类型、取值范围等),还有记录之间的联系,数据的完整性、安全保密要求等。

(3)内模式 内模式又称存储模式,也称物理模式。它是数据在数据库中的内部表示。存储结构的描述包括记录值的存储方式和索引的组织方式等。

数据库的三级模式的结构如图 1.7 所示。

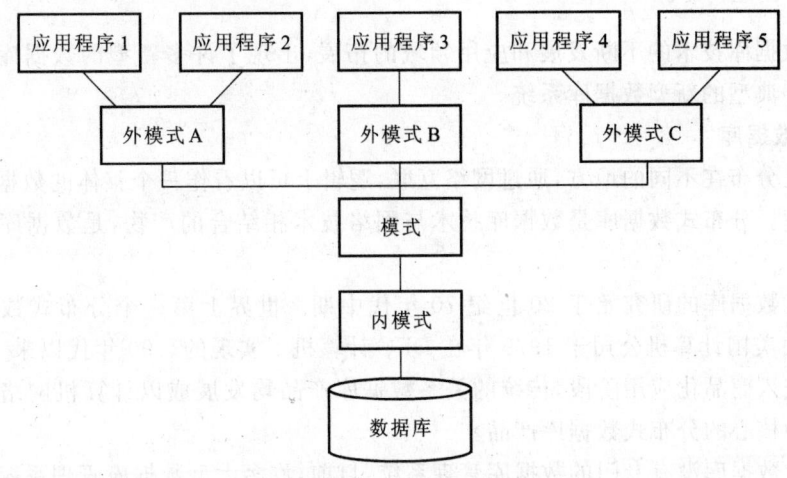

图 1.7　数据库系统的三级模式结构

数据库系统的三级模式是对数据的三级抽象,数据的具体组织由数据库管理系统负责,用户只是逻辑地处理数据,而不必考虑数据在计算机中的物理表示和存储方法。为了实现上述三个抽象级别的模式联系和转换,数据库管理系统在这三层结构之间提供了两层映像:外模式/模式映像和模式/内模式映像。所谓映像就是存在某种对应关系。两层映像使数据库管理中的数据具有两个层次的独立性:一个是数据的物理独立性,另一个是数据的逻辑独立性。

模式和内模式之间的映像是数据的全局逻辑结构和数据的存储结构之间的映像。因为数据库中只有一个模式,也只有一个内模式,所以模式/内模式映像是唯一的。当数据库的存储结构改变时,如存储数据库的硬件设备发生变化或存储方法变化时,引起内模式的变化,此时模式/内模式之间的映像也必须进行相应的变化以使模式保持不变。换句话说,模式/内模式映像保证了数据的物理独立性。

外模式和模式之间的映像是数据的全局逻辑结构和数据的局部逻辑结构之间的映像。对于每一个外模式,数据库系统都有一个外模式/模式映像。如数据管理的范围扩大或某些管理的要求发生改变后,数据的全局逻辑结构发生变化,对于不受该全局变化影响的局部而言,最多只须对外模式/模式的映像作相应改变,而基于这些局部逻辑结构所开发的应用程序就不必修改,从而保证了数据的逻辑独立性。

很明显,模式/内模式的映像是数据物理独立性的关键,外模式/模式的映像是数据逻辑独立性的关键。如果数据库物理结构发生改变,用户和用户的应用程序能相对保持不变,那么系统就有了物理独立性。同样,如果数据的逻辑结构改变了,用户和用户的应用程序能相对保持不变,那么系统就有了逻辑独立性。

1.2.4　新型数据库系统

随着数据库技术的不断发展和应用领域的拓展,出现了许多新型的数据库系统。下面介绍几种典型的新型数据库系统。

1. 分布式数据库

物理上分布在不同的地方,通过网络互联,逻辑上可以看作一个整体的数据库称为分布式数据库。分布式数据库是数据库技术与网络技术相结合的产物,是数据库领域的重要分支。

分布式数据库的研究始于 20 世纪 70 年代中期。世界上第一个分布式数据库系统 SDD-1 是由美国计算机公司于 1979 年在 DEC 计算机上实现的。90 年代以来,分布式数据库系统进入商品化应用阶段,传统的关系数据库产品均发展成以计算机网络及多任务操作系统为核心的分布式数据库产品。

分布式数据库没有专门的数据库管理系统,目前,许多大型数据库管理系统都支持分布式数据库,如 Oracle,Sybase,达梦 II 号(DM2)等。DM2 是国内具有自主知识产权的分布式多媒体数据库,由华中科技大学开发,已经应用在许多系统中。

2. 面向对象数据库

面向对象数据库是面向对象技术与先进的数据库技术进行有机结合而形成的新型数据库系统。传统的数据库主要存储结构化的数值和字符等信息,而面向对象数据库能够方便地存储如声音、图形、图像、视频等复杂信息的对象。目前,面向对象数据库系统的实现一般有两种方式:一种是在面向对象的设计环境中加入数据库功能,因为其中的如对象标识符等各种概念在传统的关系型数据库中无对应的东西,所以数据难以实现共享;另一种则是对传统数据库进行改进,使其支持面向对象数据模型,是许多传统的如 ORACLE 等数据库管理系统实现面向对象数据库的方法,它的好处是可以直接借用关系型数据库已有的成熟经验,可以和关系数据库共享信息,缺点是需要专门的应用程序进行中间转换,将损失性能。

3. 多媒体数据库

多媒体数据库是数据库技术与多媒体技术相结合的产物。传统的数据库管理系统在处理大字节的数据类型时,采取了复杂的方法。但对于要求处理大量图形、图像、音频、视频等多媒体数据时,这些方法就显得无能为力了。因此,如何存储和使用这些具有海量数据量的多媒体数据就成为摆在数据库研究与开发人员面前的重要课题。从技术角度讲,多媒体数据库涉及了诸如图像处理技术、音频处理技术、视频处理技术、三维动画技术、海量数据存储与检索技术等多方面的技术,如何综合处理这些技术是多媒体数据库技术需要解决的问题。

4. 数据仓库

数据仓库是一个面向主题的、集成的、相对稳定的、随时间变化的数据集合,它把关系数据库系统由传统事务性处理进一步发展为决策制定。数据仓库并不是一个新的平台，而是一个新的概念，它仍然使用传统的数据库管理系统。

数据仓库是一个处理过程，该过程从历史的角度组织和存储数据，并能集成地进行数据分析。换句话说，数据仓库是一个很大的数据库，提供用户用于决策支持的当前和历史数据，这些数据在传统的操作型数据库中很难或不能得到。数据仓库技术是为了有效的把操作型数据集成到统一的环境中，以提供决策型数据访问的各种技术和模块的总称。

5. 工程数据库

工程数据库是一种能存储和管理各种工程设计图形和工程设计文档，并能为工程设计提供各种服务的数据库。工程数据库是针对计算机辅助系统领域的需求而提出来的，目的是利用数据库技术对各类工程对象有效地进行管理，并提供相应的处理功能及良好的设计环境。工程数据库具有数据结构复杂、相互关系紧密及数据量大等特点。

6. 空间数据库

空间数据库系统是描述、存储与处理具有位置、形状、大小、分布特征及空间关系等属性的空间数据及其属性数据的数据库系统。它随着地理信息系统 GIS 的开发与应用而发展起来的数据库新技术。目前，空间数据库仍然是利用关系数据库管理系统对地理信息进行物理存储。

近年来，我国在空间数据库的研究和应用上取得了巨大的成就，开发了多种国家级的实用系统，如基础地理信息空间数据库、国土资源环境空间数据库、城市基础空间数据库、海洋空间数据库等。

7. 嵌入式数据库与移动数据库

关系数据库的另一个发展方向是微型化，其主要应用领域是嵌入式系统和移动通信领域。嵌入式移动数据库系统是支持移动计算或某种特定计算模式的数据库管理系统，这种系统把数据库系统与操作系统、具体应用集成在一起，运行在各种智能型嵌入设备或移动设备上。由于嵌入在移动设备上的数据库系统涉及数据库技术、分布式计算技术以及移动通讯技术等多个学科领域，目前已经成为一个十分活跃的研究和应用领域——嵌入式移动数据库，或简称为移动数据库（EMDBS）。

1.3 数据模型

模型，是对现实世界的模拟，如要盖一栋大楼，设计者会使用模型来表达自己的设计理念，哪里要有电梯，哪边要有景观，通过模型，让参观者更能清楚明了。模型是现实世界特征的模拟和抽象。数据模型（data model）也是一种模型，它是现实世界数据特征的抽象。

数据库是某个企业、组织或部门所涉及的数据的综合，它不仅要反映数据本身的内容,而且要反映数据之间的联系。由于计算机不可能直接处理现实世界中的具体事物,所以人们必须事先把具体事物转换成计算机能够处理的数据。在数据库中应用数据模型这个工具来抽象、表示和处理现实世界中的数据和信息。通俗地讲数据模型就是现实世界的模拟。

在数据库系统中针对不同的使用对象和应用目的,采用不同的数据模型。不同的数据模型实际上是提供给我们模型化数据和信息的不同工具。根据模型应用的不同目的,可以将这些模型划分为两类,它们分属于两个不同的层次。一类模型是概念模型,它是按用户的观点来对数据和信息建模,它并不依赖于具体的计算机系统,不是某一个数据库管理系统支持的模型,而是概念级的模型,主要用于数据库设计;另一类模型是数据模型,它是按计算机系统的观点对数据建模,主要用于数据库管理系统的实现,各种机器上实现的数据库管理系统软件都是基于某种数据模型的。

下面先介绍数据模型的共性:数据模型的组成要素,然后分别介绍两类不同的数据模型。

1.3.1 数据模型的组成要素

如果抽象出数据模型的共性并加以归纳,则数据模型可严格定义成一组概念的集合。这些概念精确地描述了系统的静态特性、动态特性和完整性约束条件。数据模型的基本要素包括数据结构、数据操作和数据的完整性约束三部分。

1. 数据结构

数据结构是所研究的对象类型的集合。这些对象是数据库的组成成分,数据结构指对象和对象间联系的表达和实现,是对系统静态特征的描述。数据结构包括两个方面:一是数据本身:类型、内容、性质,例如关系模型中的域、属性、关系等;二是数据之间的联系:数据之间是如何相互关联的,例如关系模型中的主键、外键联系等。在数据库系统中,通常按照数据结构的类型来命名数据模型,如层次结构、网状结构、关系结构分别命名为层次模型、网状模型、关系模型。

2. 数据操作

数据操作指对数据模型中各种对象的实例允许执行的操作集合。且主要是指检索和更新(插入、删除、修改)两类操作。数据模型必须定义这些操作的确切含义、操作符号、操作规则(如优先级)以及实现操作的语言。数据操作是对系统动态特性的描述。

3. 数据完整性约束

数据完整性约束是一组完整性规则的集合,它规定数据库状态及状态变化所应满足的条件,以保证数据的正确性、有效性和相容性。例如,在关系模型中,任何关系必须满足实体完整性和参照完整性。此外,为了满足用户的实际需求,数据模型还应该提供定义完整性约束条件的机制。

1.3.2　概念模型

概念模型不涉及信息在计算机内的表示和处理等问题,纯粹用来描述信息的结构。这类模型要求表达的意思清晰,应当正确地反映出数据之间存在的整体逻辑关系,即使不是计算机专业人员也很容易理解。在实际的数据库系统开发过程中,概念模型是数据库设计人员进行数据库设计的有力工具,也是数据库设计人员和用户之间进行交流的语言。

1. 实体的描述

现实世界存在各种事物,事物与事物之间存在着联系。这种联系是客观存在的,是由事物本身的性质所决定的。例如,学校的教学系统中有教师、学生、课程,教师为学生授课,学生选修课程并取得成绩;图书馆中有图书和读者,读者借阅图书等等。如果管理的对象较多或者比较特殊,事物之间的联系就可能较为复杂。

(1) 实体　实体(entity)是客观存在的可以相互区别的事物。实体可以是实际的事物,例如一个学生、一台计算机等;也可以是抽象的事件,例如一个创意、一场比赛等。

(2) 属性　描述实体的特性称为属性(attribute),不同实体是由其属性的不同而被区分的。例如,学生实体用学号、姓名、性别、出生日期、专业等若干个属性来描述;图书实体用书号、分类号、书名、作者、单价、出版社等多个属性来描述。

(3) 键　唯一标识实体的属性集称为键(primary key)。例如,学号是学生实体的键。

(4) 域　属性的取值范围就是这个属性的域(domain)。例如性别的取值范围是"男"或者"女"

(5) 实体型与实体值　实体用型(type)和值(value)来表征。型是概念的内涵,值是概念的实例。属性的集合表示一种实体的类型,称为实体型(entity type)。通常使用实体名和属性名的集合来描述实体型。例如,学生实体的实体型可描述为学生(学号、姓名、性别、出生日期、专业),表达的是学生的共性,而图书实体的实体型可描述为图书(书号、分类号、书名、作者、单价、出版社),表达的是图书的共性,两者是不同的实体型。实体值(entity value)是实体的实例,是属性值的集合。如刘晓明是一个学生实体,刘晓明实体的值是"070101,刘晓明,男,88/02/17,工商";《Visual FoxPro 数据库基础及应用》是一个图书实体,该实体的值是"9787030183873,TP311.138,Visual FoxPro 数据库基础及应用,聂玉峰,29.80,科学出版社"。

(6) 实体集　同一类型的实体集合称为实体集(entity set),例如所有的在册学生的信息构成一个实体集,所有的馆藏图书是另一个实体集。这是因为设置的属性不同,把它们划分在不同的实体集中。

在 Access 中,用"表"来存放同一类实体,即实体集。例如学生表、图书表等。Access的一个表包含若干个字段,表中所包含的字段就是实体的属性。字段值的集合组成表中的一条记录,代表一个具体的实体,即每一条记录表示一个实体。

2. 实体间的联系及联系的方式

实体之间的相互关系称为联系,它反映了客观事物之间相互依存的状态。在数据库系统中要解决如何描述联系、实现联系、处理联系等问题。两个不同实体集的实体间有一对一、一对多、多对多三种联系方式。

(1)一对一联系　一对一联系(one-to-one relationship)简记为 1:1。如果实体集 E1 中每个实体至多与实体集 E2 中的一个实体有联系,反之亦然,则称实体集 E1 和实体集 E2 具有一对一联系,如图 1.8(a)所示。

例如一个班只能有一个班长,一个班长不能同时在其他班再担任班长,在这种情况下班级和班长两个实体集之间存在一对一联系。

(2)一对多联系　一对多联系(one-to-many relationship)简记为 1:n。如果实体集 E1 中每个实体与实体集 E2 中的 n 个实体($n \geqslant 0$)有联系,而实体集 E2 中的每个实体在实体集 E1 中至多有一个实体与之有联系,则称实体集 E1 和实体集 E2 具有一对多联系,如图 1.8(b)所示。

例如对于学生和学院两个实体集,一个学生只能在一个学院里注册,而一个学院有很多个学生,学院与学生之间则存在一对多联系。

(3)多对多联系　多对多联系(many-to-many relationship)简记为 m:n。如果实体集 E1 中每个实体与实体集 E2 中的多个实体有联系,反之亦然,则称实体集 E1 和实体集 E2 具有多对多联系,如图 1.8(c)所示。

例如对于学生和选课两个实体集,一个学生可以选修多门课程,一门课程由多个学生选修。因此,学生和选课间存在多对多联系。

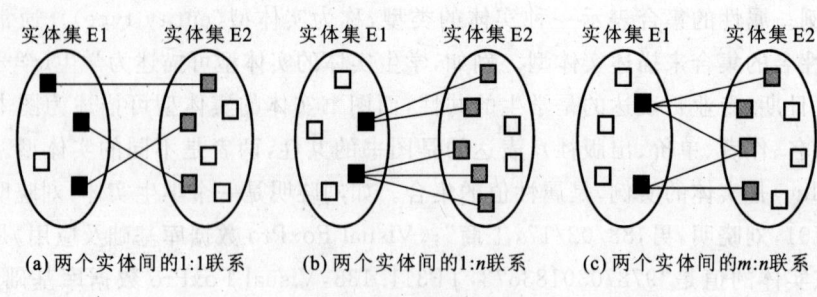

(a)两个实体间的1:1联系　　(b)两个实体间的1:n联系　　(c)两个实体间的m:n联系

图 1.8　实体间联系示意

三种联系方式中,基本的是一对多联系,因为一对多包含了一对一,而多对多可以转换为一对多。

3. 概念模型的表示方法

概念模型的表示方法很多,目前最常用的方法是 P. P. Chen 于 1976 年提出的实体—

联系方法(entity-relationship approach)，该方法用 E-R 图来描述现实世界的概念模型，E-R 方法也称为 E-R 模型。E-R 模型有两个明显的优点：一是简单明了，容易理解，并能真实表达现实世界的客观需求；二是独立于计算机，与具体的 DBMS 无关，用户易于接受。

E-R 图有三个基本成分：

(1) 实体集　简称实体，用矩形表示，矩形框内写明实体名。

(2) 属性　用椭圆形表示，椭圆框内写明属性名，对组成键的属性名加下划线，并用直线将其与相应的实体连接起来。

(3) 联系　用菱形表示，菱形框内写明联系名，并用直线分别与有关实体连接起来，同时在直线旁标上联系的方式，即注明是 1:1,1:n 或 m:n 联系。

图 1.9 就是学生与学院联系的 E-R 图。从图中可以看出，学生实体和学院实体各有 5 个属性，"学号"为"学生"实体的键，"学院编号"为"学院"实体的键，"学院"对"学生"是一对多联系。

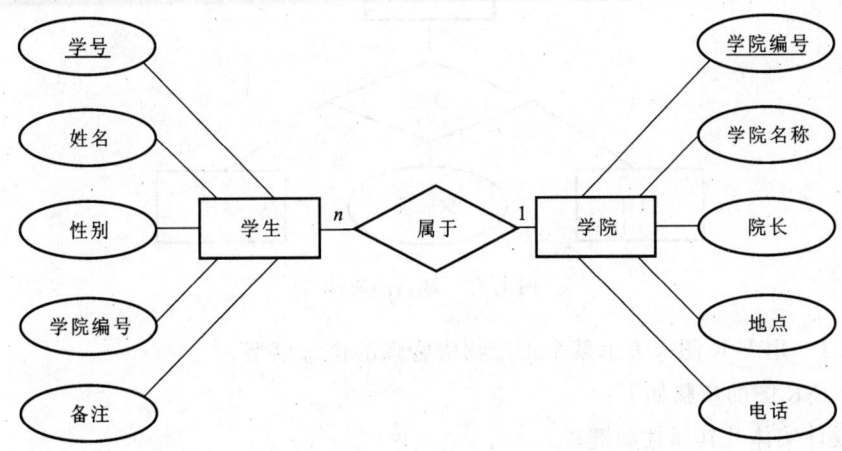

图 1.9　学生与学院的一对多 E-R 图

一般地，两个以上的实体集之间也存在着一对一、一对多或多对多联系。例如，有三个实体集：供应商、项目、零件，一个供应商可以供给多个项目多种零件，而每个项目可以使用多个供应商供应的零件，每种零件可由不同供应商供给，由此看出供应商、项目、零件三者之间是多对多的联系，如图 1.10 所示。

同一个实体集内的各实体之间也可以存在一对一、一对多、多对多的联系。例如职工实体集内部具有领导与被领导的联系，即某一职工(干部)"领导"若干名职工，而一个职工仅被另外一个职工直接领导，因此这是一对多的联系，如图 1.11 所示。

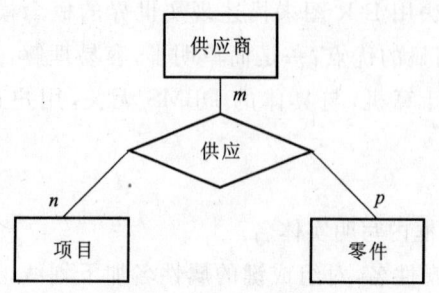
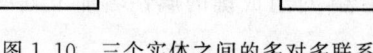

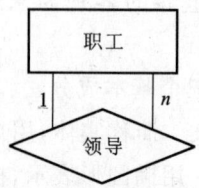

图 1.10　三个实体之间的多对多联系　　　　图 1.11　一个实体之间的一对多联系

需要注意的是,如果一个联系具有属性。则这些属性也要用直线与该联系连接起来。例如图 1.10 中,用"供应量"来描述联系"供应"的属性,表示某供应商供应了多少数量的零件给某个项目。那么这三个实体及其之间联系的 E-R 图表示为如图 1.12 所示。

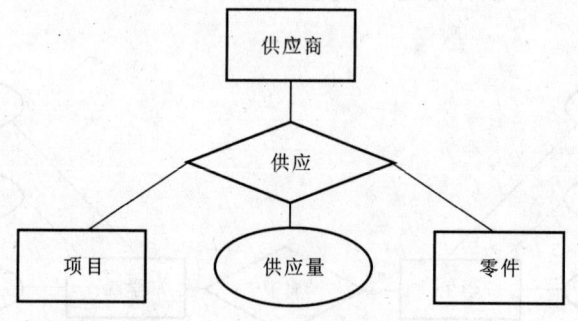

图 1.12　联系的属性

例 1.1　用 E-R 图来表示某个工厂物资管理的概念模型。

设计 E-R 图的步骤如下:

① 设计实体及其属性和键。

物资管理涉及的实体有:

a) 仓库:仓库号,面积,电话号码;键为仓库号。

b) 零件:零件号,名称,规格,单价,描述;键为零件号。

c) 供应商:供应商号,姓名,地址,电话号码,账号;键为供应商号。

d) 项目:项目号,预算,开工日期;键为项目号。

e) 职工:职工号,姓名,年龄,职称;键为职工号。

以上实体及其属性如图 1.13 所示。

② 设计两两实体之间的联系。

物资管理中实体之间的联系如下:

a) 一个仓库可以存放多种零件,一种零件可以存放在多个仓库中,因此仓库和零件

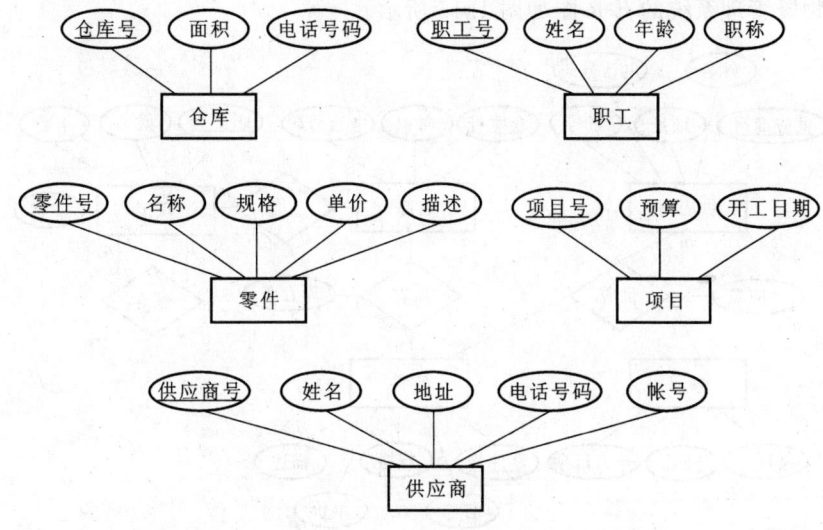

图 1.13 实体及其属性图

具有多对多的联系。用库存量来表示某种零件在某个仓库中的数量。

b) 一个仓库有多个职工当仓库保管员,一个职工只能在一个仓库工作,因此仓库和职工之间是一对多的联系。

c) 职工之间具有领导－被领导关系。即仓库主任领导若干保管员,因此职工实体集中具有一对多的联系。

d) 供应商、项目和零件三者之间具有多对多的联系。即一个供应商可以供给若干项目多种零件,每个项目可以使用不同供应商供应的零件,每种零件可由不同供应商供给。

实体之间的联系如图 1.14 所示。

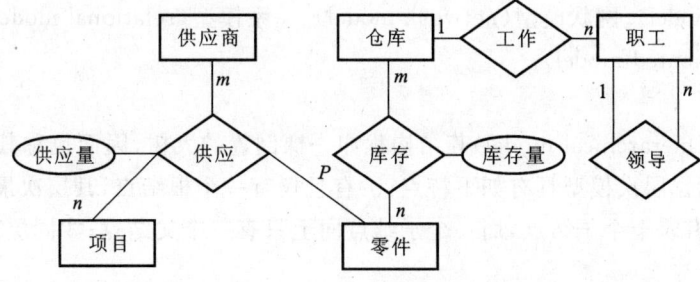

图 1.14 实体及其联系图

③ 所有实体之间的联系设计完后,再将这些 E-R 图合并为一个总的 E-R 图。在这个过程中要去掉多个实体和属性间的命名冲突和联系冲突,生成一个完整的、满足应用需求的全局 E-R 图。

工厂物资管理系统的 E-R 图如图 1.15 所示。

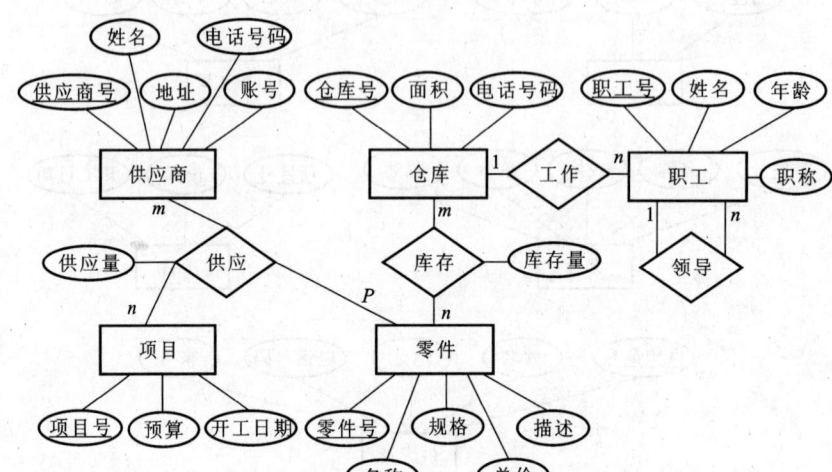

图 1.15 　工厂物资管理 E-R 图

　　E-R 图不是唯一的，根据强调的侧面不同做出的 E-R 图可能有很大差别。用 E-R 图表示的概念模型独立于具体的 DBMS 所支持的数据模型，它是各种数据模型的共同基础。

1.3.3 　数据模型

　　数据模型是能够在计算机中实现的模型，它有严格的形式化定义。数据库中的数据是按一定的逻辑结构存放的，数据模型就直接面向数据库的逻辑结构，任何一个数据库管理系统都是基于某种数据模型的。在数据库领域中常用的数据模型有层次模型（hierarchical model）、网状模型（network model）、关系模型（relational model）和面向对象模型（object oriented model）。

1. 层次模型

　　层次模型（hierarchical model）其结构犹如一棵倒置的大树，因而也称其为树状结构，如图 1.16 所示。层次模型具有如下特点：①有且仅有一个根结点，其层次最高；②一个父结点向下可以有若干个子结点，而一个子结点向上只有一个父结点；③同层次的结点之间没有联系。

　　层次模型的优点是结构简单、层次清晰并且易于操作，可利用树状数据结构来完成。每一个结点有其具体的功能，如果需要寻找较远的结点，则必须先往上通过很多父结点，然后再往下寻找另一个结点。显然，对于一个较大的数据库将会消耗很多搜索时间。层次模型在不同结点之间只允许存在单线联系，不能直接表示多对多的联系，难以实现对复杂数据关系的描述。因此只适合于描述类似于目录结构、行政编制、家族关系及书目章节等信息载体的数据结构。

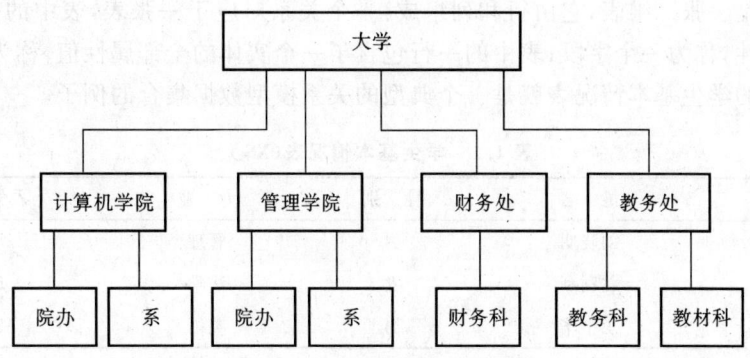

图 1.16　层次型数据模型

2. 网状模型

网状模型(network model)的结构如图 1.17 所示。网状模型具有如下特点:①一个结点可以有多个父结点,如"教师"、"课程"、"学生"、"任课"和"选课"都有两个父结点;②可以有一个以上的结点无父结点,如"计算机学院"和"管理学院"都没有父结点;③两个结点之间可以有多个联系。

网状模型比层次模型更具有灵活性,更适于管理在数据之间具有复杂联系的数据库。明显的缺点是路径太多,当加入或删除数据时,涉及相关数据太多,不易维护与重建。

网状模型表达能力强,它能反映实体间的多对多的联系,但网状模型在概念上、结构上和使用上都比较复杂,而且对计算机的硬件环境要求较高。

网状模型和层次模型都是按图论理念建立起来的,在本质上是类似的,它们都是用结点表示实体,用连线表示实体之间的联系。

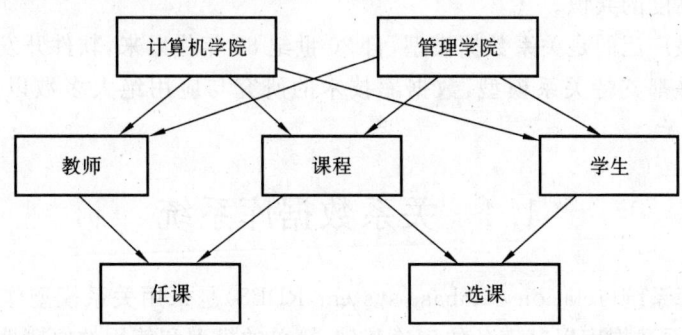

图 1.17　网状型数据模型

3. 关系模型

关系模型(relational model)是一种易于理解并具有较强数据描述能力的数据模型。1970 年,美国人 E. F. Cood 提出了关系模型的概念,首次运用数学方法来研究数据库的结构和数据操作,将数据库的设计从以经验为主提高到以理论为指导。关系模型中的数据逻辑结构是一张二维表,它由行和列组成:一个关系对应于一张表,表中的一列表示实体的一项属性,称为一个字段;表中的一行包含了一个实体的全部属性值,称为一个记录。表 1.1 所示的学生基本情况表就是一个典型的关系模型数据集合的例子。

表 1.1　学生基本情况表(XS)

学　号	姓　名	性　别	专　业	入学成绩
070101	刘晓明	男	管理	568
070102	林利利	女	法学	552
070203	王中华	男	英语	549

关系模型的特点是:①描述一致性。无论是实体还是实体之间的联系都用关系来表示;②可以直接表示多对多联系。如"教师任课表"可表示一个教师担任几个班的教学,也可表示一个班有几个教师任教;③关系规范化。二维表格中每一栏目都是不可分的数据项,即不允许表中有表;④数学基础严密;⑤概念简单,操作方便。用户对数据的检索是从原来的表中得到一张新表,具体操作毋需用户关心,数据的独立性高。

4. 面向对象模型

面向对象模型(object oriented model)是近几年来发展起来的一种新兴的数据模型。该模型是在吸收了以前的各种数据模型优点的基础上,借鉴了面向对象的程序设计方法而建立的一种模型。一个 OO 模型是用面向对象观点来描述现实世界实体(对象)的逻辑组织、对象间限制、联系等的模型。这种模型具有更强的表示现实世界的能力,是数据模型发展的一个重要方向。目前对于 OO 模型还缺少统一的规范说明,尚没有一个统一的严格的定义。但在 OO 模型中,面向对象的核心概念构成了面向对象数据模型的基础,这一点已取得了高度的共识。

目前应用最广泛的是关系数据模型,自 20 世纪 80 年代以来,软件开发商提供的数据库管理系统几乎都支持关系模型,数据库技术的研究与应用绝大多数以关系数据库为基础。

1.4　关系数据库系统

关系数据库系统(relation database system,RDBS)是采用关系模型作为数据的组织方式。目前,关系数据库以其完备的理论基础、简单的模型和使用的便捷性等优点获得了广泛的应用。本节将结合 Access 来集中介绍关系数据库系统的基本概念。

1.4.1　关系模型中常用的术语

关系模型的用户界面非常简单,一个关系的逻辑结构就是一张二维表。这种用二维表的形式表示实体和实体间联系的数据模型称为关系数据模型。在使用关系模型时,经常用到下面的一些术语。

(1) 关系　一个关系(relation)可以理解为一个满足某些约束条件的二维表,如表1.1所示的学生基本情况表就是一个关系,关系名为 XS。

(2) 元组　表中的一行称为一个元组(tuple),元组与文件中的一条具体记录相对应,如表1.1中学生基本情况表有 3 个元组。

(3) 属性　表中的一列称为一个属性(attribute),在文件中一个属性对应一个字段,每一列有一个属性名,即字段名。如表1.1中学生基本情况表有 5 个字段,则有 5 个属性。

(4) 域　域(domain)表示各个属性的取值范围,如表1.1中属性"性别"的域是"男"或者"女",而属性"入学成绩"的域是 0~750。

(5) 表结构　表结构(structure)是二维表中的第一行,表示组成该表的各个字段名称。在创建表结构时,还应具体指出每个字段的数据类型、取值范围和大小等。

(6) 关系模式　关系模式是对关系结构的描述,表示为如下的格式:

关系名(属性名 1,属性名 2,…,属性名 n)

一个关系模式对应一个关系的结构,例如一个选课关系模式可以表示为如下形式:

选课(学号,课程号,成绩)

(7) 候选键　关系中的某个属性或属性组,能够唯一地确定一个元组,则称为候选键(candidate key)或候选关键字。在一个关系中可以有若干候选键,当组成键的属性个数大于 1 时,称之为复合键。

(8) 主键　主键(primary key)是指从候选键中指定的某一个,也叫主关键字。包含在其中的属性称为主属性,不包含在任何候选键中的属性称为非主属性。如表1.1中的"学号"可以唯一确定一个学生,即可作为本关系中的主键。而"姓名"有可能出现重名,就不能作为主键。

例 1.2　举例说明候选键与主键之间的区别。

现有关系"学生"和"教师",其关系模式如表1.2所示。

表 1.2　学生和教师关系模式

关系模式	候选键	主键
学生(学号,姓名,性别,专业,入学成绩)	学号	学号
教师(工号,姓名,性别,职称,部门,ID)	工号,ID	工号

在关系"学生"中,只有一个候选键"学号",所以理所当然成为主键;而在关系"教师"中存在两个候选键"工号"、"ID"(身份证号),只能从中指定一个候选键作为主键,这里指定工号为主键。这个实例说明,一个关系模式可以有多个候选键,但是只能有一个主键。

(9) 外键　如果表中的一个属性不是本表的主键或候选键,而与另外一个表的主键相对应,则称这个属性是该表的外键(foreign key),也叫外部关键字。

　　例如,下表"选课"关系中的属性"课程号"就是一个外键,它的值取决于"课程"关系中作为主键的"课程号"的值。它在"课程"关系中是主键,但在"选课"关系中不是主键。对于"选课"关系来说,"课程号"是一个"外来的主键",它用于实现与"课程"关系之间的联系。由此可见,尽管关系数据库中表是独立存储的,但是表与表之间可通过外键相互联系,从而构成一个整体的逻辑结构。

选课关系				课程关系		
学　号	课程号	成绩		课程号	课程名	学分
070101	A01	84		A01	数学	5
070101	B02	79		B02	英语	4
070102	A01	92		C01	体育	2

　　(10) **主表和从表**　主表和从表是指通过外键相关联的两个表,其中以外键作为主键的表称为主表,外键所在的表称为从表。例如,上面的两个关系"选课"和"课程"通过外键"课程号"相关联,以"课程号"作为主键的关系"课程"称为主表,而以"课程号"作为外键的关系"选课"则是从表。

　　(11) **关系数据库管理系统**　关系数据库管理系统(RDBMS)就是管理关系数据库的计算机软件,数据库管理系统使用户能方便地定义和操作数据,维护数据的安全性和完整性,以及进行多用户下的并发控制和恢复数据库等。

1.4.2　E-R 图向关系模型的转换

　　如前所述,E-R 图只是现实世界的纯粹反映,与数据库具体实现毫无关系,但它却是构造数据模型的依据。关系模型的逻辑结构是一组关系模式的集合,E-R 图则是由实体、实体的属性和实体之间的联系三个要素组成的。所以将 E-R 图转换为关系模型实际上就是要将实体、实体的属性和实体之间的联系转换为关系模式的集合,下面分别介绍这种转换所遵循的一般规则。

1. 实体到关系模式的转换

　　将 E-R 图中的一个实体集转换为一个同名关系模式,实体的属性就是关系模式的属性,实体的键就是关系模式的主键。

　　例 1.3　将图 1.13 所示的实体仓库转换为关系模式如下:

　　仓库(仓库号,面积,电话号码)

其中,转换后的关系模式名为仓库,圆括号内列出的是关系的属性集,主键为下划线标注的仓库号。很显然 E-R 图中的一个实体对应关系模式集合中的一个关系模式。

2. 联系到关系模式的转换

　　对于 E-R 图中的联系,情况比较复杂,要根据实体联系方式的不同,采取不同的手段加以实现。

1) 两实体间 1:1 联系

若两实体间的联系为 1:1,可在两个实体转换成的两个关系模式中,将任意一个关系模式的主键和联系的属性加入另一个关系模式中。

例 1.4　公司与总经理之间 1:1 联系的 E-R 图如图 1.18 所示,将其转换为关系模型。

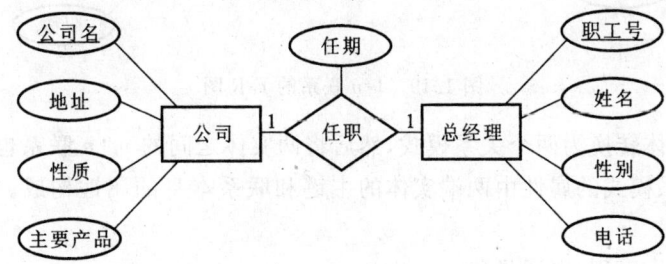

图 1.18　1:1 联系的 E-R 图

公司和总经理各转换为一个关系模式,1:1 联系"任职"可以通过在总经理关系模式中加入公司名和任期来实现转换。对应的关系模型如下:

公司(公司名,地址,性质,主要产品)

总经理(职工号,姓名,性别,电话,任期,公司名)

当然也可以在公司关系模式中加入总经理的主键"职工号",转换为另一种关系模型:

公司(公司名,地址,性质,主要产品,职工号)

总经理(职工号,姓名,性别,电话,任期)

2) 两实体间 1:n 联系

若两实体间的联系为 1:n,可将"1"方实体的主键加入"n"方实体对应的关系模式中作为外键,同时把联系的属性也一并加入"n"方对应的关系模式中。

例 1.5　仓库和职工之间存在 1:n 的联系,其 E-R 图如图 1.18 所示,将其转换为关系模型。

先将两个实体转换为两个关系模式,然后把"1"方(仓库)的主键"仓库号"加入"n"方(职工)关系模式中作为外键,用以实现 1:n 的"工作"联系。对应的关系模型如下:

仓库(仓库号,面积,电话号码,职工号)

职工(职工号,姓名,年龄,职称,仓库号)

3) 两实体间 $m:n$ 联系

对于两实体间 $m:n$ 联系,必须将"联系"转换成一个独立的关系模式,其属性为两端实体的主键加上联系本身的属性,联系关系模式的主键为复合键,由两端实体的主键组合而成。

例 1.6　仓库和零件之间存在 $m:n$ 的联系,其 E-R 图如图 1.20 所示,将其转换为关系模型。

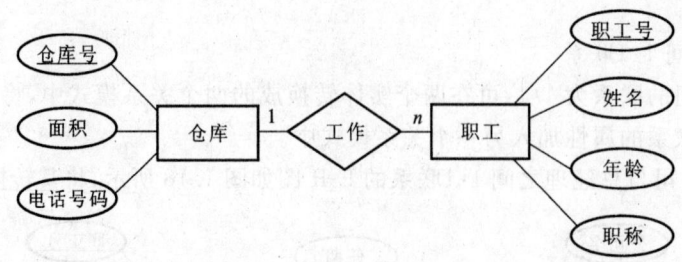

图 1.19   1:n 联系的 E-R 图

先将两个实体转换为两个关系模式,然后将两实体之间的 $m:n$ 联系也转换成一个关系模式。联系关系模式的属性由两端实体的主键和联系本身的属性构成。对应的关系模型如下:

仓库(<u>仓库号</u>,面积,电话号码)
零件(<u>零件号</u>,名称,规格,单价,描述)
库存(<u>仓库号</u>,<u>零件号</u>,数量)

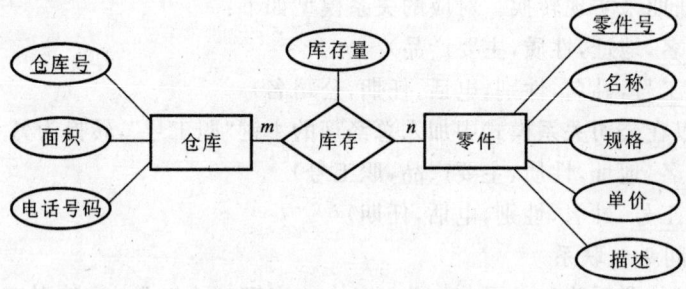

图 1.20 $m:n$ 联系的 E-R 图

对于三个或三个以上实体间 $m:n$ 的多元联系,必须将"联系"转换成一个独立的关系模式,该关系模式中最少应包括被它联系的各个实体的主键,若是联系有属性,也要归入到这个关系模式中,这种情况与两个实体间 $m:n$ 联系类似。

1.4.3   关系数据模型的特点

关系模型看起来简单,但是并不能把日常手工管理所用的各种表格,按照一张表一个关系直接存放到数据库系统中。在关系模型中对关系有一定的要求,关系必须具有以下特点:

(1) 关系中的每一列不可再分   也就是说表中不能再包含表,或者说,每一个字段不能再细分为若干个字段。

(2) 在同一个关系中不能出现相同的属性名   即不允许同一个表中有相同的字段名。

（3）关系中不允许有完全相同的元组　即不允许有完全相同的记录。

（4）关系中元组的次序无关紧要　也就是说，任意交换两行的位置并不影响数据的实际含义。日常生活中经常见到的"排名不分先后"正反映这种意义。

（5）关系中列的次序无关紧要　任意交换两列的位置也不影响数据的实际含义。例如课程表里学时和学分哪个在前面都不重要，重要的是实际数据。

1.4.4　关系运算

在对关系数据库进行查询时，若要找到用户关心的数据，就需要对关系进行一定的关系运算。关系的基本运算有两类：一类是传统的集合运算，包括并、差、交等，另一类是专门的关系运算，包括选择、投影、连接等。对于比较复杂的查询操作可由几个基本运算组合实现。关系运算的操作对象是关系，运算的结果仍为关系。

1. 传统的集合运算

进行并、差、交这几个传统的集合运算时，要求参与运算的两个关系必须具有相同的关系模式，即相同的表结构。例如，下面的两个关系 R 和 S，分别代表了选修"计算机网络"和"多媒体技术"的学生。

关系 R:选修计算机网络的学生		关系 S:选修多媒体技术的学生	
学　号	姓　名	学　号	姓　名
070101	刘晓明	070101	刘晓明
070102	林利利	070203	王中华
070203	王中华	070204	章京平

1）并

两个具有相同结构的关系进行的并（union）运算是由属于这两个关系的所有元组组成的集合。例如，R 和 S 的并运算（R∪S）表示查询选修了课程的学生。

在进行并运算时，要消除重复的元组。

2）差

两个具有相同结构的关系 R 和 S 进行差（difference）运算，R 与 S 的差（R-S）由属于 R 但不属于 S 的元组组成，即差运算的结果是从 R 中去掉 S 中也有的元组，而 S 与 R 的差（S-R）则由属于 S 但不属于 R 的元组组成，即差运算的结果是从 S 中去掉 R 中也有的元组。

3）交

两个具有相同结构的关系 R 和 S 进行交（intersection）运算，其结果由既属于 R 又属于 S 的元组组成，即交运算的结果是 R 和 S 中共同的元组。例如，R 和 S 的交（R∩S）表示既然选修了"计算机网络"又选修了"多媒体技术"的学生。

例 1.7　关系 R 和 S 的并、差、交运算的结果如下：

R∪S	
学　号	姓　名
070101	刘晓明
070102	林利利
070203	王中华
070204	章京平

R−S	
学　号	姓　名
070102	林利利

R∩S	
学　号	姓　名
070101	刘晓明
070203	王中华

2. 专门的关系运算

1）选择

从指定关系中找出满足给定条件的元组的操作称为选择（select）。选择是从行的角度对二维表内容进行的筛选，即从水平方向抽取记录。经过选择运算得到的结果可以形成新的关系，其关系模式不变，但其中的元组是原关系的一个子集。

例 1.8　从表 1.1 所示的学生关系中找出入学成绩在 550 分以上的元组，组成新的关系 XS1。

关系 XS1

学　号	姓　名	性　别	专　业	入学成绩
070101	刘晓明	男	工商	568
070102	林利利	女	法学	552

2）投影

从关系模式中指定若干个属性组成新的关系称为投影（project）。投影是从列的角度对二维表内容进行的筛选或重组，经过投影运算得到的结果也可以形成新的关系，其关系模式所包含的属性个数往往比原关系少，或者属性的排列顺序不同。投影运算提供了垂直调整关系的手段，体现出关系中列的次序无关紧要这一特点。

例 1.9　从学生关系中筛选所需的列（学号，姓名，入学成绩），组成新的关系 XS2。

关系 XS2

学　号	姓　名	入学成绩
070101	刘晓明	568
070102	林利利	552
070203	王中华	549

3）连接

连接（join）运算在两个关系中进行。每一个连接操作都包括一个连接条件和一个连接类型。连接条件决定运算结果中元组的匹配和属性的去留；连接类型决定如何处理不符合条件的元组,有内连接、自然连接、左外连接、右外连接、全外连接等。

（1）内连接 内连接（inner join）是按照公共属性值相等的条件连接,并且不消除重复属性。

（2）自然连接 自然连接（natural join）是在内连接的基础上,再消除重复的属性（属于投影操作）。

例 1.10 通过学生、选课和课程关系查询所有同学的数学成绩,组成新的关系 XS3。

首先需要把学生表和选课表连接起来,连接条件必须指明两个表中的学号对应相等;然后再对连接的结果按照课程号与课程表中的课程号相等,并且课程名为数学的条件进行连接;最后对学号、姓名、课程名、成绩几个属性进行投影,得到新的关系 XS3。

关系 XS3

学 号	姓 名	课程名	成绩
070101	刘晓明	数学	84
070102	林利利	数学	92

自然连接是连接的一个特例,是最常用的连接运算,在关系运算中起着重要作用,本例就属于自然连接。

（3）左外连接 左外连接（left join）是在内连接的基础上,保留左关系中不能匹配条件的元组,并将右关系的属性值填空值 Null。

（4）右外连接 右外连接（right join）类似左外连接。在内连接的基础上,保留右关系中不能匹配条件的元组,并将左关系的属性值填空值 Null。

（5）全外连接 全外连接（full join）是左外连接和右外连接的组合。

综观所述可以归结出:选择和投影运算的操作对象只是一个表,相当于对一个二维表的数据进行横向或纵向的提取。而连接运算则是对两个或两个以上的表进行的操作,如果需要连接两个以上的表,应当进行两两关系连接。

总之,在对关系数据库的操作中,利用关系的选择、投影和连接运算,可以方便地在一个或多个关系中提取所需的各种数据,建立或重组新的关系。

1.4.5 关系的规范化

关系数据库是由若干张二维表组成的,那么怎样才能使这些表建立得合理可靠,简单实用,具有较好的逻辑结构呢? 应采用的一个重要技术就是规范化技术。

规范化的基本思想是消除关系模式中的数据冗余,消除数据依赖中不合适的部分,解决插入、更新、删除时发生的异常现象。这就要求关系数据库设计出来的关系模式要满足规范的模式,即范式（normal form,NF）。由于规范化的程度不同,就产生了不同的范式。

1. 第一范式

第一范式（1NF）是最基本的规范形式,即在关系中要满足关系模型的基本性质,消除重复属性,且每个属性都是不可再分的基本数据项。

例如,表 1.2 所示的关系 score0 就不满足第一范式,因为它的课程号、成绩和学分属性出现重复组,不是单一值。解决方法是将所有的属性表示为不可分的数据项,见表1.3。转化后的关系即符合第一范式。

表 1.2　非规范化的关系 score0

学　号	姓　名	性　别	专　业	课程号	成　绩	学　分
070101	刘晓明	男	工商	A01	84	5.0
				A02	91	3.5
				C01	85	2.0
070102	林利利	女	工商	B01	87	4.0
				A02	82	3.5
				C01	73	2.0
070203	王中华	男	法学	A01	68	5.0
				B01	89	4.0

表 1.3　满足 1NF 的关系 score1

学　号	姓　名	性　别	专　业	课程号	成　绩	学　分
070101	刘晓明	男	工商	A01	84	5.0
070101	刘晓明	男	工商	A02	91	3.5
070101	刘晓明	男	工商	C01	85	2.0
070102	林利利	女	工商	B01	87	4.0
070102	林利利	女	工商	A02	82	3.5
070102	林利利	女	工商	C01	73	2.0
070203	王中华	男	法学	A01	68	5.0
070203	王中华	男	法学	B01	89	4.0

一个关系模式仅仅满足第一范式是远远不够的。

2. 第二范式

如果关系模式属于第一范式,并且关系中每个非主属性都完全依赖于任意一个候选关键字,则称这个关系属于第二范式(2NF)。

在表 1.3 中,主关键字是(学号,课程号),由一个复合关键字唯一确定一条记录。这个关系虽然符合第一范式,但在使用过程中可能存在以下问题:

(1) **数据冗余**　当同一门课程有多个学生选修时,学号、姓名、课程号等都存在着大量的重复,因此带来了数据冗余问题。有的冗余是不可避免的,但大量的冗余不仅浪费存储空间,而且会给操作带来麻烦。

（2）更新异常　数据的重复存储使得在对数据进行修改时,容易造成数据的不一致性。例如,调整了某课程的学分,那么表中对应课程的学分值都要更新,一旦遗漏就有可能出现同一门课程学分不同,造成数据不一致,因此带来更新异常问题。

（3）插入异常　无法插入某部分信息称为插入异常。例如,开设了一门新课程,但由于暂时没人选修,没有学号关键字,表中就不能出现这门课程,只能等有人选修才能把课程和学分存入,因此带来插入异常问题。

（4）删除异常　删除了不应删除的信息称为删除异常。例如,某个学生因某种原因取消所选课程,当删除课程信息时,则关于这个学生的个人信息也就被删除了,因此带来删除异常问题。

带来问题的原因是非主属性"学分"仅仅依赖于"课程号",也就是说,只是部分依赖于主关键字是（学号,课程号）,而不是完全依赖。为了避免这些问题,关系模式必须符合第二范式。

解决的方法是将关系模式进一步分解,分解成两个关系模式:成绩（学号,课程号,成绩）,课程（课程号,课程名,学分）,见表 1.4 和表 1.5。

表 1.4　满足 2NF 的关系 score2_1

学　号	课程号	成绩
070101	A01	84
070101	A02	91
070101	C01	85
070102	B02	87
070102	A02	82
070102	C01	73
070203	A01	68
070203	B02	89

表 1.5　满足 2NF 的关系 score2_2

课程号	课程名	学分
A01	数学	5.0
B02	英语	4.0
A02	计算机	3.5
C01	体育	2.0

3. 第三范式

在第二范式的基础上,如果关系模式中的所有非主属性对任何候选关键字都不存在传递依赖,则称这个关系属于第三范式（3NF）。

在表 1.6 所示的学生表中,关键字是学号,由于是单个关键字,没有部分依赖的问题,这个关系肯定属于第二范式。但是,属性"学院编号"、"学院名称"将重复存储,不仅有数据冗余的问题,也有插入、删除和修改时的异常问题。

表 1.6　学生表

学　号	姓　名	性　别	专业	学院编号	学院名称
070101	刘晓明	男	工商	05	管理
070102	林利利	女	工商	05	管理
070203	王中华	男	法学	06	文法

　　带来问题的原因是关系中存在传递依赖。"学院名称"依赖于"学院编号",而"学院编号"又依赖于"学号",因此,"学院名称"通过"学院编号"依赖于"学号",这种现象称为传递依赖。为了避免这类问题,第三范式要求必须消除传递依赖关系。

　　解决的方法是分解关系模式。将表 1.6 分解为两个关系模式:学生(学号,姓名,性别,专业,学院编号),学院(学院编号,学院名称),见表 1.7 和表 1.8。

<table>
<tr><td colspan="5">表 1.7　学生表</td><td colspan="2">表 1.8　学院表</td></tr>
<tr><td>学　号</td><td>姓　名</td><td>性别</td><td>专业</td><td>学院编号</td><td>学院编号</td><td>学院名称</td></tr>
<tr><td>070101</td><td>刘晓明</td><td>男</td><td>工商</td><td>05</td><td>05</td><td>管理学院</td></tr>
<tr><td>070102</td><td>林利利</td><td>女</td><td>工商</td><td>05</td><td>06</td><td>文法学院</td></tr>
<tr><td>070203</td><td>王中华</td><td>男</td><td>法学</td><td>06</td><td>07</td><td>外国语学院</td></tr>
</table>

　　由此可见,规范化的原则是一个关系模式描述一个实体或实体间的一种联系,规范的实质就是概念的单一化。一个"好"的关系模式应该具备以下条件:尽可能少的数据冗余,没有插入异常,没有删除异常,没有更新异常。所以,关系规范化是通过将属性分解到更小关系中去的方法将一个"不好"的关系模式变成一个"好"的关系模式。

　　规范化的优点是减少了数据冗余,节约了存储空间,同时加快了增、删、改的速度。但在数据查询方面,需要进行关系模式之间的连接操作,因而影响查询的速度。所以关系的规范化应该是由低向高,逐步规范,权衡利弊,适可而止。

　　对于数据库规范化设计的要求是应该保证所有数据表都能满足第二范式,力求绝大多数数据表满足第三范式,这样的设计容易维护。除以上介绍的三种范式外,还有 BCNF(Boyce Codd Normal Form)、第四范式、第五范式。一个低一级范式的关系模式,通过模式分解可以规范化为若干个高一级范式的关系模式的集合。

1.4.6　关系的完整性

　　关系的完整性,即关系中的数据及具有关联关系的数据间必须遵循的制约和依存关系,关系的完整性用于保证数据的正确性、有效性和相容性。

　　关系的完整性主要包括实体完整性、域完整性和参照完整性三种,它们分别在记录级、字段级和数据表级提供了数据正确性的验证规则。

1. 实体完整性

　　实体完整性(entity integrity)保证表中记录的唯一性,即在表中不允许出现重复记录。在 Access 中利用主键或候选键来保证记录的唯一性。由于主键的一个重要作用就是标识每条记录,所以关系的实体完整性要求关系(表)中的记录在组成的主键上,不允许出现两条记录的主键值相同,也就是说,既不能取 Null 空值,也不能有重复值。

　　例如,在表 1.1 所示的关系 XS 中,字段"学号"作为主键,其值不能为 Null 空值,也不能有两条记录的学号相同。而在 CJ 关系中,其主键是学号和课程号的组合,因此在这个关系中,这两个字段的值不能为 Null 空值,两个字段的值也不允许同时相同。

2. 域完整性

域完整性是针对某一具体字段的数据设置的约束条件,也称为用户自定义完整性。Access 提供了定义和检验域完整性的方法。

例如,可以将"性别"字段定义为分别取两个值"男"或"女",将"成绩"字段值定义为 0～100 之间。

3. 参照完整性

参照完整性(referential integrity,RI)是相关联的两个表之间的约束,当输入、删除或更新表中记录时,保证各相关表之间数据的完整性。

例如,如果在学生表和成绩表之间用学号建立关联,学生表是主表,成绩表是从表,那么,在向成绩表中输入一条新记录时,系统要检查新记录的学号是否在学生表中已存在,如果存在,则允许执行输入操作,否则拒绝输入,以保证输入记录的合法性。

参照完整性还体现在对主表中记录进行删除和修改操作时对从表的影响。如果删除主表中的一条记录,则从表中凡是外键的值与主表的主键值相同的记录也会被同时删除,这就是级联删除;如果修改主表中主键的值,则从表中相应记录的外键值也随之被修改,这就是级联更新。

习 题 1

一、选择题

1. 在下列四个选项中,不属于基本关系运算的是(　　)。
    A. 连接　　　　　　　　　　B. 投影
    C. 选择　　　　　　　　　　D. 排序
2. 一辆汽车由多个零部件组成,且相同的零部件可适用于不同型号的汽车,则汽车实体集与零部件实体集之间的联系是(　　)。
    A. 多对多　　　　　　　　　B. 一对多
    C. 多对一　　　　　　　　　D. 一对一
3. 为了合理组织数据,在设计数据库中的表时,应遵从的设计原则是(　　)。
    A. "一事一地"原则,即一个表描述一个实体或实体间的一种联系
    B. 表中的字段必须是原始数据的基本数据元素,并避免在表中出现重复字段
    C. 用外部关键字保证有关联的表之间的联系
    D. 以上各原则都包括
4. 数据库类型是根据(　　)划分的。
    A. 数据模型　　　　　　　　B. 文件形式
    C. 记录形式　　　　　　　　D. 存取数据方法
5. DBMS 是(　　)。

  A. 操作系统的一部分   B. 操作系统支持下的系统软件

  C. 一种编译程序   D. 一种操作系统

6. 在关系型数据库管理系统中,查找满足一定条件的元组的运算称为(　　　)。

  A. 查询   B. 选择

  C. 投影   D. 联接

7. 如果要改变一个关系中属性的排列顺序,应使用的关系运算是(　　　)。

  A. 选择   B. 投影

  C. 连接   D. 重建

8. 从关系表中,通过关键字挑选出相关表指定的属性组成新的表的运算称为(　　　)。

  A. "选择"运算   B. "投影"运算

  C. "连接"运算   D. "交"运算

9. 数据库 DB、数据库系统 DBMS 和数据库管理系统 DBS 三者之间的关系是(　　　)。

  A. DB 包括 DBMS 和 DBS B. DBS 包括 DB 和 DBMS

  C. DBMS 包括 DBS 和 DB D. DBS 与 DB 和 DBMS 无关

10. 数据库系统与文件系统管理数据时的主要区别之一是(　　　)。

  A. 文件系统能实现数据共享,而数据库系统却不能

  B. 文件系统不能解决数据冗余和数据独立性问题,而数据库系统可以解决

  C. 文件系统只能管理程序文件,而数据库系统能够管理各种类型的文件

  D. 文件系统管理的数据量庞大,而数据库系统管理的数据量较少

二、填空题

1. 从层次角度看,数据库管理系统是位于_____与_____之间的一层数据管理软件。

2. 用二维表数据来表示实体及实体之间联系的数据模型称为_____。

3. 两个实体集之间的联系方式有_____、_____和_____。

4. 关系模型是用若干个_____来表示实体及其联系,关系通过关系名和属性名来定义。关系的每一行是一个_____,表示一个实体;每一列是记录中的一个数据项,表示实体的一个属性。

5. 在关系数据库中,一个二维表中垂直方向的列称为属性,在表文件中叫做一个_____。

6. 在关系数据库中,一个属性的取值范围叫做一个_____。

7. 若关系中的某一属性组的值能惟一地标识一个元组,则称该属性组为_____。

8. 对关系进行选择、投影或连接运算之后,运算的结果仍然是一个_____。

三、简答题

1. 什么是数据库?什么是数据库管理系统?

2. 数据库系统由哪些部分组成?他们之间的关系是怎样的?

3．解释外模式、模式、内模式的概念和作用。

4．数据模型有几种类型？各有何特点？

5．什么是 E-R 图？构成 E-R 图的基本要素是什么？

6．试述把 E-R 图转换为关系模型的转换规则。

7．试述关系的基本性质。

8．传统的关系运算包含哪几种？专门的关系运算包含哪几种？并举例说明。

9．什么是关系的完整性？关系完整性包括哪些内容？

10．有如下读者借阅书籍信息表：

读者借阅书籍信息表

读者编号	读者姓名	书籍编号	书籍名称	借书日期	类别代码	允许借出天数
1	李平	C03	网络技术基础	2008-5-10	001	30
2	王明	C01	C 程序设计教程	2008-5-12	001	30
2	王明	D05	计算机学报	2008-5-21	003	15
3	张莉	C01	C 程序设计教程	2008-5-27	001	30
3	张莉	A02	数据库系统概论	2008-6-9	001	30

它符合哪一种类型的规范化形式？如果不符合第三范式，请将其处理成符合第三范式的关系。

第 2 章 Access 概 述

目前,数据库管理系统软件有很多,例如 Oracle,Sybase,DB2,SQL Server,Access,Visual FoxPro 等,虽然这些产品的功能不完全相同,操作上差别也较大,但是它们都是以关系模型为基础的,因此都属于关系型数据库管理系统。

Access 2003 中文版是 Microsoft 公司的 Office 2003 办公套装软件的组件之一,是目前最为流行的桌面型数据库管理系统,它界面友好、操作简单、功能全面、使用方便。本章介绍 Access 2003 的特点、工作环境、启动与退出等。

2.1 Access 系统的发展及特点

2.1.1 Access 系统的发展

早期 Access 是独立发行的,从 1992 年 Microsoft 推出的第一个供个人使用的 Access 1.0 版本开始,Access 历经多次升级改版。从 1995 年起,Access 成为 Microsoft Office 的一部分,从 Access 2.0,Access 7.0,Access 97,Access 2000,Access 2002,逐步升级到 Access 2003,并不断有功能更强的新版本出现。本书主要针对 Access 2003 版本来介绍。

Microsoft Access 2003 是 Microsoft Office 2003 系列应用软件的一个重要组成部分,Access 2003 对以前的 Access 版本做了许多改进,除保留了原来好的功能外,还增加了一些新的功能,而操作却越来越简单。

利用 Access 能够在很短的时间里开发出一个功能强大而且相当专业的数据库应用程序,通过可视化的编程环境 VBE,加上一些简短的 VBA 代码,来更好地设计和开发数据库,可以满足初学者和专业的程序员对数据库的开发需求。从而使 Access 应用越来越广泛,操作更加简单、方便。

2.1.2 Access 系统的特点

Access 是 Microsoft Office 的一个重要的组成部分,随着 Office 软件的升级而一次次升级。作为 Office 软件中一员,Access 与 Office 中的其他软件在窗口界面上相类似,方便了用户快速地操作及制作符合使用要求的数据库系统。其主要特点如下:

(1) Access 中的文件格式单一 一个 Access 数据库文件中包含了 7 种数据库对象,分别是表、查询、窗体、报表、页、宏和模块,而这些数据库对象都存储在同一个以 mdb 为扩展名的数据库文件中。在任何时候,Access 只需打开一个数据库文件,便可以对各种数据库对象进行操作,使对数据库的管理和操纵更加方便。

(2) Access 兼容多种数据格式　　Access 能直接导入 Microsoft Office 中的其他软件,如 Excel 和 Word 等的数据文件,而且其自身的数据库内容也可以方便地在这些软件中使用。此外,Access 提供了与其他数据库管理系统的良好接口,能够识别 FoxPro 等格式的数据。

(3) Access 具有强大的集成开发功能　　Access 可以在可视化的界面 VBE 中用 VBA 编写数据库应用程序,使用户能够方便地开发各种面向对象的应用程序,达到对数据设计的要求。同时,Access 还支持结构化查询语言 SQL 的设计。

(4) Access 具有丰富的向导功能　　Access 有许多方便快捷的工具和向导,如表达式生成器、表向导、查询向导、窗体向导、报表向导等,利用这些向导,可以轻松地创建自己的数据库系统。

(5) Access 具有 Web 网页发布功能　　Access 2000 及以上版本增加了数据访问页功能,通过创建数据访问页可将 Access 中的数据发布到网络上,在网络上实现共享信息和管理数据。

(6) Access 具有强大的帮助信息　　Access 有强大的帮助功能,用户可根据需要随时浏览帮助信息,从中获得帮助。

(7) Access 各个版本之间具有兼容性　　Access 2003 可以查看用 Access 97,Access 2000,Access 2002 编写的数据库,用户不用因为版本的升级而重新设计数据库,使不同版本的用户间可以共享数据库且更加方便。

2.2　Access 的工作界面

2.2.1　Access 系统的安装

由于 Access 是 Microsoft Office 的一部分,在完全安装 Office 时,Access 已作为常用组件默认装入,但是只安装 Access 常用组件,这种安装对于只是运行 Access 数据库应用系统的用户而言已经足够了,但如果要应用 Access 开发设计数据库应用系统,则必须完全地安装 Access。对于已安装 Office 的用户无需卸载原有的 Office,只要在此基础上选择自定义安装 Access 即可。

组件添加过程如下:

① 将 Microsoft Office 安装光盘插入光驱,将自动执行安装程序,进入的工作界面,如图 2.1 所示;

② 在打开的窗口中,选定**添加或删除功能**单选按钮,单击**下一步**按钮,选定**选择应用程序的高级自定义**复选框,打开如图 2.2 所示的窗口,选择 Access 的相应组件,如图 2.3 所示,并单击**更新**按钮;

③ 安装完成后,系统将给出提示,如图 2.4 所示,单击**确定**按钮关闭对话框。

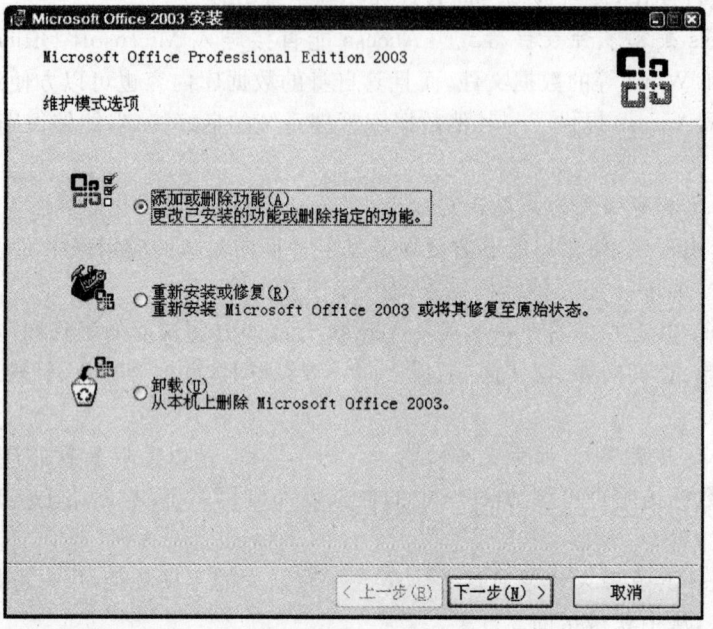

图 2.1　Office 维护界面

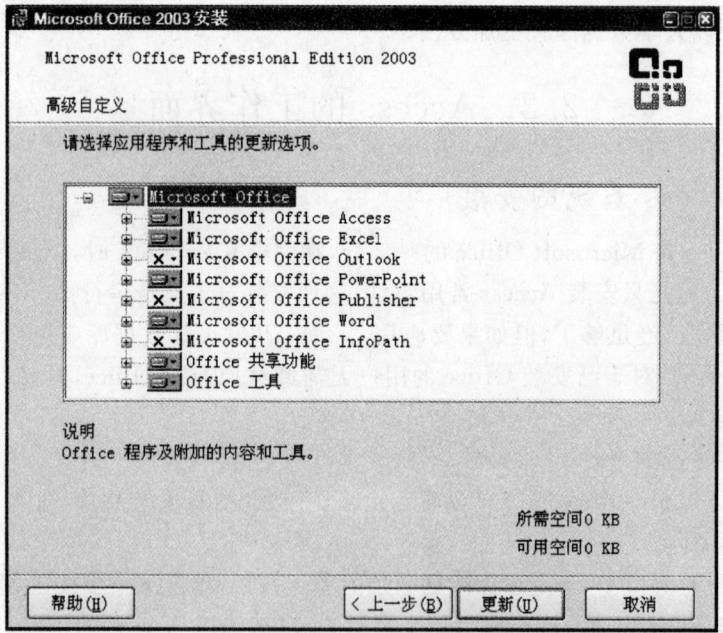

图 2.2　选择安装组件界面

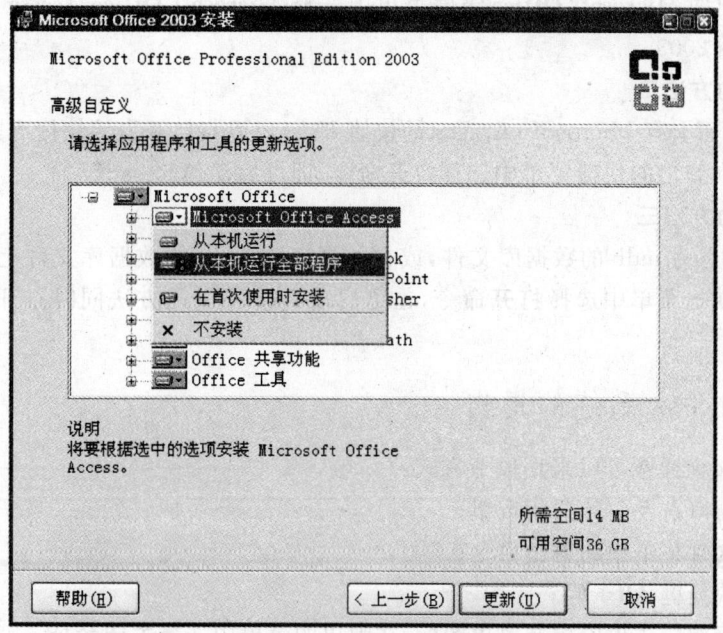

图 2.3 选择 Access 组件界面

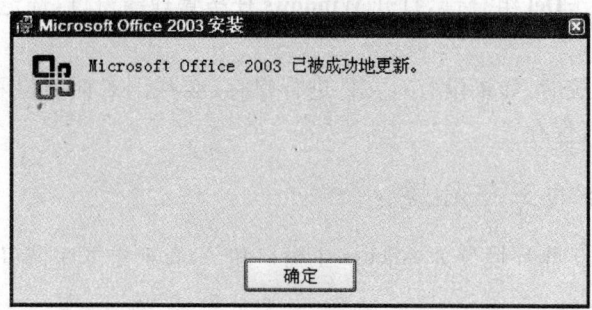

图 2.4 Office 完成安装界面

2.2.2 Access 系统的启动

启动 Access 一般可选用以下几种方法:

1. Access 启动方法一

从**开始**菜单启动,操作步骤如下:

① 单击 Windows 桌面任务栏左下角的**开始**按钮;

② 在**开始**菜单中选择**所有程序**选项;

③ 在弹出的**所有程序**级联菜单中选择 **Microsoft Office** 选项;

④ 在弹出的 **Microsoft Office** 级联菜单中选择 **Microsoft Office Access 2003** 选项即可启动 Access 2003。

2. Access 启动方法二

如果在桌面上有 Microsoft Access 的快捷方式，可以直接双击该快捷方式图标，或单击鼠标右键，在弹出的快捷菜单中选择**打开**命令，即可启动 Access。

3. Access 启动方法三

双击扩展名为 mdb 的数据库文件，或在扩展名为 mdb 的数据库文件上单击鼠标右键，在弹出的快捷菜单中选择**打开**命令，也可启动 Access。此方法同时打开所选的数据库文件。

2.2.3　Access 系统的退出

退出 Access 通常可以采用以下方式：

① 单击窗口右上角的**关闭**按钮；

② 选择**文件**菜单中的**退出**命令；

③ 使用快捷键 **Alt＋F4**；

④ 右击标题栏或单击控制菜单图标，在弹出的菜单中选择**关闭**命令；

⑤ 打开**文件**菜单，按 **X** 键。

⑥ 按 **Ctrl＋Alt＋Del** 组合键，打开 **Windows 任务管理器**窗口，选定 **Microsoft Access**，单击**结束任务**按钮。

注意：在退出系统时，如果没有对文件进行保存，会弹出对话框提示用户是否对已编辑或修改的文件进行保存。

2.2.4　Access 的工作环境

Access 2003 将工作环境分为 Access 主窗口和 Access 数据库窗口两个部分。

1. Access 主窗口

Access 主窗口主要是提供应用程序的操作范围，与其他应用程序窗口一样，都有标题栏、菜单栏、工具栏、工作区和状态栏等，如图 2.5 所示。

（1）标题栏　标题栏位于 Access 主窗口的最上方，它包含系统控制菜单图标、窗口标题、**最小化按钮**、**最大化按钮/还原按钮**和**关闭按钮** 5 个对象。

（2）菜单栏　菜单是 Windows 系统里窗口的标准组件，里面存放的是事先已归类好的各种功能。Access 菜单包含**文件**、**编辑**、**视图**、**插入**、**工具**、**窗口**和**帮助** 7 个选项。需要强调的是，Access 菜单栏中的各个功能选项将随着 Access 的不同视图状态而有所变化，故有时也称之为敏感菜单。Access 菜单的敏感性主要表现在：子菜单的内容可变，随当时操作的情况而变化；菜单项的颜色可变，菜单项可有深、浅两种显示颜色，随当时的数据环境而变化，如果某一菜单项当前为灰色，表示它暂时不能使用。Access 菜单中使用的

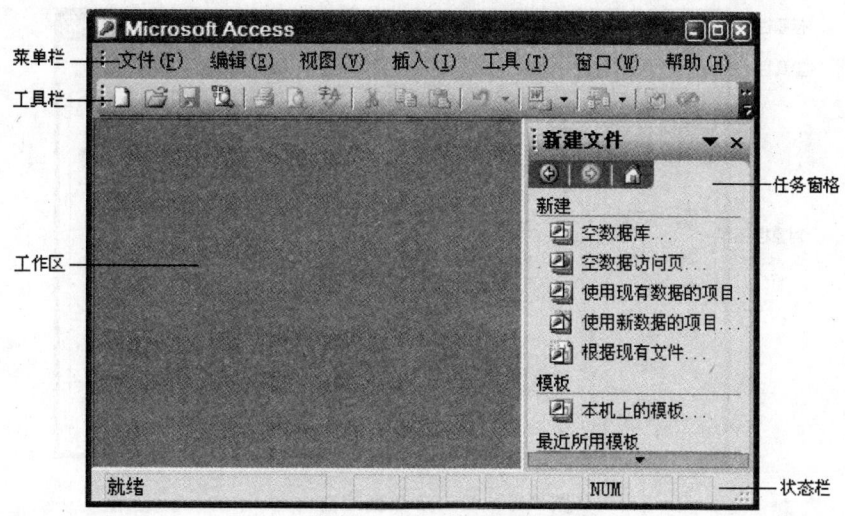

图 2.5　Access 主窗口

符号说明：①菜单项名称中带下划线的英文字母，代表该菜单项的热键，当该菜单激活时，键入这些字母就可执行相应的命令，其功能等同于用鼠标单击该菜单项；②菜单选项前面有选择标记"√"，表示该菜单项提供的功能目前有效，若想使其无效，只需再次单击它即可；③菜单选项后面带有省略号"…"，表示该菜单项选中后将打开一个同名的对话框；④菜单选项后面标有组合键，代表该菜单项的快捷键，按下组合键直接执行相应的命令，而不必通过菜单操作；⑤菜单选项后面标有符号"▶"，光标指向它时，将弹出一个级联菜单。

　　（3）工具栏　　工具栏是一个可供选择的"工具箱"，其中的每个按钮都对应着不同的功能，这些功能都可以通过执行菜单中的相应命令来实现，但利用工具按钮更快捷、方便。如果想知道某个按钮是什么功能，只要将鼠标指针移到按钮上，停留大约两秒钟，就会出现按钮的功能提示。

　　（4）工作区　　在工具栏与状态栏之间的一大块空白区域是系统工作区，各种"工作窗口"将在这里打开。

　　（5）任务窗格　　任务窗格的功能与菜单栏的功能相同，将相关的操作命令集合在一起，提供了许多快捷的操作。

　　（6）状态栏　　状态栏位于屏幕的最底部，用于显示系统正在进行的操作信息，可以帮助用户了解所进行操作的状态。

2．Access 数据库窗口

　　数据库窗口是 Access 中非常重要的部分，它帮助用户方便、快捷地对数据库进行各种操作，而它本身又包括标题栏、工具栏、对象栏、系统引导提示与对象列表，如图 2.6 所示。

　　（1）标题栏　　显示数据库名称和文件格式，以及数据库窗口的**最小化**、**最大化/还原**、

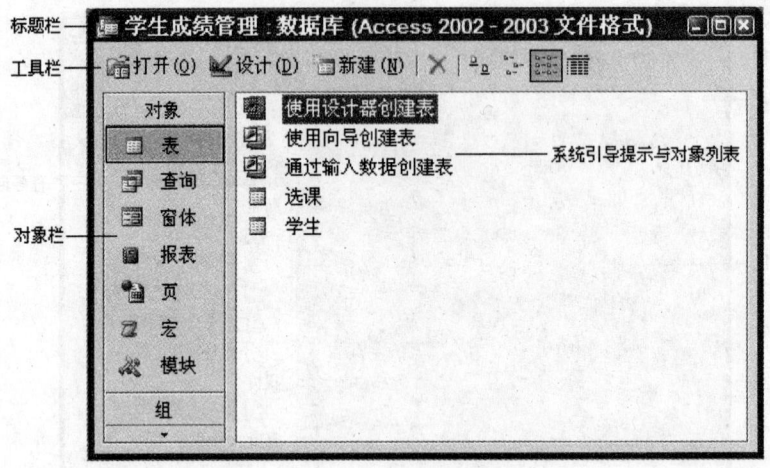

图 2.6　Access 数据库窗口

关闭三个控制按钮。

（2）工具栏　工具栏包括**打开**、**设计**和**新建**三个工具按钮。使用**打开**按钮可以打开当前操作的 7 个对象之一，使用**设计**按钮可以修改当前对象，使用**新建**按钮可以创建当前对象的新项目。工具栏还包括**大图标**、**小图标**、**列表**和**详细资料** 4 种列表方式和一个**删除**按钮。

（3）对象栏　对象栏分类列出了 Access 数据库中的所有对象，对象栏可展开或收缩。单击某个对象，使其变为深颜色，则标志着当前操作的对象。例如，用单击**表**，窗口右边就会列出本数据库中已经创建的所有表。

（4）组　组提供了另一种管理对象的方法，可以把那些关系比较紧密的对象分为同一组，不同类别的对象也可以归到同一组中。当数据库中的对象很多的时候，用分组的方法可以更方便地管理各种对象。需要说明的是，组中的对象只是真实对象的快捷方式，如果删除组中对象，只是将对象在组中建立的这个快捷方式删除了，并不影响该对象及其里面的内容的完整，它仍然存在于数据库中。

（5）系统引导提示与对象列表　该区的上部分是系统为用户提供的快捷操作提示，下部分是依据不同的对象，将用户创建的具体操作保存后形成的列表。建议用户查看操作对象的列表时，单击工具栏上的**详细资料**按钮进行查看，详细资料中包括名称、类型、创建时间等，并且可以排序，其功能类似于 Windows 中的资源管理器。

说明：用户在 Windows 窗口启动 Access，就打开了 Access 主窗口，但是用户在操作中要面对的窗口是数据库窗口，数据库窗口是包含在 Access 主窗口中的。

2.2.5　设置自己的工作环境

Access 允许定义具有个人风格的工作环境，因而每一台计算机的窗口界面都各有特色,可能都不尽相同。

　　工具栏是使用 Access 的得力助手,由于工具栏中的工具按钮都是对应到菜单中的一项功能,所以只要善用工具按钮就可以节省翻阅菜单的许多动作。

　　工具按钮放得是否恰当,会影响工作效率,用户可以适当地插入、删除或自定义工具栏。

1. 显示或隐藏工具栏

　　Access 中的工具栏同它的菜单栏一样,随着 Access 视图状态的不同而有一些不同。打开 Access 时,系统会打开数据库工具栏。Access 提供了不同环境下的 20 多种常用工具栏,若想要显示或隐藏某些工具栏,可以单击**工具**菜单中**自定义**命令项,也可以右击任何一个工具栏的空白处,打开工具栏的快捷菜单,选择**自定义**命令项,弹出**自定义**对话框,如图 2.7 所示。复选框中打钩的表示目前显示在界面上的工具栏。选定或清除相应的工具栏复选框,然后单击**关闭**按钮,便可显示或隐藏指定的工具栏。

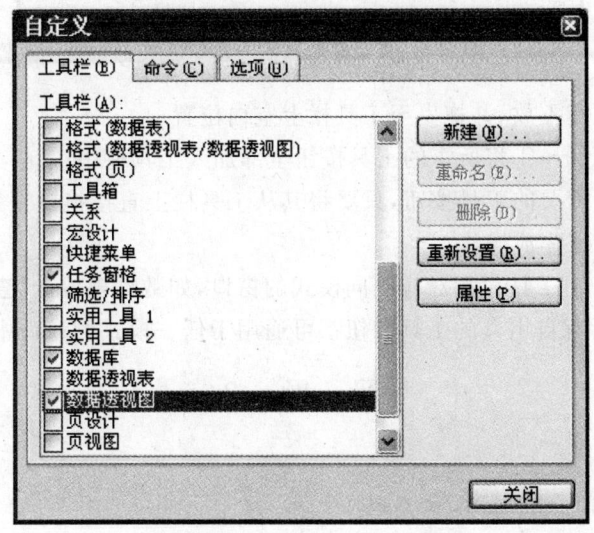

图 2.7　**自定义**对话框的工具栏选项卡

2. 自定义工具栏

　　虽然可以一组一组地加入工具栏,但是并非工具栏中的每个工具按钮都是用户想要的,有些工具按钮可能很久也用不到一次;相反,有一些常用的功能又不在工具栏上,为方便操作,Access 允许用户修改现有的工具栏,即自定义工具栏。具体操作如下:

　　① 单击**工具**菜单中**自定义**命令项,弹出图 2.7 所示的**自定义**对话框;

　　② 选择**命令**选项卡,并在左边的**类别**列表中选定一种工具类别,例如**文件**,如图 2.8 所示;

　　③ 在右边的命令列表中单击所需的工具按钮,例如**导入**,如图 2.8 所示;

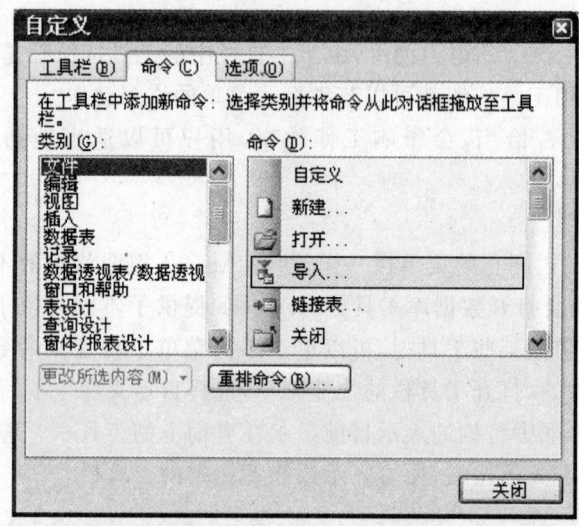

图 2.8　**自定义**对话框的**命令**选项卡

④ 按住鼠标左键不放,并拖曳至工具栏上空白位置;

⑤ 可重复步骤②~④将所需的工具按钮全部加入工具栏中;

⑥ 若想删除不需要的工具按钮,只要将其从工具栏上直接拖曳至工具栏之外即可;

⑦ 单击**关闭**按钮完成操作。

说明:由于每一组工具栏都对应不同模式的窗口,如**数据表设计**、**查询设计**、**窗体设计窗口**等,因而不是所有自定义的工具按钮都可通用于任一模式的窗口中。

<h2 style="text-align:center">习　题　2</h2>

一、选择题

1. 以下哪种方法不能退出 Access(　　)。

　A. 单击**文件**菜单中退出命令　　　　B. 按 **Alt＋F4** 组合键

　C. 按 **ESC** 键　　　　　　　　　　D. 按 **Ctrl＋Alt＋Del** 组合键

2. 不是 Office 应用程序组件的软件是(　　)。

　A. Oracle　　　　　　　　　　　　B. Excel

　C. Word　　　　　　　　　　　　　D. Access

3. 显示或隐藏工具栏先要选择(　　)菜单选项。

　A. **文件**　　　　　　　　　　　　　B. **工具**

　C. **编辑**　　　　　　　　　　　　　D. **插入**

4. 以下说法错误的是(　　)。

　A. 先启动 Access 系统窗口才能打开其数据库窗口

B. 在 Access 系统窗口中只有一个数据库为当前数据库

C. 在 Access 系统的数据库中由 7 个对象构成

D. 数据库窗口是 Access 系统窗口的一部分

5. Access 能处理的数据包括(　　　)。

A. 数字　　　　　　　　　　　　　B. 文字

C. 图片、动画、音频　　　　　　　　D. 以上均可以

二、填空题

1. Access 是一个＿＿＿＿＿数据库管理系统。

2. Access 工作环境分为＿＿＿＿＿和＿＿＿＿＿两部分。

3. 启动 Access 系统的方法有＿＿＿＿＿、＿＿＿＿＿、＿＿＿＿＿(写三种)。

4. 退出 Access 系统的方法有＿＿＿＿＿、＿＿＿＿＿、＿＿＿＿＿(写三种)。

5. Access 数据库窗口包含在＿＿＿＿＿中。

三、简答题

1. Access 系统有哪些特性?

2. 如何自定义安装 Access 2003?

3. 如何自定义工具栏?

4. 简要说明 Access 2003 窗口组成及各部分的功能。

5. 如何通过实际操作,在 Access 系统中获得帮助信息?

第 3 章 数据库的基本操作

本章介绍 Access 数据库的设计步骤,各种建立数据库的方法,以及打开与关闭数据库、维护数据库窗口和数据库的压缩与修复等基本操作。

3.1 Access 数据库设计

数据库设计分为以下五个阶段:需求分析、概念模式设计、逻辑模式设计、数据库实施、数据库运行和维护,一个好的设计将有助于数据库的分析和处理数据。

Access 数据库的设计过程是先进行认真细致的需求分析,在清楚用户的要求后抽象出实体和实体之间的联系,用 E-R 图表示出来,然后将其转换为关系模式并进行规范化处理,最后进行建库建表等物理模式的设计,从而完成整个数据库的设计过程,如图 3.1 所示。

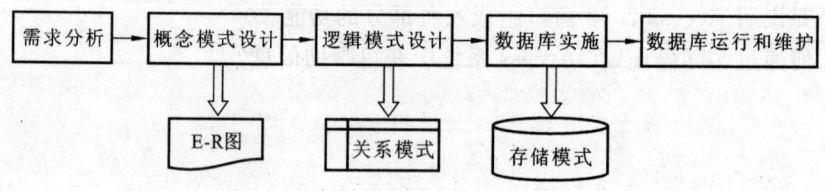

图 3.1 数据库的设计步骤

下面通过创建"学生成绩管理"数据库的设计过程说明数据库设计的步骤和方法。

1. 需求分析

需求分析是数据库设计的第一个阶段,它的任务就是明确用户需求。在分析过程中,应与数据库的最终用户进行交流,了解用户的需求和现行工作的处理过程,共同讨论使用数据库应该解决的问题和完成的任务,同时尽量收集与当前处理有关的各种表格。

在需求分析中,要从以下三个方面进行分析:

(1)信息需求 指用户需要从数据库中获得信息的内容与性质,由信息需求可以导出数据需求,即在数据库中需要存储哪些数据。

(2)处理需求 指用户要完成什么样的处理及处理的方式,也就是系统中数据处理的操作,应注意操作执行的场合、操作进行的频率和对数据的影响等。

(3)安全性和完整性需求

建立"学生成绩管理"数据库的目的是组织和管理学生成绩信息,主要包括学生信息管理、课程信息管理和成绩信息管理。

需求分析是整个设计过程的基础,是最困难、最耗费时间的一步,如果需求分析做得不好,甚至会导致整个数据库设计返工重做。

2. 概念模式设计

概念模式设计是整个数据库设计的关键,它通过对用户需求进行综合、归纳与抽象,形成一个独立于具体 DBMS 的概念模式,一般用 E-R 图表示。对于"学生成绩管理"数据库,建立的 E-R 图如图 3.2 所示。

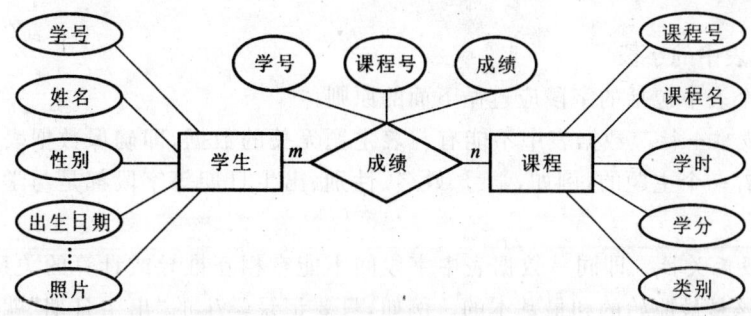

图 3.2　学生成绩管理数据库 E-R 图

E-R 图是概念模式设计阶段的主要工具。

3. 逻辑模式设计

完成概念模式设计后,得到一个与具体计算机软、硬件无关的概念模式,数据库设计从逻辑模式设计开始就与具体的机器世界建立关联,也就是说,要将独立于机器世界的概念模式转换为关系数据库管理系统所支持的关系模式。将图 3.2 所示的 E-R 图转换为关系模式如下:

学生(学号,姓名,性别,出生日期,专业,入学成绩,照片)

课程(课程号,课程名,学时,学分,类型)

成绩(学号,课程号,成绩)

完成 E-R 图到关系模式的转换后,即进入关系模式的规范化处理阶段。关系模式的规范化处理直接影响着关系数据库运行的性能,相关知识已在 1.4.5 中介绍,此处不再赘述。

4. 数据库实施

数据库实施阶段的主要任务是构建数据库的内模式(也称为存储模式或物理模式),并根据 Access 提供的建立数据库的方法创建数据库。在对数据库命名时,要使名字能尽量体现数据库的内容,要做到"见名知意"。Access 数据库的物理结构设计一般按如下步骤进行:

1) 确定数据库中的表

数据库中的表是数据库的基础数据来源,表设计的好坏直接影响数据库其他对象的设计及使用。

一个数据库中要处理的数据很多,不可能将所有的数据都放在一个表中,确定数据库中的表就是指将收集到的信息使用几个表进行保存。应保证每个表中只包含关于一个主题的信息,这样,每个主题的信息可以独立地维护,通常根据关系模式分别为每个实体集及其联系设计一个表。例如,分别将学生、课程及成绩放在不同的表中,这样对某一类信息的修改不会影响到其他的信息。

根据上面的原则,确定在"学生成绩管理"数据库中使用"学生表"、"课程表"和"成绩表"三个表。

2)确定表中的字段

确定每个表中包括的字段应遵循下面的原则:

(1)**字段唯一性** 数据表中不能有与表主题无关的数据,即确保数据表中的每个字段都是围绕着一个主题的,例如,学号、姓名、性别、出生日期等字段都是与学生信息有关的字段。

(2)**字段无关性** 即同一数据表中字段间不能有相互推导或计算的关系,字段所表示的数据应该是最原始的和最基本的。例如,只要记录学生的"出生日期"就可计算出年龄;同样,总评成绩可以通过平时、期中和期末成绩计算得到。因此,无须保留"年龄"和"总评成绩"字段,这些数据可以使用以后介绍的查询方法进行计算。

(3)**避免在表之间出现重复字段** 在表中除了为建立表间关系而保留的外部关键字外,尽量避免在多个表中同时存在重复的字段,这样做一是为了尽量减少数据的冗余,同时也是防止因插入、删除和更新数据时造成的数据不一致。

(4)**字段命名应符合规则** 在为字段命名时,应符合所用的 DBMS 中对字段名的命名规则。

在使用 Access 设计、开发应用系统时,建议使用英文或汉语拼音作为字段名称,利用"标题"属性在工作表中显示中文,这样处理起来会更方便一些。

按照以上原则,确定"学生成绩管理"数据库三个表中的各字段,见表 3.1。

表 3.1 "学生成绩管理"数据库中的表及各表中的字段

学生表	成绩表	课程表
学号	学号	课程号
姓名	课程号	课程名
性别	平时	学时
出生日期	期中	学分
政治面貌	期末	类别
专业		简介
四级通过		
入学成绩		
家庭住址		
照片		

其中"成绩表"为"学生"和"课程"两实体集之间的联系表。

3）确定主键

在一个表中确定主键，其目的一是保证实体的完整性，即主键的值不允许是空值或重复值，二是在不同的表之间建立联系。

在学生表中"学号"是主键，课程表中的主键是"课程号"，在成绩表中可以是"学号"和"课程号"的组合。

4）确定表之间的关系

接下来是确定表之间的关系，需要强调的是，表之间的关系要根据具体的问题来确定，绝不是不加区别地在任意两个表之间都建立关系。

由于实体集之间的关系有一对一、一对多和多对多 3 种，下面分析不同的关系如何在 Access 数据库中实现。

（1）一对一联系　两个表之间的一对一联系不经常使用，因为在许多情况下，可将两个表中的数据合并成一个表。但也可能出于某种原因不想合并，比如，有些数据是不常用的，或者某些数据是不应给每个人看到的。例如"学生登记卡"中保留的一些特殊数据（如病历资料或受到的处分等），这些数据不需要经常查看，或者只能由学校的某些授权单位查看。因此可创建一个以"学号"为主键的单独表来存储这些数据，学生基本情况表与这张表是一对一的联系。

如果两个表表示的是两个不同的实体，它们有不同的主键，这时，可以将一个表中的主键字段也保存在另一个表中，这样可以建立两个表之间的关系。

（2）一对多联系　两个表间存在一对多关系时，可以将一方的主键字段添加到多方的表中，例如，学生表和成绩表之间存在着一对多的联系，所以要将学生表中的主键"学号"字段添加到成绩表中。一对多联系是关系数据库中最普遍的联系。

（3）多对多联系　从图 3.2 可以看出，"学生成绩管理"数据库中的学生表和课程表之间是多对多的联系，而成绩表在两表之间起着纽带的作用，所以也称为"纽带表"。在成绩表中包含了学生表和课程表的主键"学号"、"课程号"，也包含自身的属性字段，如"平时"、"期中"和"期末"。

纽带表中不一定需要指定主键，如果需要，可以将它所联系的两个表的主键组合起来作为纽带表的主键。这种方法实际上是将多对多的联系用两个一对多的联系代替。

先看学生表和成绩表，由于"学号"字段是学生表的主键、成绩表的外键，这两个表之间可以建立一对多的关系。再看课程表和成绩表，由于"课程号"字段是课程表的主键、成绩表的外键，这两个表之间也可以建立一对多的关系。这样，学生表和课程表之间事实上也就通过成绩表联系起来。

最终三个表之间的关系如图 3.3 所示，其中表间连接两端的 1 和 ∞ 表示两个表之间是一对多的关系，具体的创建方法在第 4.8 中会详细地介绍。

经过以上的设计后，还应该对数据库中的表、表中的字段和表间的关系进一步地分

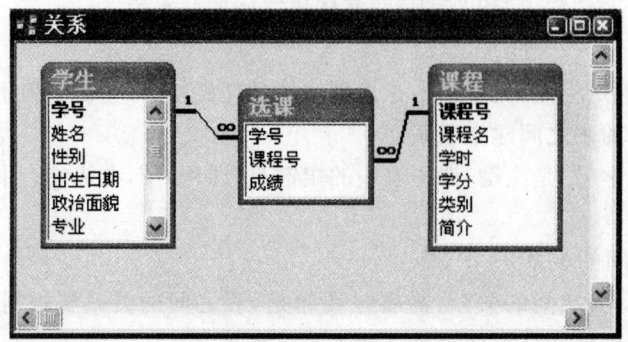

图 3.3　"学生成绩管理"数据库各表之间的关系

析、完善，主要是从下面几个方面检查是否需要进行修改：①是否漏掉了某些字段？②多个表中是否有重复的字段？③表中包含的字段是否都是围绕一个实体的？④每个表中主键的设计是否合适？

　　如果确认设计符合要求，就可以在 Access 中创建数据库、表和表之间的关系了。

　　以上工作完成后即可组织数据入库，编制与调试应用程序，并进行数据库的试运行。

5. 数据库运行和维护

　　数据库应用系统经过试运行后即可投入正式运行，在数据库系统运行过程中必须不断地对其进行评价、调整与修改。设计一个完善的数据库结构是不可能一蹴而就的，它往往是上述几个阶段的不断反复。需要指出的是，这一设计步骤既是数据库设计的过程，也包括了数据库应用系统的设计过程。在设计过程中把数据库的设计和对数据库中数据处理的设计紧密结合起来，将这两个方面的需要分析、抽象、设计、实现在各个阶段同时进行，相互参照，相互补充，以完善两方面的设计。事实上，如果不了解应用环境对数据的处理要求，或没有考虑如何去实现数据库应用系统的功能要求，是不可能设计出一个良好的数据库结构的。

3.2　Access 数据库中的对象

　　Access 数据库管理系统是通过各种数据库对象来管理信息。这些数据库对象包括表、查询、窗体、报表、页、宏和模块，它们都保存在扩展名为 mdb 的同一个数据库文件中。不同的数据库对象在数据库中起着不同的作用，完成不同的功能。

　　（1）表　表（table）是数据库中用来存储数据的对象，它是整个数据库系统的数据源，也是数据库中其他对象的基础。一个 Access 数据库中可以包含多个表，这些表之间可以通过相关字段建立关联。

　　（2）查询　数据库管理的主要目标之一就是方便、快捷地查询信息。查询（query）是根据所设置的条件，在一个或多个表中筛选出符合条件的记录，查找时可从行向的记录或列向的字段进行。查询的结果也是以二维表的形式显示的,但它与基本表有着本质的区别,查询是以基本表为数据源的"虚拟表",在数据库中只记录了查询的方式(即规则),每执行一次查询操作,都是对基本表中现有的数据进行的。此外,查询的结果还可以作为窗体、报表等其他对象的数据源。

(3) 窗体　窗体(form)是屏幕的工作窗口,用来向用户提供交互的界面。用户可以按照自己的风格来建立窗体,使得数据的输入、输出及交互方式更加丰富、清晰、方便。窗体的数据源可以是表或查询。

(4) 报表　报表(report)是以打印的格式表现用户数据的一种有效的方式。用户可以控制报表上每个对象的大小和外观,可以按照所需的方式显示信息以便查看信息。报表中的数据源是基础表、查询等。此外,利用报表还可以创建多级汇总、统计比较以及添加图形等。

(5) 页　页(data page)是一种特殊类型的 Web 页,用户可以在页中查看、修改Access 数据库中的数据,可以方便、快捷地将文件作为 Web 发布程序存储到指定的文件夹,或者将其复制到 Web 服务器上,以便在网络上发布信息。

(6) 宏　宏(macro)是一组用户自定义操作命令的集合,其中每个命令实现一个特定的操作,每个宏都有宏名。解决一个实际问题时可能存在大量的重复操作,利用宏可以使这些重复性操作自动完成,从而简化工作,使管理和维护数据库更加简单。建立好的宏可以单独使用,也可以与窗体配合使用。

(7) 模块　模块(module)是由 Visual Basic 程序设计语言编写的程序集合,或一个函数过程。它通过嵌入在 Access 中的 Visual Basic 程序设计语言编辑器和编译器实现与 Access 的完美结合。模块通常与窗体、报表结合起来完成完整的应用功能。

各个对象的相互关系如图 3.4 所示。用户由"窗体"输入数据,会保存于"表"中,再以"报表"输出数据;以"窗体"设置"查询"条件,从"表"中取得符合条件的数据。如果在网络上,则以"页"取得用户输入的数据。其中的"宏"和"模块"用来实现数据的自动操作。

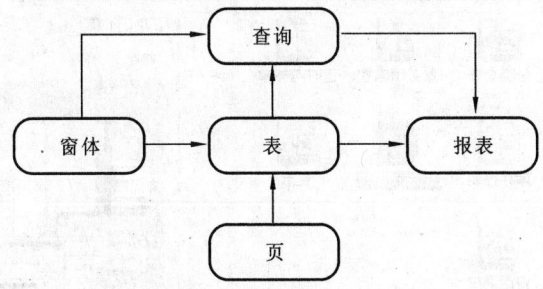

图 3.4　数据库中的对象

由此可见,这 7 个对象分工极为明确,从功能和彼此间的关系角度考虑,可以分为三个层次:第一层次是"表"和"查询",它们是数据库的基本对象,用于在数据库中存储数据和查询数据。第二层次是"窗体"、"报表"和"页",它们是直接面向用户的对象,用于数据的输入输出和应用系统的驱动控制。第三层次是"宏"和"模块",它们是代码类型的对象,用于通过组织宏操作或编写程序来完成复杂的数据库管理工作并使得数据库管理工作自动化。

3.3　创建数据库

Access 提供了多种建立数据库的方法,本节将介绍常用的创建数据库的三种方法,即使用向导创建数据库、直接建立一个空数据库和根据现有文件新建数据库。

不论使用哪一种方法创建的数据库,都可以在以后任何时候进行修改或扩充。

3.3.1　使用向导创建数据库

使用"数据库向导"创建数据库是利用 Access 提供的数据库模板,在向导的帮助下,一步一步地按照向导的提示,进行一些简单的操作,就可以创建一个新的数据库。这种方法很简单,并具有一定的灵活性,适合初学者使用。

Access 提供的数据库模板有**订单、分类总帐、库存控制**等。通过这些模板可以方便快速地创建出基于该模板的数据库。通常的方法是先从数据库向导提供的模板中找出与所建数据库相近的模板,然后利用向导创建数据库,最后再对向导创建的数据库进行修改,直到满足用户的要求为止。

例 3.1　创建联系人管理数据库。操作步骤如下:

① 启动 Access 数据库系统,在**新建文件**任务窗格中单击**本机上的模板**超链接,打开**模板**对话框;

② 在该对话框中选择**数据库**选项卡,这时可以看到本机上所有的数据库模板,如图 3.5 所示;

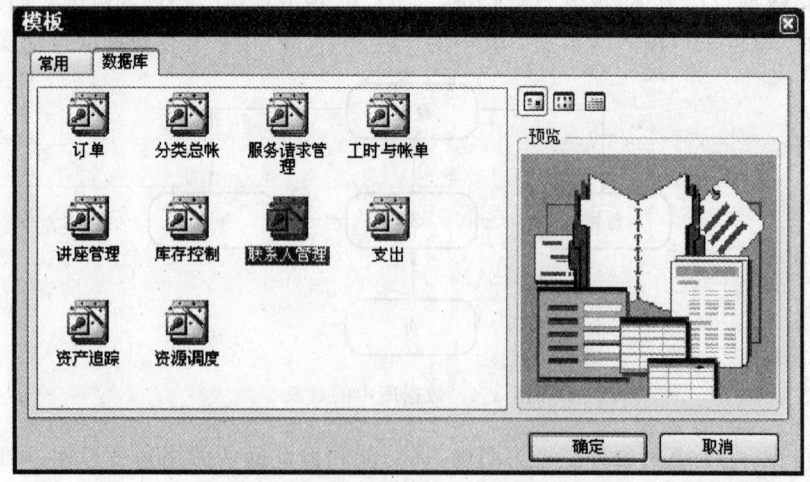

图 3.5　**模板**对话框的数据库选项卡

　　③ 选择与所建数据库相近的模板,这里选择**联系人管理**模板,然后单击**确定**按钮。弹出**文件新建数据库**对话框;

　　④ 在该对话框中的文件名组合框中,输入数据库文件名联系人管理,在保存类型下拉列表框中保持默认类型,即 **Microsoft Access 数据库**,在保存位置组合框中,选择文件的保存位置为 **Access 示例**,如图 3.6 所示;

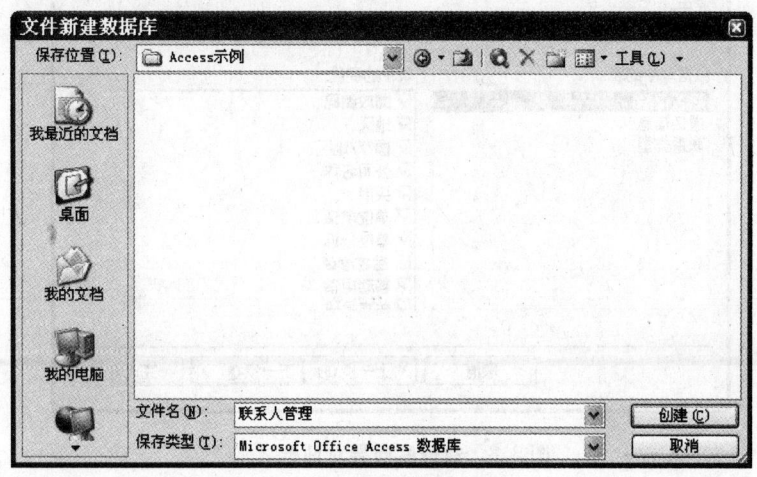

图 3.6　**文件新建数据库**对话框

　　提示:为了便于以后管理和使用,在创建数据库之前,最好先建立用于保存该数据库的文件夹。

　　⑤ 单击**创建**按钮,弹出**数据库向导**对话框之一,该对话框列出了在**联系人管理**数据库模板中将要包含的信息,如图 3.7 所示;

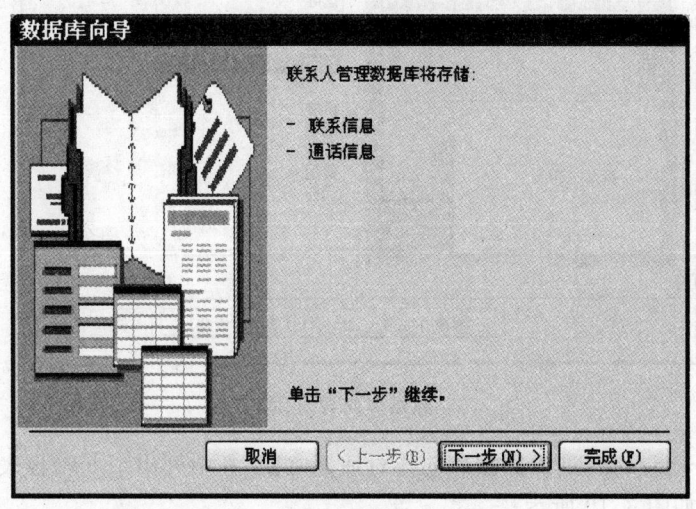

图 3.7　**数据库向导**对话框之一

　　⑥ 单击**下一步**按钮,进入**数据库向导**对话框之二,其中列出联系人管理数据库所使用的表及字段结构。其中字段分成两类,黑体字段是必须包括的字段,斜体字段是自选字段。需要哪些字段,就选择该字段前的复选框,如图 3.8 所示。

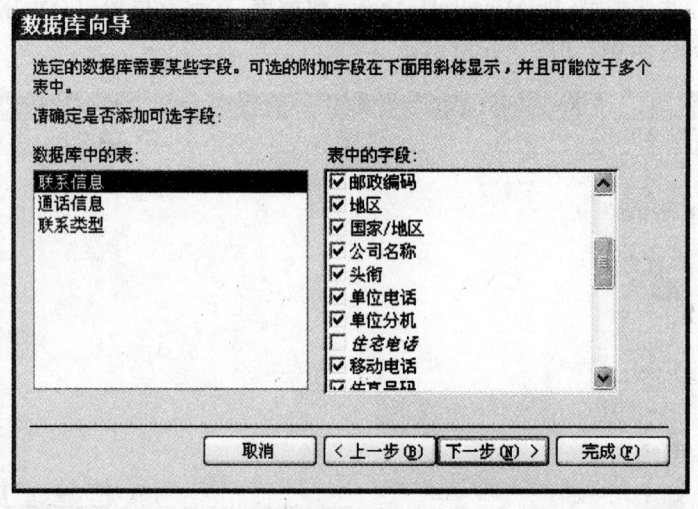

图 3.8　**数据库向导**对话框之二

　　⑦ 单击**下一步**按钮,进入**数据库向导**对话框之三,其中列出了 10 种屏幕显示样式,选择其中一种,如图 3.9 所示;

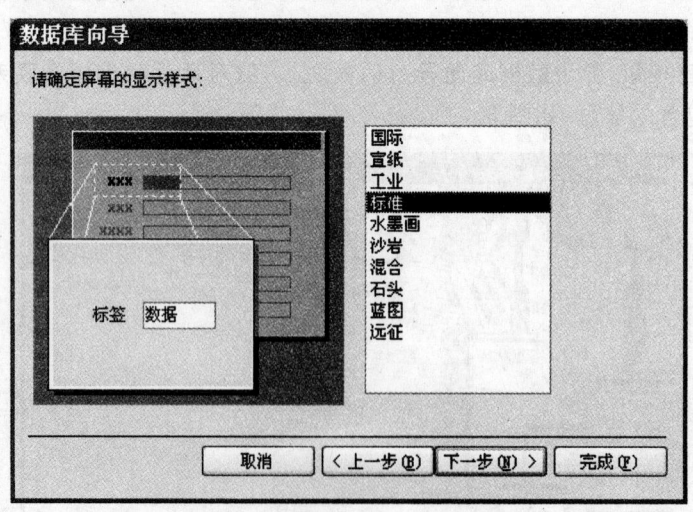

图 3.9　**数据库向导**对话框之三

　　⑧ 单击**下一步**按钮,进入**数据库向导**对话框之四,其中列出了 6 种报表样式,从中选择需要的样式,如图 3.10 所示;

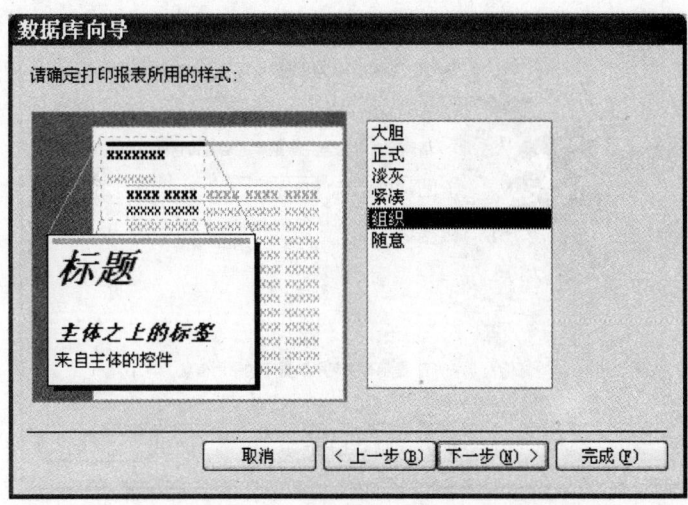

图 3.10　**数据库向导**对话框之四

⑨ 单击**下一步**按钮,进入**数据库向导**对话框之五,在**请指定数据库的标题**文本框中输入**联系人管理**,如果想要在每一个报表上加一幅图片,例如公司的徽标,可以选择**是的,我要包含一幅图片**复选框,然后单击**图片**按钮,在图片列表中选择相应的图片添加到报表中,如图 3.11 所示;

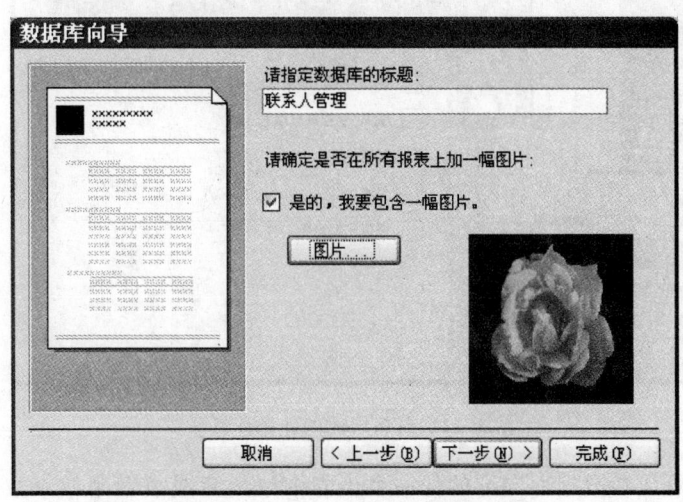

图 3.11　**数据库向导**对话框之五

⑩ 单击**下一步**按钮,进入**数据库向导**对话框之六,这是建立数据库的最后一个步骤,在这一对话框中可以选择是否立即启动新建的数据库。默认情况下,**是的,启动该数据库**复选框是被选定的。如图 3.12 所示;

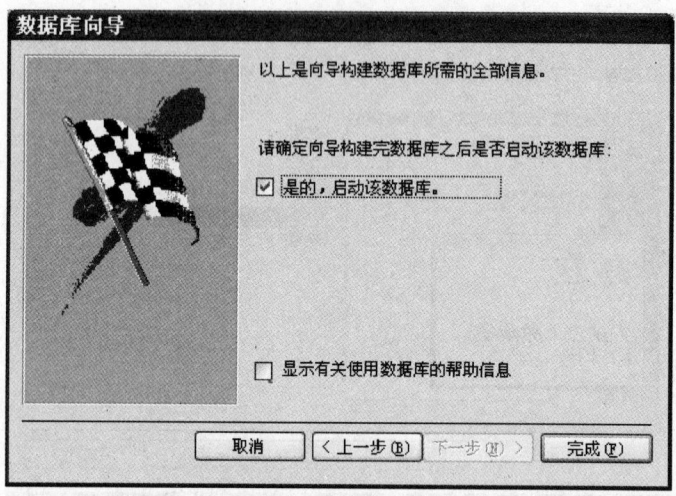

图 3.12　**数据库向导**对话框之六

⑪ 单击**完成**按钮,系统将自动生成"联系人管理"数据库中的表、查询、窗体和报表等,并打开如图 3.13 所示的联系人管理**主切换面板**窗口。

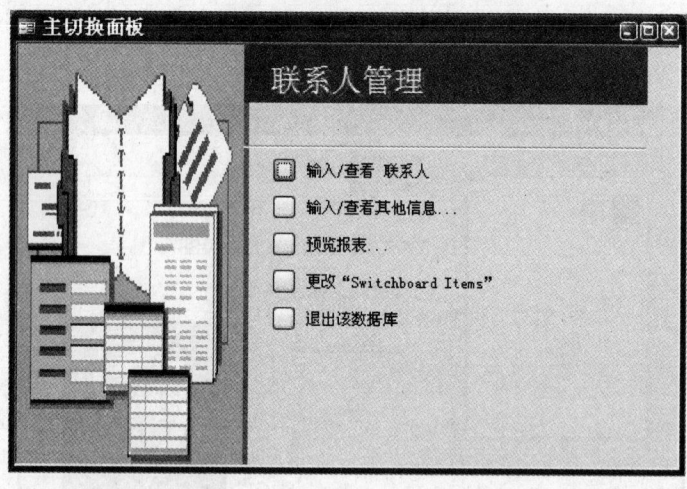

图 3.13　自动生成的数据库系统

提示:用户可以在数据库向导的任一个步骤中单击**完成**按钮来结束数据库的创建过程,这时,Access 数据库向导会自动按默认方式创建数据库。

完成上述操作后,"联系人管理"数据库的结构框架就建立起来了。但数据库中所包含的表以及每个表中所包含的字段不一定完全符合要求,因此,在使用向导创建数据库后,还要对其进行修改,使其最终满足需要,修改的方法将在后面的章节中介绍。

用户创建的数据库在 Access 2003 中的默认格式为 Access 2000 的文件格式,这一点使用 Access 时要注意。

　　如果要改变新建立数据库的文件格式,可以单击工具菜单中**选项**命令项,在**高级**选项卡中将**默认文件格式**改为 **Access 2002-2003**,如图 3.14 所示。改变后的数据库文件格式,必须创建新的数据库才会生效。

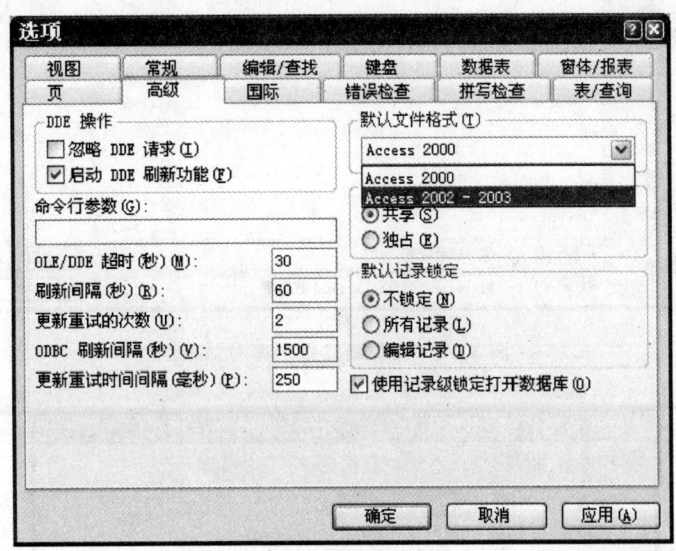

图 3.14　**选项**对话框的**高级**选项卡

3.3.2　创建空数据库

　　在很多情况下,利用向导不能创建完全满足要求的数据库,或者要创建的数据库的内容同数据库向导所提供的差别较大,这时就需要自行创建数据库了。用户可以首先建立一个空数据库,然后再根据实际需要,添加所需要的表、查询、窗体、报表等对象。这种方法最灵活,可以创建出所需要的各种数据库。

　　一个系统的建立,可以从创建空数据库入手,逐步添加对象,完善功能。

　　例 3.2　创建一个空的学生成绩管理数据库。操作步骤如下:

　　① 启动 Access 数据库系统,在**新建文件**任务窗格中,单击**空数据库**超链接,弹出**文件新建数据库**对话框,如图 3.6 所示;

　　② 在该对话框中的**保存位置**组合框中,指定文件的保存位置为 **Access 示例**,在**文件名**组合框中,输入数据库文件名**学生成绩管理**,保持默认类型,如图 3.15 所示;

　　③ 单击创建按钮,Access 将创建"学生成绩管理"数据库,窗口中显示学生成绩管理数据库窗口,如图 3.16 所示;

　　目前,空数据库中没有任何表和其他对象,有待以后添加。

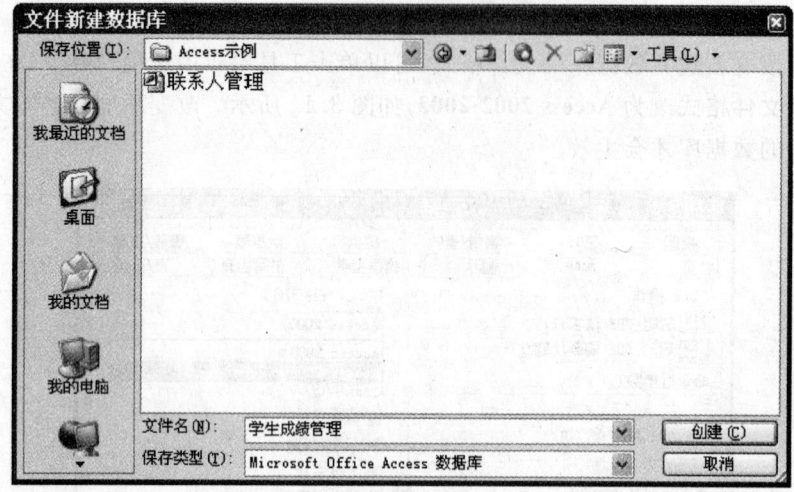

图 3.15   **文件新建数据库**对话框

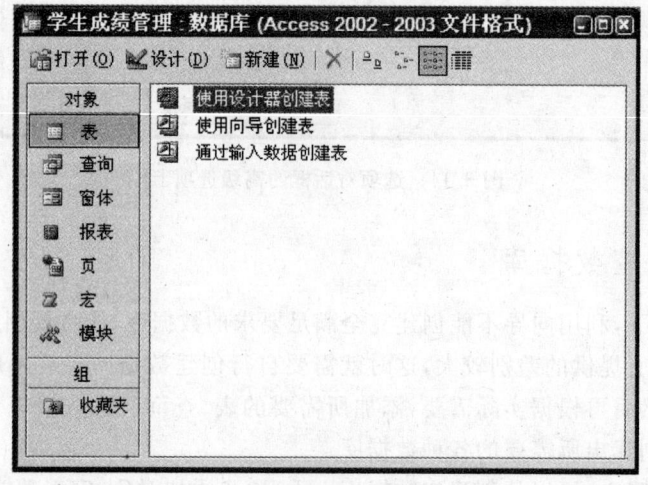

图 3.16   **学生成绩管理**数据库窗口

3.3.3   根据现有文件新建数据库

为了能够利用以前开发完成的数据库系统资源,Access 还提供了"根据现有文件新建数据库"的方法。使用现有文件创建数据库是以用户以前所创建的数据库文件为模板创建数据库。

例 3.3   根据联系人管理数据库新建一个数据库。操作步骤如下:

① 在 Access 窗口的**新建文件**任务窗格中,单击**根据现有文件**超链接,弹出**根据现有文件新建**对话框;

② 在**查找范围**下拉列表框中找到所需要的数据库文件夹,在该文件夹中,选定所需要的数据库文件,例如**联系人管理**,如图 3.17 所示;

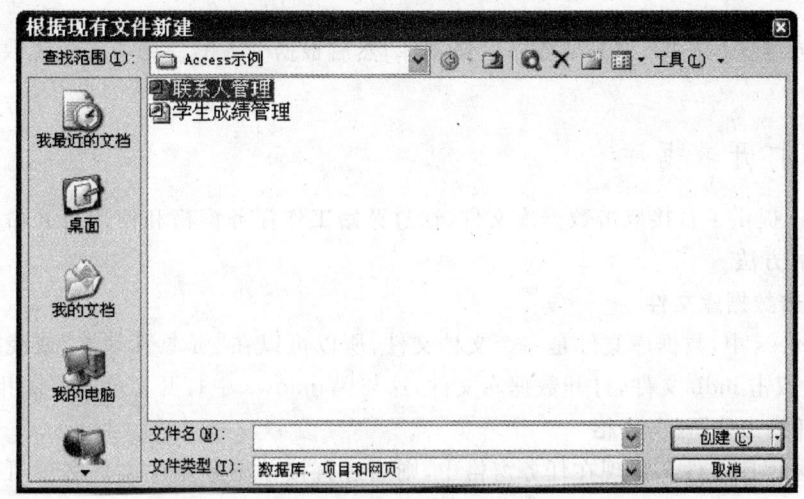

图 3.17　**根据现有文件新建**对话框

③ 单击**创建**按钮,窗口中即显示**联系人管理 1** 数据库窗口,如图 3.18 所示。

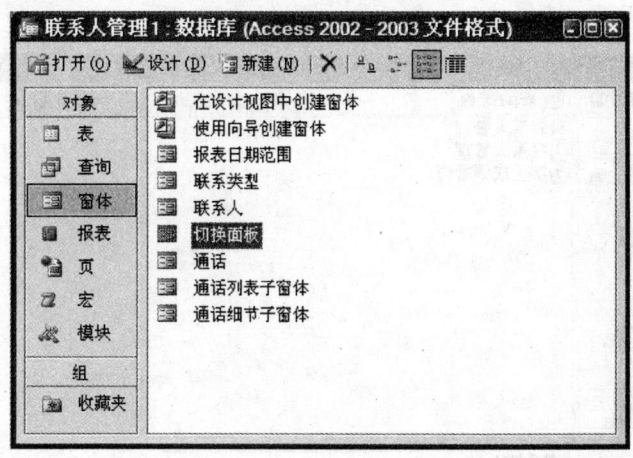

图 3.18　根据现有文件创建的数据库

使用这种方法新建的数据库文件与原有的数据库文件存放在相同的文件夹中,新的**数据库文件名是原有文件名的后端加上"1"。新建的数据库文件的数据库对象与原有的数据库文件的对象相同**(包括相应的数据),如同是原有数据库文件的一个副本。设计人员可以在该文件的基础上,根据新的数据库系统的开发要求,对数据库进行修改。这样利用以前的资源可以较快地开发新的数据库系统。

3.4　使用数据库

使用或维护数据库,都需要先打开数据库,然后根据个人的使用习惯设置数据库窗口的外观。

3.4.1　打开数据库

Access 提供了直接双击数据库文件、通过**开始工作**任务窗格和使用**打开**命令三种打开数据库的方法。

1. 直接双击数据库文件

在 Access 中,数据库文件是一个文档文件,所以可以在"资源管理器"或**我的电脑**窗口中,通过双击 mdb 文件,打开数据库文件,这与 Windows 中打开文件的方法相同。

2. 通过"开始工作"任务窗格

如果数据库文件名出现在任务窗格中,则通过直接单击数据库文件名就可以打开该数据库。如果数据库文件名没有出现在任务窗格中,则按照下面的操作步骤打开数据库文件:

① 启动 Access,在**开始工作**任务窗格中,单击**打开**选项区域中的超链接,弹出**打开**对话框,如图 3.19 所示;

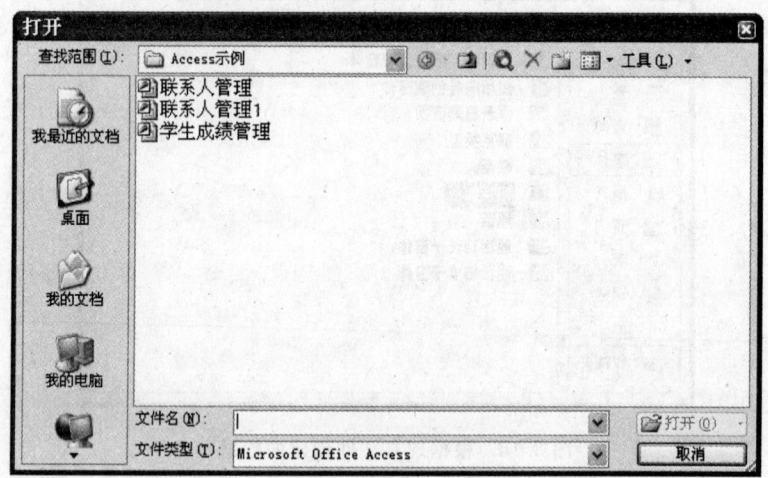

图 3.19　**打开**对话框

② 在**查找范围**下拉列表框中,找到保存要查找的数据库文件的文件夹,例如 **Access 示例**,如果找不到想要打开的数据库,可单击**打开**对话框中的**工具**,再单击**查找**,然后在打开的**文件搜索**对话框中,输入附加搜索条件;

③ 在列表窗格中,选择所需要的数据库文件,例如**联系人管理**。然后单击**打开**按钮,

打开相应的数据库文件。

3. 使用"打开"命令

操作步骤如下：

① 启动 Access 后，单击**文件**菜单中**打开**命令项，或者单击工具栏上的打开按钮，弹出**打开**对话框，如图 3.19 所示；

② 在**打开**对话框的**查找范围**下拉列表框中，找到保存要查找的数据库文件的文件夹，选定需要打开的数据库文件，最后单击打开按钮即可。

以上是在单用户环境下，打开数据库的方法。若在多用户环境下（即多个用户，通过网络共同操作一个数据库文件），则应根据使用方式的不同，选择相应的打开方式。

在**打开**对话框中，**打开**按钮的右侧有一个下拉按钮，单击该按钮会弹出一个下拉菜单，如图 3.20 所示。菜单中的 4 个选项含义如下：

（1）**打开**命令项　选择该命令项被打开的数据库文件可被其他用户共享，这是默认的打开方式。

（2）**以只读方式打开**命令项　选择该命令项只能使用和浏览被打开的数据库文件，不能对其进行修改。

（3）**以独占方式打开**命令项　选择该命令项其他用户不能使用被打开的数据库文件。

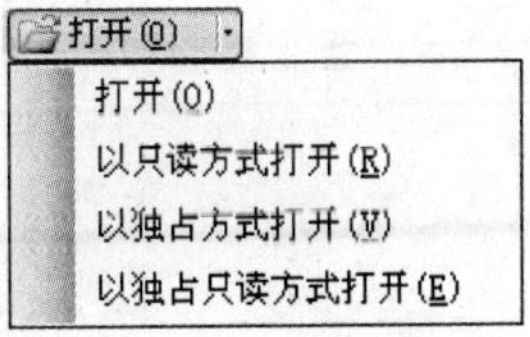

图 3.20　**打开下拉菜单**

（4）**以独占只读方式打开**选项　选择该命令项只能使用和浏览被打开的数据库文件，不能对其进行修改，其他用户不能使用该数据库文件。

3.4.2　关闭数据库

在完成数据库操作后，需要将它关闭。在 Access 中，关闭了数据库窗口，也就关闭了相应的数据库文件，可以使用下面的方法关闭数据库：

① 单击"数据库"窗口右上角的**关闭**按钮；

② 双击"数据库"窗口左上角的"控制"菜单图标；

③ 单击"数据库"窗口左上角的"控制"菜单图标，在弹出的菜单中选择**关闭**命令；

④ 在 Access 主菜单中选择**文件**菜单中的**关闭**命令；

⑤ 打开文件菜单，按 **C** 键；

⑥ 使用快捷键 **Ctrl＋F4**。

3.5　完善数据库

3.5.1　设置数据库属性

数据库的标题、作者、单位等属性，可以通过数据库属性窗口进行定义或查看，如图

3.21 所示。

　　例 3.4　设置"学生成绩管理"数据库属性,相关属性值参见图 3.21。操作步骤如下:

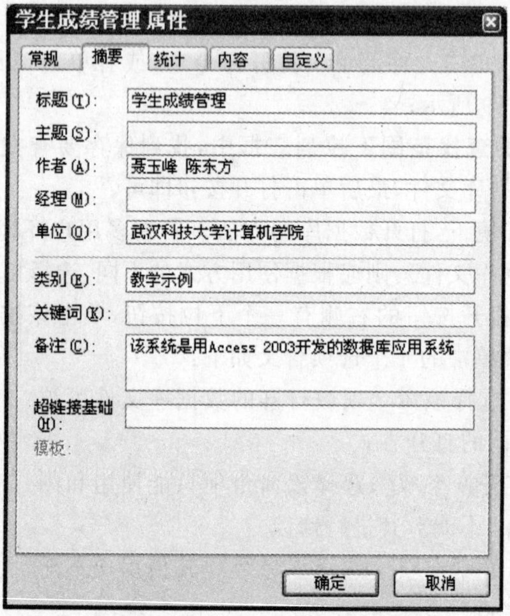

图 3.21　数据库属性窗口的"摘要"选项卡

　　① 在 Access 窗口中单击**文件**菜单中**数据库属性**命令项,打开数据库属性窗口,如图 3.21 所示;

　　② 在**摘要**选项卡的相关编辑框中,输入相应的值;

　　③ 单击**确定**按钮,完成设置。

　　如果要更改数据库操作的系统环境及其他数据库对象的默认设置,则必须在选项对话框中进行。在 Access 中,数据库中全部资源的基本属性都可以通过选项对话框的不同选项卡来设置。

3.5.2　设置默认文件夹

　　通常 Access 系统打开或保存数据库文件的默认文件夹是 **My Documents**,但为了数据库文件管理、操作上的方便,可把数据库放在一个"专用"的文件夹中,这就需要设置默认文件夹。

　　例 3.5　设置 Access 的数据库默认文件夹为 **Access** 示例。操作步骤如下:

　　① 在 Access 窗口中单击工具菜单中选项命令项,打开选项对话框;

　　② 在**常规**选项卡的**默认数据库文件夹**框中,输入要设置为默认工作文件夹的路径,在此输入 **E:\Access 示例**,如图 3.22 所示。

③ 单击**确定**按钮,完成设置。

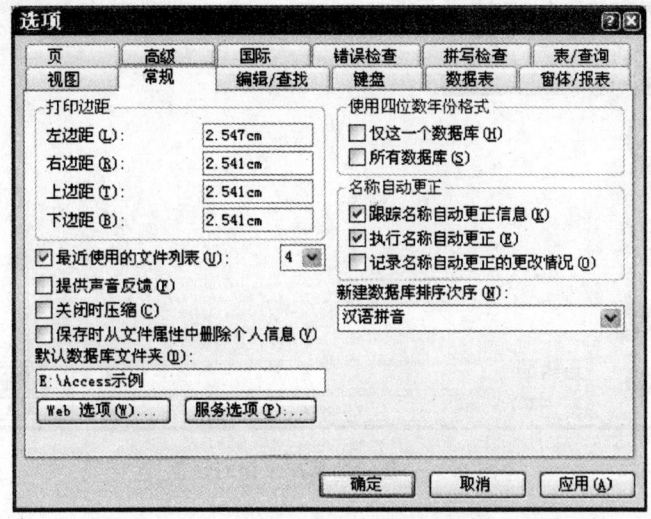

图 3.22　**选项**对话框的**常规**选项卡

3.5.3　数据库的压缩与修复

在对数据库进行操作时,因为需要经常对数据库中的对象进行维护,这时数据库文件中就可能包含相应的"碎片"。压缩和修复数据库可以重新整理、安排数据库对磁盘空间的占有,可以恢复因操作失误或意外情况丢失的数据信息,从而提高数据库的使用效率,保障数据库的安全性。

在压缩和修复数据库时,用户必须对该数据库具有"以独占方式打开"的权限。

1. 数据库的压缩

压缩数据库文件有两种方法,一种是打开数据库文件再压缩;另一种是不打开数据库文件直接压缩。

例 3.6　对"学生成绩管理"数据库进行压缩操作。

方法一:打开数据库文件再压缩。

① 在 Access 窗口中打开"学生成绩管理"数据库;

② 单击工具菜单中**数据库实用工具**级联菜单里**压缩和修复数据库**命令项,系统自动完成压缩。

方法二:不打开数据库文件直接压缩。

① 启动 Access 系统;

② 单击工具菜单中**数据库实用工具**级联菜单里**压缩和修复数据库**命令项,弹出**压缩数据库来源**对话框,如图 3.23 所示;

③ 选定要压缩的数据库文件,如**学生成绩管理**,再单击压缩按钮,弹出**将数据库压缩**

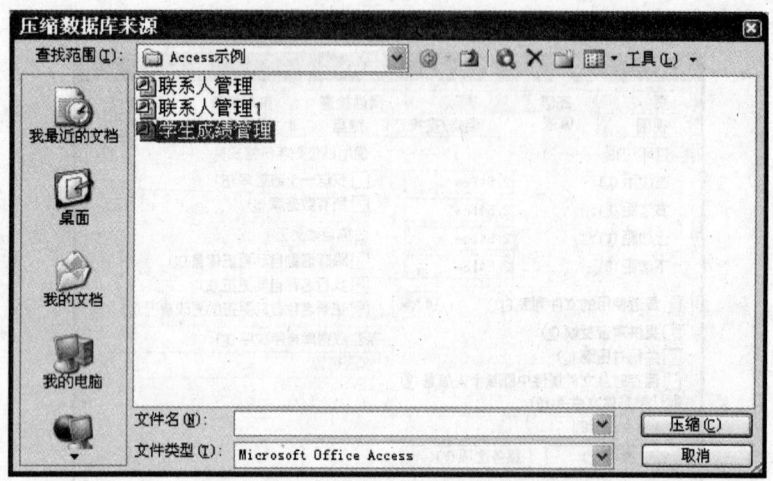

图 3.23　**压缩数据库来源**对话框

为对话框，如图 3.24 所示；

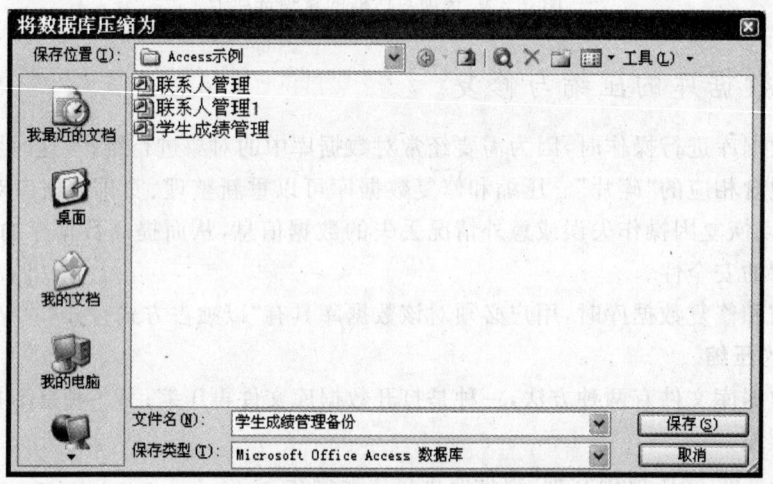

图 3.24　**将数据库压缩为**对话框

　　④ 在**文件名**组合框中键入压缩后的数据库文件名，如**学生成绩管理备份**，单击**保存**按钮，结束对数据库文件的压缩操作。

　　注意：在压缩数据库文件时，要保证磁盘有足够的存储空间，用以存放数据库压缩时产生的数据库文件。如果压缩后的数据库文件与源数据库文件同名，而且同在一个文件夹时，压缩后的文件将替换原始文件。

2. 数据库的修复

　　在对数据库进行操作时，若发生意外事故，导致数据库中的数据遭到一定破坏，此时可将所有的数据库文件关闭，并修复被破坏的数据库文件。具体操作步骤如下：

① 单击**工具菜单**中**数据库实用工具**级联菜单里**压缩和修复数据库**命令项,弹出**修复数据库**对话框;

② 选定要修复的数据库文件,再单击**修复**按钮,开始对数据库文件进行修复;

③ 当数据库修复完成后,系统将显示数据库文件是否修复成功。

习　题　3

一、选择题

1. 在数据库管理系统中,数据储存在什么地方?(　　)

    A. 窗体　　　　　　　　　　B. 报表

    C. 数据表　　　　　　　　　D. 页

2. 在数据库管理系统中,若要打印输出数据,应通过哪一个对象?(　　)

    A. 窗体　　　　　　　　　　B. 报表

    C. 表　　　　　　　　　　　D. 页

3. 在数据库管理系统中,能将数据的内容变成网页的对象是(　　)。

    A. 窗体　　　　　　　　　　B. 报表

    C. 页　　　　　　　　　　　D. 宏

4. Access 任务窗格包含了哪些功能?(　　)

    A. 新建文件　　　　　　　　B. 文件搜索

    C. 剪贴板　　　　　　　　　D. 以上皆是

5. 在 Access 中,可以使用(　　)菜单下的数据库实用工具进行 Access 数据库版本的转换。

    A. 文件　　　　　　　　　　B. 视图

    C. 工具　　　　　　　　　　D. 编辑

二、填空题

1. Access 的数据库对象有 _____、_____、_____、_____、_____、_____ 和 _____。

2. _____ 在数据库中存储的只是链接,而主体存储在数据库之外。

3. 数据库对象的 _____ 对象可用来简化数据库的操作。

4. 数据库文件的扩展名是 _____。

5. 数据库文件的默认存放位置是 _____。

三、简答题

1. 设计数据库有哪些基本步骤?各个步骤中需要注意哪些问题?

2. 举例说明"纽带表"的作用及其主键字段的组成。

3. 创建数据库有哪些方法?试作出分析对比。

4. 为什么要设置默认文件夹?如何设置?

5．在多用户环境下打开数据库的方式有哪几种？

6．一个图书借阅管理数据库要求提供下述服务：

（1）可随时查阅书库中现有书籍的品种、数量与存放位置。所有各类书籍均可由书号唯一标识。

（2）可随时查阅书籍借还情况，包括借书人单位、姓名、借书证号、借书日期和还书日期。规则约定：任何人可借多种书，任何一种书可为多个人所借，借书证号具有唯一性。

（3）当需要时，可以通过数据库中保存的出版社的电话、邮编及地址等信息向相应的出版社增购有关书籍。规则约定：一个出版社可出版多种书籍，同一本书仅为一个出版社出版，出版社名具有唯一性。

根据上述需求分析完成下列设计：

① 构造满足需求的 E-R 图。

② 转换为等价的关系模式。

③ 指出各关系的主键和外键。

④ 指出转换生成的关系模式各属于第几范式。

第 4 章　表的基本操作

表是 Access 数据库中用来存储数据的对象,是整个数据库的基础,Access 中的各种数据对象都是建立在表的基础之上的。因此,表的合理性和完整性是一个数据库系统设计好坏的关键。本章在简要介绍表的构成、字段类型和结构设计后,重点讲解表的基本操作,特别是表的创建、表数据的输入与维护、记录的浏览与查询以及表的索引与关联等。

4.1　设计表结构

4.1.1　表的构成

在 Access 中,数据表应是满足关系模型的二维表。一张二维表是由表名、表栏目名和表的内容三个部分组成的。与二维表相对应,Access 中的数据表则是由表名、表中的字段和表的记录三个部分组成的,一个表中的所有字段组成了表的结构。

如表 4.1 所示,是反映学生基本情况的一张二维表。若想将表 4.1 的全部信息输入到计算机中,便要定义表名、表中的字段并给表输入数据。

表 4.1　学生表

学号	姓名	性别	出生日期	政治面貌	专业	四级通过	入学成绩	家庭住址	照片
070101	刘晓明	男	1988/02/17	党员	工商	是	568	湖北武汉	略
070102	林利利	女	1988/10/06	团员	工商	是	552	重庆万州	略
070203	王中华	男	1987/12/06	团员	法学	否	549	湖南长沙	略
070204	章京平	女	1988/01/16	团员	法学	是	545	贵州遵义	略
070301	闻红宇	女	1987/03/15	党员	英语	否	538	四川成都	略
070302	于海涛	男	1988/11/06	团员	英语	是	557	湖北宜昌	略
070401	吴江宁	男	1987/07/21	群众	会计	否	526	江西九江	略
070402	周萍萍	女	1989/01/17	党员	会计	是	561	河南开封	略

(1) **表名**　表名是数据表存储在磁盘上的唯一标志,用户只有依靠表名,才能使用指定的表,因此确定表名要确保其唯一性。此外,在定义表名时,要使表名能够体现表中所含数据的内容,并考虑使用时的方便,表名要简略、直观、见名知意。

(2) **字段**　字段是数据表的组织形式,包括字段名称、字段类型、字段属性等。

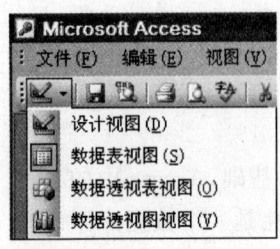

图 4.1　视图切换
按钮下拉菜单

（3）记录　记录是数据表中的数据，记录的内容就是对每个字段所赋的值，数据表的大小取决于它拥有的数据记录的多少，不包含记录的表称为空表。

（4）表的视图方式　表有两种视图方式，一种是"设计视图"；另一种是"数据表视图"。这两种视图方式对操作表十分重要。在"设计视图"状态下，可用来编辑表的结构；在"数据表视图"状态下，可用来编辑数据表的记录内容。单击工具栏中的视图按钮" "，可以在这两个视图之间进行切换，或单击该按钮右侧的下拉箭头，在打开的下拉列表框中进行切换，如图 4.1 所示。

4.1.2　字段类型

字段的数据类型决定了存储在字段中的值的数据类型，它也决定了数据的存储和使用方式。Access 数据库中常用的数据类型有以下 10 种。

1. 文本型

文本型是默认的数据类型，通常用于表示文字数据，例如姓名、地址等，最多 255 个字符，默认长度是 50 个字符。值得注意的是，如果阿拉伯数字定义为文本型数据（如学号、电话号码、邮编等）时，它不具备数学上的数值含义，不能参加数学运算。

使用文本型数据要注意以下问题：①文本中包含汉字时，一个汉字也只占一个字符，这一点和 Visual FoxPro 等数据库管理软件对汉字的处理是不一样的；②如果输入的数据长度不超过定义的字段长度，则系统只保存输入到字段中的字符，该字段中未使用的位置上的内容不被保存。

2. 备注型

备注型数据与文本型数据本质上是一样的，不同的是，备注型字段可以保存较长的数据，它允许存储的内容可以长达 64 KB 字符，适合于存放对事物进行详细描述的信息，如个人简历、备注、摘要等。

3. 数字型

数字型字段存放可以用来进行算术运算的数据，由数字 0～9、小数点和正负号构成。在 Access 系统中，数字型字段又细分为整型、长整型、单精度型、双单精度型等类型，其长度由系统分别设置为 1,2,4,8 个字节。

系统默认数字型字段长度为长整型。

4. 日期/时间型

日期/时间型可以表示日期、时间或两者的组合。日期/时间型数据的存放和显示格式完全取决于用户定义格式。根据存放和显示格式的不同，又分为常规日期、长日期、中日期、短日期、长时间、中时间、短时间等类型，其长度由系统默认为 8 个字节。

5. 货币型

货币型数据是一种特殊的数字型数据,用以存储货币值。向该字段输入数据时,系统会自动添加货币符号和千位分隔符,货币型数据的存放和显示格式完全取决于用户定义格式。根据存放和显示格式的不同,又分为常规数据、货币、欧元、固定、标准等类型。

货币型数据整数部分的最大长度为 15 位,小数部分长度不能超过 4 位。

6. 自动编号型

自动编号型字段用来存放递增数据和随机数据,其数据不需要输入。在向表中添加记录时,由系统为该字段指定唯一的顺序号,顺序号的确定有两种方法,可在**新值**属性中指定,分别是**递增**和**随机**。

递增方法是默认的设置,每新增一条记录,该字段的值自动增 1。

使用随机方法时,每新增加一条记录,该字段的数据被指定为一个随机的长整型数据。

该字段的值一旦由系统指定,这个值就会永久地与该记录相联系,因此,对于含有该类型字段的表,在操作时应注意以下问题:①如果删除一个记录,其他记录中该字段的值不会进行调整;②如果向表中添加一条新的记录,该字段不会使用被删除记录中已经使用过的值;③用户不能对该字段的值进行指定或修改。

每一个数据表中只允许有一个自动编号型字段,其长度由系统设置为 4 个字节,如顺序号、商品编号、编码等。

7. 是/否型

是/否型字段用于表示逻辑值,它只能包含 Yes/No,或 True/False,或 On/Off 两个数值,其字段长度由系统设置为一个字节。它常用于判断真/假的数据,如通过否、婚否、性别等。

8. OLE 对象型

OLE 是 object linking and embedding(对象的链接与嵌入)的缩写,用于链接或嵌入由其他应用程序所创建的对象。例如,在数据库中嵌入声音、图片等,它的大小可以达到 1 GB,甚至更多。

链接和嵌入的方式在输入数据时可以进行选择,链接对象是将表示文件内容的图片插入到文档中,数据库中只保存该图片与源文件的链接,这样对源文件所做的任何更改都能在文档中反映出来;而嵌入对象是将文件的内容作为对象插入到文档中,该对象也保存在数据库中,这时插入的对象就与源文件无关了。

9. 超链接型

用于存放超链接地址,链接到 Internet、局域网或本地计算机上,大小不超过 2048 个字节,如网址、窗体、报表等。

10. 查阅向导型

这是一个特殊的字段,该类型为用户提供了建立一个字段内容的列表,该列表称为查阅列,能够查阅其他表或本表中其他字段的值,以及本字段已经输入过的值。其内容以"列表框"、"组合框"的形式显示。这样,在输入一个字段值时,可以从所列的内容中进行选择。

查阅列的内容可以用以下两种方法之一获取：①由已建立的表或查询中的字段提供，这时对表或查询的所有更新将反映在查阅列中；②由用户自行输入查阅列中的内容，该内容在存储后成为一组不可更改的固定值。

4.1.3　表结构的设计

在建立表之前都必须先设计它的结构，表结构描述了一个表的框架。设计表结构实际上就是定义组成一个表的字段个数，每个字段的名称、数据类型、长度等信息。

（1）字段名　字段名用来标示字段。表中每一个字段都必须有一个唯一的名字，将来可以通过字段名直接引用表中的数据。给字段命名应尽量简明。在 Access 系统中规定：①字段名长度为 1～64 个字符；②字段名中可以包含字母、汉字、数字、空格和其他字符；③字段名中不能包含小数点"."、惊叹号"!"、方括号"[ ]"、重音符号""";④字段名不能以空格开头。

（2）数据类型　字段的数据类型应与存储的数据类型相匹配。数据库可以存储大量的数据，并提供丰富的数据类型。Access 系统提供的字段数据类型有文本、备注、数字、日期/时间、货币、自动编号、是/否、OLE 对象、超链接和查阅向导等。

（3）字段说明　字段说明在字段的设计中是可有可无的，仅仅是为了帮助用户记住字段的用途或了解它的目的。如果输入了字段说明，那么用户在以后使用该字段的过程中，字段说明总会显示在状态栏里。

（4）字段的其他属性　字段除了基本属性外，还有其他一些属性，如标题、输入掩码、默认值、有效性规则等，可以在字段的"常规"区进行设置。

完成了表结构的设计，就可以进行创建表的操作了。

例 4.1　定义**学生成绩管理**数据库中**学生**表、**课程**表和**成绩**表的结构。

根据 Access 系统中的字段类型及第 3 章表 3.1 所确定的三个表的字段，定义**学生**表、**课程**表和**成绩**表的结构分别见表 4.2～4.4。

表 4.2　学生表结构（学号为主键）

字段名称	数据类型	字段大小
学号	文本	6
姓名	文本	4
性别	文本	1
出生日期	日期型	中日期
政治面貌	查阅向导	2
专业	文本	10
四级通过	是/否	默认
入学成绩	数字	整型
家庭住址	文本	20
照片	OLE 对象	默认

表 4.3 课程表结构(课程号为主键)

字段名称	数据类型	字段大小	小数
课程号	文本	3	—
课程名	文本	10	—
学时	数字	整型	—
学分	数字	单精度	1
类别	文本	10	—
简介	备注型	默认	—

表 4.4 成绩表结构

字段名称	数据类型	字段大小	小数
学号	文本	6	—
课程号	文本	3	—
平时	数字	单精度	1
期中	数字	单精度	1
期末	数字	单精度	1

4.2 创 建 表

在 Access 系统中,创建一个新表的方法有如下 5 种:①使用向导创建表;②通过输入数据创建表;③使用设计器创建表;④导入和链接外部数据;⑤利用生成表查询创建表。它们各有优缺点。使用向导创建表提供了许多数据库开发工作中常用到的字段,供选择使用,并已经设置好了字段的类型,为数据表的设计工作提供了不少方便。直接在一个新数据表中输入数据,系统将自动确定该字段的类型和名称。使用设计器创建表是最灵活的一种创建表的方法,利用设计器可以创建各种类型的字段,定义每个字段的相关属性,能准确地表达设计者的意图。为了在 Access 中使用外部数据源的数据,Access 还提供了导入和链接方式,利用其他应用程序已经建立的表来创建新表。

本节将介绍使用向导创建表、通过输入数据创建表、使用设计器创建表、通过导入和链接外部数据创建表 4 种常用的创建表的方法。

4.2.1 使用向导创建表

例 4.2 使用表向导创建**学生成绩管理**数据库中的**成绩**表结构。操作步骤如下:

① 在 Access 中打开**学生成绩管理**数据库;

② 在数据库窗口中选定**表**对象,然后双击**使用向导创建表**,弹出**表向导**对话框之一,如图 4.2 所示;

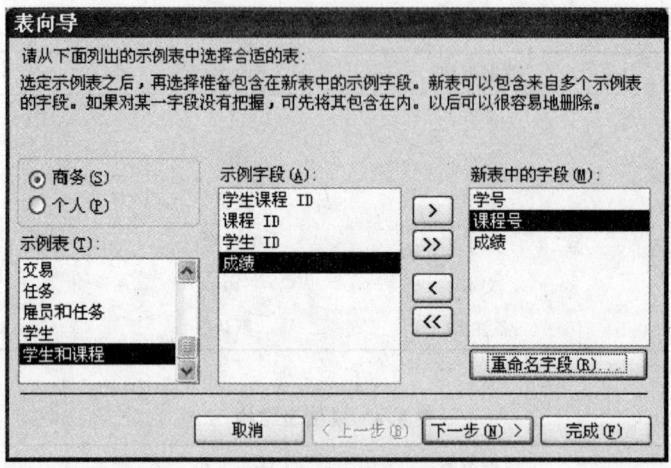

图 4.2   表向导对话框之一

③ 选定**示例表**中的**学生和课程**类别,然后在**示例字段**中分别选定**学生 ID**、**课程 ID**、**成绩**字段,单击"⟩"按钮,将其加入到右侧的**新表中的字段**列表框中,这些字段将成为新表中所用的字段;

④ 选定**新表中的字段**中的**学生 ID**,单击**重命名字段**按钮,弹出**重命名字段**对话框如图 4.3 所示,在编辑栏中输入新的字段名**学号**后,单击**确定**按钮返回**表向导**对话框;

图 4.3   **重命名字段**对话框

⑤ 用同样方法将**新表中的字段**中的**课程 ID**重命名为**课程号**;

⑥ 单击**下一步**按钮,进入**表向导**对话框之二,将表命名为**成绩**,并选定**是,帮我设置一个主键**单选按钮,如图 4.4 所示;

⑦ 单击**下一步**按钮,进入**表向导**对话框之三,可选择创建表之后的操作,如选定**修改表的设计**单选按钮,如图 4.5 所示;

⑧ 单击**完成**按钮,系统将打开如图 4.6 所示的表设计视图。

显然,通过表向导生成的字段不符合设计要求,所以该表的结构需要修改,具体的方法和操作步骤详见例 4.11。

由此可见,用表向导创建表受限于"示例表"。在 Access 中,"示例表"是系统提供的,不是由用户决定的。所以,使用表向导有时会影响表的总体设计,且后期的维护工作较大。

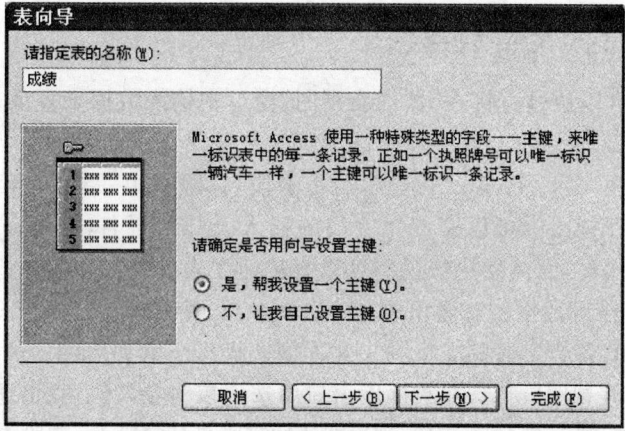

图 4.4 **表向导**对话框之二

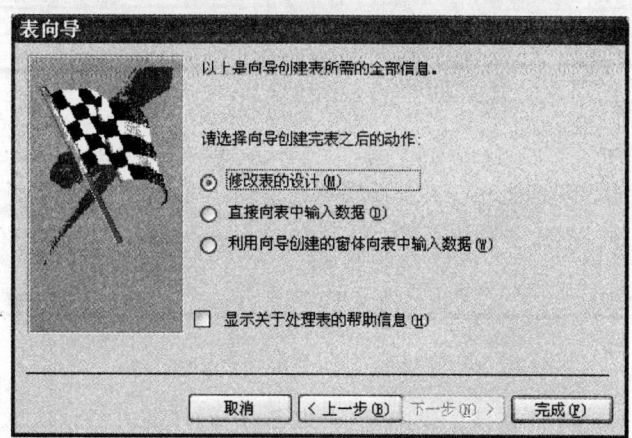

图 4.5 **表向导**对话框之三

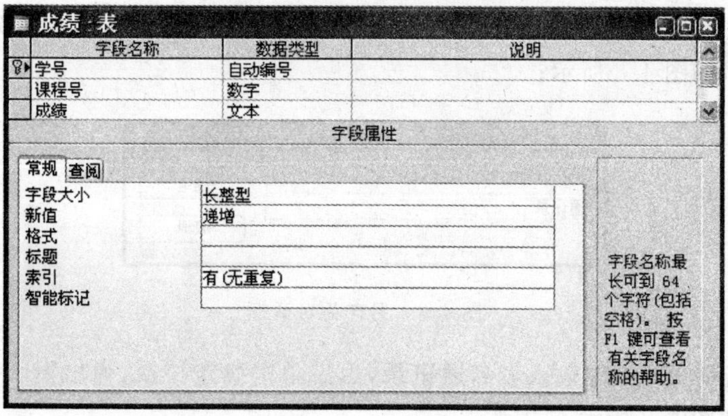

图 4.6 **成绩:表**设计视图

4.2.2　通过输入数据创建表

在 Access 中可以通过直接在"数据表视图"窗口中输入数据来直观、方便地创建一个新表。

在"数据表视图"窗口中,第一行显示的是字段名,除了第一行外,其余各行显示具体的数据,即记录。在视图中可以完成对字段的插入、删除、更名,也可以完成对记录的添加、删除和修改等操作,因此使用该视图可以直接建立表的结构和输入记录。

例 4.3　通过输入数据创建**通讯录**表,表中包含的字段分别是**姓名、地址、邮政编码、电话号码**和 **E-mail**,各个字段的类型都是文本型。操作步骤如下:

① 打开"数据表视图"窗口,在数据库窗口中选定**表**对象,然后双击**通过输入数据创建表**,显示一张空白表,其中有 10 个字段(列),默认的字段名是**字段 1～字段 10**,如图 4.7 所示;

图 4.7　空白数据表

② 双击**字段 1**,光标停在该字段中,输入**姓名**,用同样的方法依次输入其余字段的名称,建立表结构;

③ 在记录区中逐行输入**通讯录**表中的各条记录;

④ 数据输入完毕,选择**文件**菜单中的**保存**命令项,或单击工具栏上的**保存**按钮,弹出**另存为**对话框,如图 4.8 所示;

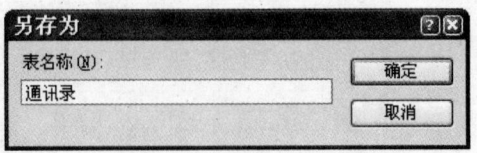

图 4.8　**另存为对话框**

⑤ 在**表名称**文本框中输入表名**通讯录**,然后单击**确定**按钮,弹出提示目前尚未定义**主键**消息框,如图 4.9 所示;

图 4.9 定义主键消息框

⑥ 本表中不需要建立主键,因此单击**否**按钮。至此,该数据表建立完毕。

用这种方法创建的表,其中第②步建立表结构时,仅输入了字段的名称,并没有对字段的类型和属性进行设置,这时 Access 将字段的类型默认为文本型。

通过输入数据创建表虽然简单,但功能有限。如果要创建表中的所有字段都是文本型,而且也不需要对字段属性做特别设置时,使用这种方法比较方便。如果字段类型复杂,属性设置也较多时,用下面介绍的使用设计器创建表更为方便。

4.2.3 使用设计器创建表

使用设计器创建表,实际上是在表设计器窗口中定义表的结构,即详细说明表中每个字段的名称、字段的类型以及每个字段的具体属性。在表结构定义并保存后,再切换到"数据表视图"窗口中,输入每一条记录。

1. 设计器视图

设计视图的窗口如图 4.10 所示,该窗口由上下两部分组成,上半部分为字段输入区,从左到右由 4 列组成,其作用分别如下。

字段名称	数据类型	说明
学号	文本	
	文本	
	备注	
	数字	
	日期/时间	
	货币	
	自动编号	
	是/否	
	OLE 对象	
	超链接	
	查阅向导	

常规 查阅

字段大小	50
格式	
输入掩码	
标题	
默认值	
有效性规则	
有效性文本	
必填字段	否
允许空字符串	是
索引	无
Unicode 压缩	是

数据类型决定用户所能保存在该字段中值的种类。按 F1 键可查看有关数据类型的帮助。

图 4.10 设计视图窗口

(1)字段选定区 字段选定区位于左边第一列,用来选定一个或多个字段,选定一个字段时单击即可,选定连续的多个字段可用 **Shift** 键配合,选定不连续的多个字段可用

Ctrl 键配合。

（2）**字段名称**　用来输入字段的名称，字段命名时应符合 Access 系统的规定。

（3）**数据类型**　单击该列右侧的向下箭头"▼"，可以打开列表框，列表框中列出了不同的字段类型，单击某一项可以为该字段设置数据类型。

（4）**说明**　该列为字段说明性信息。

设计视图窗口的下半部分为字段属性区，可以设置所选字段的属性。

例 4.4　使用表设计器创建**学生成绩管理**数据库中的**学生**表，表中各字段的类型见表 4.2。操作步骤如下：

① 在 Access 中打开**学生成绩管理**数据库；

② 在数据库窗口中选定**表**对象，然后双击**使用设计器创建表**，或单击数据库窗口的**设计按钮**"✏️**设计**"，打开"设计视图"窗口，如图 4.10 所示；

③ 单击**字段名称**列的第一行，将光标放在该字段中，向此文本框中输入**学号**，然后单击该行的**数据类型**，这时屏幕上自动显示的类型是**文本**型，用同样的方法依次输入各字段的名称，并在**数据类型**列表框中选择所需的数据类型，建立表结构；

④ 单击**文件**菜单中保存命令项，或单击工具栏上的**保存按钮**，在**另存为**对话框中输入表名**学生**，然后单击**确定按钮**完成操作。

2. 查阅向导的使用方法

例 4.5　定义**政治面貌**的字段类型为"查询向导"。操作步骤如下（继续上面的操作）：

① 选定**政治面貌**字段，在**数据类型**选择列表中单击**查阅向导**，弹出**查阅向导**对话框之一，如图 4.11 所示；

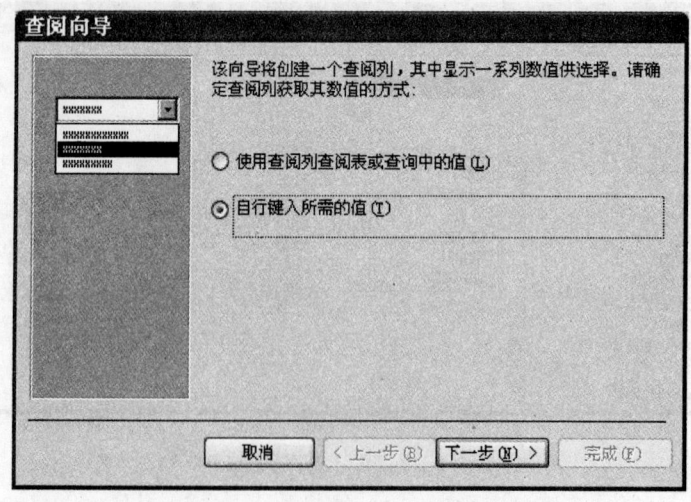

图 4.11　**查阅向导**对话框之一

② 选定**自行建入所需的值**单选按钮，单击**下一步**按钮，进入**查阅向导**对话框之二，如图 4.12 所示；

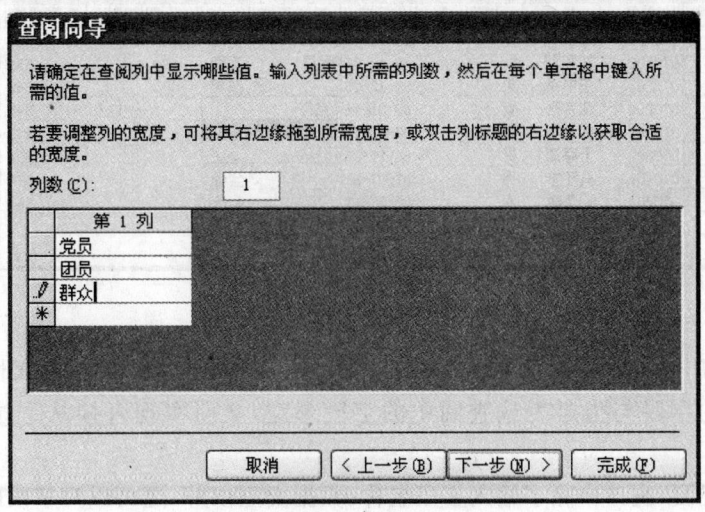

图 4.12　**查阅向导**对话框之二

③ 输入**党员**、**团员**、**群众**，输入完成之后单击**下一步**按钮，进入**查阅向导**对话框之三，如图 4.13 所示；

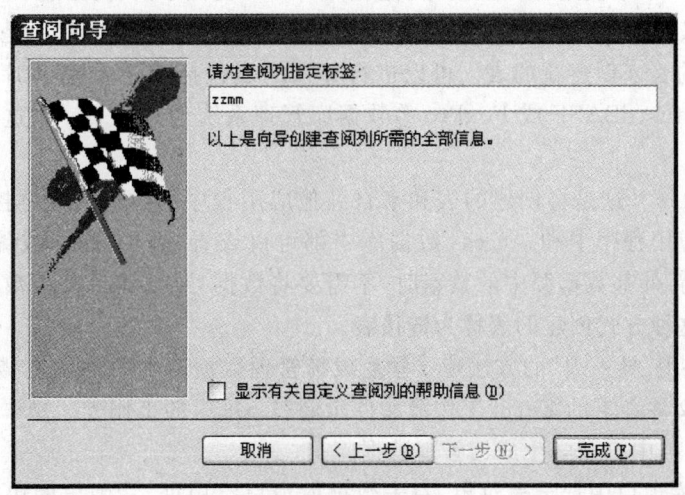

图 4.13　**查阅向导**对话框之三

④ 在该对话框中，定义查阅列标签名，本例为默认选择，单击**完成**按钮结束操作。

使用查阅向导之后，向该表中输入该类数据时会很方便。例如，在"数据表视图"方式下，当录入某记录的"政治面貌"时，单击右侧的"▼"按钮，会将**政治面貌**所含的内容全部列出，从中选择即可，如图 4.14 所示。

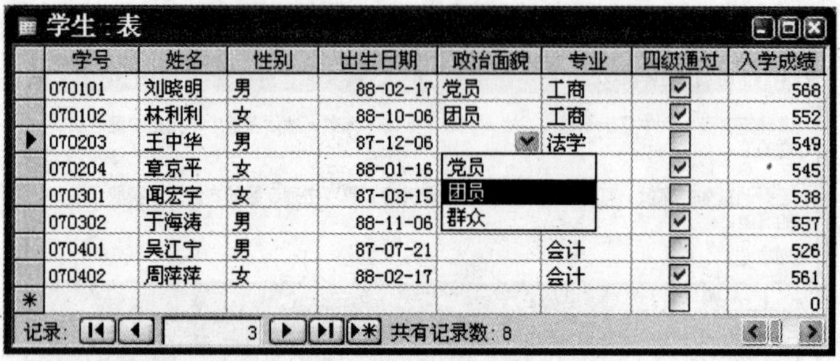

图 4.14　使用查阅向导示例

上例是利用查阅向导设置字段的查阅属性。此外，还可以通过字段属性中的**查阅**选项卡，使选定的字段与指定表或查阅中的字段绑定，从而实现直接从下拉列表中选择字段值。

在"设计视图"窗口中除了输入字段名称、数据类型以外，还可以对字段的其他各个属性做进一步的设置，关于这些设置将在 4.3 中详细介绍。

4.2.4　通过导入和链接外部数据创建表

为了在 Access 中使用外部数据源的数据，Access 提供了两种方式。

（1）将数据导入到新的 Access 表中　使用这种方式创建表，实际上是利用其他应用程序已经建立的表来创建新的表。可以进行导入的表包括 Access 数据库中的表、Excel 的电子表格、Lotus、dBASE 或 FoxPro 等数据库管理系统创建的表。用这种方式创建的表称为导入表。

（2）链接数据　这是将创建的表和来自其他应用程序的数据建立链接，这样在建立数据源的原始应用程序中和 Access 数据库中都可以查看、添加、删除或编辑这些数据。在 Access 中更新外部数据源中的数据时，不需要将数据导入，而且外部数据源的格式也不会改变。用这种方式创建的表称为链接表。

例 4.6　使用"导入表"的方法建立**学生成绩管理**数据库中的**课程**表，数据来源是"E:\Access 示例"文件夹下的 Excel 工作簿文件**示例表.xls** 中的工作表。操作步骤如下：

① 在 Access 中打开**学生成绩管理**数据库；

② 在数据库窗口中选定**表**对象，右击数据库窗口空白处，从弹出的快捷菜单中选择**导入**命令项，如图 4.15 所示，弹出导入对话框，如图 4.16 所示；

③ 在**查找范围**组合框中确定导入文件所在的文件夹为 **Access 示例**，在**文件类型**下拉列表框中选定 **Microsoft Excel**，在文件列表框中选定**示例表**文件；

④ 单击导入按钮，弹出**导入数据表向导**对话框之一，如图 4.17 所示；

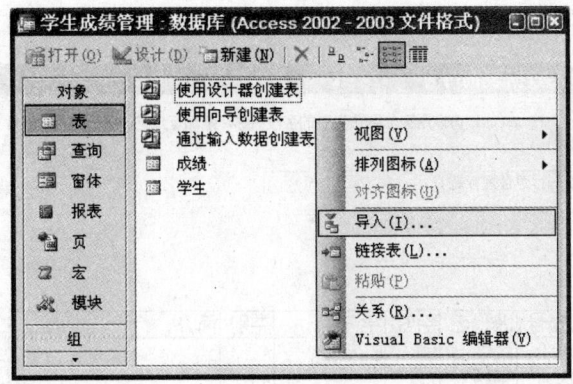

图 4.15　数据库窗口中弹出的快捷菜单

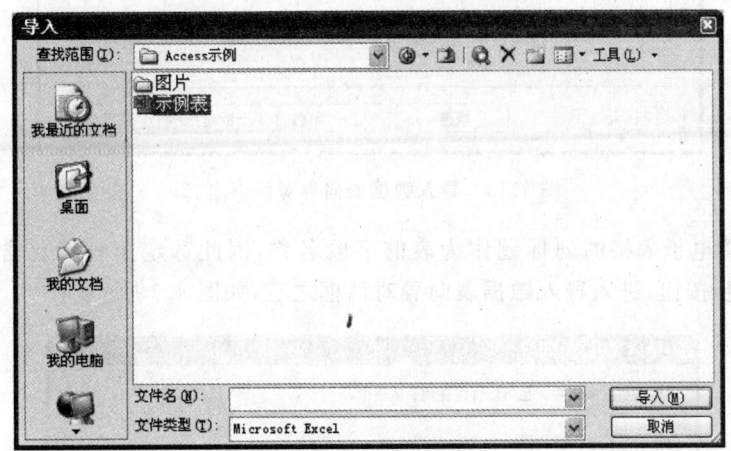

图 4.16　导入对话框

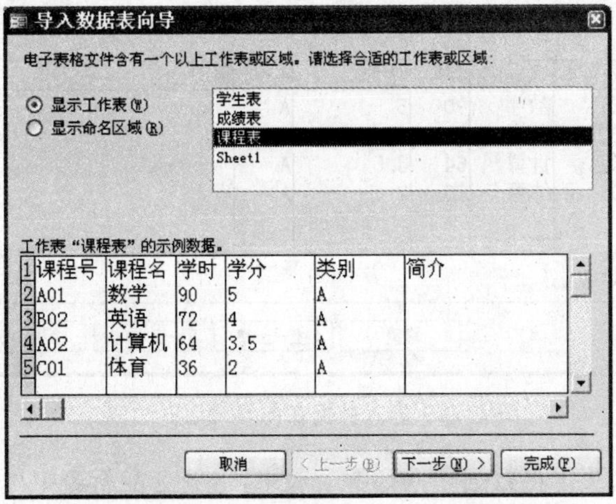

图 4.17　导入数据表向导对话框之一

⑤ 选定**课程表**，单击**下一步**按钮，进入**导入数据表向导**对话框之二，如图 4.18 所示；

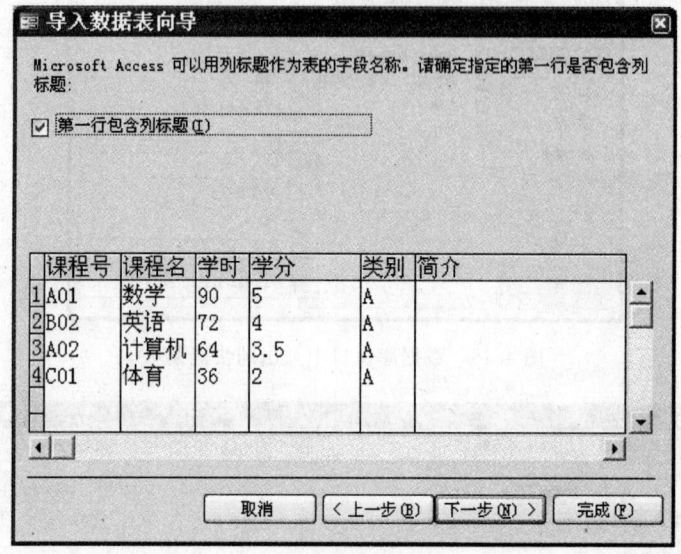

图 4.18　**导入数据表向导**对话框之二

⑥ 选择将电子表格的列标题作为表的字段名称，因此选定**第一行包含列标题**复选框，单击**下一步**按钮，进入**导入数据表向导**对话框之三，如图 4.19 所示；

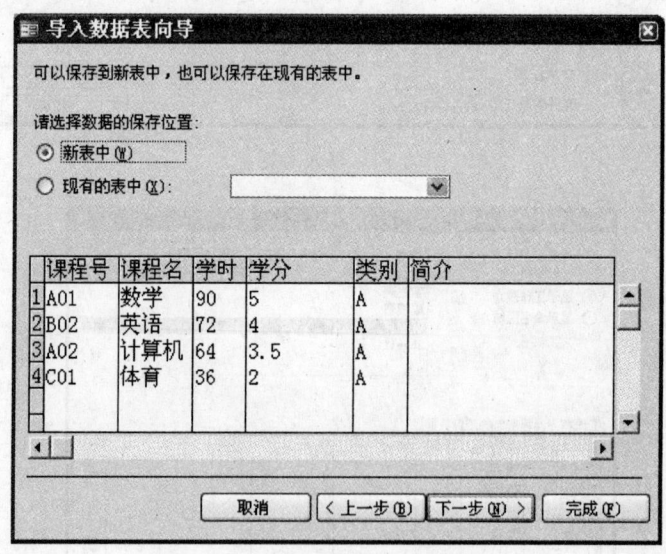

图 4.19　**导入数据表向导**对话框之三

⑦ 该对话框用来决定将数据导入到哪个表中，本例选定**新表中**单选按钮，即创建一个新表保存导入的数据，单击**下一步**按钮，进入**导入数据表向导**对话框之四，如图 4.20 所示；

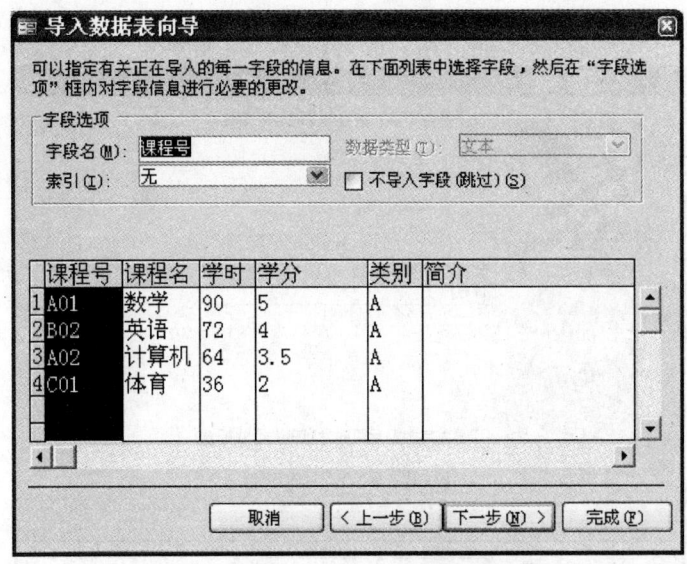

图 4.20　**导入数据表向导**对话框之四

⑧ 该对话框用来指定正在导入的每一个字段的信息,包括更改字段名、建立索引或跳过某个字段,本例中不作特别的指定,因此单击**下一步**按钮,进入**导入数据表向导**对话框之五,如图 4.21 所示;

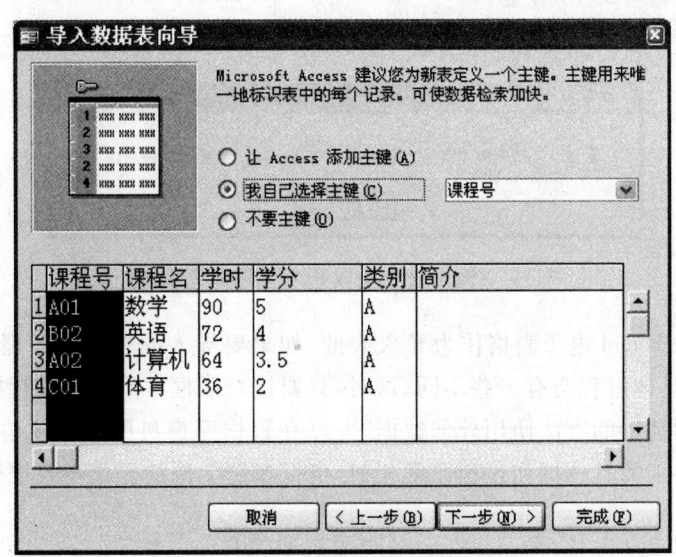

图 4.21　**导入数据表向导**对话框之五

⑨ 该对话框用来确定新表的主键,首先选定**我自己选择主键**单选按钮,然后在其右边的下拉列表框中选定**课程号**字段作为主键,单击**下一步**按钮,进入**导入数据表向导**对话

框之六,也是最后一个对话框,如图 4.22 所示;

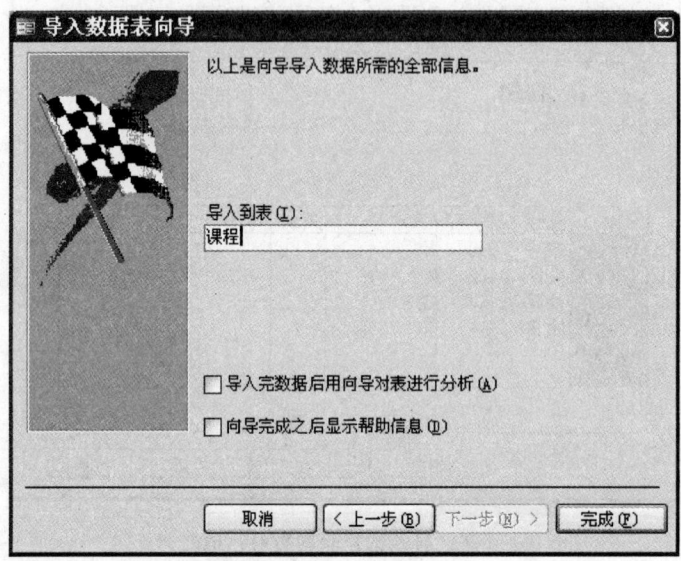

图 4.22　**导入数据表向导**对话框之六

⑩ 该对话框的作用是为新建的表命名,在**导入到表**文本框中输入**课程**,然后单击**完成**按钮,弹出提示完成数据导入的**导入数据表向导**消息框,如图 4.23 所示,单击**确定**按钮关闭此对话框,导入过程结束。

图 4.23　完成导入消息框

本例中是以 Excel 电子表格作为导入表的,如果要导入的是其他类型应用程序的数据源,则向导的具体过程会有一些不同,这时,只要按对话框中的提示进行操作即可。

如果要采用链接的方法使用外部数据,可以在数据库窗口的快捷菜单中选择**链接表**命令。链接和导入的具体操作过程非常相似,可以参照上例的操作步骤进行。

4.2.5　打开与关闭表

一个数据表创建后,可以在以后向表中添加记录,也可以对建立好的表进行编辑,如修改字段的名称、属性、修改表中记录的值、浏览表中的记录等。在进行这些操作之前,都要先打开相应的表,完成操作后,还要将表关闭。

1. 打开表

一个表可以在"数据表视图"下打开,也可以在"设计视图"下打开,不同视图下完成的操作不同,还可以在这两种视图之间进行切换。

1) 在"数据表视图"下打开表

在数据库窗口中直接双击要打开的表,就可以在"数据表视图"下打开该表。也可以先选择表,然后单击窗口中的**打开按钮**"打开"。

在"数据表视图"下,以二维表的形式显示表的内容,其中第一行显示表中的字段,下面就是表中的每一条记录,如图 4.14 所示。在这个视图下,主要进行记录的输入、修改、删除等操作。

2) 在"设计视图"下打开表

在数据库窗口中,单击选定某个表,然后单击窗口中的**设计按钮**"设计",就可以在"设计视图"窗口中打开表。

在"设计视图"窗口中显示的是表中各字段的基本信息,例如名称、类型、大小等属性,如图 4.10 所示。如果要修改表的结构,可以将表在"设计视图"窗口中打开,然后在该视图窗口中进行修改。

单击工具栏中的**视图**按钮"",可以在这两个视图之间进行切换。

2. 关闭表

对表的操作完成后,要将该表关闭。不管这个表处在"数据表视图"还是"设计视图"下,关闭方法是一样的。单击视图窗口右上角的**关闭**按钮,或单击**文件**菜单中**关闭**命令项,都可以关闭表。

在关闭表时,如果对表的结构进行过修改并且没有保存,Access 会弹出一个消息框,如图 4.24 所示,提示用户是否保存所做的修改。单击**是**按钮可保存所做的修改;单击**否**按钮可放弃所做的修改;单击**取消**按钮可取消关闭操作。

图 4.24　关闭表消息框

4.3　设置字段的属性

在创建表结构时,除了输入字段的名称、指定字段的类型外,还需要设置字段的属性。在表结构创建后,也可以根据需要修改字段的属性。

4.3.1 字段大小

字段大小即字段的长度,该属性用来设置存储在字段中文本的最大长度或数字的取值范围。因此,只有文本型、数字型和自动编号型字段才具有该属性。

文本型字段的大小默认值是 50 个字符,用户也可以在"字段属性"中自行定义字段的大小,其值在 1～255 之间,如果文本数据长度超过 255 个字符,则可以将该字段设置为备注型。

数字类型字段的长度可以在**字段大小**列表中进行选择,其中常用的类型所表示的数据范围、小数位数及所占的空间,见表 4.5。

表 4.5　数字型数据的不同保存类型

类型	数 据 范 围	小数位数	字段长度/字节
字节	$0\sim255$	无	1
小数	$-10^{28}-1\sim10^{28}-1$	28	12
整型	$-32\,768\sim32\,767$ 即 $-2^{15}\sim2^{15}-1$	无	2
长整型	$-2^{31}\sim2^{31}-1$	无	4
单精度型	$-3.4\times10^{38}\sim3.4\times10^{38}$	7	4
双精度型	$-1.797\times10^{308}\sim1.797\times10^{308}$	15	8

数字型字段默认的类型是长整型,在实际使用时,应根据数字型字段表示的实际含义确定合适的类型,例如对于学生表的**入学成绩**字段,可以选择整型,而对于**成绩**表中的**成绩**字段,可以选择单精度型。

例 4.7　将**学生**表中的文本型字段和数字型字段按表 4.2 所列出的字段大小进行设置。操作步骤如下:

① 在"设计视图"窗口中打开**学生**表;

② 在窗口的上半部分,单击**学号**字段;

③ 在窗口下半部分的属性区中单击**字段大小**,然后在其文本框中输入 **6**;

④ 重复②和③两步继续设置其他字段的属性;

⑤ 每个字段的属性设置完成后,单击工具栏上的**保存**按钮将保存所做的设置,然后单击**关闭**按钮结束操作。

在减小字段的大小时要小心,如果在修改之前字段中已经有了数据,在减小长度时可能会丢失数据,对于文本型字段,将截去超出的部分;对于数字型字段,如果原来是单精度或双精度数据,在改为整数时,会自动将小数取整。

4.3.2 字段的格式

字段的"格式"属性用来确定数据在屏幕上的显示方式以及打印方式,从而使表中的数据输出有一定规范,浏览、使用更为方便。Access 系统提供了一些字段的常用格式供选择,如图 4.25～图 4.27 所示。

常规数字	3456.789
货币	￥3,457
欧元	€3,456.79
固定	3456.79
标准	3,456.79
百分比	123.00%
科学记数	3.46E+03

常规日期	1994-6-19 下午 05:34:23
长日期	1994年6月19日
中日期	94-06-19
短日期	1994-6-19
长时间	下午 05:34:23
中时间	下午 05:34
短时间	17:34

图 4.25 数字/货币型字段的格式 　　　图 4.26 日期/时间型字段的格式

真/假	True
是/否	Yes
开/关	On

图 4.27 是/否型字段的格式

格式设置只是改变数据输出的样式,对输入数据本身没有影响,也不影响数据的存储格式。若要让数据按输入时的格式显示,则不要设置"格式"属性。

文本、备注、超链接等字段没有系统预定义格式,可以自定义格式。自定义文本与备注字段的格式符号,见表 4.6。

表 4.6 文本/备注型常用格式符号

符 号	说 明	符 号	说 明
@	不足规定长度,自动在数据前补空格,右对齐	<	将所有字符转换为小写
&	不足规定长度,自动在数据后补空格,左对齐	>	将所有字符转换为大写

4.3.3 输入掩码

输入掩码属性用来设置字段中的数据输入格式,并限制不符规格的文字或符号输入。这种特定的输入格式,对在日常生活中相对固定的数据形式尤其适用,如电话号码、日期、邮政编码等。

人工设置输入掩码的方法是在"设计视图"窗口**字段属性**区的**输入掩码**编辑框中直接输入格式符,可以使用的格式符及其代表的含义,见表 4.7。

例 4.8 输入掩码设置示例。

1) **学生**表的**学号**字段

学号字段的长度为 6,每位上只能是 0～9 的数字,因此,其输入掩码的格式串应写成 000000。

表 4.7　输入掩码属性中使用的格式符

符　号	含　义
0	必须输入数字(0~9),不允许使用加号和减号
9	可以选择输入数字(0~9)或空格,不允许使用加号和减号
#	可以选择输入数字(0~9)或空格,允许使用加号和减号
L	必须输入字母(A~Z,a~z)
?	可以选择输入字母(A~Z,a~z)
A	必须输入字母或数字
a	可以选择输入字母或数字
&	必须输入任意字符或一个空格
C	可以选择输入任意字符或一个空格
. , : ; - /	小数点占位符及千位、日期与时间的分隔符
<	将所有字符转换为小写
>	将所有字符转换为大写
!	使输入掩码从左到右显示
\	使其后的字符以原义字符显示(例如\A 表示显示 A,而不是表示输入掩码"A")
密码	使输入的任何字符都按字面字符保存,但显示为"＊"符号,"＊"的个数与输入字符的个数一样

此时若切换到"数据表视图",单击最后一行(表示添加一条记录),**学号**字段的输入栏将出现 6 个字符位置的下划线,且输入时只有输完 6 个数字才能离开此字段的编辑栏,这就是"输入掩码"设置的结果。

2)**学生**表的**出生日期**字段

对**出生日期**字段规定如下,输入形如 yyyy/mm/dd 的形式,即年份为 4 位、月份和日期均为两位,年、月、日之间用"/"分隔,如果年份必须输入,月份和日期可以空缺,则该字段输入掩码的形式为 0000/99/99。

3)**课程**表的**课程号**字段

课程号字段规定如下,编码由三位字符组成,第一位必须是字母,后两位必须是数字,该字段输入掩码的形式为 L00。

4)**通讯录**表的**电话号码**字段

假定某个城市电话号码为 8 位,其输入掩码的格式串应写成 00000000。

如果"电话号码"中包含区号,并且区号和号码之间用"-"作为分隔符,我们知道区号有 3 位或 4 位的,假定电话号码只有 7 位或 8 位的,设置输入掩码的格式串的形式为 9000-00000009。

格式中两边的"9"表示可以输入数字或空格,这样在输入记录时,027-87654312 或 0712-6234567 形式的电话号码都可以输入。

　　还可以使用"输入掩码向导"来设置输入掩码,操作方法是先选择需要设置的字段,然后单击**输入掩码**编辑框右侧的"□"按钮,即启动"输入掩码向导",在向导的引领下,一步步定义字段的输入掩码。

　　前面讲过"格式"的定义,"格式"用来限制数据输出的样式,如果同时定义了字段的显示格式和输入掩码,则在添加或编辑数据时,Access 将使用输入掩码,而"格式"设置则在保存记录时决定数据如何显示。同时使用"格式"和"输入掩码"属性时,要注意它们的结果不能互相冲突。

4.3.4　默认值

　　当表中有多条记录的某个字段值相同时,可以将相同的值设置为该字段的默认值,这样每产生一条新记录时,这个默认值就自动加到该字段中,避免了重复输入同一数据,提高了输入速度。用户可以直接使用这个默认值,也可以输入新的值取代这个默认值。

　　例 4.9　给**学生**表中的**性别**字段输入默认值**男**。操作步骤如下:

　　① 在"设计视图"窗口中打开**学生**表,并选定**性别**字段;

　　② 在**默认值**文本框中输入"男"(注意不要忘了引号);

　　③ 单击工具栏上的**保存**按钮,完成属性设置。

　　切换到"数据表视图",在**学生**表的最后一行,可以看到**性别**字段出现了默认值**男**,这就是"默认值"设置的结果。

4.3.5　有效性规则与有效性文本

　　"有效性规则"是一个与字段或记录相关的表达式,通过对用户输入的值加以限制,提供数据有效性检查。建立有效性规则时,必须创建一个有效的 Access 表达式,该表达式是一个逻辑表达式,以此来控制输入到数据表记录中的数据。

　　常用的有效性规则是字段级有效性规则,该规则是对一个字段的约束。它将所输入的值与所定义的规则表达式进行比较,若输入的值不满足规则要求,则拒绝该值。

　　"有效性文本"是一个提示信息,当输入的数据不在设置的范围内,系统会出现提示信息,提示输入的数据有错,这个提示信息可以是系统自动加上的,也可以由用户通过设置有效性文本来确定。

　　例 4.10　给**学生**表中的**性别**字段设置有效性规则和有效性文本。操作步骤如下:

　　① 在"设计视图"窗口中打开**学生**表,并选定**性别**字段;

　　② 在**有效性规则**编辑框中输入[**性别**]="**男**"**OR**[**性别**]="**女**",也可以单击**有效性规则**编辑框右侧的"□"按钮,进入表达式生成器完成操作;

　　③ 在**有效性文本**文本框中输入"**性别只能是男或女**"(注意:错误信息必须用英文双引号括起来);

　　④ 单击工具栏上的**保存**按钮,完成属性设置。

有效性规则设置后,在输入记录时,系统会对新输入的字段值进行检查,如果输入的数据不在有效性范围内,就会出现提示信息,表示输入记录的操作不能进行。

例如,将新记录的**性别**值输错,即其值不是**男**或**女**,系统会提示出错,如图 4.28 所示。

图 4.28   性别输入错误及提示信息

如果只设置了有效性规则而没有设置有效性文本,则在字段的值输错时,系统也会出现消息框,只是其显示的内容是系统默认的。可见,设置了有效性规则后,系统能够检查错误的输入,在发现错误时,会显示提示信息。

4.3.6   其他属性

除了上面介绍的常用属性外,在"设计视图"窗口的属性区还有下面一些属性:

(1)**小数位数**   该属性影响数据的显示方式,但对计算时的精度没有影响。

(2)**标题**   使用**标题**属性可以指定字段名的显示名称,即在表、查询或报表等对象中显示的标题文字。如果没有为字段设置标题,就显示相应的字段名称。在实际应用中,为了操作的方便和输入的快捷,人们常用英文或汉语拼音作为字段名称,通过设置标题实现在显示窗口中用汉字显示列标题。

(3)**必填字段**   该属性中只有**是**或**否**两个选项,某个字段设置该属性为**是**时,在输入记录时,该字段的内容不允许为空。

(4)**输入法模式**   该属性主要用于文本型字段,单击输入法模式属性的下拉箭头,可以打开下拉列表框,框中有**随意**、**输入法开启**和**输入法关闭**三个选项。如果选定**输入法开启**,则在输入记录时,输入到该字段时,会自动切换到中文输入法。

(5)**索引属性**   索引属性的详细情况见 4.7.2。

4.4   修改表结构

在数据表的设计中,经常需要修改表的结构,如通过表向导创建的**成绩**表结构和通过导入表创建的**课程**表结构,都需要进行表结构的修改,才能使该表格更好地符合数据库设计的要求。

修改表结构的操作主要包括增加字段、删除字段、字段重命名、修改字段的属性等,其中增加字段、删除字段、字段重命名操作既可以在"数据表视图"下进行,也可以在"设计视图"下进行。

1. 添加字段

1) 在"设计视图"下添加字段

操作步骤如下:

① 在"数据库"窗口中,单击**表**对象;

② 单击要添加字段的表,然后单击**设计**按钮,在"设计视图"窗口中打开该表;

③ 将光标移动到要插入新字段的位置上并单击鼠标右键,弹出快捷菜单,如图 4.29 所示,选择**插入行**命令项,也可以直接单击工具栏上的**插入行**按钮;

④ 在新插入行的**字段名称**列中输入新字段的名称;

⑤ 在**数据类型**列设置新字段的数据类型;

⑥ 单击工具栏上的**保存**按钮,保存所做的修改。

2) 在"数据表视图"窗口中添加字段

操作步骤如下:

① 在"数据库"窗口中,单击**表**对象;

② 单击要添加字段的表,然后单击**打开**按钮,在"数据表视图"窗口中打开该表;

③ 将光标移动到要插入新字段的位置上并单击鼠标右键,弹出快捷菜单,如图 4.30 所示,选择**插入列**命令项;

④ 系统在当前列之前插入一个新列,并将字段名命名为**字段 1**,用户可以双击新字段名然后输入新的名称。

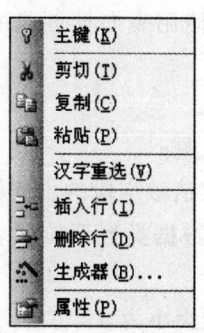

图 4.29　设计视图中的快捷菜单

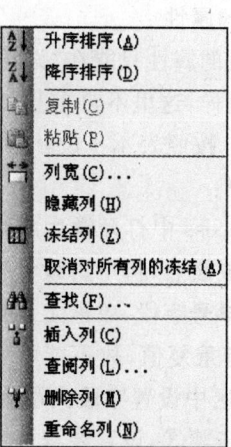

图 4.30　数据表视图中的快捷菜单

如果新添加的字段位置不合适,还可在字段选定区直接拖动字段,拖到适当的位置放置。

向表中添加一个新的字段不会影响其他字段和表中已有的数据。

2. 删除字段

删除一个字段时,该字段及其所有的数据也同时被删除,删除字段的操作比较简单。在"数据表视图"窗口中删除字段时,右击要删除的字段的名称,在弹出的图 4.30 所示快捷菜单中选择**删除列**命令项,会弹出确认对话框,如图 4.31 所示,单击**是**按钮即可。

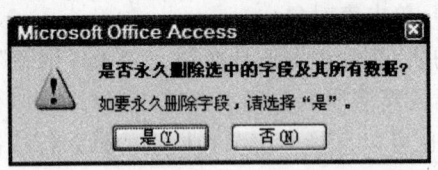

图 4.31   删除字段时的确认对话框

在"设计视图"窗口中删除字段时,右击要删除的字段的名称,在弹出的图 4.29 所示快捷菜单中选择**删除行**命令项,也会弹出图 4.31 所示的确认对话框,单击**是**按钮即可。

需要注意的是,对主键的删除应该非常谨慎,否则将破坏整个表结构。如果删除数据表中的主键字段,系统将显示警告信息。

3. 重命名字段

在"数据表视图"窗口中重命名字段时,右击要重命名字段的名称处,在弹出的快捷菜单中选择**重命名列**命令项,光标将在字段名处闪动,直接输入新的名称即可。

在"设计视图"窗口中重命名字段时,将光标定位在要重命名字段的名称处,直接删除原来的名称后输入新的名称即可。

4. 修改字段的属性

修改字段的属性只能在"设计视图"窗口中进行,修改方法和上一节介绍的设置属性的方法完全一样,这里不再重复。

例 4.11   按照表 4.4 设计的表结构,修改例 4.2 中使用表向导创建的**成绩**表结构。操作步骤如下:

① 在 Access 中打开**学生成绩管理**数据库;

② 单击**成绩**表,再单击**设计**按钮,打开**成绩**表设计视图;

③ 选定**学号**字段,单击工具栏上的**主键**按钮"⑨",取消该字段的主键标记(因为成绩表中的学号有重复值,故不能将其设置为主键),再单击**数据类型**下拉列表,选定**文本**类型,并在属性区中设置**字段大小为 6**;

④ 重复步骤③,设置**课程号**的**数据类型**为**文本**,**字段大小**为 **3**;

⑤ 修改**成绩**字段的名称为**平时**,并设置其**数据类型**为**数字**,**字段大小**为**单精度型**,1 位小数;

⑥ 添加**期中**和**期末**两个新字段,其属性设置与**平时**字段相同;

⑦ 单击**保存**按钮,完成**成绩**表结构的修改。

例 4.12　按照表 4.3 设计的表结构,修改例 4.5 中使用"导入表"方法建立的**课程表**结构。操作步骤如下:

① 在 Access 中打开**学生成绩管理**数据库;

② 单击**课程表**,再单击**设计**按钮,打开**课程表**设计视图;

③ 参照表 4.3 中对**课程表**的字段属性设置,依次修改**课程号**、**课程名**、**学时**、**学分**和**类别**的字段大小;

④ 单击**简介**字段的**数据类型**下拉列表,选定**备注**类型;

⑤ 单击**保存**按钮,完成**课程表**结构的修改。

4.5　输入与编辑记录

当数据库的表结构创建好以后,用户就可以向表中添加数据了。一个表有了数据才是一个完整的表。本节介绍对数据的基本操作,即添加数据、修改数据、删除数据和计算数据等操作。

4.5.1　从键盘输入记录

从键盘输入记录在表的"数据表视图"窗口中进行,在输入记录的同时也可以修改记录。

打开"数据表视图"窗口后,就可以输入记录了。在"数据表视图"窗口中,有的记录前面有"🖉"或"✳"标记。其中,"🖉"标记表示该记录的数据可以修改;"✳"标记表示可在该行输入新的数据。

在输入每条记录的字段值时,只能输入对字段类型有效的值。若输入了无效数据,则系统会弹出一个信息框显示出错信息。在更正错误之前,无法将光标移动到其他字段上去。记录输入完毕后,关闭当前窗口,保存添加的记录到表中。若欲放弃对当前记录的编辑,可按 **Esc** 键。

对于文本、数字、日期/时间、是/否和备注等类型的字段数据,可直接在"数据表视图"窗口中进行编辑,其编辑技巧与 Word 类似。OLE 对象类型不能直接输入数据,而需要从其他地方导入数据。

例 4.13　编辑**学生**表的**照片**字段数据值为图片。操作步骤如下:

① 在"数据表视图"窗口中打开**学生**表,右击相应记录的**照片**字段数据区,弹出快捷菜单;

② 选择快捷菜单中的**插入对象**命令项,弹出"插入对象"对话框,如图 4.32 所示;

③ 选定**新建**单选按钮,将**对象类型**设置为**位图图像**,然后单击**确定**按钮,系统将弹出一个空白的图片编辑框;

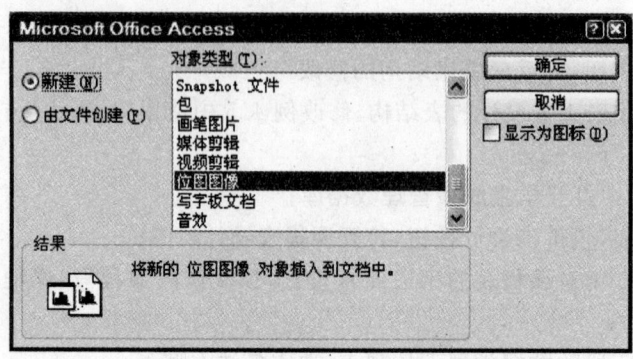

图 4.32　"插入对象"对话框中选定**新建**

④ 单击**编辑**菜单中**粘贴来源**命令项,在弹出的**粘贴来源**对话框中选定所需图片文件的位置和名称,单击**打开**按钮,相应的图片将被粘贴到图片编辑框中,此时可对图片进行剪裁,或者缩放调整图片大小,使其符合设计的要求;

⑤ 编辑完成后,单击**文件**菜单中**更新学生:表**命令项,完成对数据源的更新,然后关闭该编辑框,返回**学生**数据表视图。

在"插入对象"对话框中如果选定**由文件创建**单选按钮,则进入另一个插入对象界面,如图 4.33 所示。输入相应的对象文件位置和名称,或者单击**浏览**按钮,选定所需文件的位置和名称,单击**确定**按钮,文件内容即保存到该字段中。

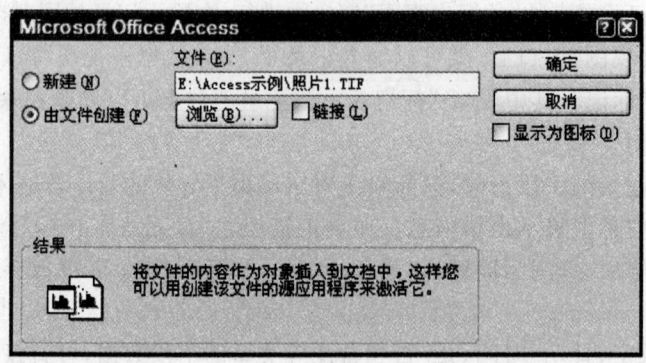

图 4.33　"插入对象"对话框中选定**由文件创建**

4.5.2　数据的导入与导出

Access 系统的导入和导出功能实现了在不同的程序之间进行数据的共享。

1. 导入数据

导入数据是把数据从另一个应用程序或数据库中加入到 Access 表中,或将同一数据库中其他表的数据复制到本表中,既可以简化用户的操作、节省用户录入记录的时间,又可以充分利用所有的数据。可以导入的数据可以是文本、Excel 电子表格和数据表等。

在 4.2.4 中曾介绍了使用"导入"方式创建 Access 新表的方法,下面通过一个例子来说明如何将其他应用程序的数据直接"导入"到已经存在的 Access 表中。

例 4.14   将 Excel 工作表中的学生成绩数据导入**成绩**表中。操作步骤如下:

① 在 Access 中打开**学生成绩管理**数据库;

② 单击**文件**菜单**获取外部数据**级联菜单中**导入**命令项,弹出**导入**对话框,如图 4.16 所示;

③ 在**文件类型**下拉列表框中选定 **Microsoft Excel**;

④ 在**查找范围**下拉列表框中确定导入文件所在的文件夹为 **Access 示例**,在文件列表框中选定**示例表**文件;

⑤ 单击**导入**按钮,弹出**导入数据表向导**对话框,如图 4.17 所示;

⑥ 按向导中的提示一步步操作,在**导入数据表向导**对话框之一中选定电子表格文件中的**成绩**表,在**导入数据表向导**对话框之三中,选定数据的保存位置为**现有的表中**,并在其右侧的下拉列表框中选定要保存数据的表为**成绩**;

⑦ 单击**完成**按钮,则系统将 Excel 电子表格中的学生成绩数据添加到**成绩**表中。

添加数据时要注意以下事项才能确保导入数据顺利完成:①导入文件中的值不要比此字段的字段大小属性设置大;②导入文件中的值与本字段的数据类型必须相同或兼容;③对于不允许字段的值为 Null 的必填字段,文件中的值不能为 Null;④对于作为主键的字段,不允许文件中的值重复或者和表中已有的值重复;⑤不能向表中添加破坏有效性规则的值。

导入 Excel 电子表格的数据是所有导入数据操作中使用频率最高的操作,可以利用 Excel 编辑数据的强大功能,完成数据表记录的输入。从不同的数据源导入数据,Access 将启动与之相对应的不同的导入向导,在向导的引导下逐步完成导入数据的操作。

2. 链入数据

链入数据是在数据库中形成一个链接表对象,其操作与上述的导入数据操作非常相似,只要在级联菜单中选择**链接表**命令项,同样是在向导的引导下完成;但是一定要理解链入数据表对象与导入形成的数据表对象是完全不同的。导入形成的数据表对象,是一个与外部数据源没有任何联系的 Access 表对象。也就是说,导入表在其导入过程中是从外部数据源获取数据的过程,而一旦导入操作完成,这个表就不再与外部数据源继续存在任何联系了。而链入表则不同,它只是在 Access 数据库内创建了一个数据表链接对象,从而允许在打开链接时从数据源获取数据,即数据本身并不在 Access 数据库内,而是保存在外部数据源处。因而,在 Access 数据库内通过链接对象对数据所做的任何修改,实质上都是在修改外部数据源中的数据。同样,在外部数据源中对数据所做的任何改动也会通过该链接对象直接反映到 Access 数据库中来。

导入表与链接表的差别,在 Access 数据库视图中也可以看得很清楚,它们的图标完全不一样。如图 4.34 所示的**成绩表(链接)**对象是一个与 Excel 工作表相链接的数据表对象,而**成绩**表对象则是一个将 Excel 工作表数据导入后得到的数据表对象。链接到不同的外部数据源的链接表对象,其数据表图标也会不同。

何时该应用何种获取外部数据的方式,需根据具体应用的实际需求而定。

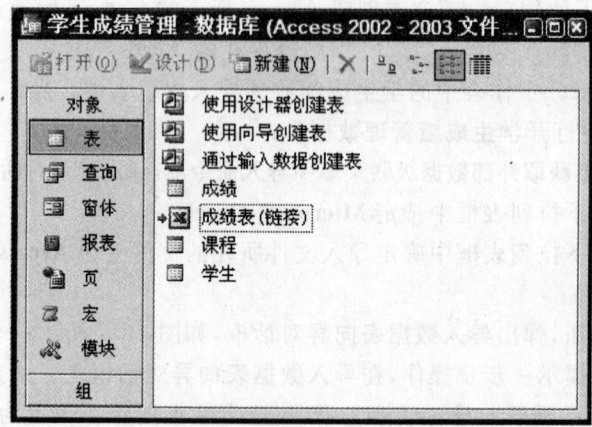

图 4.34 链接与导入的数据表

3. 导出数据

Access 数据库中的数据不仅可以供数据库系统本身使用,也可以允许其他的应用项目共享。也就是说,Access 可以按照外部应用项目所需要的格式及其数据形式导出数据,从而实现数据的共享。

例 4.15 将学生表转化为 Excel 电子表格。操作步骤如下:

① 在**学生成绩管理**数据库窗口的**表**对象列表区选定**学生**;

② 单击**文件**菜单中**导出**命令项,弹出"导出"对话框,如图 4.35 所示;

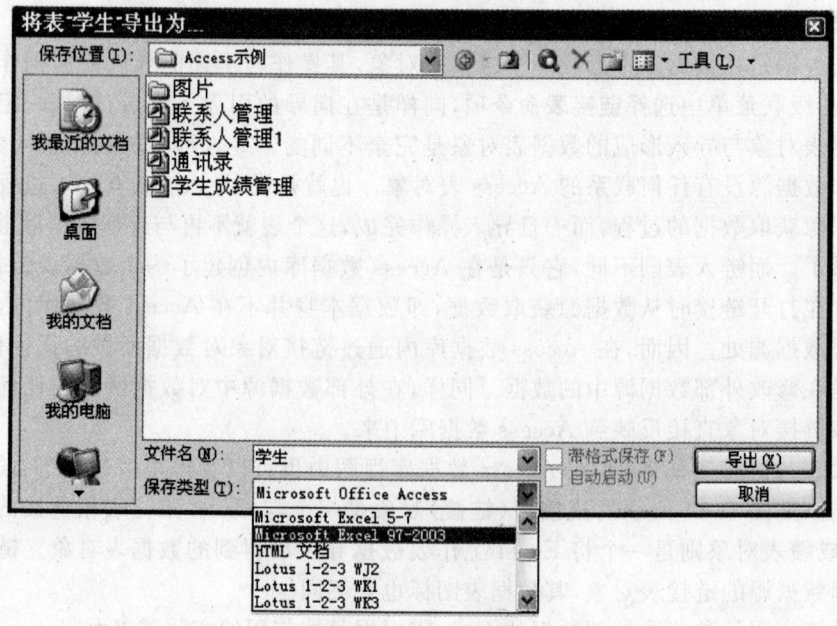

图 4.35 "导出"对话框

③ 在**保存类型**下拉列表框中选定 **Microsoft Excel 97-2003**；

④ 在**保存位置**下拉列表框中选定 **Access 示例**，在**文件名**组合框中输入**学生**；

⑤ 单击**导出按钮**，系统将 Access 数据表导出为 Excel 文件。

若要将 Access 数据表导出为其他文档或数据表，其操作方法与导出为 Excel 电子表格的方法相似，只需在"导出"对话框的**保存类型**下拉列表框中，选择相应的文件类型即可。图 4.36 所示为**学生**表导出的 HTML 文档用 IE 浏览器打开后的视图。

图 4.36　导出的 HTML 文档

4.5.3　编辑记录

编辑记录包括添加记录、删除记录、修改数据和复制数据等，编辑记录的操作在"数据表视图"窗口下进行。在 Access 中，数据的显示与存储是同步的，即无须保存，数据库中的数据可以立即改变。

通常情况下，一个表中会有很多条记录；但在对当前表中的记录进行编辑时，在某一时刻只能有一条记录正在被编辑，此记录称为"当前记录"。因此，在编辑之前，应先定位记录或选定数据。

1. 定位记录

在"数据表视图"窗口中打开一个表后，窗口下方会显示一个记录定位器，该定位器由若干个按钮构成，如图 4.37 所示。

定位记录的方法如下：

① 使用定位器中的**第一条**、**上一条**、**下一条**和**最后一条**等按钮定位记录；

② 在记录编号框中直接输入记录号，然后按回车键；

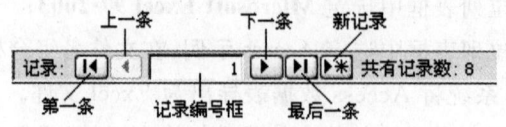

图 4.37　记录定位器

③ 直接将光标定位在指定的记录上。

2. 选定数据

选定数据可以分为在行的方向选定记录和在列的方向选定字段以及选定连续的区域。

1) 选定记录

(1) 选定某条记录　在"数据表视图"窗口第一个字段左侧是记录选定区,直接在选定区单击可选定该条记录。

(2) 选定连续若干条记录　在记录选定区拖动鼠标,鼠标所经过的行被选定,也可以先单击连续区域的第一条记录,然后按住 **Shift** 键并单击连续记录的最后一条记录。

(3) 选定所有记录　单击工作表第一个字段名左边的**全选**按钮,或者单击**编辑**菜单中**选择所有记录**命令项,可以选定所有记录。

2) 选定字段

(1) 选定某个字段的所有数据　直接单击要选定字段的字段名即可。

(2) 选定相邻连续字段的所有数据　在表的第一行字段名处用鼠标拖动字段名即可。

3) 选定部分区域的连续数据

将鼠标移动到数据的开始单元处,当鼠标指针变成"✛"形状时,从当前单元格拖动到最后一个单元格,鼠标指针经过的单元格数据被选定。通过此方法可以选定某行、某列或某个矩形区域的数据。

3. 添加记录

在 Access 中,只能在表的末尾添加记录,操作步骤如下:

① 在"数据表视图"窗口中打开要编辑的表;

② 单击工具栏或记录选定器上的**新记录**按钮"▶",光标将停在新记录上;

③ 输入新记录各字段的数据。

4. 删除记录

在"数据表视图"窗口中打开表,选定要删除的记录,然后选用以下方法之一:

① 按 **Delete** 键;

② 按 **Ctrl**＋"－"组合键;

③ 单击工具栏上的**删除记录按钮"**❘❌"；

④ 单击**编辑**菜单中**删除记录**命令项；

⑤ 单击鼠标右键,在弹出的快捷菜单中选择**删除记录**命令项。

不论使用以上哪种方法,系统都会弹出一个消息框,让用户确认是否删除选定的记录,如图 4.38 所示。

图 4.38　确认删除记录消息框

5. 修改数据

修改数据是指修改某条记录的某个字段的值。先将光标定位到要修改的记录上,然后再定位到要修改的字段,即记录和字段的交叉单元格,直接进行修改。

6. 复制数据

复制数据是指将选定的数据复制到指定的某个位置,复制数据可以减少重复数据或相近数据的输入。在 Access 中,可以对表中一条记录、多条记录、一列数据、多列数据、一个数据项和多个数据项进行复制操作。操作步骤如下:

① 选定要复制的数据;

② 单击工具栏上的**复制按钮"**🖹"；

③ 单击要复制的位置,再单击工具栏上的**粘贴按钮"**🖹"即可。

7. 查找和替换

查找数据是指在表中查找某个特定的值,替换是指将查找到的某个值用另一个值来替换。在 Access 中,单击**编辑**菜单中**查找**或**替换**命令项,完成查找和替换功能,查找的范围可以指定在一个字段内或整个数据表。

例 4.16　在**学生**表中查找专业为会计的记录。操作步骤如下:

① 在"数据表视图"窗口中打开**学生**表;

② 将光标定位到**专业**字段上;

③ 单击**编辑**菜单中**查找**命令项,弹出**查找和替换**对话框,选定**查找**选项卡,如图 4.39 所示;

④ 在**查找内容**组合框内输入**会计**;在**查找范围**下拉列表框中可以选择**会计**字段或**整个表**;在**匹配**下拉列表框中有**字段任何部分**、**整个字段**和**字段开头**三个选项,这里选定**整个字段**;在**搜索**下拉列表框中有**向上**、**向下**和**全部**三个选项,这里选定**全部**;

⑤ 单击**查找下一个**按钮,将下一个指定的内容找到后该数据以反白显示,继续单击

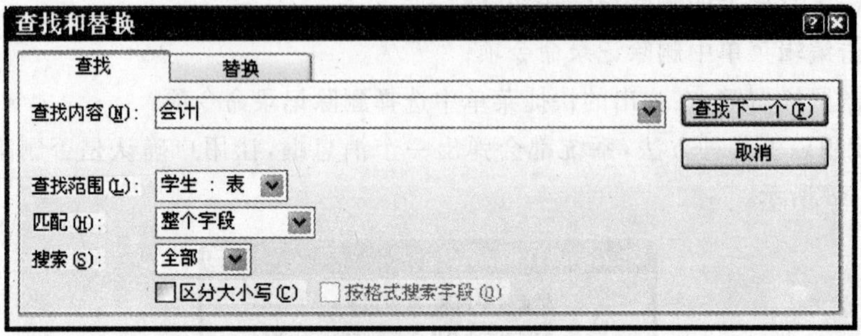

图 4.39　**查找和替换**对话框**查找**选项卡

查找下一个按钮可以将全部指定的内容查找出来；

⑥ 单击**取消**按钮可以结束查找过程。

在**查找内容**组合框内输入内容时可以使用通配符，以实现按特定的要求查找记录。例如，要**查找**入学成绩在 550 分到 599 分之间的记录，可以在**查找内容**组合框内输入 5[5-9][0-9]。

在**查找**和**替换**对话框中可以使用的通配符，见表 4.8。

表 4.8　查找时使用的通配符

字　符	作　　用	示　　例
*	代表任意个数的字符	th * 可以找到 the 和 they
?	代表任何单个字母	b?d 可以找到 bad，bed，bud
[ ]	通配方括号内的任何单个字符	th[oe]se 可以找到 those，these
—	通配范围内的任何单个字符	[a-g]ay 可以找到 bay，day，gay
!	通配不在方括号内的任何单个字符	[!bd]ay 可以找到 gay，say，may
#	代表任何单个数字字符	1#3 可以找到 113，123，133

如果要搜索的是字符"＊"、"?"、"#"、"-"本身，则必须将这些符号放在方括号中，例如[＊]、[?]、[#]等。

例 4.17　在**学生**表中将**政治面貌**字段中所有的**群众**替换为**团员**。操作步骤如下：

① 在"数据表视图"窗口中打开**学生**表；

② 将光标定位到**政治面貌**字段上；

③ 单击**编辑**菜单中**查找**命令项，弹出**查找和替换**对话框，单击对话框中的**替换**选项卡；

④ 在**查找内容**组合框内输入**群众**，在**替换为**组合框内输入**团员**，在**查找范围**下拉列表框中选定**政治面貌**，在**匹配**下拉列表框中选定**整个字段**，如图 4.40 所示；

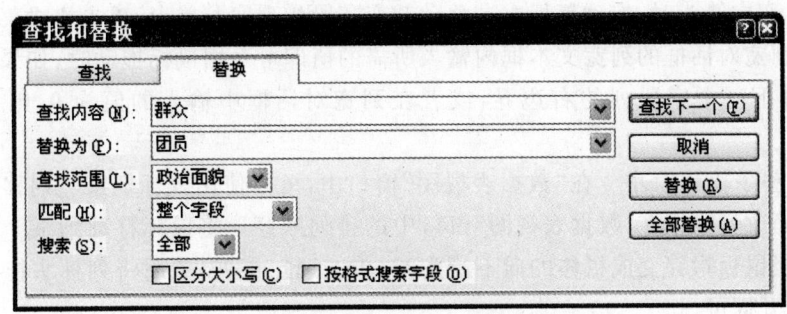

图 4.40　**查找和替换**对话框**替换**选项卡

⑤ 单击**全部替换**按钮,一次替换所有查找到的内容,这时弹出一个消息框,要求用户确认是否要完成替换操作;

⑥ 单击**是**按钮完成所有查找到的内容一次替换。

4.6　显示表中数据

显示表中数据最快的方法是使用数据表视图。数据表视图中显示的内容是由一系列可以滚动的行和列组成的。为了使用方便,用户可以定制数据表视图窗口及其功能,如改变其外观、筛选数据和限制对字段的访问等。

4.6.1　浏览记录

1. 浏览记录操作

打开"数据表视图"窗口即可浏览记录。在"数据表视图"窗口中,可以使用滚动条来回移动,显示表中不同的字段和记录,也可以用箭头键和 **Tab** 键进行移动查看。如果要查看 OLE 对象字段数据,可在"数据表视图"窗口中双击该字段,在打开的窗口中会显示相应内容。

2. 改变"数据表视图"窗口

可以按照不同的需求定制"数据表视图"窗口,如改变行高和列宽、重新安排列的位置、显示或隐藏表格线等。

在"数据表视图"中,所有行的高度都是一样的,每一列的宽度可以不同。因此,改变了某一行的高度,也就是改变了所有行的高度。

(1) 改变每一行的高度　将鼠标指针移动到任意两行的行选定器之间,当鼠标指针变成上下双向箭头时,拖动鼠标就可以改变"数据表视图"窗口中记录的行高。或者,单击**格式**菜单中**行高**命令项,在**行高**对话框的**行高**文本框中输入所需的值即可。这时,所有行的高度都发生了改变。

(2) 改变某列的宽度　将鼠标指针移动到要改变宽度的两列字段名之间,当鼠标指针变成左右双向箭头时，拖动鼠标左右移动改变字段的列宽。或者，单击**格式**菜单中**列宽**命令项，在**列宽**对话框的**列宽**文本框内输入所需的值即可。用鼠标拖动时，如果分隔线被拖动到超过下一个字段列的右边界，或者在**列宽**对话框中输入的值为 **0**，则该列被隐藏起来。

（3）调整字段的顺序　在"数据表视图"窗口中，可以使用鼠标把某一列移动到新的位置上，从而改变字段在"数据表视图"窗口中的排列顺序。将鼠标移动到某个字段列的字段名上，当鼠标指针变成粗体的向下箭头时，单击选定该列，然后将列标头拖动到需要的位置后松开即可。

注意：在"数据表视图"窗口中改变列宽和字段的排列顺序不会改变表结构。

4.6.2　筛选记录

在"数据表视图"窗口中，默认情况下 Access 将表中存储的所有记录和字段全部显示出来。当表中存储的数据量很大、字段很多时，想要浏览表中特定的数据就不方便。为此，Access 通过对表中记录的筛选来让用户自己定制要显示的记录。筛选后还可以通过**取消筛选**命令恢复显示原来所有的记录。

筛选操作通过**记录**菜单**筛选**级联菜单来完成，也可以通过快捷菜单完成，这两个菜单中的内容如图 4.41 所示。

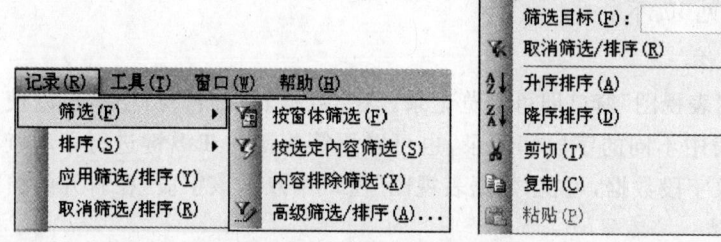

图 4.41　筛选级联菜单和快捷菜单

从这两个菜单可以看出，进行筛选共有按选定内容筛选、内容排除筛选、筛选目标、按窗体筛选、高级筛选 5 种方法。这 5 种方法都可以指定一个或多个筛选条件，也都可以对两个以上字段的值进行筛选。

1. 按选定内容筛选

例 4.18　只显示**学生**表中女生的记录。操作步骤如下：

① 在"数据表视图"窗口中打开**学生**表；

② 在数据表中找到**性别**字段值为**女**的任意一条记录并选定该值；

③ 单击工具栏上的**按选定内容筛选**按钮" "，这时在"数据表视图"窗口中显示出

所有**性别**字段的值为**女**的记录，如图 4.42 所示。

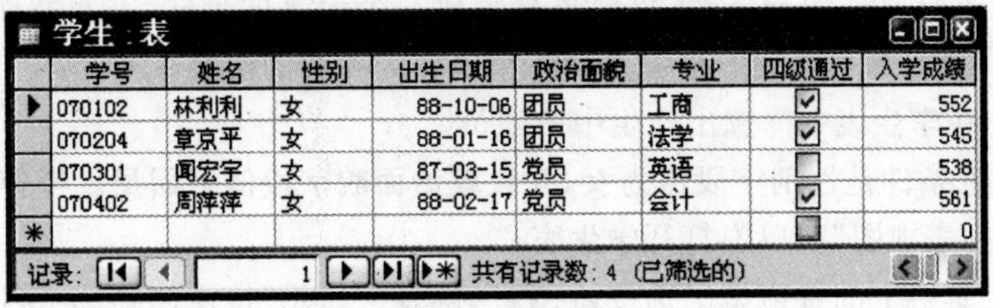

学生：表

学号	姓名	性别	出生日期	政治面貌	专业	四级通过	入学成绩
070102	林利利	女	88-10-06	团员	工商	✓	552
070204	章京平	女	88-01-16	团员	法学	✓	545
070301	闻宏宇	女	87-03-15	党员	英语		538
070402	周萍萍	女	88-02-17	党员	会计	✓	561
							0

记录：1 共有记录数：4 (已筛选的)

图 4.42　筛选结果

在筛选状态下，工具栏上的**应用筛选**按钮呈高亮显示，并且名称变为**取消筛选**，单击此按钮，可以回到筛选前的状态。

2. 内容排除筛选

按选定内容筛选实际上是判断某个字段的值是否等于选定的值，也可以按某个字段的值是否不等于选定的值，这就是内容排除筛选。

例 4.19　在**学生**表中筛选不是英语专业的记录。操作步骤如下：

① 在“数据表视图”窗口中打开**学生**表；

② 找到专业为**英语**的某个记录，单击鼠标右键；

③ 在弹出的快捷菜单中选择**内容排除筛选**命令项，就可以筛选出专业不是**英语**的记录。

按选定内容筛选和内容排除筛选在数据表中记录较少时，查找某个值比较方便，如果记录较多，要先通过**编辑**菜单中**查找**命令项，将光标定位在某个值上，然后再进行筛选。

3. 筛选目标

筛选目标这种筛选方式实际上是在**筛选目标**文本框中输入筛选条件，然后将某个字段的值满足指定条件的记录筛选出来。

例 4.20　在**学生**表中筛选入学成绩在 550 分以下的记录。操作步骤如下：

① 在“数据表视图”窗口中打开**学生**表；

② 右击**入学成绩**字段的任何一个值，在弹出的快捷菜单中**筛选目标**文本框内输入条件**<550**；

③ 按 **Enter** 键，共筛选出 4 条记录，结果如图 4.43 所示。

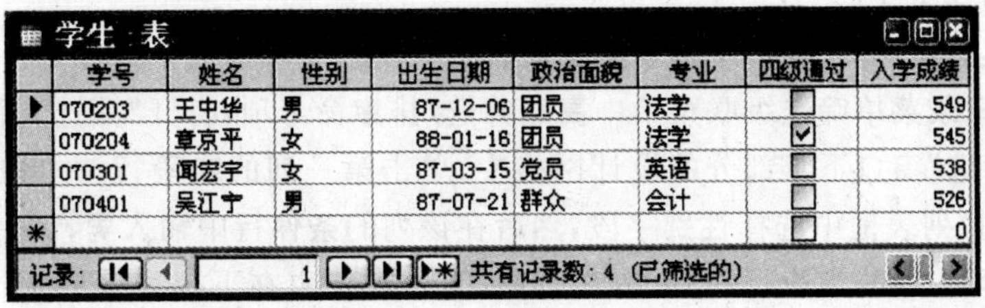

学生：表

学号	姓名	性别	出生日期	政治面貌	专业	四级通过	入学成绩
070203	王中华	男	87-12-06	团员	法学		549
070204	章京平	女	88-01-16	团员	法学	✓	545
070301	闻宏宇	女	87-03-15	党员	英语		538
070401	吴江宁	男	87-07-21	群众	会计		526
							0

记录：1 共有记录数：4 (已筛选的)

图 4.43　筛选结果为入学成绩在 550 分以下的记录

4. 按窗体筛选

按窗体筛选记录时，Access 将数据表显示成一个记录的形式，并且每个字段都有下拉列表框，用户可以在每个列表框中选择一个值作为筛选的内容。

例 4.21　在**学生**表中筛选出女生中的团员。

本题的筛选条件是**性别**字段值为**女**，并且**政治面貌**字段值为**团员**。操作步骤如下：

① 在"数据表视图"窗口中打开**学生**表；

② 单击工具栏上的**按窗体筛选**按钮"　"，屏幕上显示"按窗体筛选"窗口；

③ 单击**性别**字段，接着单击其右侧的下拉箭头，打开下拉列表框，在列表框中选定**女**；

④ 单击**政治面貌**字段，接着单击其右侧的下拉箭头，打开下拉列表框，在列表框中选定**团员**，设置的筛选条件如图 4.44 所示；

图 4.44　在"按窗体筛选"窗口中设置的筛选条件

⑤ 单击工具栏上的**应用筛选**按钮"　"，共筛选出两条记录，结果如图 4.45 所示。

图 4.45　筛选出女生中的团员结果

5. 高级筛选

高级筛选是在"筛选"窗口设置筛选条件，可以设置复杂的筛选条件，还可以对筛选结果设置显示的顺序，即对筛选结果排序，更重要的是还可以实现按参数筛选。

例 4.22　在**学生**表中筛选出 1988 年以前出生（不含 1988 年）的男生，并按学号降序输出。操作方法如下：

① 在"数据表视图"窗口中打开**学生**表；

② 单击**记录**菜单**筛选**级联菜单中**高级筛选/排序**命令项，打开"筛选"窗口；

③ 在"筛选"窗口下半部分的设计网格中，单击第一列的**字段**行，并单击其右侧的下拉箭头，在下拉列表框中选择**性别**字段，然后在该列的**条件**行中输入**男**；

④ 单击第二列的**字段**行，并单击其右侧的下拉箭头，在下拉列表框中选择**出生日期**字段，然后在该列的**条件**行中输入＜**1988/01/01**。

　　⑤ 单击第三列的**字段**行,并单击其右侧的下拉箭头,在下拉列表框中选择**学号**字段,然后单击该列的**排序**行,接着单击其右侧的下拉箭头,在下拉列表框中选择**降序**,设置的筛选条件如图 4.46 所示;

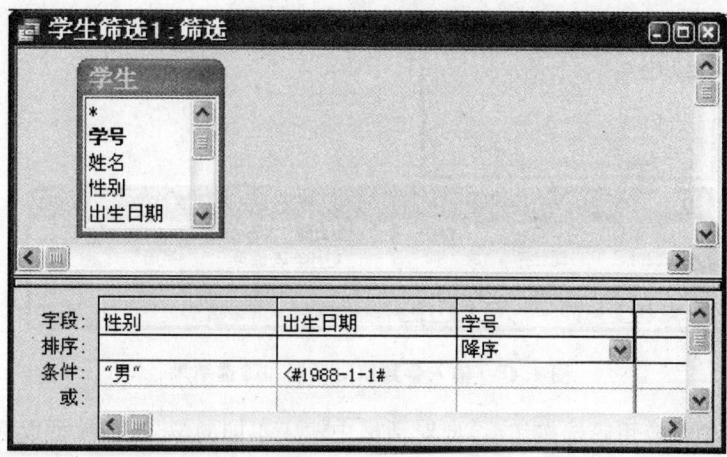

图 4.46　筛选条件

　　⑥ 单击工具栏上的**应用筛选**按钮"▽",筛选出两条记录,结果如图 4.47 所示。

图 4.47　筛选结果

　　上面建立的各个筛选的共同之处,都是在筛选之前要输入筛选条件中字段的值,例如**性别**字段的值**女**,**政治面貌**字段的值**团员**。也可以首先只设置筛选的字段,单击**应用筛选**按钮之后再输入字段的值,然后根据字段的值进行筛选,这就是参数筛选。使用参数筛选可以实现每次筛选时针对不同的值进行。

　　例 4.23　在**学生**表中对**学号**字段创建参数筛选。操作步骤如下:

　　① 在"数据表视图"窗口中打开**学生**表;

　　② 单击**记录**菜单**筛选**级联菜单中**高级筛选/排序**命令项,打开"筛选"窗口;

　　③ 在"筛选"窗口的设计网格中,单击第一列的**字段**行,并单击其右侧的下拉箭头,在下拉列表框中选择**学号**字段,然后在该列的**条件**行中输入[**请输入学号**](注意:输入时要将字符串连同其两端的方括号一起输入);

　　④ 单击工具栏上的**应用筛选**按钮"▽",弹出**输入参数值**对话框,提示用户输入学号

的具体值,如图 4.48 所示;

　　⑤ 在**请输入学号**文本框中输入一个学号值,例如 **070301**,然后单击**确定按钮**,就会筛选出学号为 **070301** 的记录,如图 4.48 所示。

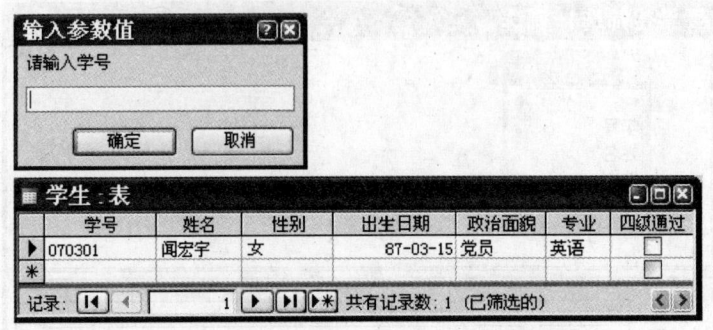

图 4.48　**输入参数值**对话框和筛选结果

　　如果每次单击**应用筛选**按钮后,向对话框中输入不同的学号值,就可以筛选出不同学号的记录。

4.6.3　显示指定的列

　　在"数据表视图"窗口中浏览记录时,如果表中的字段较多、列宽也较大时,有些字段就不能显示在窗口中。此时,可移动水平滚动条,显示想查看的字段。为了避免移动水平滚动条带来的诸多不便,Access 系统提供了冻结列的操作,对于一些不想浏览的数据也可以使用隐藏列的操作。

1. 冻结列

　　有时希望表中的某些列在屏幕上固定不变,当滚动显示其他列时,这些列不随其他列的滚动而移动,这就需要将这些列冻结起来。

　　冻结某些列时,先在字段名处选定要冻结的列,然后单击**格式**菜单中**冻结列**命令项即可。这时,被冻结的列始终显示在窗口的最左边。

　　用同样的方法还可以继续将其他的列冻结。

　　如果这些列不再需要冻结时,可以取消,方法是单击**格式**菜单中**取消对所有列的冻结**命令项。

2. 隐藏列

　　隐藏表中列的操作可以限制表中字段的显示个数,隐藏起来的字段若要再使用,可撤销字段的隐藏。

　　(1) 隐藏某些列　隐藏列的操作比较简单,在"数据表视图"窗口中,选定要隐藏的列,然后单击**格式**菜单中**隐藏列**命令项,选定的列就被隐藏起来。

　　(2) 显示被隐藏的列　显示被隐藏的列要使用菜单命令,操作步骤如下:

① 单击**格式**菜单中**取消隐藏列**命令项,弹出**取消隐藏列**对话框如图 4.49 所示,对话框中显示了表中的所有字段,每个字段左边都有一个复选框,未选定的表示是已被隐藏的列,选定的表示目前没有被隐藏的列;

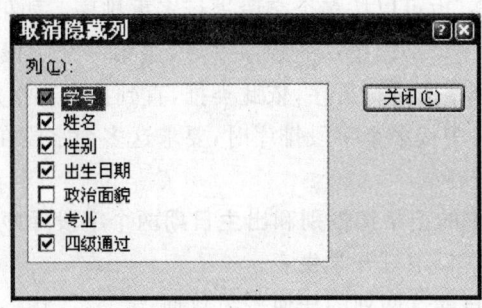

图 4.49 **取消隐藏列**对话框

② 选定要取消隐藏列的复选框;

③ 单击**关闭**按钮,凡是在选定了复选框的列,在"数据表视图"下都可以显示,未选定的列被隐藏起来。使用这个对话框既可以重新显示某些列,也可以隐藏某些列。

4.7 数据表的排序与索引

创建表并录入记录时,这些记录的顺序是按数据输入的先后顺序排列的;但是在实际应用中,原始排列顺序不一定能满足不同的使用要求。在 Access 中,提供了排序与索引两种重新组织数据表中记录顺序的方法。

4.7.1 对表中数据进行排序

排序是按一个或多个字段值的升序或降序重新排列表中记录的顺序。在 Access 中,排序的规则如下:①英文按字母顺序,不区分大小写;②汉字按拼音字母顺序;③数字按大小;④日期和时间字段按先后顺序;⑤如果某个字段的值为空值 Null,则按升序排序时,包含空值的记录排在最开始;⑥备注型、超链接型或 OLE 对象不能进行排序。

对一个表排序后,保存表时将保存排序的结果。可以使用**记录**菜单中**排序**命令项和**应用筛选/排序**命令项进行排序,下面分别介绍它们的使用。

1. 使用排序命令项

使用**排序**命令项可以在"数据表视图"窗口中对记录进行排序。

例 4.24 对**学生**表按**出生日期**字段升序对记录进行排序。操作步骤如下:

① 在"数据表视图"窗口中打开**学生**表;

② 单击**出生日期**字段所在的列;

③ 单击**记录**菜单**排序**级联菜单中**升序**命令项,或单击工具栏上的**升序**按钮"**↓**",这

时排序的结果直接在"数据表视图"窗口中显示。

如果要取消对记录的排序,单击**记录**菜单中**取消筛选/排序**命令项,可以将记录恢复到排序前的顺序。

可以按一个字段排序,也可以按多个字段进行多重排序。如果指定了多个排序字段,排序的过程是,先根据第一个字段指定的顺序排序,当第一个字段有相同的值时,这些相同值的记录再按照第二个字段进行排序,依此类推,直到按全部指定的字段排好序为止。

在"数据表视图"窗口中按多个字段排序时,要求这多个字段在表中是连续的,排序时按字段从左到右的顺序进行。

例 4.25 对**学生**表中的记录按**性别**和**出生日期**两个字段降序排序。操作过程如下:
① 在"数据表视图"窗口中打开**学生**表;
② 单击**性别**和**出生日期**这两列的任何一组数据;
③ 单击工具栏上的**降序**按钮"$\frac{Z}{A}\downarrow$",这时排序的结果直接在"数据表视图"窗口中显示,如图 4.50 所示。

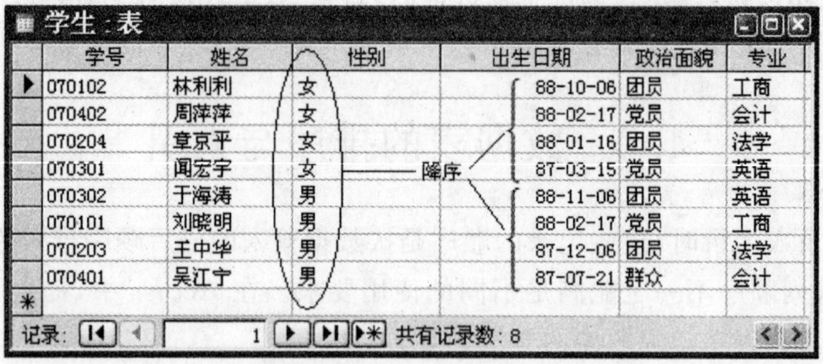

学号	姓名	性别	出生日期	政治面貌	专业
▶ 070102	林利利	女	88-10-06	团员	工商
070402	周萍萍	女	88-02-17	党员	会计
070204	章京平	女	88-01-16	团员	法学
070301	闻宏宇	女	87-03-15	党员	英语
070302	于海涛	男	88-11-06	团员	英语
070101	刘晓明	男	88-02-17	党员	工商
070203	王中华	男	87-12-06	团员	法学
070401	吴江宁	男	87-07-21	群众	会计

记录: |◀ ◀   1   ▶ ▶| ▶* 共有记录数: 8

图 4.50   按**性别**和**出生日期**降序排序的结果

从结果中可以看出,所有记录先按**性别**降序排列,所有**性别**值为**女**的记录又按**出生日期**降序排列;同样,所有**性别**值为**男**的记录也是按**出生日期**降序排列。

在"数据表视图"窗口中按多个字段进行排序时,操作比较简单;但有局限性,一是要求这些字段必须是相邻的而且按从左到右的顺序,二是所有字段都必须按同一个次序即同时升序或同时降序,使用下面介绍的**高级筛选/排序**命令项进行排序就没有这个限制。

2. 使用应用筛选/排序命令项

例 4.26 对**学生**表中的记录按**性别**和**入学成绩**两个字段排序,其中**性别**字段为升序,**入学成绩**字段为降序。参与排序字段的位置不在一起,而且要求对这两个字段分别按升序和降序排列,显然无法在"数据表视图"窗口下完成,只能在"筛选"窗口中完成。操作步骤如下:
① 在"数据表视图"窗口中打开**学生**表;
② 单击**记录**菜单**筛选**级联菜单中**高级筛选/排序**命令项,打开"筛选"窗口,窗口分为

上、下两个部分,上半部分显示已打开表的字段列表,下半部分是设计网格,用来指定排序字段、排序方式和排序准则;

③ 将字段列表中的**性别**字段拖动到设计网格第一列的**字段**行中,也可以单击设计网格第一列**字段**行右侧的下拉箭头,在弹出的字段名列表中选定**性别**,再单击第一列**排序**行右侧的下拉箭头,在下拉列表框中选定**升序**;

④ 将字段列表中的**入学成绩**字段拖动到设计网格第二列的**字段**行中,再单击第二列**排序**行右侧的下拉箭头,在下拉列表框中选定**降序**,设置后的条件如图 4.51 所示;

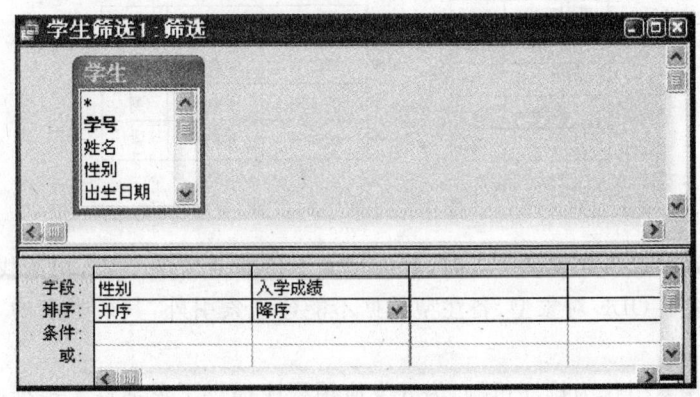

图 4.51　"筛选"窗口

⑤ 单击工具栏上的**应用筛选**按钮"🔽",排序结果如图 4.52 所示。

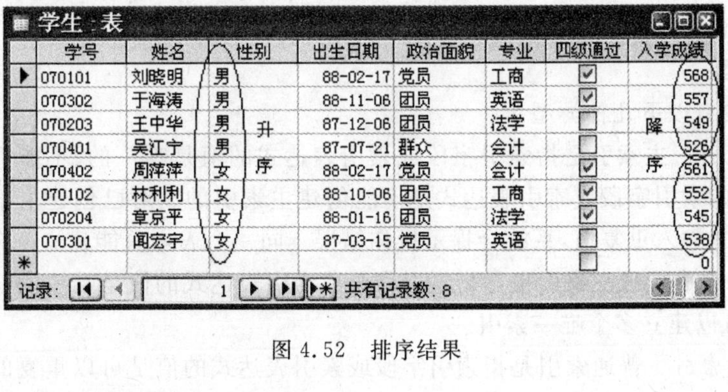

图 4.52　排序结果

4.7.2　数据表的索引

索引是表记录排序的另一种方法,其主要目的是为了加快查询的速度,类似于利用拼音检索来查字典。一个没有设置索引的表就如同一本未经整理的散乱数据的字典,如果要查找某个字,就必须一页一页逐步去翻阅,耗时又费工。字典通常会按照拼音的顺序来编排,其目的就是让用户能快速、准确地查到所需的字。

1. 索引的概念

数据表的索引是通过索引字段的值与数据之间的指针来建立索引文件。以图 4.53 为例来说明,指定表的**学号**字段为索引字段,以此字段值作为索引文件的值,而索引文件中的指针会指向表所对应的索引字段值所在的记录。每当添加一条记录时,此记录索引字段的值会决定其存放表中的位置,同时存放位置的指针及索引字段的值会依其顺序加入索引文件中。

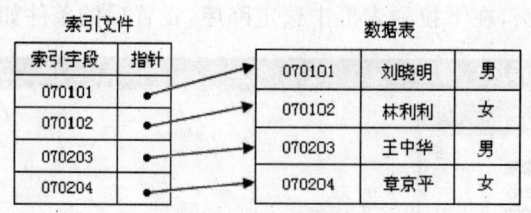

图 4.53　索引示意图

这样的存放方式在查询此字段时,可通过索引值所对应的字段,快速找到该条记录。在 Access 中,除了 OLE 对象型、备注型数据不能建立索引外,其余类型的字段都可以建立索引。

Access 使用索引作为排序机制,为开发应用程序提供了灵活性。根据应用程序的要求,可以灵活地对同一个表创建和使用不同的索引,使用户可以按不同顺序处理记录。但是,维护索引顺序是要付出代价的,当对表进行插入、删除和修改记录等操作时系统会自动维护索引顺序,也就是说索引会降低插入、删除和修改记录等操作的速度。因此,建立索引是个策略问题,并不是建得越多越好。

2. 索引的类型

索引主要有以下几种类型:

(1) **主索引**　主索引是指索引字段或索引表达式的值是唯一的、不能重复。也就是说,有重复值的索引字段或索引表达式是不能创建主索引的。对已创建主索引的字段输入数据时,如果输入重复值,系统会提示操作错误。同一个表中只能建立一个主索引。

(2) **唯一索引**　唯一索引也是指索引字段或索引表达式的值是唯一的、不能重复,但同一个表中可以建立多个唯一索引。

(3) **普通索引**　普通索引是指索引字段或索引表达式的值是可以重复的。如果表中多个记录的索引字段或索引表达式相同,可以重复存储,并用独立的指针指向各个记录。

3. 创建索引

在 Access 中,可使用单个的字段或多个字段的组合作为索引关键字。创建索引时,可以在表的"设计视图"中创建,也可以在**索引**对话框中设置。

1) 创建单字段索引

例 4.27　对**学生**表中的**专业**字段创建普通索引。操作步骤如下:

① 在"设计视图"窗口中打开**学生**表；

② 选定**专业**字段行，再单击常规选项卡中**索引**的下拉箭头，选定其中的**有（有重复）**选项，操作结果如图 4.54 所示；

③ 保存表，结束索引的建立，表在"数据表视图"窗口中按**专业**字段值的顺序来显示。

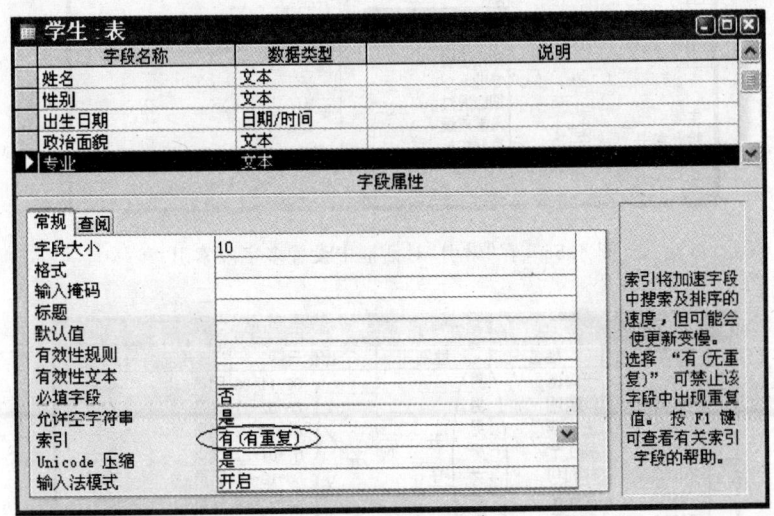

图 4.54　在"设计视图"中设置单字段索引

在**索引**的下拉列表中，有三个选项：

（1）无　表示该字段没有索引，这是默认的选项。

（2）有（有重复）　表示该字段有索引，且索引字段的值允许有重复值。

（3）有（无重复）　表示该字段有索引，且索引字段的值不允许有重复值。

2）创建多字段索引

进行索引排序时，有时希望先按第一字段进行排序，若字段值相同时再按第二字段值进行排序，这时可利用"索引"对话框创建多字段索引。

例 4.28　对**学生**表按**性别**字段升序和**出生日期**字段降序创建普通索引。操作步骤如下：

① 在"设计视图"窗口中打开**学生**表；

② 单击**视图**菜单中**索引**命令项，或单击工具栏上的**索引**按钮"┋⁄"，打开"索引"对话框；

③ 在**索引名称**的空白行中输入 **XBRQ**，在**字段名称**下拉列表中选定第一个字段**性别**，在**排序次序**列选定**升序**，如图 4.55 所示；

④ 在**字段名称**列的下一行选择第二个字段**出生日期**（该行的**索引名称**为空），排序为**降序**；

⑤ 保存表，结束多字段索引的建立，记录的显示顺序是按所建立的索引进行排列，即

先按**性别**升序排列,**性别**字段值相同时,则按**出生日期**降序排列,如图 4.56 所示。

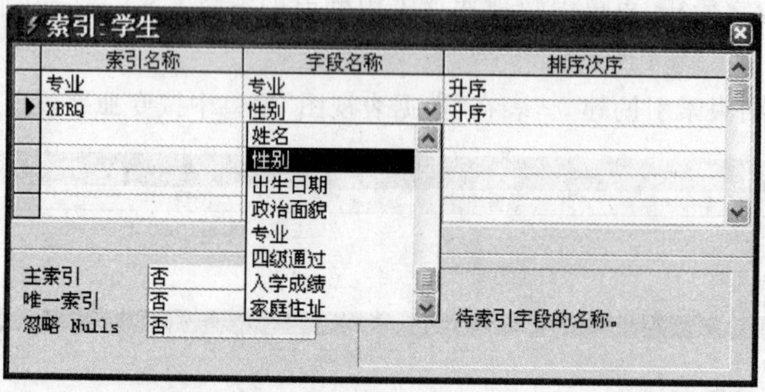

图 4.55 在"索引"对话框中设置多字段索引

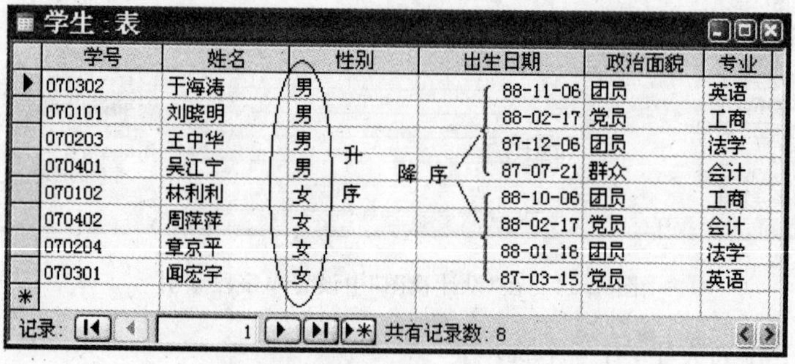

图 4.56 创建多字段普通索引后的显示结果

关于"索引属性"中的有关参数介绍如下:

(1)**主索引** 若选择**是**,该字段被定义为主键,此时唯一索引被自动设置为**是**;选择**否**,该字段不是主键。

(2)**唯一索引** 若选择**是**,该字段值是唯一的,建立的是唯一索引;选择**否**,该字段是可以重复的,建立的是普通索引。

(3)**忽略 Null** 确定以该字段建立索引时,是否排除带有 Null 值的记录。

4. 维护索引

在表的"设计视图"和"索引"对话框中,都可以对表的索引进行修改或删除操作。

1)在表的"设计视图"中维护索引

在表的"设计视图"中维护索引,只需在表的"设计视图"中选定相应的字段后,在**常规**选项卡的**索引**下拉列表框中重新选择相应的索引类型或**无**(即删除索引)。

2)在"索引"对话框中维护索引

在"索引"对话框中维护索引,只需在打开相应表的"索引"对话框后,进行如下相应的操作。

（1）修改　单击欲修改的索引，直接修改。

（2）删除　右击欲删除的索引列，在弹出的快捷菜单中选择**删除行**命令项，如图 4.57 所示。

（3）插入　右击欲插入的索引列，在弹出的快捷菜单中选择**插入行**命令项，并输入或选择索引名称、字段名称和排序次序。

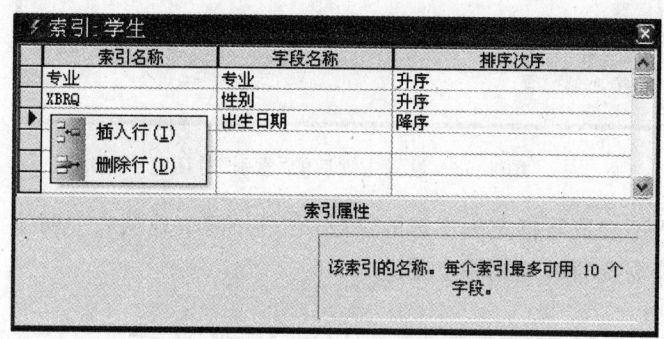

图 4.57　在"索引"对话框中插入或删除索引

5．设置或更改主键

前面在表的创建过程中已经提到过主键，对每一个数据表都可以指定某个或某些字段的组合作为主键。主键的作用如下：①保证实体的完整性；②加快对记录进行查询、检索的速度；③用来在表之间建立关联关系。

如果表中原来没有设置主键或设置的主键不合适，都可以重新定义，操作方法如下：

① 在"设计视图"窗口中打开要设置主键的表；

② 在"设计视图"窗口上半部分选定字段，如果要将某个字段设置为主键，则将光标移动到该字段所在行的任一列；如果要将多个字段设置为主键，即字段组合，可以在字段选定区中按住 **Ctrl** 键后，分别单击选定每个字段；选定字段后，单击工具栏上的**主键**按钮"⚷"，所选字段即被设置为主键，在字段选定区会出现一个标记"⚷▶"，表示该字段被设置为主键；

③ 单击工具栏上的**保存**按钮，保存所做的修改。

如果原来已经设置过主键，则重新设置主键时，原有的主键自动被取消。因此，在重新设置主键时，不需要先取消原有的主键，直接设置即可。

例 4.29　按照上面的操作步骤，将**学生**表中的**学号**字段设置为主键。

打开"索引"对话框，可以看到设置主键后"索引"对话框的变化，如图 4.58 所示。

从上图可以看出，主键实际上是一种特殊的索引，既是主索引，系统默认的索引名称是 **PrimaryKey**，也可以由用户自己定义索引名称，并不影响使用。

若要删除主键，只需在"设计视图"窗口中打开相应已定义主键的表，然后单击**编辑**菜单中**主键**命令项，或单击工具栏上的**主键**按钮"⚷"即可，如例 4.11 所示。

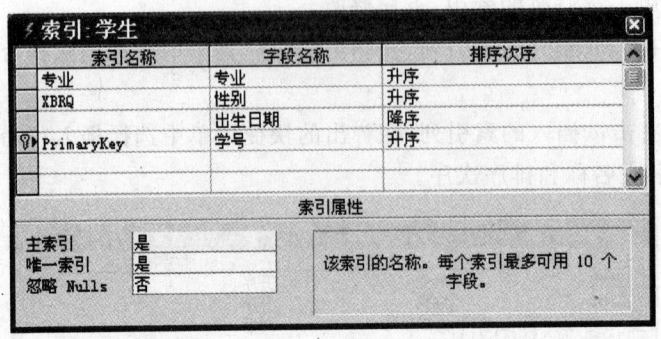

图 4.58　设置主键后的"索引"对话框

注意:此过程不会删除指定为主键的字段,它只是简单地从表中删除主键的特性。在某些情况下,可能需要暂时地删除主键。

4.8　建立表间关联关系

在 4.2 所建的学生表、课程表和成绩表,虽然都是建立在同一个数据库中,但它们之间还没有什么联系,对一个表的记录进行的操作不会影响到另一个表。在表和表之间建立联系,可以保证表间数据在进行编辑时保持同步,即对一个数据表进行的操作要影响到另一个表中的记录。

4.8.1　表间关系的概念

在 Access 中对表间关系的处理是通过两个表中的公共字段在两表之间建立关系,表间关系的主要作用是使多个表之间产生关联,以便快速地从不同表中提取相关的信息。通过这种表之间的关联性,可以将数据库中多个表连接成一个有机的整体。

建立表间关系的字段在主表中必须设置为主索引或唯一索引,如果这个字段在从表中也是主索引或唯一索引,则 Access 会在两个表之间建立一对一的关系,如果从表中无索引或者是普通索引,则在两个表之间建立一对多的关系。

Access 中的关联可以建立在表和表之间,也可以建立在查询和查询之间,还可以是在表和查询之间。

4.8.2　建立表间关系

数据库中的多个表之间要建立关系,必须先给各个表建立主键或索引。还要关闭所有的数据表,否则不能建立表间关系。

例 4.30　在**学生成绩管理**数据库中,在**学生**表和**成绩**表之间建立一对多的关系;在**课程**表与**成绩**表之间建立一对多的关系。操作步骤如下:

① 打开"学生成绩管理"数据库窗口；

② 单击**工具**菜单中**关系**命令项，弹出**显示表**对话框，如图 4.59 所示；

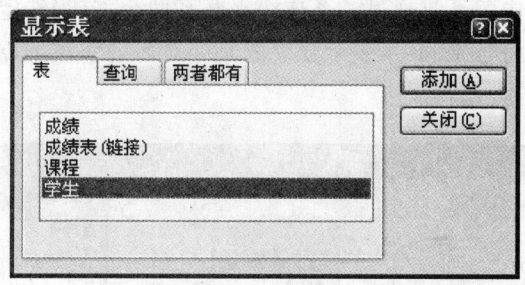

图 4.59　**显示表**对话框

③ 在**显示表**对话框中，分别选定**学生**表、**成绩**表和**课程**表，通过单击**添加**按钮，将它们添加到**关系**窗口中，如图 4.60 所示；

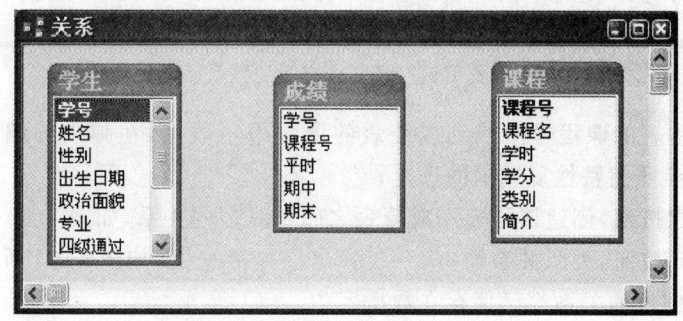

图 4.60　**关系**窗口

④ 单击**关闭**按钮，关闭**显示表**对话框；

⑤ 在**关系**窗口中拖动**学生**表的**学号**字段到**成绩**表的**学号**字段上，释放鼠标，即可弹出**编辑关系**对话框，如图 4.61 所示，从图中可以看出，**学生**表（主表）和**成绩**表（从表）通过**学号**字段建立一对多的关系，即**学生**表中的一条记录对应**成绩**表中的多条记录；

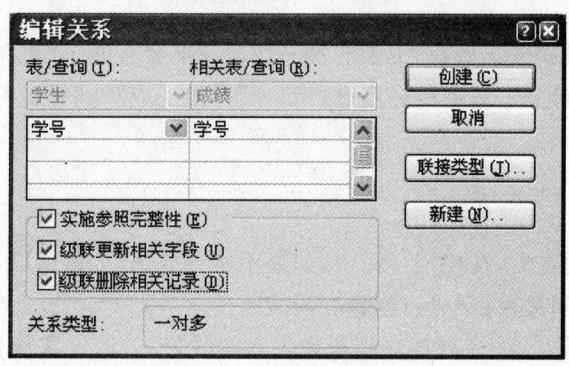

图 4.61　**编辑关系**对话框

⑥ 在**编辑关系**对话框中,可以根据需要选定**实施参照完整性、级联更新相关字段**以及**级联删除相关记录**复选框,在此选定三个复选框,然后单击**创建**按钮,创建一对多的关系,如图 4.62 所示,图中关系是通过一条连线来联系两个表,当选定**实施参照完整性**复选框后,连线两端分别有符号 **1** 和∞,表示建立的是一对多的联系,其中 **1** 连接的是主表(一方),∞连接的是从表(多方);

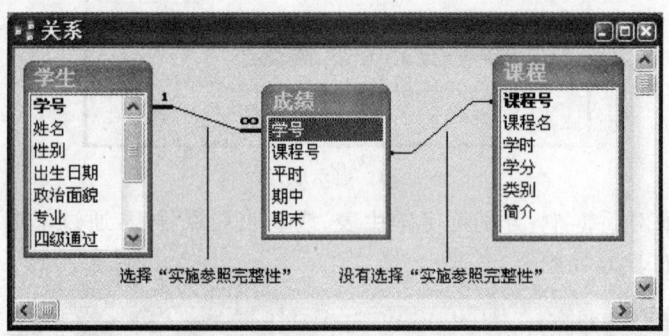

图 4.62　建立表之间的关系

⑦ 拖动**课程**表的**课程号**字段到**成绩**表的**课程号**字段上,在弹出的**编辑关系**对话框中,取消对**实施参照完整性**复选框的选定;

⑧ 单击**创建**按钮,创建**课程**表和**成绩**表之间一对多的关系,如图 4.62 所示;

⑨ 单击**关闭**按钮,关闭**关系**窗口,系统弹出保存消息框,如图 4.63 所示。无论是否保存此布局,所创建的关系都已保存在数据库中。

图 4.63　保存消息框

在两个表之间建立关联后,在主表的每一条记录前会有一个"+"符号,表示此表有从表可以展开,在"+"符号上单击鼠标左键,当"+"符号变成"−"符号时,可以展开从表,如图 4.64 所示。

4.8.3　编辑表间关系

表之间的关系创建后,在使用过程中,如果不符合要求,如需级联更新字段、级联删除记录,可重新编辑表间关系,也可以删除表间关系。

例 4.31　修改图 4.62 中**课程**表和**成绩**表之间的关系,选定**实施参照完整性、级联更新相关字段**和**级联删除相关记录**复选框。操作步骤如下:

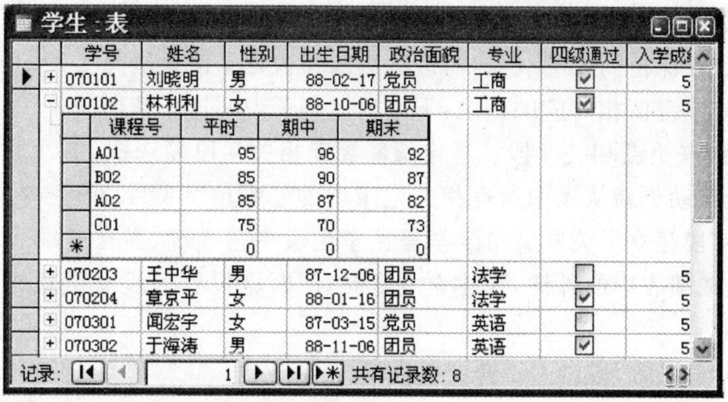

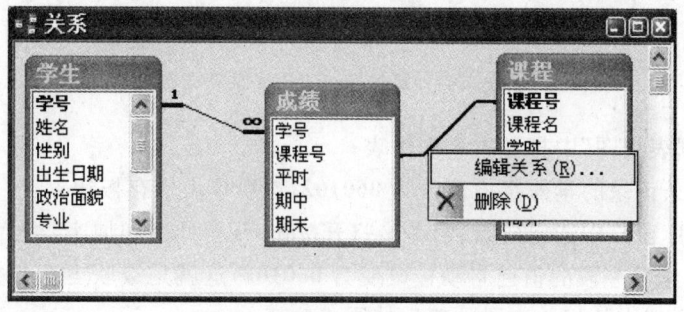

图 4.64　与**成绩**表建立关联后的**学生**表显示情况

① 打开**学生成绩管理**数据库窗口；

② 单击工具栏的**关系**按钮"▣"，打开**关系**窗口，如图 4.62 所示。

③ 右击**课程**表和**成绩**表之间的连线使之变粗，在弹出的快捷菜单中选择**编辑关系**命令项，如图 4.65 所示，弹出**编辑关系**对话框；

④ 选定**实施参照完整性**、**级联更新相关字段**和**级联删除相关记录**复选框，单击**确定**按钮完成操作。

图 4.65　选择"编辑关系"命令项

要删除表间关系，可在**关系**窗口中，右击两表之间的连线使之变粗，在弹出的快捷菜单中选择**删除**命令项；也可单击两表之间的连线使之变粗，再单击**编辑**菜单中**删除**命令项，删除表间关系。

4.8.4　设置参照完整性

当两个表之间建立关联后，用户不能再随意地更改建立关联的字段，从而保证数据的完整性，这种完整性称为数据库的参照完整性。

只有建立了表间关系，才能设置参照完整性、设置在相关联的表中插入、删除和修改记录的规则。

　　上面建立关联时,进行了参照完整性的设置,其中的**级联更新相关字段**使得主键和关联表中的相关字段保持同步的改变,而**级联删除相关记录**使得删除主表中的记录时,会自动删除从表中与主键值相对应的记录,下面通过例子说明这一情况。

　　例 4.32 级联更新相关字段。选定**级联更新相关字段**复选框,即设置在主表中更改主键值时,系统自动更新从表中所有相关记录中的外键值。例 4.30 中,在**学生**表和**成绩**表之间按**学号**字段建立了关联。由于**学号**在**学生**表中是主键,而在**成绩**表中没有设置主键,因此**学号**是**成绩**表中的外键,在建立关联时,同时也设置了级联更新相关字段。现在进行以下的操作:

　　① 在"数据表视图"窗口中打开**成绩**表;

　　② 输入一条新的记录,各字段的值分别是 **060501,A01,80,78,87**(注意,学号 **060501**在主表**学生**中是不存在的);

　　③ 单击新记录之后的下一条记录位置,弹出提示输入新记录的操作没有被执行的消息框,如图 4.66 所示(在没有建立表间关系之前这个现象是不会出现的,这就是参照完整性的一个体现,它表明在从表中不能引用主表中不存在的实体);

图 4.66　输入的外键值在主表中不存在时的消息框

　　④ 在"数据表视图"中打开主表**学生**表;

　　⑤ 将第二条记录的**学号**字段值改为 **060102**,然后单击**保存**按钮;

　　⑥ 在数据库窗口中选定**成绩**表,单击**打开**按钮,观察此表中原来学号为 **070102** 的记录,可以发现其**学号**字段的值已自动被改变为 **060102**,这就是级联更新相关字段,它使得主键字段和关联表中的相关字段的值保持同步改变。

　　例 4.33 级联删除相关记录。选定**级联删除相关记录**复选框,即设置删除主表中记录时,系统自动删除从表中所有相关的记录。现在进行以下的操作:

　　① 在"数据表视图"中打开**学生**表;

　　② 将**学号**字段值为 **070402** 的记录删除,弹出消息框,如图 4.67 所示;

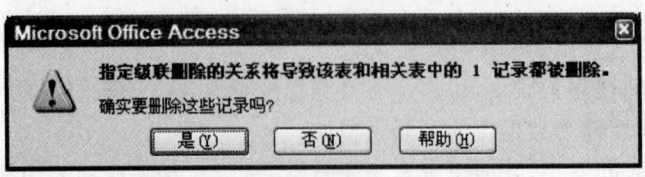

图 4.67　删除主表中记录时的消息框

③ 单击**是**按钮,然后保存表;

④ 在"数据表视图"中打开**成绩**表,此表中学号为**070402**的记录也被同步删除,这就是级联删除相关字段的功能,它表明在主表中删除某个记录时,从表中与主表相关联的记录也会自动地被删除。

习　题　4

一、选择题

1. 在 Access 中的在数据表视图下显示表时,记录行左侧标记的黑色三角形表示该记录是(　　)。

    A. 首记录   B. 末尾记录

    C. 当前记录   D. 新记录

2. 在 Access 中,对数据表的结构进行操作,应在(　　)视图下进行。

    A. 文件夹   B. 设计

    C. 数据表   D. 网页

3. 在 Access 中,对数据表进行修改,以下各操作在数据表视图和设计视图下都可以进行的是(　　)。

    A. 修改字段类型   B. 重命名字段

    C. 修改记录   D. 删除记录

4. 关系数据库中的关键字是指(　　)。

    A. 能唯一决定关系的字段   B. 不可改动的专用保留字

    C. 关键的很重要的字段   D. 能唯一标示元组的属性或属性集合

5. 有关字段属性,下面说法中错误的是(　　)。

    A. 字段大小可用于设置文本、数字或自动编号等类型字段的最大容量

    B. 可以对任何类型的字段设置默认值属性

    C. 有效性规则属性是用于限制此字段输入值的表达式

    D. 不同的字段类型,其字段属性有所不同

6. 下列关于获取外部数据的说法中,错误的是(　　)。

    A. 导入表后,在 Access 中修改、删除记录等操作不影响原来的数据文件

    B. 链接表后,在 Access 中对数据所做的更改都会影响到原数据文件

    C. 在 Access 中可以导入 Excel 表、其他 Access 数据库中的表和 FoxPro 数据库文件

    D. 链接表后形成的表其图标和用 Access 向导生成的表的图标是一样的

7. 一个字段由(　　)组成。

    A. 字段名称   B. 数据类型

    C. 字段属性   D. 以上都是

8. 以下各项中,不是 Access 中的字段类型的是(　　)。

    A. 文本型   B. 数字型

    C. 货币型   D. 窗口型

9. 如果一张数据表中含有照片,则保存照片的字段数据类型应是( )。

    A. OLE 对象型   B. 超链接型

    C. 查阅向导型   D. 备注型

10. 下列关于表间关系的说法中,错误的是( )。

    A. 关系双方联系的对应字段的字段类型必须相同

    B. 关系双方至少需要有一方为主关键字

    C. 通过公共字段建立关系

    D. 在 Access 中,两个表之间可以建立多对多的关系

11. 在 Access 中,一个表最多可以建立( )个主键。

    A. 1   B. 2   C. 3   D. 任意

12. 如果要在一对多关系中,修改一方的原始记录后,另一方立即更改,应设置( )。

    A. 实施参照完整性   B. 级联更新相关记录

    C. 级联删除相关记录   D. 以上都不是

13. 选定表中所有记录的方法是( )。

    A. 选定第一个记录

    B. 选定最后一个记录

    C. 任意选定一个记录

    D. 选定第一个记录,按住 Shift 键,选定最后一个记录

14. 排序时如果选取了多个字段,则结果是( )。

    A. 按照最左边的列排序   B. 按照最右边的列排序

    C. 按照从左向右的次序依次排序   D. 无法进行排序

15. 在 Access 中文版中,以下排序记录所依据的规则中,错误的是( )。

    A. 中文按拼音字母的顺序排序

    B. 数字由小到大排序

    C. 英文按字母顺序排序,小写在前,大写在后

    D. 以升序来排序时,任何含有空字段值的记录将排在列表的第一条

16. ( )可以唯一地标示表中的每一条记录,它可以是一个字段,也可以是多个字段的组合。

    A. 索引   B. 排序

    C. 主关键字   D. 次关键字

17. 在显示数据表时,某些列的内容不想显示又不能删除,可以对其进行( )。

    A. 剪切   B. 隐藏

    C. 冻结   D. 移动

18. 在下列选项中,可以控制输入数据的方法、样式及输入内容之间的分隔符的
　　是(　　　)。
　　A. 有效性规则　　　　　　　　　B. 默认值
　　C. 输入掩码　　　　　　　　　　D. 格式
19. 使用(　　)字段类型创建新的字段,可以作用列表框或组合框从另一个表或值
　　列表中选择一个值。
　　A. 超链接　　　　　　　　　　　B. 自动编号
　　C. 查阅向导　　　　　　　　　　D. OLE 对象
20. 关于备注类型字段,下列说法中错误的是(　　　)。
　　A. 备注是用于存储文字或文字与数字组合的数据类型
　　B. 备注附加的文字或数字
　　C. 备注可以包含较长的文字及数字
　　D. 备注的长度在 64K 字节以上

二、填空题

1. 在表中能够唯一标示表中每条记录的字段或字段组称为_____。
2. Access 的数据表由_____和_____组成。
3. 记录的排序方式有_____和_____。
4. 如果在设计视图中改变了字段的排列次序,则在数据表视图中列的次序_____
　　随之改变;如果在数据表视图中改变了字段的排列次序,则在设计视图中列的次
　　序_____随之改变。
5. Access 表中有三种索引设置,即_____、_____和有(有重复)索引。
6. 有两个表都和第三个表建立了一对多的联系,并且第三个表的主键中包含这两个
　　表的主键,则这两个表通过第三个表建立的是_____的关系。
7. Access 提供了两种字段类型用来保存文本或文本与数字组合的数据,这两种数据
　　类型分别是文本型和_____。
8. 表的设计视图主要由_____、属性区和帮助区三部分组成。
9. 设计视图的字段属性区有_____和查阅两个选项卡。
10. 在操作数据表时,如果要修改表中多处相同的数据,可以使用_____功能,自
　　动将查找到的数据修改为新数据。

三、简答题

1. 数据表有"设计视图"和"数据表视图",它们各有什么作用?
2. 举例说明 Access 数据库管理系统中实现的表间关联关系。
3. 简要说明创建表的几种方法。
4. 什么是筛选? Access 提供了几种筛选方式? 它们有何区别?
5. 简述设置与更改主关键字的过程。

第 5 章 数 据 查 询

在数据库操作中,很大一部分工作是对数据进行统计、计算与检索。虽然可以在数据表中进行筛选、排序、浏览等操作,但是数据表在执行数据计算以及检索多个表时,就显得无能为力了。查询是 Access 处理和分析数据的工具,它能够把多个表中的数据抽取出来,供使用者查看、更改和分析使用。本章将详细介绍查询的基本概念、各种查询的建立和使用方法。

5.1 查询的基本概念

查询是 Access 数据库中的一个重要对象。查询就是按给定的要求(包括条件、范围、方式等)从指定的数据源中查找,将符合条件的数据提取出来,形成一个新的数据集合,但这个数据集在数据库中实际上并不存在,只是在运行查询时,Access 才会从查询源表的数据中抽取出来。查询的数据源可以是一个表,也可以是多个相关联的表,还可以是其他查询。查询的结果可以生成窗体、报表,还可以作为另一个查询的基础。使用查询可以按照不同的方式查看、更改和分析数据;也可以将查询作为窗体、报表、数据访问页的数据源。

5.1.1 查询的功能

Access 2003 的查询功能非常强大,提供的方式也非常灵活,可以使用多种方法来实现查询数据的要求。

(1) **提取数据** 从一个或多个表中选择部分或全部字段。例如,从**学生**表的若干个字段中选取**学号**、**姓名**和**家庭住址**三个字段,这是对列进行的操作。也可以从一个或多个表中将符合某个指定条件的记录选取出来。例如,从**成绩**表中提取期末成绩在 90 分以上的记录,这是对行进行的操作,这两种操作可以单独进行,也可以同时进行。用来提供选择数据的表称为查询操作的数据源,作为查询数据源的也可以是已建立好的其他查询。选择记录的条件称为查询准则,也就是查询表达式。查询结果是一种临时表,又称为动态的记录集,通常不被保存。也就是说,每次运行查询,系统都是按事先定义的查询准则从数据源中提取数据,这样既可以节约存储空间,又可以保持查询结果与数据源中数据的同步。

(2) **实现计算** 在建立查询时可以进行一系列的计算,如统计每个班学生的人数、计算每个学生的平均分等,也可以定义新的字段来保存计算的结果。

(3) **数据更新** 在 Access 中,对数据表中的记录进行的更新操作也是查询的功能,主要包括添加记录、修改记录和删除记录。

（4）产生新的表　利用查询得到的结果可以建立一个新表。例如，将期末成绩在90分以上的记录找出来并存放在一个新表中。

（5）作为其他对象的数据源　查询的运行结果可以作为窗体、报表和数据访问页的数据源，也可以作为其他查询的数据源。

最后两个功能实际上是对查询结果进行的处理。从上面的说明中可以看出，Access 的查询不仅仅是从数据源中提取数据，有的查询操作还包含了对原来数据表的编辑和维护。

5.1.2　查询的类型

按照查询结果是否对数据源产生影响以及查询准则设计方法的不同，可以将查询分为选择查询、交叉表查询、参数查询、操作查询和 SQL 查询。不同类型的查询可以在**查询**菜单中进行选择。

1. 选择查询

选择查询是最常用的一类查询，它主要完成以下的功能：①按指定的条件，从数据源中提取数据，例如，期末成绩在90分以上的记录，姓名为**王中华**的记录等；②产生新的字段保存计算的结果，例如，在**成绩**表中产生**总评**字段，计算每个学生的总评成绩；③分组统计，即按某个字段对记录进行分组，分别对每一组进行诸如总计、计数、平均等计算，例如，按课程号分类，分别统计每门课程的平均分。

2. 参数查询

参数查询也属于选择查询，与上面的选择查询不同的是，它的查询准则中的具体值（即参数值）是在查询运行时由用户输入的，而选择查询的查询准则中的参数值则是在查询的设计阶段事先指定的。例如，每次查询后记录的姓名都不一样时，就可以将姓名设计为参数，这样在运行查询时，在 Access 提供的对话框中输入具体的参数值（姓名）。

3. 交叉表查询

交叉表查询将来源于表或查询中的字段进行分组，一组列在数据表的左侧，一组列在数据表的顶端，然后在数据表行与列的交叉处显示表中某个字段的统计值。可以说交叉表查询就是利用了表中的行和列来统计数据。例如，统计每个学生每门课程的期末成绩，可以通过建立交叉表查询来实现。

4. 操作查询

以上三类查询共同之处都是从数据源中选择指定的数据。操作查询则不同，它的运行过程是先按照条件查询结果，然后用查询的结果对数据表进行编辑操作，根据编辑方法的不同，操作查询有以下 4 种。

（1）生成表查询　生成表查询是用从一个或多个表中选择的数据建立一个新的表，也就是将查询结果以表的形式保存，例如，将成绩表中期末成绩不及格的学生记录保存到一个新表中。

（2）删除查询　删除查询是先从表中选择满足条件的记录，然后将这些记录从原来的表中删除,注意这个查询的结果使得原表数据发生了变化。例如,从学生表中删除已经退学的学生记录。

(3) 更新查询　更新查询可以对数据表中的数据进行有规律地修改,例如,将成绩表中的平时成绩折合成总评成绩的 10%,这个查询的结果也会使得原表数据发生变化。

(4) 追加查询　追加查询是将一个查询的结果添加到其他表的尾部,这个查询的结果也会使得原表数据发生变化。

5. SQL 查询

SQL(structured query language,结构化查询语言)查询就是使用 SQL 语句来创建的一种查询。关于 SQL 查询,本章不作讲解,将在第 10 章中介绍。

在 Access 中,查询的实现可以通过两种方式进行,一种是在数据库中建立查询对象,另一种是在 VBA 程序代码中使用结构化查询语言 SQL。

5.1.3　建立查询的方法

在 Access 中建立查询一般可以使用 3 种方法,分别是使用查询向导创建查询、使用设计视图创建查询和在 SQL 窗口中创建查询。

1. 使用查询向导创建查询

利用查询向导创建的查询只能从数据源中指定若干个字段进行输出,但不能通过设置条件来限制检索的记录。

例 5.1　为**学生**表创建名为**入学成绩**的查询,查询结果中包括**学号、姓名、性别、专业**和**入学成绩** 5 个字段。操作步骤如下:

① 在 Access 中打开**学生成绩管理**数据库;

② 选定**对象**下的**查询**,然后单击数据库窗口工具栏上的**新建按钮**,打开**新建查询**对话框,如图 5.1 所示;

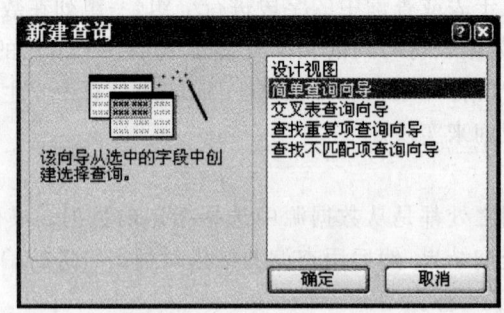

图 5.1　**新建查询**对话框

③ 选定**简单查询向导**,单击**确定**按钮,弹出简单查询向导对话框之一,如图 5.2 所示(②和③也可以合并成一步,即在数据库窗口中选定**查询**对象后,双击**使用向导创建查询**

选项,可以直接显示图 5.2 所示的对话框);

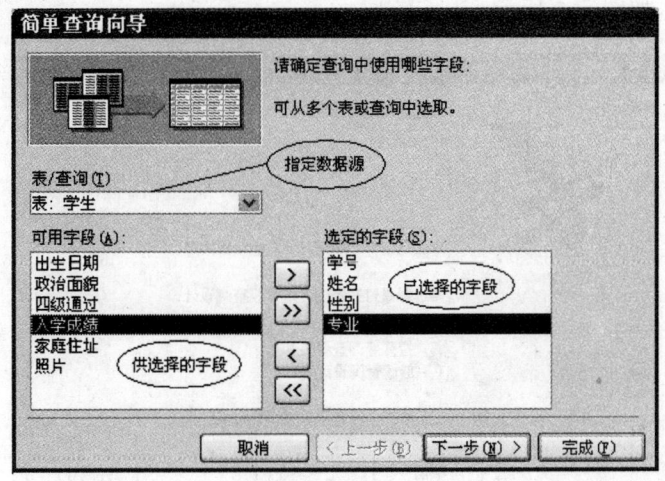

图 5.2 **简单查询向导**对话框之一

④ 单击**表/查询**下拉列表框右侧的箭头,从弹出的列表框中选定**学生**表,这时该表中的所有字段显示在**可用字段**文本框中;

⑤ 双击**学号**字段,该字段被添加到右侧**选定的字段**列表框中,选择字段时,也可以先单击该字段,然后再单击">"按钮;

⑥ 用同样的方法将**姓名**、**性别**、**专业**和**入学成绩**字段添加到**选定的字段**列表框中,如果要选择所有的字段,可直接单击">>"按钮一次完成;要取消已选择的字段,可以利用"<"和"<<"按钮进行;

⑦ 单击**下一步**按钮,进入**简单查询向导**对话框之二,如图 5.3 所示;

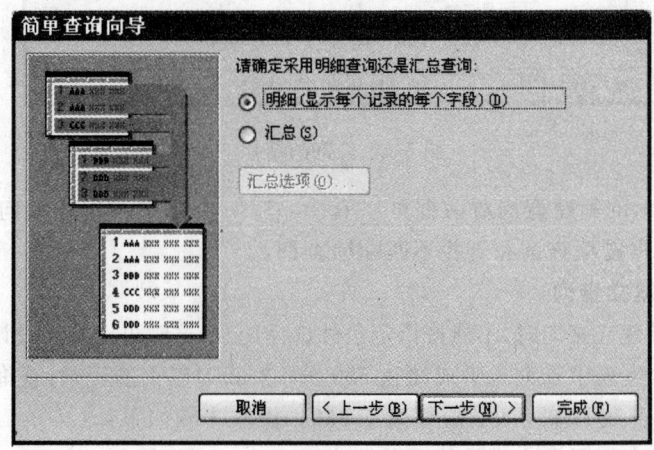

图 5.3 **简单查询向导**对话框之二

⑧ 选定**明细（显示每个记录的每个字段）**单选按钮，单击**下一步**按钮，进入**简单查询向导**对话框之三，如图 5.4 所示；

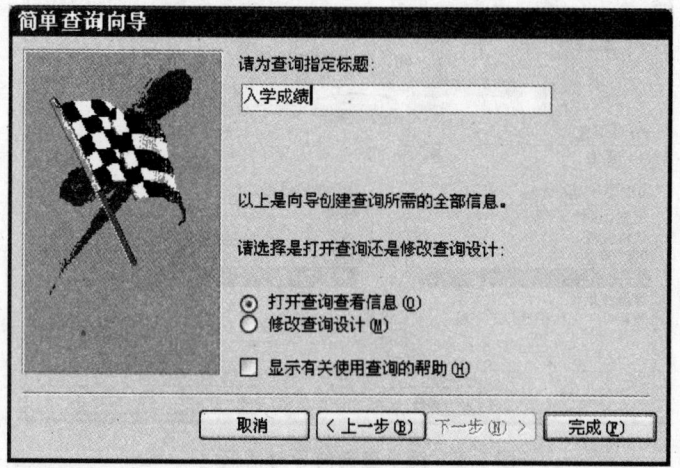

图 5.4　简单查询向导对话框之三

⑨ 输入标题即查询名称**入学成绩**，并选定**打开查询查看信息**单选按钮；

⑩ 单击**完成**按钮完操作，系统将显示新建查询的结果，如图 5.5 所示。

学号	姓名	性别	专业	入学成绩
070101	刘晓明	男	工商	568
070102	林利利	女	工商	552
070203	王中华	男	法学	549
070204	章京平	女	法学	545
070301	闻宏宇	女	英语	538
070302	于海涛	男	英语	557
070401	吴江宁	男	会计	526
070402	周萍萍	女	会计	561
				0

入学成绩：选择查询

记录：1　共有记录数：8

图 5.5　查询的结果

从图 5.1 所示的**新建查询**对话框可以看出，在 Access 中利用查询向导还可以创建交叉表查询、查找重复项查询和查找不匹配项查询。

2. 使用设计视图建立查询

利用查询向导建立查询时，不能按指定条件选择记录，这时可以使用设计视图来建立。

例 5.2　在学生表中查询入学成绩在 550 分（含 550）以上的记录，查询结果中包括的字段与上例相同，查询名称为**入学成绩高于 550**。操作步骤如下：

① 在 Access 中打开**学生成绩管理**数据库；

② 选定**对象**下的查询，然后单击数据库窗口工具栏上的**新建**按钮，打开**新建查询**对

话框,如图 5.1 所示;

③ 在对话框中选定**设计视图**,单击**确定按钮**,弹出**显示表**对话框,如图 5.6 所示(②和③也可以合并成一步,即在数据库窗口中选定**查询**对象后,双击**在设计视图中创建查询**选项,可以直接显示图 5.6 所示的对话框);

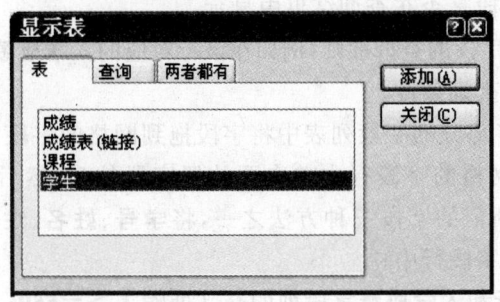

图 5.6 "显示表"对话框

④ **显示表**对话框中有**表**、**查询**和**两者都有**三个选项卡,本题中的数据源是学生表,所以在**表**选项卡中选定**学生**表;

⑤ 单击**添加**按钮,**学生**表被添加到查询"设计视图"窗口中,如图 5.7 所示;

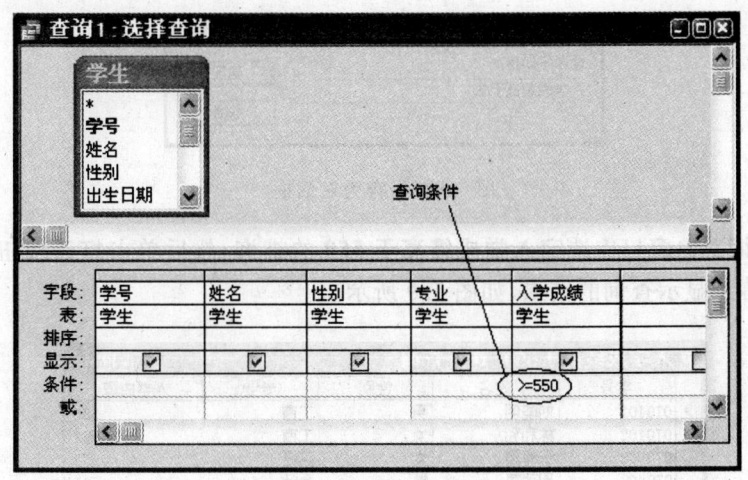

图 5.7 查询"设计视图"窗口

⑥ 单击**关闭**按钮,关闭**显示表**对话框;

选择字段和设置条件。查询的"设计视图"窗口由上下两部分组成,上半部分显示已选择的数据源和每个数据源中的所有字段,如本题中的**学生**表。窗口的下半部分是设计网格,每一列对应着查询结果中的一个字段,而每一行的标题则指出了该字段的各个属性,各行的含义如下:

字段——查询中用到的字段的名称,可以是数据源中已有的字段,也可以是定义的新字段,关于新字段的定义,将在后面的例题中说明。

表——显示该列字段所在的数据表或查询的名称。

排序——确定是否按该字段排序以及按什么方式排序。

显示——确定该字段是否在查询结果中显示。

条件——指定对该字段的查询准则,例如在该行对应的**入学成绩**字段中输入**>=550**。

或——指定其他的查询条件。

⑦ 通过从窗口上半部分的字段列表中将字段拖到网格的字段行上,或在字段列表中双击选中的字段,或在网格的字段行中单击要放置字段的列,然后单击其右侧的下拉箭头,在下拉列表中选择所需的字段三种方法之一,将**学号**、**姓名**、**性别**、**专业**和**入学成绩** 5 个字段放到设计网格的字段行中;

⑧ 在网格的**条件**行和**入学成绩**字段列的交叉处输入**>=550**;

⑨ 单击工具栏上**视图**按钮"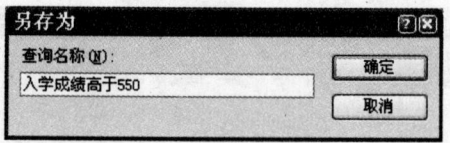"右侧的下拉箭头,在弹出的下拉列表中选定**数据表视图**,可以预览查询的结果,如果查询的结果不合适,可以重新切换到"**设计视图**"下进行修改;

⑩ 单击工具栏上的**保存**按钮,弹出**另存为**对话框,输入查询名称**入学成绩高于 550**,如图 5.8 所示,然后单击**确定**按钮完成查询建立;

图 5.8 **另存为**对话框

⑪ 在查询对象窗口中选定**入学成绩高于 550** 的查询,然后单击**打开**按钮,可以运行查询并在屏幕上显示查询的结果,如图 5.9 所示。

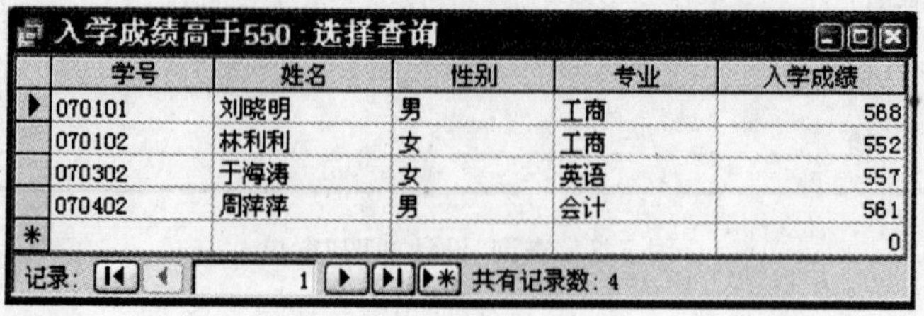

学号	姓名	性别	专业	入学成绩
070101	刘晓明	男	工商	568
070102	林利利	女	工商	552
070302	于海涛	女	英语	557
070402	周萍萍	男	会计	561
*				0

记录: 1 共有记录数: 4

图 5.9 查询的运行结果

3. 在 SQL 窗口中建立 SQL 查询

在 Access 中,也可以在 SQL 窗口中直接输入 SQL 命令建立查询。对于上例,在**视图**菜单中选择 **SQL 视图**,可以在 SQL 视图中显示出如图 5.10 所示的内容。

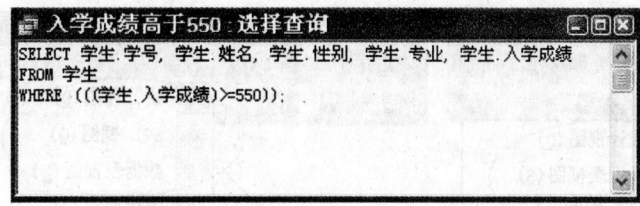

图 5.10 SQL 窗口

从图 5.10 可以看出,前面在网格中指定的内容在此窗口中有了对应的 SQL 语句,这显然是 Access 自动生成的语句。可以这样说,在查询的设计视图中创建的每一个查询,系统都在后台为它建立了一个等效的 SQL 语句。执行查询时系统实际上就是执行这些 SQL 语句。

事实上,Access 中的查询操作都是由 SQL 语句完成的,而设计窗口只是为写出 SQL 语句提供了方便的操作向导和可视化的环境。因此,如果熟悉 SQL 语句,也可以在 SQL 窗口中直接输入 SQL 语句来建立或修改查询。关于 SQL 语言的使用将在第 10 章中介绍。

5.1.4 创建查询使用的工具

创建查询可以使用的工具有**查询**菜单、不同的视图方式和工具栏上的按钮。

（1）**查询**菜单 **查询**菜单是一个动态的菜单,在用设计视图建立查询时,会自动出现在 Access 窗口的菜单栏上,如图 5.11 所示。从**查询**菜单中可以选择建立不同类型的查询。

（2）**视图方式** 创建查询时可以使用的视图方式有设计视图、数据表视图和 SQL 视图三种。在设计视图窗口中可以输入查询的条件,使用 SQL 视图可以直接输入 SQL 命令建立查询,而数据表视图则用来预览查询的结果。在创建查询时,常常要在这几种方式之间进行切换,切换时可以使用**视图**按钮,也可以使用**视图**菜单中的命令项,如图 5.12 所示。

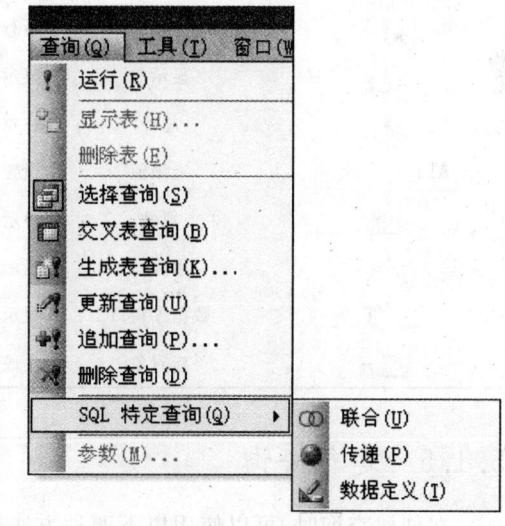

图 5.11 **查询**菜单

（3）**工具栏按钮** Access 窗口的工具栏上有一些专门用于查询操作的按钮,如图 5.13所示。这些按钮的功能见表 5.1。

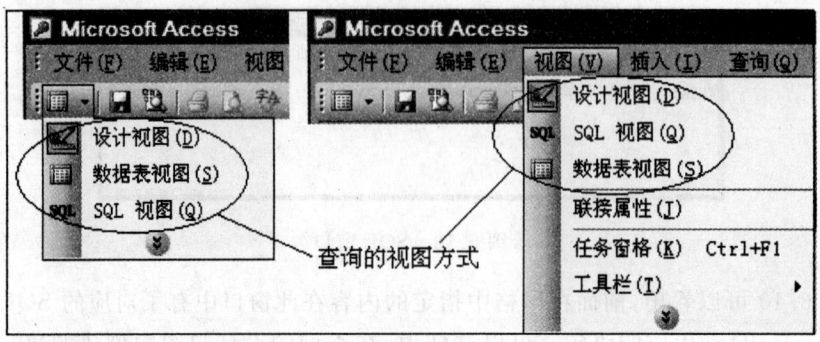

图 5.12　1查询视图方式的切换

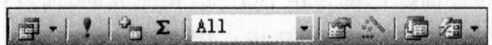

图 5.13　用于查询操作的命令按钮

表 5.1　用于查询操作的按钮功能

按钮	名称	功能
	查询类型	选择查询的类型
	运行	运行查询并显示查询的结果
	显示表	显示数据库中的所有表和查询
Σ	总计	在查询设计网格中显示具有统计功能的"总计"行
All	上限值	设置查询结果显示指定记录数、记录百分数或所有值
	属性	显示查询的属性
	生成器	显示表达式生成器
	数据库窗口	显示数据库窗口
	新对象	生成新的 Access 对象

5.1.5　运行查询

在创建查询时,可以使用以下两种方法运行查询,预览查询结果:①单击工具栏上的**运行按钮**" ";②单击工具栏上的**视图按钮**" ",将视图方式切换到"数据表视图"。

在查询创建后,可以使用以下两种方法显示查询的结果:①在"**数据库**"窗口中,单击**查询**对象,然后双击要运行的查询;②在"**数据库**"窗口中,单击**查询**对象,选定要运行的查询,然后单击**打开按钮**。

在以后介绍的各类查询中,除了操作查询外,其他的查询,其预览和运行的结果是一样的,对于操作查询,这两个操作的结果是不同的,详见5.6的操作查询。

5.2 查询准则

上一节通过两个例子介绍了建立查询的一般过程。可以看出,不论什么类型的查询,建立的过程大致是一样的,都要经过以下几个阶段:①选择数据源;②指定查询类型;③设置查询准则;④为查询命名。为查询命名时,查询的名称不能与已有的查询重名,也不能与已有的表重名。

除了利用向导创建的查询之外,其他的查询都要指定一定的选择条件,即查询准则,也就是查询表达式,不同的查询准则产生不同的查询结果;反之,要得到不同的查询结果,就要正确设置查询表达式。

通常,在查询的设计视图上添加查询条件时,应该考虑为哪些字段添加条件,其次是如何在查询中添加条件,而最难的是如何将自然语言转换成 Access 系统可以理解的查询条件。本节简要介绍 Access 中有关查询条件表达式的内容。

查询准则是用运算符将常量、字段名(变量)、函数连接起来构成的表达式,即查询表达式,例如前面例子中的">=550"。

在书写常量时要注意:①如果是数字常量,则直接书写,如 **3.1416**;②如果表示的是文本型常量,要用半角的双引号"""将文本括起来,如**"王中华"**;③如果是日期型常量,要用井号"#"将日期括起来,如**#2008-10-01#**。

在书写字段名时,通常要将字段名放在方括号中,如**[学号]**、**[姓名]**等,在输入时,如果不写方括号,系统会在条件中自动加上方括号,如果字段名中含有空格,则方括号是不能省的。

如果在一个查询中的数据源不止一个,还应该在字段名前标明字段所在的表或查询,表示格式是

> [表名]![字段名] 或 [查询名]![字段名]

例如,学生表中的姓名应该写成**[学生]![姓名]**。

5.2.1 条件中使用的运算符

1. 算术运算符

算术运算符包括加"+"、减"-"、乘"*"、除"/"、整除"\"、乘方"^"、求余"mod"。

2. 关系运算符

关系运算符用来比较两个运算量的大小关系,共有等于"="、不等于"<>"、小于"<"、小于等于"<="、大于">"、大于等于">="6个。

3. 逻辑运算符

常用的逻辑运算符有与"And"、或"Or"、非"Not"三个。

4. 其他的特殊运算符

除了上面几类运算符外,在 Access 的查询准则中,还常用到以下几个特殊的运算符。

(1) In　该运算符右边的括号中指定一系列满足条件的值。如要查找会计专业、工商专业和法学专业的学生,可在专业字段设定查询条件为 **In（会计，工商，法学）**。注意表达式中的分隔符应该是英文半角符号。该表达式和表达式**会计 Or 工商 Or 法学**的效果是一样的。

(2) Between A and B　用于指定 A 到 B 之间的范围。A 和 B 可以是数字型、日期型和文本型数据,而且 A 和 B 的类型相同。如要查找成绩在 80～90 分的学生,可在**成绩**字段设定查询条件为 **Between 80 and 90**。它和表达式＞＝80and ＜＝90 的结果是一样的。

(3) 与空值有关的运算符　与空值有关的运算符有 Is Null(用于指定一个字段为空)和 Is NotNull(用于指定一个字段为非空)两个。例如,如果在**政治面貌**字段的条件行输入 **Is Null** 表示查找该字段值为空的记录;如果输入 **Is Not Null** 则表示查找该字段值为非空的记录。

(4) Like　用于在文本型字段中指定某类字符串,它通常和通配符"?"(表示该位置可以匹配任何一个字符)、"＊"(表示该位置可匹配零个或多个字符)、"# "(表示该位置可匹配任何一个数字)和"[ ]"(在方括号内描述可匹配的字符范围)配合使用。例如,若要查找姓张的同学,可在**姓名**字段设置查询条件 **Like "张 ＊ "**;若要查找姓张,且姓名只有两个字的同学,可在**姓名**字段设置查询条件 **Like "张?"**。又如,**Like "? A[0-9] ＊ "** 则表示查找的字符串中第一位为任意字符,第二位是字母"A",第三位是 0～9 的数字,其后是任意数量的字符。

(5) & 将两个字符串进行连接。例如,表达式**"abc" & "xyz"**的结果是 **abcxyz**。

5.2.2　条件中使用的函数

Access 提供的函数可以用来创建条件,也可以实现统计计算。

1. 数值函数

1) 绝对值函数

格式:Abs(数值表达式)

功能:返回数值表达式值的绝对值。

2) 取整函数

格式:Int(数值表达式)

功能:返回数值表达式值的整数部分。

3) 平方根函数

格式:Sqr(数值表达式)

功能:返回数值表达式值的算术平方根。

4) 符号函数

格式：Sgn(数值表达式)

功能：返回数值表达式值的符号值,当表达式的值为正、负和零时,函数值分别为 1、−1 和 0。

2. 文本函数

在本类函数中的参数 $n,n1,n2$ 都是数字表达式,文本函数用于对字符串进行处理,在 Access 的字符串中,一个汉字也作为一个字符处理。

1) 空格函数

格式：Space(n)

功能：返回由 n 个空格组成的字符串。

2) 重复字符函数

格式：String(n,文本表达式)

功能：返回"文本表达式"的第一个字符组成的字符串,字符个数是 n 个。

例如,函数 **String(4," * ")**,的结果是产生一个由 4 个星号组成的字符串,即"****"。

3) 截取子串函数

格式：Left(文本表达式,n)

　　　Right(文本表达式,n)

　　　Mid(文本表达式,$n1$[,$n2$])

功能：Left( )从文本表达式左边第一个字符开始截取 n 个字符;Right( )从文本表达式右边第一个字符开始截取 n 个字符;Mid( )从文本表达式左边第 $n1$ 位置开始,截取连续 $n2$ 个字符。

说明：①文本表达式是 Null 时,返回 Null 值;②n 为 0 时,返回一个空串;③n 的值大于或等于文本表达式的字符个数时,返回文本表达式;④省略 $n2$,则从 $n1$ 位置开始截取以后的所有字符串。

例如,函数 **Left("计算机等级考试",3)** 的结果是**计算机**;函数 **Right("计算机等级考试",2)** 的结果是**考试**;函数 **Mid("计算机等级考试",4,2)** 的结果是**等级**。

4) 字符串长度函数

格式：Len(文本表达式)

功能：返回文本表达式中字符的个数,即字符串的长度。

例如,函数 **Len("计算机等级考试")** 的结果是 **7**;表达式 **Len(姓名)＝2** 表示查询姓名为两个字的记录。

5) 删除前后空格函数

格式：Ltrim(文本表达式)

　　　Rtrim(文本表达式)

　　　Trim(文本表达式)

功能：Ltrim( )返回去掉文本表达式前导空格后的字符串；Rtrim( )返回去掉文本表达式尾部空格后的字符串；Trim( )返回去掉文本表达式前导和尾部空格后的字符串。

3. 日期时间函数

1）系统日期与时间函数

格式：Now( )

Date( )

Time( )

功能：Now( )返回系统当前的日期时间，由操作系统控制；Date( )返回系统当前的日期；Time( )返回系统当前的时间。

以上三个函数没有参数。

2）求年份、月份、日和星期函数

格式：Year(日期表达式|日期时间表达式)

Month(日期表达式|日期时间表达式)

Day(日期表达式|日期时间表达式)

Weekday(日期表达式|日期时间表达式)

功能：Year( )返回日期中的年份；Month( )返回日期中的月份；Day( )返回日期中的日；Weekday( )返回日期中的星期，从星期日到星期六的值分别是 1～7。

3）时、分和秒函数

格式：Hour(时间表达式|日期时间表达式)

Minute(时间表达式|日期时间表达式)

Second(时间表达式|日期时间表达式)

功能：Hour( )返回时间中的小时值；Minute( )返回时间中的分钟；Second( )返回时间中的秒。

使用日期函数可以构成比较复杂的表达式。例如，为出生日期定义下面的条件：① **Between # 1988-01-01# and # 1988-12-31#** 表示查询 1988 年出生的记录；②**Year ([出生日期])＝1988** 查询结果与上面是一样的；③**Year ([出生日期])＝1988 and Month ([出生日期])＝10** 表示查询 1988 年 10 月出生的记录；④**＜Date ( )-30** 查询 30 天前出生的记录。

5.3　选择查询

选择查询是 Access 中最常用的一种查询。选择查询最大的方便之处，在于它能自由地从一个或多个表或查询中抽取相关的字段和记录进行分析和处理。在 5.1 中已经通过例 5.1 和例 5.2 介绍了创建查询的一般方法，本节将继续介绍选择查询中的其他类型，包括从多个数据源建立查询、组合查询准则的设置，以及在查询中实现计算等。

5.3.1 组合条件查询

例 5.3 在学生表中查询已通过四级的女生。操作步骤如下：

① 打开**学生成绩管理**数据库；

② 在数据库窗口中，单击**查询**对象；

③ 双击在**设计视图中创建查询**选项，弹出**显示表**对话框；

④ 在**表**选项卡中，双击**学生**表，将其添加到查询"设计视图"窗口中，单击**关闭**按钮，关闭**显示表**对话框；

⑤ 在查询"设计视图"窗口的上半部分，分别双击**学生**表中的**学号**、**姓名**、**性别**和**四级通过**字段；

⑥ 本题中有女生和四级通过两个条件，在**性别**字段对应的条件行中输入条件 ＝"女"，由于**四级通过**字段类型为是/否型，所以在**四级通过**字段对应的条件行中输入条件 **true**，设置后的条件如图 5.14 所示；

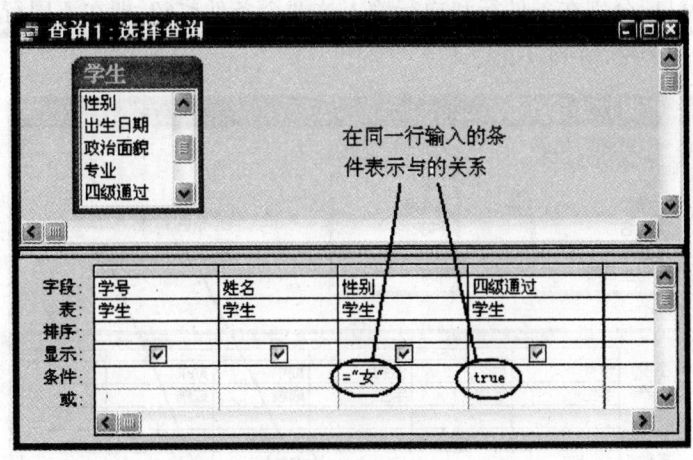

图 5.14 例 5.3 中查询准则的设置

⑦ 单击工具栏上视图按钮右侧的下拉箭头，在弹出的下拉列表中选择**数据表视图**命令项，预览查询的结果，如图 5.15 所示，可以看出，查询结果符合要求；

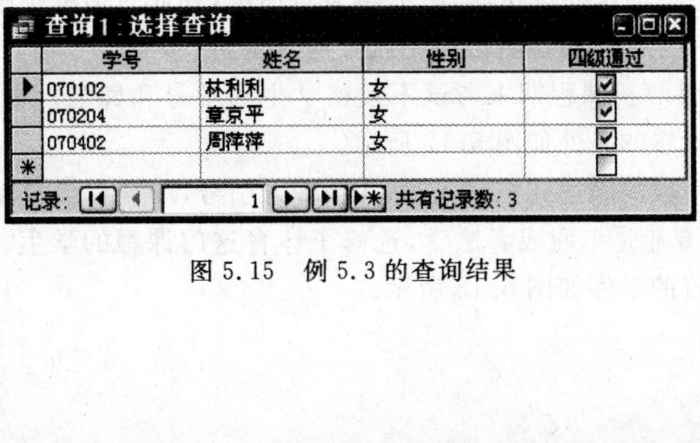

学号	姓名	性别	四级通过
070102	林利利	女	☑
070204	章京平	女	☑
070402	周萍萍	女	☑
			☐

记录: ◀ ◀ 1 ▶ ▶ ▶* 共有记录数: 3

图 5.15 例 5.3 的查询结果

⑧ 单击工具栏上的保存按钮,弹出另存为对话框,在此对话框中输入查询名称**通过四级的女生**,然后单击确定按钮完成查询的建立。

例 5.4　查询期中或期末成绩不及格的记录,要求显示学号、姓名、性别、期中和期末5 个字段。本题的数据源是两个表,这两个表之间已经建立了一对多的关系,主表是**学生表**,从表是**成绩表**。操作步骤如下:

① 打开**学生成绩管理**数据库;

② 在数据库窗口中,单击**查询**对象;

③ 双击在**设计视图中创建查询**选项,弹出**显示表**对话框;

④ 在**表**选项卡中,分别双击**学生**表和**成绩**表,将这两个表添加到查询"设计视图"窗口中,单击**关闭**按钮,关闭**显示表**对话框。

⑤ 在查询"设计视图"窗口的上半部分,分别双击**学生**表中的**学号**、**姓名**和**性别**字段,再分别双击**成绩**表中的**期中**和**期末**字段;

⑥ 本题中查询的条件是只要满足期中<60 和期末<60 这两个条件之一即可,在查询"设计视图"窗口,分别在条件行和或行输入这两个条件**<60**,即在不同行输入的条件表示"或"的关系,如图 5.16 所示;

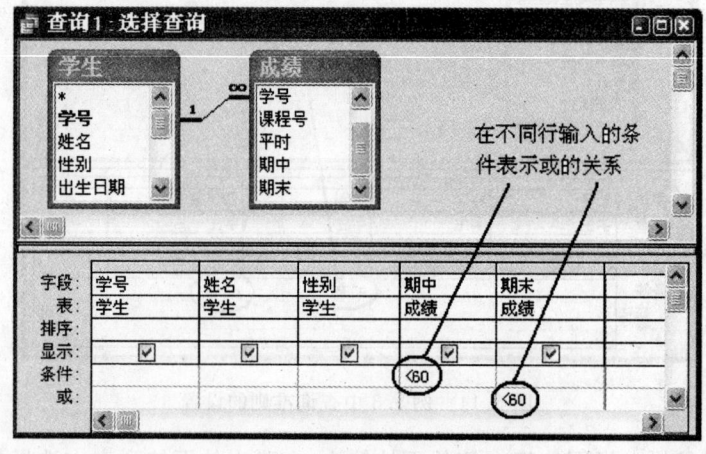

图 5.16　例 5.4 中查询准则的设置

⑦ 单击工具栏上的保存按钮,弹出**另存为**对话框,在此对话框中输入查询名称**期中或期末成绩不及格**,然后单击**确定**按钮完成查询的建立。

例 5.5　查询计算机课程期末考试不及格学生的学号和姓名。查询需添加**学生**、**课程**和**成绩**三个表,设置的条件如图 5.17 所示。

注意:文本型字段的表达式在输入时,无须输入引号,Access 会自动添加引号。

例 5.6　查询专业是工商或者法学,选修了体育这门课程的学生。查询需添加**学生**和**课程**两个表,设置的条件如图 5.18 所示。

字段:	学号	姓名	课程名	期末
表:	学生	学生	课程	成绩
排序:				
显示:	☑	☑	☑	☑
条件:			"计算机"	<60

图 5.17　例 5.5 中查询准则的设置

字段:	学号	姓名	专业	课程名
表:	学生	学生	学生	课程
排序:				
显示:	☑	☑	☑	
条件:			"工商"	"体育"
或:			"法学"	"体育"

图 5.18　例 5.6 中查询准则的设置

或者使用 In 运算符,如图 5.19 所示。In 运算符用于指定字段的一系列值,查询结果与上面是一样的。

字段:	学号	姓名	专业	课程名
表:	学生	学生	学生	课程
排序:				
显示:	☑	☑	☑	☑
条件:			In ("工商","法学")	"体育"

图 5.19　使用 In 运算符

5.3.2　自定义计算查询

通常,查看学生成绩时,用户更关心学生每门课程的综合成绩;但由于综合成绩是由平时成绩、期中成绩和期末成绩折合而成的,根据数据库的设计原则,这类字段不宜作为原始数据保存,所以在数据表中没有存储学生的综合成绩。

为查看此类信息,需要在查询中重新定义字段。自定义计算就是在设计网格中创建新的计算字段。

例 5.7　用成绩表创建查询,计算并显示每个人的综合成绩,综合成绩是平时成绩 10%,期中成绩 20%,期末成绩 70%。操作步骤如下:

① 在设计视图中创建查询,并添加**学生**、**成绩**和**课程**表;

② 选定**学生**表中的**学号**和**姓名**,**课程**表中的**课程名**,**成绩**表中的**平时**、**期中**和**期末**等字段;

③ 选定设计网格中的空白列,并在字段行输入**综合成绩:[平时] * 0.1 + [期中] * 0.2 + [期末] * 0.7**,其中冒号前面的**综合成绩**是新定义的字段,用来保存冒号后面的表达式的值,即每个记录的综合成绩,此处的冒号必须在英文状态下输入,如图 5.20 所示;

④ 保存查询,查询名称命名为**总成绩表**;

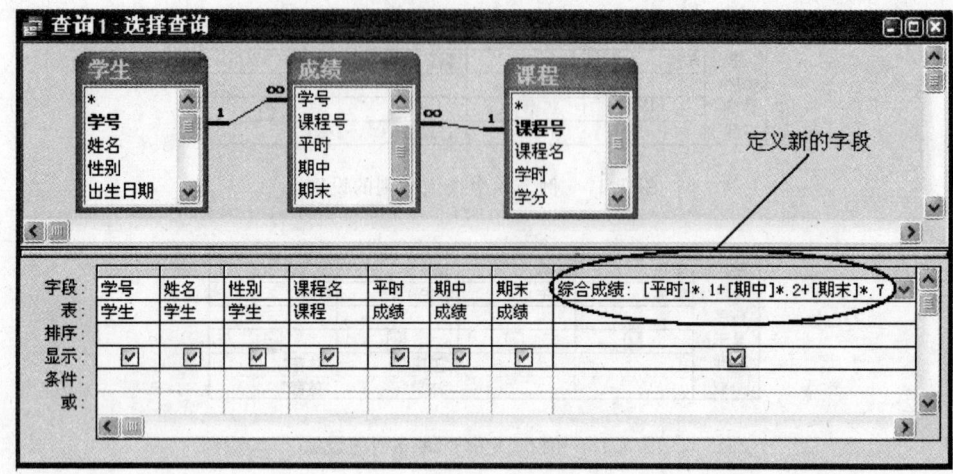

图 5.20　计算字段的编辑

⑤ 显示查询结果,如图 5.21 所示。可见此时增加了**综合成绩**列,其值为平时成绩的 10%＋期中成绩的 20%＋期末成绩的 70%。

学号	姓名	性别	课程名	平时	期中	期末	综合成绩
070101	刘晓明	男	数学	85	80	84	83.3
070101	刘晓明	男	英语	75	69	79	76.6
070101	刘晓明	男	计算机	95	93	91	91.8
070101	刘晓明	男	体育	85	87	85	85.4
070102	林利利	女	数学	95	96	92	93.1
070102	林利利	女	英语	85	90	87	87.4
070102	林利利	女	计算机	85	87	82	83.3
070102	林利利	女	体育	75	70	73	72.6
070203	王中华	男	数学	75	71	68	69.3
070203	王中华	男	英语	85	82	89	87.2
070203	王中华	男	计算机	75	70	75	74
070203	王中华	男	体育	85	82	80	80.9
070204	章京平	女	数学	75	78	73	74.2

记录:|◀ ◀ 　　　1 ▶ ▶| ▶* 共有记录数:25

图 5.21　计算字段的显示结果

说明:**综合成绩**字段是虚拟字段,计算的结果并不保存在表中。Access 在每次运行查询时都将重新进行计算,以使计算结果永远都以数据库中最新的数据为准。

5.3.3　预定义计算查询

预定义计算用于对查询中的分组记录或全部记录进行“总计”计算,通过在设计视图窗口的**总计**行设置聚合函数来实现。Access 中可以使用的聚合函数及其作用如下:①总计,计算某个字段的累加值;②平均值,计算某个字段的平均值;③计数,统计某个字段中非空值的个数;④最大值,计算某个字段中的最大值;⑤最小值,计算某个字段中的最小值;⑥标准差,计算某个字段的标准差;⑦方差,计算某个字段的方差;⑧分组,定义用来分组的字段;⑨第一条记录,求出在表或查询中第一条记录的字段值;⑩最后一条记录,求出在表或查询中最后一条记录的字段值;⑪表达式,创建表达式中包含统计函数的计算字段;⑫条件,指定分组满足的条件。

1. 对全部记录进行"总计"计算

例 5.8　建立一查询,统计期中和期末考试的平均成绩。操作步骤如下:

① 在设计视图中创建查询,并添加**成绩**表;

② 添加要对其进行计算的字段**期中**和**期末**;

③ 单击工具栏上的**总计**按钮"**Σ**",这时设计视图窗口下半部分多了一个**总计**行;

④ 分别在期中和期末对应的**总计**行中,单击右侧的向下箭头,在打开的列表框中选定聚合函数**平均值**,如图 5.22 所示;

⑤ 运行查询,结果如图 5.23 所示。

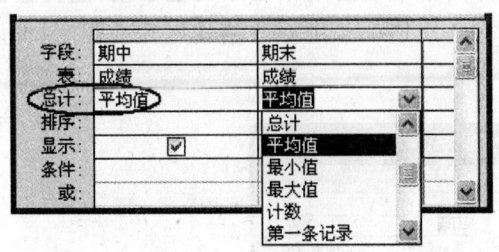

图 5.22　选定平均值

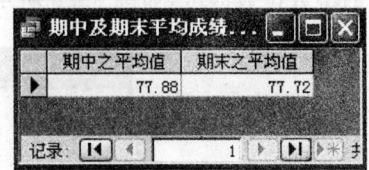

图 5.23　例 5.8 的查询结果

2. 对分组记录进行"总计"计算

例 5.9　建立一查询,统计每个专业的人数。操作步骤如下:

① 在设计视图中创建查询,并添加**学生**表;

② 添加两次**专业**字段;

③ 单击工具栏上的**总计**按钮"**Σ**",使用两个**专业**字段,一个用来分组记录,另一个用来计数,总计行的设置如图 5.24 所示;

④ 运行查询,结果如图 5.25 所示。

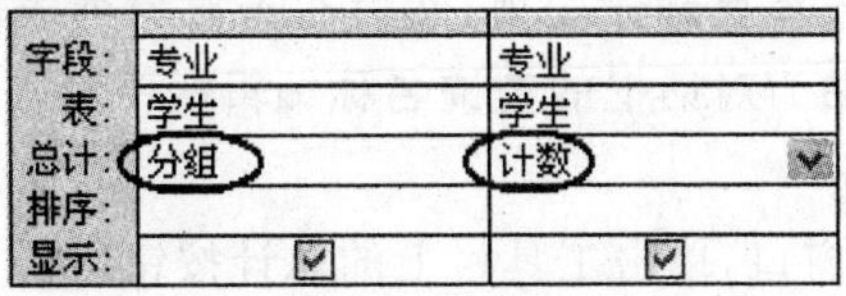

字段:	专业	专业
表:	学生	学生
总计:	分组	计数
排序:		
显示:	☑	☑

图 5.24　分组记录

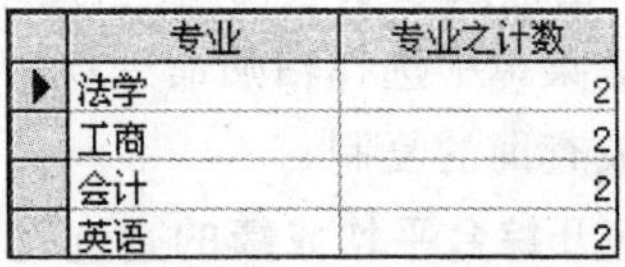

专业	专业之计数
法学	2
工商	2
会计	2
英语	2

图 5.25　例 5.9 查询结果

例 5.10　创建**计算机期末成绩统计**查询,实现对计算机课程期末成绩的最高分、最低分和平均分的统计。操作步骤如下:

① 在设计视图中创建查询,并添加**课程**和**成绩**两个表;

② 添加**课程名**字段,添加三次**期末**字段;

③ 在条件行将课程名设置为**计算机**;

④ 单击工具栏上的**总计**按钮"**Σ**",各字段总计行的设置如图 5.26 所示;

⑤ 运行查询,结果如图 5.27 所示;

字段:	课程名	期末	期末	期末
表:	课程	成绩	成绩	成绩
总计:	分组	最大值	最小值	平均值
排序:				
显示:	☑	☑	☑	☑
条件:	"计算机"			

课程名	期末之最大值	期末之最小值	期末之平均值
▶ 计算机	91	52	69.33333333333

图 5.26   各字段"总计"行设置   图 5.27   例 5.10 查询结果

⑥ 重新设定平均值的小数位数,在设计网格中右击**期末之平均值**字段,选择快捷菜单中的**属性**命令项,弹出**字段属性**对话框,在常规选项卡中修改**格式**属性为**固定**,再设定所需的小数位数即可,如图 5.28 所示。

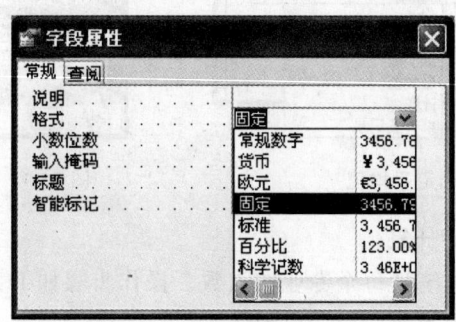

图 5.28   **字段属性**对话框

例 5.11   建立一查询,统计每个学生所学课程的综合平均成绩。在已有的查询上修改会比新建更为快捷,但由于**总成绩表**查询也会经常用到,故在此先复制**总成绩表**查询,然后再在复制的目标查询上修改,以满足题目要求。操作步骤如下:

① 右击**总成绩表**查询,在快捷菜单中选择**复制**命令项,然后右击对象列表区的空白处,在快捷菜单中选择粘贴命令项,并在**粘贴为**对话框的**查询名称**编辑栏中输入**综合平均成绩**,完成查询的复制;

② 打开**综合平均成绩**的查询设计视图窗口,单击工具栏上的**总计**按钮"**Σ**";

③ 按照图 5.29 修改查询中各字段的**总计行**,并设置**综合成绩**字段的标题为**综合平均成绩**,修改其格式属性为固定,设定一位小数;

④ 切换到查询数据表窗口,结果如图 5.30 所示;

字段:	学号	姓名	性别	综合成绩: [平时]*.1
表:	学生	学生	学生	
总计:	分组	分组	分组	平均值
排序:				⌄
显示:	☑	☑	☑	☑
条件:				

图 5.29　综合平均成绩查询的设计窗口

学号	姓名	性别	综合平均成绩
▶ 070101	刘晓明	男	84.3
070102	林利利	女	84.1
070203	王中华	男	77.9
070204	章京平	女	72.1
070301	闻宏宇	女	67.5
070302	于海涛	男	89.6
070401	吴江宁	男	58.6
070402	周萍萍	女	89.5

图 5.30　综合平均成绩查询结果

⑤ 保存对查询设计的修改。

5.3.4　排序查询结果

在前面的总成绩查询和综合平均成绩查询结果中,显示的默认顺序是学号。若用户需要查看成绩排名,则需要在查询中设计排序规则。

例 5.12　修改**总成绩表**查询,实现按课程成绩排名。操作步骤如下:

① 打开**总成绩表**的查询设计视图窗口;

② 在设计网格的**课程名**列的**排序**行中选定**升序**,然后在**综合成绩**列的**排序**行中选定降序,如图 5.31 所示;

字段:	学号	姓名	性别	课程名	平时	期中	期末	综合成绩: [平时]
表:	学生	学生	学生	课程	成绩	成绩	成绩	
排序:				升序				降序
显示:	☑	☑	☑	☑	☑	☑	☑	☑
条件:								

图 5.31　例 5.12 的设计窗口

③ 切换到**总成绩表**的查询数据表窗口,结果如图 5.32 所示。

由于查询设计时,**课程名**列在**综合成绩**列的左边,所以在显示查询结果时先按课程名升序排,课程名相同时再按综合成绩降序排。

例 5.13　从**总成绩表**查询中查找综合成绩最高的前三名。本题的数据源为**总成绩表**查询,操作步骤如下:

① 在设计视图中创建查询,并添加**总成绩表**查询;

② 添加**学号**、**姓名**、**性别**和**综合成绩**字段;

学号	姓名	性别	专业	课程名	平时	期中	期末	综合成绩
070101	刘晓明	男	工商	计算机	95	93	91	91.8
070102	林利利	女	工商	计算机	85	87	82	83.3
070203	王中华	男	法学	计算机	75	70	75	74.0
070401	吴江宁	男	会计	计算机	65	70	63	64.6
070204	章京平	女	法学	计算机	65	57	53	55.0
070301	闻宏宇	女	英语	计算机	65	50	52	52.9
070102	林利利	女	工商	数学	95	96	92	93.3
070402	周萍萍	女	会计	数学	85	86	88	87.3
070302	于海涛	男	英语	数学	85	90	86	86.7
070101	刘晓明	男	工商	数学	85	80	84	83.3
070204	章京平	女	法学	数学	75	78	73	74.2
070203	王中华	男	法学	数学	75	71	68	69.3
070301	闻宏宇	女	英语	数学	75	66	68	68.3
070401	吴江宁	男	会计	数学	65	52	51	52.6

记录: 16   共有记录数: 25

图 5.32   各科成绩排名

③ 先在设计网格的**综合成绩**列的**排序**行中选定**降序**，要显示最高分的前三名，在工具栏上的上限值按钮的文本框内输入 **3**。

④ 单击该工具栏右侧的向下箭头，屏幕上显示的列表框内容如图 5.33 所示，框内的数字表示要输出的前若干个，百分数表示要输出的百分比，例如如果要输出最高前 20%，可直接输入百分数，在工具栏的文本框内默认的输入值为 ALL，这个工具按钮通常要配合升序或降序才可以输出字段值最高或最低的若干个记录；

④ 保存查询，运行结果如图 5.34 所示。

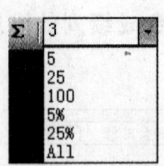

学号	姓名	性别	综合成绩
070102	林利利	女	93.1
070302	于海涛	男	92.5
070101	刘晓明	男	91.8

记录: 1   共有记录数: 3

图 5.33   显示**上限值**按钮   图 5.34   例 5.13 的查询结果

5.4 参 数 查 询

前面建立的各个查询中，查询的条件值是在建立查询时就已经定义好的，比如在例 5.10 中建立的统计计算机课程期末成绩的最高分、最低分和平均分查询。如果还想了解其他课程期末考试的情况，也需要建立针对该课程的查询。若为每一种情况都建立相应的查询，则查询对象过多，管理起来会很不方便。如果将课程设置为查询的参数，在执行查询时由用户自己输入具体的课程名称，这样既能满足用户要求，又不会产生过多的查询对象，参数查询就可以满足这样的查询要求。

参数查询利用对话框,提示输入参数,并检索符合所输参数的记录。可以建立一个参数提示的单参数查询,也可以建立多个参数提示的多参数查询。

5.4.1　单参数查询

创建单参数查询,就是在字段中指定一个参数,在执行参数查询时,输入一个参数值。

例 5.14　创建**期末成绩统计**查询,统计各门课程期末成绩的最高分、最低分和平均分。前面已经建立了一个**计算机期末成绩统计**查询,该查询的设置内容与此例要求相似,因此可以在此查询基础上,对其进行修改。操作步骤如下:

① 在设计视图中打开**计算机期末成绩统计**查询;

② 在**课程名**列的**条件**行中输入条件[**请输入课程名称:**],输入条件时连同方括号一起输入,如图 5.35 所示;

字段	课程名	期末之最大值	期末之最小值	期末之平均值
表	课程	成绩	成绩	成绩
总计	分组	最大值	最小值	平均值
排序				
显示	☑	☑	☑	☑
条件	[请输入课程名称:]			
或				

图 5.35　例 5.14 参数设计窗口

③ 切换到查询数据表视图时,弹出**输入参数值**对话框,从中可以看到,对话框中的提示文本正是在查询字段的**条件**行中输入的内容,按照需要输入查询条件,如果条件有效,查询的结果将显示出所有满足条件的记录,否则将不会显示任何数据;

④ 在**请输入课程名称**文本框中输入课程名**数学**如图 5.36 所示,单击**确定**按钮,显示的查询结果如图 5.37 所示,数学期末成绩的最高分、最低分和平均分便统计出来了。

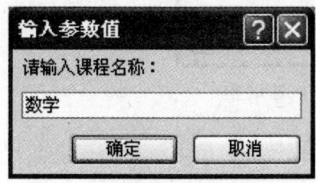

图 5.36　**输入参数值**对话框

图 5.37　参数查询结果

⑤ 单击**文件**菜单中**另存为**命令项,在**另存为**对话框中输入文件名**期末成绩统计**,最后单击**确定**按钮完成操作。

注意:如果选择了**文件**菜单中**保存**命令项,则存盘后原查询将被该参数查询内容所替换。

5.4.2　多参数查询

从上例可以看出,建立参数查询实际上就是在条件行输入了提示信息,如果在其他字段的条件行也输入类似的提示信息,就可以实现多参数查询,在运行一个多参数的查询时,要依次输入多个参数的值。

    例 5.15   创建**学生成绩查询**,每次运行时输入不同的学号和课程名称,可以查询该学号学生某门课程的综合成绩,查询结果中要求有学号、姓名、性别、课程名和综合成绩等字段。操作步骤如下:

    ① 在设计视图中创建查询,并将**总成绩表**查询添加到设计视图窗口中;

    ② 添加**学号**、**姓名**、**性别**、**课程名**和**综合成绩**字段;

    ③ 在**学号**对应的条件行中输入**[请输入学号:]**,在**课程名**对应的条件行中输入**[请输入课程名称:]**,输入查询条件后的设计视图如图 5.38 所示;

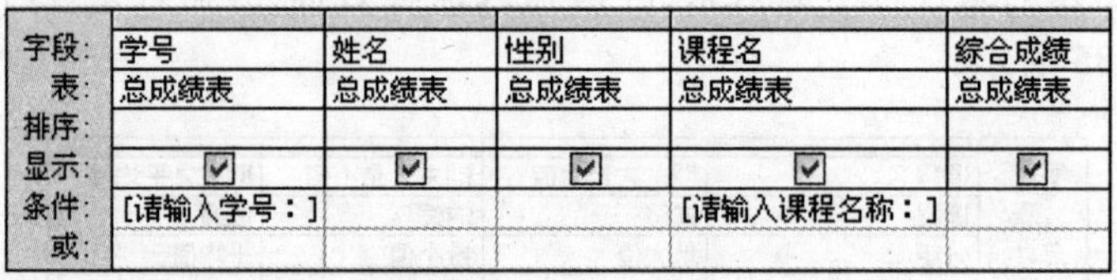

字段:	学号	姓名	性别	课程名	综合成绩
表:	总成绩表	总成绩表	总成绩表	总成绩表	总成绩表
排序:					
显示:	☑	☑	☑	☑	☑
条件:	[请输入学号:]			[请输入课程名称:]	
或:					

图 5.38   例 5.15 参数设计窗口

    ④ 保存查询,将其命名为**学生成绩查询**;

    ⑤ 运行查询,屏幕上显示**输入参数值**第一个对话框,向文本框中输入学号**070102**,如图 5.39(a)所示;

    ⑥ 单击**确定**按钮,这时屏幕上又出现**输入参数值**第二个对话框,向文本框中输入课程名称**英语**,如图 5.39(b)所示;

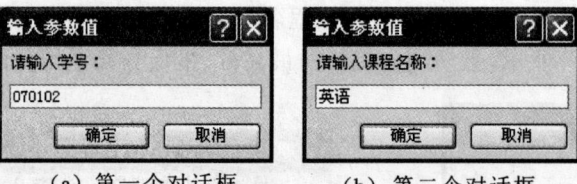

(a) 第一个对话框   (b) 第二个对话框

图 5.39   输入参数的两个对话框

    ⑦ 单击**确定**按钮,就可以看到相应的查询结果,如图 5.40 所示。

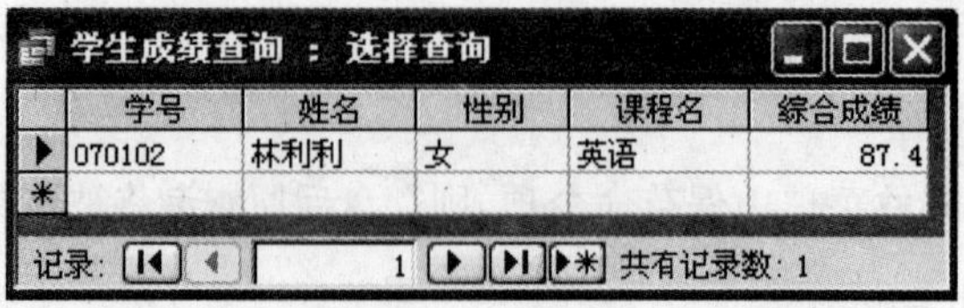

学号	姓名	性别	课程名	综合成绩
070102	林利利	女	英语	87.4

记录: ◀◀ ◀   1   ▶ ▶▶ ▶*   共有记录数: 1

图 5.40   查询结果

5.5　交叉表查询

交叉表查询以一种独特的概括形式返回一个表内的总计数字，这种概括形式是其他种类的查询无法完成的。例如，要查询每个学生每门课程的期末成绩，由于每个学生修了多门课程，如果使用选择查询，在**课程名**字段中将出现重复的课程名称，如图 5.41 所示。这样显示出来的数据很凌乱。为了使查询的结果能够满足实际需要，使查询后生成的数据显示得更清晰、准确，结构更紧凑、合理，Access 提供了一个很好的查询方式，即交叉表查询。

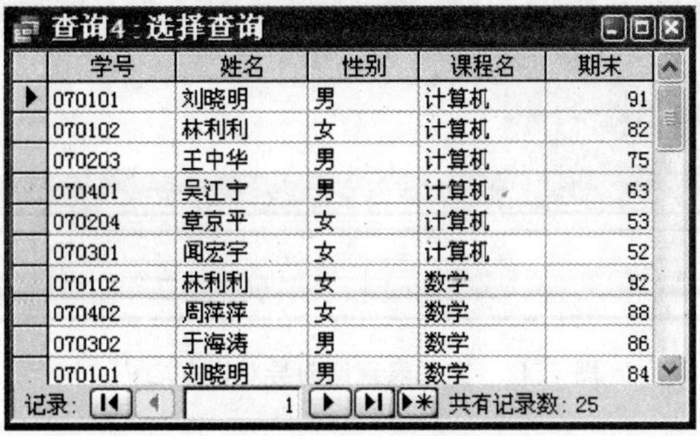
查询4：选择查询

学号	姓名	性别	课程名	期末
070101	刘晓明	男	计算机	91
070102	林利利	女	计算机	82
070203	王中华	男	计算机	75
070401	吴江宁	男	计算机	63
070204	章京平	女	计算机	53
070301	闻宏宇	女	计算机	52
070102	林利利	女	数学	92
070402	周萍萍	女	数学	88
070302	于海涛	男	数学	86
070101	刘晓明	男	数学	84

记录：1　共有记录数：25

图 5.41　用选择查询统计每个学生每门课程的期末成绩

所谓交叉表查询，就是将来源于某个表中的字段进行分组，一组列在查询表的左侧，一组列在查询表的上部，然后在查询表行与列的交叉处显示表中某个字段的各种计算值，如总和、平均、计数等。因此，在创建交叉表查询时，需要指定三种字段：①放在查询表最左端的分组字段构成行标题；②放在查询表最上面的分组字段构成列标题；③放在行与列交叉位置上的字段用于计算。其中，后两种字段只能有一个，第一种即放在最左端的字段最多可以有三个。这样，交叉表查询就可以使用两个以上分组字段进行分组总计。

5.5.1　使用查询向导创建交叉表查询

例 5.16　显示每个学生每门课程的期末成绩。操作步骤如下：

① 打开**学生成绩管理**数据库；

② 单击**查询**对象，然后单击数据库窗口工具栏中的**新建**按钮，弹出**新建查询**对话框；

③ 选定**交叉表查询向导**后，单击**确定**按钮，弹出**交叉表查询向导**对话框之一，如图 5.42所示；

④ 选定**视图**区的**查询**单选按钮，在查询列表框中选定**总成绩表**，单击**下一步**按钮，进入**交叉表查询向导**对话框之二，如图 5.43 所示（注意：创建交叉表的数据源必须来自于一个表或查询，如果数据源来自多个表，可以先建立一个查询，然后再以此查询作为数据源，也可以使用设计视图）；

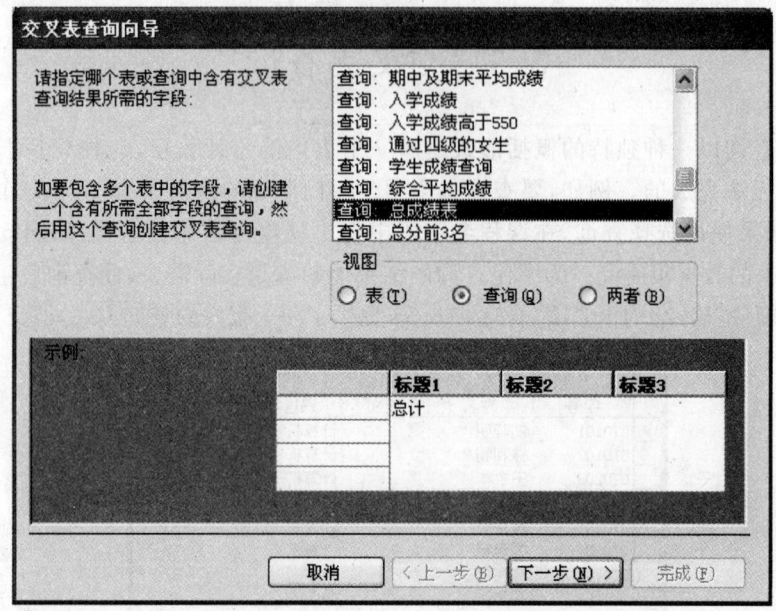

图 5.42 交叉表查询向导对话框之一

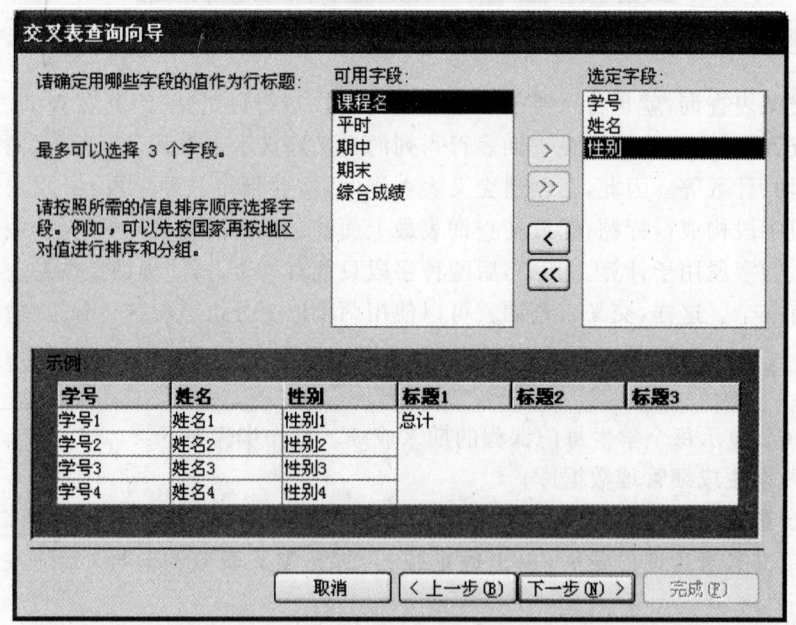

图 5.43 交叉表查询向导对话框之二

　　⑤ 双击**可用字段**中的**学号、姓名**和**性别**,使其成为**选定字段**,以设置这三个字段为行标题,然后单击**下一步**按钮,进入**交叉表查询向导**对话框之三,如图 5.44 所示;

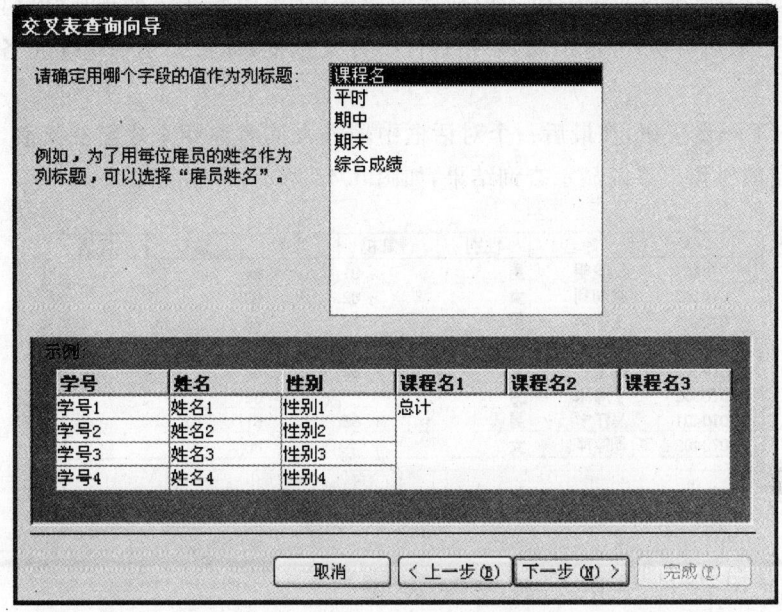

图 5.44　**交叉表查询向导**对话框之三

⑥ 选定**课程名**作为列标题，单击**下一步**按钮，进入**交叉表查询向导**对话框之四，如图
5.45 所示；

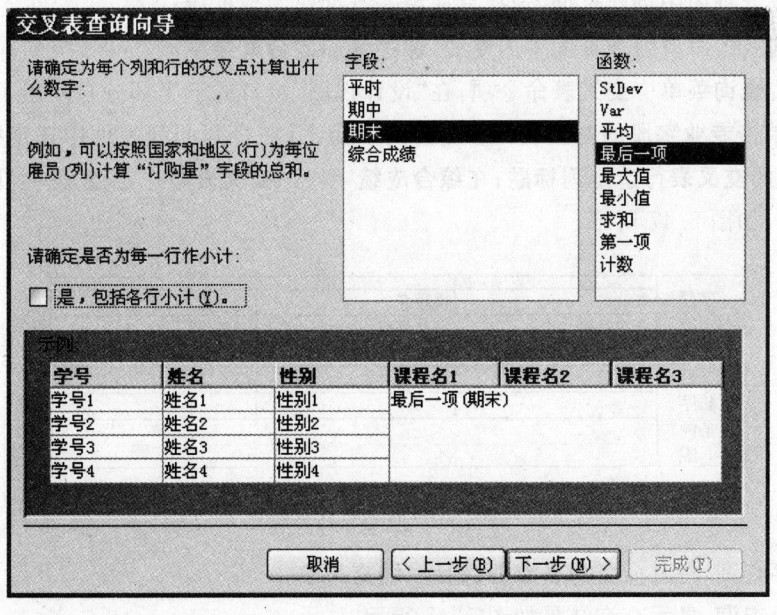

图 5.45　**交叉表查询向导**对话框之四

⑦ 本题中需要列出每个学生各门功课的期末成绩,因此选定**期末**成绩字段,在**函数**列表框中选定**最后一项**,并取消是,**包括各行小计**复选框,即仅显示每个学生各门课程的期末成绩;

⑧ 单击**下一步按钮**,在最后一个对话框中输入查询名称**期末成绩交叉表**,然后单击**完成按钮**,完成操作。系统显示查询结果,如图 5.46 所示。

学号	姓名	性别	计算机	数学	体育	英语
070101	刘晓明	男	91	84	85	79
070102	林利利	女	82	92	73	87
070203	王中华	男	75	68	80	89
070204	章京平	女	53	73	79	81
070301	闻宏宇	女	52	68		80
070302	于海涛	男		86		92
070401	吴江宁	男	63	51		
070402	周萍萍	女		88		92

图 5.46　成绩交叉表查询结果

5.5.2　使用设计视图创建交叉表查询

例 5.17　分别统计每个专业每门课程的平均综合成绩。本题中分组字段有两个,将专业作为行标题,将课程名作为列标题,建立交叉查询的步骤如下:

① 在设计视图中打开**总成绩表**查询,添加专业字段后保存查询;

② 在设计视图中创建查询,选择**总成绩表**查询作为数据源;

③ 分别双击**总成绩表**查询中的**专业、课程名**和**综合成绩**字段;

④ 单击**查询**菜单中**交叉表**命令项,在"设计视图"窗口的下半部分自动多了**总计**行和**交叉表**行,单击**专业**字段的**交叉表**行右侧的向下箭头,在打开的列表框中选定**行标题**;在**课程名**字段的**交叉表**行选定**列标题**;在**综合成绩**字段的**交叉表**行选定**值**,然后在**总计**行中选定**平均值**,如图 5.47 所示;

字段:	专业	课程名	综合成绩
表:	总成绩表	总成绩表	总成绩表
总计:	分组	分组	平均值
交叉表:	行标题	列标题	值
排序:			
条件:			
或:			

图 5.47　交叉表参数设计窗口

⑤ 保存查询,将其命名为**各专业综合成绩交叉表**;

⑥ 运行查询,显示查询结果如图 5.48 所示。

各专业综合成绩交叉表：交叉表查询				
专业	计算机	数学	体育	英语
法学	64.5	71.8	79.1	84.5
工商	87.6	88.2	79.0	82.0
会计	64.6	70.0		91.7
英语	52.9	77.5		86.9

记录：１４　４　　　１　▶　▶Ｉ　▶＊　共有记录数：4

图 5.48　例 5.17 查询结果

5.6　操作表查询

前面介绍的几种查询方法,都是根据特定的查询准则,从数据源中提取符合条件的动态数据集,但对数据源的内容并不进行任何的改动。操作查询则不然,它除了从数据源中选择数据外,还可以改变表中的内容,例如增加数据、删除记录和更新数据等。

由于操作查询将改变数据表的内容,并且这种改变是不可以恢复的,所以某些错误的操作查询可能会造成数据表中数据的丢失。因此,用户在进行操作查询之前,应该先对数据表进行备份。创建表的备份的具体操作步骤如下:

① 单击数据库窗口中的表,单击**编辑**菜单中**复制**命令项,或按 **Ctrl＋C** 组合建;

② 单击**编辑**菜单中**粘贴**命令项,或按 **Ctrl＋V** 组合建,弹出**粘贴表方式**对话框,如图 5.49 所示;

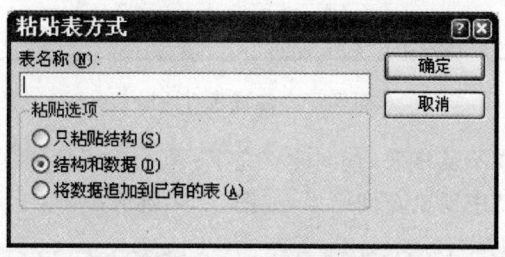

图 5.49　**粘贴表方式**对话框

③ 为备份的表指定新表名;

④ 选定**结构和数据**单选按钮,然后单击**确定**按钮将新表添加到数据库窗口中。此备份的表和原表完全相同。

5.6.1　生成表查询

生成表查询是将查询的结果保存到一个表中,这个表可以是一个新表,也可以是已存在的表;但如果将查询结果保存在已有的表中,则该表中原有的内容将被删除。

例 5.18　创建生成表查询,将成绩表中平时、期中或期末成绩中有不及格的记录保存到新的表中,要求显示学号、姓名、平时、期中和期末 5 个字段。操作步骤如下:

① 在设计视图中创建查询,选定**总成绩表**查询作为数据源;

② 分别双击**总成绩表**查询中的**学号**、**姓名**、**平时**、**期中**和**期末**字段;

③ 新表中将包括成绩表中平时、期中或期末成绩中有不及格的记录,所以在创建查询时,平时、期中和期末成绩的条件是"或"关系,需要将其条件放在不同的条件行上,查询准则设置如图 5.50 所示;

字段:	学号	姓名	课程名	平时	期中	期末
表:	总成绩表	总成绩表	总成绩表	总成绩表	总成绩表	总成绩表
排序:						
显示:	☑	☑	☑	☑	☑	☑
条件:				<60		
或:					<60	
						<60

图 5.50　生成表查询设计窗口

④ 单击**查询**菜单中**生成表查询**命令项,弹出**生成表**对话框,在**表名称**组合框中输入新表名**不及格**,如图 5.51 所示,然后单击**确定**按钮,返回查询设计窗口;

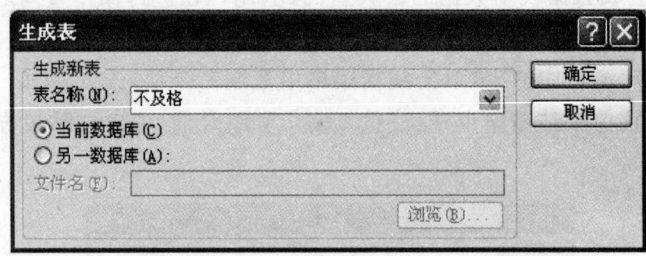

图 5.51　**生成表**对话框

⑤ 保存查询为**生成不及格表**,查询建立完毕;

⑥ 在"数据表视图"中预览查询结果,如图 5.52 所示;

学号	姓名	课程名	平时	期中	期末
070204	章京平	计算机	65	57	53
070301	闻宏宇	计算机	65	50	52
070401	吴江宁	数学	65	52	51

图 5.52　查询预览结果

⑦ 在设计视图中,单击工具栏上的**运行**按钮" ! ",弹出生成表消息框,如图 5.53所示;

⑧ 单击**是**按钮,确认生成表操作。在数据库窗口中单击**表**对象后,可以看到多了一个名为**不及格**的表。

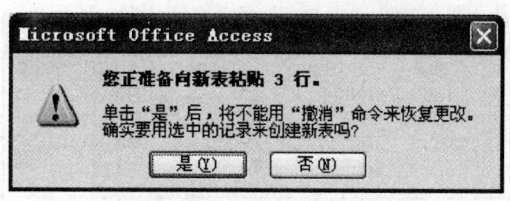

图 5.53 生成表消息框

在以前各节的例子中,预览查询和执行查询的结果是一样的。从本例可以看出,对于操作查询,这两个操作是不同的。在"数据表视图"中预览,只是显示满足条件的记录,而执行查询,则是对查找到的记录继续进行添加、删除、修改等操作。也就是说,对于这类查询是先进行查询然后对查询到的记录进行操作,这就是所谓的操作查询。

5.6.2 删除查询

删除查询可以对一个或多个表中的一组记录做批量的删除。如果要从多个表中删除相关记录,必须同时满足以下条件:①已经定义了表间的相互关系;②在编辑关系对话框中已选定实施参照完整性复选项;③在编辑关系对话框中已选定级联删除相关记录复选项。

例 5.19 创建删除查询,删除学生表中女生的记录。由于删除查询要直接删除原来数据表中的记录,为保险起见,本题中建立删除查询之前先将学生表进行备份,指定备份表名为学生备份,删除操作只对学生备份表进行。操作步骤如下:

① 在设计视图中创建查询,选定学生备份表作为数据源;

② 分别双击学生备份表中的学号、姓名和性别字段;

③ 在性别字段的条件行输入女;

④ 单击查询菜单中删除查询命令项,在"设计视图"窗口的下半部分多了一行删除取代了原来的显示和排序行,如图 5.54 所示;

字段	学号	姓名	性别
表	学生备份	学生备份	学生备份
删除	Where	Where	Where
条件			"女"
或			

图 5.54 创建删除查询

⑤ 保存查询为删除女生记录,查询建立完毕;

⑥ 在"数据表视图"中预览查询结果,如图 5.55 所示;

⑦ 在设计视图中,单击工具栏上的运行按钮" ! ",弹出删除消息框,如图 5.56 所示;

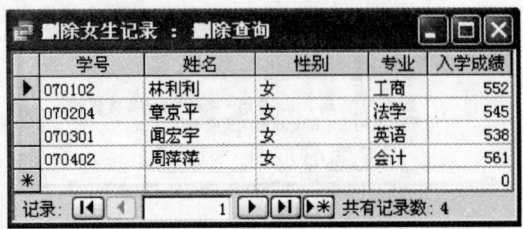

图 5.55　查询预览结果

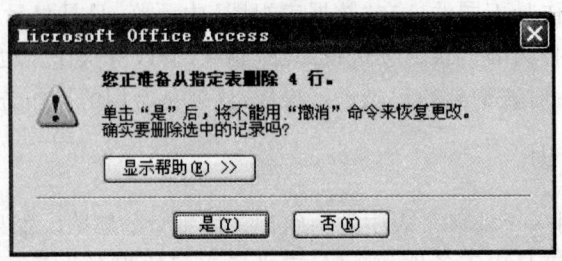

图 5.56　删除消息框

⑧ 单击**是**按钮,执行删除查询。在数据库窗口中单击**表**对象,打开**学生备份**表,可以看到执行了删除查询后,数据表中没有了女生的记录。

从本例可以看出,删除查询将永久地、不可逆地从指定的表中删除记录。因此,在删除之前一定要慎重对待,即先预览后执行,或将要删除记录的表做好备份。另外,删除查询是删除整条记录,而不是指定字段中的数据。

5.6.3　更新查询

更新查询以对一个或多个表中的一组记录做批量的更改,它比通过键盘逐一修改表记录更加准确、快捷,但需要被修改的数据有规律。

例 5.20　创建更新查询,将计算机课程期末成绩小于 80 分的增加 5 分。操作步骤如下:

① 在设计视图中创建查询,添加**成绩**和**课程**表作为数据源;

② 分别双击**课程**表中的**课程名**字段和**成绩**表中的**期末**字段;

③ 在**课程名**字段的条件行输入**计算机**,在**期末**字段的条件行输入**<80**;

④ 单击查询菜单中**更新查询**命令项,在"设计视图"窗口的下半部分多了一行**更新到**取代了原来的**显示**和**排序**行,在要更新字段的**更新到**单元格中,输入用来更改这个字段的表达式**[期末]+5**,如图 5.57 所示(注意:表达式**[期末]+5** 的作用是在原成绩的基础上增加 5 分,如果直接输入 **5**,则**期末**字段的内容将更改为 5,表达式中如果涉及字段,字段名应用方括号括起来);

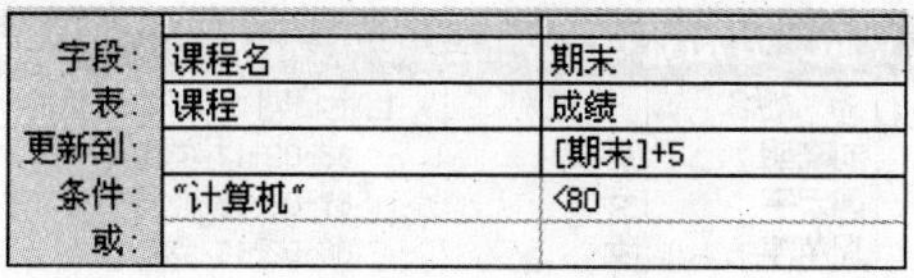

字段:	课程名	期末
表:	课程	成绩
更新到:		[期末]+5
条件:	"计算机"	<80
或:		

图 5.57 创建更新查询

⑤ 保存查询为**更改计算机成绩**,查询建立完毕;

⑥ 若要查看将要更新的记录列表,可在"数据表视图"中预览查询结果,此列表并不显示新值;

⑦ 运行查询,弹出更新消息框,单击**是**按钮更新数据。打开**成绩**表,可以看出数据已被更新。

5.6.4 追加查询

追加查询是将一个或多个表中符合条件的记录添加到另一个表的末尾。可以使用追加查询从外部数据源中导入数据,然后将它们追加到现有表中,也可以从其他的 Access 数据库或同一数据库的其他表中导入数据。

例 5.21 将学生表中的党员记录追加到一个结构类似、内容为空的表中。操作步骤如下:

① 创建学生表结构的副本(由于只需要复制表的结构,不需要复制数据,所以在**粘贴选项**中选定**只粘贴结构**单选按钮),将副本命名为**学生党员**;

② 在设计视图中创建查询,添加**学生**表作为数据源;

③ 分别双击**学生**表中的星号和**政治面貌**字段;

④ 在**政治面貌**字段的条件行输入**党员**;

⑤ 单击**查询**菜单中**追加查询**命令项,弹出**追加**对话框,单击**表名称**右侧的向下箭头,在打开的列表框中选定**学生党员**表,如图 5.58 所示,然后单击**确定**按钮;

⑥ 保存查询为**追加学生党员**,查询建立完毕;

⑦ 在"数据表视图"中预览查询结果,如图 5.59 所示;

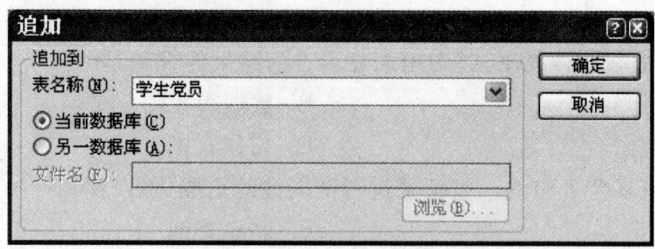

图 5.58 追加对话框

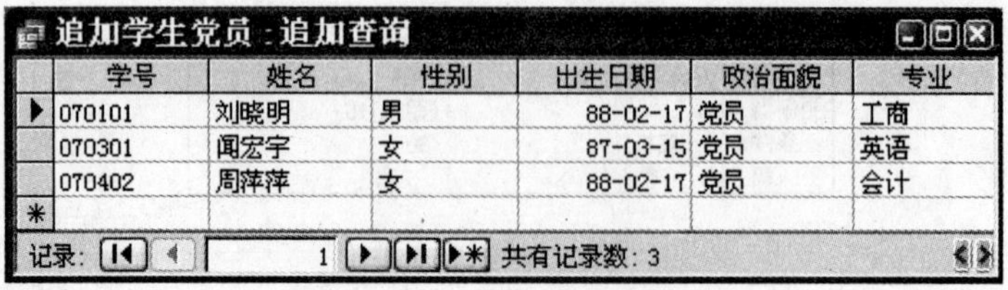
追加学生党员 : 追加查询

学号	姓名	性别	出生日期	政治面貌	专业
070101	刘晓明	男	88-02-17	党员	工商
070301	闻宏宇	女	87-03-15	党员	英语
070402	周萍萍	女	88-02-17	党员	会计

记录: 1 共有记录数: 3

图 5.59 追加查询的预览结果

⑧ 运行查询,弹出追加消息框,单击**是**按钮追加数据。打开**学生党员**表,可以看出图 5.59 中的三条记录被加在了该表中。

习 题 5

一、选择题

1. Access 支持的查询类型有(　　)。

A. 选择查询,交叉表查询,参数查询,SQL 查询和操作查询

B. 基本查询,选择查询,参数查询,SQL 查询和操作查询

C. 多表查询,单表查询,交叉表查询,参数查询和操作查询

D. 选择查询,统计查询,参数查询,SQL 查询和操作查询

2. 下面关于查询的说法中,错误的是(　　)。

A. 根据查询准则,从一个或多个表中获取数据并显示结果

B. 可以对记录进行分组

C. 可以对查询记录进行总计、计数和平均等计算

D. 查询的结果是一组数据的“静态集”

3. 使用向导创建交叉表查询的数据源是(　　)。

A. 数据库文件　　B. 表

C. 查询　　D. 表或查询

4. 在 Access 中,从表中访问数据的速度与从查询中访问数据的速度相比(　　)。

A. 要快　　B. 相等

C. 要慢　　D. 无法比较

5. 每个查询都有三种视图,其中用来显示查询结果的视图是(　　)。

A. 设计视图　　B. 数据表视图

C. SQL 视图　　D. 窗体视图

6. 要对一个或多个表中的一组记录进行全局性的更改,可以使用(　　)。

A. 更新查询　　B. 删除查询

C. 追加查询　　D. 生成表查询

7. 关于查询的设计视图,下面说法中不正确的是(　　)。

A. 可以进行数据记录的添加

B. 可以进行查询字段是否显示的设定

C. 可以进行查询条件的设定

D. 可以进行查询表的设定

8. 关于查询和表之间的关系,下面说法中正确的是(　　)。

A. 查询的结果是建立了一个新表

B. 查询的记录集存在于用户保存的地方

C. 查询中所存储的只是在数据库中筛选数据的准则

D. 每次运行查询时,Access 便从相关的地方调出查询形成的记录集,这是物理上就已经存在的

9. 如果想显示姓名字段中包含"李"字的所有记录,在条件行输入(　　)。

A. 李
B. Like 李

C. Like "李 * "
D. Like" * 李 * "

10. 如果想显示电话号码字段中 8 打头的所有记录,在条件行输入(　　)。

A. Like "8 * "
B. Like "8?"

C. Like 6#
D. Like 6 *

二、填空题

1. 创建分组统计查询时,总计项应选择_____。

2. 操作查询可以分为删除查询、更新查询、_____和_____。

3. 使用_____函数可以得到今天的日期,使用函数_____可以得到当前的日期及时间。

4. 参数查询是一种利用_____来提示用户输入条件的查询。

5. 用文本值作为查询准则时,文本值要用半角的_____或_____括起来。

6. 交叉表查询是利用了表中的_____来统计和计算的。

7. 要查询的条件之间具有多个字段的"与"和"或"关系,则在输入准则时,各条件间"与"的关系要输入在_____,而各条件间"或"的关系要输入在_____。

8. 查询的结果总是与数据源中的数据保持_____。

三、简答题

1. 什么是查询? 查询的优点是什么?

2. 简述 Access 查询对象和数据表对象的区别。

3. 创建查询的数据来源有哪些?

4. 简述操作查询和选择查询的不同之处。

5. 创建查询有哪些方法?

第 6 章　窗 体 设 计

　　窗体是用户和 Access 应用程序之间的主要接口和界面,在窗体中可以包含文字、图形、图像、音频和视频等不同形式的信息。使用窗体不仅可以显示、查询、增加、修改、删除、打印数据,还可以将整个应用程序组织起来,形成一个完整的应用系统。

6.1　窗 体 概 述

　　窗体是 Access 数据库应用中非常重要的一个对象,用户可以通过窗体提供的操作界面来操作数据表,避免直接操作数据库时使数据丢失或遭到破坏。

6.1.1　窗体的功能

　　利用 Access 开发数据库应用系统时,窗体只是应用系统的用户操作界面,它本身并不存储数据,窗体的数据源是表或查询。窗体不仅是一个漂亮的“表单”,还有一些独特的用处,可以完成下列功能。

　　(1) 显示编辑数据　这是窗体最普通的用法。创建一个友好的界面,使得用户可以方便地对数据记录进行维护。

　　(2) 控制应用程序的流程　窗体上可以放置各种控件,用户可以通过控件做出选择并向数据库发出各种命令。可以创建切换面板窗体或主窗体,用来打开其他窗体或报表,可实现窗体的层层调用,如同程序的嵌套。

　　(3) 显示信息　可以利用窗体显示各种提示信息,例如消息、错误和警告等。

　　(4) 打印数据　Access 中除了报表可以用来打印数据外,窗体也可以打印数据。一个窗体可以同时具有显示数据及打印数据的功能。

6.1.2　窗体的类型

　　窗体的分类方法有多种,从显示数据的方式上,窗体可分为纵栏式、表格式、数据表、图表和数据透视表;从功能上可以把窗体分为数据输入窗体、切换面板窗体和自定义对话框;从逻辑上可以把窗体分为主窗体和子窗体。下面主要从显示数据的方式上对窗体的类型进行介绍,后两种分类在后续内容中作详细介绍。

1. 纵栏式窗体

　　纵栏式是最常用的一种类型,它的特点是一次只显示一条记录,在显示记录时,每行显示一个字段,其中左列显示的是每个字段的名称,右列显示的是字段的值。注意到窗体中也显示出了原数据表中的 OLE 类型字段**照片**的内容。

图 6.1 所示为以**学生**表为数据源创建的纵栏式窗体。

学生_纵栏式：窗体
学号 070101
姓名 刘晓明
性别 男
出生日期 88-02-17
政治面貌 党员
专业 工商
四级通过
入学成绩 568
家庭住址 湖北武汉
照片
记录：1 共有记录数：8

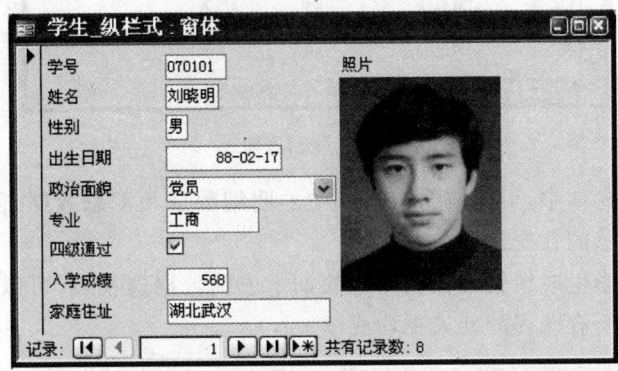

图 6.1　纵栏式窗体

2. 表格式窗体

表格式窗体的特点是每条记录的所有字段显示在一行上，每条记录只有一个标签，显示在窗体的顶端。

图 6.2 所示为以**成绩**表为数据源创建的表格式窗体。

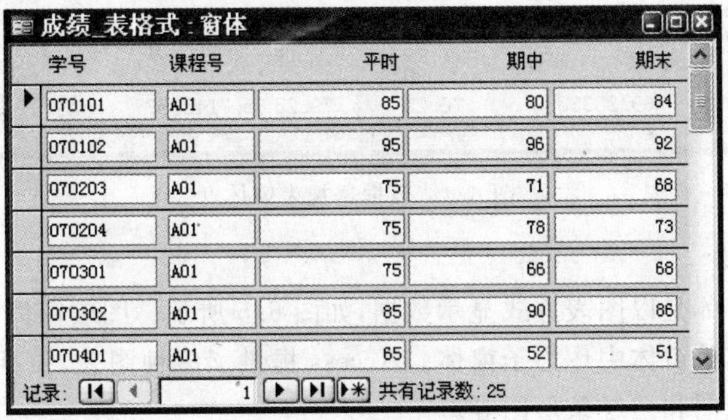

成绩_表格式：窗体
学号 课程号 平时 期中 期末
070101 A01 85 80 84
070102 A01 95 96 92
070203 A01 75 71 68
070204 A01 75 78 73
070301 A01 75 66 68
070302 A01 85 90 86
070401 A01 65 52 51
记录：1 共有记录数：25

图 6.2　表格式窗体

3. 数据表窗体

数据表窗体的特点是每条记录的字段以行与列的格式显示，即每个记录显示为一行，每个字段显示为一列，字段的名称显示在每一列的顶端。

图 6.3 所示为以**课程**表为数据源创建的数据表窗体。

4. 数据透视表窗体

数据透视表是 Access 使用的一种特殊的表，用于从数据源的选定字段中汇总信息，产生一张 Excel 的分析表。通过使用数据透视表，可以动态更改表的布局，以不同的方式查看和分析数据。

	课程号	课程名	学时	学分	类别	简介
▶	A01	数学	90	5	A	
	A02	计算机	64	3.5	A	
	B02	英语	72	4	A	
	C01	体育	36	2	A	
*						

图 6.3　数据表窗体

在数据透视表窗体中,可以查看数据库中的明细数据和汇总数据,但不能添加、编辑或删除透视表中显示的数据值。

图 6.4 所示为**学生成绩管理**数据库中的期末成绩数据透视表,可以查看某学生某门课程的期末成绩和所有课程的期末平均成绩。

期末成绩数据透视表:窗体

将筛选字段拖至此处

姓名		计算机 期末	的平均	数学 期末	的平均	体育 期末	的平均	英语 期末	的平均	总计 期末	的平均
林利利			82		92		73		87		83.5
刘晓明			91		84		85		79		84.75
王中华			75		68		80		89		78
阎宏宇			52		68				80		66.6666667
吴江宁			63		51						57
于海涛					86				92		89
章京平			53		73		79		81		71.5
周萍萍					88				92		90
总计		69.3333333		76.25		79.25		85.7142857		77.72	

图 6.4　数据透视表窗体

5. 数据透视图窗体

数据透视图窗体是以图表方式显示数据,如图 6.5 所示。图表窗体可以单独使用,也可以将它嵌入到其他窗体中作为子窗体。Access 提供了多种图表,包括折线图、柱形图、饼图、圆环图、面积图和三维条形图等。

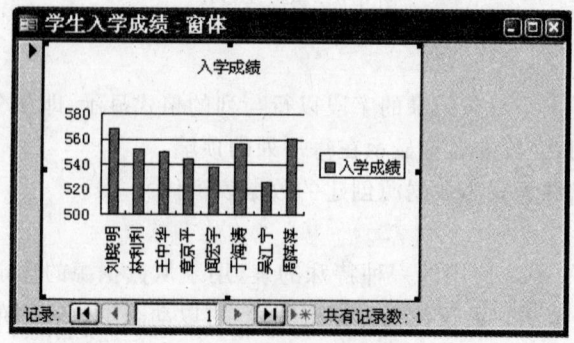

图 6.5　数据透视图窗体

6.1.3 窗体的视图方式

对窗体进行操作时,可以使用三种视图方式,它们各有各的用处。

(1) 设计视图 在设计视图方式下,可以完成对窗体的创建、编辑与修改。在设计视图中查看窗体就如同坐在一个四周环绕着有用工具的工作台上一样。

(2) 窗体视图 在窗体视图方式下,可以查看窗体的设计效果。

(3) 数据表视图 在数据表视图方式下,可以查看窗体所用到的数据表的内容。

6.2 窗体的创建

创建窗体的方法主要有自动创建窗体、利用向导创建窗体和在设计视图中创建窗体三种。

6.2.1 自动创建窗体

用"自动窗体"能快速地创建一个简单的窗体,创建的窗体可以是纵栏式、表格式或数据表形式。使用自动窗体创建的窗体中包含了数据源中的所有字段及所有记录,这三种窗体的创建过程是一样的。

通常,若仅为了对表格中的数据进行浏览和维护操作,则可以通过自动窗体的创建来满足要求。使用这种方法创建的窗体,是由系统自动设计窗体格式,只要设计者确定数据来源,就可以完成窗体的设计。

自动窗体的功能虽然简单,但它具备了大多数普通窗体的基本功能,所以在实践中很有实际价值,而且如果用户对它不是很满意的话,可以在创建了自动窗体之后再进入设计视图,对窗体上的控件和窗体风格进行修改,直到满意。这样做可以大大地减少手动设计所带来的麻烦。

例 6.1 创建图 6.1 所示的纵栏式窗体,数据源为**学生**表,窗体名为**学生**。操作步骤如下:

① 在**学生成绩管理**数据库窗口中,选择**窗体**对象;

② 单击数据库窗口工具栏上的**新建**按钮,弹出**新建窗体**对话框,如图 6.6 所示;

③ 在列表框选定**自动创建窗体:纵栏式**,在**请选择该对象数据的来源表或查询**下拉列表中选定**学生**表,单击**确定**按钮,屏幕显示出新建的窗体;

④ 单击工具栏上的**保存**按钮,弹出**另存为**对话框,输入窗体的名称**学生_纵栏式**,单击**确定**按钮,该窗体建立完毕。

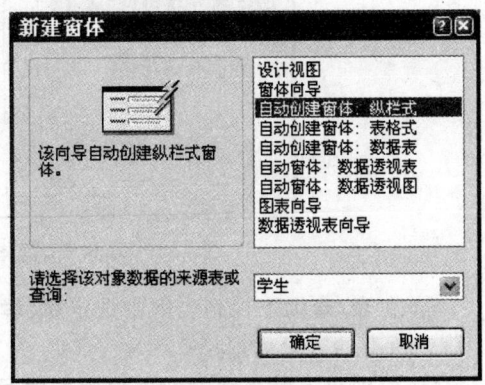

图 6.6 **新建窗体**对话框

在数据库窗口中单击刚建立的窗体,然后单击**打开**按钮,即可打开这个窗体,可以通过这个窗体下方的记录选择器浏览不同的记录,也可以直接在字段值所在的文本框中修改数据。例如,如果将第一条记录的**出生日期**字段的值改为**1987-02-17**,当重新打开**学生**表时可以发现,该记录的这个字段已经被改变。

用这种方法只能创建基于一个数据源的窗体,而且也不能对数据源进行字段的选择。

6.2.2　利用向导创建窗体

使用向导创建窗体时,每一步都可以在向导的提示下进行相关的操作。在图 6.7 所示的**新建窗体**对话框中,第一种方法**设计视图**表示用手工的方法创建窗体,其余各行则分别对应了每一类窗体的向导创建的方法。本小节分别介绍用各个向导创建不同的窗体。

1. 窗体向导

使用窗体向导的方法创建窗体时,数据源可以来自一个表或查询,也可以来自多个表或查询,而且都可以对数据源中的字段进行选择。数据源有多个时,可以创建主窗体/子窗体式的窗体。

例 6.2　使用窗体向导创建主/子窗体,用于浏览与编辑学生成绩。操作步骤如下:

① 在**学生成绩管理**数据库窗口中,打开**新建窗体**对话框,如图 6.6 所示;

② 选定**窗体向导**后单击**确定**按钮,弹出**窗体向导**对话框之一,如图 6.7 所示;

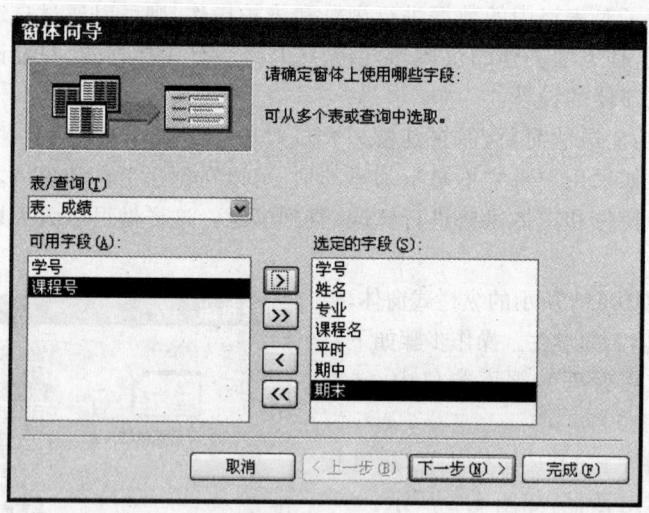

图 6.7　**窗体向导**对话框之一

③ 在**表/查询**下拉列表框中选定**表:学生**,这时在该框下方的**可用字段**列表框中列出了该表所有的字段供选择;

④ 分别双击**可用字段**列表框中的**学号、姓名**和**专业**字段,将其加到右侧的**选定的字段**列表框中;

⑤ 再按相同的方法,分别将课程表中的**课程名**字段,成绩表中的**平时、期中**和**期末**字

段也添加到右侧的**选定的字段**列表框中，单击**下一步**按钮，进入**窗体向导**对话框之二，如图 6.8 所示；

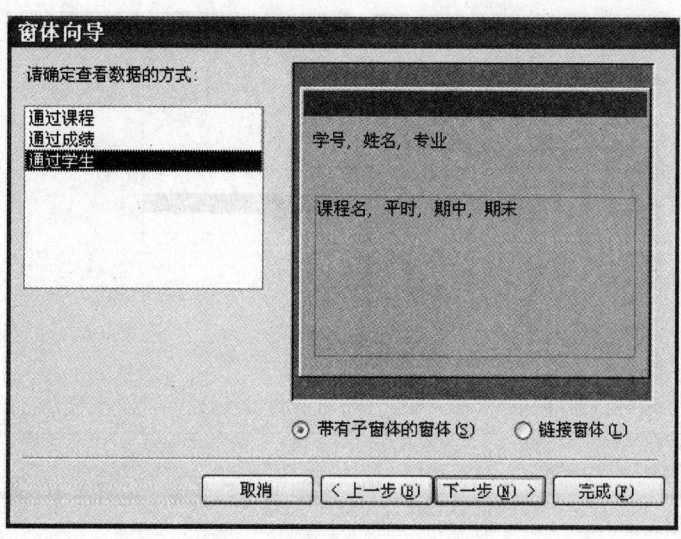

图 6.8　**窗体向导**对话框之二

⑥ 在图 6.8 所示的对话框中，系统已默认选定**学生**表为主表，其他表中的记录为子窗体的值，在对话框下方有两个单选按钮，如果选定**带有子窗体的窗体**，则子窗体固定在主窗体中，如果选定**链接窗体**，则将子窗体设置成弹出式的窗体，这里选择默认值**带有子窗体的窗体**，然后单击**下一步**按钮，进入**窗体向导**对话框之三，如图 6.9 所示；

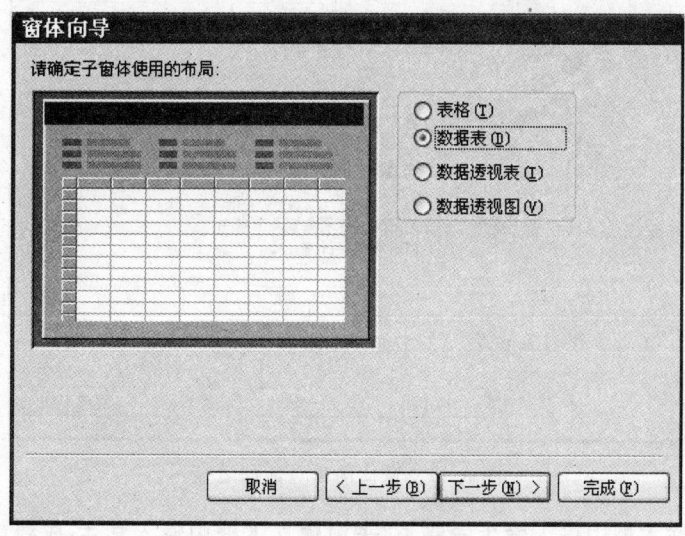

图 6.9　**窗体向导**对话框之三

⑦ 在图 6.9 所示的对话框中列出了窗体的不同布局,系统默认窗体的格式为**数据表**,单击**下一步**按钮,进入**窗体向导**对话框之四,如图 6.10 所示;

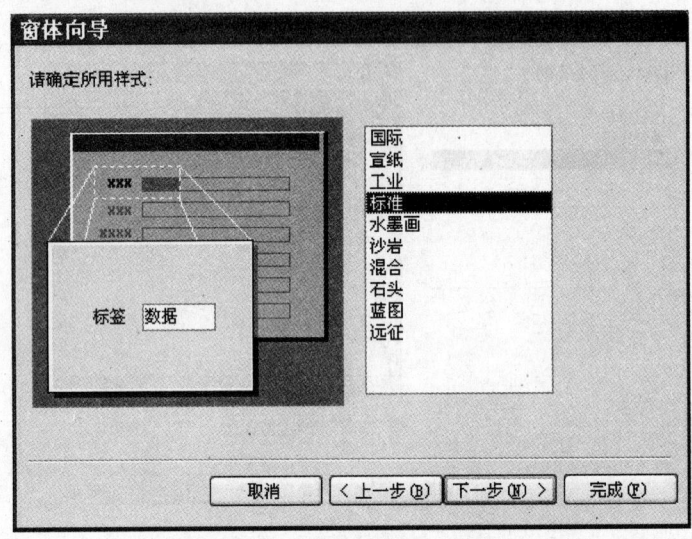

图 6.10   **窗体向导**对话框之四

⑧ 在图 6.10 所示的对话框右侧列表框中列出了若干个窗体的样式,选定**标准样式**,单击**下一步**按钮,进入**窗体向导**对话框之五,如图 6.11 所示;

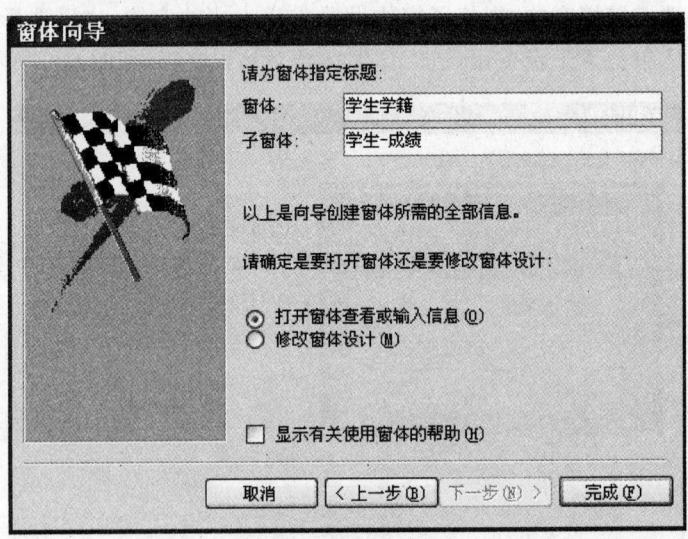

图 6.11   **窗体向导**对话框之五

⑨ 在**窗体**文本框中输入**学生学籍**,在**子窗体**文本框中输入**学生-成绩**,选定**打开窗体查看或输入信息**单选按钮;

⑩ 单击**完成**按钮,打开窗体浏览窗口,如图 6.12 所示。这显然是纵栏式窗体。

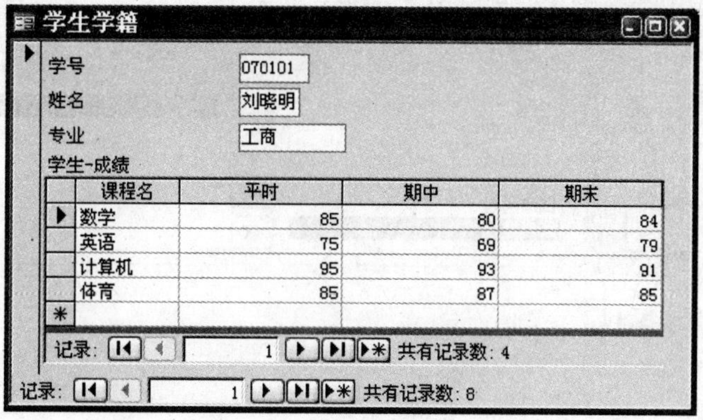

图 6.12　**学生学籍**主窗体和**学生-成绩**子窗体

　　在主窗体中,当前记录的学号为 **070101**,子窗体中显示的记录正是主窗体中学号为 **070101** 的记录。在主窗体中单击记录选择器分别选择其他的记录,可以看到,随着主窗体中当前记录的变化,子窗体中的记录也随之变化。

　　用窗体向导的方法创建主/子窗体要求数据源之间建立一对多的关系,否则会显示出错信息。

2. 图表向导

　　使用图表可以更直观地表示表或查询中的数据,例如柱形图、饼形图等,包含图表的窗体就是图表窗体,可以用图表向导来创建。

　　例 6.3　使用图表向导创建图表窗体,数据源为**学生**表,窗体名为**学生入学成绩**,窗体中包含的字段有**姓名**和**入学成绩**,其中图表类型是柱形图,以每个记录的入学成绩作为柱形的高度。操作过程如下:

　　① 在**学生成绩管理**数据库窗口中,打开**新建窗体**对话框,如图 6.6 所示;

　　② 选定**图表向导**,在下拉列表框中选定数据源**学生**,单击**确定**按钮,弹出**图表向导**对话框之一;

　　③ 在**可用字段**列表框中双击**姓名**和**入学成绩**字段,将其添加到右侧的列表框中,如图 6.13 所示,单击**下一步**按钮,进入**图表向导**对话框之二;

　　④ 选定柱形图,单击**下一步**按钮,进入**图表向导**对话框之三;

　　⑤ 在**请指定图表的标题**文本框中输入**入学成绩**,单击**完成**按钮,屏幕显示图表窗体,如图 6.14 所示;

　　⑥ 单击**保存**按钮,在**另存为**对话框中输入窗体名称**学生入学成绩**,单击**确定**按钮。至此,图表窗体创建完毕,结果如图 6.5 所示。

3. 数据透视表向导

　　数据透视表是汇总数据的一种方法,它是指按两个以上分类字段对其他字段进行汇

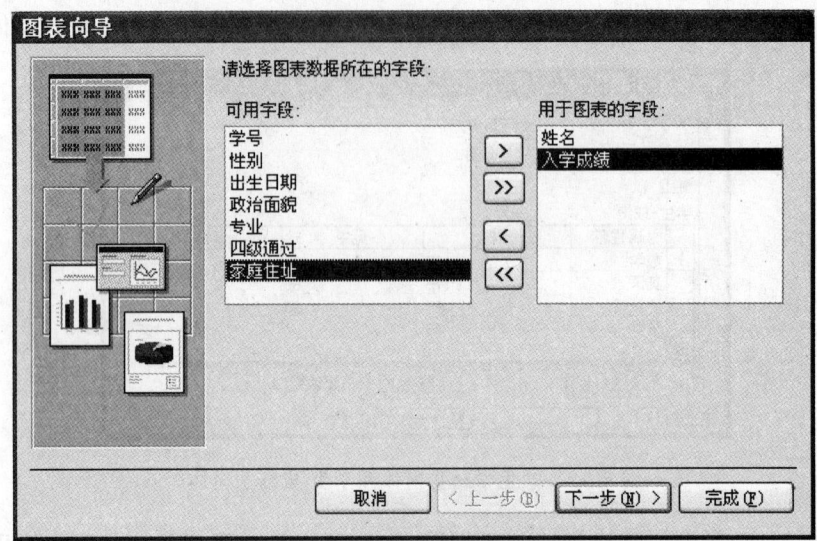

图 6.13　**图表向导**对话框之一

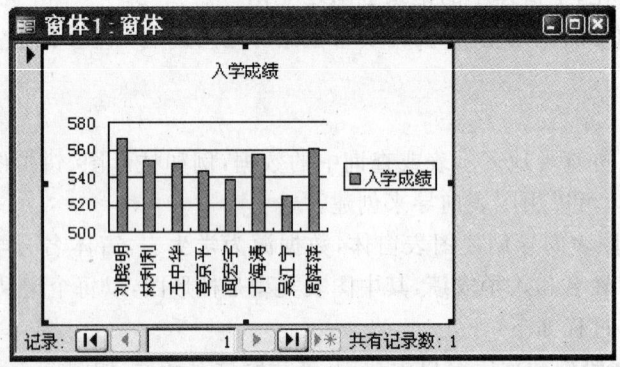

图 6.14　学生入学成绩图表窗体

总分析,如计算求和、平均等。包含数据透视表的窗体称为数据透视表窗体。

例 **6.4**　使用数据透视表向导创建如图 6.4 所示的数据透视表窗体。操作过程如下:

①　在**学生成绩管理**数据库窗口中,打开**新建窗体**对话框,如图 6.6 所示;

②　选定**数据透视表向导**,单击**确定**按钮,弹出**数据透视表向导**对话框之一,如图 6.15 所示;

③　图 6.15 所示的对话框中显示的是关于数据透视表的说明信息,没有用户可以选择的内容,单击**下一步**按钮,进入**数据透视表向导**对话框之二;

④　将学生表中的**姓名**字段,课程表中的**课程名**字段,成绩表中的**期末**字段,移至**为进行透视而选取的字段**列表框中,如图 6.16 所示;

⑤　单击**完成**按钮,屏幕显示的数据透视表视图,如图 6.17 所示;

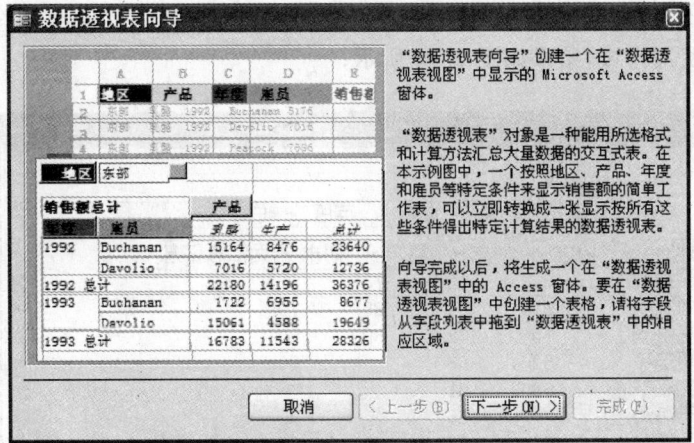

图 6.15　数据透视表向导对话框之一

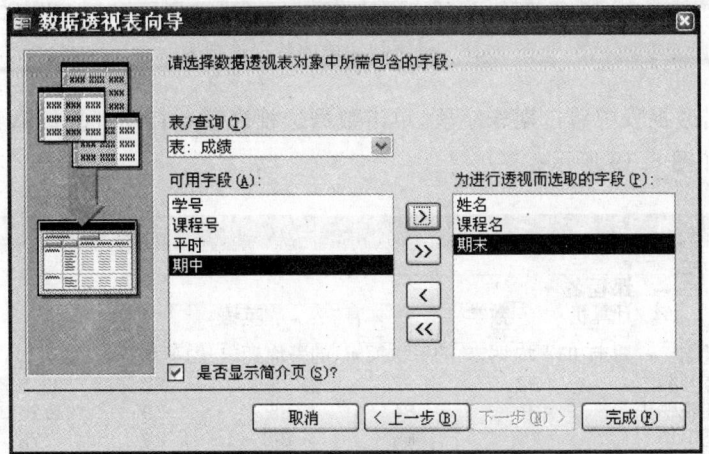

图 6.16　数据透视表向导对话框之二

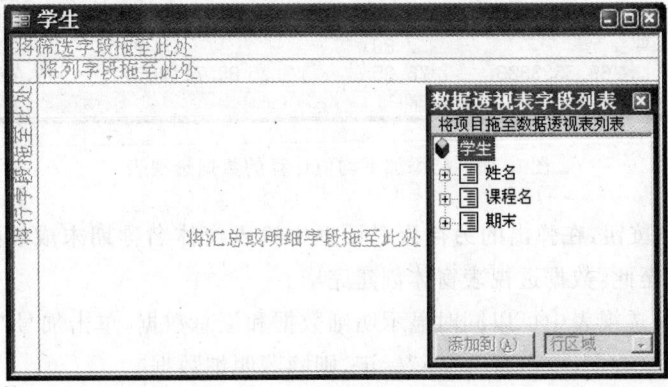

图 6.17　数据透视表视图

⑥ 将字段列表中的**姓名**字段拖动到“行”区域，将**课程名**字段拖动到“列”区域，将**期末**字段拖动到明细区域，结果如图 6.18 所示；

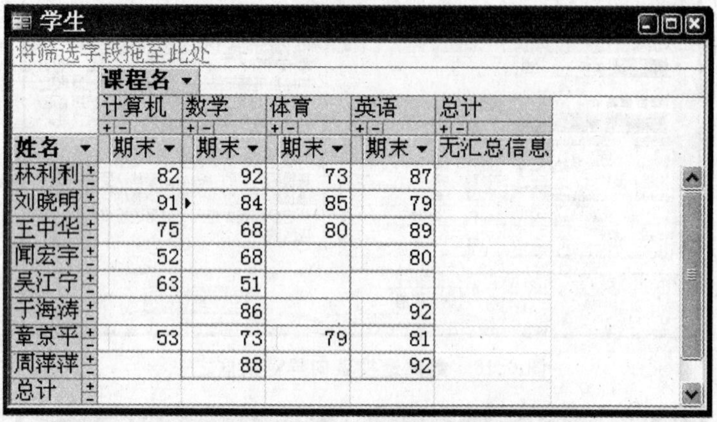

姓名	计算机 期末	数学 期末	体育 期末	英语 期末	总计 无汇总信息
林利利	82	92	73	87	
刘晓明	91	84	85	79	
王中华	75	68	80	89	
闻宏宇	52	68		80	
吴江宁	63	51			
于海涛		86		92	
章京平	53	73	79	81	
周萍萍		88		92	
总计					

图 6.18 已添加字段的数据透视表

⑦ 在数据透视表中单击**期末**字段，单击**数据透视表**菜单**自动计算**级联菜单中**平均值**命令项，结果如图 6.19 所示；

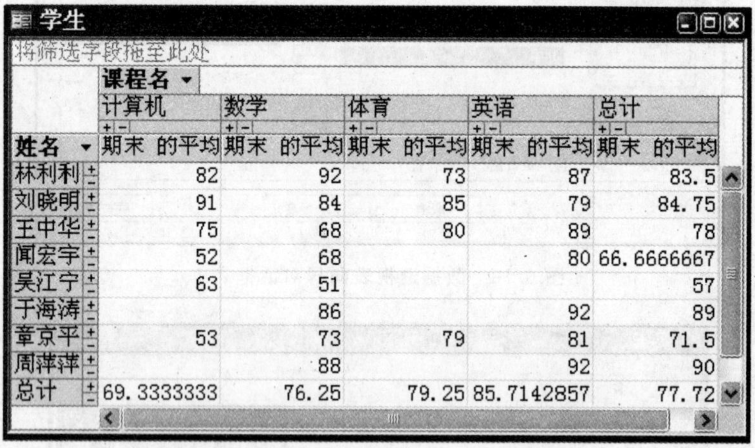

姓名	计算机 期末 的平均	数学 期末 的平均	体育 期末 的平均	英语 期末 的平均	总计 期末 的平均
林利利	82	92	73	87	83.5
刘晓明	91	84	85	79	84.75
王中华	75	68	80	89	78
闻宏宇	52	68		80	66.6666667
吴江宁	63	51			57
于海涛		86		92	89
章京平	53	73	79	81	71.5
周萍萍		88		92	90
总计	69.3333333	76.25	79.25	85.7142857	77.72

图 6.19 已添加平均值计算的数据透视表

⑧ 单击**保存**按钮，在弹出的**另存为**对话框中输入窗体名称**期末成绩数据透视表**，再单击**确定**按钮。至此，数据透视表窗体创建完毕。

说明：在数据透视表中可以同时显示明细数据和汇总数据，单击加号“＋”标记可以显示明细数据和汇总数据，单击减号“－”标记，则隐藏明细数据。

6.2.3　在设计视图中创建窗体

使用向导可以方便地创建不同类型的窗体;但在实际应用中,用户的需求是千变万化的,而向导所创建的窗体,其版面布局、内容显示都是系统定义好的,无法满足用户对窗体设计的特殊要求。例如,改变字段的显示位置,增加不同的按钮,与数据库中的其他对象建立联系等。因此,通过窗体的设计视图自行创建窗体也是必要的。

也可以利用向导先创建一个窗体的框架,然后在设计视图中进行修改和补充,最终满足用户的要求。

1. 窗体的结构

一个窗体由 5 个部分构成,每个部分称为一个"节",这 5 个节分别是**窗体页眉、页面页眉、主体、页面页脚**和**窗体页脚**,如图 6.20 所示。每个节都有特定的用途,并且在打印时按窗体中预见的顺序打印。

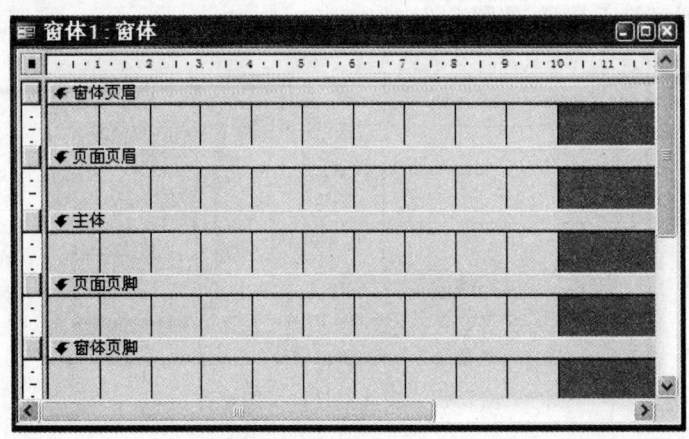

图 6.20　窗体的结构示意

每一个节中都可以放置字段信息和控件信息,同一个信息添加在不同的节中,效果是不同的,各节的作用如下:

(1)**窗体页眉**　窗体页眉出现在屏幕的顶部,而在打印的窗体中,窗体页眉出现在第一页的开头。一般用于设置窗体的标题和使用说明,或执行其他任务的命令按钮,或打开其他相关窗体等。

(2)**页面页眉**　页面页眉只出现在打印的窗体中,用来设置每个输出页的顶部需要打印的信息,如标题、日期或页码等。

(3)**主体**　主体节中通常用来显示记录数据,可以在屏幕或页面上显示一条或多条记录。

(4)**页面页脚**　页面页脚只出现在打印的窗体中,用来设置每个输出页的底部要打印的信息,如汇总、日期或页码等。

(5)**窗体页脚**　窗体页脚出现在屏幕的底部,在打印窗体中,出现在最后一条主体节之后,用于显示窗体的说明信息,也可以有命令按钮。

大部分窗体中只有一个主体节,其他各个节可根据需要通过**视图**菜单命令添加上去。

窗体中节的高度或宽度是可以更改的。将鼠标指针指向节的底边(更改高度)或右边(更改宽度),此时鼠标箭头变为"十"字,上下拖动鼠标可更改节的高度,左右拖动鼠标可更改节的宽度。如果要同时更改高度和宽度,可以将鼠标指针指向节的右下角,然后沿对角线的方向拖动鼠标。

2. 窗体的设计视图

窗体的设计视图是窗体设计的工作环境,进入设计视图有新建窗体和打开原有窗体两种方法。

(1) 新建窗体   在数据库窗口中,选定**窗体**对象,再单击数据库窗口工具栏上的**新建**按钮,弹出**新建窗体**对话框。选定**设计视图**,在**请选择该对象数据的来源表或查询**下拉列表中选定**学生**表,单击**确定**按钮,弹出设计视图窗口。一般窗体的设计视图弹出时,系统同时弹出字段列表与工具箱,如图 6.21 所示。

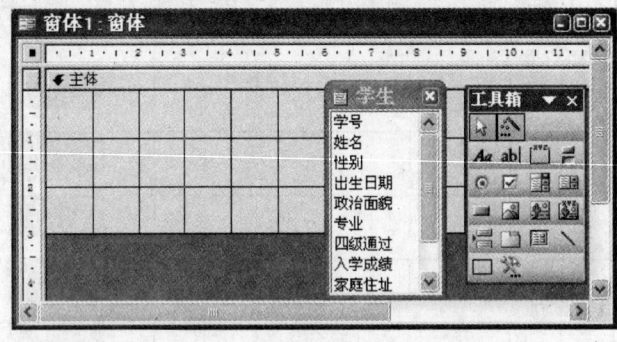

图 6.21   窗体的设计视图窗口

(2) 打开原有窗体   在数据库窗口中,选定**窗体**对象,右击某窗体,如**学生_纵栏式**窗体。在快捷菜单中选择**设计视图**命令项,弹出的设计视图窗口,如图 6.22 所示。

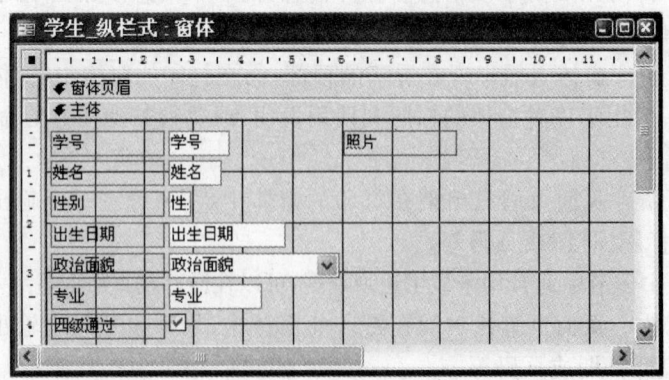

图 6.22   **学生_纵栏式**窗体的设计视图窗口

3. 窗体的设计工具

1）窗体中的工具栏

在窗体的设计视图中,经常要使用工具栏上的工具按钮完成相应的设计操作。工具栏中除基本工具按钮外,还有一些专门用于窗体操作的按钮,如图 6.23 所示。

图 6.23　用于窗体设计的工具按钮

这些按钮的基本功能,见表 6.1。

表 6.1　用于窗体设计的按钮功能

按钮	名　称	功　能
	插入超链接	在控件内制作超链接文本
	字段列表	打开或关闭字段列表
	工具箱	打开或关闭工具箱
	自动套用格式	显示窗体自动套用格式对话框
	代码	打开窗体的程序代码窗口,编写 VBA 程序
	属性	打开当前窗体或控件的属性对话框
	生成器	打开表达式生成器、宏生成器或程序代码生成器
	数据库窗口	切换到数据库窗口
	新对象	新建表、查询、报表等

2）窗体中的工具箱

工具箱是窗体设计的核心,Access 提供的工具箱,如图 6.24 所示。创建窗体所使用的控件都包含在工具箱中,见表 6.2。

图 6.24　窗体工具箱

表 6.2　窗体工具箱说明

按　钮	名　称	功　能
	选择对象	选定窗体、窗体中的节或窗体中的控件,单击可释放前面锁定的控件
	控件向导	单击该按钮,才能使用其他按钮
Aa	标签	在窗体或报表中显示说明性的文本

按　钮	名　称	功　　能
ab|	文本框	显示、输入、编辑数据源的数据,显示计算结果或用户输入的数据
[xyz]	选项组	可以为用户提供一组选择,一次只能选定一个
≠	切换按钮	作为单独的控件来显示数据源的"是/否"值
◉	选项按钮	建立选按钮,在一组中只能选定一个,选定时圆形内有个小黑点
☑	复选框	建立复选框,可以从多个值中选定一个或多个,或不选
▤	组合框	可以显示一个提供选项的列表,也允许输入
▦	列表框	可以显示一个提供选项的列表,不允许手动输入
▭	命令按钮	可以通过运行事件过程或宏来执行某些操作
▤	图像	在窗体中显示静态图像,用来美化窗体
▦	非绑定对象框	在窗体中显示未绑定的 OLE 对象
▦	绑定对象框	在窗体中显示绑定的 OLE 对象,这些对象与数据源的字段有关
▤	分页符	在创建多页窗体时用来指定分页位置
▭	选项卡	可以把信息分组显示在不同的选项卡上
▤	子窗体/子报表	显示多个表中的数据,在一个窗体中包含另一个窗体
＼	直线	在窗体上绘制直线,可以是水平线、垂直线或斜线
▢	矩形	在窗体中绘制一个矩形框
✕	其他控件	单击可弹出除了以上控件之外的其他控件列表,供用户选择

　　窗体中显示的所有内容都是通过不同的控件来实现的,也就是说,一个窗体是由若干个类型不同、属性不同的控件组成的。在用向导创建的窗体中,所选择的每一个控件的类型和控件的属性是由系统自动完成的,而在设计视图中,则需要用户自己定义每个控件的使用。因此,自定义窗体的过程,实际上就是分别选择不同的控件和为每个控件设计不同属性不同事件的过程。

　　在创建窗体的设计视图中,如果屏幕上未显示工具箱,可以单击**视图**菜单中**工具箱**命令项或单击工具栏上的**工具箱**按钮,将工具箱显示在屏幕上。用同样的方法也可以将工具箱关闭,使其不在屏幕上显示。

　　在工具箱中,除了前两个和最后一个之外,其余的按钮都是可以用在窗体中的控件。

　　在设计视图下,向窗体中添加控件的方法是,在工具箱中单击选定要添加的控件,然后在窗体的适当区域单击,接下来设置该控件的具体属性,例如名称等;也可以在工具箱中单击后,在窗体中用拖动鼠标的方法确定该控件的大小。

如果要向窗体中重复添加同一个控件,可以先在工具箱中双击该控件将这个控件锁定,然后在窗体中就可以进行反复地添加,这样不必每次都在工具箱中重复单击。单击工具箱上的其他控件或按 Esc 键可以将锁定的控件解锁。

3)属性对话框

窗体或窗体上的每个控件都有自己的属性,不同的属性确定了窗体或控件的特性,包括数据特性和外观特性。所有的属性都可以通过属性对话框进行设置,在设计视图窗口中选定不同的位置,例如窗体、节或不同的控件,然后单击工具栏上的**属性**按钮,就可以打开相应的属性对话框,如图 6.25 显示的是窗体和窗体中某个"标签"控件的属性对话框。

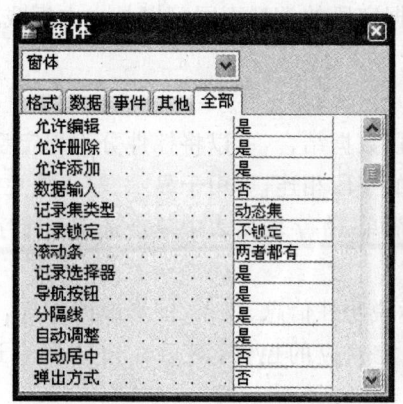

图 6.25 属性对话框

每个控件都有一组不完全相同的属性,在属性对话框中,列出了可以设置的各个属性,这些属性通过选项卡进行组织,前 4 个选项卡分别按**格式**、**数据**、**事件**和**其他**进行分类,最后一个选项卡**全部**是将所有的属性安排在一起。

在**格式**选项卡中的属性用来设置控件的外观或显示格式。窗体的格式属性中包括了默认视图、滚动条、记录选择器、浏览按钮、分隔线、控制框、最大化和最小化按钮、边框样式等。控件的格式属性包括标题、字体名称、字体大小、前景颜色、背景颜色、特殊效果等。

在**数据**选项卡中的属性用来设置窗体或控件的数据来源、数据的操作规则等。窗体的数据属性包括记录源、排序依据、允许编辑等。控件属性包括控件来源、输入掩码、有效性规则、有效性文本、默认值、是否锁定等。

在**事件**选项卡中列出了窗体和控件可以触发的不同事件,使用这些事件可以将窗体和宏、模块等结合进来构成完整的应用程序。

在**其他**选项卡中列出了一些附加的特性。窗体的其他属性包括菜单栏、弹出方式、循环等。控件的其他属性包括名称、状态栏文字、自动 Tab 键、控件提示文本等。

可以使用以下的方法设置属性:①先在对话框中单击要设置的属性,然后在属性框中输入一个设置的值或表达式;②有些属性框单击后其右侧有一个向下的箭头"",单击该箭头,可以打开列表框,然后在列表框中进行选择;③有些属性框单击后,右侧显示有生成器按钮"⋯",单击该按钮可以弹出一个表达式生成器对话框,可以在此对话框中设置属性,设置后单击确定按钮返回属性对话框。

4) 字段列表

在用设计视图创建窗体时,当指定了数据源后,在设计视图窗口中会出现字段列表对话框,这个字段列表中显示了数据源中的所有字段名。如果字段列表没有出现,可以单击工具栏上的字段列表按钮或单击视图菜单中字段列表命令项使其出现。

如果将字段列表中的字段拖动到设计视图中,这时在窗体中自动建立两个控件:一个是标签,用来显示字段的名称;另一个控件根据字段的类型不同可以是文本框或绑定对象框,用来显示字段的值。

4. 常用的窗体控件

按照使用控件时是否与表或查询中的字段数据结合,可以将控件分为绑定型、非绑定型和计算型三类。绑定型控件与表或查询中的字段相连,可用于显示、输入或更新对应的字段值。向窗体中添加绑定型控件的方法很简单,在字段列表中单击选定某个字段后,拖动到窗体的合适位置即可。

非绑定型控件没有数据源,可以用来显示说明性信息、线条、图形或图像等,向窗体中添加非绑定型控件时,可在工具箱中单击选定相应的控件,然后在窗体的合适位置单击即可。

计算型控件用表达式作为数据源,用来显示计算出的结果,表达式可以利用表或查询中字段的数据,也可以是其他控件中的数据,计算型控件通常用文本框实现,当选定文本框并拖动到窗体中时,直接在框内输入计算表达式,该表达式必须以等号"="开始。

下面通过在窗体的设计视图中创建**输入学生基本信息**窗体,逐一介绍常用控件的使用。

1) 添加绑定型文本框控件

文本框控件是最常用的控件,从字段列表中拖动字段,可以直接创建绑定型文本框。

例 6.5 以学生表为数据源创建窗体,要求窗体中包含**学号、姓名、入学成绩**和**出生日期** 4 个字段。操作步骤如下:

① 在**学生成绩管理**数据库窗口中,打开**新建窗体**对话框,如图 6.6 所示;

② 选定**设计视图**,在请选择该对象数据的来源表或查询下拉列表中选定**学生**,单击**确定**按钮;

③ 将**学生**字段列表中的**学号、姓名、入学成绩**和**出生日期** 4 个字段依次拖动到窗体内适当的位置上。系统根据字段的数据类型和默认的属性设值为字段创建相应的控件并设置特定的属性,如图 6.26 所示。

如果要选择相邻的字段,单击其中的第一个字段,按下 **Shift** 键,然后单击最后一个字段。如果要选择不相邻的字段,按下 **Ctrl** 键,然后单击要包含的每个字段名称。如果要

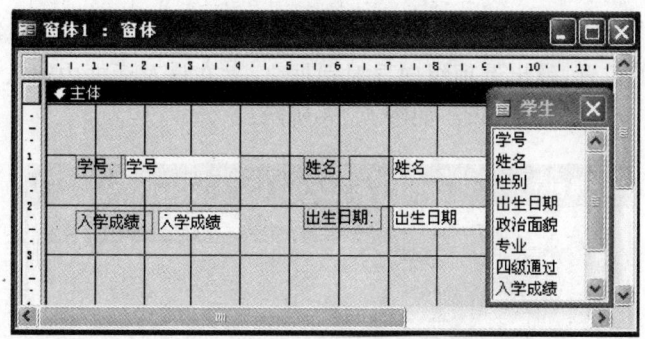

图 6.26 添加绑定型文本框的窗体设计视图

选择所有字段,双击字段列表标题栏。

2) 添加标签控件

如果要在窗体上显示该窗体的标题,可在窗体页眉处添加一个标签。

例 6.6 在图 6.26 所示的设计视图中,为窗体添加标题为**输入学生基本信息**。操作步骤如下:

① 续例 6.5 在窗体设计视图中,单击**视图**菜单中**窗体页眉/页脚**命令项,这时在窗体设计视图中添加了一个**窗体页眉**节和**窗体页脚**节;

② 单击工具箱中的标签按钮"**Aa**",在窗体页眉处单击要放置标签的位置,然后输入标签内容**输入学生基本信息**,如图 6.27 所示。

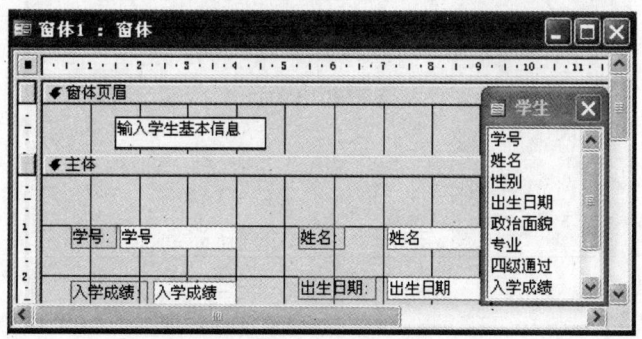

图 6.27 添加标签的窗体设计视图

3) 添加选项组控件

选项组控件可用来给用户提供必要的选择选项,选项组中可以包含**复选框、切换按钮**或**选项按钮**。其中,**选项按钮**组用于"多中选一"的选择控制。可以利用向导来添加一个选项组,也可以在窗体的设计视图中直接添加。

例 6.7 在图 6.27 所示的窗体设计视图中,添加一个**四级通过**选项组。操作步骤如下:

① 续例 6.6 在窗体设计视图中,单击工具箱中的**选项组**按钮"⬚",然后在窗体上单击要放置选项组的位置,弹出**选项组向导**对话框之一,在该对话框中输入选项组中每个选项的标签名,这里分别输入**是**和**否**,如图 6.28 所示;

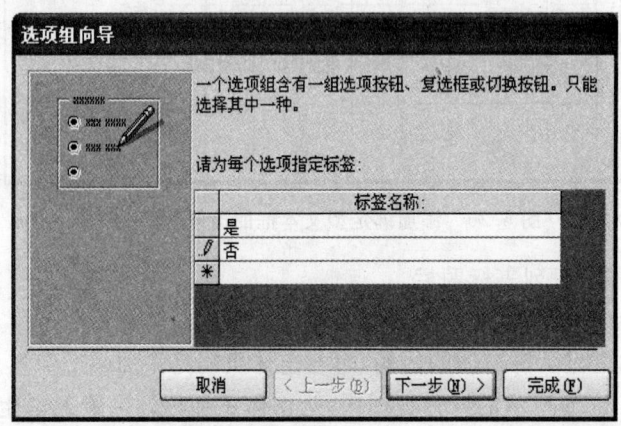

图 6.28   **选项组向导**对话框之一

② 单击**下一步**按钮,进入**选项组向导**对话框之二,该对话框要求用户确定是否需要默认选项,这里选择**是**并指定**是**为默认项,如图 6.29 所示;

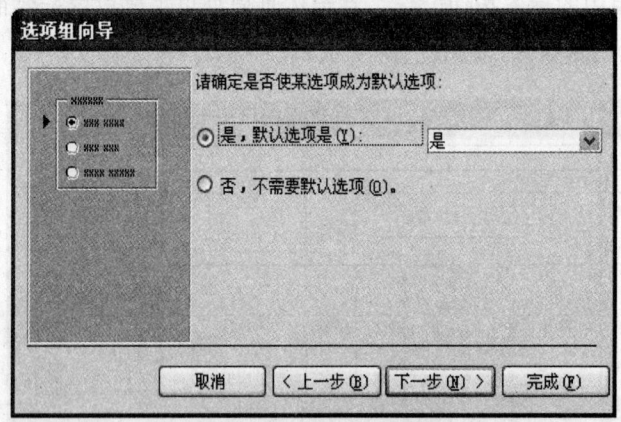

图 6.29   **选项组向导**对话框之二

③ 单击**下一步**按钮,进入**选项组向导**对话框之三,该对话框用来对每个选项赋值,这里将选项**是**赋值为**-1**,将选项**否**赋值为**0**,如图 6.30 所示;

④ 单击**下一步**按钮,进入**选项组向导**对话框之四,该对话框用来指定选项的值与字段的关系,这里设置将选项的值保存在**四级通过**字段中,如图 6.31 所示;

⑤ 单击**下一步**按钮,进入**选项组向导**对话框之五,在该对话框中指定选项按钮作为选项组中的控件,指定蚀刻作为采用的样式,如图 6.32 所示;

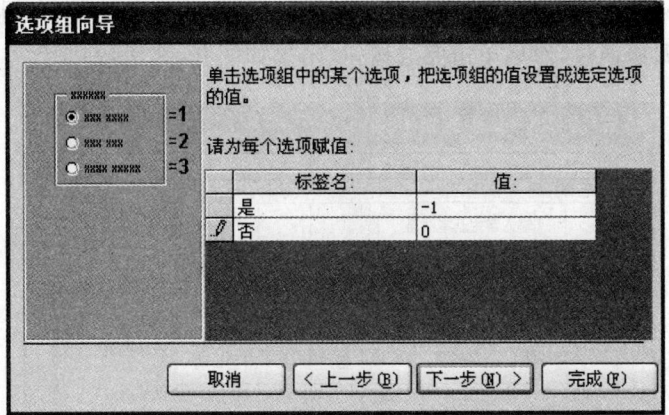

图 6.30 选项组向导对话框之三

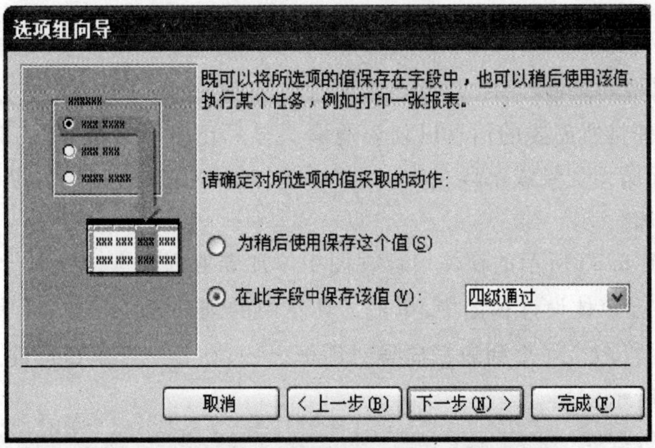

图 6.31 选项组向导对话框之四

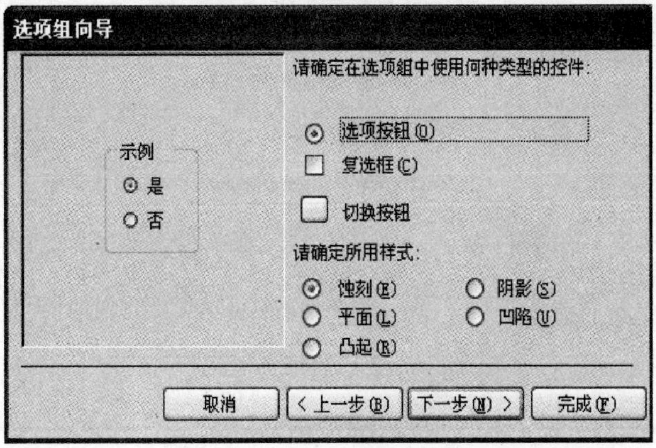

图 6.32 选项组向导对话框之五

⑥ 单击**下一步**按钮,进入**选项组向导**对话框之六,在该对话框中要求输入选项组的标题,这里输入**四级通过**,然后单击**完成**按钮,结果如图 6.33 所示。

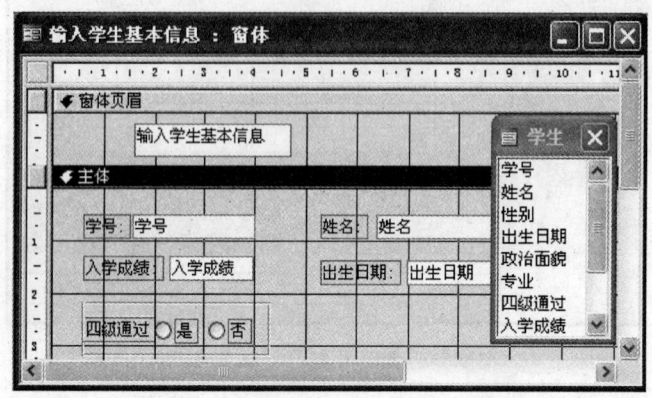

图 6.33　添加选项组的窗体设计视图

4) 添加绑定型列表框控件

列表框是一种将所需要的信息以列表的形式显示出来的控件,单击列表框中的选项值,可以将其值存储到变量或字段之中。可以利用向导来添加列表框,也可以在窗体的设计视图中直接添加。

例 6.8　在图 6.33 所示的窗体设计视图中添加**专业**列表框。操作步骤如下:

① 续例 6.7 在窗体设计视图中,单击工具箱中的**列表框**按钮"▦",然后在窗体上单击要放置列表框的位置,弹出**列表框向导**对话框之一,在其中选定**自行键入所需的值**单选按钮,如图 6.34 所示;

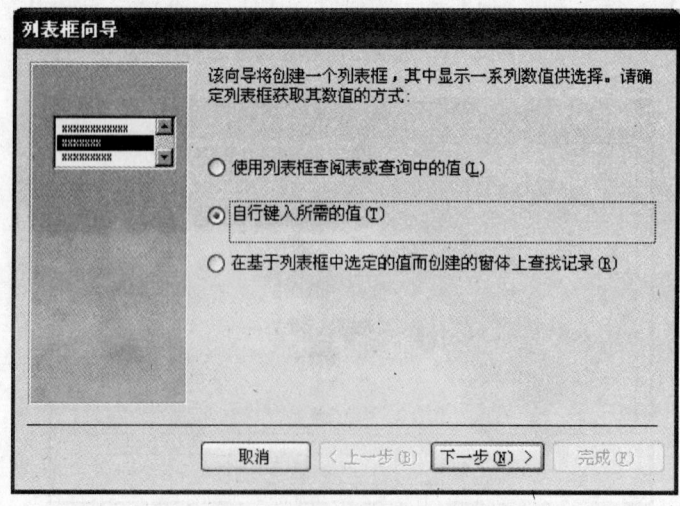

图 6.34　**列表框向导**对话框之一

② 单击**下一步**按钮,进入**列表框**向导对话框之二,该对话框要求用户输入各个选项的值,在**第 1 列**中依次输入**工商**、**法学**、**英语**和**会计**等值,如图 6.35 所示,每输入完一个值,按 **Tab** 键;

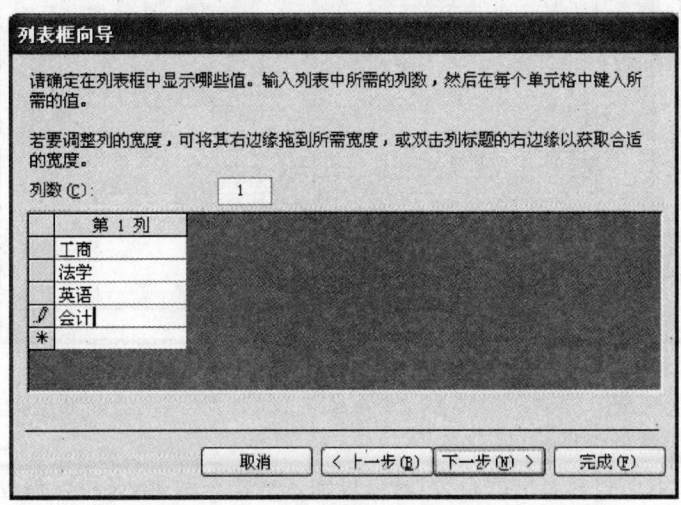

图 6.35　**列表框**向导对话框之二

③ 单击**下一步**按钮,进入**列表框**向导对话框之三,在该对话框中指定选项的值与字段的关系,这里设置将选项保存在**专业**字段中,如图 6.36 所示;

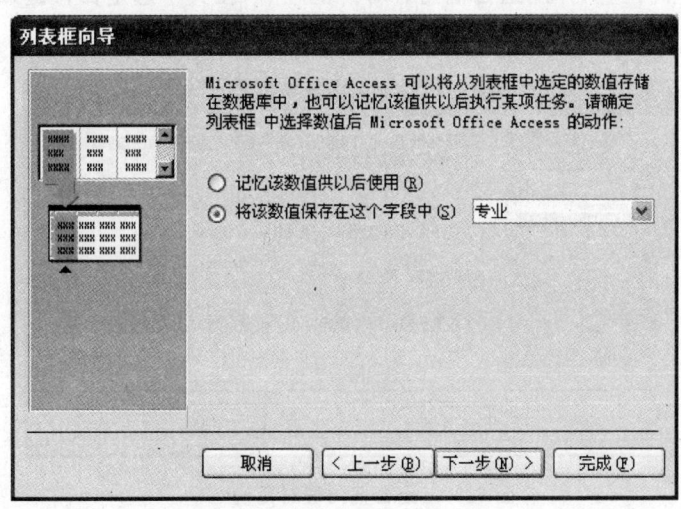

图 6.36　**列表框**向导对话框之三

④ 单击**下一步**按钮,进入**列表框**向导对话框之四,这最后一个对话框中要求为列表框指定标签,这里输入**专业**,然后单击**完成**按钮,结果如图 6.37 所示。

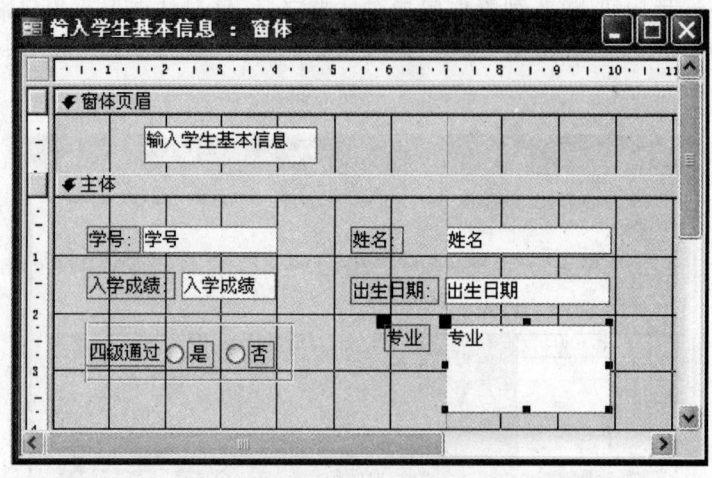

图 6.37　添加列表框的窗体设计视图

5）添加绑定型组合框控件

组合框是文本框和列表框的组合，既可以输入并修改数据，又可以通过列表框显示数据，而且占用屏幕少（显示时只用一行）。

例 6.9　在图 6.37 所示的窗体设计视图中添加**政治面貌**组合框。操作步骤如下：

① 续例 6.8 在窗体设计视图中，单击工具箱中的**组合框按钮**"▤"，然后在窗体上单击要放置组合框的位置，弹出**组合框向导**对话框之一，在其中选定**自行键入所需的值**单选按钮，如图 6.38 所示；

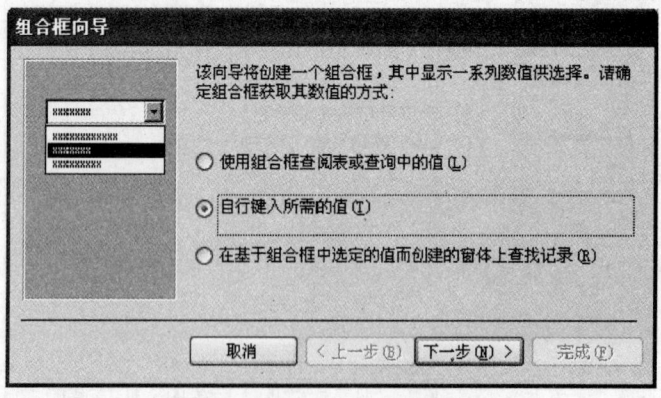

图 6.38　组合框向导对话框之一

② 单击**下一步按钮**，进入**组合框向导**对话框之二，该对话框要求用户输入各个选项的值，在第 **1** 列中分别输入**党员**、**团员**和**群众**，如图 6.39 所示；

③ 单击**下一步按钮**，进入**组合框向导**对话框之三，在该对话框中指定选项的值与字

段的关系,这里设置将选项保存在**政治面貌**字段中,如图 6.40 所示;

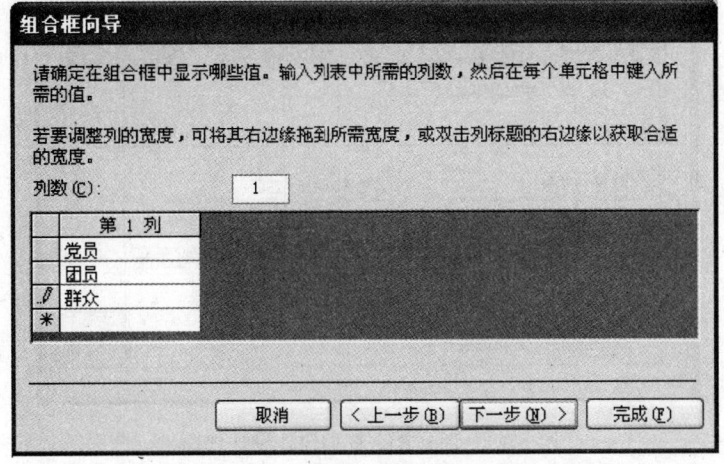

图 6.39　**组合框向导**对话框之二

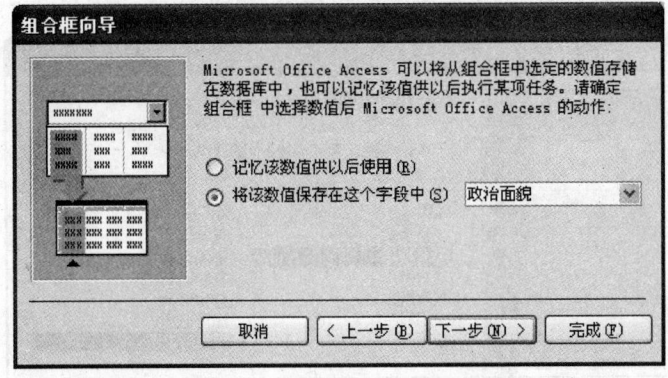

图 6.40　**组合框向导**对话框之三

④ 单击**下一步**按钮,进入**组合框向导**对话框之四,这最后一个对话框中要求为组合框指定标签,这里输入**政治面貌**,然后单击**完成**按钮,结果如图 6.41 所示。

6)添加命令按钮

窗体中的命令按钮和某个操作联系起来,在窗体中单击该按钮时,可以执行相应的操作。窗体中的命令按钮完成的操作分为**记录浏览**、**记录操作**和**窗体操作**等 6 类,每一类包含多种不同的操作。例如,**记录操作**中有**保存记录**、**删除记录**和**复制记录**等。

例 6.10　在图 6.41 所示的窗体下方添加 5 个命令按钮,分别用来执行显示上一条记录、下一条记录、添加记录、保存记录和关闭窗体的操作。操作步骤如下:

① 续例 6.9 在窗体设计视图中,单击工具箱中的**命令按钮**控件"▬",然后在窗体上单击要放置命令按钮的位置,弹出**命令按钮向导**对话框之一,在**类别**列表框中,列出了可

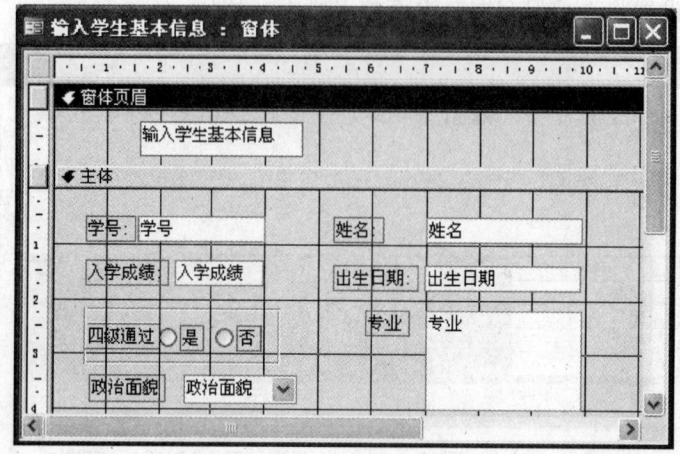

图 6.41　添加组合框的窗体设计视图

供选择的操作类别,每个类别在**操作**列表框下都对应着多种不同的操作,先在**类别**框中选定**记录操作**,然后对应的**操作**框中选定**添加新记录**,如图 6.42 所示;

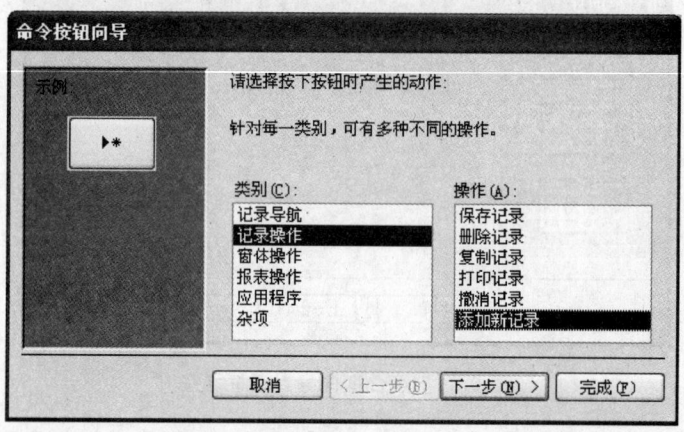

图 6.42　**命令按钮向导**对话框之一

② 单击**下一步**按钮,进入**命令按钮向导**对话框之二,该对话框指定在按钮上显示的是文本还是图片,这里选择**文本**,在文本框中输入**添加记录**,如图 6.43 所示;

③ 单击**下一步**按钮,进入**命令按钮向导**对话框之三,在该对话框中可以为创建的命令按钮命名,以便以后引用,在文本框中输入 **CmdAppend**,如图 6.44 所示;

④ 单击**完成**按钮,完成添加记录命令按钮的创建;

⑤ 重复上述步骤,分别创建其他 4 个命令按钮,其中第 1 个和第 2 个命令按钮的**类别**为**记录浏览**,选定的**操作**分别是转至前一项记录和转至下一项记录,显示的文本是**上一条**和**下一条**;第 4 个命令按钮的类别为**记录操作**,选定的**操作**是保存记录,显示的文本是

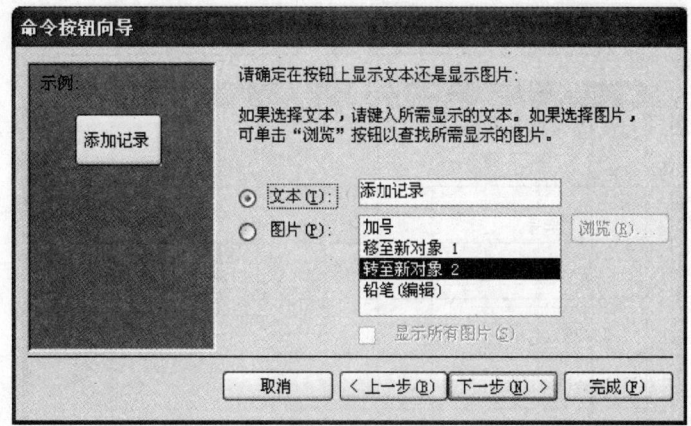

图 6.43　**命令按钮向导**对话框之二

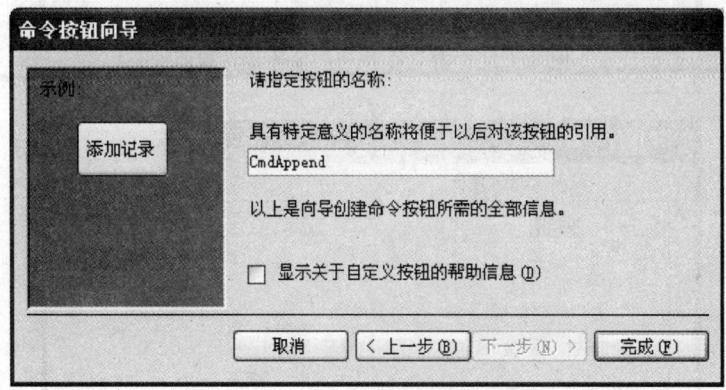

图 6.44　**命令按钮向导**对话框之三

保存记录；第 5 个命令按钮的**类别**是**窗体操作**，选定的**操作**是**关闭窗体**，显示的文本是**退出**，结果如图 6.45 所示；

⑥ 单击工具栏上的**窗体视图**按钮，切换到窗体视图中检查所建窗体，如图 6.46 所示。如果满意，则可以保存该窗体的设计。

7）添加选项卡控件

当窗体中的内容较多无法在一页中全部显示时，可以使用选项卡来进行分页，在窗体中分别单击选项卡上的标签，就可以进行页面的切换。

例 6.11　创建包含选项卡的窗体，窗体名为**学生信息**，有两个选项卡，一个用来显示学生的学籍信息，另一个用来显示学生的成绩信息。操作步骤如下：

① 在**学生成绩管理**数据库窗口中，以"设计视图"方式打开**学生_纵栏式**窗体；

② 选定一个控件后，按住 **Shift** 键的同时分别单击其他控件，选定窗体中所有控件，单击**剪切**按钮"✄"，将选定的控件放到剪贴板上；

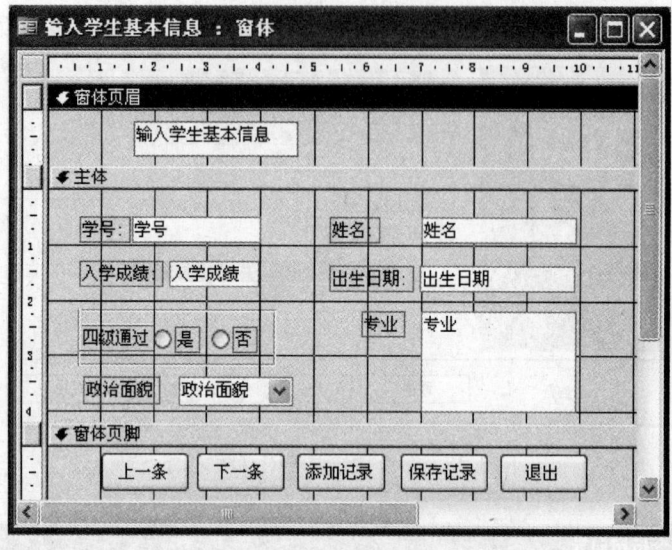

图 6.45   添加命令按钮的窗体设计视图

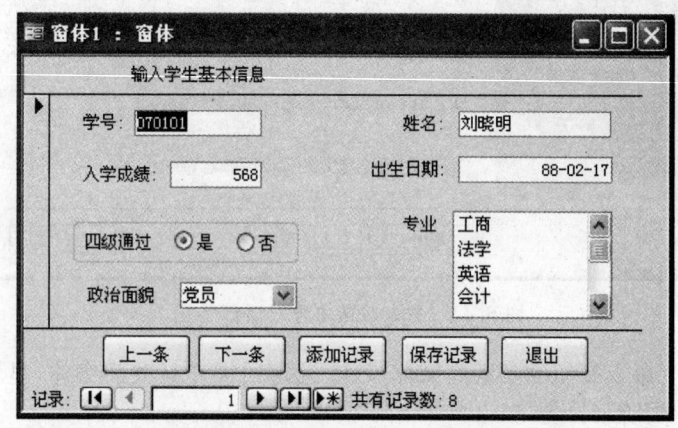

图 6.46   **输入学生基本信息窗体视图**

③ 单击工具箱中的**选项卡按钮**"▭",在窗体上单击要放置选项卡的位置,调整其大小(初始选项卡有两个,可以在选项卡上右击,并在弹出的快捷菜单中选择**插入页**命令项,增加选项卡的个数,本例中设置为两个即可);

④ 单击选项卡**页 1**,再单击**粘贴按钮**"▣",将剪贴板上的所有控件粘贴到选项卡页面上;

⑤ 在属性窗口中设置该选项卡的**标题**属性为**学籍信息**,结果如图 6.47 所示;

⑥ 单击选项卡**页 2**,在属性窗口中设置该页面的**标题**属性为**成绩信息**,如图 6.48 所示;

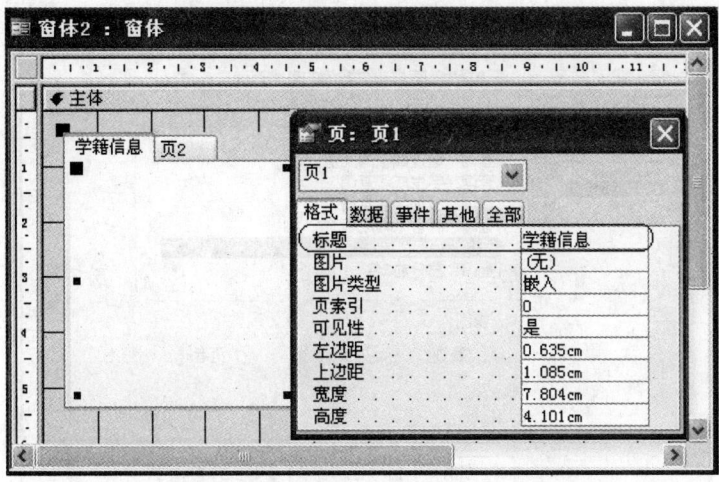

图 6.47　学生信息窗体中的第 1 页

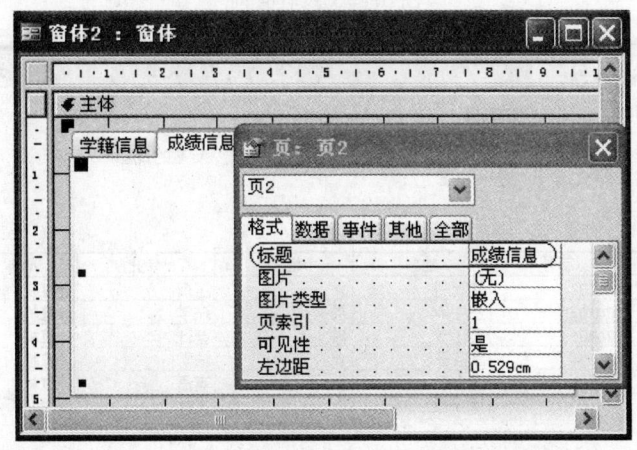

图 6.48　学生信息窗体中第 2 页格式属性设置

⑦ 单击工具箱中的**列表框按钮**""，在窗体上单击要放置列表框的位置，弹出**列表框向导**对话框之一，选定**使用列表框查阅表或查询中的值**；

⑧ 单击**下一步按钮**，进入**列表框向导**对话框之二，选定**视图**选项组中的**查询**单选按钮，从列表中选定**总成绩表**，如图 6.49 所示；

⑨ 单击**下一步按钮**，进入**列表框向导**对话框之三，将**可用字段**列表框中的所有字段移到**选定字段**列表框中；

⑩ 单击**下一步按钮**，进入**列表框向导**对话框之四，该对话框中要求确定列表使用的排列次序以及排序的方式，本例中不排序，直接单击**下一步按钮**，进入的**列表框向导**对话框之五中列出了所有字段的列表，此时拖动各列右边框可以改变列表框的宽度，如图6.50所示；

图 6.49　设置查询

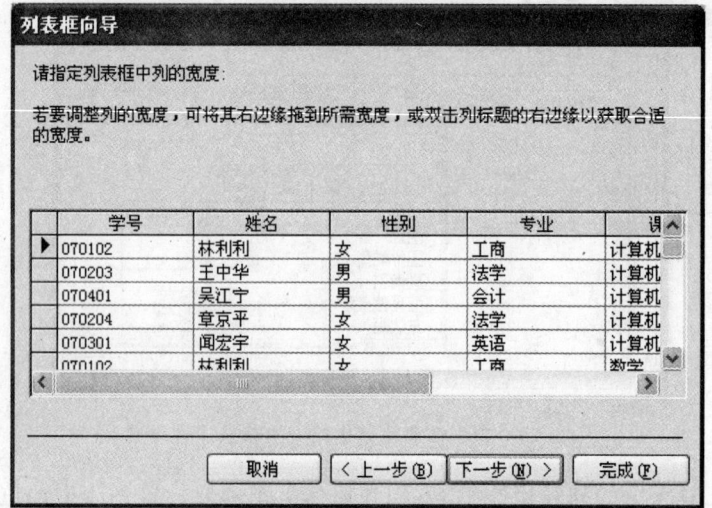

图 6.50　设置列表的宽度

⑪ 单击**完成**按钮,结果如图 6.51 所示;

⑫ 删除列表框的标签,并适当调整列表框大小,如果希望将列表框中的标题显示出来,可将列表框的**列标题**属性设置为**是**,如图 6.52 所示;

⑬ 切换到窗体视图,显示效果如图 6.53 所示。

8)添加图像控件和其他控件

使用图像控件可以将一幅图片放置在控件中或窗体上,使其显示更为美观大方。创建图像控件的方法比较简单,单击工具箱中的**图像控件按钮"🖼"**,然后单击窗体上要放

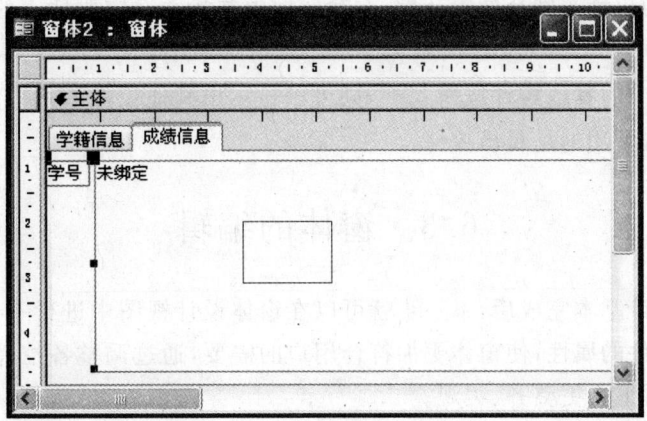

图 6.51　成绩信息选项卡

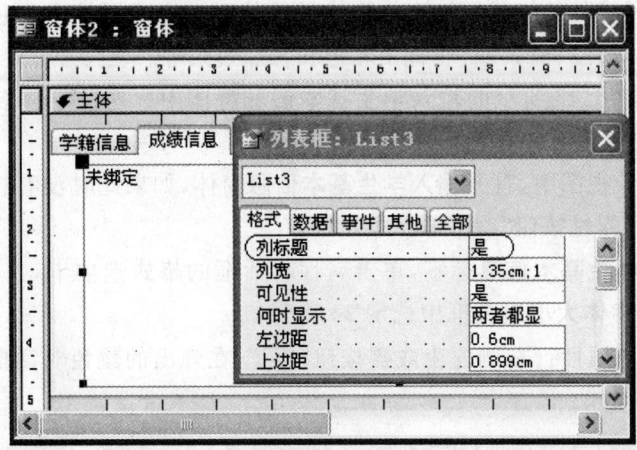

图 6.52　成绩信息选项卡属性设置

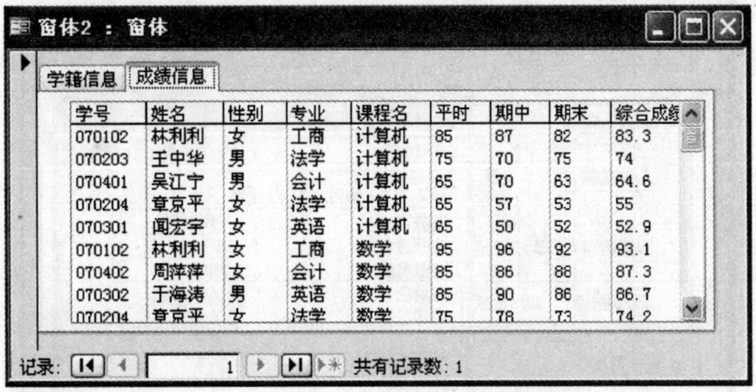

学号	姓名	性别	专业	课程名	平时	期中	期末	综合成绩
070102	林利利	女	工商	计算机	85	87	82	83.3
070203	王中华	男	法学	计算机	75	70	75	74
070401	吴江宁	男	会计	计算机	65	70	63	64.6
070204	章京平	女	法学	计算机	65	57	53	55
070301	闻宏宇	女	英语	计算机	65	50	52	52.9
070102	林利利	女	工商	数学	95	96	92	93.1
070402	周萍萍	女	会计	数学	85	86	88	87.3
070302	于海涛	男	英语	数学	85	90	86	86.7
070204	章京平	女	法学	数学	75	78	73	74.2

记录：1　共有记录数：1

图 6.53　成绩信息选项卡显示效果

置图片的位置,弹出**插入图片**的对话框,在对话框中查找并选定要插入的图片文件,然后单击**确定**按钮即可。

单击工具箱中的**其他控件**按钮"🔧",则可以显示出其他控件的列表。可以在列表中进行选择,其中较常用的是**日历控件**。

6.3　窗体的编辑

窗体功能设计基本完成后,下一步就可以在窗体设计视图中进行一些编辑操作。通过设置窗体和控件的属性,使窗体更加符合用户的需要,通过调整各控件的大小、排列和对齐等,使窗体看上去更整齐、美观。

6.3.1　设置控件的格式属性

可以通过设置控件的格式属性来修饰控件的外观。格式属性主要包括标题、字体名称、字体大小、字体粗细、前景颜色、背景颜色和特殊效果等。

例 6.12　将图 6.46 所示的**输入学生基本信息**窗体中标题的**字体名称**设为**隶书**,**字体大小**设为 **24**,**前景色**设为**蓝色**。操作步骤如下:

① 在窗体设计视图中,打开**输入学生基本信息**窗体,如果此时没有打开属性对话框,可单击工具栏上的**属性**按钮"📖";

② 选定**输入学生基本信息**标签,单击属性对话框的**格式**选项卡,并在**字体名称**列表框中选定**隶书**,在**字体大小**组合框中选定 **24**;

③ 单击**前景色**属性行右侧的**生成器**按钮"⋯",在弹出的**颜色**对话框中选定**蓝色**,设置结果如图 6.54 所示。

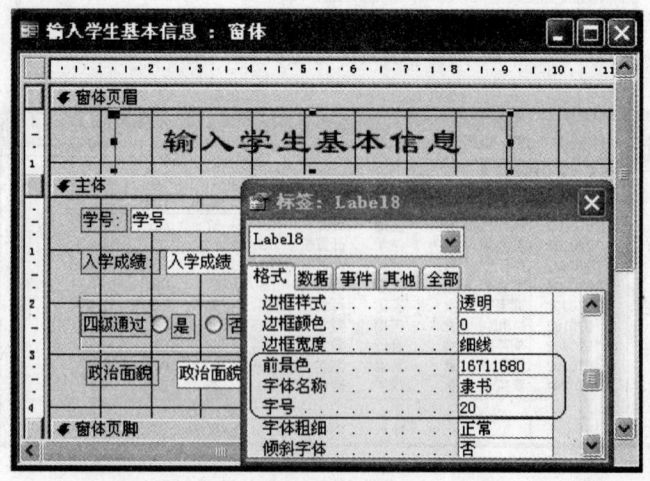

图 6.54　标签格式设置

从图 6.53 中可以看出，**前景色**的属性值是一串数字，它代表了所设置的颜色。

6.3.2　控件的调整与定制

1．选定控件

选定一个控件是为了后面对选定的控件进行操作。

直接单击某个控件就可以选定这个控件，被选定控件的四周会出现 8 个控点。如果要选定多个控件，可以先按住 **Shift** 键，然后分别单击每个控件。

在水平标尺上某个位置单击，则该点垂直延伸到窗体的线条所经过的所有控件都被选定。同样，在垂直标尺上的某个位置单击，则该点水平延伸到窗体的线条所经过的所有控件都被选定。

如果要选定窗体中的所有控件，可以单击**编辑**菜单中**全选**命令项，也可以使用快捷键 **Ctrl＋A**。

此外，用鼠标在窗体中拖动出一个矩形，当松开鼠标后，矩形中所有的控件即被选定。

2．组合控件

组合是将选定的多个控件组织在一起作为一个控件进行移动、删除、改变大小等操作。

将选定的多个控件组合，单击**格式**菜单中**组合**命令项即可，这时可以看出，原来被选定的每个控件周围都有 8 个控点，组合后这些控件总共只有 8 个控点。

如果要取消组合，可以单击**格式**菜单中**取消组合**命令项。

3．删除控件

选定一个或多个控件后，按 **Delete** 键或单击**编辑**菜单中**删除**命令项就可以删除选定的控件。

4．移动控件

移动控件最简单的方法就是使用鼠标拖动。

将鼠标移动到已选定的一个或多个控件上时，鼠标指针变为一个小手的形状，这时可以将控件拖动到所需的位置。

如果选定的控件为文本框，则表示可以同时移动标签和文本框，如果只要移动其中的一个时，应将鼠标移动到标签或文本框左上角的控点上，然后再拖动。

5．复制控件

复制控件可以使用剪贴板进行，即先选定控件，然后单击工具栏上的**复制**按钮"⧉"，最后在要复制的位置上单击工具栏上的**粘贴**按钮"⧉"。

复制操作可以在同一个窗体内进行，也可以在两个窗体之间进行，如例 6.11。

6．调整控件大小

拖动被选定控件周围的控点就可以调整控件的大小。

对于选定的多个控件，可以同时调整到同样的大小，方法是选定后，单击**格式**菜单**大小**级联菜单中**正好容纳**、**适合网格**和**至最高**等命令项，如图 6.55 所示。

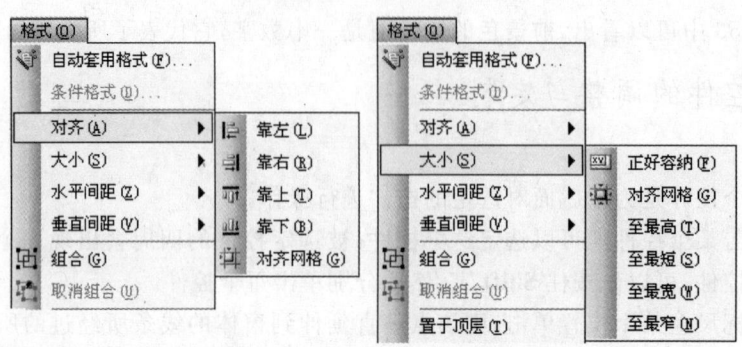

图 6.55　格式菜单中对齐和大小级联菜单

7. 对齐控件

对于选定的多个控件,可以设置向某个方向对齐,方法是先选定多个控件,然后单击**格式**菜单**对齐**级联菜单中**靠左、靠右、靠上、靠下**或**对齐网格**命令项中的一个即可,如图6.55 所示。

如果对齐操作使所选的控件发生重叠的现象,则系统不会使它们重叠,而使它们的边框相邻排列,此时可以调整框架的大小,重新使它们对齐。

8. 调整控件之间的间距

单击**格式**菜单**水平间距**或**垂直间距**级联菜单中相同、增加或减少命令项,可以平均调整控件之间的距离。

6.3.3　设置窗体的格式属性

窗体的格式属性主要包括默认视图、滚动条、记录选择器、导航按钮、分隔线、自动居中、控制框、最大最小化按钮、关闭按钮、边框样式等。

例 6.13　创建图 6.56 所示的**输入学生基本信息**窗体,使该窗体中的**滚动条**为**两者**

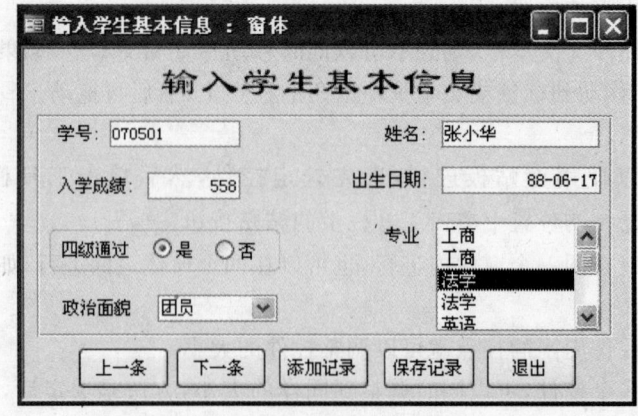

图 6.56　格式化后的输入学生基本信息窗体

均无,记录选择器、导航按钮和分隔线的属性值为否。操作步骤如下:

　① 在窗体设计视图中,打开输入学生基本信息窗体;

　② 双击窗体选择器(设计窗口左上角的实心方块),弹出窗体属性对话框;

　③ 在格式选项卡的滚动条下拉列表框中选定两者均无,在记录选择器、导航按钮和分隔线下拉列表框中分别选定否,如图 6.57 所示;

　④ 切换到窗体视图,显示结果如图 6.56 所示。

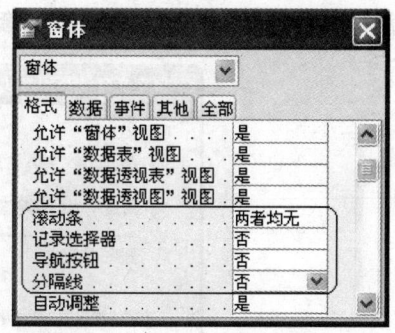

图 6.57　窗体格式属性设置

与图 6.46 对比可以发现,浏览按钮、记录选择器等均没有在窗体中出现。本例中只对窗体格式属性中的一部分进行了设置,读者可以根据需要进行其他相关属性的设置。

6.3.4　使用自动套用格式

对已经创建好的窗体,用户可以从系统提供的固定样式中选择某个格式,这些样式称为自动套用格式。选取自动套用格式的操作步骤如下:

　① 在设计视图窗口中打开要使用自动套用格式的窗体;

　② 单击格式菜单中自动套用格式命令项,弹出自动套用格式对话框,对话框的左侧列出了可以选择的格式,右侧有 4 个按钮;

　③ 单击选项按钮,可以将对话框展开,展开后的对话框如图 6.58 所示,其下方多了应用属性选项组,表示将选定的属性用在字体、颜色或边框,可以只选定其中的一两个或全选;

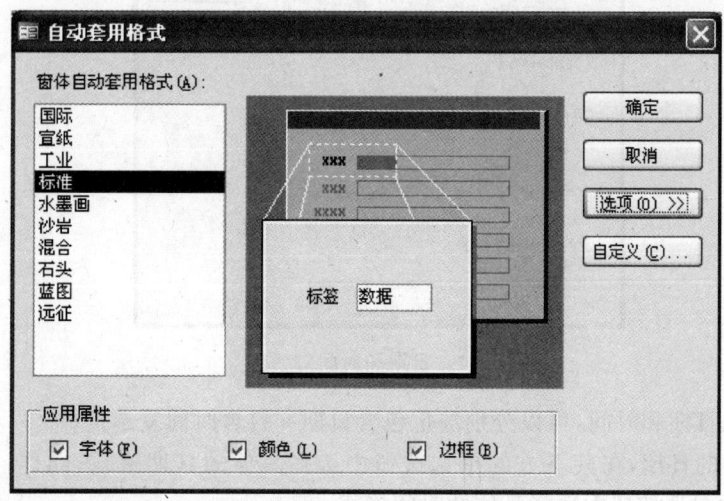

图 6.58　自动套用格式对话框

④ 如果单击**自定义**按钮,可以打开**自定义自动套用格式**对话框,如图 6.59 所示,该对话框中的选项用来将当前窗体中的样式添加到自动套用格式中,如果不选择则单击**取消**按钮,关闭该对话框,回到**自动套用格式**对话框;

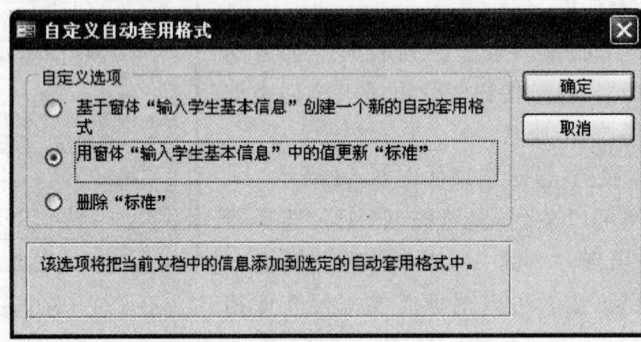

图 6.59   **自定义自动套用格式**对话框

⑤ 在**自动套用格式**对话框中,单击**确定**按钮完成设置。

6.3.5   添加当前日期和时间

在窗体中添加系统的当前日期和时间,操作步骤如下:
① 在设计视图窗口中打开要添加日期和时间的窗体;
② 单击**插入**菜单中**日期和时间**命令项,弹出**日期和时间**对话框,如图 6.60 所示;

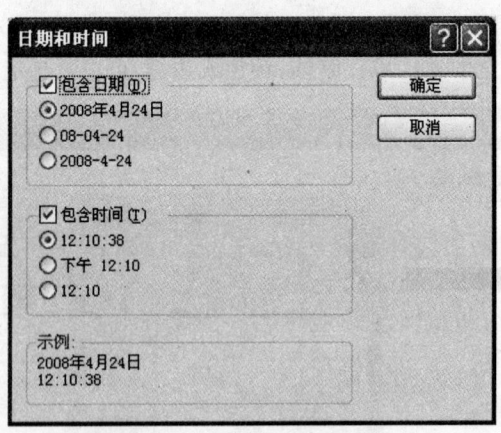

图 6.60   **日期和时间**对话框

③ 要插入日期和时间,可以分别选定**包含日期**和**包含时间**复选框;
④ 对选定的日期,在其下方的单选按钮中选择具体的日期格式;同样,对选定的时间,在其下方的单选按钮中选择具体的时间格式;
⑤ 单击**确定**按钮,关闭该对话框。

习　题　6

一、选择题

1. 以下各项中,可以使用用户定义的界面形式来操作数据的是(　　　)。
   - A. 表
   - B. 查询
   - C. 窗体
   - D. 数据库

2. 通过窗体,用户不能实现的功能是(　　　)。
   - A. 存储数据
   - B. 输入数据
   - C. 编辑数据
   - D. 显示和查询表中的数据

3. 下面关于子窗体的叙述中,正确的是(　　　)。
   - A. 子窗体只能显示为数据表窗体
   - B. 子窗体里不能再创建子窗体
   - C. 子窗体可以显示为表格式窗体
   - D. 子窗体可以存储数据

4. 在"窗体"视图中可以进行(　　　)。
   - A. 创建报表
   - B. 创建和修改窗体
   - C. 显示、添加或修改表中的数据
   - D. 以上说法都正确

5. 下列关于列表框和组合框的叙述中,错误的是(　　　)。
   - A. 列表框和组合框可以包含一列或几列数据
   - B. 可以在组合框中输入新值,而不能在列表框中输入
   - C. 可以在列表框中输入新值,而不能在组合框中输入
   - D. 在列表框和组合框中均可以选择数据

6. 表格式窗体同一时刻能显示(　　　)。
   - A. 一条记录
   - B. 两条记录
   - C. 三条记录
   - D. 多条记录

7. 当窗体中的内容太多无法放在一面中全部显示时,可以用下列(　　　)控件来分页。
   - A. 命令按钮
   - B. 选项卡
   - C. 组合框
   - D. 选项组

8. 主窗体和子窗体通常用来显示和查询多个表中的数据,这些数据具有的关系是(　　　)。
   - A. 多对一
   - B. 多对多
   - C. 一对一
   - D. 一对多

9. 编辑数据透视表对象时,是在(　　　)里读取 Access 数据,并对数据进行更新的。
   - A. Microsoft Graph
   - B. Microsoft Excel
   - C. Microsoft Word
   - D. Microsoft PowerPoint

10. 如果要隐藏控件,应将(　　　)属性设置为**否**。
    - A. 何时显示
    - B. 可用

    C. 锁定   D. 可见

11. 关于控件的组合,下列叙述中错误的是(   )。

    A. 多个控件组合后,会形成一个矩形组合框

    B. 移动组合中的单个控件超过组合边界时,组合框的大小会随之改变

    C. 当取消控件的组合时,将删除组合的矩形框并自动选中所有的控件

    D. 选择组合框,按 Delete 键就可以取消控件的组合

二、填空题

1. 窗体由多个部分组成,每个部分称为一个节,大部分的窗体只有_____。

2. 窗体中的控件有绑定型、_____和_____三种。

3. _____属性主要是针对控件的外观或窗体的显示格式而设置的。

4. 窗体属性对话中包括数据、格式、_____、_____和全部 5 个选项卡。

5. 在设计视图中,如果字段列表不可见,应单击_____。

6. 如果要设置节的属性,应双击_____。

7. 组合框和列表框的主要区别是是否允许在框中_____。

8. 工具箱的作用就是向窗体_____。

9. 用于输入或编辑数据最常用的控件是_____。

10. 如果要用同一个工具按钮创建几个控件,可以在工具箱中_____该控件按钮,使其锁定,解锁时可以_____其他的工具按钮。

三、简答题

1. 使用窗体能完成什么功能?

2. 窗体有哪几种视图方式? 如何切换?

3. 窗体由哪几部分构成? 各部分的主要功能是什么?

4. 在窗体设计视图中,如何选择数据源?

5. "绑定控件"和"非绑定控件"有什么区别?

第7章 报表制作

在 Access 系统中使用报表对象来实现将数据综合整理,并将整理结果按指定的格式打印输出的功能。窗体和报表在许多方面是类似的,建立的过程也基本一样,但窗体和报表的使用目的存在着很大差别。窗体主要用来进行数据输入、操作和实现交互,而报表主要用来对数据进行分析、计算、统计、汇总,最后打印。本章将介绍制作报表的相关内容。

7.1 报表概述

报表中大多数信息来自基础表、查询或 SQL 语句,它们是报表数据的来源,报表中的其他信息存储在报表的设计中。同窗体一样,在报表中也可以添加控件或者子报表,以便根据需要显示或者计算数据。

7.1.1 报表的分类

Access 系统提供了丰富、多样的报表样式,根据输出数据的方式不同,可以将报表分为纵栏式报表、表格式报表、图表报表和标签报表 4 种类型。

(1)纵栏式报表 纵栏式报表也称为窗体报表,与纵栏式窗体的格式是一样的,它的特点是显示记录时,每行显示一个字段,其中左列显示的是每个字段的名称,右列显示的是字段的值。以**学生**表为数据源的纵栏式报表,如图 7.1 所示。

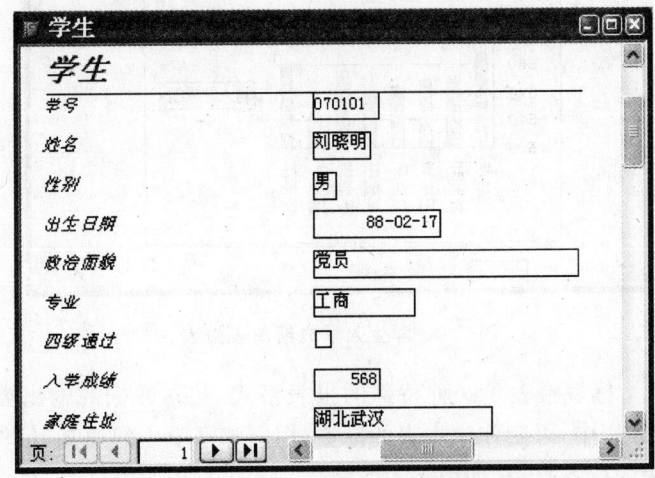

图 7.1 以**学生**表为数据源的纵栏式报表

（2）**表格式报表** 表格式报表以行列形式显示记录,通常一行显示一条记录,一页显示多条记录。报表中,各字段名只在报表的每页上方出现一次。此类报表格式适宜输出记录较多的数据表,便于阅览。以**学生**表为数据源的表格式报表,图 7.2 所示。

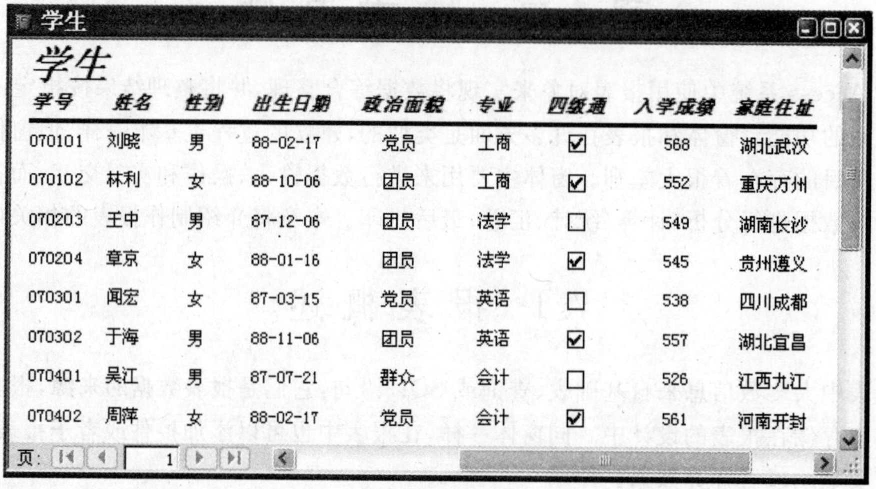

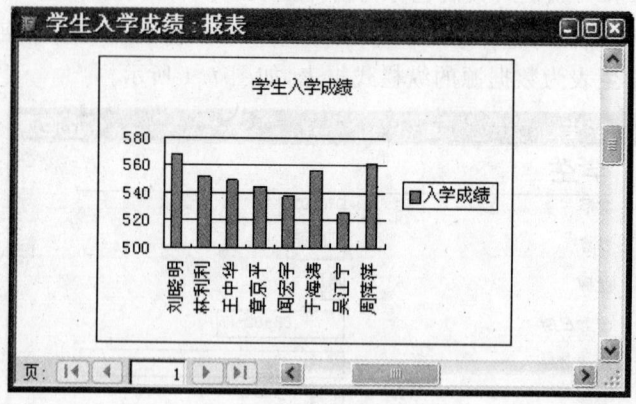

图 7.2 以**学生**表为数据源的表格式报表

（3）**图表报表** 图表报表是以图表方式显示数据,类似 Excel 中的图表。图表可以直观地展示数据之间的关系。使用**图表向导**创建的学生入学成绩报表,如图 7.3 所示。图表报表可以单独使用,也可以放在子报表中。

图 7.3 **学生入学成绩**图表报表

（4）**标签报表** 标签报表是一种特殊的报表格式,其对数据的输出类似制作的各个标签,例如在实际应用中,可制作学生表的标签,用来邮寄学生的通知、信件等。使用**标签向导**制作的**学生**表的标签报表,如图 7.4 所示。

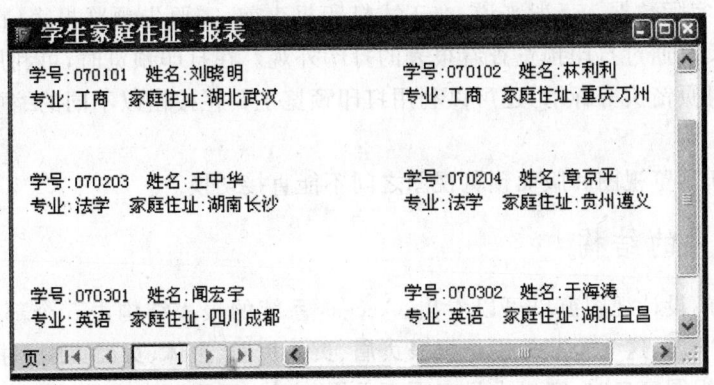

图 7.4 用**学生**表制作的标签报表

7.1.2 报表的视图

在对报表进行操作时,可以使用三种视图,分别是设计视图、打印预览视图和版面预览视图(后两种视图方式只能 2 选 1)。这三种视图可以通过工具栏上的**视图**按钮或**视图**菜单中的命令进行切换。

(1)设计视图 设计视图如图 7.5 所示。在设计视图方式下,可以完成报表的创建与编辑。对报表创建中的大部分操作,需要在设计视图中使用"工具箱"完成,这样才能设计出漂亮实用的各类报表。

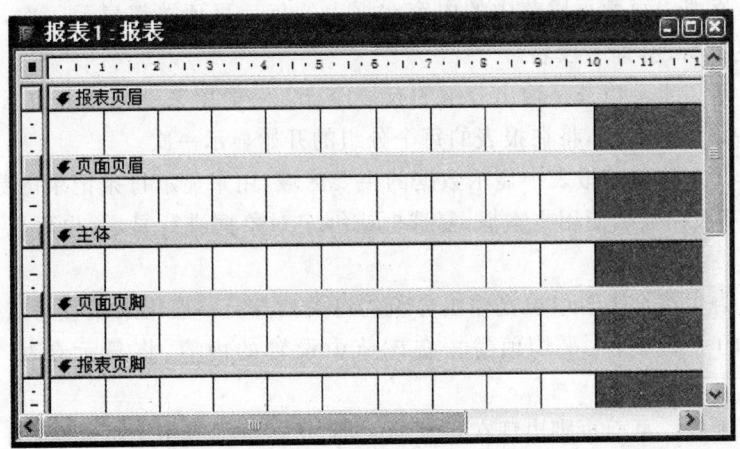

图 7.5 报表的设计视图

(2)版面预览视图 版面预览视图用来查看报表的版面设置,使用版面预览可以快速检查报表的页面布局。在该视图中,报表只显示几个记录作为示例。

(3)打印预览视图 打印预览视图用来显示报表的页面输出形式,在该视图下可以显示报表中的实际数据。一般来说,在正式打印报表前,需要先预览报表;在报表设计过程中,也需要反复通过打印预览查看报表的打印外观。在打印预览时,可利用报表最底部的页码显示、翻页箭头等标示,还可以利用**打印预览**工具栏按钮以不同的缩放比例对报表进行预览。

提示:打印预览视图和版面预览视图之间不能直接切换。

7.1.3　报表的结构

从图 7.5 的设计视图窗口可以看出,Access 系统的报表结构由 5 个部分组成,每个部分称为一个"节",这 5 个节分别是**报表页眉**、**页面页眉**、**主体**、**页面页脚**和**报表页脚**。在首次打开设计视图窗口时,窗口中只有页面页眉、主体、页面页脚这三个节,报表页眉和报表页脚这两个节可根据需要通过**视图**菜单命令添加。除了这 5 部分之外,如果在报表中设计了分组,设计视图窗口中还可以有另外两个节,分别是**组页眉**和**组页脚**,这样,在报表中可以使用的节总共有 7 个。

每一个节中都可以放置字段信息和控件信息,同一个信息添加在不同的节中,效果是不同的,各节的作用如一下。

（1）**报表页眉**　报表页眉位于报表的开始,仅在报表第一页的顶端打印一次,一般用于设置报表的标题,如**学生成绩单**、**职工工资统计表**和**图书借阅登记表**等。报表标题通常是用标签控件实现的,要显示的文字以及文字的字体、字号、颜色等都可以在属性对话框中进行设置。

（2）**页面页眉**　页面页眉节中的内容在报表的每一页顶端都显示一次,一般用来设置数据表中的列标题,即字段名。

（3）**组页眉**　组页眉节是输出分组的有关信息。一般用来设置分组的标题或提示信息。在该节中设置的内容,将在报表的每个分组的开始显示一次。

（4）**主体**　主体节是报表中显示数据的主要区域,用来显示每条记录的数据,根据字段类型不同,字段的数据使用文本框、复选框或绑定对象框进行显示,也可以包含对字段的计算结果。

（5）**组页脚**　组页脚节中也是输出分组的有关信息。一般用来设置每组需要输出的信息,如分组的一些小计、平均值等。在该节中设置的内容,将显示在每个分组的结束位置。

（6）**页面页脚**　页面页脚出现在每页的底部,每一页中有一个页面页脚,用来设置本页的汇总说明,插入日期或页码等。

（7）**报表页脚**　报表页脚只出现在报表的结尾处,常用来设置报表的汇总说明、结束语及报表的生成时间等。

综上所述,可以得到这样的结论,在每个节中设置的内容,在报表的输出中显示的次数是不同的。在报表页眉/页脚中设置的内容,在整个报表中只显示一次;在页面页眉/页脚中设置的内容在报表的每个输出页中显示一次;在组页眉/页脚中设置的内容则在每个分组中显示一次;而在主体节中设置的内容则在每处理一条记录时显示一次。

7.2 报表的创建

7.2.1 自动创建报表

Access 系统提供的**自动创建报表**向导是创建报表最快的一种方法,利用这种方法创建的报表,能够显示数据源中的所有字段及所有记录。

使用**自动创建报表**向导可以创建纵栏式和表格式两种报表。虽然两种报表在显示记录时的形式不同,但其创建过程是一样的。下面以创建纵栏式报表为例,说明使用**自动创建报表**向导创建报表的过程。

例 7.1 创建如图 7.1 所示的纵栏式报表,数据源为**学生**表,报表名为**学生_纵栏式**。操作步骤如下:

① 在**学生成绩管理**数据库窗口中,选定**报表**对象;

② 单击数据库窗口工具栏上的**新建**按钮,系统弹出**新建报表**对话框,如图 7.6 所示;

③ 单击选定**自动创建报表:纵栏式**,在**请选择该对象数据的来源表或查询**下拉列表中选定**学生**表,单击**确定**按钮,屏幕显示出新建的报表;

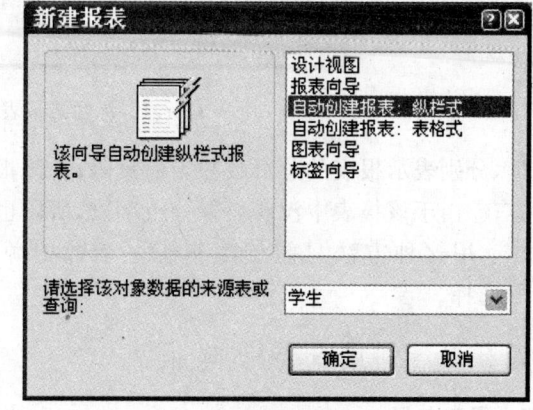

图 7.6 **新建报表**对话框

④ 单击工具栏上的**保存**按钮,弹出**另存为**对话框,在此对话框中输入报表的名称**学生_纵栏式**,然后单击**确定**按钮,该报表建立完毕;

⑤ 在数据库窗口中单击刚建立的报表,然后单击**预览**按钮,即可在屏幕上显示这个报表,如图 7.1 所示,可以通过窗体下方的记录选择器或滚动条浏览不同的记录。

将这个报表切换到设计视图,如图 7.7 所示,可以看出系统对这个报表所做的设置。

从图中可以看到:①在报表页眉节,系统自动添加的报表页眉内容是**学生**,即与数据源的名称相同;②在主体节中的每一行用来显示数据源中的一个字段,每一行的两个控件中,前一个标签用来显示字段的名称,第二个文本框用来显示字段的内容;③在页面页脚节中,系统自动设置的内容有两部分,左下方显示的是系统日期,这通过文本框中的系统函数"Now( )"来实现,即当前的日期;右下方显示的是页码信息,可以通过向文本框中输入="共"&[Pages]&"页,第"&[Page]&"页",其中[Pages]和[Page]是系统保留的变

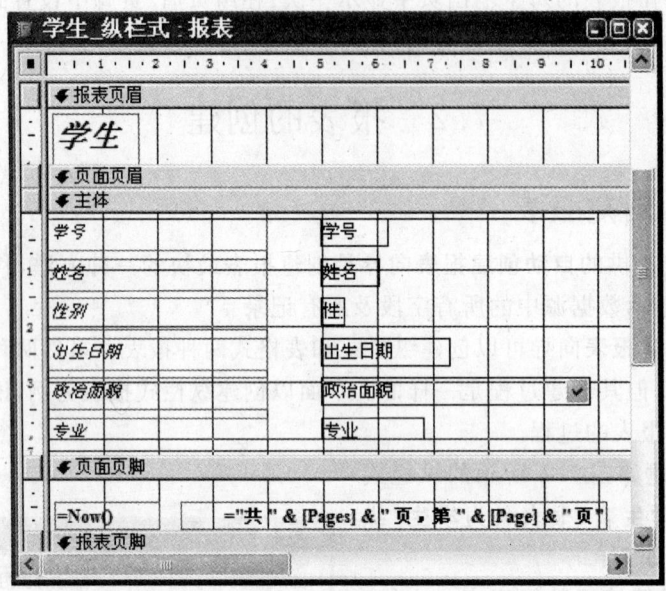

图 7.7　纵栏式报表的设计视图窗口

量,分别表示报表的总页数和当前页码;④该报表的页面页眉和报表页脚区中没有设置内容;⑤由于该报表中没有设置分组字段,所以也没有组页眉和组页脚。

用这种方法只能创建基于一个数据源的报表,而且也不能对数据源进行字段的选择。

7.2.2　利用向导创建报表

1. 报表向导

使用报表向导创建报表,是在向导的引导下,通过逐步应答对话框中的对话而完成报表的设计。此方法操作简单,适宜初始使用 Access 的用户。

例 7.2　使用**报表向导**创建**学生**表的报表。操作步骤如下:

① 在**学生成绩管理**数据库窗口中,打开**新建报表**对话框,如图 7.6 所示;

② 在**新建报表**对话框中,选定**报表向导**后单击**确定**按钮,弹出**报表向导**对话框之一,如图 7.8 所示;

③ 单击**表/查询**下拉列表框右侧的向下箭头,在打开的列表中选定**表:学生**,在该对话框下方的**可用字段**列表框中列出了该表所有的字段供选择;

④ 将需要在报表中使用的字段由**可用字段**列表框中移至**选定的字段**列表框,此例中没有选定**照片**字段,单击**下一步**按钮,进入**报表向导**对话框之二;

⑤ 该对话框用于确定分组,如果有多个分组字段,还要指定分组的级别,本例中只有一个分组字段即**专业**,在左侧的列表框中,单击**专业**字段,然后单击中间的">"按钮,将该

字段添加到右侧最上方的分组字段中,如图7.9所示;

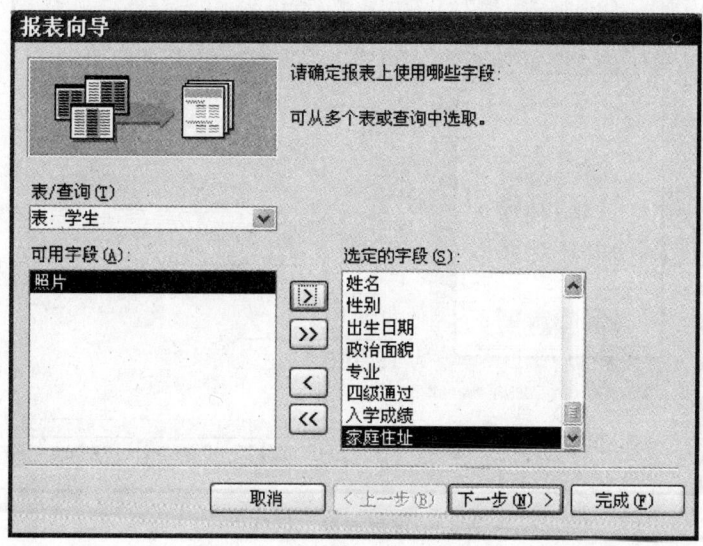

图7.8 报表向导对话框之一

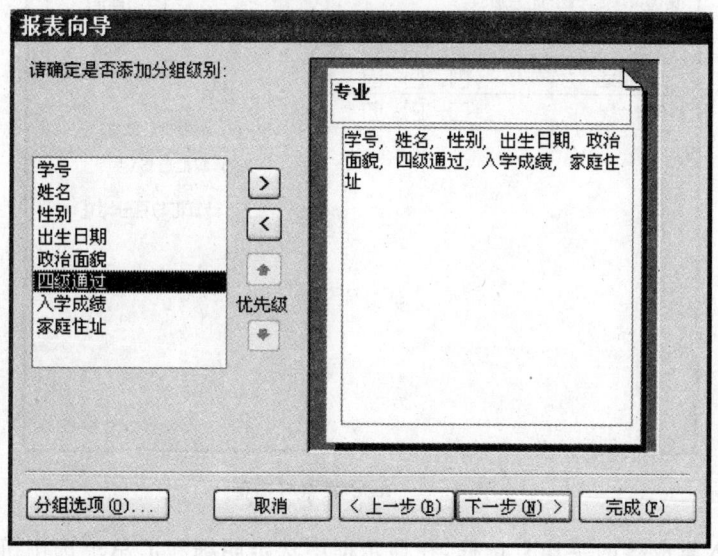

图7.9 报表向导对话框之二

⑥ 单击**下一步**按钮,进入**报表向导**对话框之三,如图7.10所示,该对话框用于设置排序次序,用户可在报表中选择允许的1~4个排序字段,本例中不排序,单击**汇总选项**按钮,弹出**汇总选项**对话框,如图7.11所示;

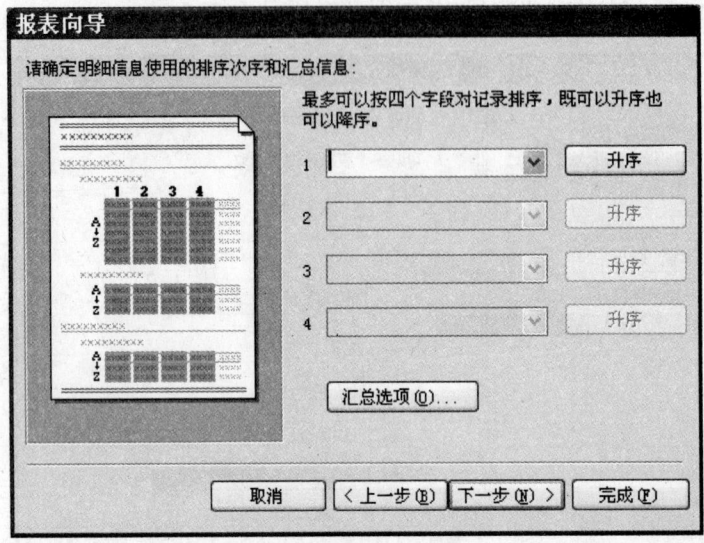

图 7.10　**报表向导**对话框之三

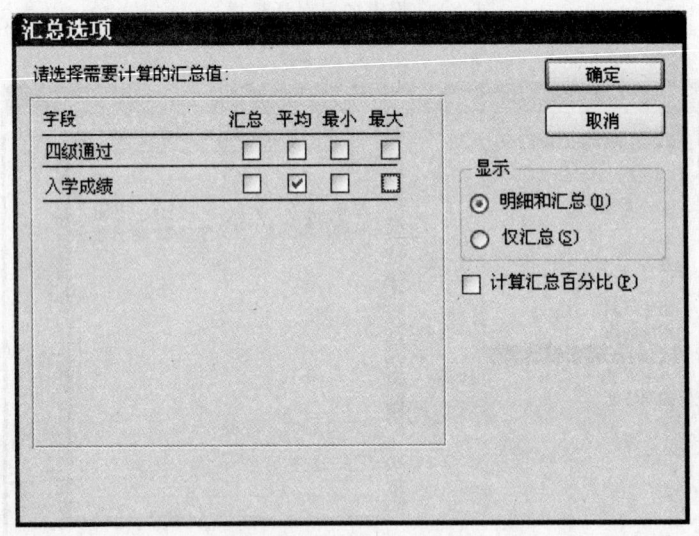

图 7.11　**汇总选项**对话框

　　⑦ 选定**入学成绩**的**平均**复选框,在**显示**框中选定**明细和汇总**单选按钮,然后单击**确定**按钮,返回**报表向导**对话框之三;

　　⑧ 单击**下一步**按钮,进入**报表向导**对话框之四,在**布局**栏中选定**递阶**单选按钮,在**方向**栏中选定**纵向**单选按钮,如图 7.12 所示。

　　⑨ 单击**下一步**按钮,进入**报表向导**对话框之五,该对话框中列出了报表标题的文字样式,本例选定**正式**样式,如图 7.13 所示;

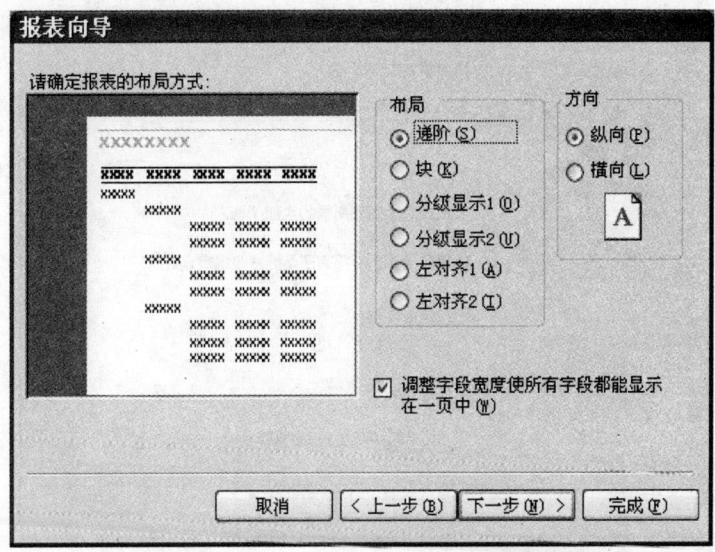

图 7.12 **报表向导**对话框之四

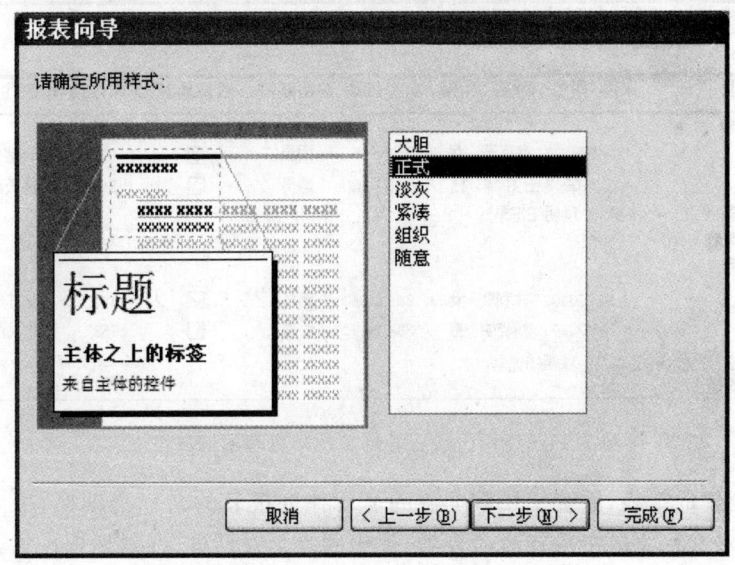

图 7.13 **报表向导**对话框之五

⑩ 单击**下一步**按钮,进入**报表向导**对话框之六,在**请为报表制定标题**文本框中输入**学生基本情况**,如图 7.14 所示;

⑪ 单击**完成**按钮,屏幕显示该报表的设计效果,如图 7.15 所示。至此,报表创建完毕。

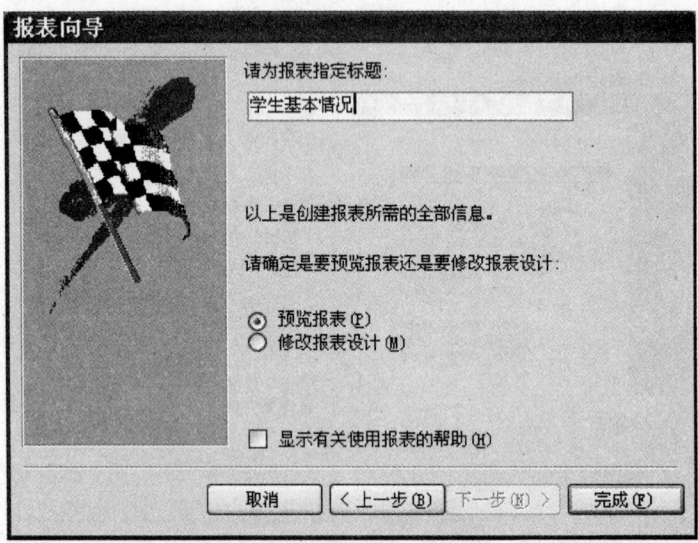

图 7.14   **报表向导**对话框之六

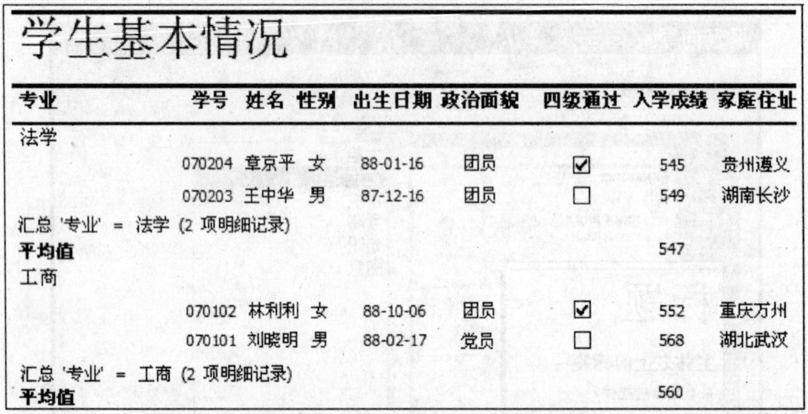

专业		学号	姓名	性别	出生日期	政治面貌	四级通过	入学成绩	家庭住址
法学									
		070204	章京平	女	88-01-16	团员	☑	545	贵州遵义
		070203	王中华	男	87-12-16	团员	☐	549	湖南长沙
汇总 '专业' = 法学 (2 项明细记录)									
平均值								547	
工商									
		070102	林利利	女	88-10-06	团员	☑	552	重庆万州
		070101	刘晓明	男	88-02-17	党员	☐	568	湖北武汉
汇总 '专业' = 工商 (2 项明细记录)									
平均值								560	

图 7.15   使用报表向导创建的**学生基本情况**报表

    用向导创建的报表,系统使用数据源的名称作为报表的名称自动保存。如果要改名保存,可以单击**文件**菜单中**另存为**命令项,弹出**另存为**对话框,在对话框中输入新名称后,单击**确定**按钮即可。

    注意:该方法形成的报表,去掉了不使用的字段,例如照片;但是格式仍很不理想,从图中可以看出,有些字段占用空间太大,而有些字段又不能完整显示,这些可以在设计视图中进行修改。

2. 图表向导

    使用图表可以直观地表示表或查询中的数据,例如柱形图、饼形图等。包含图表的报表就是图表报表。

例7.3 使用图表向导创建**学生**表**姓名**与**入学成绩**的图表报表。操作步骤如下：

① 在**学生成绩管理**数据库窗口中，打开**新建报表**对话框，如图7.6所示；

② 选定**图表向导**，然后在下拉列表框中选定数据源**学生**，单击**确定**按钮，弹出**图表向导**对话框。

接下来的图表向导操作过程与用图表向导创建窗体的过程完全一样，请参照第6章例6.3中的过程进行操作，这里不再重复。预览效果如图7.3所示。

3. 标签向导

标签报表可以将数据源中的每一条记录设计为一个标签，例如图书馆中为每一本书设计的标签、一个单位为每个职工打印的工资条等。

例7.4 使用标签向导创建以**学生**表为数据源的**姓名**与**家庭住址**的标签式报表。操作步骤如下：

① 在**学生成绩管理**数据库窗口中，打开**新建报表**对话框，如图7.6所示；

② 选定**标签向导**，然后在下拉列表框中选定数据源**学生**，单击**确定**按钮，弹出**标签向导**对话框之一；

③ 在该对话框中选定标签的尺寸，也可以单击**自定义**按钮来自定义标签的大小，本例选定 **C2166**，如图7.16所示；

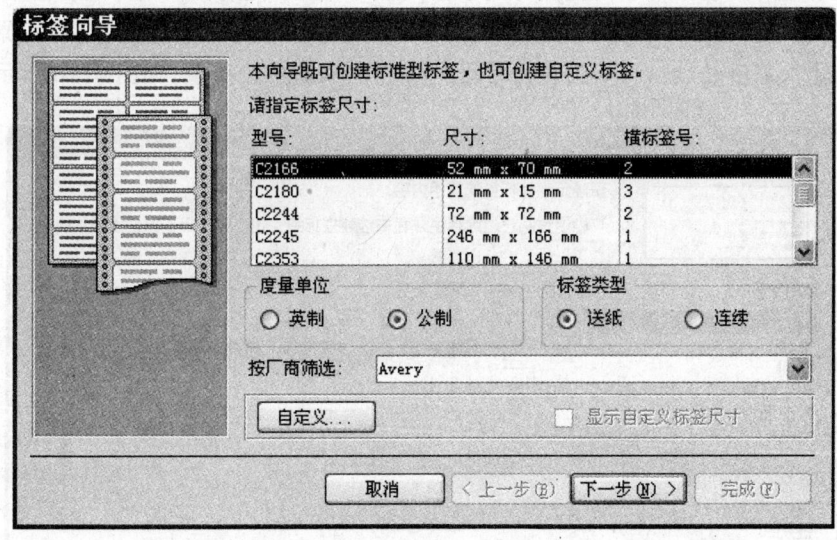

图7.16 **标签向导**对话框之一

④ 单击**下一步**按钮，进入**标签向导**对话框之二，在该对话框中设置标签文本的字体、字号、颜色、下划线等，如图7.17所示；

⑤ 单击**下一步**按钮，进入**标签向导**对话框之三，在该对话框中，可以根据需要选定标

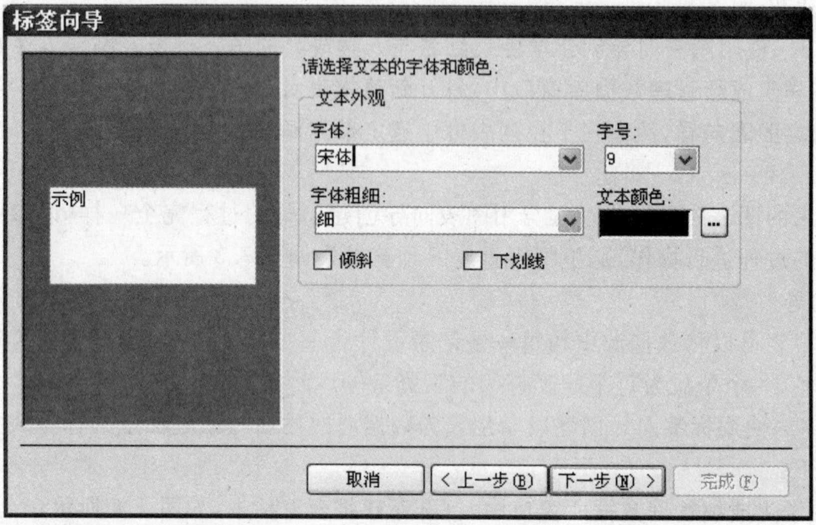

图 7.17　标签向导对话框之二

签中要使用的字段,调整标签中显示内容的布局,输入所需要的文字,这里在右侧的**原型标签**文本框中输入学号:,再双击左侧**可用字段**列表中的**学号**字段,然后在右侧的**原型标签**文本框中输入**姓名:**,再双击左侧**可用字段**列表中的**姓名**字段,接下来在**原型标签**文本框中先按回车键,在下一行输入**专业:**,再双击**可用字段**列表中的**专业**字段后,在**原型标签**文本框中输入**家庭住址:**,再双击**可用字段**列表中的**家庭住址**字段,如图 7.18 所示;

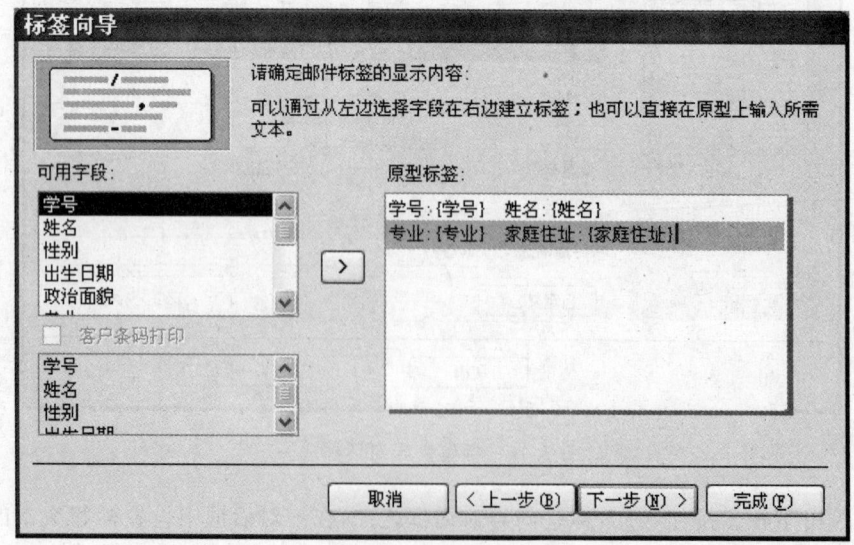

图 7.18　标签向导对话框之三

⑥ 单击**下一步**按钮,进入**标签向导**对话框之四,该对话框中确定排序的字段,本例中不排序;

⑦ 单击**下一步**按钮,进入**标签向导**的最后一个对话框,在该对话框中,可以为新建的报表指定名称,在**请指定报表的名称**文本框中输入**学生家庭住址**,如图 7.19 所示,单击**完成**按钮,完成标签报表的设计,预览效果如图 7.4 所示。

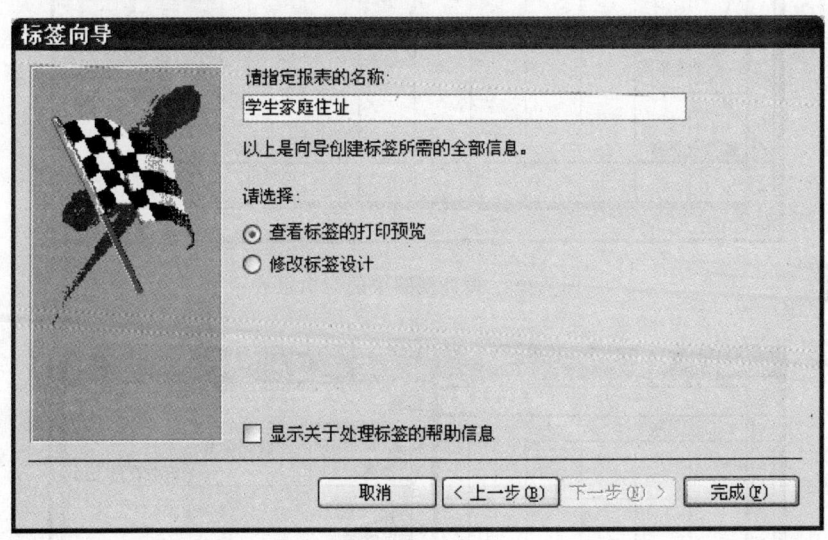

图 7.19　**标签向导**的最后一个对话框

7.2.3　使用设计视图创建报表

使用自动报表和向导创建的报表,其格局、样式是由系统自动确定的;而在设计视图中,用户可以根据自己的需要设置格式,创建有个性的报表。在使用设计视图创建报表时,一般先创建一个空白报表,然后确定数据源,添置各种控件,并设置控件的属性。如果需要,还可以对报表进行统计分析、设置排序和分组。

例 7.5　使用设计视图创建学生成绩单报表。操作步骤如下:

① 在**学生成绩管理**数据库窗口中,打开**新建报表**对话框,如图 7.6 所示;

② 选定**设计视图**,单击**确定**按钮,在设计视图中出现一张空白报表,默认的有**页面页眉**、**主体**和**页面页脚**三个节,如图 7.20 所示(说明:如果需要的是未绑定报表,不要在本列表中选择任何选项;如果要创建使用多表数据的报表,可基于查询来创建所需的报表);

③ 双击**报表选择器**,打开报表属性对话框,在**数据**或**全部**选项卡中,单击**记录源**属性列表框,选定查询**总成绩表**作为新建报表的数据源,如图 7.21 所示;

④ 单击**视图**菜单中**报表页眉/页脚**命令项,在报表中添加报表页眉和报表页脚两个节;

⑤ 在工具箱中单击**标签**按钮,然后在报表的页眉节中添加一个标签控件,输入标题

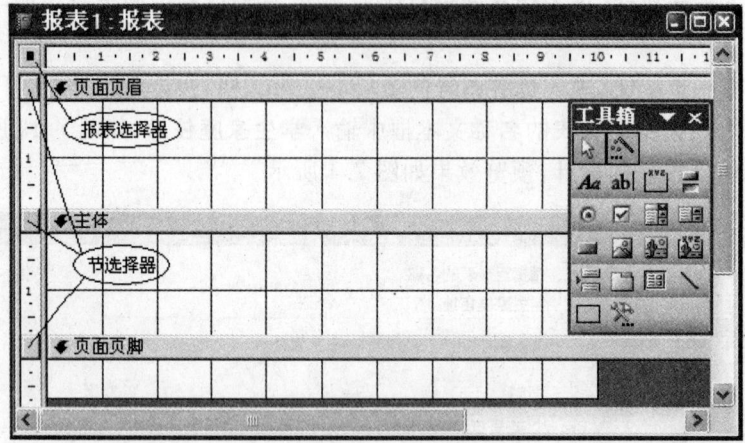

图 7.20　设计视图中的空白报表

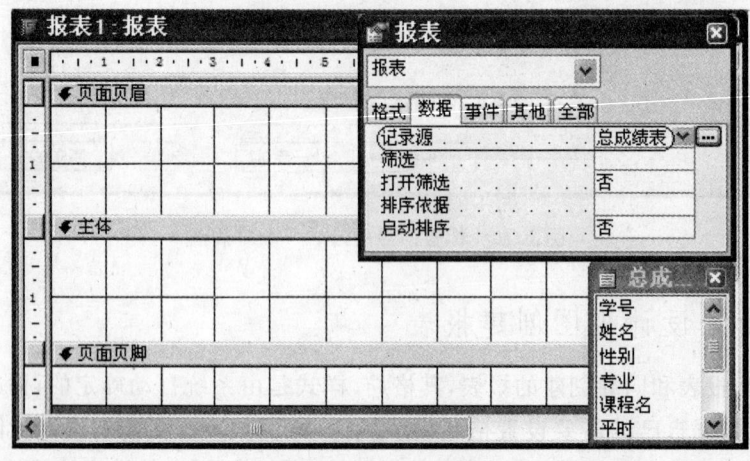

图 7.21　确定数据源

学生成绩单，单击工具栏上的**属性**按钮，打开标签属性对话框，在该对话框的**格式**选项卡中设置**字体名称**为**楷体**，**字体大小**为 **20**，如图 7.22 所示，单击**关闭**按钮；

　　⑥ 从字段列表框中分别将**学号**、**姓名**、**性别**、**课程名**和**综合成绩** 5 个字段拖动到报表的主体节中，如图 7.23 所示，可以看到，每拖动一个字段，在报表中同时添加两个控件，一个是标签控件，显示字段的名称，另一个是绑定文本框控件，用来输入字段的具体内容；

　　⑦ 在报表的主体节中删除**学号**标签，然后单击工具箱中的标签控件，向页面页眉中添加一个标签控件，并输入标题**学号**；同样，将主体节中的其他几个标签删除，再向页面页眉中添加 4 个标签，并分别加上标题，然后分别调整各节中的控件大小、位置并对齐，调整后的报表布局，如图 7.24 所示。

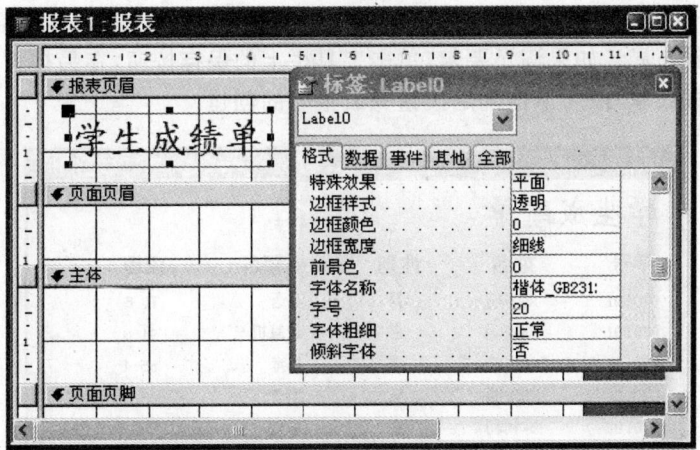

图 7.22　在报表页眉中创建标签

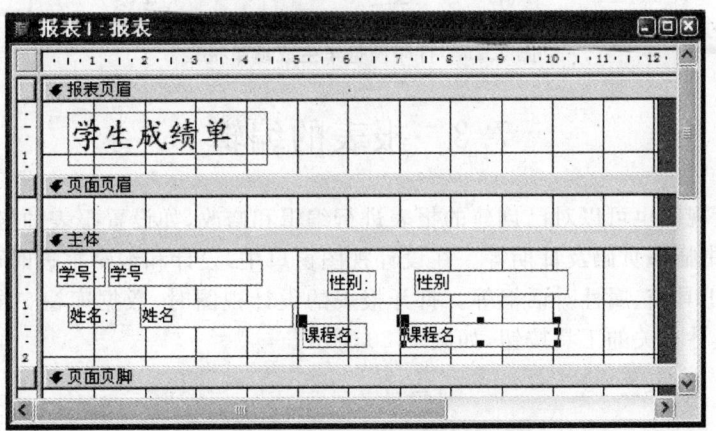

图 7.23　向报表添加数据源字段

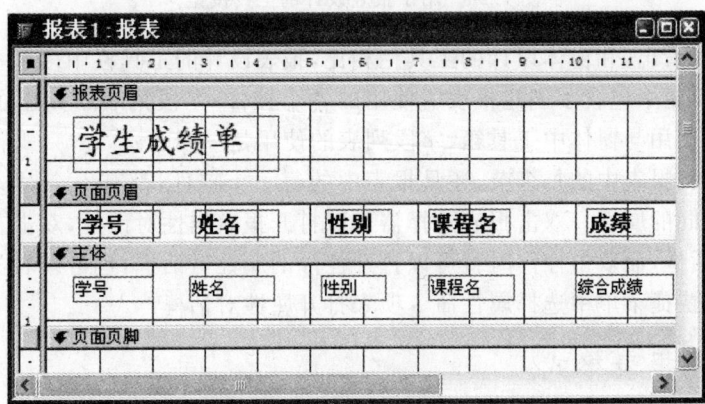

图 7.24　设计报表的布局

⑧ 切换到**打印预览**视图查看显示的报表,如图 7.25 所示。如果不满意,可切换回设计视图重新调整布局。如果满足要求,单击工具栏上的**保存按钮**,在**另存为**对话框中输入报表名称**学生成绩单**,最后单击确定按钮完成报表的创建。

学生成绩单				
学号	**姓名**	**性别**	**课程名**	**成绩**
070101	刘晓明	男	英语	76.6
070101	刘晓明	男	计算机	91.8
070101	刘晓明	男	体育	85.4
070101	刘晓明	男	数学	83.3
070102	林利利	女	数学	93.1
070102	林利利	女	英语	87.4
070102	林利利	女	计算机	83.3
070102	林利利	女	体育	72.6

图 7.25　打印预览学生成绩单报表

7.3　报表的编辑

使用设计视图也可以对已创建的报表进行编辑和修改,如设置报表的格式、添加背景图案、向报表中插入页码及日期等。在设计视图窗口中,设计和编辑报表时可以使用的工具有工具栏、工具箱、属性对话框等。打开报表的设计视图时,数据库窗口的工具栏上显示了与报表设计有关的工具按钮,如图 7.26 所示。

排序与分组

图 7.26　用于报表设计的工具按钮

从图中可以看出,和窗体设计的工具栏相比,报表设计的工具栏中多了一个**排序与分组按钮**。在工具箱中包含了创建报表所使用的各个控件,字段列表中列出了数据源的各个字段,它们的使用与窗体中工具箱、字段列表的使用是一样的。

不论是报表、报表中的每个节,还是报表中的每一个控件,都有一个对应的属性对话框,用来设置不同的属性。双击报表选择器可以打开报表属性对话框,双击节选择器可以打开节属性对话框,而双击控件时就可以打开控件的属性对话框,也可以右击这些不同的部分,在弹出的快捷菜单中选择**属性**命令项来打开属性对话框。

7.3.1　设置报表格式

Access 提供了**大胆、正式、浅灰、紧凑、组织和随意** 6 种预定义的报表格式,这些格式可以统一地更改报表中所有文本的字体、字号等。设置报表格式的操作步骤如下：

① 在设计视图中打开报表；

② 单击工具栏上的**自动套用格式按钮**""，或单击**格式**菜单中**自动套用格式**命令项，弹出**自动套用格式**对话框；

③ 单击对话框中的**选项**按钮可以展开该对话框，展开后的对话框如图 7.27 所示；

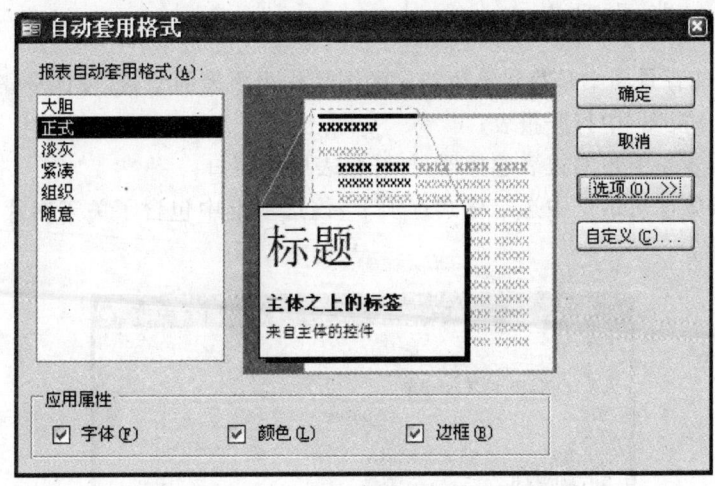

图 7.27　**自动套用格式**对话框

④ 在**报表自动套用格式**列表框中列出了 6 种预定义的格式，直接单击即可选定某一种格式，与展开前相比，对话框的下方多了**应用属性**栏，用来确定将选定的格式用于**字体**、**颜色**还是**边框**；

⑤ 在选定了某一种格式并设置了应用属性后，单击**确定**按钮就可以将选定的格式应用在当前的报表，如果单击**自定义**按钮，会打开**自定义自动套用格式**对话框，如图 7.28 所示；

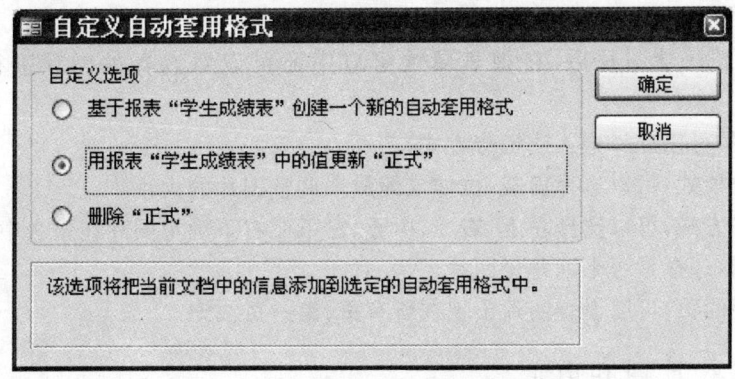

图 7.28　**自定义自动套用格式**对话框

⑥ **自定义自动套用格式**对话框中有"基于当前打开的报表的格式来新建一个自动套用格式"、"使用当前打开的报表的格式来更新所选定的自动套用格式"、"删除所选定的自动套用格式"三个单选按钮。

选中某一项后,单击"确定"按钮,可以关闭该对话框,返回到图 7.27 所示的对话框,最后再单击**确定**按钮完成自动套用格式的设置。

7.3.2　添加背景图案

为报表添加背景图案是指将某个指定的图片作为报表的背景,设计步骤如下:
① 在"设计视图"中打开报表;
② 双击报表左上角的报表选择器,打开报表属性窗口;
③ 在**报表**属性对话框中选定**格式**选项卡,该选项卡中包含了关于图片设置的操作,如图 7.29 所示;

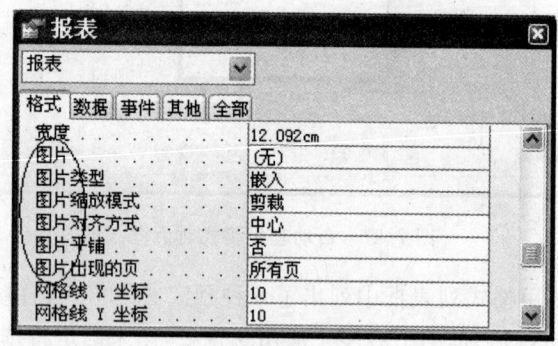

图 7.29　**报表**属性对话框

④ 单击选项卡中的**图片**行右侧的**生成器**按钮"[…]",弹出**插入图片**对话框;
⑤ 选定要作为背景的图片文件所在的盘符、文件夹和文件名,最后单击**确定**按钮,被选择图片文件内容被加到报表中;
⑥ 选择了背景图片后,在**报表属性**窗口中还可以对选择的图片进行下面的属性设置。

图片类型,可以选择**嵌入**或**链接**方式。

图片缩放模式,可以选择**剪裁**、**拉伸**或**缩放**来调整图片的大小。

图片对齐方式,可以选择**左上**、**右上**、**中心**、**左下**或**右下**确定图片在报表中的位置。

图片平铺,选择是否平铺背景图片。

图片出现的页,可以设置图片出现在**所有页**、**第一页**或**无**。

7.3.3　插入日期和时间

向报表中插入日期和时间,可以使用菜单命令和添加文本框的方法。

1. 使用菜单命令插入日期和时间

使用菜单命令插入日期和时间的操作步骤如下：

① 在设计视图中打开报表；

② 单击**插入**菜单中**日期和时间**命令项，弹出**日期和时间**对话框，如图 7.30 所示；

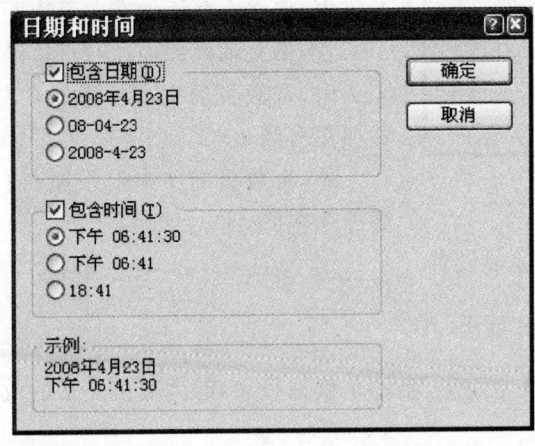

图 7.30　**日期和时间**对话框

③ 在该对话框中可以选择向报表中插入日期、时间或两者都插入，并且可以选择日期和时间的显示格式，选择后单击**确定**按钮，Access 就会在报表页眉处加入系统的日期或时间。

2. 使用文本框插入日期和时间

使用文本框在报表中插入日期和时间时，可以将日期和时间显示在报表的任何节中。操作步骤如下：

① 在**设计视图**中打开报表；

② 向报表中添加一个文本框，添加的位置根据需要可以是报表中的任何节；

③ 删除与文本框同时添加的**标签**控件，双击**文本框**控件，打开属性对话框，在属性对话框中选择**数据**选项卡；

④ 如果要向报表中插入日期，可以单击对话框中的**控件来源**行，然后向其中输入表达式＝**Date（）**；如果要显示时间，可在**控件来源**行输入＝**Time（）**或＝**Now（）**两个表达式中的任何一个。

7.3.4　插入页码

在报表中插入页码的操作步骤如下：

① 在设计视图中打开报表；

② 单击**插入**菜单中**页码**命令项，弹出**页码**对话框，如图 7.31 所示；

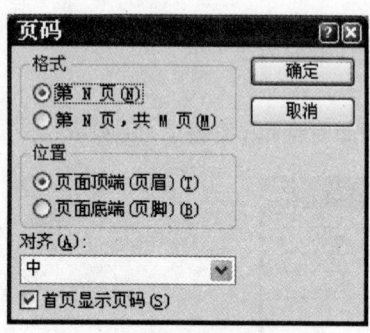

图 7.31　页码对话框

③ 在对话框中可以设置页码的格式、位置、对齐方式以及是否在首页显示页码，其中对齐方式是设置存放页码文本框的位置，有以下 5 种。

左，将文本框添加在左页边距。

中，将文本框添加在左页边距和右页边距的中间。

右，将文本框添加在右页边距。

内，奇数页的文本框添加在左侧，偶数页的文本框添加在右侧。

外，奇数页的文本框添加在右侧，偶数页的文本框添加在左侧。

④ 单击**确定**按钮完成设置。

7.3.5　添加线条与矩形

在报表中添加线条与矩形，目的是修饰报表，起到突出显示的效果。

1. 添加线条

添加线条的操作步骤如下：

① 在设计视图中打开报表；

② 单击工具箱中的**直线控件**"＼"；

③ 单击工具栏上的**属性**按钮，弹出**线条**属性对话框，在对话框中可以设置线条的样式、颜色、宽度；

④ 在报表中拖动鼠标指针可以绘制出所需长短的线条，按住 **Shift** 键后绘制出的直线可以保证是水平直线或垂直直线。

绘制的线条其长度和位置都可以通过属性对话框进行设置，也可以用鼠标进行调整。

单击线条，其四周出现 8 个控点，将鼠标移动到两个水平或垂直控点的中间位置，当鼠标形状变为一个手形时，拖动鼠标可以改变线条的位置。拖动控点可以改变线条的长度或角度。

如果要细微调整线条的位置，可以按住 **Ctrl** 键后通过 4 个方向键进行；如果要细微地调整线条的长度或角度，可以按住 **Shift** 键后通过 4 个方向键进行。

2. 添加矩形

添加矩形的操作步骤如下：

① 在设计视图中打开报表；

② 单击工具箱中的**矩形控件**"□"；

③ 在报表中拖动鼠标指针可以绘制出所需大小的矩形。

在添加矩形时，同样可以通过**矩形**对话框设置线条的样式、颜色、宽度。需细微调整矩形的位置和大小时，可以通过按住 **Ctrl** 键或 **Shift** 键后，结合 4 个方向键进行调整。

7.4 报表中的排序、分组与计算

报表设计中,常常需要排序和分组,这在 Access 中很容易实现。数据表中记录的排列顺序是按照输入的先后排列的,用户在输出报表时,需要把同类属性的记录排列在一起,这就是分组。

7.4.1 记录排序

在默认情况下,报表中输出的记录顺序是按数据源中记录的先后顺序进行显示的,也可以指定将输出按某种顺序排列,例如按成绩由高到低的顺序。

设置记录排序,可以在报表向导中进行(如图 7.10 **报表向导**对话框之三所示),也可以在设计视图中进行。所不同的是,使用报表向导设置排序时,最多只能设置 4 个排序字段,而且只能是字段,不能是表达式;而在设计视图中,最多可以设置 10 个排序字段或排序表达式。

例 7.6 将**学生成绩单**报表中的记录按**综合成绩**的降序排序。操作步骤如下:

① 在报表的设计视图中打开**学生成绩单**报表;

② 单击工具栏的**排序与分组**按钮,弹出**排序与分组**对话框,在**字段/表达式**文本框中输入**综合成绩**,并将排序次序设置为**降序**,如图 7.32 所示;

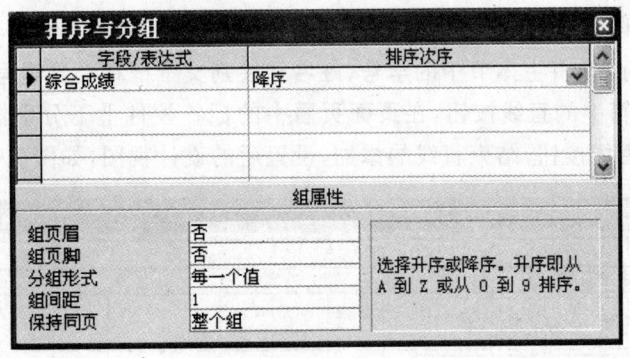

图 7.32 **排序与分组**对话框

③ 切换到打印预览视图查看显示的报表,所有记录均按**综合成绩**的降序排列。

7.4.2 记录的分组

分组是将记录按某个或某几个字段的值是否相等将记录分为不同的组,没有设置分组时,报表中最多只有 5 个节,当设置分组后可以向报表中添加组页眉和组页脚两个节,可以在这两个节中对每个分组进行汇总。

例 7.7 将**学生成绩单**报表中的记录按**学号**进行分组。操作步骤如下：

① 在报表的设计视图中打开**学生成绩单**报表；

② 单击工具栏的**排序与分组**按钮，弹出**排序与分组**对话框，单击**字段与表达式**列的第一行，在下拉列表框中选定**学号**字段作为分组字段，设置**排序次序**为**升序**；

③ 在**排序和分组**对话框中的下半部分将**组页眉**设置为**是**，用来显示组页眉节；**组页脚**设置为**是**，用来显示组页脚节；**分组形式**设置为**每一个值**，即用**学号**字段的不同值划分组；**组间距**设置分组的间隔值，这里设置为**1**；**保持同页**设置为**不**，指定在打印时组页眉、主体和组页脚不一定要在同一页上，如图 7.33 所示；

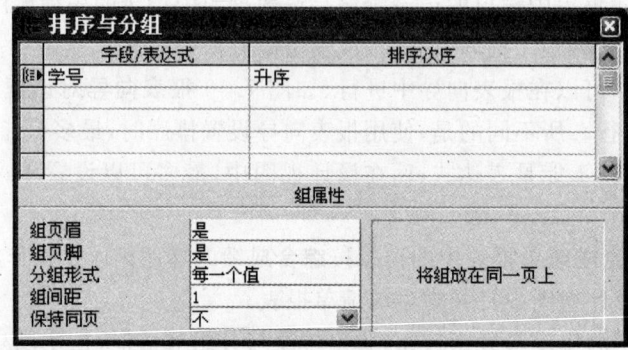

图 7.33   添加组页眉和页脚

④ 用**学号**字段设置分组后，报表中会增加组页眉和组页脚两个节，并分别用**学号页眉**和**学号页脚**来标示，将主体节中的**学号**、**姓名**和**性别**文本框移动到**学号页眉**节中；

⑤ 双击工具箱中的**直线**按钮，在页面页眉中的标签控件上下分别添加一条直线，再单击工具箱中的**直线**按钮，结束直线的添加，设置后的设计视图，如图 7.34 所示；

图 7.34   设置分组后的设计视图

⑥ 切换到打印预览视图查看显示的报表,如图 7.35 所示。

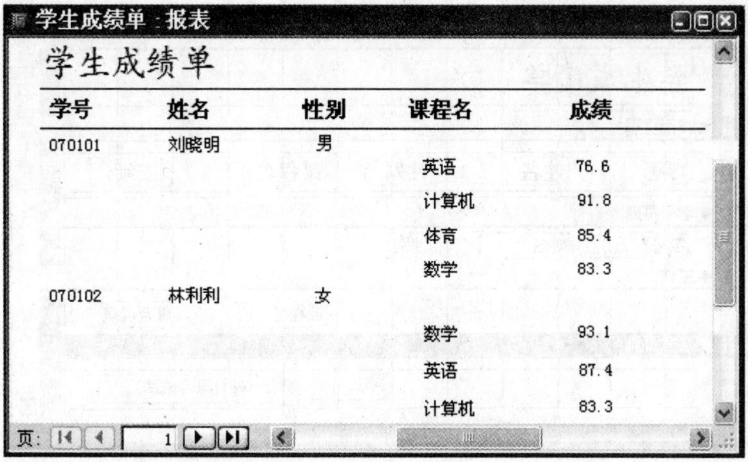

图 7.35 分组后的**学生成绩单**报表预览效果

7.4.3 使用计算控件

在设计报表时,如果需要通过已有的字段计算出其他的数据,如成绩表中的平均分、工资表中的实发工资等,并将其在报表中显示出来,可以通过在文本框的**控件来源**属性中设置表达式来实现,即将文本框与表达式绑定起来,这个保存计算结果的控件称为计算控件。

根据报表设计的不同,可以将计算控件添加到报表的不同节中。

(1) 将计算控件添加到主体节区 在主体节中添加计算控件,用于对数据源中的每条记录进行字段的计算,如求和、平均等,相当于在报表中增加了一个新的字段。

(2) 将计算控件添加到报表页眉/页脚区或组页眉/页脚区 在报表页眉/页脚区或组页眉/页脚区添加计算控件,目的用于汇总数据,如对某些字段的一组记录或所有记录进行求和或平均等。如果说,在主体节中添加的字段用于对数据源中每条记录进行行方向的统计,则在报表页眉/页脚区或组页眉/页脚区添加计算控件就是对数据源中的每个字段进行列方向的统计。

在列向统计时,可以使用 Access 内置的统计函数,如 Sum,Count,Avg 等。

例 7.8 在**学生成绩单**报表中统计每个学生综合成绩的平均分。操作步骤如下:

① 在报表的设计视图中打开**学生成绩单**报表;

② 单击工具箱中的**文本框**按钮,然后在学号页脚节中添加文本框及附加的标签,在标签的标题中输入**平均分**,在文本框属性设置的**控件来源**中输入**＝Avg([综合成绩])**;

③ 双击工具箱中的**直线**按钮,在**学号页脚**节的控件上下分别添加一条直线,单击工具箱中的**直线**按钮,结束直线的添加,设置后的设计视图如图 7.36 所示;

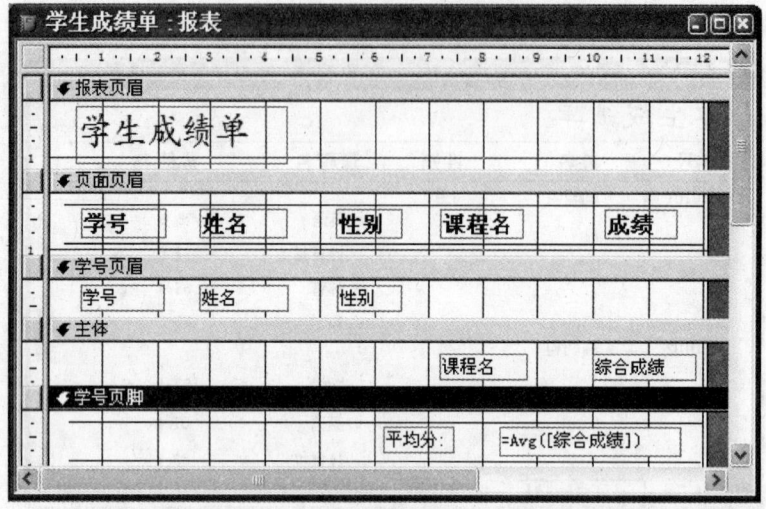

图 7.36　在**学生成绩单**中设置计算控件

④ 切换到打印预览视图查看显示的报表，如图 7.37 所示。

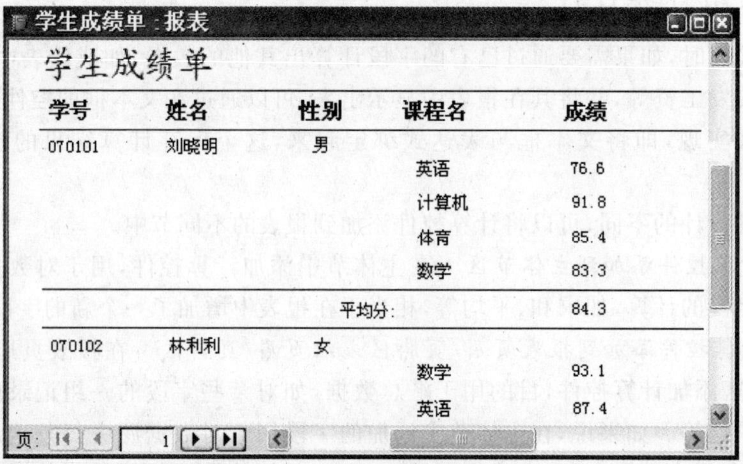

图 7.37　**学生成绩单**报表的输出

⑤ 单击工具栏上的**保存按钮**，完成该报表的修改与编辑。

7.5　报表的打印

1. 页面设置

　　完成报表设计后，如果需要打印报表还必须对报表进行页面设置，使报表符合打印机和纸张的要求。操作步骤如下：

① 在任意视图中打开报表；

② 单击**文件**菜单中**页面设置**命令项，弹出**页面设置**对话框，如图 7.38 所示；

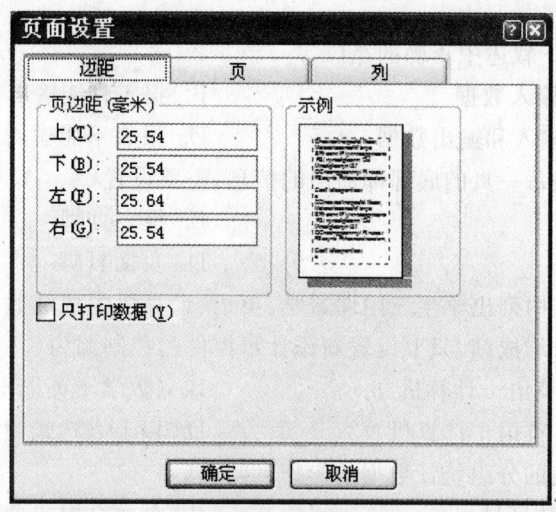

图 7.38 **页面设置**对话框

③ 该对话框有**边距**、**页**和**列**三个选项卡，在**边距**选项卡中有两项设置，**页边距**用于设置打印时纸张四周的留白，如果选定**只打印数据**复选框，则打印时不包含报表的标题和装饰性的图形控件；在**页**选项卡中设置打印方向、纸张的大小和来源，并选择打印机；在**列**选项卡中设置列数、行间距和列布局；

④ 单击**确定**按钮完成页面设置。

2. 报表打印

完成了页面设置，就可以单击**文件**菜单中**打印**命令项来打印报表了。也可以在**打印**对话框中单击**属性**按钮进入**页面设置**对话框进行页面设置。

3. 报表快照

报表快照的作用是将报表从数据库中导出，生成一个扩展名为 snp 的文件。快照是报表的副本，其中包含快照生成时报表中的全部内容，如报表中的二维布局、图形以及其他的嵌入对象，但是不会随着报表的改变而改变。操作步骤如下：

① 在"数据库"窗口，单击要为其创建报表快照的报表名称；

② 单击**文件**菜单中**导出**命令项；

③ 在**保存类型**列表框中选定**快照格式**；

④ 选定导出的目标驱动器及文件夹，并输入文件名，然后单击**保存**按钮。

导出后的报表快照文件可以复制到其他计算机中，或通过电子邮件及 Web 浏览器进行电子分发和发布，用户可以脱离 Access 环境轻松快速地查看报表。使用报表快照，可以节省时间和成本，对于分发包含颜色和图像（如图表和图片）的报表也非常适用。

习　题　7

一、选择题

1. 关于报表,以下叙述中正确的是(　　)。
    A. 报表只能输入数据
    B. 报表只能输出数据
    C. 报表可以输入和输出数据
    D. 报表不能输入和输出数据

2. 要设置在报表每一页的底部都输出的信息,需要设置(　　)。
    A. 报表页眉
    B. 报表页脚
    C. 页面页眉
    D. 页面页脚

3. 当在一个报表中列出学生三门课数学、英语、计算机的成绩时,若要对每位学生计算三门课的平均成绩,只要设置新添计算控件的控制源为(　　)。
    A. =数学+英语+计算机/3
    B. (数学+英语+计算机)/3
    C. =(数学+英语+计算机)/3
    D. 以上表达式均错

4. 用于实现报表的分组统计数据的操作区间是(　　)。
    A. 报表的主体区域
    B. 页面页眉或页面页脚区域
    C. 报表页眉或报表页脚区域
    D. 组页眉或组页脚区域

5. Access 的报表操作提供了三种视图,下面不属于报表操作视图的是(　　)。
    A. "设计"视图
    B. "打印预览"视图
    C. "报表预览"视图
    D. "版面预览"视图

6. 使用报表向导设计报表时,无法设置(　　)。
    A. 在报表中显示字段
    B. 记录排序次序
    C. 报表布局
    D. 在报表中显示日期

7. 为报表指定数据来源之后,在报表设计窗口中,从(　　)中取出数据源的字段。
    A. 属性表
    B. 工具箱
    C. 自动格式
    D. 字段列表

8. 如果要制作一个公司员工的名片,应该使用(　　)报表。
    A. 纵栏式
    B. 图表式
    C. 表格式
    D. 标签式

9. 报表"设计视图"中的(　　)按钮是窗体的"设计视图"工具栏中没有的。
    A. 代码
    B. 字段列表
    C. 工具箱
    D. 排序与分组

10. 在报表设计中,以下控件中可以做绑定控件显示普通字段数据的是(　　)。
    A. 文本框
    B. 标签
    C. 命令按钮
    D. 图像

11. 将大量数据按不同的类型集中在一起的操作称为(　　)。

  A. 分组   B. 排序

  C. 合计   D. 筛选

12. 要使打印的报表每页显示三列记录,应在(　　)中设置。

  A. 属性表   B. 页面设置

  C. 工具箱   D. 排序与分组

13. 报表标题的字体大小、颜色可以使用(　　)设置。

  A. 格式菜单   B. 快捷菜单

  C. 编辑菜单   D. 属性窗口

14. 最常用的计算控件是(　　)。

  A. 命令按钮   B. 组合框

  C. 列表框   D. 文本框

二、填空题

1. 在 Access 中,可以自动创建的报表有_____和_____。

2. 要在报表的页面页脚显示的页码格式为"第 3 页共 8 页",则计算控件的来源应设置为_____。

3. 默认情况下,报表中的记录是按照_____排列显示的。

4. _____主要用于对数据库中的数据进行分组计算、汇总和打印输出。

5. 网格线的作用是_____。

6. 报表的视图有设计视图、_____和_____。

7. 在绘制报表中的直线时,按住_____键后拖动鼠标,可以保证绘制出水平直线和垂直直线。

8. 对记录排序时,使用报表设计向导最多可以按照_____个字段排序。

三、简答题

1. 报表的作用是什么?

2. 报表中有哪些节?与窗体的节相比较说明各节的作用。

3. 在打印报表时,各节的内容是如何显示的?

4. 报表的视图有几种?每种视图的功能是什么?

5. 如何实现报表的排序、分组和计算?

第8章 Access 的网络应用

Access 2003 较之早期版本在 Internet 应用上有了大幅提升。不仅可以直接在 Access 中启动浏览器访问网页，而且可将表、查询、数据工作表、窗体及报表等数据库对象导出成静态或动态的网页，还可以直接建立用来存取 Access 数据库或 SQL Server 数据库的数据访问页。通过这些强大的功能，不管是本地、局域网还是互联网的合法用户都可以直接通过浏览器存取数据库中的数据，扩大了数据库的应用范围。

使用 Microsoft Access，可以创建各种不同类型的网页。若要直接在数据库中处理数据，可以使用数据访问页；若要查看最新的只读数据，可以考虑使用服务器生成的 ASP 或 IDC/HTX 文件；若要查看数据的快照，可以使用静态 HTML 文件格式。为确保网页外观的一致性，可以使用 HTML 模板文件。

本章将重点介绍数据访问页，详细说明其类型、视图以及创建和使用的方法。

8.1 数据访问页概述

数据访问页是一种特殊的网页，主要用于查看和操作来自局域网或 Internet 的数据，这些数据保存在 Access 数据库或者 SQL Server 数据库中。数据访问页也可以包含来自其他数据源的数据，如 Excel 工作表等。

数据访问页与其他的 Access 数据库对象不同。数据访问页不保存在数据库中，而是以一个单独的 HTML 格式文件形式存储的。创建数据访问页后，Access 系统会在数据库窗口中自动为该文件添加一个快捷方式。如果将鼠标指针放在这个快捷方式上，就会显示出该文件的路径。

8.1.1 数据访问页的作用

数据访问页是一个能够动态显示、添加、删除，以及修改记录内容的网页。虽然，利用 Access 的"导出"功能，可以方便地将表或查询中的数据存为 HTML 文件，然后利用浏览器来访问这些文件。但是，这时浏览器访问的只是一种静态网页，这种静态网页与数据库完全脱离，不会随数据库中数据的改变而实时更新。而利用数据访问页则可以直接以 Web 方式发布数据库，及时传递与更新数据。

数据访问页的主要作用包括以下三个方面。

（1）远程发布数据　使用数据访问页，可以将数据库中的数据以网页的形式发布到 Internet 上，使用户可以在 Internet 上远程浏览、查看数据库中的信息。

（2）远程维护信息　对于拥有修改权限的用户，可以远程登录到数据访问页上，对数据访问页中的数据进行编辑、添加和删除等操作，这些编辑操作将会反映到数据访问页的数据源上，即创建数据访问页时所使用的表或查询。换句话说，使用数据访问页使用户可以在 Internet 上编辑数据。

（3）随时更新　在浏览数据访问页时执行浏览器上的刷新命令，可以随时查看数据库中最新的数据。

8.1.2　数据访问页的类型

在 Access 数据库中，可以根据需要设计用于不同用途的数据访问页。例如，可以设计数据输入或数据分析用的数据访问页；创建交互式报表的数据访问页。按照用途不同，可以将数据访问页分为三类。

（1）数据输入页　数据输入页用于查看、添加和编辑记录，这时数据访问页和用于数据输入的窗体类似，可以输入、编辑和删除数据库中的数据。由于数据访问页也可以用在浏览器中，所以用户就可以通过 Internet 更新数据库中的数据。

（2）数据分析页　这种数据访问页可以包含一个数据透视表列表，与 Access 数据透视表窗体或 Excel 数据透视表类似，允许重新组织数据，并以不同的方式分析数据。在数据分析页中可以包含一个图表，用来分析数据变化趋势、比较数据库中的数据；也可以包含一个电子表格，电子表格中按行和列的格式显示数据，可以在其中输入和编辑数据，并且像在 Excel 中一样使用公式进行计算。

（3）交互式报表页　这种数据访问页是利用多组数据生成报表式页面，通过此页面可以合并和分组保存数据库中的信息，并发布数据的总结。交互式报表页提供了用于排序和筛选数据的工具条，可以对数据进行筛选和排序，但不能编辑数据。

8.1.3　数据访问页的视图

数据访问页有页面视图、设计视图和网页预览三种视图。

（1）页面视图　页面视图用来查看数据访问页的设计效果，图 8.1 所示为在页面视图中显示的数据访问页，窗口下边显示的包含一行命令按钮的是记录浏览工具栏。在页面视图方式下打开数据访问页，可以使用以下的方法之一：①在数据库窗口的**页**对象中，双击某个数据访问页；②单击选定某个数据访问页，然后单击**打开**按钮；③右击某个数据访问页名，在弹出的快捷菜单中选择**打开**命令。

（2）设计视图　设计视图用于创建、修改和编辑数据访问页，如图 8.2 所示。在设计视图下打开数据访问页，可以使用下面的方法之一：①单击选定某个数据访问页，然后单击**设计**按钮；②右击某个数据访问页名，在弹出的快捷菜单中选择**设计视图**命令项。

（3）网页预览　网页预览视图是在浏览器中显示数据访问页，与人们通常看到的网页是一样的，如图 8.3 所示。单击**文件菜单中使用 Microsoft Access for Windows 编辑**命

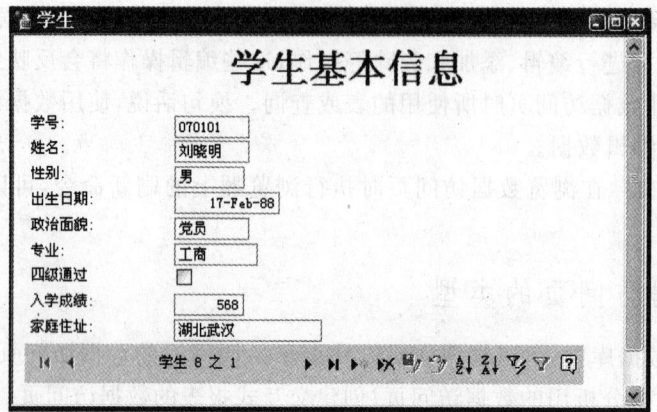

图 8.1　在页面视图中显示数据访问页

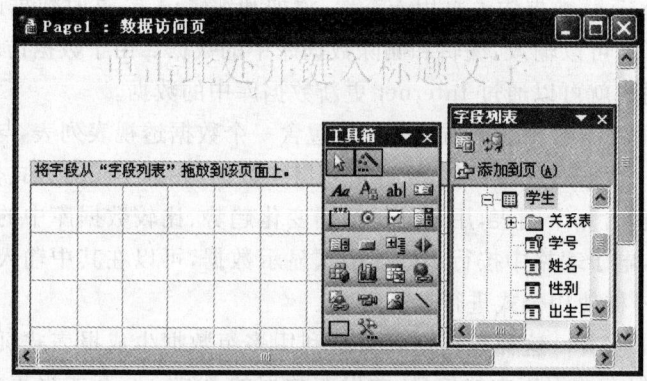

图 8.2　数据访问页的设计视图

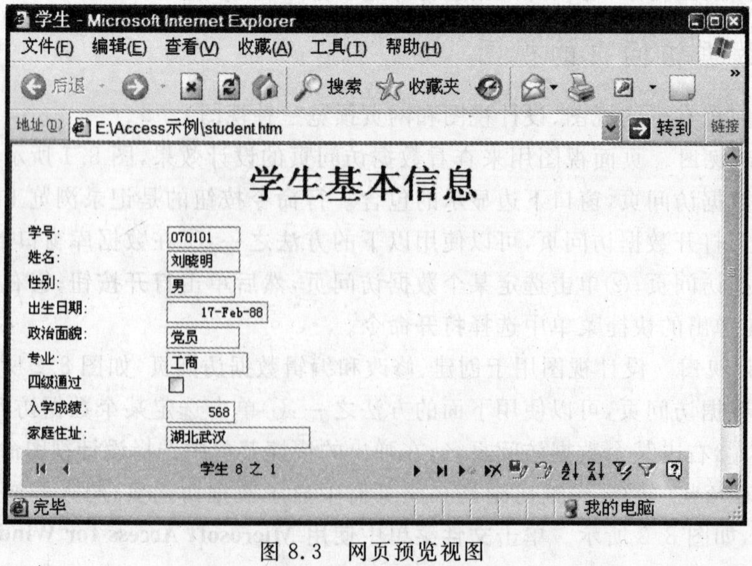

图 8.3　网页预览视图

令项,可以切换到设计视图。

使用下面的方法可以在页面视图、设计视图之间进行切换:①单击工具栏上的**视图按钮**"";②单击**视图**菜单中**页面视图**或**设计视图**命令项。

在设计数据访问页时,可以在设计视图中对其进行设计和修改,然后在页面视图和网页视图中进行预览,以便查看数据访问页是否符合要求。

8.1.4 数据访问页与数据源

在创建数据访问页之前最好先将数据库放在一台共享服务器或计算机上。如果在创建某数据访问页之后再移动与该页连接的数据库,则必须在数据访问页的"连接"对话框中更改数据访问页的 OLE DB 数据源连接。

尽管数据访问页的数据源只能是 Access 数据库或 SQL Server 数据库,但通过使用Access 数据库的链接表,也可使用户从一个数据访问页中访问其他的数据格式。

设置数据访问页的数据源时,应确保使用通用命名标准(UNC)路径,不要使用驱动器号作为路径。所谓通用命名规则(UNC),是一种对文件的命名规则,它提供了独立于机器的文件定位方式。UNC 名称使用的语法格式是\\server\share\path\filename,而不是指定驱动器符和路径。计算机上的驱动器符可能会因计算机不同而发生变化,而 UNC路径是确定的。

在设计视图中将文件保存为数据访问页时,所有页中用到的文件,如项目符号、背景纹理和图形等,在默认情况下都组织到特定文件夹中。如果移动或复制数据访问页,则必须同时移动该文件夹以维持页的所有链接正常。

8.1.5 数据访问页的调用方式

可以通过两种方式调用数据访问页,即在 Access 数据库中打开数据访问页或者在IE 浏览器中打开数据访问页。

1. 在 IE 浏览器中打开数据访问页

调用数据访问页的目的是为 Internet 用户提供访问 Access 数据库的界面,因此一般情况下,应通过 IE 浏览器打开数据访问页。

在 IE 浏览器中打开数据访问页的方法是,在存放数据访问页的文件夹下,双击**数据访问页**产生的 HTML 文件,或先打开 IE 浏览器,然后单击**文件**菜单中**打开**命令,在弹出的**打开**对话框中指定要打开的数据访问页,单击**确定**按钮即可。无论使用何种方法,系统都将在 IE 浏览器中显示相应的网页内容。打开后的数据访问页显示效果如图 8.3所示。

在 IE 浏览器中打开数据访问页后,该数据访问页将直接与数据库连接。通常在浏览器中看到的是该数据访问页的副本。也就是说,对所有显示数据进行的任何筛选和排序等操作,只影响数据访问页的副本,而对数据本身的改动,如添加、删除或修改数据,都将保存在数据库中。

2. 在 Access 中打开数据访问页

在 Access 中打开数据访问页往往并不是为了实际应用,而主要是为了测试。在 Access 中打开数据访问页的方法是:在 Access 数据库窗口的**页**对象中,选择要打开的数据访问页,然后单击**打开**按钮,或双击要打开的数据访问页,显示效果如图 8.1 所示。

8.1.6　数据访问页与窗体和报表的差异

在 Access 中,创建数据访问页的方法与创建窗体或报表的方法大体上相同。数据访问页的作用与窗体类似,都可以作为浏览和操作数据库的用户界面。窗体具有很强的交互能力,主要用于访问当前数据库中的数据;而数据访问页除了可以访问本机上的 Access 数据库外,还可以访问网上数据库中的数据。

数据访问页与报表相比具有以下优点:①与数据绑定的数据访问页连接到数据库,因此这些页显示的是数据库的当前数据;②数据访问页是交互式的,用户可以只对自己所需的数据进行筛选、排序和查看;③数据访问页可以通过电子邮件方式进行分发,每当收件人打开邮件时都可看到当前数据。

8.2　创建数据访问页

在 Access 中创建的数据访问页,是一个独立的文件,保存在 Access 以外,在"数据库"窗口中保存的是该文件的一个快捷方式。

在数据库窗口中,选定**页**对象,然后单击**新建**按钮,弹出**新建数据访问页**对话框,如图 8.4 所示。

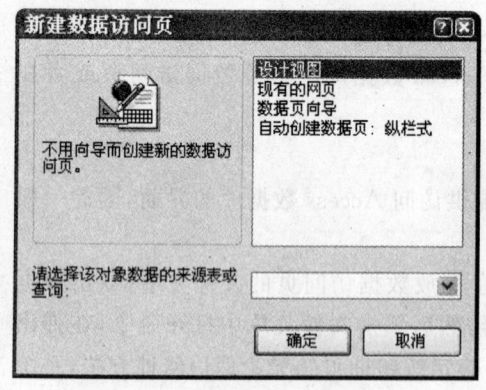

从对话框中可以看出,有 4 种方法可以创建数据访问页:①**设计视图**,不使用向导而由用户自行设计;②**现有的网页**,使用现有的网页创建数据访问页,这实际是在现有页基础上进行修改后以新的页名保存,它的操作与修改访问页的方法是一样的;③**数据页向导**,由向导根据所选数据源和字段自动创建数据访问页;④**自动创建数据页:纵栏式**,这也是一个向导,用来自动创建纵栏式数据访问页。

图 8.4　**新建数据访问页**对话框

8.2.1　自动创建数据访问页

使用自动创建数据访问页是最快捷的方法,使用这种方法时,用户在指定了数据源之后,不需要做任何设置,所有工作都由 Access 自动来完成。

例 8.1　以**学生**表为数据源,使用自动创建数据访问页的方法,创建学生基本信息的纵栏式数据访问页。操作步骤如下:

① 在数据库窗口中选定**页**对象,单击**新建按钮**,弹出**新建数据访问页**对话框,如图8.4 所示;

② 在列表框中选定**自动创建数据页:纵栏式**。

③ 在对话框下边的数据来源下拉列表框中选定**学生**表,单击**确定**按钮,系统自动在页面视图中显示创建的数据访问页,如图 8.5 所示;

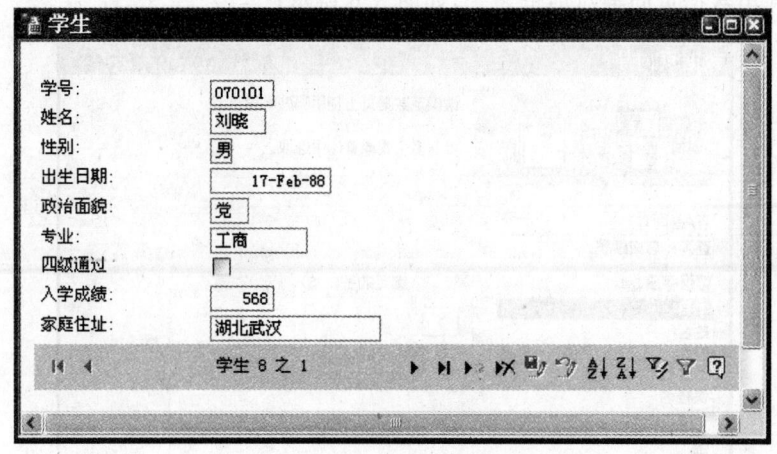

图 8.5　自动创建的数据访问页

④ 单击视图中的**浏览记录按钮**,可以显示不同的记录,单击**新建按钮**"▶*"时,可以添加新的记录,如果在显示某条记录时单击**删除按钮**"▶✕",可以将当前记录删除,在这里所进行的编辑操作最终影响的都是数据源**学生**表的数据;

⑤ 单击**关闭按钮**,系统会提示是否保存该数据访问页,单击**是**按钮,弹出**另存为数据访问页**对话框;

⑥ 在对话框中指定数据访问页存放的路径和文件名,在为数据访问页命名时,尽量使用英文作为访问页的名称,因为在网络上发布数据时,很多服务器不支持含有汉字的文件名。

经过上面的过程,Access 在当前文件夹下创建的页保存为 HTML 文件,同时在数据库窗口中也创建了一个访问该页的快捷方式。如果将鼠标指针指向该快捷方式时,可以显示出页文件所在的路径。

注意:最好将数据访问页和数据库保存在同一个位置。

8.2.2　使用向导创建数据访问页

使用向导创建数据访问页是最简便的创建方法,与使用向导创建窗体、报表一样,通过对话方式,让用户根据自己的需要选择数据源,确定要显示的字段、分组级别、排序顺序,然后由系统按用户的选择创建访问页。

　　例 8.2　以**总成绩表**查询为数据源,使用数据页向导的方法,创建一个按**学号**分组的数据访问页。操作步骤如下:

　　① 在数据库窗口中选定**页**对象,单击**新建**按钮,弹出**新建数据访问页**对话框,如图 8.4所示;

　　② 在列表框中选定**数据页向导**,在数据来源下拉列表框中选定**总成绩表**查询,单击**确定**按钮,弹出**数据页向导**对话框之一,如图 8.6 所示;

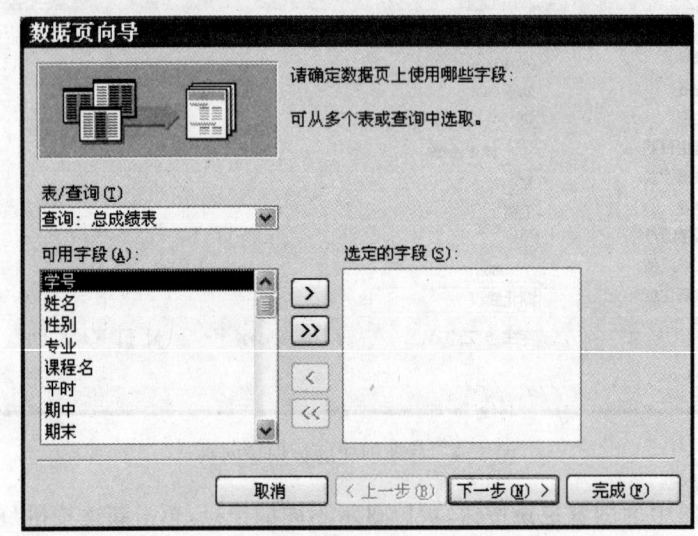

图 8.6　**数据页向导**对话框之一

　　③ 该对话框要求用户确定数据页上采用的字段,这里分别双击**学号**、**姓名**、**性别**、**专业**、**课程名**和**综合成绩**字段,将它们选定到右侧的**选定的字段**列表框中;

　　④ 单击**下一步**按钮,进入**数据页向导**对话框之二,该对话框要求添加分组级别,这里采用一级分组,使用**学号**字段作为分组依据,在左侧的字段名列表框中选定**学号**,然后单击"$\boxed{>}$"按钮,将其添加到右侧的列表框中,如图 8.7 所示;

　　⑤ 单击**下一步**按钮,进入**数据页向导**对话框之三,在该对话框中要求确定数据访问页中记录的排序次序,选定以**姓名**为依据进行**升序**排序,如图 8.8 所示;

　　⑥ 单击**下一步**按钮,进入**数据页向导**对话框之四,在该对话框中要求用户为数据页指定标题,然后决定打开数据页还是修改设计,实际上就是指定在页面视图还是在设计视图下打开新创建的数据访问页,在**请为数据页指定标题**文本框中输入**总评成绩**,如图 8.9 所示;

　　⑦ 选定**打开数据页**单选按钮,然后单击**完成**按钮,所建数据访问页如图 8.10 所示。

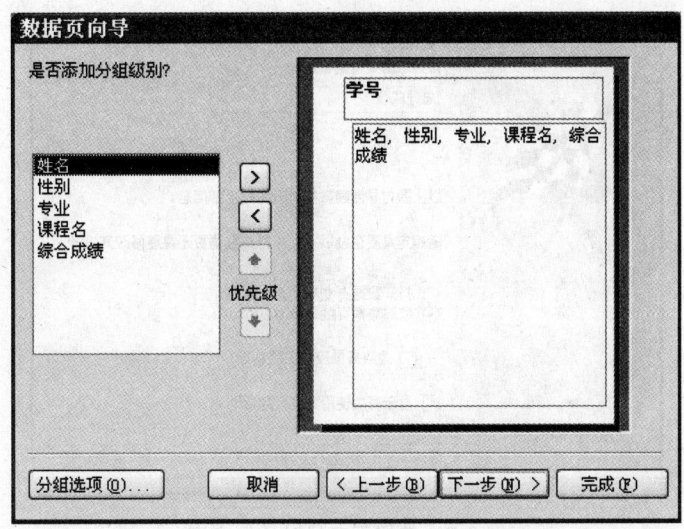

图 8.7　数据页向导对话框之二

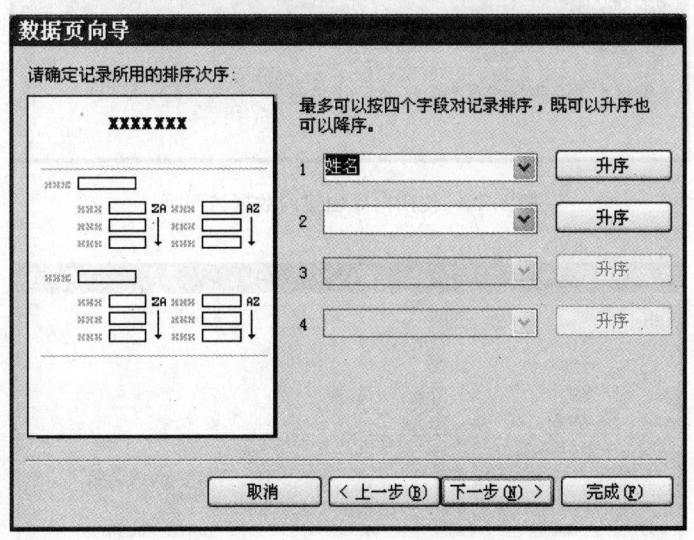

图 8.8　数据页向导对话框之三

　　在图 8.10 中显示有 8 组学号不同的记录,现在显示的是学号为 **070101** 的一组。单击浏览记录上的按钮可以显示其他学号组的记录。图中还有一个折叠标记"＋",单击该标记,可以查看学号为 **070101** 组中的具体记录,如图 8.11 所示。

　　将分组展开后,从图中可以看出,学号为 **070101** 组中共有 4 条记录,目前显示的是第一条记录。

　　从这两个图中还可以看出,浏览记录工具栏上属于数据输入项的按钮——**新建、删**

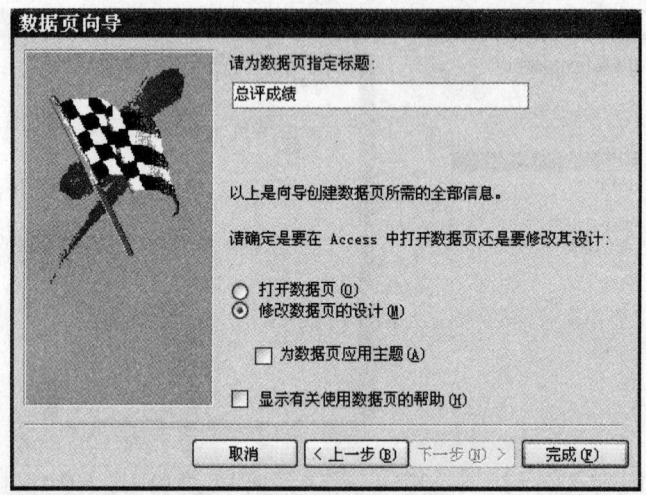

图 8.9 **数据页向导**对话框之四

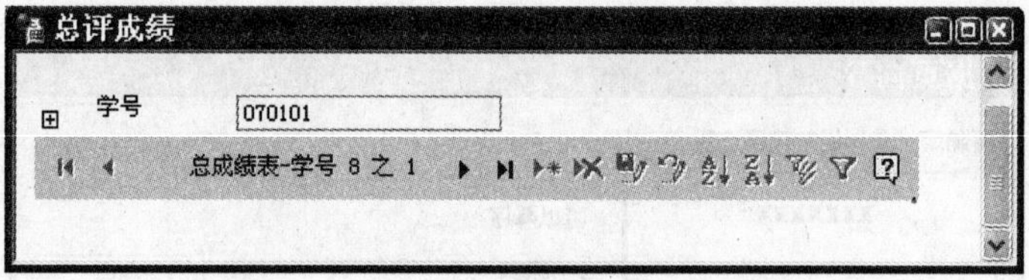

图 8.10 使用向导创建的数据访问页

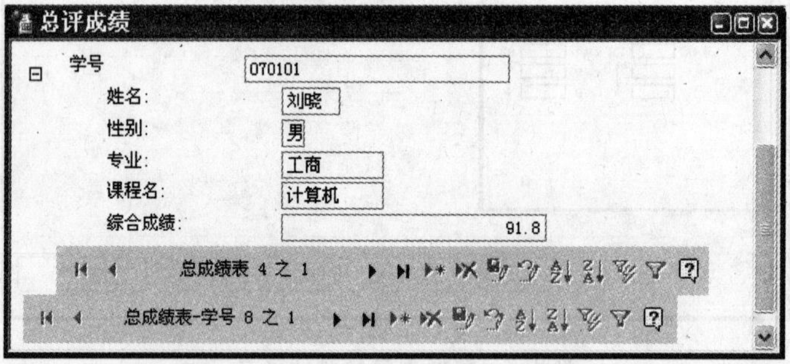

图 8.11 展开后的显示效果

除、**保存**和**撤销**都呈灰色显示,表明不可使用。可以使用的只有**定位记录**按钮。也就是说,这时的数据访问页只能浏览而不能编辑,是一个只读数据访问页。如果不指定分组级别并且数据源中设置了主键,则创建的访问页可以用来编辑。

单击页面视图中的**关闭**按钮,系统会提示是否保存该数据访问页,单击**是**按钮,可以保存创建的数据访问页。

8.2.3 在设计视图中创建数据访问页

在设计视图中创建数据页,实际上是在一张空白页上由用户来设计数据访问页。设计数据访问页与设计窗体和报表类似,也要使用字段列表、工具箱、控件、排序与分组对话框等。

打开数据访问页的设计视图后即可显示工具箱,工具箱中包括了用于创建数据访问页的各个控件,如图 8.12 所示。与 Access 其他对象的工具箱相比,数据访问页工具箱中增加了一些用于 Web 的控件,这些新增控件工具按钮,见表 8.1。

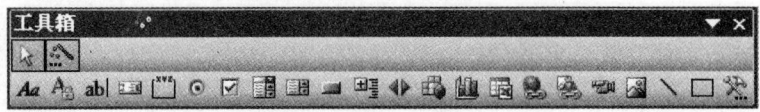

图 8.12 数据访问页工具箱

表 8.1 窗体工具箱说明

按钮	名　称	功　能
	绑定范围	将 HTML 代码与数据库中的"文本"或"备注"字段绑定
	滚动文字	在数据访问页上插入一段滚动文字,可以规定方向、速度和移动类别
	展开	在数据访问页上插入一个展开按钮
	Office 数据透视表	在数据访问页上插入 Office 数据透视表对象
	Office 数据图表	在数据访问页上插入图表
	Office 电子表格	在数据访问页上添加电子表格,提供 Excel 工作表相似的功能
	超链接	在数据访问页上添加超链接
	图像超链接	在数据访问页上添加一个指向图像的超链接
	影片	在数据访问页上添加影片控件

在设计视图中创建数据页的通用步骤如下:

① 在数据库窗口中选定**页**对象,单击**新建**按钮,弹出**新建数据访问页**对话框,如图8.4所示;

② 在列表框中选定**设计视图**,然后单击**确定**按钮,这时进入空白数据页的设计视图窗口,如图 8.2 所示,也可以在图 8.4 中指定数据源;

③ 单击窗口中**单击此处并键入内容**,输入将来在数据页的最上端出现的文字信息;

④ 单击工具栏上的**字段列表**按钮"▤",弹出**字段列表**对话框,如图 8.13 所示;

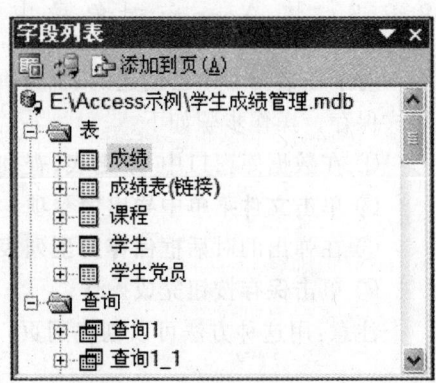

图 8.13 **字段列表**对话框

⑤ 对话框中显示了所有的表和查询,在此对话框中可以单击选定表或查询,然后选定表或查询中的字段,最后单击**添加到页**按钮将选定的字段添加到数据页中;

⑥ 如果窗口中没有工具箱,可以单击工具栏上的**工具箱**按钮"🗡",打开工具箱,单击工具箱中的按钮可以向数据页中加入其他控件;

⑦ 如果需要设置分组,可右击作为分组依据的字段,在弹出的快捷菜单中选择**升级**命令项,将该字段设置为数据访问页的分组字段;

⑧ 继续设置其他的属性,如页面属性、控件属性等,数据访问页设计后,可以单击**视图**按钮切换到页面视图,观察新数据页的效果,不满意时可以再切换到设计视图继续修改;

⑨ 满意后将设计的数据页保存。

不难看出,Access 系统中的数据访问页就是窗体对象在 Internet 上的延伸,它们不仅设计方法很相似,而且浏览、发布信息数据的方法也很相似。

8.2.4　利用已有的网页创建数据访问页

在 Access 数据库中,允许用户将已有的网页插入到数据访问页中,以此来创建新的数据访问页。因为在数据库中存放的是网页的链接,所以这种方法就是为网页在数据库中创建链接。用这种方法创建数据页的一般操作步骤如下:

① 在数据库窗口中选定**页**对象,单击**新建**按钮,弹出**新建数据访问页**对话框,如图 8.4所示;

② 在列表框中选定**现有的网页**,然后单击**确定**按钮,弹出**定位网页**对话框;

③ 选定要打开的网页,单击**打开**按钮,在设计视图中打开选定的网页,可以对打开的网页进行修改;

④ 单击**保存**按钮,可以保存网页,当在 Access 中保存网页时,Access 就在数据库窗口中创建一个链接到 HTML 文件的快捷方式。

8.2.5　将 Access 对象导出为网页

对于在数据库中已创建的表、查询、窗体和报表等对象,可以将其导出直接以网页的形式保存。操作步骤如下:

① 在数据库窗口中,单击表、查询、窗体或报表,并且选定其中的某个对象;

② 单击**文件**菜单中**导出**命令项;

③ 在弹出的对话框**保存类型**列表框中选定 **HTML** 文档并输入文件名;

④ 单击**保存**按钮完成操作。

注意:用这种方法可以创建网页,但是并没有在数据库文件中为该网页创建链接。

8.3　编辑数据访问页

数据访问页创建后,有时还要经过进一步加工,使得数据访问页更加美观、实用。下面介绍如何在设计视图中对数据访问页中的控件、其他组成部分进行编辑和修改。

8.3.1　添加控件

在设计视图窗口工具箱中的各个控件都可以添加到数据访问页中,下面以常用的几个控件为例说明控件的作用和添加方法。向数据访问页中添加控件的过程都是一样的,都是先在工具箱中单击控件,然后在设计视图中相应的位置拖动鼠标指针,最后是设置控件的属性,主要的区别是在设置属性时有所不同。

1. 添加标签

标签控件用来显示描述性的文本信息,如数据访问页的标题、字段内容说明等,这和标签在其他组件中的作用是一样的。添加标签的操作步骤如下:

① 在数据访问页的设计视图中,单击工具箱中的**标签按钮**"**Aa**";

② 将鼠标指针移到数据访问页上要添加标签的位置,按住鼠标左键拖动,拖动时会出现一个方框,这个方框就是标签最后的大小,当大小合适时,松开鼠标;

③ 向标签中输入所需要的文本信息,可以使用**格式**工具栏中的按钮设置文本的字体、字号和颜色;

④ 右击标签,在弹出的快捷菜单中选择**属性**命令项,可以打开标签的"属性"对话框,如图 8.14 所示,在该对话框中可以修改标签的属性。

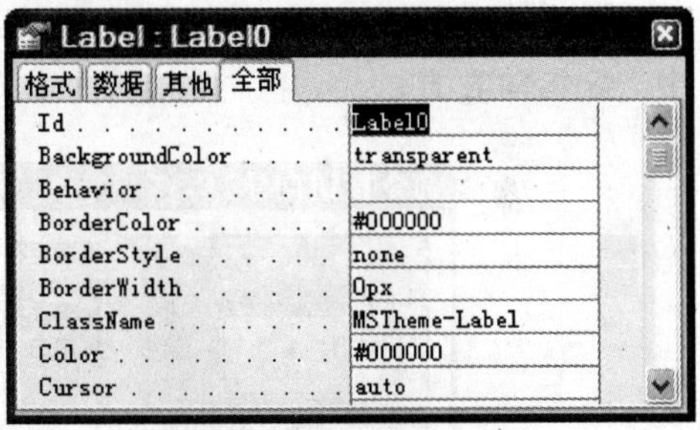

图 8.14　标签属性对话框

2. 添加命令按钮

在生成的数据访问页中,虽然记录导航工具栏可以为用户提供方便的数据浏览、编辑、删除、筛选排序等操作工具,但当不需要进行这些操作,或者只做其中少量的操作时,记录导航工具栏就显得有些多余,数据访问页的界面也显得比较凌乱。实际上,这时可以删除导航工具栏,添加需要的命令按钮。

例 8.3　删除**学生**数据访问页中的记录导航工具栏,添加一个命令按钮,用来指向下一条记录。操作步骤如下:

① 在设计视图中打开**学生**数据访问页;

② 单击工具箱中的**命令按钮**"■";

③ 在数据访问页上拖动鼠标指针到合适的大小,松开鼠标后,进入**命令按钮向导**对话框之一,该对话框用来选择命令按钮的类型,有**记录导航**和**操作记录**两类,图中显示的

是**记录导航**，右侧列出了 4 条与浏览有关的命令，如果单击**操作记录**，对话框右侧也会显示 4 条命令，分别是保存记录、删除记录、撤销记录和添加新记录，这里选定**记录导航**中的**转至下一项记录**，如图 8.15 所示；

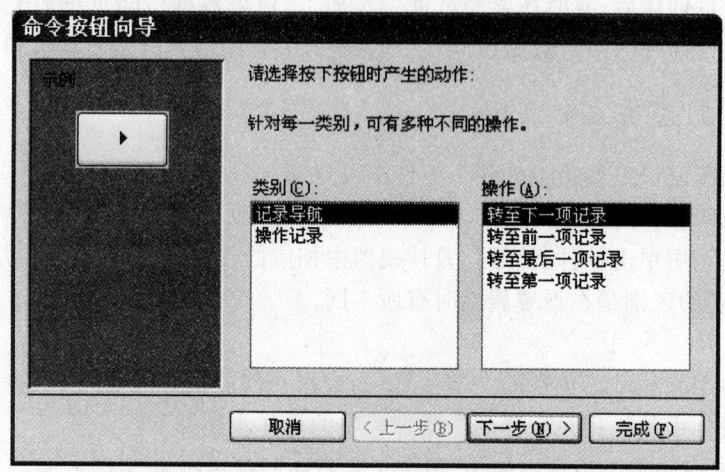

图 8.15　**命令按钮向导**对话框之一

④ 单击**下一步**按钮，进入**命令按钮向导**对话框之二，该对话框用来确定命令按钮上显示的内容，可以是**文本**，也可以是**图片**，这里选择**图片**，如图 8.16 所示，在其右侧的列表中选定**指向右方**；

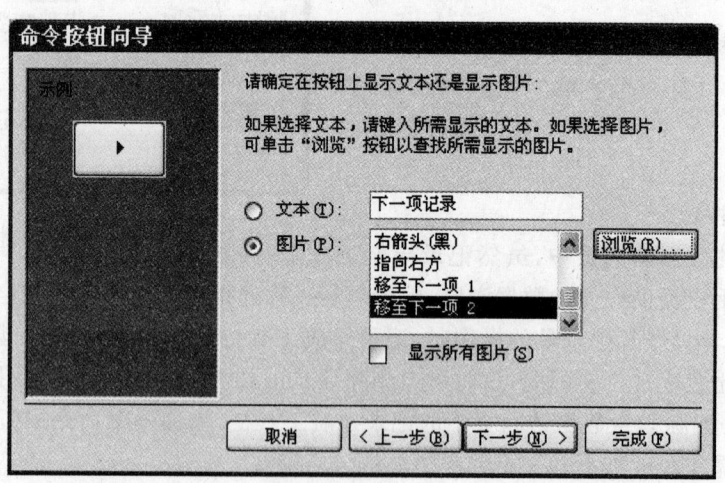

图 8.16　**命令按钮向导**对话框之二

⑤ 单击**下一步**按钮，进入**命令按钮向导**对话框之三，在第三个对话框中要求输入命令按钮的名称，以便以后引用，这里使用系统默认的名称 **Command0**，如图 8.17 所示；

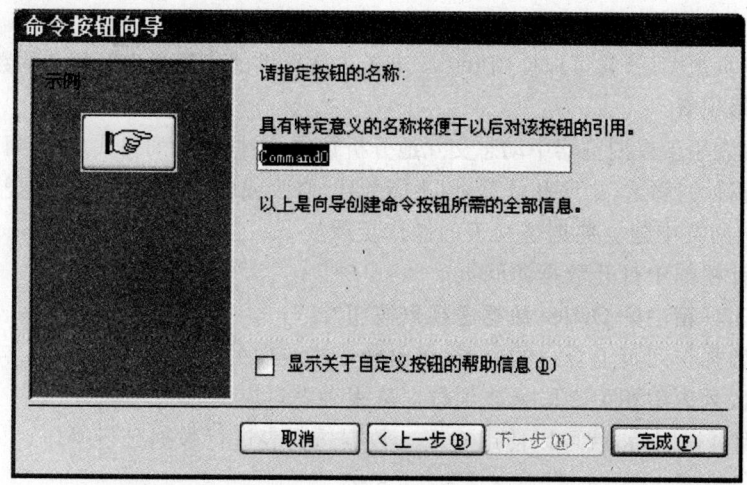

图 8.17　命令按钮向导对话框之三

⑥ 单击**完成**按钮,结束创建过程,如果必要的话,还可以右击该命令按钮,在弹出的快捷菜单中选择**属性**命令项,在弹出的**属性**对话框中设置命令按钮的属性。

切换到页面视图下,单击这个按钮时,就可以显示下一条记录,这与导航工具栏上的"▶"按钮的作用是一样的。

3. 添加滚动文字

向数据访问页中添加滚动的文字,可以使显示的网页更能吸引人们的注意力。

例 8.4　在**学生**数据访问页中添加滚动文字**浏览学生基本信息**。操作步骤如下:

① 在设计视图中打开**学生**数据访问页;

② 单击工具箱中的**滚动文字**按钮"▣";

③ 在数据访问页上拖动鼠标指针到合适的大小,松开鼠标后,在滚动文字控件框中输入要滚动显示的文字**浏览学生基本信息**;

④ 右击滚动文字框,在弹出的快捷菜单中选择**属性**命令项,在"属性"对话框中设置滚动文字的字体、字号和运动方式等。

4. 添加 Office 电子表格

在数据访问页中可以添加 Office 电子表格,Office 电子表格与 Excel 的电子表格类似,可以在 Office 电子表格中输入原始数据、添加公式和进行电子表格的运算,这样就可以在数据访问页的页面视图或浏览器中查看和分析相关的数据。

添加 Office 电子表格的操作步骤如下:

① 在设计视图中打开数据访问页;

② 单击工具箱中的 **Office 电子表格**按钮"▣";

③ 单击数据访问页上合适的位置,即要插入电子表格的位置,就可以在数据访问页

中插入一张空白的电子表格。

当切换到页视图后，就可以使用 Office 电子表格提供的工具栏进行相关的数据操作。

5. 添加数据透视表

数据透视表用于在浏览器中动态交互地分析数据，数据以行列格式显示，可以按用户所需的方式进行移动、筛选、排序和计算，但不能新建、修改或删除数据透视表中显示的数据。

在数据访问页中建立数据透视表的操作步骤如下：

① 在设计视图中打开数据访问页；

② 单击工具箱中的 **Office 数据透视表按钮**"🖳"；

③ 单击数据访问页上合适的位置，将出现一张空白的数据透视表；

④ 将字段列表中相关字段拖放到数据透视表中对应区域。

当切换到页视图后，就可以使用 Office 数据透视表进行数据分析操作。

6. 添加图表

图表能直观反映数据间的逻辑比对、图样和预测趋势。使用图标组件，可以建立动态交互式图表，如果源数据变更，包含图表的数据访问页也会自动更新，反映最新数据。

图表的数据源可以是数据透视表、表、查询或组件所建立的电子表格。在数据访问页中建立图表的操作步骤如下：

① 在设计视图中打开数据访问页；

② 单击工具箱中的 **Office 图表按钮**"🖿"；

③ 单击数据访问页上合适的位置，将出现图表框；

④ 打开图表，在**命令和选项**对话框中设置数据源、图标类型；

⑤ 从字段列表中拖放相关字段到图表的各个栏区域中，即可建立所需的图表。

当切换到页视图后，就可以看到对应的图表并进行筛选、排序、汇总等操作。

8.3.2　设置格式

格式设置用来设计数据访问页的外观，包括设计背景、使用主题等。

1. 设置背景

背景设置中包含了背景颜色、背景图片和背景声音的设置。

设置背景时，先在设计视图中打开数据访问页，然后在**格式**菜单**背景**级联菜单中选择**颜色**或**图片**，如图 8.18 所示。

如果选择颜色，则在颜色的下一级菜单中选择所需要的颜色；如果选择图片，则会显示**插入图片**对话框，在对话框中选择要作为背景的图片文件，然后单击**确定**按钮。

2. 应用主题

数据访问页中的主题是由字体、横线、背景图像和其他数据库对象元素所组成的一组统一的设计元素和配色方案。主题有助于方便地创建专业化的、设计精致的 Access 程序。

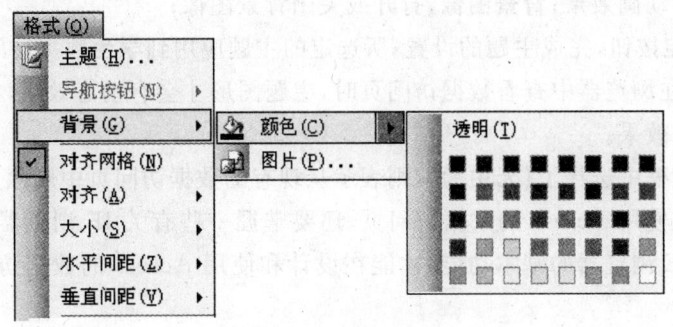

图 8.18　**格式**菜单背景级联菜单

　　Access 为数据访问页提供了一系列主题样式,在设计数据访问页时,只需要选定某种主题,就可以改变所创建数据访问页的整体效果。

　　例 8.5　对**学生**数据访问页使用主题。操作步骤如下:

　　① 在设计视图中打开**学生**数据访问页;

　　② 单击**格式**菜单中**主题**命令项,弹出**主题**对话框,如图 8.19 所示;

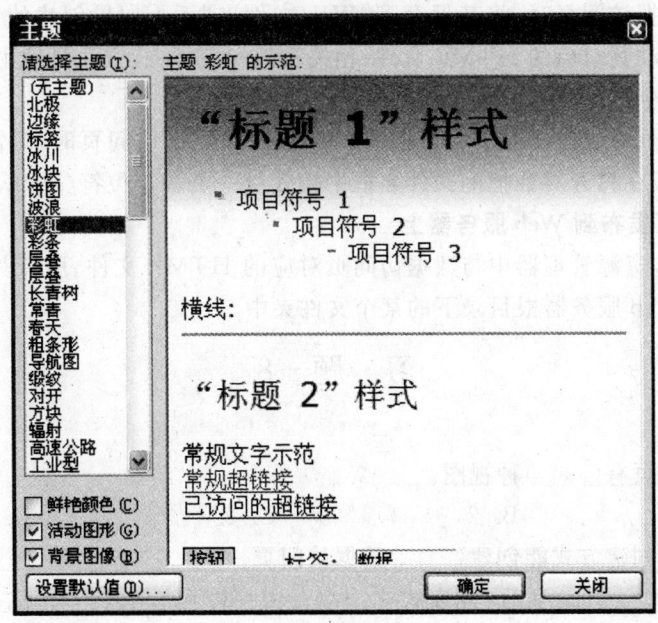

图 8.19　**主题**对话框

　　③ 在**请选择主题**列表框中选定**彩虹**主题,在右边的窗格中可以看到**彩虹**主题的基本样式;可以对主题列表框下侧的三个复选框进行设置,**鲜艳颜色**,使用明亮色彩方案显示文本链接和按钮的颜色;**活动图形**,当主题包含动画时,将它们显示出来,在浏览器中查看

页面时可以看到动画效果；**背景图像**，打开或关闭背景图像；

④ 单击**确定**按钮，完成主题的设置，所选定的主题应用到**学生**数据访问页中。

说明：只有在浏览器中查看数据访问页时，主题图形才会有动态效果，在 Access 中查看时不会有动态效果。

如果在列表框中选择了**(无主题)**，则表示从现有的数据访问页中删除主题。

要想更好地使用 Access 的数据访问页，还要掌握一些有关 IE 浏览器的基本操作方法。只有熟悉 IE 浏览器的基本功能，才能在设计和使用 Access 的数据访问页时更加得心应手。

8.4 发布数据访问页

创建数据访问页后，可以将该页发布到"Web 文件夹"或 Web 服务器中。前提条件是数据访问页可以连接到 Microsoft Access 或 Microsoft SQL Server 数据库，并且数据访问页的用户必须能够使用该数据库。

1. 通过保存到"Web 文件夹"发布数据访问页文件

首次创建数据访问页时，将其保存到"Web 文件夹"下。如果创建的页不在"Web 文件夹"下，可以移动其对应的 HTML 文件、相关文件和文件夹，方法是使用 Access 中**文件**菜单的**另存为**命令。

在数据访问页的设计视图中编辑已有网页或创建数据访问页时，只需使用"Web 文件夹"快捷方式或在**打开**对话框的**文件名**框中输入统一资源定位符(URL)即可。

2. 将数据访问页发布到 Web 服务器上

将 Windows 资源管理器中与数据访问页对应的 HTML 文件、所有其他相关文件和文件夹复制到 Web 服务器根目录下的某个文件夹中。

习　题　8

一、选择题

1. 数据访问页有(　　)种视图。
   A. 1　　　　　　　　B. 2　　　　　　　　C. 3　　　　　　　　D. 4
2. 使用自动创建方式能创建(　　)数据访问页。
   A. 纵栏式　　　　　B. 列表式　　　　　C. 电子表格式　　　D. 图表式
3. 数据访问页工具箱中用来分析数据的控件不包括(　　)。
   A. Office 透视表　　B. Office 图表　　　C. Office 电子表格　D. 展开控件
4. 如果需要在数据访问页中通过文字链接到某个网页，要用到(　　)控件。
   A. 超链接　　　　　B. 热点图像　　　　C. 滚动文字　　　　D. 标签
5. 使用向导创建数据访问页时，在出现的第一个对话框中可以进行的操作主要是(　　)。

    A. 设置分组 　　　　　　　　　B. 选择字段

    C. 调整优先级 　　　　　　　　D. 设置排序顺序

6. 不同于其他的组件,在数据访问页中可以添加(　　)控件。

    A. 滚动文字 　　　B. 标签 　　　C. 文本框 　　　D. 命令按钮

7. 数据访问页是采用(　　)语言进行编码的窗体。

    A. C 　　　B. HTML 　　　C. Java 　　　D. Visual Basic

8. 和报表、窗体一样,在数据访问页的视图中也可以调出(　　),用于显示所有的数据及其字段属性。

    A. 字段列表 　　　B. 下拉列表框 　　　C. 文本框 　　　D. 标签

9. 可以将(　　)看做是 Access 的报表和窗体转移到 Web 上的应用,目标是 HTML 文件。

    A. 查询 　　　B. 数据访问页 　　　C. 表 　　　D. 宏

10. 数据访问页中的"主题"是指(　　)。

    A. 数据访问页的标题

    B. 对数据访问页目的、内容和访问要求等的描述

    C. 数据访问页的布局与外观的统一设计和颜色方案的集合

    D. 以上都对

二、填空题

1. 使用快速创建数据访问页的方式创建的数据访问页,页面上的数据都简单地以_____出现,并且没有进行数据分组等信息。

2. 在使用数据访问页时有_____和_____视图方式。

3. 若编辑某一个数据访问页应使用_____视图方式。

4. 可以从表、查询、_____和_____导出 HTML 文档。

5. 在 Access 中,需要在网上发布数据,可用的数据对象是_____。

三、简答题

1. 什么是数据访问页?数据访问页的作用是什么?

2. 简述数据访问页与其他 Access 数据库对象的区别?

3. 什么是主题?如何使用?

4. 简要说明 Access 2003 窗口组成及各部分的功能。

5. 如何通过实际操作,在 Access 系统中获得帮助信息?

第9章 宏的创建与使用

在 Access 中,宏是一个重要的对象,通过执行宏可以使得对数据库进行的操作变得更为方便,本章将介绍宏的概念,宏、宏组以及条件宏操作的创建、运行和调试。

9.1 宏 概 述

宏是具有名称的、由一个或多个操作命令组成的集合,其中每个操作实现特定的功能,诸如打开表、调入数据或报表、切换不同窗口等。在 Access 中提供了 50 多种宏操作,这些操作和菜单命令类似,但它们对数据库施加作用的时间有所不同。菜单命令一般用在数据库的设计过程中,而宏命令则用在数据库的执行过程中。菜单命令必须由用户来施加这个操作,而宏命令则可以在数据库中自动执行。将宏操作按照一定的顺序有机地组合在一起,运行时 Access 就会按照定义的顺序自动运行。

用户掌握了宏的操作,可以像使用编程技术一样,实现对 Access 的灵活应用。然而,掌握宏的操作要比学习编程技术容易得多,它不需要记住各种语法,只要将所执行的操作、参数和运行的条件输入到宏窗口中即可。

9.1.1 宏的设计窗口

Access 为宏的设计提供了非常方便的可视化环境,在数据库窗口中选定**宏**对象,然后单击**新建**按钮,即可打开宏的设计窗口,如图 9.1 所示。

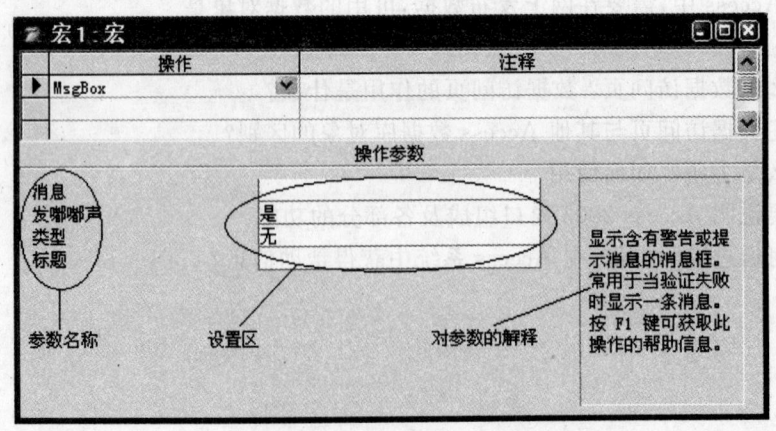

图 9.1 宏设计窗口的组成

宏的设计窗口分为上下两部分，分别为设计区和操作参数区，使用 **F6** 键可以在两个区切换。设计区有两列，第一列是**操作**列，它由若干行构成，每一行就是一个宏操作命令，单击每一行右侧的下拉箭头，在打开的列表框中会显示出 Access 的所有宏操作命令，用户可以在其中进行选择；第二列是**注释**列，用来对左边的操作进行必要的说明，以方便今后对宏进行修改和维护。

在新建宏时，只显示**操作**和**注释**列，用户可以通过单击工具栏中的**宏名**按钮""和**条件**按钮""，或单击**视图**菜单的**宏名**和**条件**命令，增加**宏名**列和**条件**列，分别用于创建宏组和条件宏操作。

窗口的下半部分称为操作参数区，当选择不同的操作命令时，该区域会显示出一组不同的参数供用户设置，它由三部分组成，第一列显示各参数的名称，用户在第二列对各参数进行设置，而第三列则是对每个参数的具体解释。

注意：宏只有设计视图一种方式，在设计视图下可以创建、修改、执行宏。

9.1.2　宏设计工具栏

在进行创建宏与操作宏等操作时，宏设计工具栏提供了许多方便，如图 9.2 所示。宏设计工具栏上按钮的基本功能，见表 9.1。

图 9.2　宏设计工具栏

表 9.1　用于宏设计的按钮功能

按　钮	名　称	功　　能
	宏名	控制**宏名**列在宏设计窗口中的显示或隐藏
	条件	控制**条件**列在宏设计窗口中的显示或隐藏
	插入行	在当前行前面增加一个空白行
	删除行	删除当前行
	执行	在宏窗口中执行宏
	单步	单步执行宏
	生成器	帮助用户设置宏操作命令的参数
	数据库窗口	切换到数据库窗口
	新对象	创建新的对象

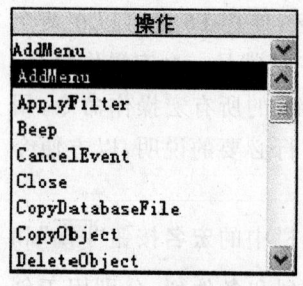

图 9.3　宏操作命令列表框

9.1.3　常用的宏操作

Access 提供了 50 多个宏操作命令,单击宏设计窗口操作列中任一行,在该行右侧会显示一个向下的箭头,单击这个箭头,屏幕会显示出一个列表框,如图 9.3 所示。该列表框中按字母顺序列出了所有的操作命令,可以在该列表框中选择需要的操作命令。

常用的宏操作命令及其功能如下:

1. 打开或关闭库对象

（1）OpenForm　打开指定的窗体。

（2）OpenReport　打开指定的报表。

（3）OpenQuery　打开指定的查询。

（4）OpenTable　打开指定的表。

（5）Save　保存对象,不指定具体对象时,保存当前的活动对象。

（6）Close　关闭指定的对象,需要在参数中设置关闭的对象,如表、查询等。

2. 运行程序与退出

（1）RunApp　在 Access 中运行一个 Windows 或 MS-DOS 应用程序。

（2）RunCode　调用 VB 的 Function 过程。

（3）RunCommand　执行一个 Access 菜单命令。

（4）RunMacro　运行选定的宏（该宏可以在宏组中）。

（5）RunSQL　执行指定的 SQL 语句完成操作查询。

（6）Quit　退出 Access。

3. 记录操作

（1）Requery　指定控件重新查询,即刷新控件数据。

（2）FindRecord　查找满足条件的第一条记录。

（3）FindNext　查找满足条件的下一条记录。

（4）GoToRecord　将指定的记录作为当前记录。

4. 控制窗口

（1）Maximize　将活动窗口最大化。

（2）Minimize　将活动窗口最小化。

（3）Restore　将处于最大化或最小化的窗口恢复为原来的大小。

（4）MoveSize　移动或调整活动窗口。

5. 通知或警告

（1）Beep　让扬声器发出"嘟嘟"声。

（2）MsgBox　显示包含警告信息或提示信息的消息框。

宏操作命令包括了对数据库及数据库各个对象的操作,而由这些命令组成的宏功能也就十分强大(有关详细的宏操作命令及其功能参见附录)。

9.1.4　设置宏操作参数

大部分宏操作都有具体的操作参数,告诉 Access 具体如何执行该操作。有些参数是必需的,而有些参数是可选的。

在操作列选定了某个操作命令后,宏设计窗口的左下方会显示一组操作参数供用户设置。在这一组参数中,每选定一个参数,窗口右下方会自动显示出对该参数的解释信息,在设置参数时,可以根据这些信息来进行设置。

当单击操作参数文本框时,在文本框右侧显示下拉按钮。单击此按钮,可以在弹出的下拉列表框中选择参数。

也可以使用**表达式生成器**生成的表达式设置操作参数,方法是单击**生成器**按钮,然后在弹出的**表达式生成器**对话框中设置。

9.2　创建宏与编辑宏

9.2.1　创建宏

创建一个宏,主要用到宏设计窗口和宏设计工具栏。在 Access 中使用宏来设计程序与传统意义上的程序设计有很大的区别,用户无需要编写程序代码,只需要在表格中选定有关的内容,填写一份宏操作表格即可。

下面介绍三类不同宏的创建,即操作序列宏、宏组和条件操作宏。不论哪一类,创建中都要指定宏名、添加操作命令、为命令设置参数和备注等。

1. 创建操作序列宏

由于操作序列宏中各命令的执行是按命令在宏中的先后次序,所以在建立操作序列宏时,要按照命令执行的顺序依次添加每一条命令。

例 9.1　用宏来实现打开窗体的功能。操作步骤如下:

① 在数据库窗口中选定**宏**对象,然后单击**新建**按钮,打开"宏设计"窗口;

② 在宏设计窗口单击**操作**列的第一个空白行,该行右侧出现向下箭头,单击该箭头打开命令列表框,在列表框中选定 **OpenForm** 命令;

③ 在**注释**列的第一行文本框中输入注释信息**打开学生基本信息窗体**;

④ 在操作参数区单击**窗体名称**右侧的向下箭头,选定**学生基本信息**窗体,如图 9.4 所示;

⑤ 单击**保存**按钮,弹出**另存为**对话框,在此对话框中输入宏名**打开窗体**,然后单击**确定**按钮完成操作。

本例创建的宏仅仅包含了一个宏操作,通过这个简单的例子说明了创建宏的一般过

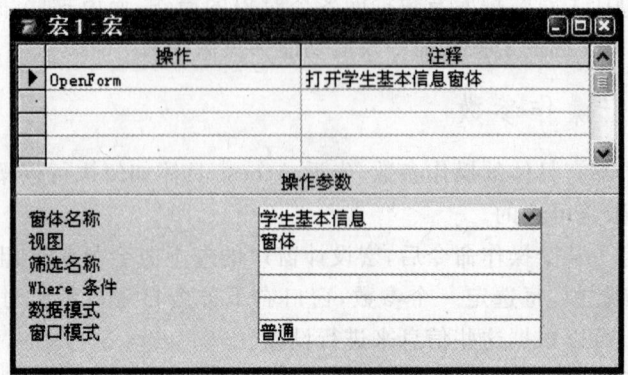

图 9.4   宏设计窗口

程,即加入命令、设置参数、保存。

    如果在宏中还有其他的宏操作命令,可以重复②～④继续添加其他的操作命令。

2. 创建宏组

    如果有许许多多的宏,可以将相关的宏定义到一个组中,称为**宏组**,以减少**宏**对象列表的数量,有助于更方便地对数据库进行管理。

    例 9.2   创建一个宏组,包括**打开学生表**和**打开成绩查询**两个宏。其中,**打开学生表**宏中包含三个操作,分别是打开**学生**表、打开一个提示窗口和关闭表;**打开成绩查询**宏中也包含三个操作,分别是打开**总成绩表**查询、打开一个提示窗口和关闭查询。操作步骤如下:

    ① 在数据库窗口中选定**宏**对象,然后单击**新建**按钮,打开"宏设计"窗口;

    ② 单击**视图**菜单中**宏名**命令项,在宏设计窗口中显示**宏名**列;

    ③ 在**宏名**列内输入宏组中第一个宏的名字**基本信息**,然后单击同一行的**操作**列,在下拉列表框中选定 **OpenTable** 命令,在操作参数区单击**表名称**右侧的向下箭头,选定**学生**;

    ④ 单击第二行的**操作**列,在下拉列表框中选定 **MsgBox** 命令,在操作参数区第一行消息框中输入**单击确定关闭学生表**;

    ⑤ 单击第三行的**操作**列,在下拉列表框中选定 **Close** 命令,在操作参数区第一行**对象类型**中选定**表**,在第二行的**对象名称**中选定**学生**;

    ⑥ 在第 4 行的**宏名**列内输入宏组中第二个宏的名字**成绩查询**,然后单击同一行的**操作**列,在下拉列表框中选定 **OpenQuery** 命令,在操作参数区第一行**查询名称**列选定**总成绩表**;

    ⑦ 单击第 5 行的**操作**列,在下拉列表框中选定 **MsgBox** 命令,在操作参数区第一行消息框中输入**单击确定结束显示**;

    ⑧ 单击**操作**列第 6 行,在下拉列表框中选定 **Close** 命令,在操作参数区第一行**对象类型**中选定**查询**,在第二行的**对象名称**中选定**总成绩表**,如图 9.5 所示;

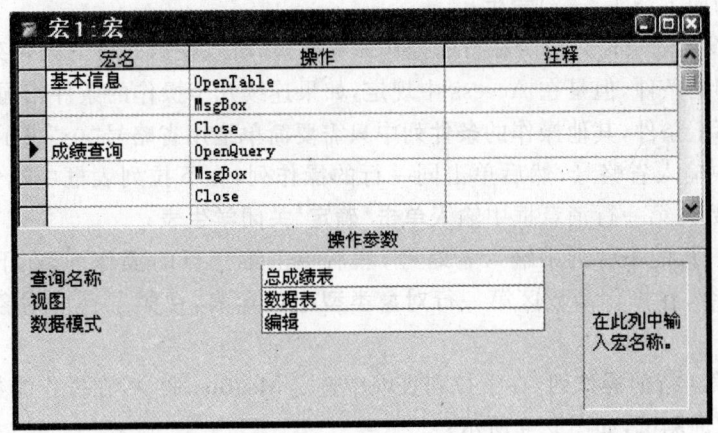

图 9.5　宏组设计窗口

⑨ 单击**保存按钮**，弹出**另存为**对话框，在宏名称文本框中输入宏组名**学生信息宏组**，然后单击**确定按钮**完成操作。

对宏组的概念的理解需注意以下几点：①宏组相当于一个分类的文件管理器，一个宏组中可生成或存放若干个宏；②建立宏组可避免宏对象列表太庞大，相当于分门别类的管理宏；③宏组中存放的若干个宏，一般不能自动连续运行，而要使用执行宏组中的宏的方法执行，详见 9.3.1。

3. 创建条件操作宏

在某些情况下，可能希望在满足一定条件时才执行宏中的一个或多个操作，这时可以使用条件来控制宏的流程，这就是条件操作宏。创建条件操作宏时，要在操作之前加上执行的条件。条件是逻辑表达式，宏将根据条件结果的真或假而沿着不同的路径执行。

例 9.3　创建一个条件操作宏完成如下的操作：先在屏幕上用消息框提示**是否显示'学生'表?**，如果用户单击**是按钮**，则执行显示**学生**表、显示消息框、关闭**学生**表三个操作。不论用户是否单击**是按钮**，最后都显示一个消息框，框内提示信息为**欢迎测试**。操作步骤如下：

① 在数据库窗口中选定**宏**对象，然后单击**新建按钮**，打开"宏设计"窗口；

② 单击**视图**菜单中**条件**命令项，在宏设计窗口中显示**条件**列；

③ 在设计窗口第一行的**条件**列内，输入条件 **MsgBox("是否显示'学生'表?",4)＝6**，条件中的 **MsgBox** 是一个函数，表示要显示一个消息框，框内显示的提示信息为**是否显示'学生'表?**，括号内的参数 **4** 表示消息框中要显示是和否两个命令按钮，等号后面的 **6** 表示用户如果单击**是**按钮后函数的返回值，关于该函数的使用将在第 11 章详细介绍；

④ 单击同一行的**操作**列，在下拉列表框中选定 **OpenTable** 命令，在操作参数区单击

表名称右侧的向下箭头,选定**学生**;

　⑤ 由于设置的条件只对所在行的操作命令有效,所以在第二行的**条件**列仍应该输入与上一行相同的条件,但是在 Access 中规定,如果连续几个操作的条件相同,只需要在第一个操作前写上条件,其他操作的**条件**列中只需要简单地用省略号"…"表示,因此在第二行的**条件**列中输入省略号,然后单击同一行的**操作**列,在下拉列表框中选定 **MsgBox** 命令,在操作参数区第一行消息框中输入**单击'确定'关闭学生表**;

　⑥ 在第三行的条件列中输入省略号,然后单击第三行的**操作**列,在下拉列表框中选定 **Close** 命令,在操作参数区第一行**对象类型**中选定**表**,在第二行的**对象名称**中选定**学生**;

　⑦ 单击第 4 行的**操作**列,在下拉列表框中选定 **MsgBox** 命令,在操作参数区第一行消息框中输入**欢迎测试**,如图 9.6 所示;

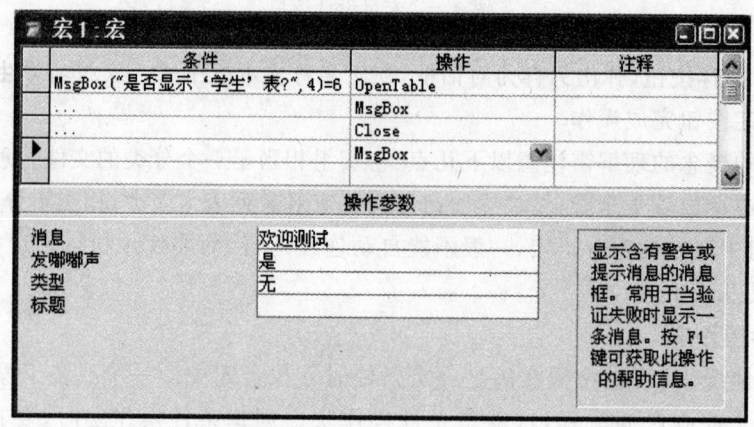

图 9.6　条件操作宏设计窗口

　⑧ 单击**保存**按钮,弹出**另存为**对话框,在宏名称文本框中输入宏名**带条件的学生信息宏**,然后单击**确定**按钮,条件宏创建完毕。

　带条件的学生信息宏由 4 个操作命令组成,其中前三个带有条件,最后一个是无条件的操作,带有条件的操作只有在条件表达式为真时,才被执行。

　本例中的条件使用了函数 MsgBox,除了用函数的值构成条件表达式外,还可以使用窗体或报表上控件的值,引用的格式如下:

　　　　Forms![窗体名]![控件名]

　　　　Reports![报表名]![控件名]

9.2.2　编辑宏

　宏设计完成后,常常有一些不足,这就需要对已设计的宏进行编辑,添加新的操作、移动宏操作、复制宏操作或删除宏操作等。

1. 添加新操作

在完成一个宏的设计后,往往会根据实际需要再向宏中添加一些操作。操作步骤如下:

① 在数据库窗口中选定**宏**对象,并在设计视图下打开需要添加操作的宏名;

② 单击行选择器,选定要添加新操作的行,然后单击工具栏上插入按钮"**⋤**",或单击**插入**菜单中**行**命令项,在当前行前面增加一个空白行;

③ 单击空白行**操作**列右边的箭头,在下拉列表框中选定要插入的操作;

④ 在操作参数区设置相关参数后,单击**保存**按钮即可。

2. 移动宏操作

在宏设计完成后,有时需要根据实际需求改变两个宏操作的执行顺序,这就要移动特定的宏操作。例如,一个宏包含的操作是先打开窗体随后打开消息框,现要将这两个操作顺序互相颠倒,操作步骤如下:

① 在设计视图中打开要操作的宏名;

② 单击行选择器;

③ 选定含有操作所在的行,按住鼠标左键不放,将其拖曳到想要移动的位置并松开鼠标即可。

说明:在移动宏操作过程中,Access 将移动该宏操作的所有条件和操作参数。

3. 宏的复制

复制已存在的宏,用以建立一个在设计方面类似的宏会节省很多时间,而不必从头建立新宏,只要对复制过来的宏进行必要的修改即可。在 Access 中,对一个宏的复制可以是对整个宏进行的,也可以是对单个宏中的某个操作进行的。

例如,将宏**打开窗体**复制成为一个名为**宏 2** 的宏,操作步骤如下:

① 在数据库窗口中选定**宏**对象,然后选定要复制的源宏**打开窗体**;

② 按 **Ctrl＋C** 组合建,再按 **Ctrl＋V** 组合建;

③ 在弹出的**粘贴为**对话框中,输入新宏的名字**宏 2**,单击**确定**按钮即可。

说明:当将宏从一个数据库复制到另一个数据库时,需关闭当前数据库并打开要将宏复制到的数据库。

4. 宏的删除

在完成一个宏的设计后,有时会根据实际需要删除宏中的一些冗余操作,以实现代码优化。删除宏的具体步骤如下:

① 在数据库窗口中选定**宏**对象,并在设计视图下打开要编辑的宏名;

② 单击要删除的行选择器;

③ 单击工具栏上的**删除行**按钮"**⋤**"即可。

说明:若要直接删除某个宏,则在数据库窗口中选定要删除的宏,然后按 **Del** 键或单击**编辑**菜单中**删除**命令项即可。

9.3　运行宏与调试宏

9.3.1　运行宏

创建了宏之后，要通过运行宏来检验宏的正确性。宏有多种运行方式。

1. 直接运行宏

可以使用以下方法之一，直接执行宏：

① 在"宏设计窗口"中，单击工具栏上的**运行按钮**"　　"；

② 在数据库窗口中，单击**宏**对象，然后在窗口中双击要运行的宏名；

③ 在数据库窗口中，单击**宏**对象，单击要运行的宏名，然后单击**运行按钮**"　　"；

④ 单击**工具菜单宏**级联菜单中**运行宏**命令项，在弹出的**执行宏**对话框中选定要运行的宏，如图 9.7 所示，单击**确定**按钮。

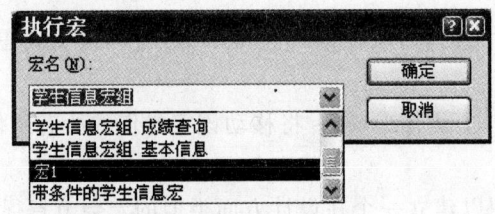

图 9.7　**执行宏**对话框

通常情况下，直接运行宏只是为了检测宏的运行情况，在经过检测设计正确后，要将宏附加到窗体、报表、控件或 VBA 程序中，使其对事件做出响应。

2. 执行宏组中的宏

当建立了宏组后，可以使用上面运行宏的 4 种方法之一，直接运行宏组中的宏；但这 4 种方法的执行效果是不同的。使用前三种方法，由于只选择了宏组名，并没有指明宏组中的哪一个宏，所运行的是宏组中的第一个宏；最后一种方法可以在图 9.7 的**宏名**下拉列表框中选定宏名，因此可以直接指定要运行的是宏组中具体的哪一个宏。

宏组中的某个宏，可以用下面的方法表示：

　　　[宏组名].[宏名]

例如，学生信息宏组.基本信息表示是**学生信息宏组**中的**基本信息**宏，如图 9.7 所示。

3. 在另一个宏中运行宏

在另一个宏中运行宏，是指创建一个含有操作命令 RunMacro 的宏。

例 9.4　创建一个宏，其中只有一条操作命令 RunMacro 用来运行宏组学生信息宏组中的**成绩信息**宏。操作过程如下：

① 在数据库窗口中选定**宏**对象，然后单击**新建**按钮，打开"宏设计"窗口；

②　单击**操作**列的第一个空白行,在下拉列表框中选定 **RunMacro** 命令,该宏有三个参数;

③　在操作参数区单击宏名右侧的向下箭头,选定**学生信息宏组.成绩信息**,如图 9.8 所示,根据需要,还可以设置**重复次数**和**重复表达式**参数,若在**重复表达式**中输入了表达式,那么当该表达式为真时反复运行宏,直到该表达式的值为假或者达到**重复次数**所设定的最大次数时才停止运行;如果两个参数都为空,则宏只运行一次;

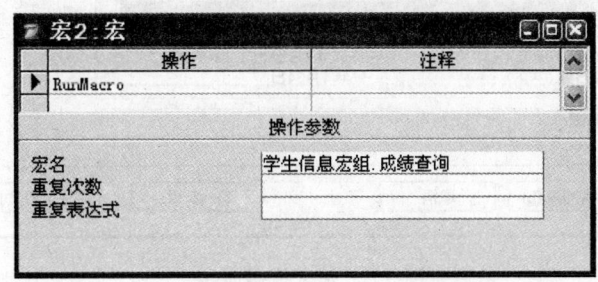

图 9.8　在另一个宏中运行宏

④　单击**保存**按钮,在弹出的**另存为**对话框中输入宏名**从其他宏运行宏**,然后单击**确定**按钮完成操作。

运行新建立的宏,从结果可以看出,就是运行了**学生信息宏组**中**基本信息**宏中的三条命令。

4. 从窗体和报表运行宏

可以将宏与窗体、报表、控件结合在一起运行,使宏成为某一基本操作中包含的操作,使操作更为集成,能够完成更多的功能。

Access 可以对窗体、报表或控件中的多种类型事件做出响应,例如鼠标单击、数据更改以及窗体或报表的打开或关闭等。如果要在响应的事件中执行宏,只需在设计视图下双击相应的控件,在属性对话框中选定**事件**选项卡,就可以进行相应的设置。

例 9.5　创建一个用户登录窗体,使用条件宏检验用户输入的密码,如果正确,打开**学生基本情况**窗体,如果不正确则提示**密码错误!**。操作步骤如下:

(1)创建窗体 Form1

①　在"数据库"窗口中选定**窗体**对象,然后单击**新建**按钮,打开**新建窗体**对话框;

②　在列表框中选定**设计视图**,然后单击**确定**按钮,打开"设计视图"窗口;

③　打开窗体的**属性**窗口,在格式选项卡中将**导航按钮**属性的值设置为**否**;

④　向窗体中添加**标签**控件,将其标题属性设置为**请输入密码:**;

⑤　向窗体中添加**文本框**控件,删除文本框的标签,默认其名称为 **Text1**;

⑥　打开文本框 **Text1** 的"属性"窗口,在**数据**选项卡中将**输入掩码**属性的值设置为**密码**,如图 9.9 所示;

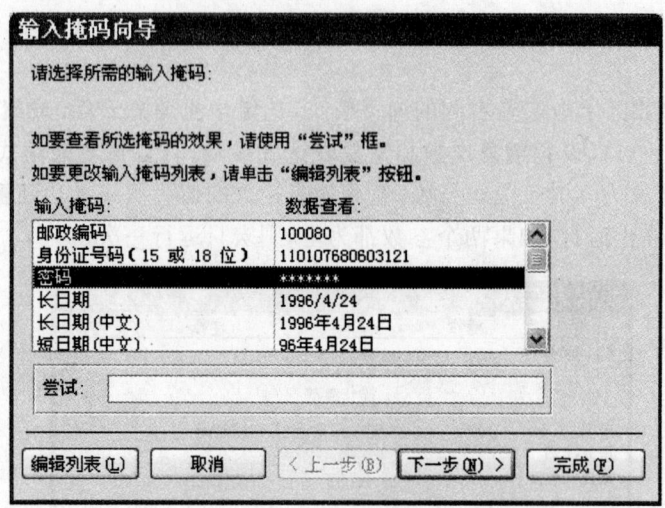

图 9.9　输入掩码向导

⑦ 单击工具栏上的**保存按钮**，在弹出的**另存为**对话框中输入窗体名称 **Forml**，然后单击**确定按钮**。

（2）创建宏密码检验

① 在"数据库"窗口中选定**宏**对象，单击**新建按钮**，打开"宏设计"窗口；

② 单击**视图**菜单中**条件**命令项，在宏设计窗口中增加**条件列**；

③ 在第一行的条件列输入[**Forms**]！[**Form1**]！[**Text1**]＝"**ch2008**"；

④ 在第一行的**操作列**选定 **OpenForm**，在操作参数区的**窗体名称**行中选定**学生基本情况**；

⑤ 在第二行的条件列中输入[**Forms**]！[**Form1**]！[**Text1**]＜＞ "**ch2008**"；

⑥ 在第二行的**操作列**中选定 **MsgBox**，在操作参数区的**消息**行中输入**密码错误!**，如图 9.10 所示；

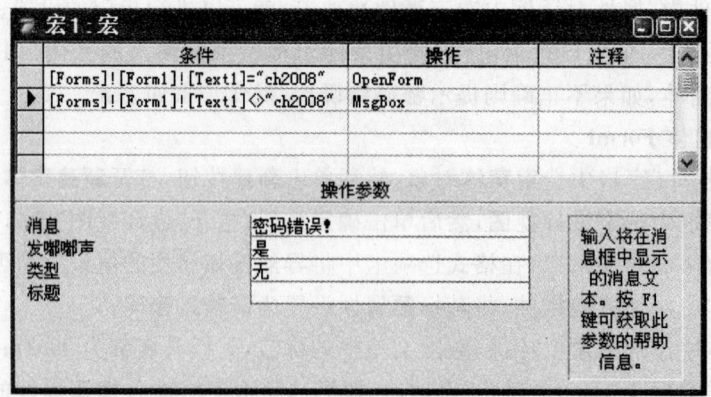

图 9.10　宏设计窗口

⑦ 单击工具栏上的**保存按钮**,在弹出的**另存为**对话框中输入宏名称**密码检验**,然后单击**确定按钮**。

（3）向窗体 **Form1** 添加一个命令按钮

① 在设计视图中打开前面已创建的窗体 **Form1**；

② 向窗体中添加一个命令按钮控件；

③ 将命令按钮的**标题**属性设置为**确定**,然后在"属性"对话框中选定**事件**选项卡,在**单击**行右侧的下拉列表框中选定**密码检验宏**；

④ 单击**保存按钮**,保存对窗体所做的修改。

在窗体视图中打开该窗体时,显示内容如图 9.11 所示。这时,如果向文本框中输入正确的密码 **ch2008**（用星号 * 显示）,然后单击**确定按钮**,就会打开**基本情况窗体**,如果向文本框中输入的不是 **ch2008**,单击**确定按钮**后会弹出出错消息框,如图9.12所示。

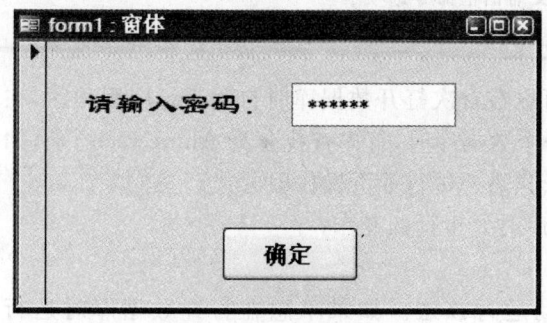

图 9.11　用户登录窗体

图 9.12　出错消息框

5. 在菜单或工具栏中运行宏

在菜单或工具栏中运行某个宏,首先要将宏添加到菜单或工具栏中。操作步骤如下：

① 单击**工具菜单**中**自定义**命令项,弹出**自定义**对话框；

② 选定**命令选项卡**,在**类别**列表框中选定**所有宏**,如图 9.13 所示,在**命令**列表框中选定某个宏,将其直接拖动到菜单或工具栏上即可。

将一个宏添加到菜单或工具栏上后,单击该宏对应的图标就可以运行宏了。

若想要取消菜单或工具栏上的宏选项时,只要单击**工具菜单**中**自定义**命令项,弹出**自定义**对话框后,从菜单或工具栏上拖移想要取消的宏选项,当鼠标指针右下角变成"✕"时,松开鼠标左键即可。

6. 在 VBA 中运行宏

在 VBA 程序中运行宏,要使用 DoCmd 对象中的 RunMacro 方法。

例如,在 VBA 中要运行**打开窗体**宏,可以使用下面的代码：

```
DoCmd.RunMacro"打开窗体"
```

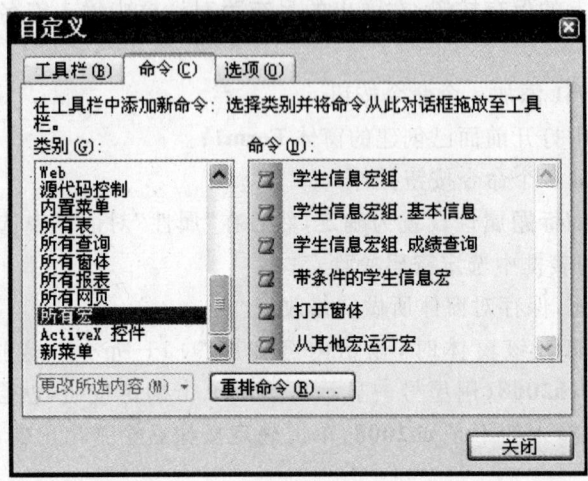

图 9.13   **自定义**对话框**命令**选项卡

7. 打开数据库时自动运行宏

使用一个名为 AutoExec 的特殊宏,可以在首次打开数据库时自动运行应用程序,在启动画面中执行某些操作。Access 打开一个数据库时,首先查找名为 AutoExec 的宏,如果找到,就自动运行它。制作 AutoExec 宏只需要进行如下操作即可:

① 创建一个宏,其中包含在打开数据库时要运行的操作;

② 以 AutoExec 为宏名保存该宏。

下一次打开数据库时,Access 将自动运行该宏。如果不想在打开数据库时运行 AutoExec 宏,可在打开数据库时按 **Shift** 键。

9.3.2 调试宏

在执行宏时,如果最终运行的结果是错误的或者不是希望的结果,而又不能从宏的操作中明显地看出错误在哪里,这时可以采用单步执行宏的方法,从每一步运行的结果中查找出错的地方。这种单步执行方式就是宏的调试工具。

例 9.6 以单步方式运行前面建立的**带条件的学生信息宏**。操作步骤如下:

① 在设计视图中打开**带条件的学生信息宏**;

② 单击工具栏上的**单步按钮**" ";

③ 单击工具栏上的**运行按钮**" ",屏幕显示消息框,单击**是**按钮后,弹出**单步执行宏**对话框,如图 9.14 所示;

④ 在对话框中列出了要执行的第一个操作的名称,右侧有三个命令按钮,**单步执行**,执行宏中下一个操作,如果没有发生任何错误,Access 将在对话框中显示下一个操作;**停止**,停止宏的运行,并关闭对话框;**继续**,停止单步执行方式并执行宏的其余部分。

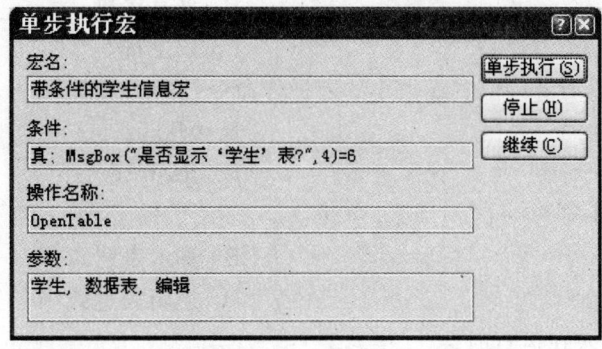

图 9.14 **单步执行宏**对话框

习 题 9

一、选择题

1. 在宏表达式中要引用报表 test 上的控件 txtName 的值,使用的引用式是( )。

    A. txtName   B. test! txtName

    C. Reports! test! txtName   D. Report! txtName

2. 在 Access 中打开一个数据库时,会先扫描数据库中是否包含( )宏,如果有,就自动运行该宏。

    A. On Enter   B. On Exit

    C. AutoExec   D. On Click

3. 宏组中宏的调用格式是( )。

    A. 宏组名. 宏名   B. 宏名

    C. 宏名. 宏组名   D. 以上都不对

4. 下列关于宏的运行方法中,错误的是( )。

    A. 运行宏时,每个宏只能连续运行

    B. 打开数据库时,可以自动运行名为"AutoExec"的宏

    C. 可以通过窗体、报表上的控件来运行宏

    D. 可以在一个宏中运行另一个宏

5. 打开查询的宏操作是( )。

    A. OpenQuery   B. OpenTable

    C. OpenForm   D. OpenReport

6. 停止当前运行的宏的宏操作命令是( )。

    A. CancelEvent   B. RunMacro

    C. StopMacro   D. StopAllMacros

7. 下列各项中,属于宏命令 RunMacro 中的操作参数是( )。

A. 宏名   B. 重复次数

C. 重复表达式   D. 以上都是

8. 移动或改变活动窗口位置或大小的宏操作命令是(　　)。

A. MoveSize   B. Maximize

C. Minimize   D. Restore

9. 条件宏的条件项是一个(　　)。

A. 字段列表   B. 算术表达式

C. SQL 语句   D. 逻辑表达式

10. 一个非条件宏在运行时会(　　)。

A. 执行部分宏操作   B. 执行全部宏操作

C. 执行设置了参数的宏操作   D. 等待用户选择执行每个宏操作

11. 对于宏操作命令中的每个操作名称,用户(　　)。

A. 能够更改操作名称

B. 不能更改操作名称

C. 对有些操作命令可以更改名称

D. 能够通过调用外部命令更改操作名称

12. 要限制宏命令的操作范围,可以在创建宏时定义(　　)。

A. 宏操作对象   B. 宏条件表达式

C. 窗体或报表控件属性   D. 宏操作目标

13. 下列关于宏的说法中,错误的是(　　)。

A. 宏是 Access 数据库的一个对象

B. 宏的主要功能是使操作自动进行

C. 使用宏可以完成许多繁杂的人工操作

D. 只有熟悉掌握各种语法、函数,才能写出功能强大的宏命令

14. 下列有关宏运行的说法中,错误的是(　　)。

A. 宏除了可以单独运行外,也可以运行宏组中的宏或另一个宏或事件过程中的宏

B. 可以为响应窗体、报表上所发生的事件而运行宏

C. 可以为响应窗体、报表中的控件上所发生的事件而运行宏

D. 用户不能为宏的运行指定条件

15. 若在宏的操作中想要弹出一个消息框,可以在"操作"列选择(　　)。

A. Close   B. MsgBox

C. OpenForm   D. Echo

二、填空题

1. 系统会自动运行的宏的名字是_____。

2. 引用宏组中的宏,采用的语法是_____。

3. 采用_____便于对数据库中宏对象进行管理。

4. 在设计条件宏时,对于连续重复的相同条件,可以在条件列中用_____符号来代替重复的条件式。

5. 通过_____可以一步一步地检查宏中的错误操作。

6. 通过宏打开某个数据表的宏操作命令是_____。

7. 打开窗体的宏命令的操作参数中必选项是_____。

8. 在移动宏操作过程中,Access 将移动该宏操作的_____和_____。

三、简答题

1. 什么是宏?宏组?它们的主要功能是什么?

2. 如何将宏链接到窗体中?

3. 直接运行宏有哪几种方式?

4. 如何进行宏的调试和执行?

5. 简述 Access 自动执行宏的作用及创建过程。

第10章 关系数据库标准语言 SQL

SQL 是结构化查询语言,是关系数据库的标准语言。目前,各种关系数据库管理系统均支持 SQL,SQL 已成为数据库领域中一个主流语言。本章主要介绍 SQL 语言在 Access 中的应用。

10.1 SQL 概述

SQL 标准于 1986 年 10 月由美国国家标准协会(American National Standards Institute,ANSI)公布,1987 年 6 月国际标准化组织(International Organization for Standards,ISO)将 SQL 定为国际标准,推荐它成为标准关系数据库语言。1990 年,我国颁布了《信息处理系统数据库语言 SQL》,将其定为中国国家标准。

SQL 虽然被称为结构化查询语言,但是它的功能并不仅仅是查询。实际上,SQL 语言集数据定义、数据操纵、数据查询和数据控制功能于一体,充分体现了关系数据语言的优点,其主要特点如下:

1. SQL 是一种功能齐全的一体化语言

SQL 语言主要包括以下 4 类:

(1)数据定义语言 DDL(data description language) 包括定义、修改与删除基本表及建立与删除索引等。

(2)数据操纵语言 DML(data manipulation language) 包括插入、修改与删除数据等。

(3)数据查询语言 DQL(data query language) 包括单表查询、连接查询、嵌套查询等各种查询功能。

(4)数据控制语言 DCL(data control language) 包括数据的安全性控制、数据的完整性控制、数据库的恢复及并发控制等功能。

SQL 语言可以独立完成数据库中的全部活动,包括定义关系模式、录入数据以建立数据库、查询、更新、维护、数据库重构、数据库安全性控制等一系列操作,这就为数据库应用系统开发提供了良好的环境。

2. SQL 是一种高度非过程化的语言

SQL 不规定某件事情该如何完成,而只规定该完成什么。当用 SQL 语言进行数据操作时,用户只需提出"做什么",而不必指明"怎么做"。因此用户无需了解存取路径,存取路径的选择以及 SQL 语句的操作过程由系统自动完成。这不但大大减轻了用户的负担,而且有利于提高数据的独立性。

3. SQL 语言简洁、易学易用

　　SQL 语言只用为数不多的几条命令,就完成了数据定义、数据操作、数据查询和数据控制等功能,语法简单,使用的语句接近人类的自然语言,容易学习和方便使用。

4. 语言共享

　　任何一种数据库管理系统都拥有自己的程序设计语言,各种语言的语法规定及其词汇相差甚远;但是 SQL 语言在任何一种数据库管理系统中都是相似的,甚至是相同的。还可以将 SQL 语句嵌入到高级语言(例如 C,Visual Basic)程序中,以程序方式使用。现在很多数据库应用开发工具都将 SQL 语言直接融入自身的语言之中,使用起来更加方便。

　　在 Access 中所有通过设计网格设计出的查询,系统在后台都自动生成了相应的 SQL 查询语句,但不是所有的 SQL 查询语句都可以在设计网格中显示出来,有部分查询工作是设计网格不能胜任的,这些查询被称为"SQL 特定查询",这些查询包括联合查询、传递查询、数据定义查询和子查询等。SQL 查询的设计丰富了查询的手段和功能,使得查询变得更加灵活实用。熟悉 SQL 语句的用户可以在 SQL 查询中充分利用各种查询的潜力,利用 SQL 查询直接完成其他查询完成不了的任务。

10.2　数　据　定　义

　　在 Access 中,数据定义是 SQL 的一种特定查询,SQL 语言的数据定义功能主要包括创建、修改删除数据表,以及建立、删除索引等。

10.2.1　创建表

　　在 SQL 语言中,可以使用 CREATE TABLE 语句定义数据表。

1. 语句格式

```
CREATE TABLE <表名>
(<字段名 1>  <类型名>  [(长度)] [PRIMARY KEY ] [NOT NULL]
[,<字段名 2>  <类型名> [(长度)] [NOT NULL]]...)
```

2. 语句功能

　　创建一个数据表的结构。创建时如果表已经存在,不会覆盖已经存在的同名表,会返回一个错误信息,并取消这一任务。

3. 语句说明

　　<表名>:要创建的数据表的名字。

　　<字段名> <类型名>:要创建的数据表的字段名和字段类型。数据类型名见表10.1。

(长度):字段长度仅限于文本及二进制字段。

PRIMARY KEY:表示将该字段定义为主键。

NOT NULL:不允许字段值为空,而 NULL 允许字段值为空。

表 10.1   数据类型名

标　志	说　明	标　志	说　明
integer	整型	long	长整型
text	文本型	single	单精度型
double	双精度型	date	日期型
string	字符型	logical	布尔型
currency	货币型	memo	备注型
		longbinary	OLE 对象型

例 10.1   在职工管理数据库中建立一个数据表**职工**,表结构由职工号、姓名、性别、职称、部门、出生日期、婚否等字段组成。并设置职工号为主键。操作步骤如下:

① 创建**职工管理**数据库;

② 在**职工管理**数据库窗口中选定**查询**对象;

③ 双击**在设计视图中创建查询**,关闭弹出的**显示表**对话框,以打开查询设计视图窗口;

④ 单击**查询**菜单 **SQL 特定查询**级连菜单中**数据定义**命令项,打开**数据定义查询**窗口;

⑤ 输入 SQL 语句,每个数据定义查询只能包含一条数据定义语句,如图 10.1 所示(说明:也可以单击**视图**菜单中 **SQL 视图**命令项,在 SQL 窗口中直接输入上面的 SQL 语句来建立查询);

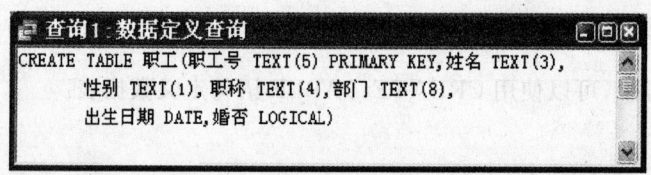

图 10.1   SQL 查询窗口

⑥ 保存查询为数据表定义查询**职工**,查询建立完毕;

⑦ 在设计视图中,单击工具栏上的**运行按钮**"❗",执行 SQL 语句,完成创建表的操作;

⑧ 在数据库窗口中选定**表**对象,可以看到在**表**列表框中多了一个**职工**表,这就是用 SQL 的定义查询创建的表。

在"设计视图"窗口中打开职工表,显示的表结构如图 10.2 所示。

例 10.2   在职工管理数据库中建立一个数据表**工资**,并通过**职工号**字段建立与**职工**表的关系。操作步骤与例 10.1 相同,其中 SQL 语句如下:

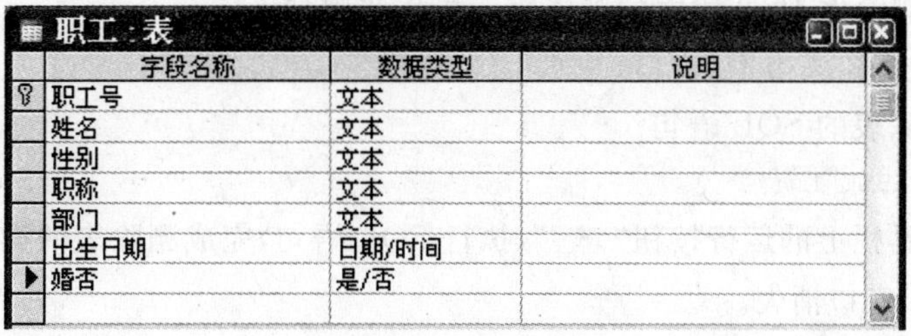

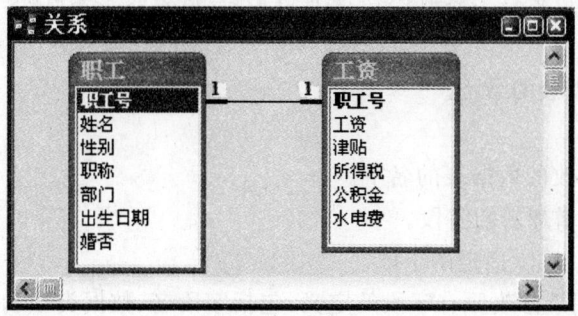

图 10.2 用 SQL 语句定义的表结构

CREATE TABLE 工资 (职工号 TEXT(5) PRIMARY KEY REFERENCES 职工,

工资 Single, 津贴 Single, 所得税 Single, 公积金 Single,

水电费 Single, 应扣 Single, 实发 Single)

其中，**REFERENCES 职工表示与职工表建立关系**。

单击**工具**菜单中**关系**命令项，在打开的**关系**窗口中可以看到两个表的结构及表之间已经建立的关系，如图 10.3 所示。

图 10.3 职工表与工资表

10.2.2 删除表

在 SQL 语言中，创建完成的表如果不再需要时，可以使用 DROP TABLE 语句删除它。

1. 语句格式

DROP TABLE < 表名>

2. 语句功能

删除指定的数据表文件。

3. 语句说明

一定要慎用 DROP TABLE 语句，一旦使用以后就无法恢复表或其中的数据，此表上建立的索引也将自动删除，并且无法恢复。

例 10.3 删除例 10.2 建立的工资表。操作步骤如下：

① 打开"数据定义查询"窗口；

② 输入删除表的 SQL 语句

    DROP TABLE 工资

③ 单击工具栏上的**运行按钮**" **!** "，执行 SQL 语句，完成删除表的操作，**工资**表将从**职工管理**数据库窗口消失。

10.2.3 修改表的结构

创建完成的表如果不能满足应用系统的需求，就需要对其表结构进行修改。在 SQL 语言中，可以使用 ALTER TABLE 语句修改表结构。

1. 语句格式

    ALTER TABLE <表名>

    [ADD <新字段名 1> <类型名> [(长度)] [,<新字段名 2> <类型名> [(长度)]...]]

    [DROP <字段名 1> [,<字段名 2> ...]

    [ALTER <字段名 1> <类型名> [(长度)] [,<字段名 2> <类型名> [(长度)]...]]

2. 语句功能

修改指定的数据表的结构。

3. 语句说明

<表名>：要修改的数据表的名字。

ADD 子句用于增加新的字段。

DROP 子句用于删除指定的字段。

ALTER 子句用于修改原有字段的定义，包括字段名、数据类型和字段的长度。

应注意 ADD 子句、DROP 子句和 ALTER 子句不能同时使用。

例 10.4 为职工表增加一个电话号码字段。操作步骤如下：

① 在"职工管理"数据库窗口中选定**查询**对象；

② 双击**在设计视图中创建查询**，关闭弹出的**显示表**对话框，以打开查询设计视图窗口；

③ 单击**查询**菜单 **SQL 特定查询**级联菜单中**数据定义**命令项，打开数据定义查询窗口；

④ 在数据定义查询窗口中，输入修改表结构的 SQL 语句

    ALTER TABLE 职工 ADD 电话号码 Text(8)

⑤ 单击工具栏上的**运行按钮**" **!** "，执行 SQL 语句，完成修改表结构的操作。

例 10.5 将**职工**表的**姓名**字段的宽度由原来的 3 改为 4，SQL 语句如下：

    ALTER TABLE 职工 ALTER 姓名 Text(4)

例 10.6 删除**职工**表**电话号码**字段，SQL 语句如下：

    ALTER TABLE 职工 DROP 电话号码

10.3　数　据　操　作

SQL 语言的数据操作功能主要包括插入、更新、删除数据等相关操作,用 SQL 语言实现数据操作功能,通常也称为创建操作查询。

10.3.1　插入数据

插入数据是指在数据表的尾部添加一条记录。在 SQL 语言中,插入数据可以使用 INSERT 语句。

1. 语句格式

```
INSERT INTO <表名>
    [(<字段名清单>)] VALUES(<表达式清单>)
```

2. 语句功能

在指定的数据表的尾部添加一条新记录。

3. 语句说明

<表名>:要插入数据的表的名字。

<字段名清单>:数据表要插入新值的字段。

VALUES(表达式清单):数据表要插入新值的各字段的数据值。

<字段名清单>和 VALUES 子句中(表达式清单)的个数和数据类型要完全一致。

若省略<字段名清单>,则数据表中的所有字段必须在 VALUES 子句中都有相应的值。

例 10.7　在**职工**表尾部添加一条新记录。操作步骤如下:

① 在**职工管理**数据库窗口中,打开数据定义查询窗口;

② 在数据定义查询窗口中,输入插入数据的 SQL 语句

```
INSERT INTO 职工(职工号,姓名,性别,职称,部门,出生日期,婚否)
    VALUES("01001","陈周","男","教授","计算机",#1958-03-05#,yes)
```

③ 单击工具栏上的**运行按钮**“ ！ ”,执行 SQL 语句,完成插入数据的操作。

例 10.8　在职工表尾部插入第二条记录,SQL 语句如下:

```
INSERT INTO 职工 VALUES("03021","刘杨","女","副教授",
    "管理",#1962-06-18#,no)
```

在“数据表视图”中打开职工表,显示结果如图 10.4 所示。

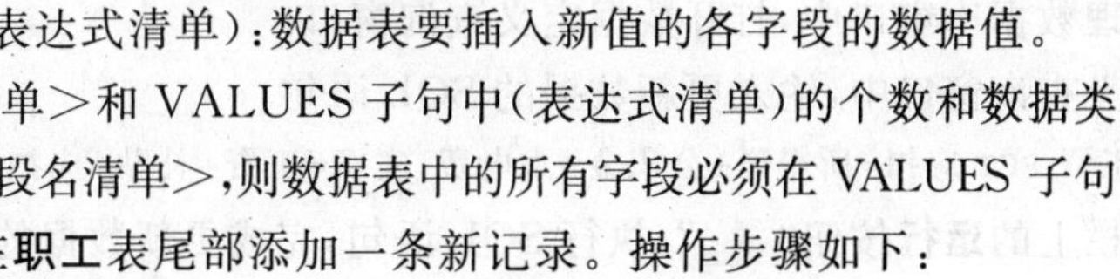

	职工号	姓名	性别	职称	部门	出生日期	婚否
▶ +	01001	陈周	男	教授	计算机	1958-3-5	-1
+	03021	刘杨	女	副教授	管理	1962-6-18	0
*							

记录：|◀ ◀　　　1　▶ ▶| ▶* 共有记录数：2

图 10.4　用 SQL 语句添加的**职工**表记录

10.3.2 　更 新 数 据

更新数据是指对表中的所有记录或满足条件的记录用给定的值替代。在 SQL 语言中,更新数据可以使用 UPDATE 语句。

1. 语句格式

```
UPDATE <表名>
SET <字段名 1> = <表达式 1>  [,<字段名 2> = <表达式 2> ...]
[WHERE <条件> ]
```

2. 语句功能

根据 WHERE 子句指定的条件,对指定记录的字段值进行更新。

3. 语句说明

<表名>:要更新数据的表的名字。

<字段名>＝<表达式>:指用<表达式>的值替代<字段名>的值,一次可更新多个字段的值。

若省略 WHERE 子句,则更新全部记录。

一次只能在单一的表中更新记录。

例 10.9 　计算**工资**表中的应扣数和实发数。操作步骤如下:

① 在**职工管理**数据库窗口中,打开数据定义查询窗口;

② 在数据定义查询窗口中,输入更新数据的 SQL 语句

```
UPDATE 工资 SET 应扣=所得税+公积金+水电费,实发=工资+补贴-应扣
```

③ 单击工具栏上的**运行按钮**" ▮ ",执行 SQL 语句,完成更新数据的操作。

10.3.3 　删 除 数 据

删除数据是指对表中的所有记录或满足条件的记录进行删除操作。在 SQL 语言中,删除数据可以使用 DELETE 语句。

1. 语句格式

```
DELETE FROM <表名>  [WHERE <条件> ]
```

2. 语句功能

根据 WHERE 子句指定的条件,删除表中指定的记录。

3. 语句说明

<表名>:要删除数据的表的名字。

若省略 WHERE 子句,则删除表中全部记录。

DELETE 语句删除的只是表中的数据,而不是表的结构。

例 10.10 　将**职工**表中职工号为 **03021** 的记录删除。操作步骤如下:

① 在**职工管理**数据库窗口中,打开数据定义查询窗口;

② 在数据定义查询窗口中,输入删除数据的 SQL 语句

```
DELETE FROM 职工 WHERE 职工号="03021"
```

③ 单击工具栏上的**运行按钮**" 💡 ",执行 SQL 语句,完成删除数据的操作。

10.4　数　据　查　询

SQL 语言最主要的功能是数据查询,数据查询是对已建立的数据表中的数据进行检索的操作。SQL 语言中的查询语句只有一个,即 SELECT。该语句功能强大,使用方便灵活,可实现多种查询。

在 Access 中,使用 SELECT 语句创建的查询也称为选择查询,主要有简单查询、连接查询和嵌套查询等。

10.4.1　SQL 查询语句

SELECT 语句是 SQL 的核心语句,该语句选项极其丰富。SELECT 语句的一般格式:

```
SELECT [ALL|DISTINCT|TOP n[PERCENT]]
<字段名>|<字段表达式>|<函数> [,...]
FROM <数据源表或查询>
[WHERE<筛选条件>]
[GROUP BY <分组字段表>[HAVING <过滤条件>]]
[ORDER BY <排序关键字 1> [ASC|DESC][, <排序关键字 2>[ASC|DESC]...]]
```

整个 SELECT 语句的含义是,从 FROM 子句列出的表或查询中,选择满足 WHERE 子句中给出的条件的记录,然后按 GROUP BY 子句(分组子句)中指定字段的值分组,再提取满足 HAVING 子句中过滤条件的那些组,按 SELECT 子句给出的字段名或字段表达式求值输出。ORDER BY 子句(排序子句)是对输出的目标表进行重新排序,并可附加说明 ASC(升序)或 DESC(降序)排列。

10.4.2　简单查询

简单查询一般指单表查询,是对一个表进行的查询操作。这种查询相对比较简单,下面将通过实例循序渐进地介绍简单查询的操作过程。

1. 基本查询

1) SELECT 的基本结构

```
SELECT [ALL|DISTINCT] <字段名 1>[AS <列名称>]
[,<字段名 2>[AS <列名称>]...]
FROM <数据源表或查询>
[WHERE <筛选条件>]
```

2）语句说明

ALL（缺省值）：显示全部查询结果。

DISTINCT：查询结果相同的只显示一个。

<字段名表>：指定查询结果输出的字段，如果要包含数据源中的所有字段，可以使用通配符"*"。

AS <列名称>：表示如果在输出时不希望使用原来的字段名，可以用列名称重新设置。

FROM <数据源表或查询>：指出查询的数据来源。

WHERE <筛选条件>：说明查询条件，即选择记录的条件。

例 10.11　查询**学生**表的全部字段。操作步骤如下：

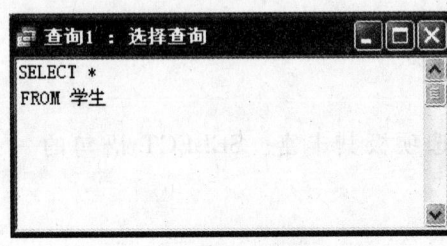

图 10.5　SQL 查询窗口

①　在**学生成绩管理数据库**窗口中选定**查询**对象；

②　双击**在设计视图中创建查询**，关闭弹出的**显示表**对话框，以打开查询设计视图窗口；

③　单击**视图**菜单中 **SQL 视图**命令项，打开"选择查询"窗口；

④　在窗口中输入 SQL 语句，如图 10.5 所示；

⑤　保存查询例 **10_11**，查询建立完毕；

⑥　在设计视图中，单击工具栏上**运行按钮**"　"，屏幕显示运行查询的结果，如图 10.6 所示。

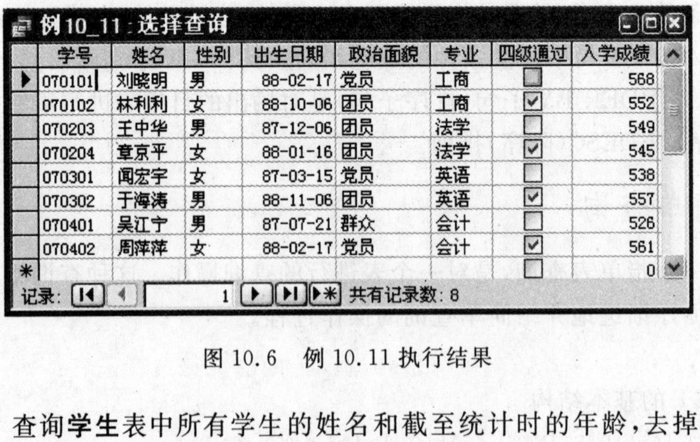

学号	姓名	性别	出生日期	政治面貌	专业	四级通过	入学成绩
070101	刘晓明	男	88-02-17	党员	工商	☐	568
070102	林利利	女	88-10-06	团员	工商	☑	552
070203	王中华	男	87-12-06	团员	法学	☐	549
070204	章京平	女	88-01-16	团员	法学	☑	545
070301	闻宏宇	女	87-03-15	党员	英语	☐	538
070302	于海涛	男	88-11-06	团员	英语	☑	557
070401	吴江宁	男	87-07-21	群众	会计	☐	526
070402	周萍萍	女	88-02-17	党员	会计	☑	561

记录：|◀ ◀　1　▶ ▶| ▶* 　共有记录数：8

图 10.6　例 10.11 执行结果

例 10.12　查询**学生**表中所有学生的姓名和截至统计时的年龄，去掉重名。SQL 语句如下：

```
SELECT DISTINCT 姓名, YEAR(DATE())-YEAR(出生日期) AS 年龄
FROM 学生
```

显示结果如图 10.7 所示。

图 10.7　例 10.12 执行结果

由于表中没有年龄字段,SELECT 子句中的表达式利用出生日期的数据计算出年龄值。SELECT 子句中指定的输出项可以是字段名也可以是函数或表达式,使用 AS 短语可以设置显示列名。需要指出的是,选择 AS 子句后,表中的字段名并没有因此而改变。

例 10.13　查询**学生**表中所有已通过四级的男生记录。SQL 语句如下:

```
SELECT *
FROM 学生
WHERE 性别="男" AND 四级通过=yes
```

显示结果如图 10.8 所示。

图 10.8　例 10.13 执行结果

在本例中 WHERE 短语指定查询条件,查询条件要求一个逻辑值。

2. 带特殊运算符的条件查询

在 SELECT 语句中可以使用关系表达式和逻辑表达式构造条件,还可以使用专门的特殊运算符构造查询条件。SELECT 语句可以使用的特殊运算符有:

(1) BETWEEN…AND 运算符　格式

　　　<字段名> [NOT] BETWEEN <初值> AND <终值>

BETWEEN 运算符用于检测字段的值是否介于指定的范围内。<字段名>可以是字段名或表达式。BETWEEN 表示的取值范围是连续的。

（2）IN 运算符　格式

　　　<字段名>[NOT] IN(<表达式 1>[,<表达式 2> ...])

IN 运算符用于检测字段的值是否属于表达式集合或子查询。<字段名>可以是字段名或表达式。IN 表示的取值范围是逗号分隔的若干个值，它表示的取值范围是离散的。

（3）LIKE 运算符　格式

　　　<字段名>　LIKE <字符表达式>

LIKE 运算符用于检测字段的值是否与样式字符串匹配。<字段名>是字符型字段或表达式。字符表达式中可以使用通配符，其中通配符"＊"表示零个或多个字符，通配符"?"表示一个字符。

例 10.14　查询**学生**表中入学成绩在 550～570 之间的学号、姓名、入学成绩。SQL语句如下：

```
SELECT 学号, 姓名, 入学成绩
FROM 学生
WHERE 入学成绩 BETWEEN 550 AND 570
```

显示结果如图 10.9 所示。

图 10.9　例 10.14 执行结果

上述语句的功能相当于

```
SELECT 学号, 姓名, 入学成绩
FROM 学生
WHERE 入学成绩>=550 AND 入学成绩<=570
```

例 10.15　查询学生表中学号为 **070102** 和 **070401** 的记录。SQL 语句如下：

```
SELECT *
FROM 学生
WHERE 学号 IN("070102", "070401")
```

显示结果如图 10.10 所示。

图 10.10　例 10.15 执行结果

上述语句的功能相当于

```
SELECT *
FROM 学生
WHERE 学号="070102" OR 学号="070401"
```

例 10.16　查询**学生**表中姓**王**的学生的记录。SQL 语句如下：

```
SELECT *
FROM 学生
WHERE 姓名 LIKE "王*"
```

显示结果如图 10.11 所示。

图 10.11　例 10.16 执行结果

3. 计算查询

SQL SELECT 语句支持下列聚合函数，见表 10.2。

表 10.2　SELECT 语句中使用的聚合函数

函　　数	功　　能
COUNT(字段名)	对指定字段的值计算个数
COUNT(＊)	计算记录个数
SUM(字段名)	计算指定的数值列的和
AVG(字段名)	计算指定的数值列的平均值
MAX(字段名)	计算指定的字符、日期或数值列中的最大值
MIN(字段名)	计算指定的字符、日期或数值列中的最小值

表 10.2 中的(字段名)可以是字段名，也可以是 SQL 表达式。

上述聚合函数可以用在 SELECT 短语中对查询结果进行计算，也可以在 HAVING 子句中构造分组筛选条件。

例 10.17　在**学生**表中统计学生人数。SQL 语句如下：

```
SELECT COUNT(*) AS 学生人数
FROM 学生
```

显示结果如图 10.12 所示。

例 10.18　查询**学生**表中男生入学成绩字段的平均值、最大值和最小值。SQL 语句如下：

```
SELECT "男" AS 性别,AVG(入学成绩) AS 入学平均分,
    MAX(入学成绩) AS 入学最高分,MIN(入学成绩) AS 入学最低分
FROM 学生
WHERE 性别="男"
```

显示结果如图 10.13 所示。

图 10.12 例 10.17 执行结果

图 10.13 例 10.18 执行结果

4. 分组与计算查询

计算查询是对整个表的查询,一次查询只能得出一个计算结果。利用分组计算查询则可以通过一次查询获得多个计算结果。分组查询是通过 GROUP BY 子句实现的。

1)语句格式

```
GROUP BY <分组关键字 1>[,<分组关键字 2> ...][HAVING <筛选条件> ]
```

2)语句说明

分组关键字是分组的依据,可以是字段名,也可以是 SQL 函数表达式,还可以是字段序号(从 1 开始)。

HAVING 是对分组进行筛选的条件。HAVING 只能与 GROUP BY 一起出现,不能单独使用。

例 10.19 分别统计男、女学生人数和入学成绩的最高分及平均分。SQL 语句如下:

```
SELECT 性别,COUNT(性别) AS 人数,MAX(入学成绩) AS 入学最高分,
    AVG(入学成绩)   AS 入学平均分
FROM 学生 GROUP BY 性别
```

显示结果如图 10.14 所示。

性别	人数	入学最高分	入学平均分
男	4	568	550
女	4	561	549

图 10.14 例 10.19 执行结果

注意:在 SQL SELECT 语句中如果选择了 GROUP BY 子句,输出的数据项中应只包含分类关键字和计算函数计算的结果。

例 10.20 在成绩表中统计有 6 个以上学生选修的课程。SQL 语句如下:

```
SELECT 课程号,COUNT(*) AS 选课人数
FROM 成绩
GROUP BY 课程号 HAVING COUNT(*)>=6
```

显示结果如图 10.15 所示。

本查询的执行过程是,首先对所有记录按课程号分组统计,然后对分组结果进行筛

选，选修人数没有达到 6 个以上的课程被筛选掉。

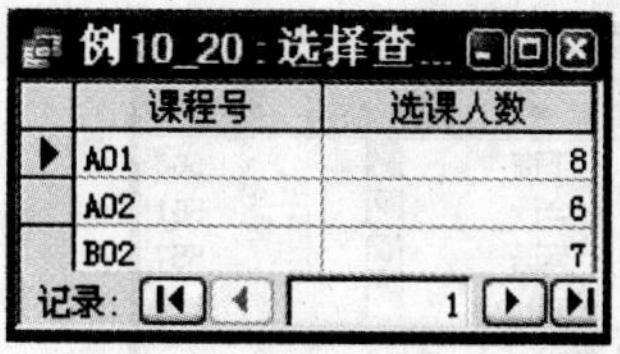

课程号	选课人数
A01	8
A02	6
B02	7

图 10.15　例 10.20 执行结果

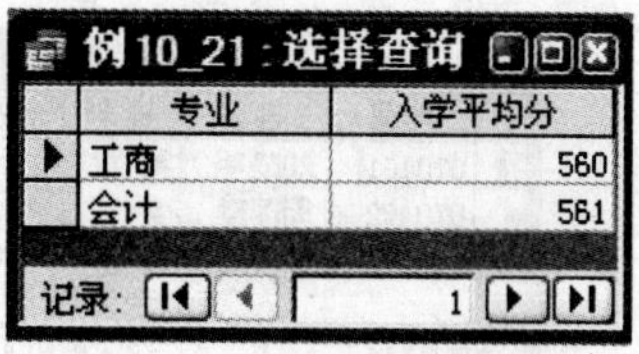

专业	入学平均分
工商	560
会计	561

图 10.16　例 10.21 执行结果

例 10.21　对 1988 年以后出生的学生分别按专业统计入学成绩，并输出入学平均成绩在 560 分以上的组。SQL 语句如下：

```
SELECT 专业, AVG(入学成绩) AS 入学平均分
FROM 学生
WHERE 出生日期>=#1988-01-01#
GROUP BY 专业 HAVING AVG(入学成绩)>=560
```

显示结果如图 10.16 所示。

本查询的执行过程是，首先根据 WHERE 子句给出的条件筛选出 1988 年以后出生的记录，然后按专业分组，最后根据 HAVING 子句给出的条件筛选出入学平均成绩在 560 分以上的组。

HAVING 与 WHERE 的区别在于：WHERE 是对表中所有记录进行筛选，HAVING是对分组结果进行筛选。在分组查询中如果既选用了 WHERE，又选用了 HAVING，执行的顺序是先用 WHERE 限定记录，然后对筛选后的记录按 GROUP BY 指定的分组关键字分组，最后用 HAVING 子句限定分组。

5. 排序

SQL SEELECT 允许用户根据需要，将查询结果重新排序后输出。

1）语句格式

```
ORDER BY <排序关键字 1>[ASC|DESC] [,<排序关键字>[ASC|DESC]...]
    [TOP<数值表达式>[PERCENT]]
```

2）语句说明

ASC 表示对查询结果按指定字段升序排序。

DESC 表示对查询结果按指定字段降序排序，ASC|DESC 缺省时默认值是升序。

TOP 必须与 ORDER BY 短语同时使用，它的含义是从第一条记录开始，显示满足条件的前 N 个记录，N 为数值表达式的值。选择 PERCENT 短语时，数值表达式表示百分比。

例 10.22　在**学生**表中查询入学成绩在前 3 名的学生信息。SQL 语句如下：

```
SELECT TOP 3 *
FROM 学生
ORDER BY 入学成绩 DESC
```

显示结果如图 10.17 所示。

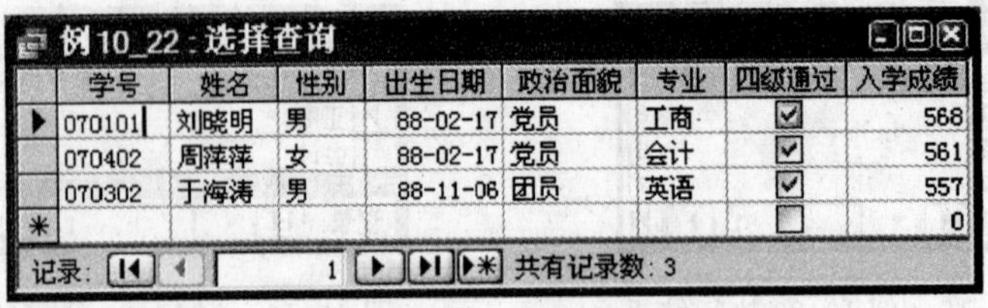

例 10_22：选择查询

学号	姓名	性别	出生日期	政治面貌	专业	四级通过	入学成绩
070101	刘晓明	男	88-02-17	党员	工商	☑	568
070402	周萍萍	女	88-02-17	党员	会计	☑	561
070302	于海涛	男	88-11-06	团员	英语	☑	557
*						☐	0

记录：1　共有记录数：3

图 10.17　例 10.22 执行结果

例 10.23　显示年龄最小的 20%的学生的信息。SQL 语句如下：

```
SELECT TOP 20 PERCENT *
FROM 学生
ORDER BY 出生日期 DESC
```

结果显示如图 10.18 所示。

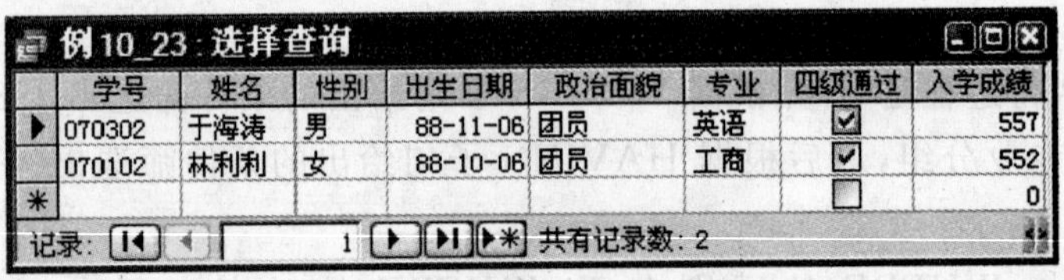

例 10_23：选择查询

学号	姓名	性别	出生日期	政治面貌	专业	四级通过	入学成绩
070302	于海涛	男	88-11-06	团员	英语	☑	557
070102	林利利	女	88-10-06	团员	工商	☑	552
*						☐	0

记录：1　共有记录数：2

图 10.18　例 10.23 执行结果

10.4.3　连接查询

在数据查询中，经常涉及提取两个或多个表的数据，来完成综合数据的检索，因此就要用到连接操作来实现若干个表数据的查询。

在连接查询的 SELECT 语句中，通常利用公共字段将若干个表两两相连，使它们像一个表一样以供查询。为了区别，一般在公共字段前要加表名前缀，如果不是公共字段，则可以不加表名前缀。SELECT 语句提供了专门的 JOIN 子句实现连接查询。

1) 语句格式

```
SELECT <字段名表>
FROM <表名 1> [INNER JOIN <表名 2> ON <连接条件>
[WHERE < 筛选条件> ]
```

2) 语句说明

INNER JOIN 用来连接左右两个＜表名＞指定的表，ON 用来指定连接条件。

例 10.24　在职工管理数据库中查询高级职称(教授或副教授)教师的姓名、基本工资、津贴和所得税。SQL 语句如下：

```
SELECT 姓名, 工资, 津贴, 所得税
```

```
FROM 职工 INNER JOIN 工资 ON 职工.职工号=工资.职工号
WHERE 职称 IN("教授","副教授")
```

或者

```
SELECT 姓名, 工资, 津贴, 所得税
FROM 职工, 工资
WHERE 职工.职工号=工资.职工号 AND 职称 IN("教授","副教授")
```

职工号是**职工**表和**工资**表的公共字段，**职工.职工号＝工资.职工号**是连接条件。INNER JOIN 子句还可以嵌套，即在一个 INNER JOIN 之中，可以嵌套多个 INNER ON 子句。

例 10.25　输出所有学生每门课程的综合成绩单，要求给出学号、姓名、课程名和综合成绩信息。SQL 语句如下：

```
SELECT 学生.学号, 姓名, 课程名, 平时*0.1+期中*0.2+期末*0.7 AS 综合成绩
FROM 学生 INNER JOIN (成绩 INNER JOIN 课程
ON 成绩.课程号=课程.课程号) ON 学生.学号=成绩.学号
```

或者

```
SELECT 学生.学号,姓名,课程名,平时*0.1+期中*0.2+期末*0.7 AS 综合成绩
FROM 学生,成绩,课程
WHERE 学生.学号=成绩.学号 AND 成绩.课程号=课程.课程号
```

结果显示如图 10.19 所示。

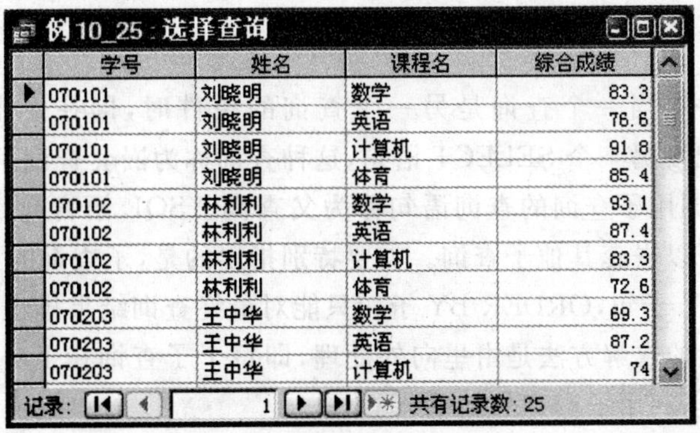
例 10_25：选择查询

学号	姓名	课程名	综合成绩
070101	刘晓明	数学	83.3
070101	刘晓明	英语	76.6
070101	刘晓明	计算机	91.8
070101	刘晓明	体育	85.4
070102	林利利	数学	93.1
070102	林利利	英语	87.4
070102	林利利	计算机	83.3
070102	林利利	体育	72.6
070203	王中华	数学	69.3
070203	王中华	英语	87.2
070203	王中华	计算机	74

记录: 1　共有记录数: 25

图 10.19　例 10.25 执行结果

由于**学号**是**学生**表和**成绩**表的公共字段，为了避免混淆，在语句中字段名的前面加上数据表名，以示区别。如果字段名是唯一的则可以不加表名前缀。

例 10.26　按各门课程期末平均成绩的降序输出每位学生的学号、姓名和期末平均成绩(保留 1 位小数)。SQL 语句如下：

```
SELECT 成绩.学号,姓名,ROUND(Avg(成绩.期末),1) AS 期末平均成绩
FROM 学生 INNER JOIN 成绩 ON 学生.学号= 成绩.学号
GROUP BY 成绩.学号,姓名
ORDER BY 3 DESC
```

显示结果如图 10.20 所示。

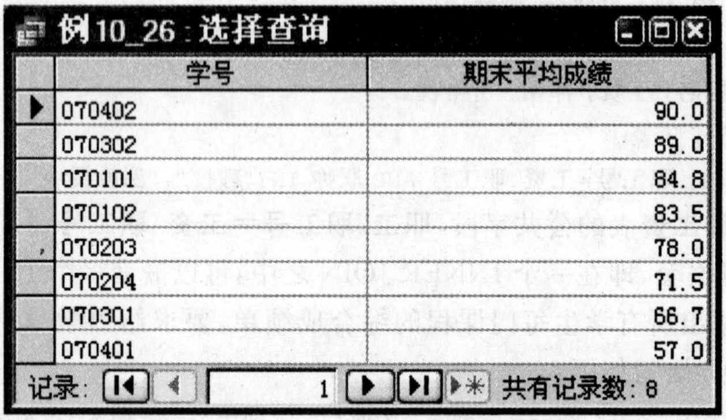
例10_26：选择查询

学号	期末平均成绩
070402	90.0
070302	89.0
070101	84.8
070102	83.5
070203	78.0
070204	71.5
070301	66.7
070401	57.0

记录：1 共有记录数：8

图 10.20　例 10.26 执行结果

注意：①排序关键字可以是字段名，也可以是数字，数字是 SELECT 指定的输出列的位置序号；②在 SQL SELECT 命令中如果不仅选用了 WHERE，还选用了 GROUP BY 和 HAVING，以及 ORDER BY 子句，执行的顺序是，先用 WHERE 指定的条件筛选记录，再对筛选后的记录按 GROUP BY 指定的分组关键字分组，然后用 HAVING 子句指定的条件筛选分组，最后执行 SELECT…ORDER BY 对查询的最终结果进行排序输出。

10.4.4　嵌套查询

在 SQL 语言中，当一个查询是另一个查询的条件时，即在一个 SELECT 语句的 WHERE 子句中出现另一个 SELECT 语句，这种查询称为嵌套查询。通常把内层的查询语句称为子查询，调用子查询的查询语句称为父查询。SQL 语言允许多层嵌套查询，即一个子查询中还可以嵌套其他子查询。需要特别指出的是，子查询的 SELECT 语句中不能使用 ORDER BY 子句，ORDER BY 子句只能对最终查询结果排序。

嵌套查询一般的求解方法是由里向外处理，即每个子查询在上一级查询处理之前求解，这样父查询可以利用子查询的结果。

嵌套查询使用户可以用多个简单查询构成复杂的查询，从而增强 SQL 的查询能力。以层层嵌套的方式来构造程序正是 SQL 中“结构化”的含义所在。

1. 带有比较运算符的子查询

带有比较运算符的子查询是指父查询与子查询之间用比较运算符进行连接。当用户能确切知道内层查询返回的是单一值时，可以用＞、＜、＝、＞＝、＜＝、＜＞等比较运算符。

例 10.27　查询所有参加计算机课程考试的学生的学号。

本查询要求按课程名**计算机**查找参加该门课程考试的学生，而不是直接给出查询条件 ——计算机课程的**课程号**。我们知道，**成绩**表中没有课程名的数据，所以求解需要先以课程名作为查询条件，从**课程**表中找到计算机课程的**课程号**，然后以课程号作为查询条

件从**成绩**表中查询参加该门课程考试的学生。先分步来完成此查询,然后再构造嵌套查询:

① 确定计算机课程的**课程号**

```
SELECT 课程号
FROM 课程
WHERE 课程名="计算机"
```

结果为 **A02**;

② 查找所有参加计算机课程考试的学生

```
SELECT 学号
FROM 成绩
WHERE 课程号="A02"
```

③ 将①嵌入到②的条件中,构造嵌套查询

```
SELECT 学号
FROM 成绩
WHERE 课程号=
    (SELECT 课程号
     FROM 课程
     WHERE 课程名="计算机")
```

显示结果如图 10.21 所示。

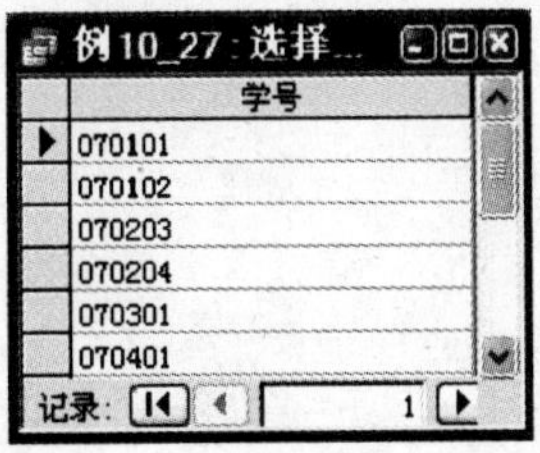

图 10.21　例 10.27 执行结果

图 10.22　例 10.28 执行结果

例 10.28　检索所有入学成绩高于于海涛的学生的学号、姓名、性别和入学成绩。

与上例类似,本例要求以于海涛的入学成绩为查询条件,但是没有直接给出于海涛的入学成绩。求解过程是:首先以姓名作为查询条件,找到于海涛的入学成绩;然后以于海涛的入学成绩作为查询条件,找出所有入学成绩高于该成绩的记录。SQL 语句如下:

```
SELECT 姓名, 性别, 入学成绩
FROM 学生
WHERE 入学成绩>
    (SELECT 入学成绩
     FROM 学生
     WHERE 姓名="于海涛")
```

显示结果如图 10.22 所示。

    例 10.29   显示入学成绩高于男生平均入学成绩的女生的学号、姓名和平均成绩。
SQL 语句如下：

```
SELECT 学号, 姓名, 入学成绩
FROM 学生
WHERE 性别="女" AND 入学成绩>
    (SELECT AVG(入学成绩)
     FROM 学生
     WHERE 性别="男")
```

显示结果如图 10.23 所示。

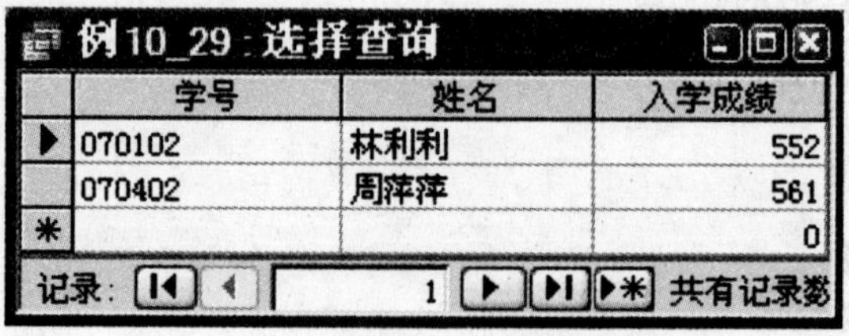

图 10.23   例 10.29 执行结果

    本查询的执行过程是：首先求出男生的平均入学成绩，然后找出入学成绩高于男生平均入学成绩的女生记录。

2. 带有 IN 谓词的子查询

    如果子查询返回的值有多个，通常要使用谓词 IN。

    1) 语句格式

        <字段名> [NOT] IN(<子查询>)

    2) 语句说明

    IN 是属于的意思，<字段名>指定的字段内容属于子查询中任何一个值，运算结果都为真。<字段名>可以是字段名或表达式。

    例 10.30   查询所有参加计算机课程考试的学生的学号、姓名和性别。

    本题与例 10.27 相似，但本查询涉及**课程**、**成绩**和**学生**三个表，如果以例 10.27 的查询结果作为子查询，那么，从图 10.21 可以看到，子查询的结果是一个集合，因此必须用谓词 IN，其 SQL 语句如下：

```
SELECT 学号, 姓名, 性别        ③最后在学生表中取出学号、
FROM 学生                            姓名和性别
WHERE 学号 IN
    (SELECT 学号              ②然后在成绩表中找出有A02
     FROM 成绩                    课程成绩的学生学号
     WHERE 课程号=
```

```
(SELECT 课程号                      ①首先在课程表中找出计算机
FROM 课程                           课程的课程号结果为A02
WHERE 课程名="计算机")
```

显示结果如图 10.24 所示。

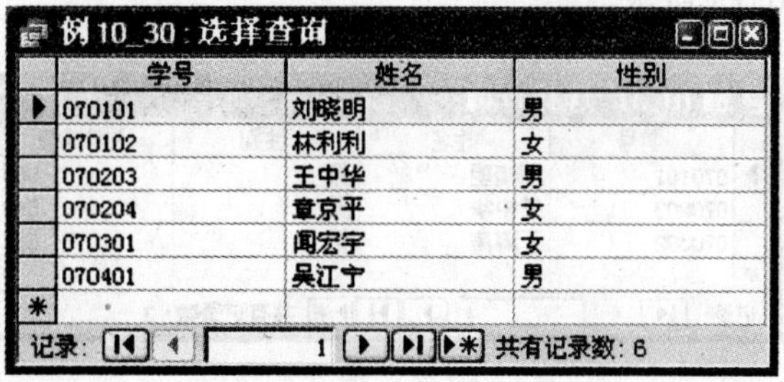
例10_30：选择查询

学号	姓名	性别
070101	刘晓明	男
070102	林利利	女
070203	王中华	男
070204	章京平	女
070301	阎宏宇	女
070401	吴江宁	男

记录：1　共有记录数：6

图 10.24　例 10.30 执行结果

3. 带有 ANY 或 ALL 谓词的子查询

1）语句格式

```
<字段名><比较运算符>[ANY|ALL](<子查询>)
```

2）语句说明

使用 ANY 或 ALL 谓词时必须同时使用比较运算符，其语义为：

>ANY	大于子查询结果中的某个值
>ALL	大于子查询结果中的所有值
<ANY	小于子查询结果中的某个值
<ALL	小于子查询结果中的所有值
>=ANY	大于等于子查询结果中的某个值
>=ALL	大于等于子查询结果中的所有值
<=ANY	小于等于子查询结果中的某个值
<=ALL	小于等于子查询结果中的所有值
=ANY	等于子查询结果中的某个值
=ALL	等于子查询结果中的所有值(通常没有实际意义)
<>ANY	不等于子查询结果中的某个值
<>ALL	不等于子查询结果中的任何一个值

例 10.31　查询入学成绩高于女生最低入学成绩的男生的学号、姓名和入学成绩。SQL 语句如下：

```
SELECT 学号, 姓名, 性别, 入学成绩
FROM 学生
WHERE 性别="男"AND 入学成绩>ANY
    (SELECT 入学成绩
```

```
  FROM 学生
  WHERE 性别="女")
```

在执行此查询时，首先找出所有女生的入学成绩，然后找出入学成绩高于女生入学成绩中任何一个值的男生。

显示结果如图 10.25 所示。

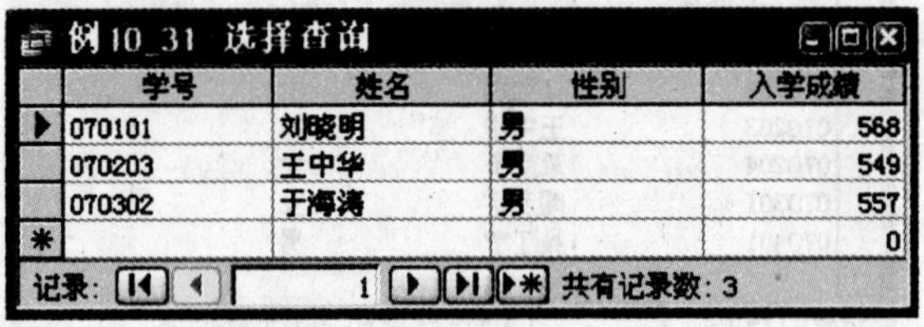
例10_31 : 选择查询

	学号	姓名	性别	入学成绩
▶	070101	刘晓明	男	568
	070203	王中华	男	549
	070302	于海涛	男	557
*				0

记录: 1 共有记录数: 3

图 10.25　例 10.31 执行结果

本查询也可以用聚合函数来实现，SQL 语句如下：

```
SELECT 学号, 姓名, 性别, 入学成绩
FROM 学生
WHERE 性别= "男" AND 入学成绩>=
  (SELECT MIN(入学成绩)
   FROM 学生
   WHERE 性别="女")
```

事实上，用聚合函数实现子查询通常比直接用 ANY 或 ALL 查询效率要高。

如果要查询入学成绩比所有女生入学成绩都高的男生，则 SQL 语句如下：

```
SELECT 学号, 姓名, 性别, 入学成绩
FROM 学生
WHERE 性别="男"AND 入学成绩>ALL
  (SELECT 入学成绩
   FROM 学生
   WHERE 性别="女")
```

4. 带有 EXISTS 谓词的子查询

1) 语句格式

```
[NOT] EXISTS (<子查询>)
```

2) 语句说明

带有 EXISTS 谓词的子查询不返回任何数据，只产生逻辑真值(true)或逻辑假值(false)，即是否存在相应的记录。

例 10.32　查询参加了 A02 课程考试的学生学号和姓名。SQL 语句如下：

```
SELECT 学号, 姓名
FROM 学生
```

```
WHERE EXISTS
   (SELECT *
    FROM 成绩
    WHERE 成绩.学号=学生.学号 AND 成绩.课程号="A02");
```

由 EXISTS 引出的子查询，其输出项通常都用“*”，因为带 EXISTS 的子查询只返回真值或假值，给出字段名无实际意义。

显示结果如图 10.26 所示。

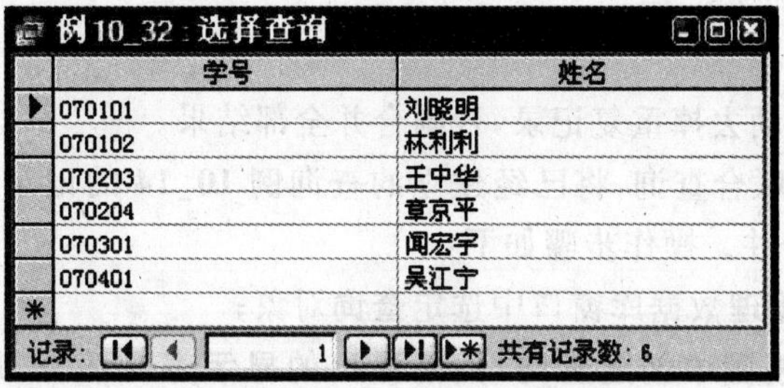

例 10_32：选择查询

学号	姓名
070101	刘晓明
070102	林利利
070203	王中华
070204	章京平
070301	闻宏宇
070401	吴江宁

记录：1　共有记录数：6

图 10.26　例 10.32 执行结果

例 10.33　查询参加了全部课程考试的学生学号和姓名。可将题目的意思转换成：查询这样的学生，没有一门课程他没有成绩。SQL 语句如下：

```
SELECT 学号, 姓名
FROM 学生
WHERE NOT EXISTS
   (SELECT *
    FROM 课程
    WHERE NOT EXISTS
       (SELECT *
        FROM 成绩
        WHERE 成绩.学号=学生.学号 and 成绩.课程号=课程.课程号 ))
```

显示结果如图 10.27 所示。

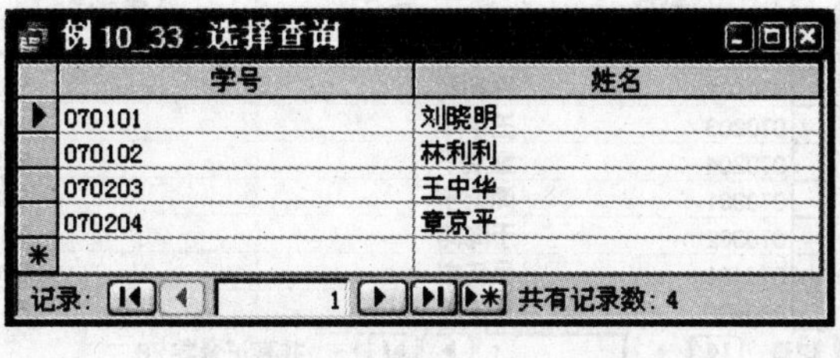

例 10_33：选择查询

学号	姓名
070101	刘晓明
070102	林利利
070203	王中华
070204	章京平

记录：1　共有记录数：4

图 10.27　例 10.33 执行结果

10.4.5 联合查询

联合查询是并操作 UNION,其查询语句是将两个或多个选择查询合并形成一个新的查询。执行联合查询时,将返回所包含的表或查询中对应字段的记录。

1) 语句格式

```
< SELECT 语句 1>
UNION [ALL]
<SELECT 语句 2 >
```

2) 语句说明

ALL 缺省时,自动去掉重复记录,否则合并全部结果。

例 10.34 创建联合查询,将已经建立的查询**例 10_14** 的记录与学生表中入学成绩在 550 以下的记录合并。操作步骤如下:

① 在**学生成绩管理**数据库窗口中选定**查询**对象;

② 双击**在设计视图中创建查询**,关闭弹出的**显示表**对话框,以打开查询设计视图窗口;

③ 单击**查询**菜单 **SQL 特定查询**级联菜单中**联合**命令项,或单击**视图**菜单中 **SQL 视图**命令项,打开查询设置窗口;

④ 在查询设置窗口中输入

```
SELECT 学号, 姓名, 入学成绩
FROM 例 10_14
UNION
SELECT 学号, 姓名, 入学成绩
FROM 学生
WHERE 入学成绩<550
```

⑤ 保存查询为**例 10_34**;

⑥ 在设计视图中,单击工具栏上**运行按钮**"**!**",屏幕显示运行查询的结果,如图 10.28 所示。

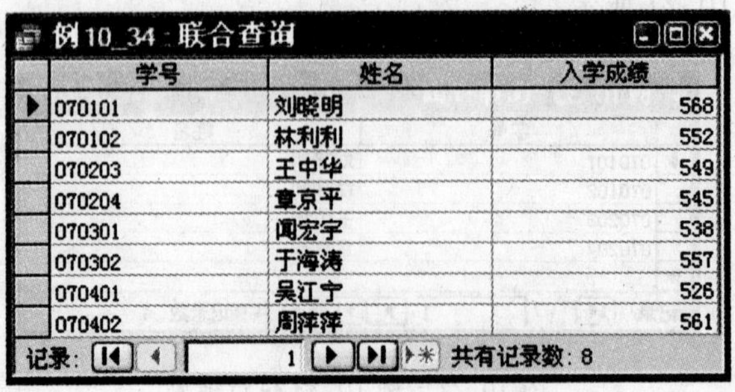

学号	姓名	入学成绩
070101	刘晓明	568
070102	林利利	552
070203	王中华	549
070204	童京平	545
070301	闻宏宇	538
070302	于海涛	557
070401	吴江宁	526
070402	周萍萍	561

记录: 1 共有记录数: 8

图 10.28 例 10.34 执行结果

注意：要求合并的两个 SELECT 语句必须输出相同的字段个数，并且对应的字段必须具有相同的数据类型和长度。此时，Access 不会关心每个字段的名称，当字段的名称不相同时，查询会使用来自第一个 SELECT 语句的名称。

例 10.35　合并**学生**表和**成绩**表中的**学号**。SQL 语句如下：

```
SELECT 学号
FROM 学生
UNION
SELECT 学号
FROM 成绩
```

在**成绩**表中，尽管**学号**比较多，但大部分与**学生**表重复。合并后，重复的内容就自动去掉了，所以结果输出的**学号**最多与**学生**表中的**学号**个数一致。

10.4.6　传递查询

Access 的传递查询是自己并不执行，而是传递给另一个数据库执行。这种类型的查询直接将命令发送到 ODBC 数据库，如 Visual FoxPro，SQL Server 等。使用传递查询，可以直接使用服务器上的表，而不需要建立链接。

创建传递查询，一般要完成两项工作，一是设置要连接的数据库；二是在 SQL 窗口中输入 SQL 语句。SQL 语句的输入与在本地数据库中的查询是一样的，因此传递查询的关键是设置连接的数据库。整个操作分成三个阶段。

（1）打开查询属性对话框　在数据库窗口中选定**查询**对象，双击**在设计视图中创建查询**，关闭弹出的**显示表**对话框，单击**查询**菜单 **SQL 特定查询**级联菜单中**传递**命令项，打开传递查询设置窗口，单击工具栏上**属性**按钮"　"，弹出**查询属性**对话框，如图 10.29 所示。

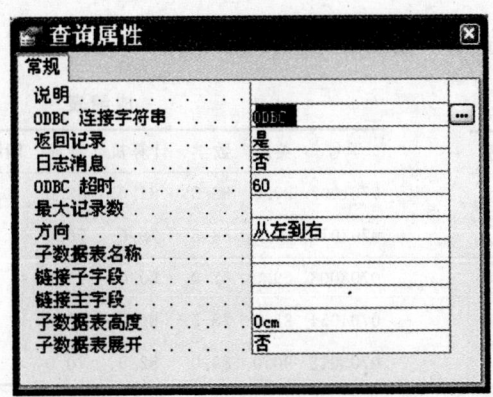

图 10.29　**查询属性**对话框

（2）设置要连接的数据库　在**查询属性**对话框中，单击 **ODBC 连接字符串**的生成器按钮""，弹出**选择数据源**对话框，选定**机器数据源**选项卡，如图 10.30 所示。如果要选择的数据源已经显示在列表框中，则可以直接在列表框中选定；如果不存在，则单击**新建**按钮，在新打开的各个对话框中输入要连接的服务器信息。

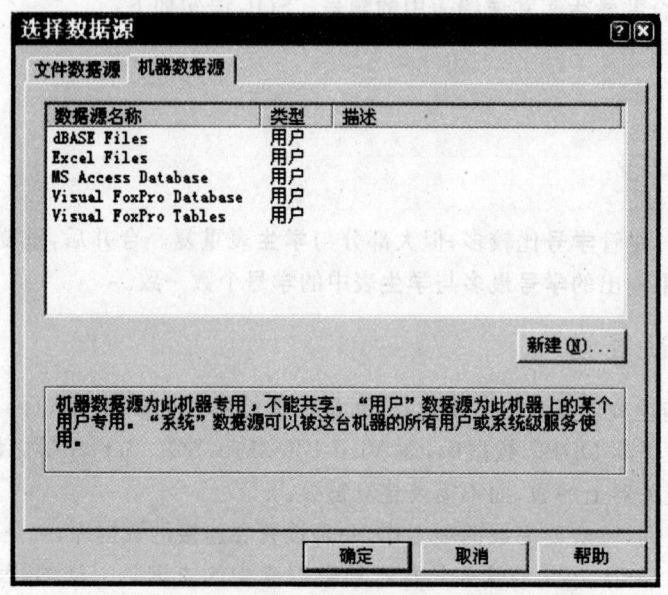

图 10.30　**选择数据源**对话框机器数据源选项卡

(3) **建立传递查询**　在 SQL 传递查询窗口中输入相应的 SQL 查询命令，单击工具栏上的**运行按钮**""，就可以得到查询的结果。

习　题　10

1. 用 SQL 语句建立如下数据表，并输入数据。

学生表			成绩表							
学号	姓名	性别	学号	英语	数学	计算机	物理	四级通过	平均分	总分
0701001	王玲	女	0701001	90.5	88.5	87.0	82.0	yes		
0702013	李力	男	0702013	80.5	88.5	78.0	76.0	yes		
0703003	马里	男	0703003	69.0	87.0	80.0	75.0	no		
0704054	华夫	男	0704054	88.0	78.5	80.0	87.0	yes		
0703012	刘江	男	0703012	90.0	89.0	82.0	70.0	yes		

2. 对第 1 题建立的数据表用 SQL 语句实现下列功能：

(1) 用 UPDATE 命令给成绩表的平均分和总分字段赋值。

（2）查询英语**四级通过**的同学的姓名和学号。

（3）**按性别**分组查询男、女同学的数学平均分。

（4）**按平均分**的降序对全体同学排名次。

（5）查询**总分**最高的同学的学号和姓名。

（6）查询**英语**成绩在 85 分以上同学的学号和姓名。

（7）查询**计算机**成绩在 70～85 分之间同学的学号和姓名。

（8）查询男同学**物理**的平均成绩、最高分和最低分。

第 11 章　模块与 VBA 编程

Access 的宏对象能够完成一般的数据库管理和数据库的界面管理,但是对于一些复杂的数据库维护和数据处理的工作,仅仅使用宏是远远不够的。Access 拥有一套功能强大的编程工具——VBA,使用这套编程工具,用户可以开发出功能比较完善的数据库系统。

VBA 是 Visual Basic for Application 的英文缩写,它和 Visual Basic 极为相似,同样是用 Basic 语言作为语法基础的可视化的高级语言。它们都使用了对象、属性、方法和事件等概念,只不过中间有些概念所定义的群体内容稍稍有些差别,这是由于 VBA 是应用在 Office 产品内部的编程语言,具有明显的专用性。VBA 在 Access 中的使用必须在模块窗口中进行。也就是说,一定要使用模块对象来进行 VBA 编程。本章介绍模块的概念和 VBA 语言的基础知识。

11.1　模块的概念

模块是 Access 数据库中最后一个重要的对象,它是用 VBA 语言编写的,模块起着存放用户编写的 VBA 代码的作用。

11.1.1　模块的分类

在 Access 中,模块有标准模块和类模块两种基本类型。在数据库窗口中选定**模块**对象,可以查看数据库拥有的标准模块和类模块。

1. 标准模块

标准模块包含的是通用过程和常用过程,这些通用过程不与任何对象相关联,常用过程可以在数据库中的任何位置运行。通用过程可以供各个数据库的对象使用,其作用范围在整个应用程序中,生命周期是伴随着应用程序的运行而开始、伴随着应用程序的关闭而结束。

2. 类模块

类模块是含有类定义的模块,包括其属性和方法的定义。窗体模块和报表模块都是类模块,它们分别与某个窗体或报表相关联。

在创建窗体或报表时,可以为窗体或报表中的控件建立事件过程,用来控制窗体或报表的行为,以及它们对用户操作的响应,这种包含事件的过程就是类模块。

窗体模块和报表模块的作用范围在其所属的窗体或报表内部,其生命周期是随着窗体或报表的打开而开始,随着窗体或报表的关闭而结束。因此,窗体模块和报表模块具有局部特性。

11.1.2　宏与模块

第 9 章介绍的宏的操作功能,同样可以在模块对象中通过编写 VBA 语句来实现,也可以将已创建好的宏转换为等价的 VBA 事件过程或模块。

1. 将宏转换为模块

根据要转换宏的类型不同,转换操作有两种情况,一是转换窗体或报表中的宏;二是转换不属于任何窗体和报表的全局宏。

(1) 转换窗体或报表中的宏　操作步骤如下:

① 在"设计视图"中打开窗体;

② 单击**工具**菜单**宏**级联菜单中**将窗体的宏转换为 Visual Basic 代码**命令项,弹出**转换窗体宏**对话框,如图 11.1 所示。

图 11.1　**转换窗体宏**对话框

③ 单击**转换**按钮,弹出**转换完毕**对话框;

④ 单击**确定**按钮完成转换。

转换报表中的宏,过程与转换窗体时完全一样,只是将有窗体的地方改为报表即可。

(2) 将全局宏转换为模块　操作步骤如下:

① 在"数据库"窗口中选定宏对象,选定要转换的宏;

② 单击**文件**菜单中**另存为**命令项,弹出**另存为**对话框,如图 11.2 所示;

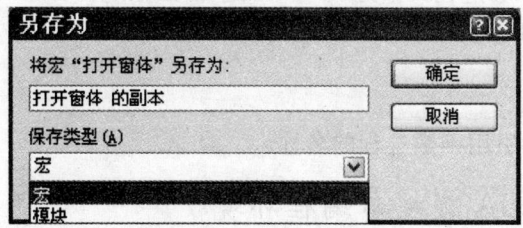

图 11.2　**另存为**对话框

③ 在**保存类型**下拉列表框中选定**模块**,单击**确定**按钮,弹出**转换宏**对话框;

④ 单击**转换**按钮,弹出**转换完毕**对话框;

⑤ 单击**确定**按钮完成转换。

2. 宏与模块的选择

虽然宏可以完成的操作,使用模块也可以完成,但在使用时,应根据具体的任务来确定选择宏还是模块。

对于以下的操作,使用宏更为方便:①在首次打开数据库时,执行一个或一系列操作;②建立自定义的菜单栏;③为窗体创建菜单;④使用工具栏上的按钮执行自己的宏或程序;⑤随时打开或关闭数据库的对象。

对于以下的操作,要使用模块来实现:①复杂的数据库维护和操作;②自定义的过程和函数;③运行出错时的处理;④在代码中定义数据库的对象,用于动态地创建对象;⑤一次对多个记录进行处理;⑥向过程传递变量参数;⑦使用 Active X 控件和其他应用程序对象。

总之,凡是宏无法实现的或者用宏实现起来比较繁琐的功能,都可以通过 VBA 来完成。

11.1.3　模块的组成

模块由声明和过程两个部分组成,一个模块中有一个声明区域和一个或多个过程,在声明区域对过程中用到的变量进行声明,过程是模块的组成单元,分为子过程和函数两类。

(1) 子过程　子过程又称为 Sub 过程,用来执行一系列的操作,子过程没有返回值,它的定义格式为

```
Sub 过程名
  [程序代码]
End Sub
```

其中的程序代码表示要完成的一系列操作。调用子过程时可以直接引用子过程的名称,也可以在过程名称之前加上关键字 Call。

(2) 函数过程　函数过程又称为 Function 过程,函数过程有返回值,它的定义格式为

```
Function 过程名
  [程序代码]
End Function
```

调用函数过程时,直接引用函数过程的名称。

11.1.4　创建 VBA 模块与编程环境

Access 系统提供了一个编程界面——VBE(Visual Basic Editor)。在 VBE 窗口可以完成 Access 的模块设计。

1. 进入 VBE 编程环境

对于类模块和标准模块,它们进入 VBE 环境的方法是不一样的。

1）进入类模块的三种方法

方法 1：在设计视图中打开窗体或报表，然后单击设计工具栏上的**代码**按钮。

方法 2：在设计视图中打开窗体或报表，然后右击需要编写代码的控件，在弹出的快捷菜单中选择**事件生成器**命令项。

方法 3：在设计视图中打开窗体或报表，打开需要编写代码控件的"属性"对话框，在**事件**选项卡中单击某一事件属性右侧的**生成器**按钮，弹出**选择生成器**对话框，如图 11.3 所示，选定**代码生成器**，然后单击**确定**按钮。

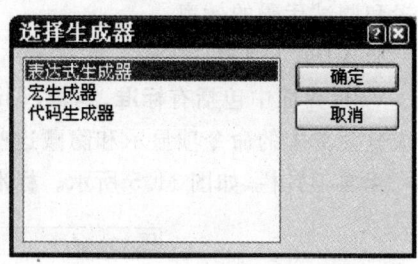

图 11.3　**选择生成器**对话框

2）进入标准模块的三种方法

方法 1：在数据库窗口中，单击**工具**菜单**宏级联**菜单中 **Visual Basic 编辑器**命令项。

方法 2：选定数据库窗口中的**模块**对象，然后单击**新建**按钮。

方法 3：对已存在的标准模块，在数据库窗口中选定**模块**对象，然后在模块列表中双击需要的模块，或选定模块后单击**设计**按钮。

不论在什么状态下，使用上述哪种方法，都将打开并进入 VBE 环境，如图 11.4 所示。

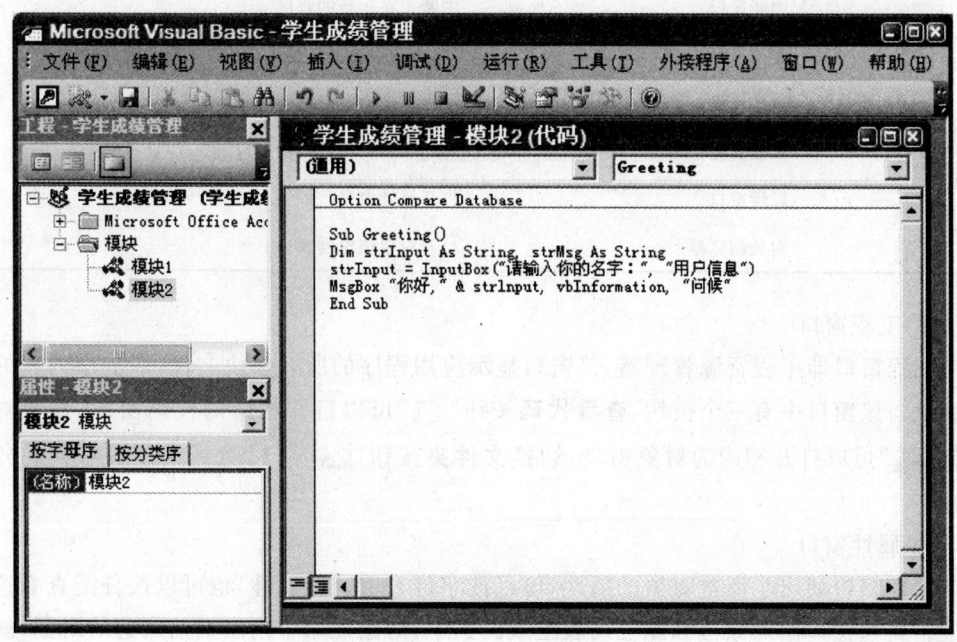

图 11.4　VBE 环境

2. VBE 界面

进入 VBE 后,可以看到多种窗口和工具栏。使用好这些窗口和工具栏将有助于提高编辑和调试代码的效率。

1) VBE 工具栏

VBE 界面中包括有**标准**、**编辑**、**调试**和**用户窗体**等多种工具栏,可通过**视图**菜单**工具栏**级联菜单中的命令项显示和隐藏这些工具栏。

标准工具栏,如图 11.5 所示。**标准**工具栏中各按钮的功能,见表 11.1。

图 11.5　标准工具栏

表 11.1　VBE 标准工具栏按钮功能

按　钮	名　称	功　能
	Access 视图	用于从 VBE 切换到数据库窗口
	插入模块	插入新的模块
	运行子过程/用户窗体	运行模块程序
	中断运行	中断正在运行的程序
	重新设置	结束正在运行的程序,重新进入模块设计状态
	设计模式	进入和退出设计模式
	工程资源管理器	打开工程资源管理器窗口
	属性窗口	打开属性窗口
	对象浏览器	打开对象浏览器窗口

2) 工程窗口

工程窗口即工程资源管理器,该窗口显示应用程序的所有模块文件,以分层列表的方式显示。该窗口中有三个按钮,**查看代码按钮**"▣"可以打开相应的代码窗口;**查看对象按钮**"▣"可以打开相应的对象窗口,**切换文件夹按钮**"▢"可以隐藏或显示对象的分类文件夹。

3) 属性窗口

属性窗口列出了所选对象的属性,可以按字母查看这些属性,也可以按分类查看这些属性。属性窗口由**对象**框和**属性**列表组成。其中,**对象**框用于列出当前所选的对象,**属性**列表可以按字母或分类对象属性进行排序。

可以在属性窗口中直接编辑对象的属性,这是以前各章所用的方法,还可以在代码窗口中用 VBA 代码编辑对象的属性。前者属于"静态"的属性设置方法,后者属于"动态"

的属性设置方法。

4）代码窗口

代码窗口主要是用来编写、显示以及编辑 VBA 代码,如图 11.6 所示。

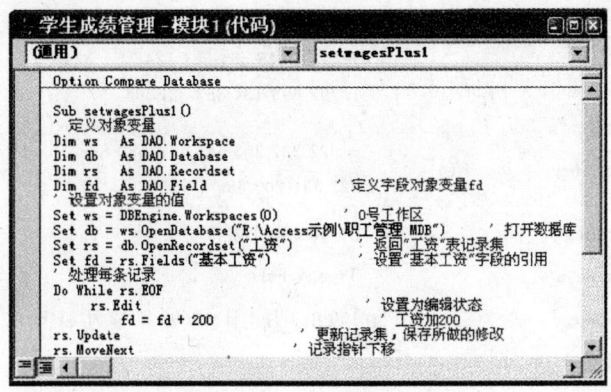

图 11.6 代码窗口

代码窗口的顶部有两个下拉列表框,左侧的是对象列表,右侧的是过程列表。在左侧选定一个对象后,右侧的列表框中就会列出该对象的所有事件过程。在该事件过程列表框中选定某个事件过程名后,系统会自动在代码编辑区生成相应事件过程的模板,用户可以向模板中添加代码。

代码窗口实际上是一个标准的文本编辑器,它提供了功能完善的文本编辑功能,可以简单、高效地对代码进行复制、删除、移动及其他操作。此外,在输入代码时,系统会自动显示关键字列表、关键字属性列表、过程参数列表等提示信息,用户可以直接从列表中选择,方便了代码的输入。

11.2 VBA 编程基础

11.2.1 数据类型

VBA 提供了较为完备的数据类型,它包含了除 Access 表中的 OLE 对象和备注类型以外的其他所有数据类型。VBA 的数据类型、类型说明符以及取值范围,见表 11.2。

表 11.2 VBA 基本数据类型

数据类型	类型标志	类型后缀	范围	默认值
整数	Integer	%	$-32\,768 \sim 32\,767$	0
长整数	Long	&	$-2\,147\,483\,648 \sim 2\,147\,483\,647$	0
单精度数	Single	!	负数:$-3.402\,823E38 \sim -1.401\,298E-45$ 正数:$1.401\,298E-45 \sim 3.402\,823E38$	0

续表

数据类型	类型标志	类型后缀	范　围	默认值
双精度数	Double	#	负数:−1.797 693 134 862 32E308～ −4.946 564 584 124 7E−324 正数:4.946 564 584 124 7E−324～ 1.797 693 134 862 32E308	0
货币	Currency	@	−922 337 203 685 477.580 8～ 922 337 203 685 477.580 7	0
字符串	String	$	0～65 500 个字符	" "
布尔型	Boolean		Tree 或 False	False
日期型	Date		100 年 1 月 1 日～9999 年 12 月 31 日	0
对象型	Object			
变体类型	Variant		数字和双精度同 文本和字符串同	Empty

除系统提供的上述基本数据类型外,VBA 还支持用户自定义数据类型。

11.2.2　常量

常量表示一个具体的、不变的值。VBA 的常量包括数值常量、字符常量、符号常量、系统常量和内部常量 5 种。其中数值常量和字符常量最常用。

(1) 数值常量　数值常量由数字等组成,如 256,123.45,34.123 E−5 等。

(2) 字符常量　由定界符括起来的一串字符,如"Computer","ABC","武汉"等。

(3) 符号常量　符号常量可用 Const 语句创建,格式为

```
Const 符号常量名称=常量值
```

其中符号常量的名称一般用大写命名,以便和变量区分。例如,

```
Const PI=3.1416
```

定义了符号常量 PI,其值为 3.1416。如果在 Const 前面加上 Global 或 Public,则定义的符号常量就是全局符号常量,在所有的模块中都可以使用。在定义符号常量时,不需要为常量指出数据类型,VBA 会自动按存储效率最高的方式确定其数据类型。在程序运行过程中对符号常量只能作读取操作,而不能对其进行修改或重新赋值。

(4) 系统常量　系统常量是指 Access 启动时自动建立的常量,包括 True,False,Yes,No,Off,On 和 Null 等,可以在 Access 中的任何地方使用系统常量。

(5) 内部常量　内部常量是 VBA 预定义的内部符号常量,所有内部常量均可在宏或 VBA 代码中使用。通常,内部常量通过前两个字母来指明定义该常量的对象库。来自 Access 库的常量以 ac 开头,例如 acCmdSaveAs,来自 ActiveX Data Objects(ADO)库的

常量以 ad 开头,而来自 Visual Basic(VB)库的常量则以 vb 开头。可以在任何允许使用符号常量的地方使用内部常量。

11.2.3　变量

变量是指在应用过程中其值可以改变的量。

1.　变量的命名规则

每个变量有一个名称和相应的数据类型,数据类型决定了该变量的存储方式,而通过变量名可以引用一个变量。

在为变量命名时,应遵循以下的原则:①变量名只能由字母、数字和下划线组成;②变量名只能以字母开头;③变量名不能使用系统保留的关键字,如 PRINT,WHERE 等;④在 VBA 的变量名中不区分大小写字母,如 ABC,Abc 或 abc 表示同一个变量。

除了变量名外,在 VBA 中的过程名、符号常量名、自定义类型名、元素名等在命名时都遵循以上的规则。

在命名变量时,通常采用大小写字母混合的方式,例如 PhntText,这样定义的变量名更具有可读性。

2.　变量类型的定义

根据对变量类型定义的方式不同可以将变量分为两种形式。

(1) 隐含型变量　隐含型变量是指在使用变量时,在变量名之后添加不同的后缀表示变量的不同类型。例如,

```
NewVar%=65
```

定义了一个整数类型的变量。如果在变量名称后面没有添加后缀字符来指明隐含变量的类型时,系统会默认为 Vahant 数据类型。

(2) 显式变量　显式变量是指在使用变量时要先定义后使用,定义变量采用下面的方式:

```
Dim 变量名 As 类型名
```

例如,

```
Dim NewVar As Integer
```

定义了整型变量 NewVar;

```
Dim MyName As String*10
```

定义了定长字符串变量 MyName。在一条 Dim 语句中也可以定义多个变量。例如,

```
Dim Varl AS String,Var2 AS Double
```

将 Varl 和 Var2 分别定义为字符串变量和双精度变量。在 Dim 语句中省略了 As 和类型名时表示定义的是变体类型。例如,

```
Dim Varl,Var2 As Double
```

将 Varl 和 Var2 分别定义为变体类型变量和双精度变量。

3. 变量的作用域

变量的作用域是指变量在程序中可使用的范围,定义变量的位置不同,其作用范围也不同。根据变量的作用域,可以将变量分为局部变量、模块变量和全局变量三类。

(1) 局部变量　　局部变量是指定义在模块过程内部的变量,即在子过程或函数过程中定义的或者是不用 Dim…As 而直接使用的变量,这些都是局部变量。局部变量的作用域是它所在的过程,在不同的过程中就可以定义同名的变量,它们之间是相互独立的。

(2) 模块变量　　模块变量是在模块的起始位置、所有过程之外定义的变量,运行时模块所包含的所有子过程和函数中都可以使用该变量。

(3) 全局变量　　全局变量是在标准模块的所有过程之外的起始位置定义的变量,运行时在所有类模块和标准模块的所有子过程和函数过程中都可以使用该变量。在标准模块的变量定义区域,用语句

```
Public 变量 As 数据类型
```

定义全局变量。

4. 数据库对象变量

在 Access 数据库中建立的对象与属性,均可作为 VBA 程序代码中的变量及其指定的值来加以引用。

窗体对象的引用格式如下:

```
Forms!窗体名称!控件名称[.属性名称]
```

报表对象的引用格式如下:

```
Repons!报表名称!控件名称[.属性名称]
```

上面的格式中如果省略了属性名称,则表示控件的基本属性。

例如,设置**学生基本情况**窗体中**学号**文本框的属性,用 VBA 程序代码表示如下:

```
Forms!学生基本情况!学号="070501"
```

等价于

```
Forms!学生基本情况!学号.Value="070501"
```

上面的引用方式书写比较长,当需要多次引用对象时,显得很烦琐。下面使用 Set 建立控件对象的变量,这样在引用对象时就很方便。

首先定义一个控件类型的变量:

```
Dim txtName AS Control
```

然后为该变量指定窗体控件对象:

```
Set txtName=Forms!学生基本情况!学号
```

以后就可以使用下面的方法引用对象了:

```
txtName="070501"
```

11.2.4　运算符与表达式

表达式是指用运算符将常量、变量和函数连接起来的有意义的式子。VBA 中有算术运算符、关系运算符、逻辑运算符、连接运算符和对象运算符。

1. 算术运算符与算术表达式

算术运算符用于算术运算,主要包括乘幂"^"、乘法"＊"、除法"/"、整数除法"\"、求模"Mod"、加法"＋"和减法"－"7 个运算符。

这 7 个运算符中,乘法、除法、加法和减法不需要解释,下面对乘幂、整数除法和求模运算符做一些说明。

乘幂运算符"^"完成乘方运算。例如,2^3 的结果是 8;(－2)^3 的结果是－8。

整数除法运算符"\"用来对两个操作数做除法运算并返回一个整数,如果操作数中有小数部分,系统会先取整后再运算,运算结果有小数时也舍去。例如,10\3 的结果是 3;10.2\4.8 的结果是 2。

求模运算符"Mod"返回两个操作数相除后的余数,如果操作数有小数部分,系统会先四舍五入将其变成整数后再运算,运算结果的符号与被除数相同。例如,10 Mod 4 的结果是 2;12 Mod －5 的结果是 2;－12.8 Mod 4 的结果是－1。

这 7 个运算符的优先级从高到低顺序是乘幂、乘除、整数除法、求模、加减法。

2. 关系运算符关系表达式

关系运算符用来表示两个值或表达式之间的大小关系,有相等"＝"、不等"＜＞"、大于"＞"、大于等于"＞＝"、小于"＜"、小于等于"＜＝"6 个运算符。

关系运算符用来对两个操作数据进行大小的比较,比较运算的结果为逻辑值,分别是 True(真)和 False(假)。例如,表达式 10＜5 的结果是 False;表达式 "ab＞aa" 的结果是 True;表达式 #2008/5/12#＜#2008/10/1# 的结果是 True。

所有关系运算符的优先级别相同。

3. 逻辑运算符与逻辑表达式

逻辑运算符有逻辑与"AND"、逻辑或"OR"和逻辑非"NOT"三个运算符,其运算规则见表 11.3。

表 11.3　逻辑运算真值表

A	B	NOT A	A AND B	A OR B
True	True	False	True	True
True	False	False	False	True
False	True	True	False	True
False	False	True	False	False

优先级顺序依次为 NOT→AND→OR。例如,6＞8 AND 10＞3 的结果是 True;6＞8 AND 2＞3 的结果是 False。

由逻辑量构成的表达式进行算术运算时,True 值当成－1,False 的值当作 0 来处理。

4. 连接运算符

连接运算符的运算量是字符串,它的作用是将两个字符串连接。连接运算符有"＋"

和"&"两个。

"＋"运算符是当两个运算量都是字符串数据时，将其连接成一个新的字符串。例如，"abc"＋"xyz"的结果是"abcxyz"。

"&"用来对两个表达式强制进行连接。例如，"2+3" & "=" & （2+3）的结果是"2+3=5"。

以上的 4 类运算符优先级从高到低的顺序是算术运算符、连接运算符、关系运算符、逻辑运算符。

5．对象运算符与对象运算表达式

VBA 中有各种对象，包括表、查询、窗体、报表等。窗体上的控件，如文本框、命令按钮等都是对象。所谓对象表达式是指用来说明具体对象的表达式。对象表达式中使用"!"和"."两种运算符。

"!"运算符的作用是指明随后用户定义的内容。使用"!"运算符可以引用一个已经打开的窗体、报表或其上的控件，也可以在表达式中引用一个对象或对象的属性。例如，

　　　Forms!学生基本情况!学号

引用已经打开的**学生基本情况**窗体上的**学号**控件。

点运算符"."通常指出随后为 Access 定义的内容。使用"."运算符可引用窗体、报表或控件等对象的属性。例如，

　　　Repons!学生成绩单!学号.Visible

11.2.5　属性、方法与事件

属性、方法和事件构成了对象的基本元素，创建了一个对象后，对一个对象的操作是通过与该对象有关的属性、方法和事件来描述的。

1．属性

属性描述了对象的性质，如标签对象中的字体名称、字体大小。属性也可以反映对象的某个行为，如某个对象是否锁定或者是否可见等，设置属性就是为了改变对象的外观和特性。对象的属性可以通过"属性"对话框进行设置，也可以通过编程设置。用 VBA 程序代码设置属性的一般格式为

　　　对象名.属性名=属性值

2．方法

对象的方法描述了对象的行为，即在特定的对象上执行的一种特殊的过程或函数。方法通常在代码中使用，其格式为

　　　对象名.方法

例如，使用 SetFocus 方法将焦点移到**学生基本情况**窗体上的**学号**文本框中，用 VBA 程序代码表示如下：

　　　txtName.SetFocus

3. 事件

事件是由 Access 定义好的,可以被对象识别的动作。例如,命令按钮就具有单击、双击等事件,事件通常由 VBA 的子过程或函数过程实现。

11.2.6 常用的事件

在 Access 系统中,常用事件有鼠标事件、键盘事件、窗口事件、对象事件和操作事件等。

1. 鼠标常用事件

(1) Click 事件 每单击一次鼠标,激发一次该事件。

(2) Dblelick 事件 每双击一次鼠标,激发一次该事件。

(3) MouseMove 事件 移动鼠标所激发的事件。

(4) MouseUp 事件 释放鼠标所激发的事件。

(5) MouseDown 事件 按下鼠标所激发的事件。

2. 键盘常用事件

(1) KeyPress 事件 每敲击一次键盘,激发一次该事件。该事件返回的参数 KeyAscii 是根据被敲击键的 ASCII 码来决定的。例如,A 和 a 的 ASCII 码分别是 65 和 97,则敲击它们时的 KeyAscii 返回值也不同。

(2) KeyDown 事件 每按下一个键,激发一次该事件。该事件返回的参数 KeyCode 是由键盘上的扫描码决定的。例如,A 和 a 的 ASCII 码分别是 65 和 97,但是它们在键盘上却是同一个键,因此它们的 KeyCode 返回值相同。

(3) KeyUp 事件 每释放一个键,激发一次该事件。该事件的其他方面与 KeyDown 事件类似。

3. 窗体常用事件

(1) Open 事件 打开窗体事件。

(2) Load 事件 加载窗体事件。

(3) Resize 事件 重绘窗体事件。

(4) Active 事件 激活窗体事件。

(5) Unload 事件 卸载窗体事件。

(6) Close 事件 关闭窗体事件。

在打开窗体时,将按照下列顺序发生相应的事件:Open→Load→Resize→Activate。在关闭窗体时,将按照下列顺序发生相应的事件:Unload→Close。

4. 对象常用事件

(1) GotFocus 事件 获得焦点事件。

(2) LostFocus 事件 失去焦点事件。

(3) BeforeUpdate 事件 更新前事件。

（4）AfterUpdate 事件　更新后事件。

（5）Chang 事件　更改事件。

5. 操作常用事件

（1）Delete 事件　删除事件。

（2）BeforeInsert 事件　插入前事件。

（3）AfterInsert 事件　插入后事件。

11.2.7　DOCmd 对象及其常用的方法

1. DoCmd 对象

DoCmd 是 Access 提供的又一个重要的对象。通过该对象，可以调用 Access 内部的方法，这样就可以在 VBA 程序中实现对数据库进行操作。例如，打开窗体、打开报表、显示记录、指针移动等。

用 DoCmd 调用方法的格式如下：

```
DoCmd.方法名 参数表
```

其中，DoCmd 和方法名之间用圆点连起来，这里的方法名是第 9 章介绍的绝大多数宏操作名，格式中的参数表列出了该操作的各个参数，这些参数就是在第 9 章的宏设计窗口左下方显示的操作参数，而且参数的顺序也与宏设计窗口中参数显示的顺序一致，如图 11.7 所示。

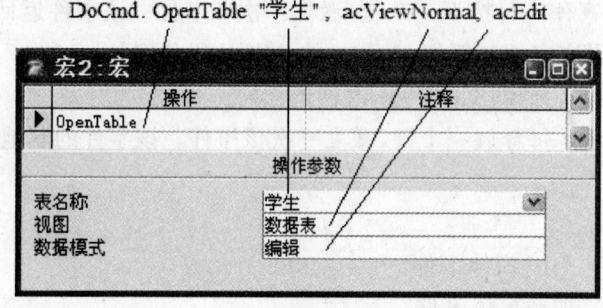

图 11.7　DoCmd 对象与宏设计窗口的对应

在宏操作命令中，有一部分操作的方法是 DoCmd 对象不支持的，这些操作在 VBA 中用其他方式实现，这些方法及对应的操作见表 11.4。

表 11.4　DoCmd 对象不支持的宏操作命令

方　法	相应的 VBA 实现	方　法	相应的 VBA 实现
AddMenu	没有相应的表示	SendKeys	使用 SendKeys 语句
MsgBox	使用 MsgBox 函数	SetValue	使用赋值语句
RunApp	使用 Shell 函数运行其他应用程序	StopAllMacros	使用 Stop 或 End 语句
RunCode	使用过程调用语句（Call 语句）	StopMacro	使用 Exit Sub 或 Exit Function 语句

2. DoCmd 常用的方法

DoCmd 常用的方法包括打开窗体、报表、表和查询等对象，以及关闭这些对象。

DoCmd 对象的大多数方法都有参数，有些参数是必需的，而有些参数可选的。如果省略了可选参数，则这些参数将取默认值。

1）打开窗体操作

打开窗体用 OpenForm 方法，命令格式如下：

```
DoCmd.OpenForm formname[,view][,filtemame][,wherecondition][,datamode]_
    [,windowmode][,openargs]
```

命令中的参数含义为

formname：字符串表达式，代表当前数据库中窗体的有效名称。

view：该参数使用固有常量 acDesign，acFormDS，acNormal，acPreview 之一，默认值为 acNormal 表示在"窗体"视图中打开窗体。

filtername：字符串表达式，代表当前数据库中查询的有效名称。

wherecondition：字符串表达式，不包含 WHERE 关键字的有效 SQL WHERE 子句。

datamode：该参数使用固有常量 acFormAdd，acFormEdit，acFormPropertySettings（默认值），acFormReadOnly 之一。使用默认常量时，Access 将在一定数据模式中打开窗体，数据模式由窗体的 AllowEdits，AllowDeletions，AllowAdditions 和 DataEntry 属性设置。

windowmode：指定窗体的打开方式，使用固有常量 acDialog，acHidden，acIcon，acWindowNormal（默认值）之一。

openargs：字符串表达式，仅在 Visual Basic 中使用的参数，用来设置窗体中的 OpenArgs 属性。该设置可以在窗体模块的代码中使用。

其中 wherecondition 参数的最大长度是 32 768，而"宏"窗口中的 Where Condition 操作参数的最大长度为 256 个字符。

说明：可选参数如果空缺，包含参数的逗号不能省略。如果有一个或多个位于末尾的参数空缺，则在指定的最后一个参数后面不需使用逗号。

例 11.1　下面的命令用 DoCmd 调用 OpenForm 方法，完成打开当前数据库中的**学生基本情况**窗体，在该窗体中只包含那些政治面貌是**党员**的学生。

```
DoCmd.OpenForm "学生基本情况",,,"[政治面貌]='党员'"
```

2）打开报表操作

打开报表使用 OpenReport 方法，命令格式如下：

```
DoCmd.OpenReport reportname[,view][,filtername][,wherecondition]
```

命令中的参数含义为

reportmame：字符串表达式，代表当前数据库中报表的有效名称。

view：使用固有常量 acViewDesign，acViewNormal（默认值），acViewPreview 之一。

采用默认值 acViewNormal 将立刻打印报表。

　　filtername：字符串表达式，代表当前数据库中查询的有效名称。

　　wherecondition：字符串表达式，不包含 WHERE 关键字的有效 SQL WHERE 子句。

　　3）打开表操作

　　打开表使用 OpenTable 方法，命令格式如下：

```
DoCmd.OpenTable tablename[,view][,datamode]
```

　　命令中的参数含义为

　　tablename：字符串表达式，代表当前数据库中表的有效名称。

　　view：使用固有常量 acViewDesign，acViewNormal（默认值），acViewPreview 之一。采用默认值 acViewNormal 将在"数据表"视图中打开表。

　　datamode：使用固有常量 acAdd，acEdit（默认值），acReadOnly 之一。

　　例 11.2　以下的过程中，通过 DoCmd 调用 OpenTable 方法，完成在"数据表"视图中打开**学生**表，并且移到一条新记录的操作。

```
Sub ShowNewRecord()
  DoCmd.OpenTable "学生", acViewNormal
  DoCmd.GoToRecord , , acNewRec
End Sub
```

　　4）打开查询操作

　　打开查询使用 OpenQuery 方法，命令格式如下：

```
DoCmd.OpenQuery queryname[,view][,datamode]
```

　　命令中的参数含义为

　　queryname：字符串表达式，代表当前数据库中查询的有效名称。

　　view：使用固有常量 acViewDesign，acViewNormal（默认值），acViewPreview 之一。如果 queryname 参数是选择、交叉表、联合或传递查询的名称，并且它的 ReturnsRecords 属性设置为−1，acViewNormal 将显示查询的结果集；如果 queryname 参数引用操作、数据定义或传递查询，并且它的 ReturnsRecords 属性设置为 0，则 acViewNormal 将执行查询。

　　datamode：使用固有常量 acAdd，aCEdit（默认值），acReadOnly 之一。

　　5）关闭对象操作

　　关闭对象用 Close 方法，命令格式如下：

```
DoCmd.Close[objecttype,objectname], [save]
```

　　命令中的参数含义为

　　objecttype：使用固有常量 acDataAccessPaSe，acDefault（默认值），acDiagram，acForm，acMacro，acModule，acQuery，acReport，acServerView，acStoredProcedure，acTable 之一。

objectname：字符串表达式，代表有效的对象名称，对象类型由 objecttype 参数指定。

save：使用固有常量 acSaveNO，ac SavePrompt（默认值），acSaveYes 之一。

如果将 objecttype 和 objectname 参数都省略，则 Access 将关闭活动窗口。

例 11.3　下面的命令通过 DoCmd 调用 Close 方法，完成关闭**成绩表**报表的操作。

```
DoCmd.Close acReport,"成绩表"
```

11.3　VBA 的程序结构

11.3.1　语句

　　一个程序由若干条语句构成，一条语句是可以完成某个操作的一条命令，按功能不同，可以将语句分为两类。一类是声明语句，用于定义变量、常量或过程；另一类是执行语句，用于执行赋值操作、调用过程、实现各种流程控制。

　　根据流程控制的不同，执行语句可以构成顺序结构、分支结构和循环结构三种结构。顺序结构按照语句的先后顺序依次执行；分支结构又称为条件结构或选择结构，是根据条件选择执行不同的分支；循环结构是根据某个条件重复执行某一段程序语句。

1. VBA 程序的书写格式

　　在书写程序时，要遵循下面的规则：①习惯上将一条语句写在一行；②如果一条语句较长、一行写不下时，可以将语句写在连续的多行，除了最后一行之外，前面每一行的行末要使用续行符"_"；③几条语句写在一行时，可以使用冒号"："分隔各条语句。

2. 注释语句

　　对程序添加适当的注解可以提高程序的可读性，对程序的维护带来很大便利。

　　在 VBA 程序中，可以使用两种方法为程序添加注释：①使用 Rem 语句，其格式为

```
Rem 注释内容
```
②在某条语句之后加上英文的单引号，单引号之后的内容为注释内容。

3. 声明语句

　　声明语句用来定义和命名变量、符号常量和过程，在定义这些内容的同时，也定义了它们的作用范围。

4. 赋值语句

　　赋值语句用来为变量指定一个值，它的格式如下：

```
变量名=值或表达式
```

　　该语句的执行过程是先计算表达式，然后将其值赋给变量。例如，下面的程序段定义了两个变量并分别为其赋值：

```
Dim Varl,Var2
    Varl=123
    Var2="Basic"
```

为对象的属性赋值,使用的格式如下:

    对象名.属性=属性值

11.3.2　数据的输入输出

在编写程序对数据进行处理时,先要输入被处理的数据,在处理之后要对结果进行输出。在 VBA 中用于输入和输出的有 InputBox 和 MsgBox 两个函数。

1. InputBox 函数

可以使用输入对话框来输入数据,输入对话框中包含文本框、提示信息和命令按钮,当用户输入数据并按下按钮时,系统会将文本框中的内容作为输入的数据。输入对话框的功能是通过调用 InputBox 函数实现的。

函数格式为

    InputBox(Prompt[, Title][,Default][,Xpos][,Ypos])

语句格式为

    InputBox Prompt[, Title][,Default][,Xpos][,Ypos]

除了第一个参数是必须的,其他参数都是可选的,各参数的含义为

Prompt:显示在对话框中的提示字符串,最大长度为 1024 个字符。

Title:字符串表达式,显示在对话框标题栏中的内容,省略时使用应用程序的名称。

Default:在没有输入数据时,显示文本框中的默认值。

Xpos:对话框右侧与屏幕左侧的水平距离,默认时对话框在水平方向居中。

Ypos:对话框上侧与屏幕上边的垂直距离,默认时对话框放置在垂直方向距下边约 1/3 的位置。

函数的返回值就是用户在对话框中输入的字符型数据。

2. MsgBox 函数

输出信息可以使用消息框,消息框是一种对话框,可以用来显示警告信息或其他的提示信息,一个消息框由标题、提示信息、图标和命令按钮 4 个部分组成,图标的形状及命令按钮的个数可以由用户设置。消息框的使用是通过调用 MsgBox 函数实现的。

函数格式为

    MsgBox(Prompt[,Buttons][, Title])

语句格式为

    MsgBox Prompt[,Buttons][, Title]

除了第一个参数是必须的,其他参数都是可选的,各参数的含义为

Prompt:显示在对话框中的提示字符串,最大长度为 1024 个字符。

Title:显示在对话框标题栏中的提示字符串,默认时使用应用程序的名称。

Buttons:为整型参数,该参数可以使用三组 VB 常量,分别设定要显示的按钮类型和数目、出现在消息框中的图标样式及默认按钮是哪一个。

这三组常数可以通过"＋"号来组合构成统一的显示模式,即按钮＋图标＋默认按钮。例如,要显示**确定**和**取消**两个按钮,并显示问号图标,设第一个按钮为默认按钮,则buttons参数的值就是 33(1＋32＋0)。表 11.5～11.7 分别列出这些常量及代表的含义。

表 11.5　消息框中按钮的类型数目

内部常量	按钮值	在消息框中显示的按钮	内部常量	按钮值	在消息框中显示的按钮
vbOkOnly	0	确定(默认值)	vbYesNoCancel	3	是、否和取消
vbOkCancel	1	确定和取消	vbYesNo	4	是和否
vbAbortRetryIgnore	2	终止、重试和忽略	vbRetryCancel	5	重试和取消

表 11.6　消息框中的图标

内部常量	按钮值	在消息框中显示的图标	内部常量	按钮值	在消息框中显示的图标
vbCritical	16	关键信息图标红色 STOP 标志	vbExclamation	48	警告信息图标
vbQuestion	32	询问信息图标	vbInfromation	64	通知图标

表 11.7　消息框中的默认按钮

内部常量	按钮值	消息框中的默认按钮	内部常量	按钮值	消息框中的默认按钮
vbDefaultButton1	0	第一个按钮是默认的(默认值)	vbDefaultButton3	512	第三个按钮是默认的
vbDefaultButton2	256	第二个按钮是默认的			

例 11.4　以下过程使用 InputBox 函数返回由键盘输入的用户名,并在消息框中显示一个字符串。

```
Sub Greeting()
    Dim strInput As String,strMsg AS String
    strInput =InputBox("请输入你的名字:","用户信息")
    MsgBox "你好," & strlnput,vbInformation,"问候"
End Sub
```

执行该过程时调用 InputBox 的情况,如图 11.8 所示。如果向文本框中输入姓名为**刘晓明**,然后单击**确定**按钮,则会显示调用 MsgBox 函数的情况,图 11.9 所示。

图 11.8　调用 InputBox 函数　　　　图 11.9　调用 MsgBox 函数

例中 MsgBox 函数是以语句形式调用的,这时没有返回值,如果作为函数形式调用,其返回值根据用户按下的按钮来确定(如例 9.3),表 11.8 列出了 MsgBox 函数的 7 个可能返回值,以便根据返回的数值确定用户的应答。

表 11.8　MsgBox 函数的返回值

内部常量	返回值	按下的按钮	内部常量	返回值	按下的按钮
vbOk	1	确定	vbIgnore	5	忽略
vbCancel	2	取消	vbYes	6	是
vbAbort	3	终止	vbNo	7	否
vbRetry	4	重试			

11.3.3　程序流程控制

在 VBA 程序代码中,程序的流程有顺序结构、分支结构和循环结构三种。

1. 顺序结构

简单的程序大多为顺序结构,整个程序按书写顺序依次执行。

2. 分支结构

在 VBA 中,构成分支结构的语句有 If 语句和 Select 语句。

1) 简单分支语句

语法格式如下:

```
If <条件> Then
   <语句序列>
End If
```

语句的执行过程是,如果条件为真,执行 Then 下面的语句序列;如果条件为假,则不执行 Then 下面的语句序列而直接执行 End If 后面的语句。

如果语句序列中只有一条语句,则 If 语句可写成单行的形式,这时可以省略 End If。

2) 选择分支语句

语法格式如下:

```
If <条件> Then
   <语句序列 1>
Else
   <语句序列 2>
End If
```

语句的执行过程是,如果条件为真,执行 Then 下面的语句序列 1;如果条件为假,则执行 Else 下面的语句序列 2。

3) 多重选择分支语句

语法格式如下:

```
If <条件 1>  Then
  <语句序列 1>                '条件 1 为真时执行语句序列 1
[ElseIf <条件 2>  Then
  <语句序列 2>]                '条件 1 为假、条件 2 为真时执行序列 2
……
[ElseIf <条件 n> Then
  <语句序列 n>]
[Else
  <语句序列 n+1>]              '如果条件都为假,则执行语句序列 n+1
End If
```

语句的执行过程是,如果条件 1 为真,执行 Then 下面的语句序列 1(执行完毕转到 End If 之后);如果条件为假,则继续判断条件 2,若为真,执行语句序列 2(执行完毕转到 End If 之后),否则继续判断下一个条件。如此下去,若找到某一个条件为真,则执行该条件下面的语句。若前面的条件均不成立,则检查有无 Else 语句,有则无条件执行 Else 下面的语句序列,无则什么都不执行,程序直接跳转到 End If 之后。

4)多重分支语句

在多重选择的情况下,使用 If 语句会使程序变得很复杂,而使用 Select 语句实现多重选择,可以使代码更加清晰易读。Select 语句的语法格式如下:

```
Select Case 测试表达式
Case 表达式列表 1
  语句序列 1
[Case 表达式列表 2
  语句序列 2]
……
[Case 表达式列表 n
  语句序列 n]
[Case Else
  语句序列 n+1]
End Select
```

Case 语句的匹配测试是按顺序进行的,如果有多个分支的值与测试表达式相匹配,则只执行第一个相匹配的 Case 下面的语句序列,其他符合条件的分支不会再执行。如果没有找到匹配的条件,则 VBA 执行 Case Else 子句(此项是可选的)中的语句。

测试表达式可以是数值型或字符型的表达式,通常为一个数值型或字符型的变量。表达式列表是一个或几个值的列表。如果在一个列表中有多个值,就用逗号把值隔开。

3. 循环结构

顺序结构和分支结构语句中的每条语句,一般只执行一次;但是在实际应用中,有时需要重复执行某一段语句,重复执行的语句称为循环体。在 VBA 中可以使用 Do…Loop 与 For…Next 实现循环结构。

1) Do…Loop 循环语句

Do…Loop 语句构成的循环有 Do…While…Loop 和 Do…Until…Loop 两种形式。

Do…While…Loop 形式的语法格式如下:

```
Do While 条件式
    循环体
    [Exit Do]
Loop
```

语句的执行过程如下:

① 计算"条件式",当"条件式"为真时执行②,否则结束循环;

② 执行循环体;

③ 遇到 Loop 跳转到①。

在循环体中可以有条件地使用 Exit Do 语句,目的是使循环提前结束并退出循环。

与 Do…While…Loop 形式相对应的,还有一个 Do…Until…Loop 形式,它的语法格式如下:

```
Do Until 条件式
    循环体
    [Exit Do]
Loop
```

语句的执行过程与 Do…While…Loop 语句相似,唯一不同的是,在该结构中,当条件式的值为假时重复执行循环,直到条件式为真时结束循环。

上面两种格式的共同特点是先判断条件式,后执行循环体。也可以将这两种结构中的条件式放在循环结构的末尾,即先执行后判断,因此 Do…Loop 语句又有下面两种演变形式。

Do…While…Loop 形式的另一种写法如下:

```
Do
    循环体
    [Exit Do]
Loop While 条件式
```

Do…Until…Loop 形式的另一种写法如下:

```
Do
    循环体
    [Exit Do]
Loop Until 条件式
```

这两种演变格式保证循环体至少执行一次。

2) For…Next 循环语句

Do…Loop 循环适用于循环次数无法预先确定的循环应用。对于循环次数可以预先确定的循环应用,则可以采用 For…Next 循环,它有利于程序的清晰与可读性。

For 循环使用一个循环变量,每重复一次循环后,循环变量的值会增加或减少一个确定的数值。For…Next 语句的语法格式如下:

```
For 循环变量=初值 To 终值[Step 步长]
    循环体
    [Exit For]
Next [循环变量]
```

For 语句的执行过程如下:

① 循环变量取初值;

② 检查循环变量的值是否超过终值,若未超过终值,循环继续,执行③;若超过终值,则跳过循环体,转而执行 Next 后面的语句;

③ 执行循环体;

④ 循环变量增加一个步长值,程序跳转到②。

如果步长为 1,则关键字 Step 和步长都可以省略,如果终值小于初值,步长应为负值,否则循环体一次也不执行。

在循环体中可以有条件地使用 Exit For 语句,作用是满足某个条件时提前结束循环体的执行,并退出循环。

11.3.4　VBA 程序的调试

程序调试是开发数据库应用系统时不可缺少的环节。当系统应用程序编写完成后,需要对其进行调试,以便找出其中的错误。在 VBE 中,程序错误大致分为两类,一类是语法错误,一类是逻辑错误。

语法错误主要是指未按规定的语法规则编写程序。例如,命令输入错、多余空格、变量未声明、数据类型不匹配等。这类错误一般是在输入程序或编译程序时被 Access 检查出来的,用户只需要按照提示将有问题的地方修改即可。逻辑错误是指程序没有按希望执行,或生成了无效的结果,它只有在程序运行时才能被发现。

发现并修改语法错误或逻辑错误,可以使用 Access 提供的调试工具。

1. 调试工具

在 VBE 环境下,单击**视图**菜单**工具栏**级联菜单中**调试**命令项,可以打开**调试**工具栏,如图 11.10 所示。**调试**工具栏中各按钮的功能,见表 11.9。

图 11.10　**调试**工具栏

表 11.9　调试工具栏按钮功能

按　钮	名　称	功　能
▶	运行	运行或继续运行中断的程序
Ⅲ	中断	暂时中断程序的运行
■	重新设置	中止程序调试运行,返回到编辑状态
🖐	切换断点	设置或取消断点
🔧	逐语句	单步跟踪操作,每操作一次,程序执行一步
🔧	逐过程	在本过程内单步执行
🔧	跳出	提前结束正在调试运行的程序,返回到主调过程

其他几个按钮用来打开不同的窗口。

2. 设置断点

在 Access 中,调试通常是在 VBE 窗体中进行的。最常用的方法是在程序中设置断点来中断程序的运行,然后检查各变量、属性的值。一个程序中可以设置多个断点,在选择了语句行后,设置和取消断点可以使用下列的方法之一:

方法 1:单击**调试**工具栏上**切换断点**按钮"🖐";

方法 2:单击**调试**菜单中**切换断点**命令项;

方法 3:按 **F9** 键;

方法 4:单击该行的左侧边缘部分。

如果要继续运行代码,可以单击**调试**工具栏上**运行**按钮"▶"。

3. 单步跟踪

当程序运行到断点处停止运行后,如果需要继续往下一步一步运行,则可以使用跟踪功能。单击**调试**工具栏上**逐语句**按钮"🔧"或按 **F8** 键,使程序运行到下一行。这样逐步检查程序的运行情况,直到找到问题。当不想跟踪一个程序运行时,可以单击**调试**工具栏上**逐语句**按钮"🔧"。

4. 使用不同的调试窗口

在 VBE 中还有几个用于调试的窗口,如图 11.11 所示。

若要显示这些窗口,可使用**调试**工具栏中的相关按钮或**视图**菜单中的相关命令项。

(1) 立即窗口　在该窗口中直接输入一行代码后,按 **Enter** 键便可立即执行该行代码。同时,还可以将立即窗口中的一行代码复制并粘贴到代码窗口中。注意:立即窗口中的代码是无法保存的。

图 11.11　不同的调试窗口

（2）本地窗口　使用该窗口能够自动显示所有出现在当前过程中的变量声明及变量的值。

（3）监视窗口　该窗口在中断状态下才可以使用。监视窗口用于显示当前工程中定义的监视表达式的值。当工程中定义了监视表达式时，监视窗口就会自动出现。该窗口由**表达式**、**值**、**类型**和**上下文** 4 个部分组成。**表达式**中列出监视表达式，**值**列出在切换成中断模式时表达式的值，**类型**中列出监视表达式的类型，**上下文**则列出了监视表达式的作用域。在代码运行时，可以使用监视窗口跟踪表达式、变量和对象的值。

（4）快速监视窗口　在中断模式下，在程序中选择某个变量或表达式，单击**调试**工具栏上**快速监视**按钮，弹出**快速监视**对话框，如图 11.12 所示。该窗口用于观察选定的变量或表达式的当前值，达到快速监视的效果。

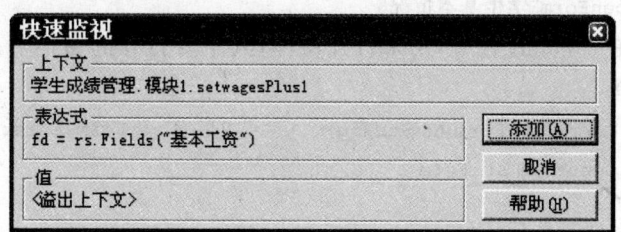

图 11.12　**快速监视**对话框

11.4　过程定义与调用

VBA 使用的过程有子（Sub）过程、函数（Function）过程和属性（Property）过程。本节介绍子过程和函数过程的定义、调用以及在调用时参数的传递方式。

11.4.1　子过程的定义与调用

1. 子过程的定义

子过程的定义使用 Sub 语句，定义格式如下：

```
[Public|Private][Static]Sub 子过程名(形式参数)
    [子过程语句]
```

```
    [Exit Sub]
    [子过程语句]
End Sub
```

使用 Public 表示该过程可以被任何模块中的任何过程访问；使用 Private 表示该过程只能在声明它的模块中使用。缺省时，Sub 过程默认为 Public。

使用 Static 时，表示在两次调用之间保留过程中的局部变量的值。

形式参数简称形参，用来接收调用过程时由实际参数传递过来的参数。如果有多个形参，则参数之间用逗号分开。

2. 子过程的调用

子过程的调用可以使用两种形式：

```
Call 子过程名 ([实际参数])
```

或

```
子过程名 [实际参数]
```

实际参数简称实参，是传递给形参的数据。如果使用 Call 来调用一个需要参数的过程，则形参要放在括号中，如果省略了关键字 Call，则形参外面的括号也必须省略。

每调用一次过程，Sub 与 End Sub 之间的语句就执行一次。

例 11.5 下面的命令可以打开**学生基本情况**窗体：

```
DoCmd.OpenForm"学生基本情况"
```

将此命令放在一个子过程中，用来打开窗体，其中要打开的窗体名用形参表示，编写的子过程如下：

```
Sub OpenForms(strForm As String)          '形参 strForm 为变长字符串
   DoCmd.OpenForm strForm
End Sub
```

如果要调用该过程打开窗体，只需要将窗体名通过实参传递给过程的形参即可。例如，要打开名为**学生基本情况**的窗体，可以使用下列的过程调用：

```
Call OpenForms("学生基本情况")
```

或使用不带 Call 的调用：

```
OpenForms"学生基本情况"
```

11.4.2 函数过程的定义与调用

1. 函数过程的定义

函数过程的定义使用 Function 语句，定义格式如下：

```
[Public|Private][Static] Function 函数过程名(形参)[As 数据类型]
    [函数过程语句]
     [函数过程名=表达式]
    [Exit Function]
```

```
    [函数过程语句]
        [函数过程名=表达式]
    End Function
```

格式中的 Public,Private 和 Static 的作用与 Sub 过程中是一样的,如果将一个函数过程说明为模块对象中的私有函数过程,则不能从查询、宏或另一个模块中的函数过程调用这个函数过程。

格式中的[As 数据类型]用来指定函数返回值的类型。

格式中的[函数过程名=表达式]用来定义函数返回的值。

与 Sub 过程一样,Function 过程也是一个独立的过程,它可以接收参数,执行一系列的语句并改变其自变量的值,与 Sub 过程不同的是,它具有一个返回值,而且有数据类型。

2. 函数过程的调用

函数过程的调用只能使用一种形式:

```
    函数过程名([实际参数])
```

由于函数有返回值,实际使用函数调用时,通过有两种用法,一种是将返回值赋给某个变量,也就是使用下面的格式:

```
    变量名=函数过程名([实际参数])
```

另一种方法是将函数的返回值作为另一个过程调用中的实参。

例 11.6　以下函数 MaxValue 用来返回形参 Val1、Val2 的最大值。

```
    Public Function MaxValue(Val1 As Integer, Val2 As Integer)As Integer
        If Val1>Val2 Then
            MaxValue=Val1              '函数名=表达式 定义函数返回的值
        Else
            MaxValue=Val2
        End lf
    End Function
```

如果将两个变量 X 和 Y 中的最大值赋给变量 Z,可以使用下面的调用方法:

```
    Z=MaxValue(X,Y)
```

如果要将三个变量 A,B 和 C 中最大值赋给变量 Z,可以使用下面的调用方法:

```
    Z=MaxValue(MaxValue(A,B),C)
```

上面的调用形式中,函数 MaxValue(A,B)的结果作为另一次函数调用的实参。

11.5　VBA 的数据库编程

我们已经可以在各种视图下对数据库中的对象进行不同的操作。例如,在数据表视图下编辑记录,在设计视图下编辑表的结构,在窗体视图下操作窗体等。下面要介绍的是使用 VBA 访问数据库,目的是为了更快速、更有效地管理数据,开发更实用的应用程序,这就是 VBA 的数据库编程。

11.5.1 数据库引擎及其接口

所谓数据库引擎实际上是一组动态链接库(DLL),当程序运行时,被连接到 VBA 程序而实现对数据库数据的访问功能。因此,数据库引擎是一种通用的接口方式,是应用程序与数据库之间的桥梁,用户可以用统一的方式访问不同的数据库。这样的数据与程序相对独立,减少了大量数据的冗余。

在 VBA 中,主要有三种数据库访问接口,分别是开放的数据库连接应用编程接口 ODBC API(open database connectivity APl)、数据访问对象 DAO(data Access objects)和 Active 数据对象 ADO(ActiveX data objects)。

(1) ODBC API   Windows 提供的 ODBC 驱动程序对每一种数据库都可以使用,只是在实际应用时,直接使用 ODBC API 需要大量的 VBA 函数的原型声明,并且编程比较烦琐。因此,在实际编程中很少直接进行 ODBC API 的访问。

(2) DAO DAO   提供了一个访问数据库的对象模型,模型中定义了一系列的数据访问对象,通过这些对象可以实现对数据库的各种操作。

(3) ADO   ADO 是一个基于组件的数据库编程接口,它可以和多种编程语言结合使用。例如,Visual Basic,Visual C++等,这样为用户带来极大的方便。使用该接口可以方便地和任何符合 ODBC 标准的数据库连接。

本节简要介绍使用 DAO 和 ADO 访问数据库的方法。

11.5.2 数据库访问对象 DAO

1. DAO 的模型结构

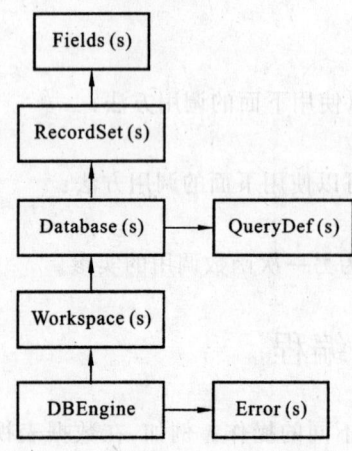

图 11.13   DAO 模型的层次结构

DAO 结构是一个分层结构的设计,其中数据引擎对象 DBEngine 处于底层。用户在使用时,通过设置属于不同层次的对象变量,并通过对象变量来调用访问对象、设置访问对象的属性,以实现对数据库的各项访问操作。DAO 的分层结构模型如图 11.13 所示。

各层对象的含义为

DBEngine 对象:表示数据库引擎,是 DAO 模型最底层的对象,包含并控制 DAO 模型中的其他全部对象。

Workspace(s) 对象:表示工作区。

Database(s) 对象:表示操作的数据库对象。

Recordset(s) 对象:表示数据操作返回的记录集。

Field(s) 对象:表示记录集中的字段信息。

Querydef(s) 对象:表示数据库的查询信息。

Error(s) 对象:出错处理。

2. 设置 DAO 库的引用

在 Access 的模块中要使用 DAO 访问数据库的对象,先要增加一个对 DAO 库的引用,操作方法如下:

① 进入 VBE 环境;

② 单击**工具**菜单中**引用**命令项,弹出**引用**对话框,如图 11.14 所示;

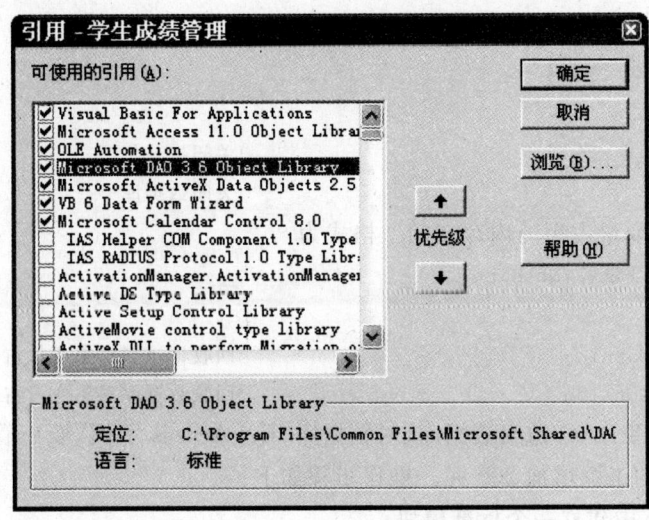

图 11.14　DAO 对象库引用对话框

③ 在**可使用的引用**列表框中选定 **Microsoft DAO 3.6 Object Library** 复选框;

④ 单击**确定**按钮。

3. 使用 DAO 访问数据库

使用 DAO 访问数据库的过程都是一样的,通常有下面几个过程:

① 定义对象变量。格式为

　　　Dim 变量名 As DAO 对象名

例如,

　　　Dim ws As Workspace　　　　　　　　　　　　　　'定义工作区对象变量 ws

　　　Dim db As Database　　　　　　　　　　　　　　'定义数据库对象变量 db

　　　Dim rs As RecordSet　　　　　　　　　　　　　　'定义记录集对象变量 rs

② 通过 Set 语句设置各对象变量的值。格式为

　　　Set 对象变量名=常量或已赋值的变量

例如,

　　　Set ws=Dbengine.WorkSpace(0)　　　　　　　　'打开默认工作区

```
    Set db=ws.OpenDatabase(数据库文件名)                    '打开数据库文件
    Set rs=db.OpenRecordSet(表名、查询名或 SQL 语句)         '打开记录集
```

③ 通过对象的方法和属性进行操作。通常使用循环结构处理记录集中的每一条记录。

```
    Do While Not rs.EOF
      ……
        rs.MoveNext                                       '记录指针移到下一条记录
    Loop
```

④ 关闭对象。格式为

```
    对象变量名.Close
```

例如，

```
    rs.Close                                              '关闭记录集
    db.Close                                              '关闭数据库
```

⑤ 回收对象变量占用的内存空间。格式为

```
    Set 对象变量名=Nothing
```

例如，

```
    Set rs=Nothing                                        '回收记录集对象变量占用的内存空间
    Set db=Nothing                                        '回收数据库对象变量占用的内存空间
```

例 11.7 使用 DAO 访问数据库,对数据库"E:\Access 示例\职工管理. MDB"的工资表中每个职工的工资增加 200 元。操作步骤如下:

① 在 Access 中建立一个标准模块;

② 建立对 DAO 库的引用;

③ 在模块中建立过程

```
    Sub setwagesPlus1()
        '定义对象变量
        Dim ws As DAO.Workspace
        Dim db As DAO.Database
        Dim rs As DAO.Recordset
        Dim fd As DAO.Field                               '定义字段对象变量 fd
        '设置对象变量的值
        Set ws=Dbengine.WorkSpace(0)                      '0 号工作区
        Set db=ws.OpenDatabase("E:\Access 示例\职工管理.MDB")   '打开数据库
        Set rs=db.OpenRecordSet("工资")                    '返回工资表记录集
        Set fd=rs.Fields("基本工资")                        '设置基本工资字段的引用
        '处理每条记录
    Do While Not rs.EOF
        rs.Edit                                           '设置为编辑状态
```

```
        fd=fd+200                            '工资加 200
        rs.Update                            '更新记录集,保存所做的修改
        rs.MoveNext                          '记录指针下移
    Loop
    '关闭并回收对象变量
    rs.Close
    db.Close
    Set rs=Nothing
    Set db=Nothing
End sub
```

如果访问的是本地数据库,上面程序中的两个语句

```
    Set ws=Dbengine.WorkSpace(0)
    Set db=ws.OpenDatabase("E:\Access 示例\职工管理.MDB")
```

可以代替为

```
    Set db=CurrentDb()
```

④ 程序输入完成后,当运行时发现错误,可使用**调试**工具栏上**逐语句**按钮加以调试;

⑤ 运行完毕,回到数据库窗口,打开程序中修改的表,检查修改效果。

11.5.3   ActiveX 数据对象 ADO

1. ADO 的模型结构

ADO 的模型结构如图 11.15 所示,各对象的含义为

Error(s) 对象:出错处理。

Connection 对象:指定可连接的数据源。

Command 对象:表示一个命令。

RecordSet 对象:表示数据操作返回的记录集

Field 对象:表示记录集中的字段信息。

2. 设置 ADO 库的引用

使用 ADO 访问数据库之前,也要设置 ADO 库的引用,方法是在图 11.14 所示的对话框中,从**可使用的引用**列表框中选定 **Microsoft ActiveX Data Objects 2.5 Library** 复选框。

3. 使用 ADO 访问数据库的方法

在使用 ADO 时,也是在程序中先创建对象变量,然后通过对象变量的方法和属性实现对数据库的操作。

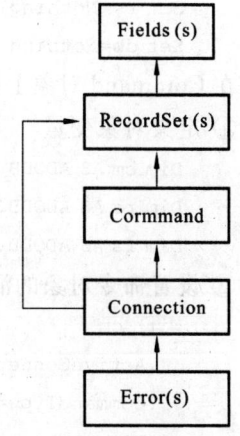

图 11.15   ADO 模型的结构

使用 ADO 时,不要求为每个对象都创建变量,可以只为部分对象创建变量。可以是 Connection 对象、RecordSet 对象和 Field 对象的组合,也可以是 Command 对象、RecordSet 对象和 Field 对象的组合。这两种组合分别称为在 Connection 对象上打开记

录集和在 Command 对象上打开记录集。

在 Connection 对象上打开记录集,通常有下面几个过程:

① 定义对象变量。格式为

```
Dim 变量名 As New 对象名
```

例如,

```
Dim cn AS New ADODB.Connection          '定义连接对象变量 cn
Dim rs AS New ADODB.RecordSet           '定义记录集对象变量 rs
Dim fs AS New ADODB.Field               '定义字段对象变量 fs
```

② 打开对象。例如,

```
cn.Open...                              '打开一个连接
rs.Opem...                              '打开一个记录集
Set fd = ...                            '设置字段引用
```

③ 通过对象的方法和属性进行操作。通常使用循环结构处理记录集中的每一条记录。

```
Do While Not rs.EOF
    ......                              '记录指针移到下一条记录
    rs.MoveNext
Loop
```

④ 关闭并回收对象变量占用的内存空间。

```
rs.Close                               '关闭记录集
db.Close                               '关闭数据库
Set rs=Nothing                         '回收记录集对象变量占用的内存空间
Set db=Nothing                         '回收数据库对象变量占用的内存空间
```

在 Command 对象上打开记录集,通常也有下面几个过程:

① 定义对象变量

```
Dim cm AS ADODB.Connection             '定义命令对象变量 cm
Dim rs AS ADODB.RecordSet              '定义记录集对象变量 rs
Dim fs AS ADODB.Field                  '定义字段对象变量 fs
```

② 设置命令对象的活动连接、命令类型、查询等属性。

```
With cm
    .ActiveConnection=<连接串>
    .CommandType=<命令类型参数>
    .CommandText=<查询命令串>
End With
rs.Open cm, < 其他参数>                  '设置 rs 的 ActiveConnection 属性
```

③ 通过对象的方法和属性进行操作。通常使用循环结构处理记录集中的每一条记录。

```
Do While Not rs.EOF
    ……                                        '记录指针移到下一条记录
    rs.MoveNext
Loop
```

④ 关闭并回收对象变量占用的内存空间。

```
rs.Close                                       '关闭记录集
Set rs=Nothing                                 '回收记录集对象变量占用的内存空间
```

例 11.8　使用 ADO 访问数据库,对**职工管理**数据库的**工资**表中每个职工的工资减少 200 元。这里使用在 Connection 对象上打开 RecordSet,完成该操作的过程如下:

① 在 Access 中建立一个标准模块;

② 设置 ADO 库的引用;

③ 在模块中建立过程

```
Sub setwagesPlus2()
    定义对象变量
    Dim cn As New ADODB.Connection             '定义连接对象变量 cn
    Dim rs As New ADODB.Recordset              '定义记录集对象变量 rs
    Dim fd As ADODB.Field                      '定义字段对象变量 fd
    Dim strSQL As String                       '定义查询字符串
    '建立连接
    Set cn= CurrentProject.Connection          '设置连接数据库(本地数据库)
    '设置基本工资字段的引用
    strSQL="Select 基本工资 from 工资"          '设置查询表
    rs.Open strSQL, cn, adOpenDynamic,         '打开记录集
    adLockOptimistic
    Set fd=rs.Fields("基本工资")                '设置基本工资字段的引用
    '处理每条记录
    Do While Not rs.EOF
        fd=fd-200                              '工资减 200
        rs.Update                              '更新记录集,保存所做的修改
        rs.MoveNext                            '记录指针下移
    Loop
    '关闭并回收对象变量
    rs.Close
    cn.Close
    Set rs=Nothing
    Set cn=Nothing
End Sub
```

习 题 11

一、选择题

1. 对于 Access 的系统常量,在编码时(　　)。

  A. 要先声明才可以使用

  B. 可以直接使用

  C. 有些可以直接使用,有些则必须要先声明

  D. 可以使用后再声明

2. 属于 Access 系统内部常量的是(　　)。

  A. On   B. Not

  C. acNewRec   D. 1

3. VBA 中定义符号常量可以使用关键字(　　)。

  A. Const   B. Dim

  C. Public   D. Static

4. 以下关于优先级的比较,正确的是(　　)。

  A. 算术运算符＞逻辑运算符＞关系运算符

  B. 逻辑运算符＞关系运算符＞算术运算符

  C. 算术运算符＞关系运算符＞逻辑运算符

  D. 以上都不正确

5. 下列关于 VBA 中"方法"的说法中,正确的是(　　)。

  A. 方法是属于对象的   B. 方法是独立的实体

  C. 方法也可以由程序员定义   D. 方法是对事件的响应

6. 下列各选项中,不是鼠标事件的是(　　)。

  A. DblClick   B. KeyPress

  C. MouseDown   D. MouseMove

7. 下列各项中,不是窗口事件的是(　　)。

  A. UnLoad   B. Load

  C. Resize   D. Exit

8. 下列各项中,和 AfterUpdate 属于同一类型事件的是(　　)。

  A. BeforeInsert   B. Deactivate

  C. NotInList   D. ItemAdded

9. 下列各项中,属于焦点事件的是(　　)。

  A. BeforeUpdate   B. Activate

  C. AfterInsert   D. Retreat

10. 在 VBA 代码调试过程中,能够显示出所在当前过程中变量声明及变量值信息的

是(　　)。

  A. 快速监视窗口　　　　　　　　　B. 监视窗口

  C. 立即窗口　　　　　　　　　　　D. 本地窗口

11. 已定义的函数 f(m),其中形参 m 是整型,要调用该函数,传递的实参是 5,并将返回的函数值赋给变量 t,以下正确的形式是(　　)。

  A. t＝f(m)　　　　　　　　　　　B. t＝Call f(m)

  C. t＝f(5)　　　　　　　　　　　D. t＝Call f(5)

12. 对于符号常量的类型,下列说法中正确的是(　　)。

  A. 必须指明数据类型

  B. 不需要指明数据类型,VBA 会自动按存储效率最高的方式来确定其数据类型

  C. 不需要指明数据类型,因为常量本身没有数据类型

  D. 指明不指明均可

13. 以下各对象中,不属于 ADO 模型中对象的是(　　)。

  A. WorkSpace　　　　　　　　　　B. Connection

  C. RecordSet　　　　　　　　　　D. Command

14. 以下各对象中,不属于 DAO 模型中对象的是(　　)。

  A. WorkSpace　　　　　　　　　　B. Connection

  C. RecordSet　　　　　　　　　　D. DBEngine

15. 属于 VBA 提供了数据库访问接口的是(　　)。

  A. ODBC API　　　　　　　　　　B. 数据访问对象 DAO

  C. Active 数据对象 ADO　　　　　　D. 以上都是

二、填空题

1. 模块_____和_____两部分组成。

2. 在 VBA 中过程可以分为_____和_____两种。

3. VBA 在 Access 中的使用必须在_____中进行。

4. VBA 的程序控制结构包括顺序结构、_____和_____。

5. 在模块的说明区域,用_____或_____关键字节说明的变量是属于全局范围的变量,用_____关键字说明的变量是模块范围的变量。

6. VBA 中打开窗体的命令语句是_____。

7. VBA 的逻辑值在表达式中参与算术运算时,True 值被当作_____、False 值被当作_____来处理。

8. VBA 中提供了三种数据库访问接口,分别是 ODBC API、_____和_____。

9. 在调试程序时,在过程的某个位置上设置一个位置点用来中断程序的执行,这个位置点称为_____。

10. 在模块中编辑程序时,当某一条命令呈红色时,表示该命令_____。

三、简答题

1. 模块分几类？有何不同？
2. 模块和宏有何关系？有何区别？
3. 模块中的过程有几类？格式是什么？
4. 过程与模块是什么关系？
5. 如何保存、运行一个模块？

第12章 综合实例

学习和使用 Access 数据库管理系统软件的最终目的是能够建立数据库应用系统。本章将利用前面各章节所讲述的知识,结合一个实例**学生成绩管理系统**,介绍如何利用 Access 进行小型数据库应用系统的开发,从而对本书的内容进行全面、系统的总结。

12.1 数据库应用系统开发的一般步骤

通常,数据库应用系统开发需经过系统分析、系统设计、系统实施和系统维护几个阶段。

12.1.1 系统分析

系统分析的主要任务是解决"做什么"的问题,即根据用户的需求,确定系统应具有的功能以及数据库模型的建立。系统分析的好坏直接决定系统的成败,系统分析阶段工作做得越好,系统开发的过程就越顺利。

在**学生成绩管理系统**中,主要实现对学生基本信息、课程信息以及学生的成绩进行综合管理。根据实际需求,大体归纳出系统应具有的以下几点功能:

(1)提供学生的基本信息(学号、姓名、性别、专业等)和课程的基本信息(课程号、课程名、学分、学时等)的录入。

(2)提供对学生所选课程的录入。

(3)可通过选择某个课程,录入选修该课程学生的成绩。

(4)可通过输入学号查询学生的基本信息和成绩,可通过输入课程号查询该课程的基本信息和选修该课程学生的成绩。

(5)提供对学生、课程和成绩信息的打印报表。

12.1.2 系统设计

数据库应用系统的设计,是在数据库应用系统分析阶段确立的总体目标基础上,对系统进行初步设计,解决"怎么做"的问题。在系统设计阶段要建立系统总体规划的逻辑模型,完成系统各功能模块的划分,确定各模块相互间的关系。

在**学生成绩管理系统**中,通过前面所做的系统分析,我们对该系统功能划分如图12.1所示。

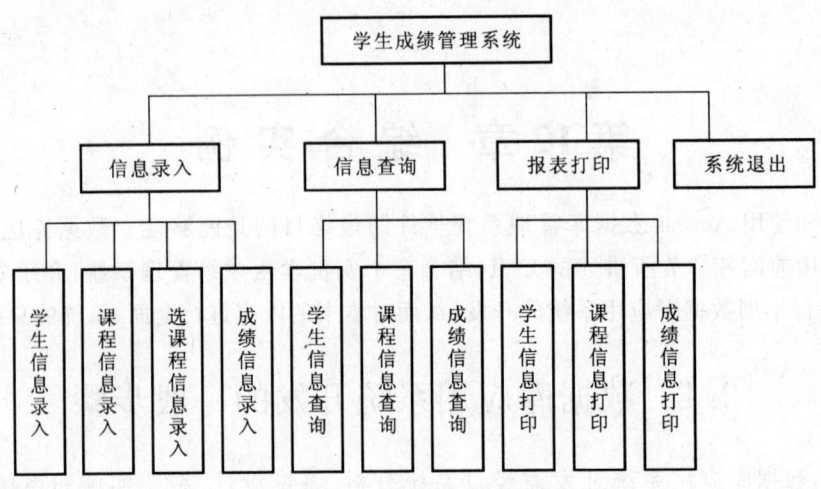

图 12.1　系统总体设计图

12.1.3　系统实施

　　系统实施的主要任务是按系统设计阶段给出的系统功能模块的设计方案,具体实施系统的逐级控制和各功能模块的建立,从而形成一个完整的应用开发系统。

　　在数据库应用系统开发的实施阶段,一般采用"自顶向下"的设计思路和步骤来开发系统。通过系统菜单或系统控制面板逐级控制低一层的模块,确保每一个模块完成一个独立的任务,且受控于系统菜单或系统控制面板。

　　具体设计数据库应用系统时,尽可能使每一个功能模块小而简明,模块间接口数目尽量少,从而使得每一个模块易维护、易修改。

12.1.4　系统维护

　　在完成数据库应用系统的建立后,就进入了系统的调试和维护阶段。

　　在此阶段,不仅要通过调试工具检查、调试数据库应用系统,还要通过模拟实际操作或实际数据验证数据库应用系统,若出现错误或有不适当的地方要及时加以修正,并根据用户使用后反馈的情况,修正数据库系统的缺陷,完善系统各项功能。

12.2　数据库的设计

　　数据库是数据库应用系统的数据源,其设计的好坏直接影响整个系统的设计开发过程。数据库的设计通常首先建立概念模型,然后再将概念模型转换为关系模型,最后再根据所建立的关系模型生成实际数据库。

12.2.1 概念模型的建立

建立概念模型是在需求分析的基础上,通过 E-R 图描述用户的数据和数据间的关系。对于**学生成绩管理系统**,建立的 E-R 图如图 12.2 所示。

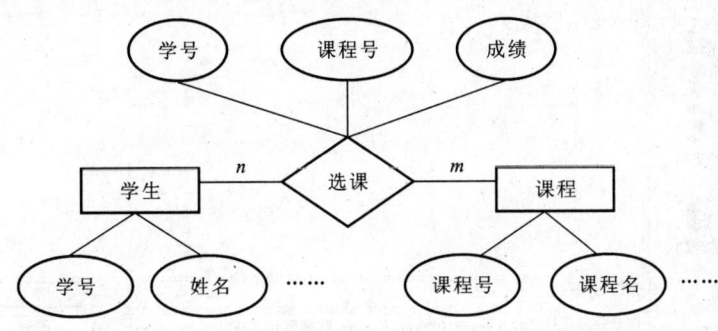

图 12.2 系统 E-R 图

12.2.2 关系模型的建立

依据 E-R 图,可将该图转换为关系模型。在转换中,应注意主键的确定和关系的规范化,通常应达到 3NF。由图 12.2 所示,确定建立如下三个关系:

学生(学号,姓名,性别,出生日期,政治面貌,专业,四级通过,入学成绩,家庭住址,照片);

课程(课程号,课程名,学时,学分,类别,简介);

选课(学号,课程号,成绩)。

以上各关系中,下划线表示该字段或字段的组合为该关系的主键。

12.2.3 实际数据库的建立

根据前面所做分析,就可以开始进入实际数据库的建立。在此,定义数据库名为**学生成绩管理**。

1. 数据库的建立

操作步骤如下:

① 建立**学生成绩管理**文件夹;

② 启动 Access,选择**空 Access 数据库**,进入**文件新建数据库**对话框如图 12.3 所示;

③ 在**文件名**组合框中输入**学生成绩管理**,单击**创建**按钮,完成**学生成绩管理**数据库的建立。

2. 数据表的建立

由 12.2.2 所定义的关系,分别建立**学生**、**课程**和**选课**三个数据表。在建立中可通过"表设计器"完成该工作。以**学生**表为例,具体操作步骤如下:

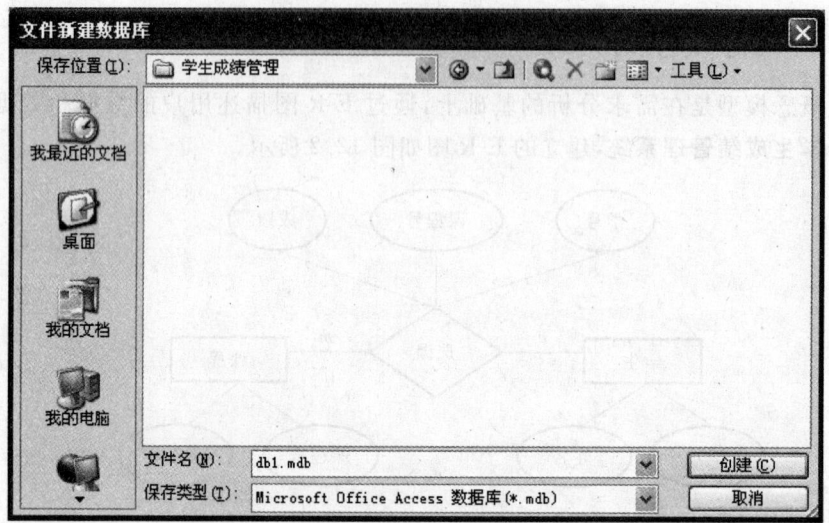

图 12.3　学生成绩管理数据库的建立

① 在"设计视图"中打开表设计器；

② 在表设计器中，根据表的特点，逐一定义**学生**表每个字段的类型，长度等属性，如图 12.4 所示；

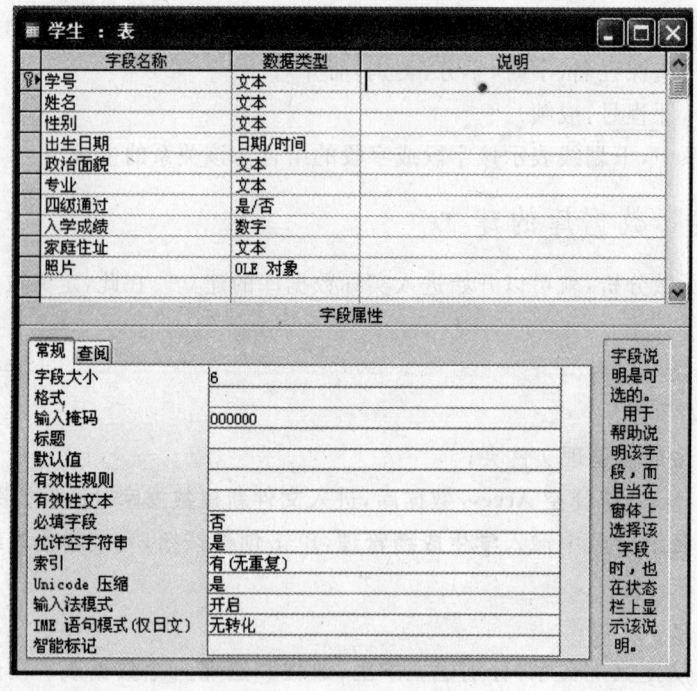

图 12.4　数据表的建立

③ 设定**学号**为该表的主键；

④ 保存所建数据表名为**学生**。

以同样的方法，可逐一定义**课程**、**选课**两个表。注意在**选课**表中，其主键是**学号**和**课程号**的组合。

3. 表间关系的建立

数据表建立完成后，就可以建立表间的关系，操作步骤如下：

① 单击**工具**菜单中**关系**命令项，弹出**显示表**对话框；

② 在**显示表**对话框中，分别将**学生**、**课程**和**选课**三个数据表逐一添加到**关系**窗口；

③ 在**关系**窗口中，将各表中相应字段拖到对应表中的相应字段，选定**实施参照完整性**复选框，由此将各表建立关联关系，如图 12.5 所示。

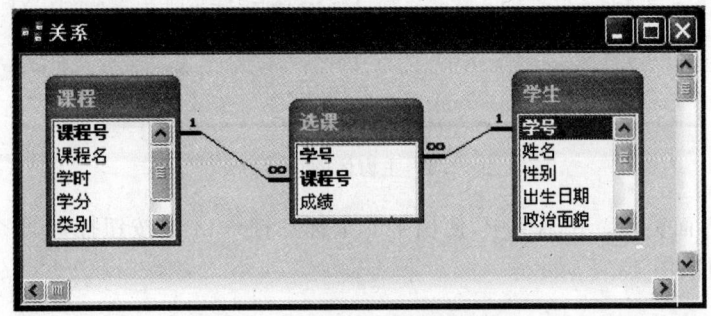

图 12.5 数据库中表的关联关系

12.3 窗体的设计

完成了数据库的设计，就可以依据总体设计的要求，逐步建立各个窗体以完成相应的功能。

12.3.1 控制面板窗体的设计

控制面板窗体主要用于连接各个功能窗体，以便将其整合成一个完整的系统。在**学生成绩管理系统**中有**主窗体**、**信息录入**、**信息查询**和**报表打印** 4 个控制面板窗体。

1. 主窗体的设计

主窗体是系统的一级控制面板窗体，其运行界面如图 12.6 所示。该窗体指明了系统的主要应用功能，通过命令按钮可切换到各二级控制面板窗体。

创建主窗体的操作步骤如下：

① 在"设计视图"中新建窗体；

② 打开窗口属性对话框，将属性**记录选择器**与**导航按钮**的值均设置为**否**；

③ 在窗体中分别添加相应的控件并调整各控件间的位置，设置标题、字体名称、大小

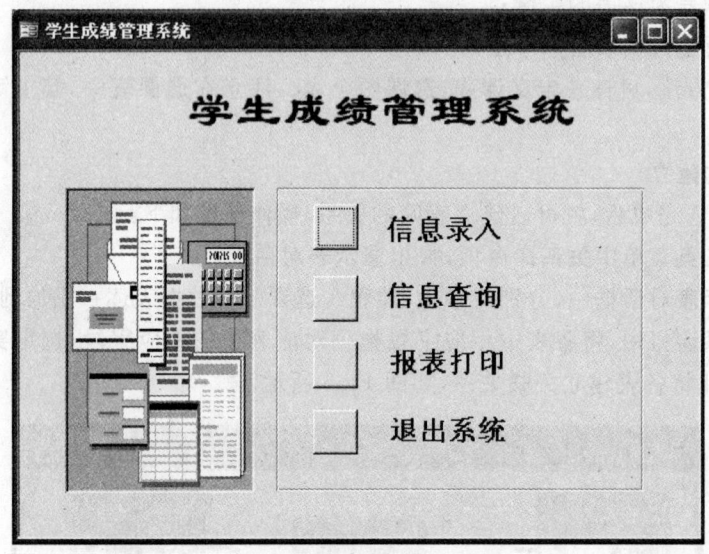

图 12.6   主窗体的运行界面

等属性,使其界面美观。在本例中,使用了 5 个标签控件、4 个按钮控件、1 个图像控件和 1 个矩形框控件,图 12.7 所示;

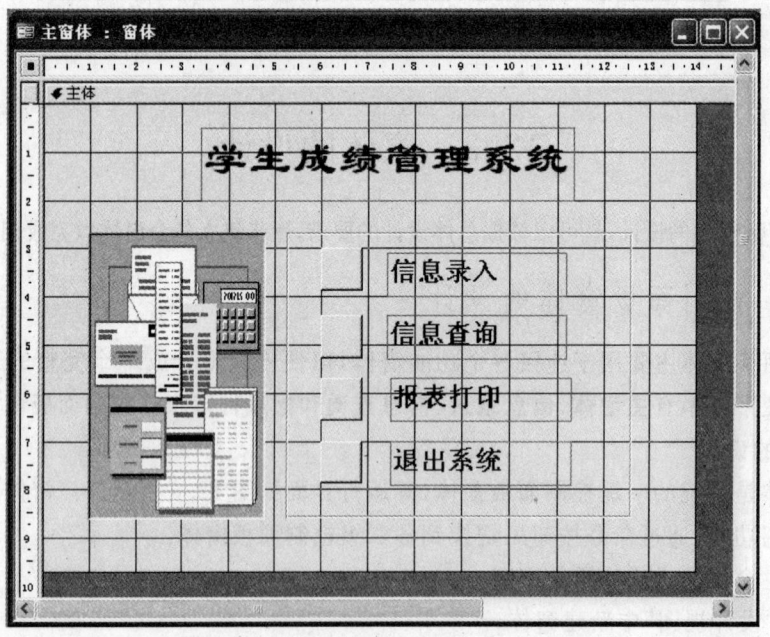

图 12.7   **主窗体**的设计视图

④ 打开**宏**对象窗口,建立一个名为**宏 1** 的宏组,以创建本窗体中 4 个命令按钮控件的单击触发事件,在该宏组中,前面三个宏 m1,m2,m3 实现打开窗体(OpenForm)的操作,分别对应打开**信息录入**、**信息查询**和**报表打印**三个控制面板窗体,最后一个宏 m4 为退出数据库(Quit)的操作,如图 12.8 所示;

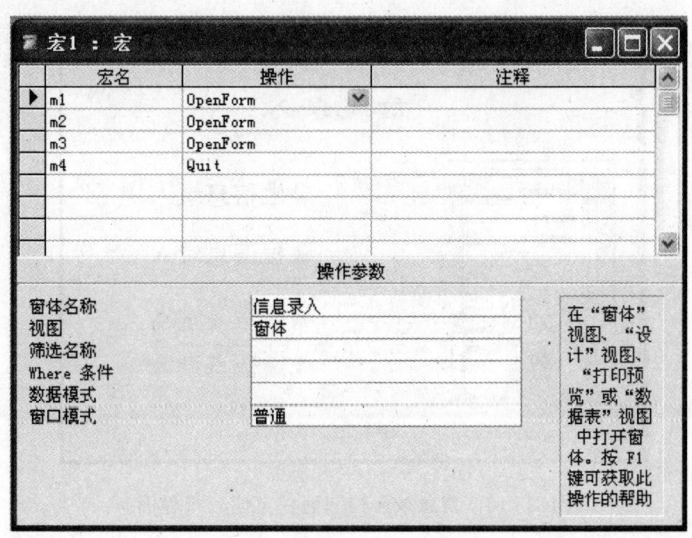

图 12.8 主窗体中宏的建立

⑤ 设置各命令按钮的**单击**事件对应到相应的宏命令,如**信息录入**所对应的命令按钮的**单击**事件设置为**宏 1.m1** 如图 12.9 所示,其他三个按钮按此方法分别设置其**单击**事件到所对应的宏命令;

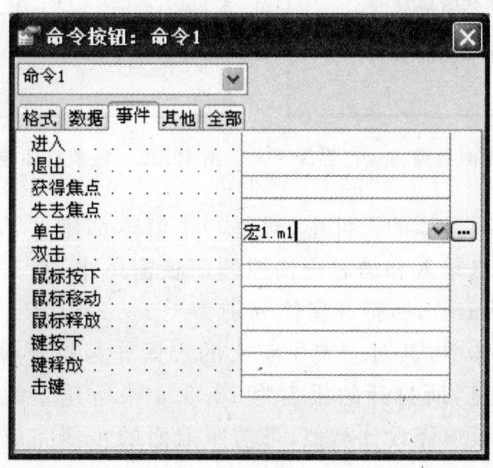

图 12.9 命令按钮属性的设置

⑥ 保存所建立的窗体为**主窗体**。

2. 二级控制面板窗体的设计

系统二级控制面板窗体包括**信息录入**、**信息查询**和**报表打印**三个控制面板窗体。其运行界面如图 12.10～12.12 所示。

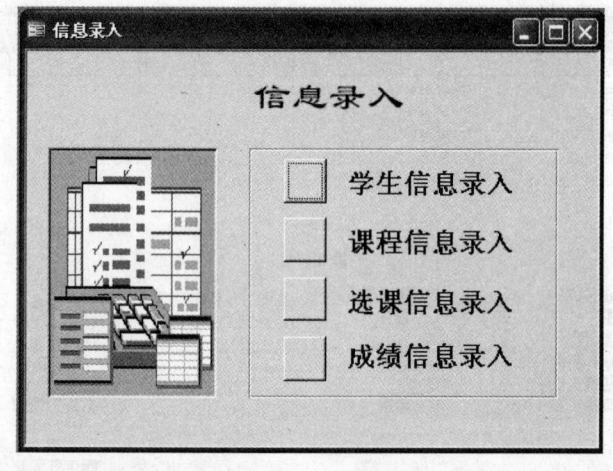

图 12.10　**信息录入**控制面板窗体运行界面

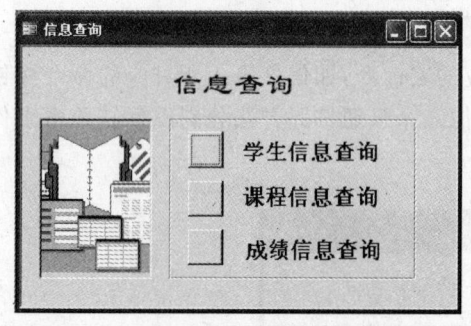

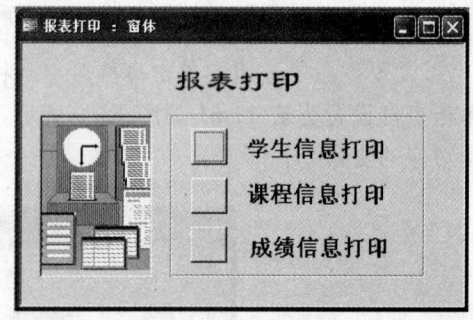

图 12.11　**信息查询**控制面板窗体运行界面　　　图 12.12　**报表打印**控制面板窗体运行界面

在系统二级控制面板窗体的设计中，对每一个窗体都建立了一个宏以定义各按钮的**单击**事件操作。在**信息录入**和**信息查询**控制面板窗体中，在其对应宏中定义的宏操作均为打开窗体（OpenForm），所打开窗体分别为 12.3.2 和 12.3.3 中所建立的窗体。在**报表打印**控制面板窗体中，其对应宏中定义的宏操作为打开报表（OpenReport）并设置**视图**属性值为**打印预览**，所打开的报表为 12.3.4 中所建立的报表。这些窗体的设计与前面所述的总控面板窗体设计类似，可仿照前面的步骤完成二级控制面板窗体的建立。

12.3.2　信息录入窗体的设计

　　信息录入窗体是原始数据输入的窗口,在功能上应具有数据的编辑、增加和删除的功能。在**学生管理信息系统**中信息录入功能模块部分包括**学生信息录入**、**课程信息录入**、**选课信息录入和成绩信息录入** 4 个窗体,这些窗体将挂接到如图 12.10 所示的**信息录入控制面板窗体**中。

1. 学生信息录入窗体的设计

　　学生信息录入窗体的主要功能是完成学生的基本信息的录入,其运行界面如图12.13所示。

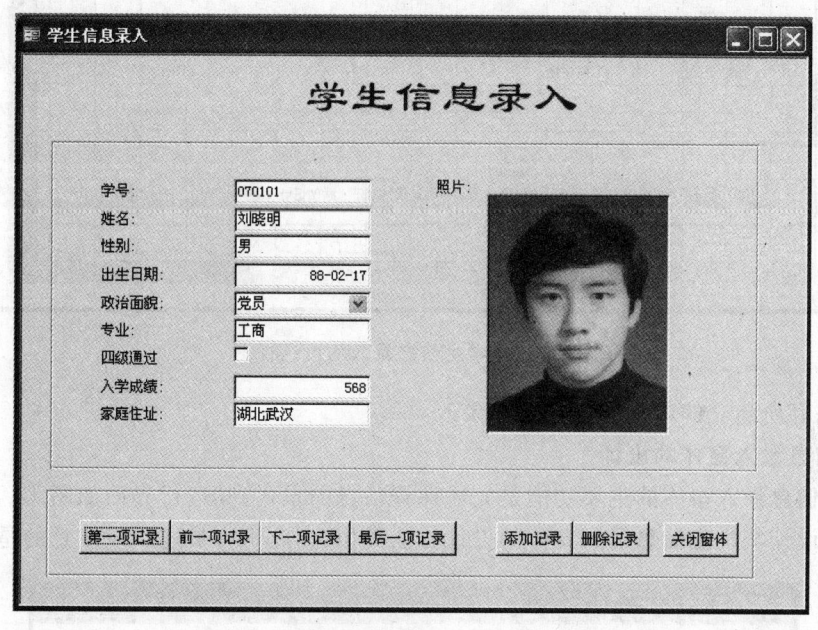

图 12.13　**学生信息录入窗体运行界面**

　　创建该窗体的操作步骤如下:

　　① 在“设计视图”中新建窗体;

　　② 打开窗口属性对话框,将属性**记录源**的值设置为**学生**,将属性**记录选择器**与**导航按钮**的值均设置为**否**;

　　③ 打开**字段列表**窗口,将学生表中所有字段拖动到窗体设计器中;

　　④ 通过**命令按钮向导**建立**第一项记录**、**前一项记录**、**下一项记录**、**最后一项记录**、**添加记录**、**删除记录和关闭窗体** 7 个命令按钮;

　　⑤ 按图 12.14 所示的样式,在窗体窗口中,分别添加相应的控件并调整各控件间的位置,设置标题、字体名称、大小等属性,使其界面美观。

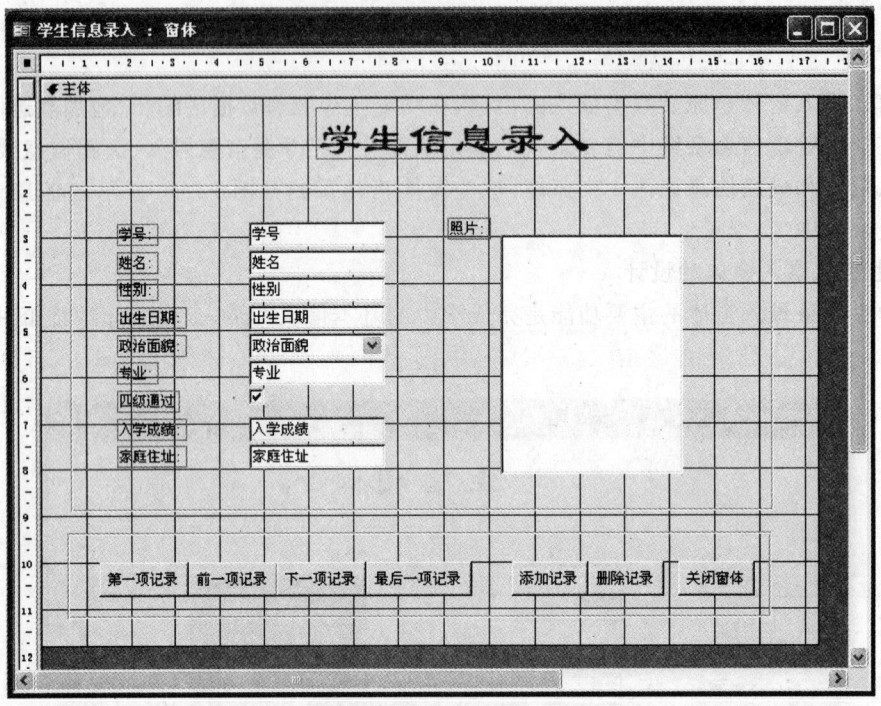

图 12.14　**学生信息录入**的设计视图

⑥ 保存所建立的窗体为**学生信息录入**。

2. 课程信息录入窗体的设计

课程信息录入窗体的主要功能是完成课程信息的录入，其运行界面如图 12.15 所示。该窗体的设计与**学生信息录入**窗体的设计方法类似，在此不再赘述。应注意的是，因两个

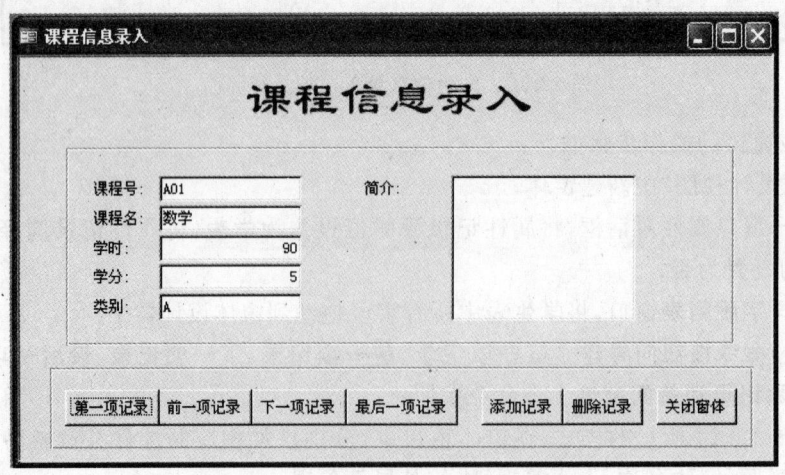

图 12.15　**课程信息录入**窗体运行界面

窗体在命令按钮上是一致的,因此在设计时,可将**学生信息录入**窗体的按钮对象通过复制粘贴到**课程信息录入**窗体中,以加快设计的速度。

3. 选课信息录入窗体的设计

  选课信息录入窗体的主要功能是完成学生对于课程的选择,其运行界面如图 12.16 所示。用户在操作时,可通过下方按钮选择不同的学生,然后通过右边**选课列表**完成对所选课程的添加与删除。在设计中,考虑到该窗体主要功能是选课,因此对于学生的基本信息是不能够修改的。

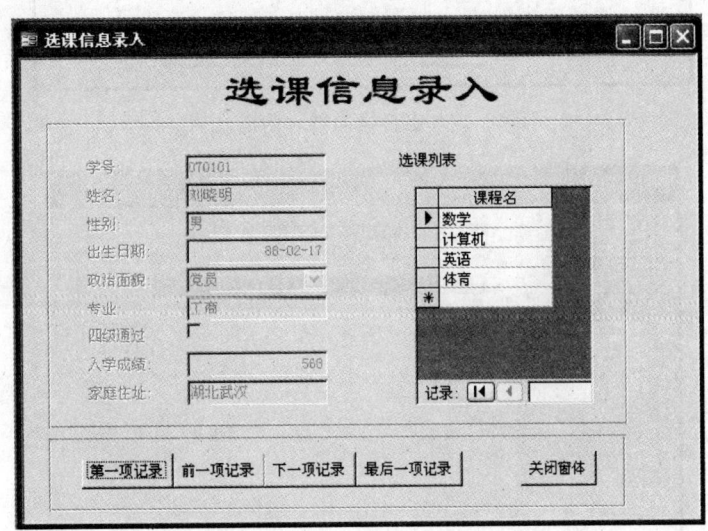

图 12.16   选课信息录入窗体运行界面

  该窗体包含一个子窗体。在设计中,首先建立显示选课列表的子窗体,然后将该子窗体拖曳到主窗体中,具体操作步骤如下:

  (1) **选课信息录入子窗体**的建立

  ① 在"设计视图"中新建窗体;

  ② 打开窗体属性对话框,将属性**记录源**的值设置为**选课**,将属性**默认视图**的值设置为**数据表**;

  ③ 在窗体中添加一个**组合框**控件,弹出如图 12.17 所示的对话框,选定**使用组合框查阅表或查询中的值**单选按钮;

  ④ 单击**下一步**按钮,进入如图 12.18 所示对话框,在**视图**中选定**表**单选按钮,选定**表:课程**;

  ⑤ 单击**下一步**按钮,进入如图 12.19 所示对话框,选定**课程**中的所有字段;

  ⑥ 根据向导提示,逐步单击**下一步**按纽直至完成该组合框的建立;

  ⑦ 打开该组合框的属性对话框,设置其**控件来源**属性值为**课程号**,设计效果如图 12.20 所示;

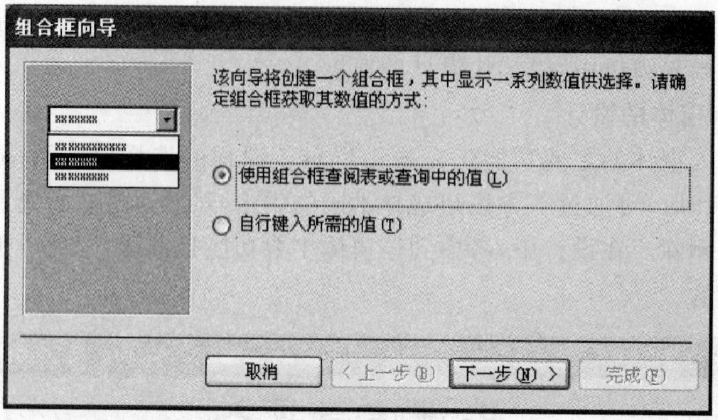

图 12.17　**组合框向导**对话框之一

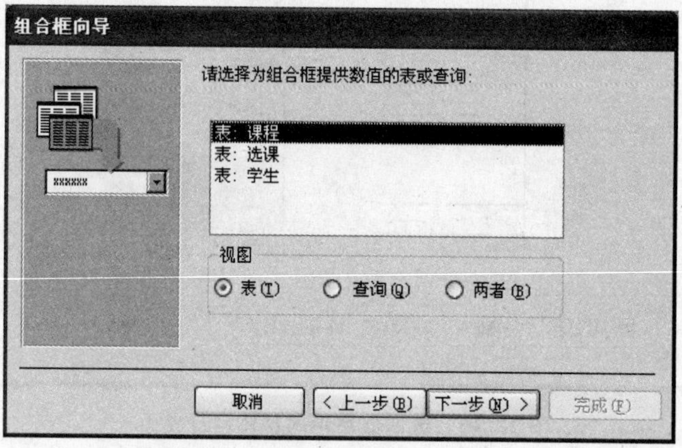

图 12.18　**组合框向导**对话框之二

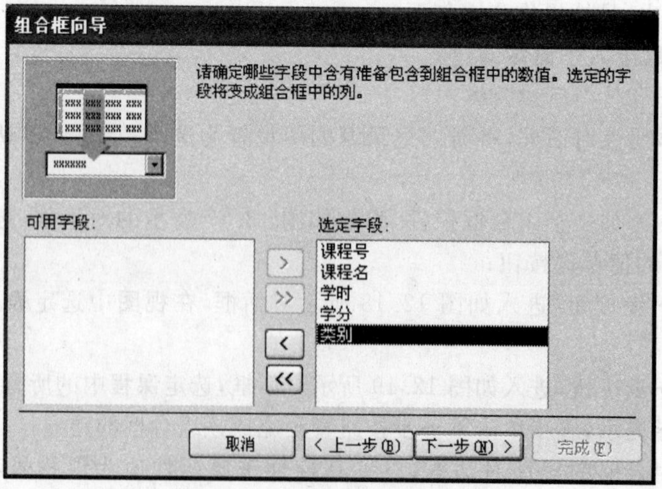

图 12.19　**组合框向导**对话框之三

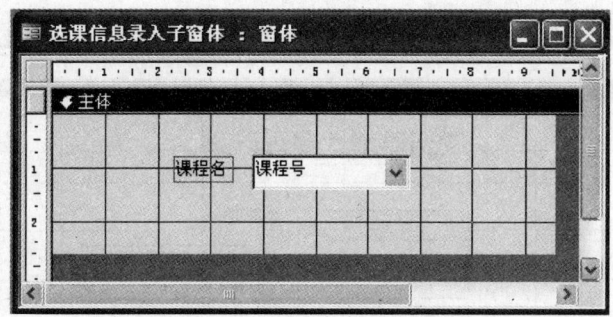

图 12.20　**选课信息录入子窗体**的设计视图

⑧ 保存所建立的窗体名为**选课信息录入子窗体**，其运行结果如图 12.21 所示。

（2）"选课信息录入"窗体的建立

① 在"设计视图"中新建窗体；

② 打开窗口属性对话框，将属性**记录源**的值设置为**学生**，将属性**记录选择器**与**导航按钮**的值均设置为**否**；

③ 打开**字段列表**窗口，将**学生**表中除照片字段外的所有字段拖动到窗体设计器中；

④ 分别设置各字段所对应的文本框**可用**属性值为**否**，该设置的主要目的是屏蔽对学生信息的修改；

⑤ 通过**命令按钮**向导逐步添加**第一项记录、前一项记录、下一项记录、最后一项记录**和**关闭窗体** 5 个命令按钮；

⑥ 将前面建立的**选课信息录入子窗体**拖动到本窗体中，并设置**选课信息录入子窗体**中的**链接子字段**和**链接主字段**的属性值为**学号**，如图 12.22 所示；

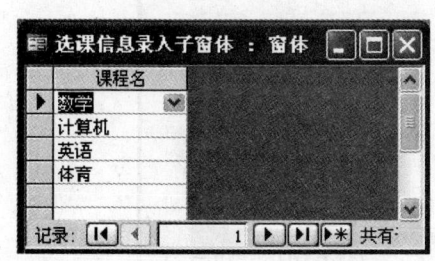

图 12.21　**选课信息录入子窗体**的运行界面

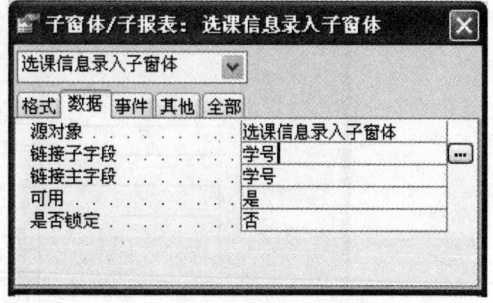

图 12.22　**选课信息录入子窗体**的属性设置

⑦ 按图 12.23 所示的样式，在窗体中分别添加相应的控件并调整各控件的位置，设置标题、字体名称、大小等属性，使其界面美观；

⑧ 保存所建立的窗体为**选课信息录入**。

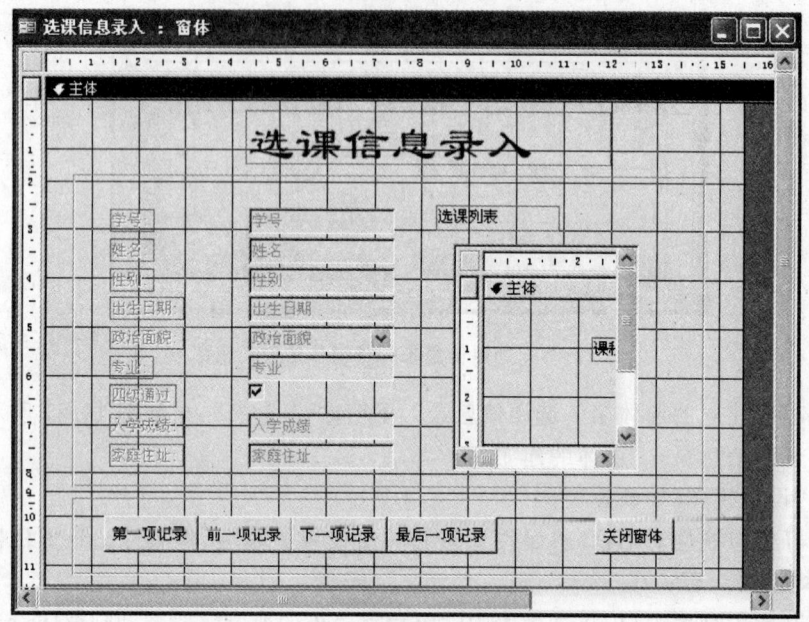

图 12.23   选课信息录入窗体的设计视图

4. 成绩信息录入窗体的设计

    成绩信息录入窗体的主要功能是完成对学生课程成绩的录入,其运行界面如图12.24所示。用户在使用中,可以通过下方按钮选择不同的课程,然后在列表中录入学生的成

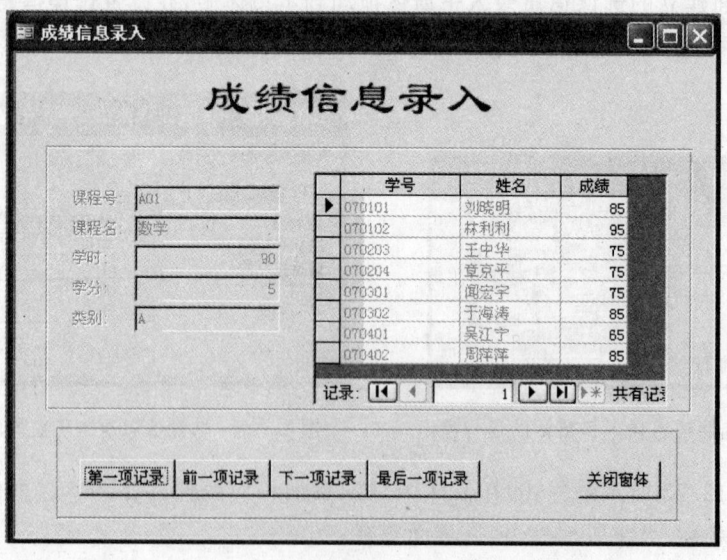

图 12.24   成绩信息录入窗体运行界面

绩。在设计中,考虑到该窗体主要功能是成绩录入,因此对于课程信息以及学生的学号和姓名均不能够修改。

该窗体与选课信息录入窗体类似,也包含一个子窗体,其设计过程也是首先建立子窗体,然后再将该子窗体拖动到主窗体中。具体创建的操作步骤如下:

(1) **成绩信息录入子窗体**的建立

① 按如图 12.25 所示样式,在**查询**中建立一个**学生成绩明细**的查询;

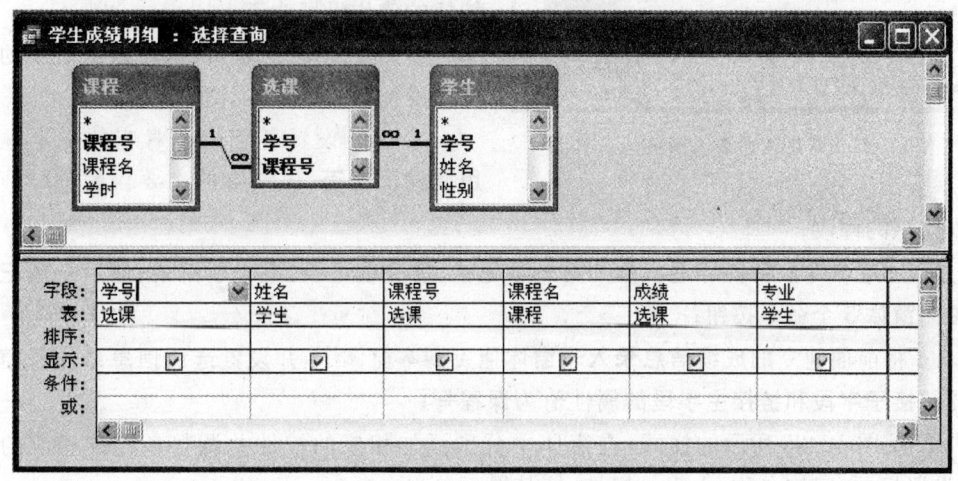

图 12.25 **学生成绩明细**查询

② 在"设计视图"中打开窗体;

③ 打开窗体属性对话框,将属性**记录源**的值设置为前面所建立的查询**学生成绩明细**,将属性默认视图的值设置为**数据表**;

④ 打开**字段列表**窗口,将学号、姓名和成绩三个字段拖动到窗体设计器中;

⑤ 设置学号和姓名所对应的文本框**可用**属性值为**否**,该设置主要目的屏蔽对学生信息的修改,完成后的设计结果如图 12.26 所示;

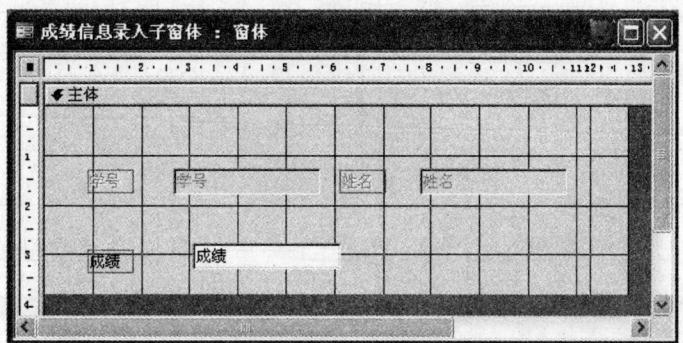

图 12.26 **成绩信息录入子窗体**的设计视图

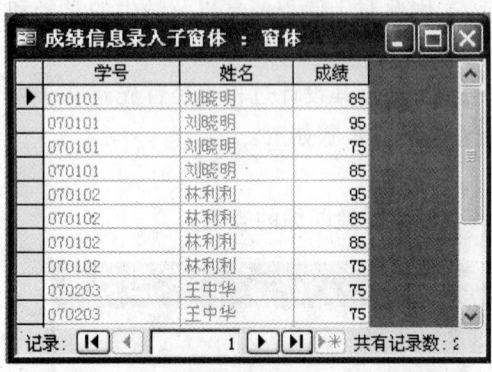

图 12.27　成绩信息录入窗体运行界面

⑥ 保存所建立的窗体名为**成绩信息录入子窗体**,其运行结果如图 12.27 所示。

（2）**成绩信息录入**窗体的建立

① 在"设计视图"中新建窗体;

② 打开窗口属性对话框,将属性**记录源**的值设置为**课程**,将属性**记录选择器**与**导航按钮**的值均设置为**否**;

③ 打开**字段列表**窗口,将**课程**表中的所有字段拖动到窗体设计器中;

④ 分别设置各字段所对应的文本框**可用属性值为否**,该设置的主要目的是屏蔽对课程信息的修改;

⑤ 通过**命令按钮**向导逐步添加**第一项记录、前一项记录、下一项记录、最后一项记录**和**关闭窗体** 5 个命令按钮;

⑥ 将前面建立的**成绩信息录入子窗体**拖曳到本窗体中,并设置**选课信息录入子窗体**中的**链接子字段**和**链接主字段**的属性值为**课程号**;

⑦ 按图 12.28 所示的样式,在窗体中分别添加相应的控件并调整各控件相应的位置,设置标题、字体名称、大小等属性,使其界面美观;

⑧ 保存所建立的窗体为**成绩信息录入**。

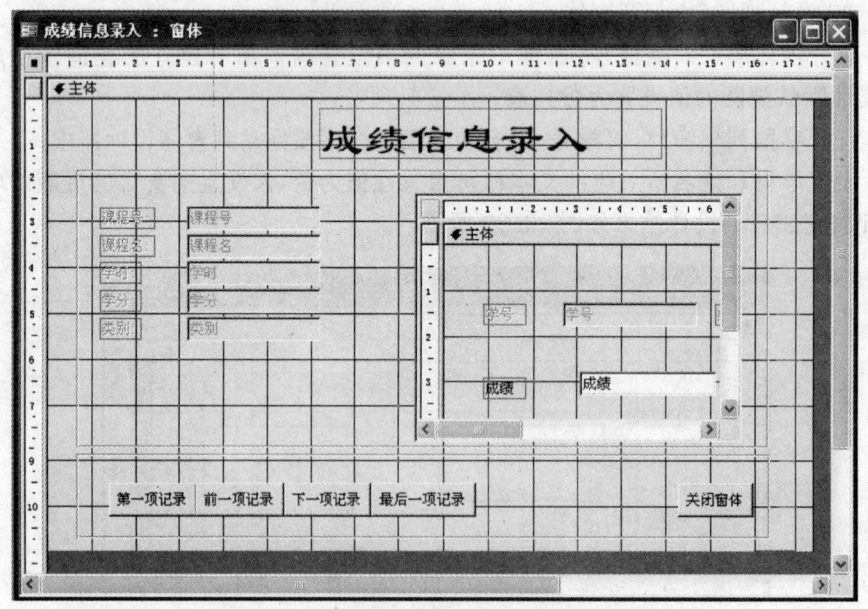

图 12.28　成绩信息录入窗体的设计视图

12.3.3 信息查询窗体的设计

信息查询窗体主要是为用户提供搜索数据的功能,用户通过输入学号、课程号等就能够快速获取相应的学生、课程、成绩等信息。在**学生管理信息系统**中,信息查询功能模块包括**学生信息查询**、**课程信息查询**和**成绩信息查询**三个窗体,这些窗体将挂接到如图12.11所示的**信息查询控制面板窗体**中。

1. 学生信息查询窗体的设计

学生信息查询窗体的运行界面如图12.29所示,用户在文本框中输入学号,单击旁边的查询按钮将进入到如图12.30所示的查询结果界面。在查询结果中显示有关学生的基本情况、成绩和总分等信息。

图 12.29 **学生信息查询**窗体的运行界面

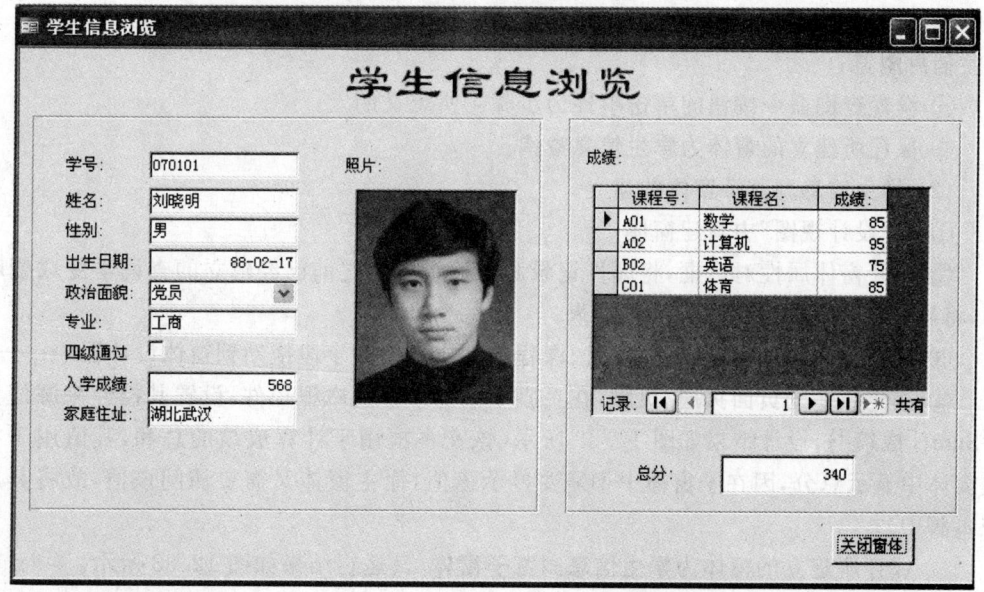

图 12.30 查询结果的运行界面

该实现功能的操作步骤如下：

（1）**学生信息查询窗体的建立**

① 在"设计视图"中新建窗体；

② 打开窗体属性对话框，将属性**记录选择器**与**导航按钮**的值均设置为**否**；

③ 添加相应的控件完成界面的设计，如图 12.31 所示（设计中，**查询命令按钮**的样式可通过修改其**图片**属性值来实现）；

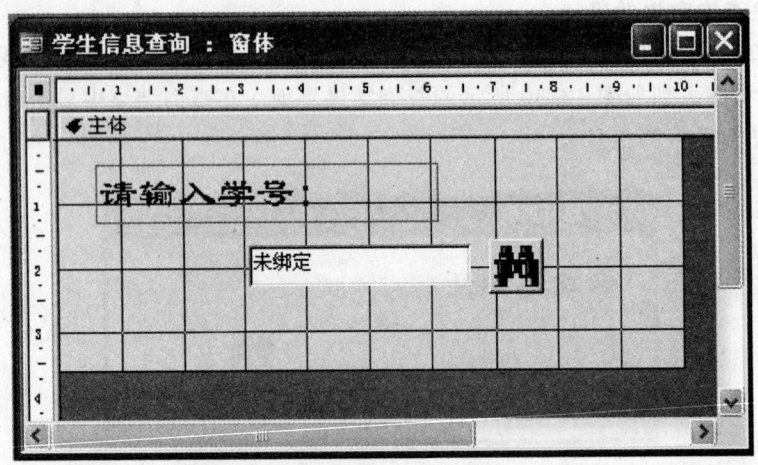

图 12.31　**学生信息查询窗体的设计视图**

④ 在**宏**对象窗口中，建立一个宏，其操作为打开窗体（OpenForm），对应的窗体名为**学生信息浏览**；

⑤ 设置**查询命令按钮**的**单击**事件为步骤④所定义的宏；

⑥ 保存所建立的窗体为**学生信息查询**。

（2）**学生信息浏览子窗体的建立**

① 在"设计视图"中新建窗体；

② 打开窗体属性对话框，将属性**记录源**的值设置为之前已经建立的查询**学生成绩明细**，将属性默认视图的值设置为**数据表**；

③ 打开**字段列表**窗口，将**课程号**、**课程名**和**成绩**三个字段拖动到窗体设计器中；

④ 选定窗体的**页面页眉/页脚**，在页脚中添加一个**文本框控件**，设置其**控件来源**值为**＝Sum([成绩])**，设计结果如图 12.32 所示（该文本框用于计算成绩的总和，其值用于在主窗体中显示总分，因在子窗体中不需要显示该值，而主窗体又需要访问该值，故将其放在页脚中）；

⑤ 保存所建立的窗体为**学生信息浏览子窗体**，其运行结果如图 12.33 所示。

（3）**学生信息浏览窗体的建立**

① 在**查询**中建立一个**学生信息**的查询，如图 12.34 所示（在该查询中，其数据源为**学**

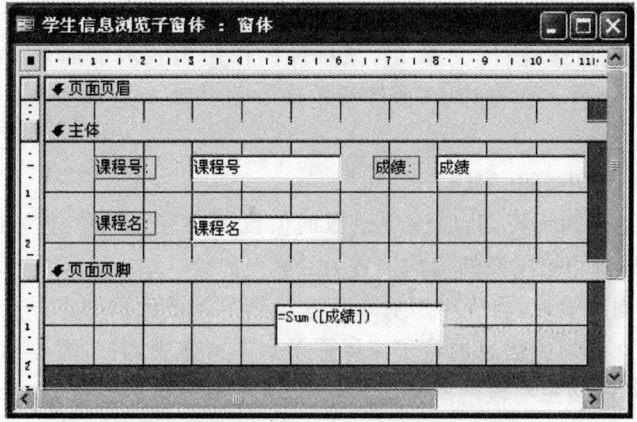

图 12.32 学生信息浏览子窗体的设计视图

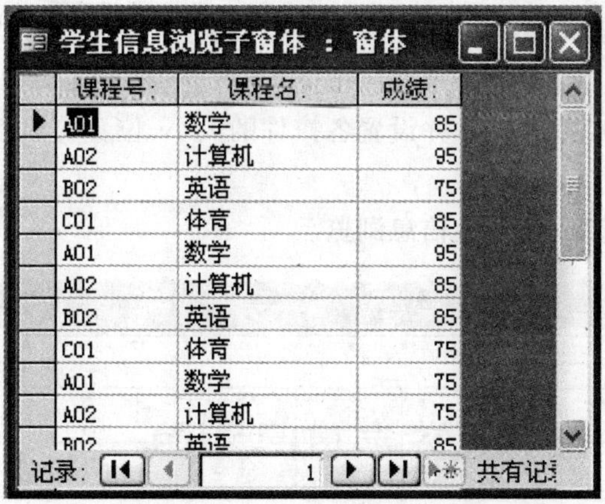

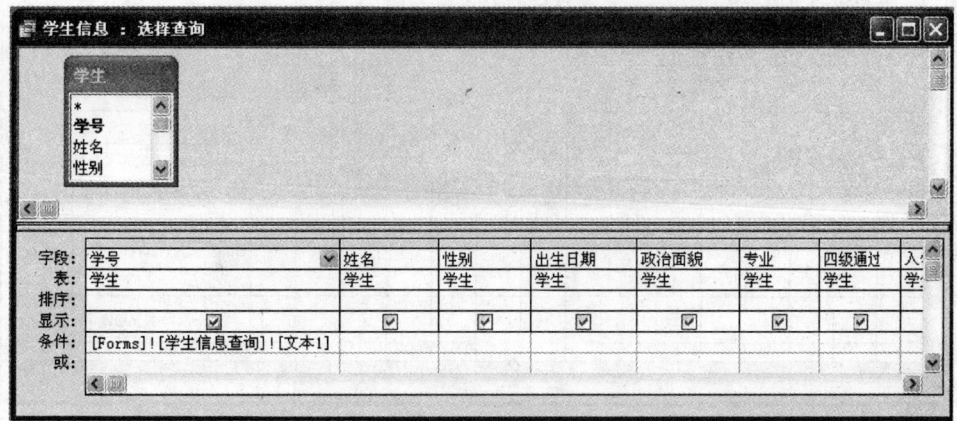

图 12.33 学生信息浏览子窗体的运行界面

图 12.34 学生信息查询的设计视图

生表,其字段为**学生**表的所有字段;**学生信息查询**为参数查询,设置**学号**字段所对应条件为[**Forms**]![**学生信息查询**]![**文本 1**],该条件的作用为获取前面建立的**学生信息查询**窗体中文本框对象的值。在设计中,要注意条件中的**文本 1** 是**学生信息查询**窗体中文本框对象的名称);

② 在"设计视图"中打开窗体;

③ 打开窗体属性对话框,将属性**记录源**的值设置为在之前所建立的查询**学生信息**,将属性**记录选择器**与**导航按钮**的值均设置为**否**;

④ 打开**字段列表**窗口,将表中所有字段拖动到窗体设计器中;

⑤ 将前面建立的**学生信息浏览子窗体**拖动到本窗体中,并设置**学生信息浏览子窗体**中的**链接子字段**和**链接主字段**的属性值为**学号**;

⑥ 添加一个显示总分的文本框控件,将其**控件来源**的值设置为=**学生信息浏览子窗体. Form**! **Text4**(该值中的 **Text4** 为设计**学生信息浏览子窗体**中页脚文本框对象的名称);

⑦ 打开**字段列表**窗口,将**课程号**、**课程名**和**成绩**三个字段拖动到窗体设计器中;

⑧ 利用命令按钮向导添加一个**关闭窗体**按钮;

⑨ 添加**标签**和**矩形框**等控件并设置各控件的大小、位置等属性值,使界面美观,如图 12.35 所示;

⑩ 保存所建立的窗体为**学生信息浏览**。

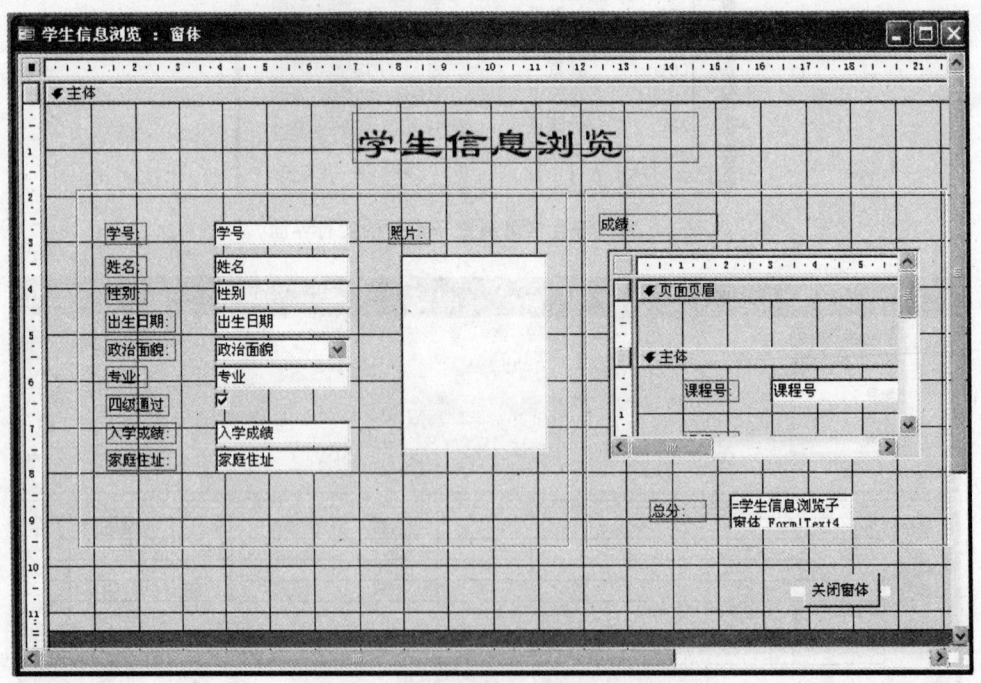

图 12.35　**学生信息浏览窗体的设计视图**

2. 其他信息查询窗体的设计

　　除学生信息查询外,还有课程信息查询与成绩信息查询。这两个查询的运行界面如图 12.36~12.39 所示,用户输入需查询的课程号,即可查询到相对应的课程信息和成绩信息。这些窗体的实现与前面所建立的学生信息查询类似,在此不再赘述。

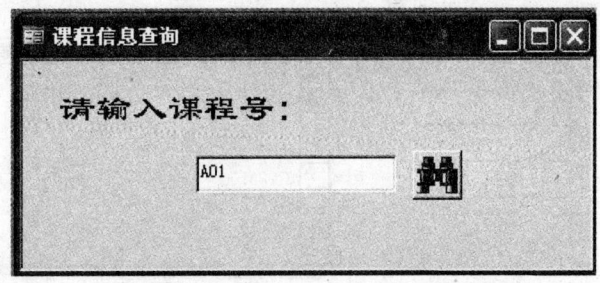

图 12.36　**课程信息查询**窗体的运行界面

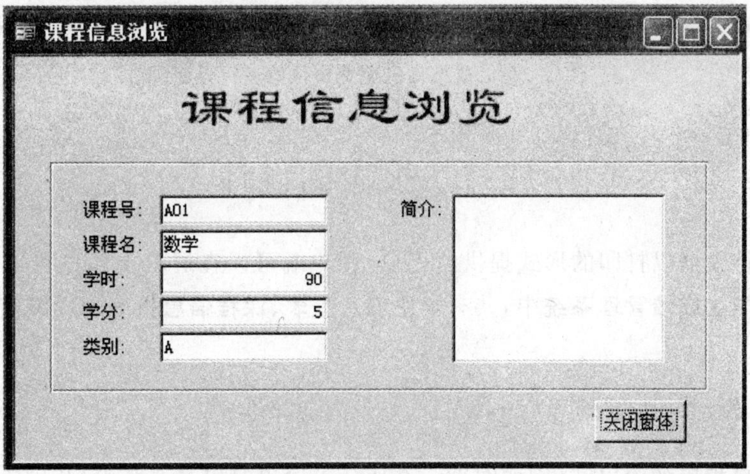

图 12.37　**课程信息浏览**窗体的运行界面

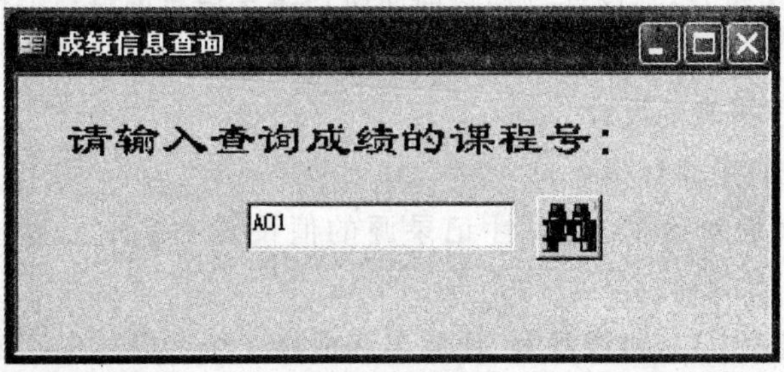

图 12.38　**成绩信息查询**窗体的运行界面

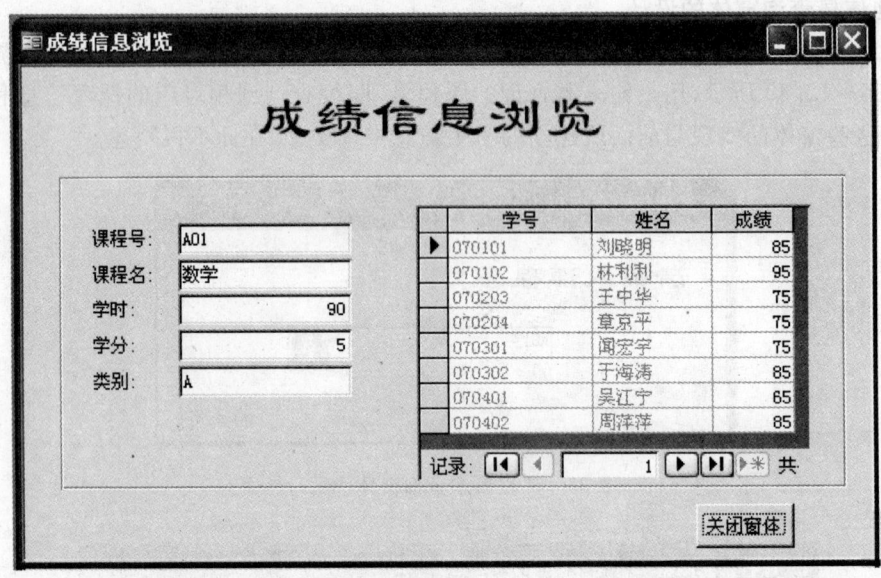

图 12.39　成绩信息浏览窗体的运行界面

12.4　报表的设计

报表是将数据以打印的形式提供给用户,用户既可以在屏幕上预览也可以在打印机上输出。在**学生成绩管理系统**中,共有**学生信息报表**、**课程信息报表**和**成绩信息报表**三个报表。

12.4.1　学生信息报表的设计

学生信息报表的输出结果,如图 12.40 所示。输出时以专业分组,分别输出学生的基本信息和成绩信息。

该报表包含一子报表,其设计过程与前面所述**学生信息浏览**窗体的设计类似,具体操作过程如下:

(1) **学生信息子报表**的设计

① 在"设计视图"中新建报表;

② 打开报表属性对话框,将属性**记录源**的值设置为之前已建立好的查询**学生成绩明细**;

③ 打开**字段列表**窗口,将**课程号**、**课程名**和**成绩**三个字段拖曳到窗体设计器中;

④ 在**报表页脚栏**中添加一个**文本框**,设置其**控件来源**值为＝Sum([成绩]);

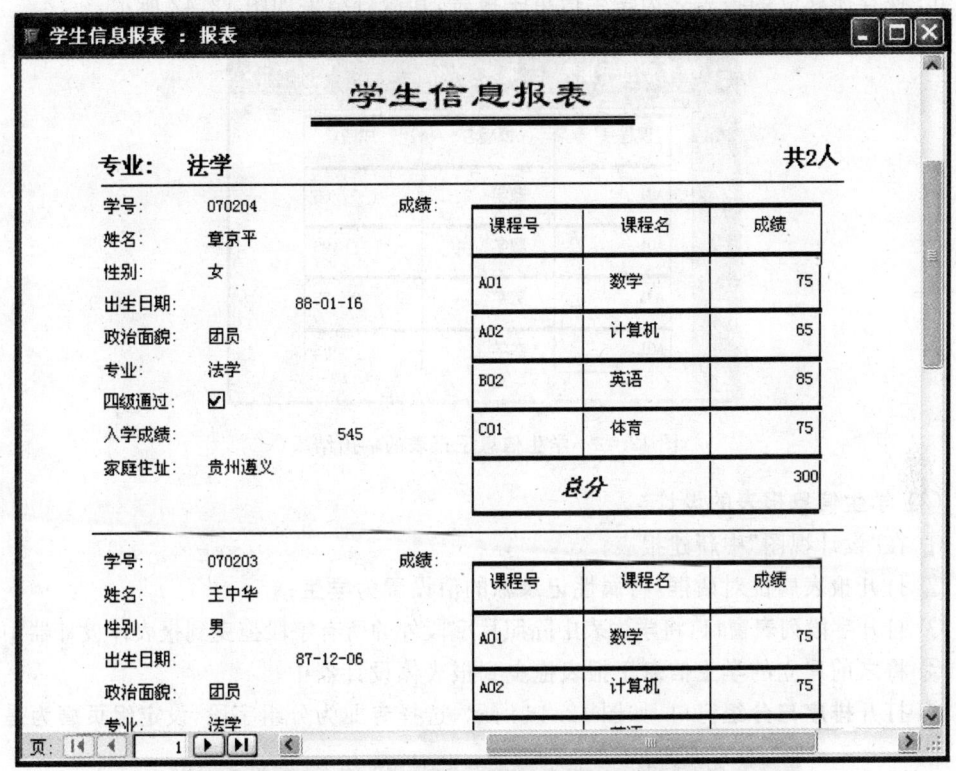

图 12.40 **学生信息报表**的输出结果

⑤ 添加**标签**和**线条**等控件并设置各控件的大小、位置等属性值,使界面美观,如图 12.41 所示(为便于查看,该图示结果已将设计视图中的**网格**选项去掉);

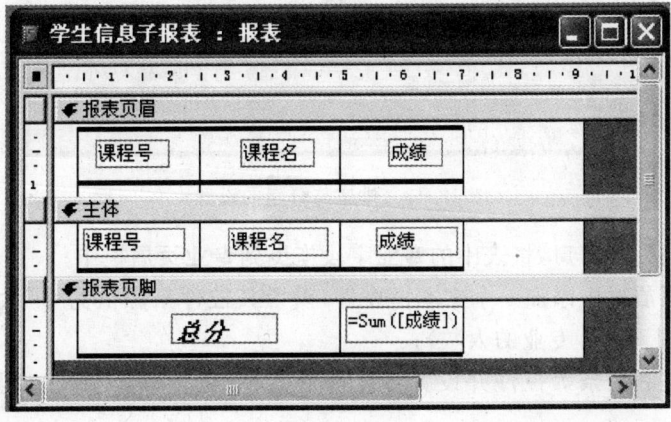

图 12.41 **学生信息子报表**的设计视图

⑥ 保存所建立的报表名为**学生信息子报表**,其运行结果如图 12.42 所示。

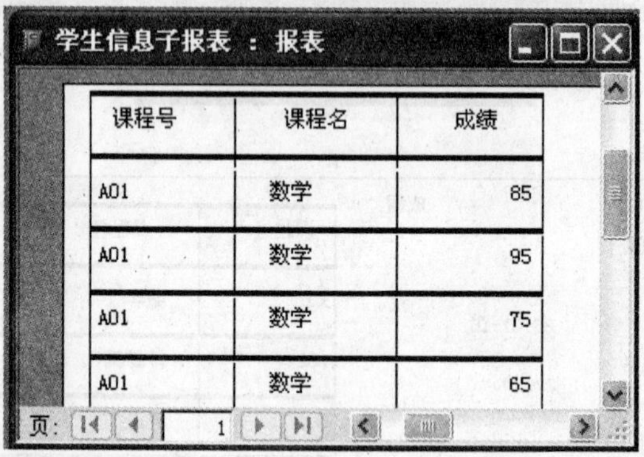

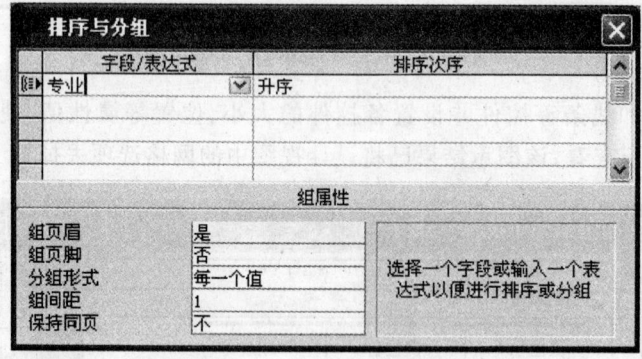

图 12.42   **学生信息子报表**的输出结果

(2) 学生信息报表的设计

① 在"设计视图"中新建报表;

② 打开报表属性对话框,将属性**记录源**的值设置为**学生**;

③ 打开**字段列表**窗口,将**学生**表中除照片字段外的所有字段拖曳到报表体设计器中;

④ 将之前建立的**学生信息子报表**拖曳到报表体设计器中;

⑤ 打开**排序与分组**窗口,如图 12.43 所示,选择**专业**为分组字段,设定**组页眉**为是;

图 12.43   **排序与分组**的设置

⑥ 打开**字段列表**窗口,将表中的**专业**字段拖曳到**专业页眉**栏中;

⑦ 在**专业页眉**栏中添加一个**文本框**控件,设置其**控件来源**值为 ="共"&Count(∗) &"人"(该控件用于统计专业的人数);

⑧ 添加**标签**和**线条**等控件并设置各控件的大小、位置等属性值,使界面美观,如图 12.44 所示;

⑨ 保存所建立的报表为**学生信息报表**。

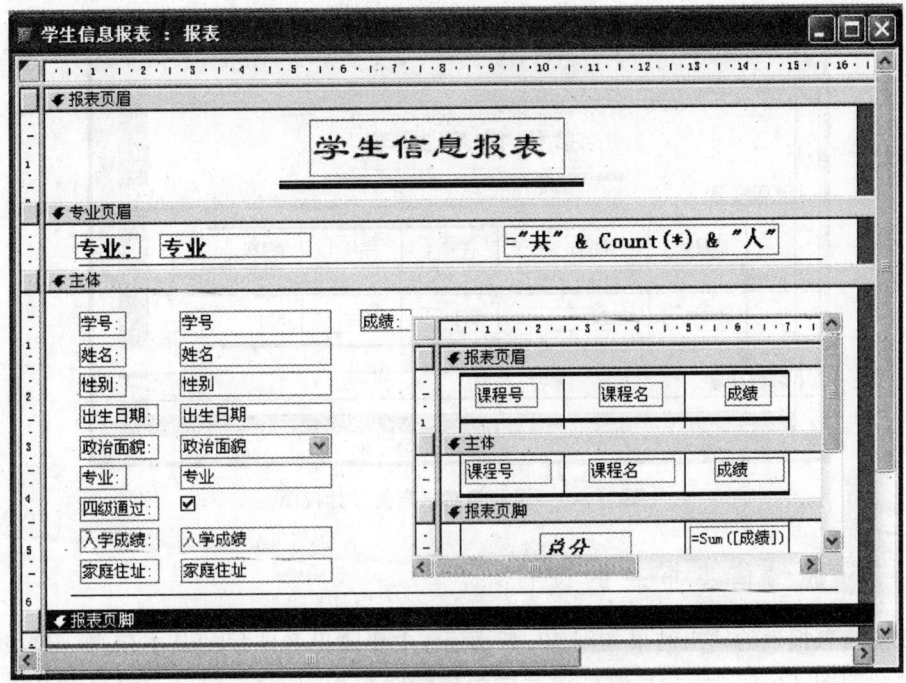

图 12.44 **学生信息报表**的设计视图

12.4.2 课程信息报表的设计

课程信息报表的输出结果如图 12.45 所示,主要用于输出课程的基本信息。该报表的设计视图如图 12.46 所示,其数据源为**课程表**。**课程信息报表**的设计方法较为简单,与前面所述报表的设计类似,在此不再详述设计过程了。

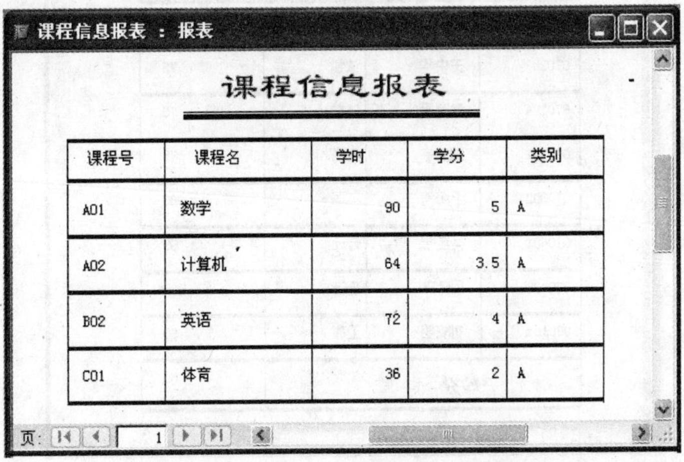

课程号	课程名	学时	学分	类别
A01	数学	90	5	A
A02	计算机	64	3.5	A
B02	英语	72	4	A
C01	体育	36	2	A

图 12.45 **课程信息报表**的输出结果

图 12.46　**课程信息报表**的设计视图

12.4.3　成绩信息报表的设计

　　成绩信息报表的输出结果如图 12.47 所示，主要输出各课程的基本信息。该报表的设计视图如图 12.48 所示，其数据源为**学生成绩明细**查询，设计中以**课程号**对其进行分组，因设计方法与前述报表的设计类似，在此也不再详述其设计过程。

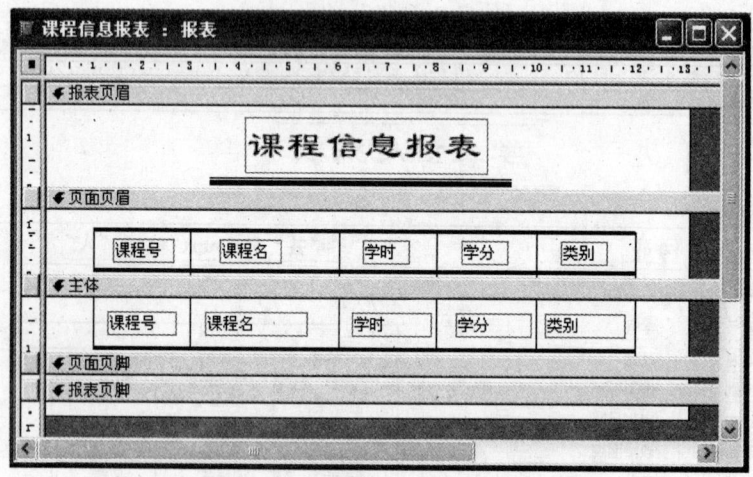

图 12.47　**成绩信息报表**的输出结果

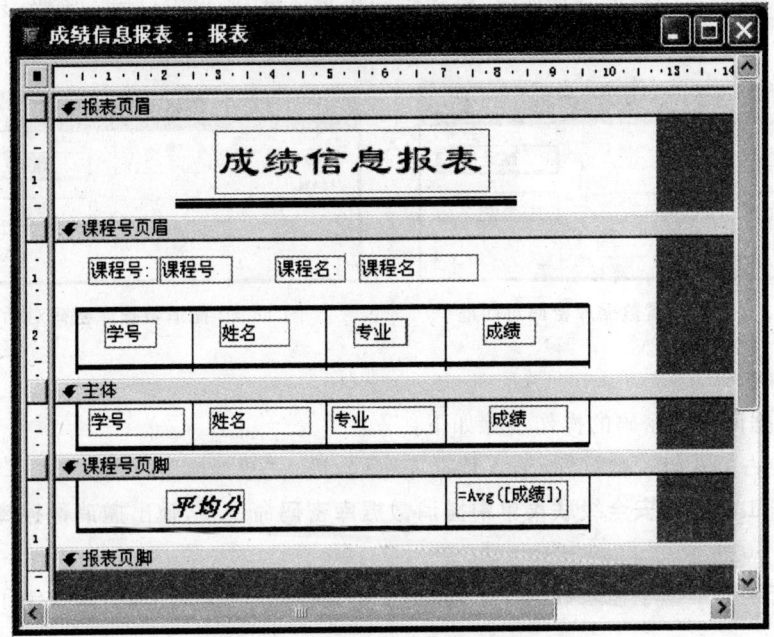

图 12.48　**成绩信息报表**的设计视图

12.5　应用系统的集成

当数据库应用系统的所有功能模块设计完成后,就可以对应用系统进行集成打包。这一过程就是将前面所建立的数据库(mdb)文件生成(mde)文件。

12.5.1　数据库密码的设置

为了更好地保护数据库系统的安全,防止被别人使用、修改,用户可以给数据库设置密码。通过数据库密码的设置,使得用户在使用数据库时必须知道密码才能够进行进一步的操作。在 Access 中,分别提供了设置数据库密码和撤销数据库密码的功能。

1. 设置用户密码

设置数据库用户密码的操作步骤如下:

① 以独占方式打开数据库;

② 单击**工具**菜单**安全**级联菜单中**设置数据库密码**命令项,弹出**设置数据库密码**对话框,如图 12.49 所示;

③ 在**设置数据库密码**对话框**密码**和**验证**文本框中,分别输入要设定的密码,单击**确定**按钮,若**密码**和**验证**中输入的相同,则完成了数据库密码的设置。

设置完密码后,当打开数据库时,系统会弹出对话框,要求用户输入密码,只有密码正确才能进行下一步的操作。

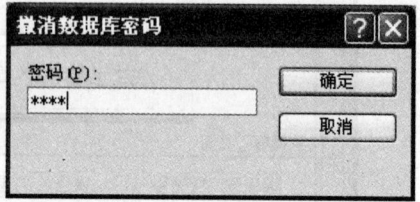

图 12.49　**设置数据库密码**对话框　　　　　图 12.50　**撤消数据库密码**对话框

2. 撤销用户密码

撤销数据库用户密码的操作步骤如下:

① 以独占方式打开数据库,输入数据库密码,进入"数据库"窗口;

② 单击**工具菜单安全级**联菜单中**撤消数据库密码**命令项,弹出**撤消数据库密码**对话框,如图 12.50 所示;

③ 在**密码**文本框中输入数据库密码,单击**确定**按钮,若密码正确,则撤销了对数据库密码的设置。

12.5.2　启动窗口的设置

在**学生成绩管理系统**中,为便于用户操作,当打开应用系统后系统将**主窗体**自动打开。该功能的实现可通过设置启动窗口来完成,其操作步骤如下:

① 单击**工具菜单**中**启动**命令项,弹出**启动**对话框;

② 在**应用程序标题**文本框中输入**学生成绩管理系统**,**显示窗体/页**下拉列表框中选定**主窗体**,如图 12.51 所示,选定**应用程序图标**后,单击**确定**按钮完成**启动**窗口的设置。

设置好启动窗口后,当进入**学生成绩管理系统**时,系统将自动弹出**主窗体**。

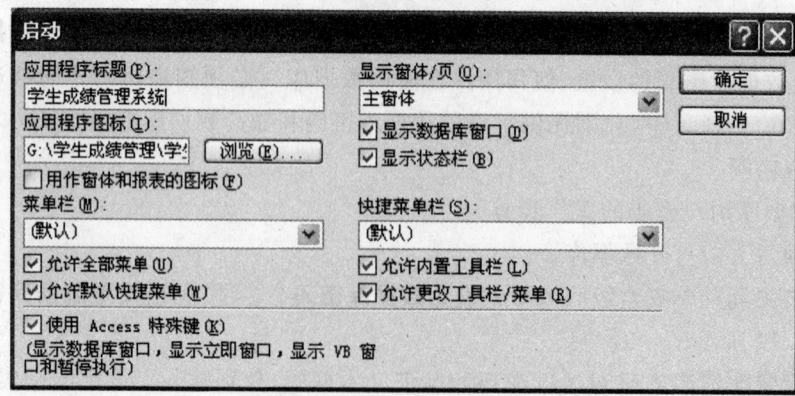

图 12.51　**启动**对话框

12.5.3　系统的集成打包

系统的集成打包主要是将 mdb 文件转换为 mde 文件。转换后的 mde 文件可以保护 Access 数据库中的窗体、报表和 VBA 代码的安全，用户将不能修改和查看窗体、报表、VBA 代码等数据。具体转换的操作步骤如下：

① 单击**工具**菜单**数据库实用工具**级联菜单中**生成 MDE 文件**命令项，弹出**将 MDE 保存为**对话框，如图 12.52 所示；

② 单击**确定**按钮，系统将生成**学生成绩管理.mde** 文件。

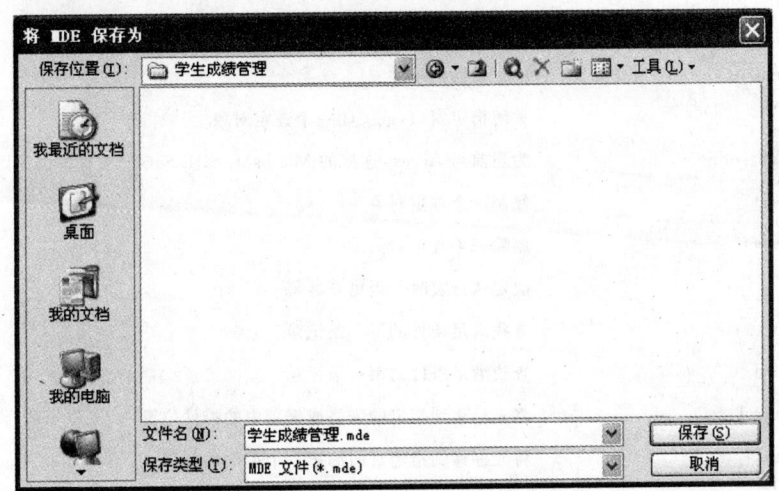

图 12.52　MDE 文件的生成

打开该文件，其功能与前面所建立的 mdb 文件完全一样，但在该文件中将不能对所建立的窗体、报表等数据进行修改，从而有效地保护系统的安全。

至此，**学生成绩管理系统**全部设计完毕。

系统开发是一个复杂的系统工程，任何一个有经验的人也难免出现疏漏。设计者，尤其是初学者要认真纠正系统不完善的地方，从而使设计过程成为学习系统开发并不断提高进步的过程，达到熟练使用 Access 的最终目的。

附录　Access 的宏操作命令

操作命令	功能说明
AddMenu	为窗体或报表添加自定义的菜单栏,也可以定义快捷菜单
Applyfilter	从表中检索浏览记录
Beep	让扬声器发出"嘟嘟"声
CanclEvent	停止激活的事件
Close	关闭指定窗口,或关闭一个选定对象
CopyDatabaseFile	为当前与 Access 连接的 Microsoft SQL Server 数据库制作副本
CopyObject	复制一个选定对象
DeleteObject	删除一个选定对象
Echo	决定执行宏时是否更新屏幕
FindNext	查找满足条件的下一条记录
FindRecord	查找满足条件的第一条记录
GoToControl	将光标移到指定的表格或报表中的控件位置
GoToPage	将光标移到指定页面的第一个控件的位置
GoToRecord	将指定的记录作为当前记录
Hourglass	在宏运行时使鼠标指针变成沙漏
Maximize	将活动窗口最大化
Minimize	将活动窗口最小化
MoveSize	移动或调整活动窗口
MsgBox	显示包含警告信息或提示信息的消息框
OpenDataAccessPage	打开数据访问页
OpenDiagram	打开指定的数据库图表
OpenFunction	打开指定的用户定义函数
OpenForm	打开指定的窗体
OpenModule	打开指定的模块
OpenQuery	打开指定的查询
OpenReport	打开指定的报表
OpenStoredProcedure	打开指定的存储过程
OpenTable	打开指定的表

操作命令	功能说明
OpenView	打开指定的视图
OutputTo	将 Access 数据库对象中的数据输出到 Excel 文件或文本文件
PrintOut	打印打开数据库中的当前对象,如数据表、窗体、报表数据访问页和模块
Quit	退出 Access
Rename	为选定的数据库对象重新命名
RepaintObject	刷新一个窗体的内容,如果没有指定数据库对象,则对当前对象进行更新
Requery	指定控件重新查询,即刷新控件数据
Restore	将处于最大化或最小化的窗口恢复为原来的大小
RunApp	在 Access 中运行一个 Windows 或 MS-DOS 应用程序
RunCode	调用 VB 的 Function 过程
RunCommand	执行一个 Access 菜单命令
RunMacro	运行选定的宏,该宏可以在宏组中
RunSQL	执行指定的 SQL 语句完成操作查询
Save	保存对象,不指定具体对象时,保存当前的活动对象
SelectObject	选择指定的对象
SendKeys	将击键直接发送到 Access 或一个活动的 Windows 应用程序
SendObject	将指定的 Access 对象包含在电子邮件消息中,以便查看和发送
SetMenuItem	设置活动窗体的自定义菜单栏,或全局菜单栏上的菜单项状态
SetValue	为控件、字段或属性设置值
SetWaming	关闭或打开所有的系统消息
ShowAllRecords	取消基本表或查询中所有的筛选
ShowToolbar	显示或隐藏内置工具栏或自定义工具栏
StopAllMacros	中断所有运行的宏
StopMacro	中断当前运行的宏
TransferDatabase	从其他数据库中导入数据或将当前数据库中的数据导出
TransferSpreadsheet	从电子表格中导入数据或向电子表格中导出数据
TransferText	从文本文件中导入数据或向文本文件中导出数据